SCIENCE FICTION

Herausgegeben
von Wolfgang Jeschke

Von **Nancy Kress** erschien in der Reihe
HEYNE SCIENCE FICTION & FANTASY:

Schädelrose · 06/5154
Fremdes Licht · 06/5328
Verico Targets · 06/5930 (in Vorb.)

BETTLER-ZYKLUS:

Bettler in Spanien · 06/5881
Bettler und Sucher · 06/5882
Bettlers Ritt · 06/5883 (in Vorb.)

Nancy Kress

Bettler in Spanien

Erster Roman
des
BETTLER-ZYKLUS

Aus dem Amerikanischen von
BIGGY WINTER

Deutsche Erstausgabe

WILHELM HEYNE VERLAG
MÜNCHEN

HEYNE SCIENCE FICTION & FANTASY
Band 06/5881

Titel der amerikanischen Originalausgabe
BEGGARS IN SPAIN
Deutsche Übersetzung von Biggy Winter
Das Umschlagbild ist von doMANSKI

Umwelthinweis:
Dieses Buch wurde auf
chlor- und säurefreiem Papier gedruckt.

Redaktion: Wolfgang Jeschke

Erstausgabe 1993 by Avon Books,
a division of The Hearst Corporation, New York
Mit freundlicher Genehmigung der Autorin
und Thomas Schlück, Literarische Agentur, Garbsen
(# 35274)

Printed in Germany Juni 1997
Umschlaggestaltung: Atelier Ingrid Schütz, München
Technische Betreuung: M. Spinola
Satz: Schaber Satz- und Datentechnik, Wels
Druck und Bindung: Ebner Ulm

ISBN 3-453-12655-6

INHALT

Für Marcos – wieder

Buch I

LEISHA

2008

»Schreiten Sie voran mit Tatkraft und nie ermattender Wachsamkeit und schenken Sie uns Siege!«

Abraham Lincoln an Generalmajor
Joseph Hooker, 1863

1

Sie saßen steif auf seinen antiken Eames-Stühlen, zwei Menschen, die gar nicht hier sein wollten – besser gesagt, eine der beiden Personen wollte es nicht, und die zweite ärgerte sich über das Widerstreben der anderen. Doch das war nichts Neues für Doktor Ong, und nach zwei Minuten war ihm klar: Die Frau war diejenige, die sich innerlich sträubte, und sie würde verlieren. Der Mann würde später dafür büßen, in vielen kleinen Dingen und für lange Zeit.

»Ich nehme an, Sie haben unseren finanzielle Verhältnisse bereits nachprüfen lassen«, sagte Roger Camden liebenswürdig, »also können wir direkt zu den näheren Einzelheiten kommen, nicht wahr, Herr Doktor?«

»Selbstverständlich«, sagte Ong. »Am besten zählen Sie mir fürs erste einmal auf, an welche genetischen Modifizierungen Sie für Ihr Baby gedacht haben.«

Die Frau wurde plötzlich unruhig. Sie war Ende zwanzig – ohne Zweifel nicht Camdens erste Frau – und sah schon ein wenig verblüht aus; offenbar war das Schritthalten mit Roger Camden eine erschöpfende Aufgabe. Aus Ongs Sicht durchaus nicht unverständlich. Mrs. Camden hatte braunes Haar, braune Augen, und auch ihre Haut schimmerte bräunlich, was nicht unattraktiv gewirkt hätte mit ein wenig Farbe auf den Wangen. Sie trug einen braunen Mantel – weder besonders schick, noch besonders anspruchslos – und Schuhwerk, das entfernt an orthopädisches erinnerte. Ong warf einen Blick auf sein Karteiblatt: Elizabeth war ihr Name. Jede Wette, daß er den Leuten oft entfiel.

Mit ihr verglichen strahlte Roger Camden nervöse

Vitalität aus – ein Mann in fortgeschrittenen mittleren Jahren, dessen runder Schädel so gar nicht zu dem sorgsamen Haarschnitt und dem italienischen Seidenanzug passen wollte. Um sich alles über Roger Camden ins Gedächtnis zu rufen, hatte Ong kein Karteiblatt nötig. Erst am Vortag war eine Karikatur dieses Rundschädels unter der Spitzenmeldung der Online-Ausgabe des *Wall Street Journals* erschienen: Camden hatte bei der Beteiligung am grenzüberschreitenden Datenatoll einen größeren Coup gelandet. Ong wußte nicht genau, was ein grenzüberschreitendes Datenatoll war.

»Ein Mädchen«, sagte Elizabeth Camden. Daß sie zuerst das Wort ergriff, verblüffte Ong ein wenig. Ihre Stimme war eine weitere Überraschung: britisches Oberschicht-Englisch. »Blond. Grüne Augen. Groß. Schlank.«

Ong lächelte. »Äußerliche Faktoren sind am einfachsten zu beeinflussen, wie Ihnen gewiß bereits bekannt ist. Doch was eine schlanke Gestalt angeht, können wir nur für eine entsprechende genetische Disposition sorgen. Natürlich wird die Art der Ernährung des Kindes größten Einfluß ...«

»Ja, ja«, unterbrach ihn Roger Camden. »Das ist klar. Und nun zur Intelligenz: *Hohe* Intelligenz. Und Wagemut.«

»Zu meinem Bedauern, Mister Camden, konnten wir in die Erforschung der Persönlichkeitsfaktoren noch nicht weit genug eindringen, um eine genetische Manipulation auf diesem Gebiet zu ...«

»Sie sind gerade erst bei den Tests«, stellte Camden mit einem Lächeln fest, von dem Ong annahm, es sollte unbeschwert wirken.

»Musikalität«, sagte Elizabeth Camden.

»Noch einmal, Mrs. Camden, eine entsprechende Disposition ist alles, was wir garantieren können.«

»Sollte reichen«, nickte Camden. »Dazu selbstverständlich die ganze Palette von Korrekturen für jede potentielle genetisch bedingte Krankheit.«

»Selbstverständlich«, sagte Doktor Ong.

Seine beiden Klienten schwiegen. In Anbetracht von Camdens dicker Brieftasche war es eine recht maßvolle Wunschliste; die meisten seiner Kunden versteiften sich auf genetische Neigungen, die miteinander in Widerspruch standen, auf ein Übermaß an Genmanipulation, oder sie gaben sich einfach unrealistischen Erwartungen hin; von alldem mußte man sie mühsam abbringen. Ong wartete. Die Atmosphäre war spannungsgeladen.

»Und«, sagte Camden, »ein fehlendes Schlafbedürfnis.«

Elizabeth wandte sich ruckartig ab und sah zum Fenster hinaus.

Ong griff nach dem Papiermagneten auf dem Schreibtisch. Er machte seine Stimme so freundlich wie möglich. »Darf ich fragen, wie Sie in Erfahrung gebracht haben, daß ein solches Genmodifizierungsprogramm überhaupt existiert?«

Camden grinste. »Also leugnen Sie es wenigstens nicht. Das ehrt Sie, Herr Doktor.«

Ong beherrschte sich. »Darf ich Sie dennoch fragen, wie Sie von der Existenz des Programms erfahren haben?«

Camden griff in die Innentasche seines Sakkos. Die Seide knitterte und verzog sich; Körper und Anzug kamen eben aus zweierlei Klassen. Bei dieser Feststellung fiel Ong ein, daß Camden Yagaiist war, sogar ein persönlicher Freund von Kenzo Yagai. Camden reichte Ong einen Ausdruck der detaillierten Beschreibung des Programms.

»Sie können sich die Mühe sparen, das Sicherheitsleck in Ihren Datenbanken aufspüren zu wollen, Herr Doktor, Sie werden es nicht finden. Aber wenn es Ihnen ein Trost ist: auch sonst wird es niemand finden. Also.« Er beugte sich unvermutet vor und fuhr mit verändertem Tonfall fort: »Ich weiß, daß Sie zwanzig Kinder geschaffen haben, die niemals schlafen müssen, und daß bis jetzt neunzehn von ihnen gesund, intelligent und psychisch normal sind – ja sogar mehr als normal, sie sind für ihr Alter alle geistig überdurchschnittlich weit entwickelt. Das älteste ist vier Jahre alt und kann schon in zwei Sprachen lesen. Ich weiß, daß Sie daran denken, diese Genmodifikation in ein paar Jahren auf den Markt zu bringen. Ich will nur die Möglichkeit, sie jetzt schon für meine Tochter zu kaufen. Egal, was sie kosten soll.«

Ong stand auf. »Ich bin nicht befugt, allein mit Ihnen über ein solches Thema zu verhandeln, Mister Camden. Weder die rechtlichen Folgen des Diebstahls unserer Daten ...«

»Es war kein Diebstahl. Ein Rückstau von Daten aus Ihrem System brach spontan in ein öffentlich zugängliches Netz. Ein gegenteiliger Beweis würde Ihnen verdammt schwerfallen ...«

»... noch Ihr Angebot, diese spezielle genetische Modifikation erwerben zu wollen, unterliegen meiner alleinigen Entscheidungsgewalt. Beides muß dem Vorstandsdirektorium dieses Instituts unterbreitet werden.«

»Aber selbstverständlich! Selbstverständlich! Wann kann ich mit den zuständigen Personen sprechen?«

»Sie?«

Camden, der sitzengeblieben war, sah hoch; Ong fand, daß es wenige Menschen gab, die so selbstsicher dreinsahen wie dieser Mann, wenn sie zu ihrem Gesprächspartner einen halben Meter aufblicken mußten. »Aber sicher! Ich möchte mir die Chance nicht entgehen lassen, mein Angebot demjenigen vorzulegen, der auch ermächtigt ist, es zu akzeptieren. Nur so kann man Geschäfte machen.«

»Aber es handelt sich hier doch nicht allein um den Abschluß eines Geschäftes, Mister Camden!«

»Aber auch nicht allein um wissenschaftliche Forschung«, konterte Camden. »Das hier ist ein kommerzielles Unternehmen, Doktor Ong. Mit einigen Steuervorteilen, die nur Firmen für sich in Anspruch nehmen können, deren Geschäftsgebaren gewissen Minderheitsgesetzen entspricht.«

Im ersten Moment wußte Ong nicht, was Camden damit meinte. »Minderheitsgesetze …?«

»Die dafür sorgen, daß Zulieferer, die einer Minorität angehören, nicht benachteiligt werden. Ich weiß, daß es noch keinen Präzedenzfall gibt, bei dem dieses Gesetz von *Kunden* in Anspruch genommen wurde, ausgenommen bei Streichungen von den Installationslisten für Y-Energie. Aber es wäre doch einen Versuch wert, nicht wahr, Doktor Ong? Minderheiten haben das Recht auf das gleiche Produktangebot wie Nichtminderheiten. Ich weiß, daß Ihr Institut nicht gern einen gerichtsanhängigen Fall am Hals hätte. Und keines Ihrer zwanzig Beta-Test-Babies hat schwarze oder jüdische Eltern.«

»Einen gerichtsan … Aber Sie sind doch auch nicht schwarz oder Jude!«

»Ich gehöre einer anderen Minderheit an. Der polnisch-amerikanischen. Früher lautete der Name Kaminsky.« Jetzt stand Camden endlich auf. Und lächelte gewinnend. »Hören Sie, das Ganze ist absurd. Sie wissen das, und ich weiß es, und wir wissen beide, wie sich die Presse darauf stürzen würde. Und Sie wissen auch, daß ich Sie nicht in einem absurden Fall vor Gericht zerren will, um mir die daraus entstehende negative öffentliche Meinung Ihrer Einrichtung gegenüber zunutze zu machen, damit ich bekomme, was ich haben will. Ich möchte Ihnen nicht drohen, glauben Sie mir, ich möchte nur, daß mein Kind in den Genuß dieser wunderbaren Errungenschaft kommt.« Seine Züge nahmen einen Ausdruck an, den Ong in diesem Gesicht nie für möglich gehalten hätte – Wehmut. »Herr Doktor, wissen Sie, wieviel mehr ich in meinem Leben erreicht hätte, wenn ich ohne Schlaf ausgekommen wäre?«

»Du schläfst ohnehin kaum!« bemerkte Elizabeth Camden barsch.

Camden sah auf sie hinab, als wäre ihm ihre Anwesenheit völlig entfallen. »Nein, Liebes, ich denke nicht an jetzt. Aber als ich jung war... das College – ich hätte das College fertigmachen und dennoch für den Unterhalt... Nun ja. Das steht jetzt nicht mehr zur Debatte. Was zur Debatte steht, ist die Vereinbarung, die ich mit Ihrem Vorstandsdirektorium treffen will.«

»Mister Camden, bitte gehen Sie jetzt.«

»Sie meinen, bevor Sie wegen meiner vermessenen Zielsetzungen endgültig die Geduld verlieren? Da wären Sie nicht der erste. Ich erwarte einen Gesprächstermin spätestens Ende nächster Woche, wann und wo es Ihnen paßt. Sie sollten nur Diane Cleavers, meine Privatsekretärin, davon in Kenntnis setzen. Also, wie gesagt, jederzeit.«

Ong machte keine Anstalten, die beiden hinauszubegleiten. Hinter seinen Schläfen pochte es.

In der Tür drehte Mrs. Camden sich noch einmal um. »Und was passierte mit dem zwanzigsten?«

»Wie bitte?«

»Mit dem zwanzigsten Kind. Mein Mann sagte, neunzehn von ihnen sind gesund und normal. Was passierte mit dem zwanzigsten?«

Der Druck hinter seinen Schläfen wurde stärker und das Pochen hitziger. Ong wußte, daß er nicht antworten sollte; daß zwar Mrs. Camden die Antwort nicht kannte, Mister Camden aber schon; daß er, Ong, dennoch antworten würde; und daß er später seinen Mangel an Willenskraft bitter bereuen würde.

»Das zwanzigste Kind ist tot. Es stellte sich heraus,

daß seine Eltern von labilem Charakter waren; sie trennten sich noch während der Schwangerschaft, und die Mutter konnte ein Baby, das nie schläft und rund um die Uhr schreit, nicht aushalten.«

Elizabeth Camden riß die Augen auf. »Sie hat es umgebracht?«

»Ein Versehen«, erklärte Camden kurz angebunden. »Hat das Kleine zu heftig geschüttelt.« Er runzelte die Stirn und wandte sich ein letztes Mal zu Ong um. »Kinderschwestern, Herr Doktor, für Tag und Nacht. Sie hätten nur Elternpaare auswählen sollen, die sich Kinderschwestern in drei Arbeitsschichten leisten können.«

»Wie schrecklich!« brach es aus Mrs. Camden hervor, und Ong hätte nicht sagen können, ob sie nun den Tod des Babys, die fehlenden Kinderschwestern oder den Leichtsinn des Instituts meinte. Er schloß die Augen.

Als sie gegangen waren, nahm er zehn Milligramm Zyklobenzaprin III. Für den Rücken – es war nur wegen der Rückenschmerzen. Die alte Verletzung schmerzte wieder. Hinterher stand er lange am Fenster, den Papiermagneten immer noch in der Hand, und spürte, wie der Druck in seinen Schläfen abebbte und seine Gemütsruhe zurückkehrte. Unten leckte der Michigansee friedlich an der Küste; die Polizei hatte erst vergangene Nacht bei einer neuerlichen Razzia die Obdachlosen verjagt, und sie hatten noch keine Zeit gehabt wiederzukommen. Nur ihre Lumpen und ihr Abfall in den Gebüschen des Uferparks war zurückgeblieben: zerfetzte Decken, Zeitungen und Plastiktüten, die auf dem Boden herumlagen wie zertrampelte Flaggen. Das Nächtigen im Park war nicht gestattet, ebensowenig wie das Betreten ohne Passierschein; es war auch nicht gestattet, ohne festen Wohnsitz zu sein. Noch während Ong hinunterblickte, fingen uniformierte Parkwächter methodisch damit an, die herumfliegenden Zeitungen mit langen Spießen aufzusammeln und in saubere Selbstfahrbehälter zu stecken.

Ong griff zum Telefon und rief den Vorstandsvorsitzenden des Biotech-Instituts an.

Vier Männer und drei Frauen saßen um den makellos glänzenden Mahagonitisch des Konferenzsaals. *Doktor, Anwalt, Häuptling,* dachte Susan Melling, während sie den Blick von Ong über Sullivan zu Camden wandern ließ. Sie lächelte. Ong bemerkte das Lächeln, und seine Miene erstarrte zu Eis. Aufgeblasener Esel, dachte Susan. Judy Sullivan, die Rechtsanwältin des Instituts, wandte sich an Camdens Anwalt und sprach mit leiser Stimme zu ihm, einem nervösen, mageren Männchen, das den Eindruck machte, unter der Fuchtel seines Bosses zu stehen. Der Boss – Roger Camden, der große Häuptling – schien die einzige Frohnatur im Raum zu sein. Dieser lebensgefährliche kleine Mann – wie hatte er es fertiggebracht, aus dem Nichts so reich zu werden? Das würde sie, Susan, wohl nie erfahren –, er verströmte nachgerade Wellen freudiger Erregung. Er strahlte, er glühte, er leuchtete von innen heraus – so gar nicht zu vergleichen mit den üblichen Eltern in spe, daß er Susan zu interessieren begann. Die künftigen Mamis und Papis – besonders die Papis – saßen üblicherweise da wie bei der Erörterung einer Firmenfusionierung; Camden hingegen sah aus, als befände er sich auf einer Geburtstagsparty – zurecht, fand Susan, denn darum handelte es sich in gewissem Sinn ja auch. Sie grinste ihm zu und freute sich, als er zurückgrinste wie ein Wolf, aber in so offensichtlicher Begeisterung schwelgend, daß es beinahe kindlich wirkte. Wie er wohl im Bett war…?

Ong zog sein Gesicht in majestätische Falten und erhob sich. »Meine Damen und Herren, ich denke, wir können jetzt beginnen. Zunächst einmal möchte ich Sie miteinander bekannt machen. Mister Roger Camden und Mrs. Camden, unsere Klienten. Mister John Jaworski, Mister Camdens Anwalt. Mister Camden, darf ich Ihnen Judith Sullivan vorstellen, die Juristin unseres Instituts; Samuel Krenshaw in Vertretung von Direktor Doktor Brad Marsteiner, der heute leider verhindert ist. Und Frau Doktor Susan Melling, der die Entwicklung der gentechnischen Veränderung zu verdanken ist, welche das Schlafbedürfnis des Menschen eliminiert. Und nun zu einigen rechtlich relevanten Punkten, die für beide Seiten ...«

»Lassen wir die Verträge einmal kurz beiseite«, unterbrach ihn Camden, »und bleiben wir noch ein wenig bei dieser Sache mit dem Schlaf. Ich hätte dazu ein paar Fragen.«

»Und was möchten Sie da gern wissen?« fragte Susan. Camdens Augen blickten intensiv blau aus seinen grob gehauenen Gesichtszügen; er war ganz und gar nicht so, wie sie sich ihn vorgestellt hatte. Mrs. Camden, die offenbar weder über einen Vornamen noch über einen Anwalt verfügte – Jaworski war ja ausdrücklich als Anwalt ihres Mannes bezeichnet worden, und nicht als der ihre –, sah störrisch drein. Oder ängstlich. Es war schwer zu sagen.

»Dann sollte uns Frau Doktor Melling vielleicht zuerst einen allgemeinen Überblick geben«, sagte Ong mit säuerlicher Miene.

Susan hätte es vorgezogen, auf konkrete Fragen konkret zu antworten, um zu sehen, was Camden besonders interessierte. Aber für heute hatte sie Ong schon genug auf die Zehen getreten, und so stand sie gehorsam auf.

»Darf ich mit einer kurzen Beschreibung dessen beginnen, was wir ›Schlaf‹ nennen. Seit langem ist uns bekannt, daß es im Grunde genommen drei Arten von Schlaf gibt. Erstens, den durch Delta-Aktivität im EEG feststellbaren Tiefschlaf; zweitens den REM-Schlaf mit seinen raschen Augenbewegungen, der viel flacher ist und die meisten Traumphasen enthält; ein dritter Typus ist der sogenannte ›optionale‹ Schlaf, weil wir ihn anscheinend entbehren können, ohne unserer Gesundheit zu schaden. Manche gewohnheitsmäßige Kurzschläfer kommen ganz ohne ihn aus; dann reichen ihnen drei oder vier Stunden Schlaf.«

»So wie mir«, stellte Camden fest. »Ich habe es mir systematisch angewöhnt. Könnte das nicht jedermann tun?«

Anscheinend lief es doch noch auf Einzelfragen und -antworten hinaus. »Nein. Der effektive Schlafmechanismus verfügt zwar über eine gewisse Flexibilität, aber nicht für alle Menschen im gleichen Ausmaß. Die Raphe-Nuclei im Hirnstamm ...«

»Susan, ich glaube nicht, daß wir uns in diese Details verstricken sollten«, mahnte Ong. »Wir wollen uns auf das Grundlegende beschränken.«

Camden sagte: »Die Raphe-Nuclei regulieren das Verhältnis zwischen Neurotransmittern und Peptiden, von dem das Schlafbedürfnis hervorgerufen wird, nicht wahr?«

Susan konnte nichts dagegen tun; sie grinste wieder. Camden, der skrupellose, mit allen Wassern gewaschene Geldjongleur, saß da und gab sich Mühe, ernsthaft dreinzusehen wie ein ABC-Schütze, der gelobt werden wollte, weil er seine Hausaufgaben gut gemacht hat.

Ong sah noch säuerlicher drein.

Mrs. Camden starrte zum Fenster hinaus.

»Ja, völlig korrekt, Mister Camden. Sie haben sich wirklich in das Thema versenkt.«

»Es geht doch um meine *Tochter!*« sagte Camden, und Susan hielt den Atem an. Wann hatte sie zum letzten Mal einen so ehrfürchtigen Unterton in einer Stimme vernommen? Aber niemand außer ihr schien ihn bemerkt zu haben.

»Gut«, fuhr Susan fort, »es ist Ihnen also bereits bekannt, daß der Mensch deshalb schläft, weil sich in seinem Gehirn das Bedürfnis danach aufbaut. In den letzten zwanzig Jahren konnte man anhand von Versuchen feststellen, daß dies der *einzige* Grund ist, weshalb der Mensch schläft. Weder während des deltawelligen Tiefschlafs noch während des REM-Schlafes finden im Körper Vorgänge statt, die im Wachzustand nicht genauso ablaufen würden. Im Schlaf geht zwar eine Menge in uns vor, aber nach einer Neuregelung der Hormonausschüttung kann ebensoviel in uns vorgehen, wenn wir wach sind.

Ursprünglich kam dem Schlaf eine wichtige entwicklungsgeschichtliche Funktion zu. Hatte der ewighungrige Urahn des Menschen sich endlich einmal den Bauch halbwegs gefüllt und seinen Samen in der Gegend verspritzt, sorgte der Schlaf dafür, daß er sich vor Raubtieren geschützt in einen Winkel verzog und keine überflüssigen Bewegungen machte. Schlaf war eine Überlebenshilfe. Doch nun ist er nur mehr ein anachronistischer Mechanismus, ein funktionsloses Überbleibsel wie der Blinddarm. Er schaltet sich zwar regelmäßig zur Nachtzeit ein, aber wirklich notwendig ist er nicht mehr. Und nun kommen wir und schalten ihn dort ab, wo er herkommt: in den Genen.«

Ong wand sich. Er haßte übertriebene Vereinfachungen. Oder vielleicht war es auch Susans unbeschwerte, leichtsinnige Art, die ihm widerstrebte. Wäre Marsteiner hier gewesen, hätte sich kein ewighungriger Urahn in den Vortrag geschlichen.

»Und was geschieht, wenn keine Träume mehr stattfinden?« fragte Camden.

»Träume sind nicht unbedingt notwendig. Ein archaisches Bombardement der Großhirnrinde, um sie in Alarmbereitschaft zu halten, falls ein Räuber angreift, während das Individuum schläft. Der Wachzustand erledigt das besser.«

»Und warum dann nicht von Anfang an einen un-

unterbrochenen Wachzustand? Vom Beginn der Evolution an?« fragte Camden.

Er stellte sie auf die Probe. Susan schenkte ihm ein volles, strahlendes Lächeln und genoß seine beherzte Dreistigkeit. »Sagte ich doch schon. Reglosigkeit als Schutz vor räuberischen Überfällen. Aber wenn ein moderner Räuber angreift – jemand, der in grenzüberschreitende Datenatolle investiert, etwa –, ist es doch sicherer, wach zu sein.«

»Und wie ist das mit dem hohen Anteil an REM-Phasen im Schlaf von Föten und Babies?« feuerte Camden zurück.

»Das gehört auch zu den evolutionären Relikten. Das Gehirn kann sich auch ohne Träume perfekt entwickeln.«

»Und die Regeneration von Nerven während des Tiefschlafs?«

»Die findet statt. Aber sie findet auch im Wachzustand statt, wenn die DNA entsprechend programmiert wird. Es gibt, soweit wir wissen, durch den Ausfall von Schlaf keinen Verlust an nervlicher Belastbarkeit.«

»Und wie ist es um die hochkonzentrierte Ausschüttung von Wachstumsfaktoren im Tiefschlaf bestellt?«

Susan sah ihn bewundernd an. »Findet auch ohne Schlaf statt. Mit Hilfe gentechnischer Veränderungen können wir eine Verflechtung mit anderen Vorgängen in der Zirbeldrüse herstellen.«

»Und wie steht es mit ...?«

»*... den Nebenwirkungen!*« rief Mrs. Camden dazwischen. Ihre Mundwinkel verzogen sich nach unten. »Wie steht es mit den verdammten Nebenwirkungen?«

Susan drehte sich um und sah Elizabeth Camden an; sie hatte die junge Frau völlig vergessen, die sie nun mit zusammengepreßten Lippen anstarrte.

»Gut, daß Sie danach fragen, Mrs. Camden. Es

kommt nämlich zu Nebenwirkungen.« Susan machte eine effektvolle Pause; sie genoß die Situation. »Verglichen mit Gleichaltrigen sind die nicht schlafenden Kinder auch ohne gentechnisch erhöhten IQ intelligenter, flinker bei der Lösung schwieriger Aufgaben und fröhlicher.«

Camden zog eine Zigarette hervor; das Vorhandensein dieser antiquierten, ekelhaften Gewohnheit bei Roger Camden überraschte Susan. Dann merkte sie, daß es eine bewußte Geste war: Roger Camden steuerte die Aufmerksamkeit der Anwesenden auf eine ins Auge fallende Aktivität, um von seinen Gefühlen abzulenken. Sein goldenes Feuerzeug trug sein Monogramm und war von unschuldiger Geschmacklosigkeit.

»Darf ich das erklären«, sagte Susan. »Während des REM-Schlafes wird die Großhirnrinde mit neuronalen Salven aus dem Hirnstamm beschossen; Träume entstehen, weil die arme belagerte Großhirnrinde mit allen Mitteln versucht, mit den plötzlichen Bild- und Erinnerungsreizen etwas Vernünftiges anzufangen. Sie wendet eine Menge Energie auf, um das zu tun. Gehirne, die nie im Schlafzustand sind, ersparen sich diesen Aufwand und den damit verbundenen Verschleiß und leisten Besseres bei der Aufnahme und Koordination der Eindrücke, die die Realität ihnen liefert. Daher die höhere Intelligenz und mühelosere Bewältigung von schwierigen Aufgaben.

Dazu kommt noch eines: seit sechzig Jahren wissen Ärzte, daß Antidepressiva, die zur Stimmungshebung mutloser, bedrückter Patienten angewendet werden, den REM-Schlaf komplett unterdrücken. Und in den letzten zehn Jahren stellte sich heraus, daß dieses Phänomen auch umkehrbar ist: wenn man REM-Schlaf unterdrückt, bekommen die Patienten keine Depressionen mehr! Die nichtschlafenden Kinder sind daher ausgeglichen, vergnügt, extrovertiert – *fröhlich*. Es gibt kein besseres Wort dafür.«

»Und um welchen Preis?« fragte Mrs. Camden. Sie hielt den Nacken gerade, aber ihr Unterkiefer arbeitete ohne Unterlaß.

»Um keinen. Es existieren absolut keine negativen Begleiteffekte.«

»Bisher«, schnaubte Mrs. Camden.

Susan hob die Schultern. »Bisher.«

»Die Kinder sind doch erst vier Jahre alt! Allerhöchstens!«

Ong und Krenshaw beobachteten jede ihrer Regungen, und der Moment, in dem Mrs. Camden das merkte, entging Susan nicht. Die junge Frau sank in sich zusammen, zog den Pelzmantel enger um sich und verstummte mit ausdrucksloser Miene.

Camden vermied es sichtlich, seine Frau anzusehen, und blies statt dessen eine Rauchwolke aus. »Alles hat seinen Preis, Frau Doktor Melling.«

Die Art, wie er ihren Namen aussprach, gefiel ihr. »Für gewöhnlich schon. Und ganz besonders bei gentechnischen Veränderungen. Aber in diesem Fall haben wir alles genau geprüft und dennoch nichts finden können, was man als Preis bezeichnen könnte.« Sie sah Camden in die Augen und lächelte. »Ist es denn so schwer, daran zu glauben, daß uns der Kosmos ein einzigesmal etwas geschenkt hat, das zur Gänze positiv ist, nur Vorteile hat und die Menschheit einen echten Schritt weiterbringt? Ohne daß wir dafür in irgendeiner Weise bezahlen müßten?«

»Nicht der Kosmos. Der Intellekt von Menschen wie Ihnen«, sagte Camden und überraschte damit Susan mehr als alles, was zuvor zur Sprache gekommen war. Sein Blick hielt den ihren fest. Sie spürte, wie es ihr eng wurde in der Brust.

»Ich finde«, wandte Ong trocken ein, »daß wir uns im Moment nicht mit philosophischen Betrachtungen über den Kosmos aufhalten sollten. Mister Camden, falls Sie keine weiteren Fragen zur medizinischen Seite der Angelegenheit haben, könnten wir jetzt vielleicht auf die rechtlichen Aspekte zurückkommen, die Miss Sullivan und Mister Jaworski bereits angeschnitten haben. Ich danke Ihnen, Kollegin Melling.«

Susan nickte. Sie sah Camden nicht mehr an, aber sie wußte, was er sagte, sie wußte, wie er dreinsah, und sie wußte, daß er da war.

Das Haus war mehr oder weniger das, was sie erwartet hatte, ein riesiges Gebäude in englischer Pseudo-Spätgotik nördlich von Chicago, direkt am Michigansee. Zwischen der Einfahrt zum Anwesen und dem Haus war das Grundstück dicht bewaldet, doch dahinter, zwischen dem Haus der Camdens und dem bewegten Wasser des Sees, lag offenes Land. Letzte Schneereste sprenkelten den schlummernden Rasen. Seit vier Monaten arbeitete Biotech nun schon mit den Camdens zusammen, doch dies war das erste Mal, daß Susan die beiden daheim aufsuchte.

Als sie vom Wagen zum Haus ging, traf ein weiteres Fahrzeug hinter ihr ein. Es war ein Laster, der in die Zufahrt zum Lieferanteneingang seitlich am Haus einbog und dort hielt. Ein Mann klingelte; ein zweiter öffnete die Hecktür des Lasters und lud ein in Plastik verpacktes Laufställchen aus. Weiß, mit rosa und gelben Häschen. Susan schloß für einen Moment die Augen.

Camden öffnete ihr persönlich. Sie merkte, wie er sich bemühte, nicht besorgt zu wirken. »Sie hätten nicht herausfahren müssen, Susan! Ich wäre doch gern zu Ihnen in die Stadt gekommen.«

»Nein, das wollte ich nicht, Roger. Ist Mrs. Camden auch zu Hause?«

»Drüben im Wohnzimmer.« Er führte sie in einen großen Raum mit offenem Kamin; englische Landhausmöbel und alte Drucke von Hunden und Schiffen, die alle einen halben Meter zu hoch hingen. Elizabeth Camden war wohl für den dekorativen Part zuständig gewesen. Sie blieb in ihrem Ohrensessel sitzen, als Susan eintrat.

»Ich möchte es kurz und klar machen«, sagte Susan, »und nur so weit ausholen wie unbedingt nötig. Wir haben jetzt die Ergebnisse der Fruchtwasser- und Ultraschalluntersuchung und des Langston-Tests. Der Embryo ist gesund und für das Alter von zwei Wochen normal entwickelt. Es gibt keine Probleme mit der Einnistung in der Gebärmutterschleimhaut. Dennoch hat sich eine Komplikation ergeben.«

»Und welche?« fragte Camden. Er zog eine Zigarette aus der Packung, sah auf seine Frau und steckte sie wieder zurück.

»Mrs. Camden«, sagte Susan mit ruhiger Stimme, »durch puren Zufall hat im vergangenen Monat jeder Ihrer beiden Eierstöcke ein Ei abgegeben. Eines davon haben wir, wie vereinbart, für den gentechnischen Eingriff entfernt und dann wieder eingesetzt. Doch durch einen weiteren puren Zufall wurde auch das zweite befruchtet und hat sich in der Gebärmutter eingenistet. Sie sind mit zwei Embryos schwanger.«

Mrs. Camden saß ganz still da. »Mit Zwillingen?«

»Nein«, Susan schüttelte den Kopf. Dann wurde ihr klar, was sie gesagt hatte. »Ich meine, ja. Ja, natürlich, es sind Zwillinge, aber keine eineiigen. Nur einer davon wurde genetisch verändert. Zwischen den beiden wird es nicht mehr Ähnlichkeit geben als zwischen beliebigen Geschwistern, denn das zweite ist ein sogenanntes normales Baby. Und ich weiß, Sie wollten kein sogenanntes normales Baby.«

Camden sagte: »Nein, wollte ich auch nicht.«

Elizabeth Camden sagte: »Ich schon.«

Camden schoß ihr einen sonderbaren Blick zu, den Susan nicht deuten konnte. Er nahm die Zigarette wieder aus dem Päckchen und diesmal zündete er sie an. Dabei wandte er Susan das Profil zu und dachte konzentriert nach; sie hätte gewettet, daß er sich weder

der Zigarette noch des Anzündens überhaupt bewußt war. »Wird der Embryo in irgendeiner Weise von der Existenz des anderen beeinträchtigt?«

»Nein«, sagte Susan. »Natürlich nicht. Die beiden … existieren einfach nebeneinander.«

»Könnte man ihn abtreiben?«

»Nicht allein. Wenn wir den normalen Embryo abtreiben, würde das Veränderungen in der Gebärmutterschleimhaut hervorrufen, die sehr wahrscheinlich auch zu einem spontanen Abortus des anderen führen würden.« Sie holte tief Atem. »Dennoch steht Ihnen diese Möglichkeit selbstverständlich offen. Wir könnten dann den ganzen Vorgang von Anfang an wiederholen. Aber wie ich Ihnen schon damals sagte, Sie hatten Glück, daß die künstliche Befruchtung gleich beim zweiten Versuch klappte. Bei manchen Paaren ist es erst nach acht oder zehn Versuchen soweit. Wenn wir noch mal von vorn anfangen, könnte sich die Angelegenheit hinziehen.«

»Wird das Vorhandensein dieses zweiten Embryos meiner Tochter schaden? Ihr Nährstoffe entziehen oder etwas anderes in dieser Art? Oder könnten sich im späteren Verlauf der Schwangerschaft die Bedingungen für sie verschlechtern?«

»Nein. Es besteht in diesem Fall nur die erhöhte Wahrscheinlichkeit einer Frühgeburt. Zwei Föten brauchen mehr Platz in der Gebärmutter, und wenn es ihnen zu eng wird, könnte es zu einer vorzeitigen Beendigung der Schwangerschaft kommen. Aber die …«

»Wie vorzeitig? Daß Gefahr für das Leben des Kindes besteht?«

»Sehr unwahrscheinlich.«

Camden rauchte seine Zigarette; ein Mann erschien in der Tür. »Ein Anruf aus London, Sir. Ein James Kendall in Vertretung von Mister Yagai.«

»Ich komme schon.« Camden erhob sich. Susan sah zu, wie er seiner Frau nachdenklich ins Gesicht starrte.

Dann sagte er zu Mrs. Camden: »Na gut, Elizabeth. Na gut.« Er ging aus dem Zimmer.

Die beiden Frauen saßen eine Weile schweigend da; Susan spürte ihre eigene Enttäuschung; das war nicht der Camden, den sie erwartet hatte. Und dann merkte sie, daß Elizabeth Camden sie ein wenig amüsiert ansah.

»O ja, Frau Doktor. Genau so macht er es bei allen Menschen.«

Susan sagte nichts.

»Der geborene Tyrann. Nur bei Ihnen nicht.« Sie lachte leise und wirkte plötzlich erregt. »Zwei ... Wissen Sie ... Wissen Sie schon, welches Geschlecht das andere hat?«

»Beide Embryos sind weiblich.«

»Ich wollte immer ein Mädchen, das wissen Sie. Und jetzt werde ich auch eines haben.«

»Dann werden Sie die Schwangerschaft also nicht abbrechen?«

»Keinesfalls. Ich danke Ihnen für Ihr Kommen, Frau Doktor.«

Was wohl als Verabschiedung gemeint war. Niemand begleitete Susan hinaus, doch als sie in ihren Wagen steigen wollte, stürzte Camden ohne Mantel aus dem Haus. »Susan! Ich möchte Ihnen noch danken, daß Sie sich auf den weiten Weg hier heraus gemacht haben, um es uns persönlich zu sagen!«

»Sie haben sich doch schon bedankt.«

»Nun ... ja. Sind Sie wirklich überzeugt davon, daß der zweite Embryo keine Gefahr für meine Tochter darstellt?«

»Und der gentechnisch veränderte Embryo ist auch keine Gefahr für den, der auf natürliche Weise empfangen wurde«, erwiderte Susan mit unüberhörbar schneidender Stimme.

Er lächelte. Seine Stimme klang leise und ein wenig melancholisch. »Und Sie meinen, das sollte mir ebenso wichtig sein? Aber das ist es nicht. Und warum sollte ich jemandem etwas vormachen? Noch dazu Ihnen?«

Susan öffnete die Wagentür und stieg ein. Darauf war sie nicht vorbereitet; oder nicht mehr in der Stimmung, was auch immer. Doch dann beugte sich Camden vor und griff vorsorglich nach der Tür; es war keine Geste übertriebener Höflichkeit und weit entfernt von jedem Annäherungsversuch. »Also sollte ich besser ein zweites Laufställchen kommen lassen.«

»Ja.«

»Und einen zweiten Kindersitz für den Wagen.«

»Mhm.«

»Aber keine zweite Kinderschwester für die Nachtschicht.«

»Das liegt ganz an Ihnen.«

»Und an Ihnen.« Er beugte sich unvermutet hinab und küßte sie. Es war ein so züchtiger, so respektvoller Kuß, daß Susan wie vom Donner gerührt war; weder plumpe Lüsternheit noch kühnes Eroberungsgehabe hätte sie so erschüttert wie dieser Kuß. Aber Camden gab ihr keine Gelegenheit zu einer Reaktion; er schloß die Wagentür, drehte sich um und ging zum Haus. Susan fuhr zum Eingangstor, die Hände ein wenig zittrig auf dem Lenkrad, bis die Erschütterung amüsiertem Frohsinn Platz machte: Es war ein mit Vorbedacht höflich und distanziert angelegter Kuß gewesen, ein Kuß, der zu Fragen Anlaß geben sollte. Und nichts auf der Welt hätte besser garantieren können, daß es nicht der letzte war.

Sie fragte sich, welche Namen die Camdens ihren Töchtern geben würden.

Doktor Ong schritt über den Korridor der Entbindungsstation; man hatte das Licht gedämpft, und als eine Schwester aus dem Schwesternzimmer hervorschoß, um ihn aufzuhalten – die Besuchszeit war lang vorbei, es war fast Mitternacht –, bemerkte sie erst im letzten Moment ihren Irrtum, und verzog sich nach einem kurzen Blick in sein Gesicht wieder dorthin, woher sie gekommen war. Die Sichtscheibe zur Säuglingsstation befand sich um die Ecke, und zu Ongs Verdruß stand Susan Melling davor und preßte die Stirn an das Glas. Gesteigert wurde sein Verdruß durch den Umstand, daß sie weinte.

Mit einemmal fiel es ihm wie Schuppen von den Augen: Er hatte diese Frau nie gemocht. Vielleicht überhaupt keine Frau. Selbst wenn sie einen brillanten Verstand ihr eigen nannten, ließen sich diese Weiber durch ihre offenbar nicht zu beherrschenden Emotionen zum Narren machen.

»Sehen Sie!« sprudelte Susan hervor, lachte ein wenig und wischte sich übers Gesicht. »Doktor Ong, sehen Sie!«

Hinter dem Glas stand Roger Camden in keimfreiem Kittel und Gesichtsmaske und hielt ein Baby in weißem Hemdchen und rosa Decke hoch. Camdens leuchtend blaue Augen – ein Mann sollte wirklich nicht so auffallend blaue Augen haben! – strahlten. Der Kopf des Babys war mit blondem Flaum bedeckt, und es hatte große Augen und rosige Haut. Camdens Augen über der Maske sagten, daß kein Neugeborenes je über so wundervolle Attribute verfügt hatte.

»Komplikationen bei der Entbindung?« fragte Ong.

»Keine«, schluchzte Susan Melling. »Ganz glatt verlaufen. Elizabeth geht es auch gut. Sie schläft. Was für ein schönes Kind, finden Sie nicht? Einem Mann mit so wagemutigem, kühnem Geist bin ich noch nie begegnet.« Sie wischte sich die Nase am Ärmel ab. Ong merkte, daß sie ein wenig betrunken war. »Habe ich Ihnen je erzählt, daß ich schon mal verlobt war? Vor fünfzehn Jahren, als ich Medizin studierte. Ich habe mit ihm Schluß gemacht, weil er mir mit der Zeit zu mittelmäßig, zu langweilig wurde. Du lieber Gott, wie bin ich denn darauf gekommen? Entschuldigen Sie. Entschuldigen Sie bitte.«

Ong wandte sich zum Gehen. Hinter dem Glas legte Roger Camden das Baby in ein kleines Bettchen auf Rädern zurück. Auf dem Namensschild stand: CAMDEN-1, WEIBL., 2700 g. Die Nachtschwester sah Camden mit nachsichtigem Lächeln zu.

Ong wartete nicht ab, bis der stolze Vater die Säuglingsstation verließ; er hätte dann Susan Melling irgend etwas zu Camden sagen hören, was Ong gar nicht hören wollte, und so ging er rasch davon, um den Geburtshelfer ausrufen zu lassen. Unter diesen Umständen war auf Mellings Bericht kein Verlaß: Eine perfekte, noch nie dagewesene Chance, jedes Detail einer Genveränderung zu erfassen und mit einem nicht veränderten Kontrollindividuum zu vergleichen, und Melling interessierte sich mehr für ihre sentimentalen Gefühle! Wie es aussah, würde Ong den Bericht selbst verfassen müssen, nachdem er mit dem Geburtshelfer gesprochen hatte. Er wollte jede Einzelheit wissen – und nicht nur über das rosige Baby in Camdens Armen. Er wollte auch alles über das Kind in dem anderen Bettchen wissen. Über CAMDEN-2, WEIBL., 2300 g, das dunkelhaarige Baby mit dem fleckigen roten Gesichtchen, das zerknautscht unter der rosa Decke lag und schlief.

2

Ihre erste Erinnerung drehte sich um fließende Linien, die nicht da waren. Leisha wußte, daß sie nicht da waren, weil ihre Faust leer blieb, wenn sie danach griff. Später dann wurde ihr klar, daß es sich bei den fließenden Linien um Licht gehandelt hatte – um schräg einfallende Sonnenstrahlen, die zwischen den Vorhängen ihres Zimmers, den Holzbrettern der Fensterläden im Speisezimmer oder den Gitterfenstern im Gewächshaus durchflimmerten. Eines Tages kam dann der Moment, in dem sie herausfand, daß die golden flirrenden Striche Licht waren, und da lachte sie laut; Entdecken machte solche Freude! Papa wandte sich von der Pflanze ab, die er gerade eintopfte, und lächelte ihr zu.

Das ganze Haus war voller Licht. Licht prallte vom Wasser des Sees ab, strömte über die hohen weißen Decken der Räume und kritzelte ein Wirrwarr auf die glänzenden Holzfußböden. Immerzu bewegten sie sich durch Licht, sie und Alice, und manchmal blieb Leisha stehen, legte den Kopf in den Nacken und ließ sich das Licht übers Gesicht rinnen; sie konnte es spüren wie Wasser.

Das beste Licht gab es natürlich im Gewächshaus. Dort hielt sich Papa am liebsten auf, wenn er vom Geldverdienen heimkam. Summend setzte er Pflanzen ein, goß die Bäumchen, und Leisha und Alice rannten zwischen den langen Holztischen mit den Blumen und ihrem herrlich erdigen Geruch herum, rannten von der dunkleren Seite des Gewächshauses, wo die großen purpurroten Blumen wuchsen, zur sonnigen Seite mit den gelben Blütenzweigen, und wieder zurück, ins Licht hinein und wieder heraus. »Das Wachsen«, sagte Papa zu ihr, »ist eine Verheißung, ein Versprechen, das die Blumen erfüllen. Alice, gib acht! Du hättest fast diese Orchidee abgebrochen!« Folgsam stellte Alice das Herumrennen für ein Weilchen ein. Von Leisha verlangte Papa nie, das Herumrennen einzustellen.

Nach einiger Zeit verschwand dann das Licht. Für Alice und Leisha hieß es baden, und dann wurde Alice für gewöhnlich still oder quengelig. Sie wollte nicht mehr mit Leisha spielen, auch wenn sie sich das Spiel und die schönsten Puppen aussuchen durfte. Dann brachte die Kinderfrau Alice ins Bett, und Leisha durfte noch ein Weilchen mit Papa plaudern, bis er sagte, nun müßte er sich in seinem Arbeitszimmer noch um die Papiere kümmern, mit denen er das Geld verdiente. Leisha bedauerte es immer ein wenig, wenn dieser Moment kam, in dem er gehen mußte. Aber kurz darauf traf ohnedies das Fräulein ein, und die geliebten Unterrichtsstunden begannen; es war so interessant, wenn man Dinge erfuhr, die man bisher noch nicht gewußt hatte! Leisha konnte schon zwanzig Lieder singen, alle Buchstaben des Alphabets schreiben und bis fünfzig zählen. Und wenn die Lektionen dann zu Ende gingen, kehrte auch das Licht wieder zurück, und es war Zeit für das Frühstück.

Das Frühstück gefiel Leisha am allerwenigsten. Papa war schon auf dem Weg ins Büro, und Leisha und Alice frühstückten zusammen mit Mami in dem großen Speisezimmer. Mami trug dabei den roten Morgenmantel, der Leisha so gefiel, und sie roch und redete noch nicht so komisch wie im späteren Verlauf des Tages. Trotzdem war das Frühstück nicht lustig. Mami fing immer mit derselben Frage an:

»Alice, Kleines, hast du gut geschlafen?«

»Sehr gut, Mami.«

»Und hast du etwas Schönes geträumt?«

Darauf sagte Alice lange Zeit nein. Doch dann sagte sie eines Tages: »Ich habe von einem Pferd geträumt. Ich bin darauf geritten.« Da klatschte Mami in die

Hände und küßte Alice und gab ihr ein besonders zuckriges Stück Rosinenkuchen. Danach hatte Alice immer einen Traum, den sie Mami erzählen konnte.

Einmal sagte Leisha: »Ich hatte auch einen Traum. Ich träumte, daß das Licht durchs Fenster reinkam, und es hat sich um mich gewickelt wie eine Decke und hat mich auf die Augen geküßt.«

Mami stellte die Tasse so hart hin, daß der Kaffee herausschwappte. »Lüg mich nicht an, Leisha. Du hattest keinen Traum.«

»Doch«, beharrte Leisha.

»Nur Kinder, die schlafen, können Träume haben. Lüg mich nicht an! Du hattest keinen Traum!«

»O doch! Ich hatte einen!« schrie Leisha; sie konnte es beinahe vor sich sehen, das Licht, das durch das Fenster hereinströmte und sich wie eine goldene Decke um sie legte!

»Ich werde nicht dulden, daß mein Kind lügt! Hörst du, Leisha, ich dulde das nicht!«

»Du lügst selber!« schrie Leisha. Sie wußte, daß das nicht stimmte, haßte sich selbst, weil es nicht stimmte – aber sie haßte Mami noch mehr, und das war auch etwas Böses, und dort saß Alice, ganz starr und mit aufgerissenen Augen. Alice hatte Angst, und das war nur ihre, Leishas, Schuld!

Mami rief die Kinderfrau. »Bringen Sie Leisha auf der Stelle in ihr Zimmer! Es geht nicht an, daß sie mit kultivierten Menschen an einem Tisch sitzt, wenn sie nicht aufhört zu lügen.«

Leisha fing an zu weinen. Die Kinderfrau trug sie aus dem Speisezimmer, und Leisha hatte noch nicht einmal gefrühstückt. Aber das war nicht so wichtig. Wichtiger waren Alices Augen, die sie immerzu sah, während sie weinte, diese angsterfüllten Augen, in denen sich winzige Lichtsplitter spiegelten.

Aber Leisha weinte nicht lange. Die Kinderfrau las ihr ein Märchen vor und spielte dann *DataMan* mit ihr, und dann kam schon Alice nach oben, und die Kinderfrau fuhr mit den beiden in den Zoo nach Chicago, wo es diese vielen erstaunlichen Tiere zu sehen gab – Tiere, die sich Leisha nie hätte erträumen können. Und Alice *auch* nicht. Als sie vom Zoo zurückkamen, war Mami schon in ihrem Zimmer verschwunden, und Leisha wußte, dort würde sie zusammen mit dem komisch riechenden Zeug in den Gläsern den ganzen Tag bleiben, und Leisha würde ihr nicht begegnen müssen.

Doch in der Nacht wollte sie zum Zimmer ihrer Mutter.

»Fräulein, ich muß auf die Toilette«, sagte sie zur Hauslehrerin, und die fragte: »Soll ich mitkommen?«, vermutlich weil Alice auf der Toilette immer noch Hilfe brauchte. Aber Leisha brauchte keine mehr, und sie sagte: »Nein, danke.« Dann blieb sie, obwohl nichts kam, eine Minute lang auf der Toilette sitzen, damit das, was sie dem Fräulein gesagt hatte, keine Lüge war.

Und danach schlich sie auf Zehenspitzen über den Flur zu Alices Zimmer. Ein schwaches, kleines Licht glühte in der Nähe des Gitterbettchens an einem Steckkontakt an der Wand. In Leishas Zimmer stand kein Gitterbettchen. Leisha betrachtete zwischen den Stäben hindurch ihre Schwester. Alice lag mit geschlossenen Augen auf der Seite; ihre Lider flatterten wie Vorhänge im Wind. Ihr Kinn hing herab, und der Hals sah ganz schlaff aus.

Leisha schloß die Tür sehr leise und ging zum Zimmer ihrer Eltern.

Sie schliefen nicht in Gitterbetten, sondern auf einer riesigen Liegestatt; zwischen ihnen war genug Platz für noch mehr Leute. Mamis Lider flatterten nicht; sie lag auf dem Rücken und machte »chrrr-chrrr«. Der komische Geruch hing ganz stark über ihr. Schritt für lautlosen Schritt rückte Leisha ab von ihr und schlich auf Zehenspitzen hinüber zu Papa. Er sah aus wie

Alice, nur daß sein Kinn und sein Hals noch schlaffer aussahen. Die Hautfalten schoben sich übereinander wie die Planen des Zeltes, das hinter dem Haus in sich zusammengefallen war. Es schreckte Leisha, Papa so zu sehen. Und dann klappte er so plötzlich die Augen auf, daß Leisha aufschrie.

Papa wälzte sich aus dem Bett, hob Leisha hoch und warf einen raschen Blick auf Mami. Doch die rührte sich nicht. Papa hatte nur Unterhosen an. Er trug Leisha hinaus auf den Flur, wo das Fräulein herbeigestürzt kam.

»Entschuldigen Sie, Sir! Die Kleine sagte, sie wollte nur zur Toilette ...!« beteuerte sie.

»Ist schon gut«, sagte Papa. »Sie kommt mit mir.«

»Nein!« brüllte Leisha, denn Papa hatte nur Unterhosen an, und sein Hals sah so komisch aus, und in dem Zimmer hatte es so schlecht gerochen wegen Mami ... Aber Papa trug sie ins Gewächshaus, setzte sie auf eine Bank, wickelte sich in ein Stück grüne Plastikplane, mit dem man sonst Pflanzen bedeckte, und setzte sich neben sie.

»Also, was ist passiert, Leisha? Was wolltest du denn?«

Leisha antwortete nicht.

»Du wolltest wissen, wie die Leute aussehen, wenn sie schlafen, stimmt's?« fragte Papa, und weil seine Stimme jetzt wieder besänftigt klang, murmelte Leisha: »Ja.« Sie fühlte sich augenblicklich besser; es tat gut, nicht zu lügen.

»Du hast uns beim Schlafen zugesehen, weil du nie schläfst und du neugierig warst, nicht wahr? Wie das neugierige Mäxchen in deinem Buch?«

»Ja.« Leisha nickte. »Dabei sagtest du doch, du würdest in deinem Arbeitszimmer die ganze Nacht über Geld verdienen!«

Papa lächelte. »Nicht die ganze Nacht. Nur einen Teil davon. Aber dann schlafe ich, wenn auch nicht lange.« Er nahm Leisha auf die Knie. »Ich brauche nicht viel Schlaf, also kann ich nachts viel, viel mehr erledigen als die meisten Menschen. Aber unterschiedliche Menschen brauchen unterschiedlich viel Schlaf. Und nur wenige, ganz wenige, sind wie du. Du brauchst überhaupt keinen.«

»Und warum nicht?«

»Weil du etwas Besonderes bist. Weil du besser bist als die meisten anderen Menschen. Bevor du geboren wurdest, habe ich dafür gesorgt, daß einige Ärzte mithalfen, etwas Besonderes aus dir zu machen.«

»Weshalb?«

»Damit du alles tun kannst, was du willst, und deine Einzigartigkeit als Individuum zum Ausdruck kommt.«

Leisha wand sich in seinen Armen, um ihm ins Gesicht sehen zu können; die Worte sagten ihr gar nichts. Papa beugte sich über sie hinweg und berührte eine einzelne Blume auf einem hohen Baum. Die Blume hatte dicke weiße Blütenblätter, so weiß wie die Sahne, die Papa in den Kaffee goß, und im Innern war sie hellrosa.

»Sieh mal, Leisha, dieser Baum hat diese Blüte hervorgebracht. Weil er es *kann*. Und nur dieser Baum kann diese wunderbare Blüte machen. Diese Pflanze, die dort drüben hängt, kann es nicht, und die dort kann es auch nicht. Nur dieser Baum. Daher ist es für den Baum das wichtigste, diese Blüte hervorzubringen. Die Blüte ist die Einzigartigkeit, die Individualität des Baums, die so zum Ausdruck kommt. Nichts sonst macht einen wirklichen Unterschied.«

»Das verstehe ich nicht, Papa.«

»Eines Tages wirst du es verstehen.«

»Aber ich möchte es *jetzt* verstehen!« sagte Leisha, und Papa lachte beglückt auf und drückte sie an sich. Das fand sie angenehm, aber sie wollte es trotzdem verstehen ...

»Wenn du Geld verdienst, ist das dann deine Indiv... diese Sache eben?«

»Ja!« nickte Papa begeistert.

»Dann kann niemand sonst Geld verdienen? Wie nur dieser Baum diese Blume machen kann?«

»Niemand sonst kann es auf die Weise tun, wie ich es tue.«

»Was machst du mit dem Geld?«

»Ich kaufe Dinge für dich. Ich habe dieses Haus gekauft, kaufe dir Kleidchen, bezahle die Hauslehrerin, damit sie mit dir lernt, und das Auto, in dem du fährst.«

»Was macht der Baum mit der Blume.«

»Er ist stolz darauf und erfreut sich daran«, sagte Papa, was keinen Sinn ergab. »Der Allerbeste zu sein, das ist es, was zählt, Leisha. Durch eigene, individuelle Leistung über alle anderen hinauszuwachsen, das ist *alles*, was zählt.«

»Mir ist kalt, Papa.«

»Dann bringe ich dich lieber zurück zum Fräulein.«

Leisha rührte sich nicht. Sie streckte einen Finger aus und strich über die Blüte. »Ich möchte schlafen, Papa.«

»Nein, Schätzchen, das möchtest du nicht. Schlaf ist bloß verlorene Zeit, vergeudetes Leben. Ein kleiner Tod.«

»Alice schläft aber.«

»Alice ist nicht wie du.«

»Alice ist nichts Besonderes?«

»Nein. Nur du.«

»Warum hast du sie nicht auch besonders gemacht?«

»Alice hat sich selber gemacht. Sie hat mir keine Chance gegeben, sie zu etwas Besonderem zu machen.«

Das war alles viel zu kompliziert für Leisha. Sie hörte auf, die Blüte zu streicheln und rutschte von Papas Knie.

Er sah sie an. »Mein kleiner, unermüdlicher Forschergeist«, lächelte er. »Wenn du erst einmal erwachsen bist, wirst du merken, wie turmhoch du über den anderen Menschen stehst. Diese Besonderheit wird eine neue Kategorie von Menschen bilden, eine Kategorie, wie sie die Welt noch nicht gesehen hat. Du könntest jemand werden, der so ist wie Kenzo Yagai. Er hat den Yagai-Generator erfunden, der die ganze Welt mit Energie versorgt.«

»Papa, du siehst lustig aus mit dem grünen Plastikumhang!« Leisha lachte, und Papa lachte auch. Aber dann sagte sie: »Wenn ich groß bin, werde ich so besonders sein, daß ich einen Weg finden werde, Alice auch zu etwas Besonderem zu machen«, und da hörte Papa auf zu lachen.

Er brachte sie zum Fräulein zurück, das ihr zeigte, wie man ihren Namen schrieb. Und das war so aufregend, daß sie das rätselhafte Gespräch mit Papa schnell vergessen hatte. Es waren sechs Buchstaben, alle verschieden, und zusammen ergaben sie *ihren Namen!* Leisha schrieb ihn wieder und wieder, lachte dabei, und das Fräulein lachte auch. Doch später, am Morgen, fiel ihr die Unterhaltung wieder ein, und danach dachte sie oft daran, wobei sie die Worte, die ihr nicht vertraut waren, im Geist herumdrehte wie kleine, harte Steine; doch der Teil, an den sie am häufigsten dachte, bestand nicht aus Worten. Er bestand aus Papas finsterer Miene, nachdem sie ihm gesagt hatte, sie würde ihre Besonderheit dazu benutzen, auch Alice besonders zu machen.

Jede Woche kam Frau Doktor Melling zu Besuch, um Leisha und Alice zu besuchen. Manchmal kam sie allein, manchmal mit anderen Leuten. Leisha und Alice hatten Frau Doktor Melling sehr gern, weil sie soviel lachte und sie beide mit Wärme und Glanz in den Augen ansah. Oft war auch Papa dabei. Frau Doktor Melling machte Spiele mit ihnen, zuerst mit jeweils einer von ihnen allein, und dann mit beiden zusammen. Sie fotografierte sie und wog sie ab. Dann mußten sie sich flach auf einen Tisch legen und Frau Doktor Melling klebte ihnen kleine Metalldinger an die Schläfen, was sich zuerst schaurig anfühlte, aber wenn sie dann beide ruhig dalagen, gab es so viele Geräte zu beobachten, die alle interessante Geräusche machten, und Frau Doktor Melling wußte auf alle Fragen eine Antwort, genau wie Papa. Einmal fragte Leisha: »Ist Frau Doktor Melling etwas Besonderes? So wie Kenzo Yagai?« Und Papa lachte und sagte mit einem Seitenblick auf Frau Doktor Melling: »O ja, sie ist etwas ganz Besonderes.«

Als Leisha fünf Jahre alt war, kamen sie und Alice in die Schule. Papas Chauffeur fuhr sie beide jeden Tag nach Chicago. Sie waren in verschiedenen Klassenzimmern, was Leisha enttäuschte. Die Kinder in Leishas Klasse waren alle schon größer und älter, aber vom ersten Tag an liebte sie die Schule heiß; es gab dort diese faszinierenden technischen Apparaturen und Computerspiele mit kniffligen mathematischen Denkaufgaben und andere Kinder, mit denen gemeinsam man fremde Länder auf der Karte suchen sollte. Nach einem halben Jahr kam sie wiederum in eine neue Klasse, und dort waren die Kinder noch größer, aber sie waren trotzdem nett zu ihr. Leisha fing an, Japanisch zu lernen. Es machte ihr Freude, die schönen Schriftzeichen mit einem Pinsel auf dickes weißes Papier zu malen. »Die Sauley-Schule war eine gute Wahl«, sagte Papa.

Alice gefiel es in der Sauley-Schule nicht. Sie wollte unbedingt mit demselben gelben Bus zur Schule fahren wie die Tochter der Köchin. Sie weinte in der Sauley-Schule und warf ihre Malfarben auf den Boden. Dann kam eines Tages Mami aus ihrem Zimmer – Leisha hatte sie seit Wochen nicht zu Gesicht bekommen, wußte aber, daß Alice sie regelmäßig besuchte –, und schleuderte ein paar Kerzenleuchter vom Kaminsims auf den Boden; die Leuchter waren aus Porzellan und zerbrachen. Leisha lief hin, um die Scherben einzusammeln, während Mami und Papa am unteren Ende der breiten Treppe in der Halle standen und einander anbrüllten.

»Sie ist auch meine Tochter! Und ich sage, daß sie hingehen darf!«

»Du hast kein Recht, überhaupt etwas dazu zu sagen! Eine weinerliche Schnapsdrossel – das miserabelste Vorbild, das man sich für die beiden nur vorstellen kann! Und ich hatte geglaubt, ich bekäme eine vornehme englische Aristokratin!«

»Du hast das bekommen, was du verdienst! Nichts! Aber du hast doch ohnedies nichts von mir gebraucht – oder von irgend jemandem sonst!«

»Hört auf!« rief Leisha. »Hört auf damit!« Plötzlich war es ganz still in der Halle. Leisha schnitt sich an den Scherben, und Blut tropfte von ihren Fingern auf den Teppich. Papa stürzte herbei, nahm sie in die Arme und hob sie hoch. »Hört auf damit!« schluchzte sie und verstand nicht, was Papa damit meinte, als er sagte: »*Du* hör auf damit, Leisha. Nichts, was *die anderen* tun, berührt dich auch nur im geringsten. So stark mußt du schon sein.«

Leisha vergrub das Gesicht in Papas Schulter, und Alice wechselte über in die Carl-Sandburg-Grundschule, wo sie der gelbe Schulbus jeden Tag gemeinsam mit der Tochter der Köchin hinbrachte.

Ein paar Wochen später sagte ihnen Papa, daß Mami in ein Krankenhaus gehen würde, um aufzuhören mit dem vielen Trinken. Und hinterher, wenn sie wieder herauskam, würde sie eine Weile woanders leben, denn sie und Papa wären nicht glücklich miteinander. Leisha und Alice sollten bei Papa bleiben und Mami gelegentlich besuchen dürfen. Er sagte ihnen das sehr behutsam und fand die rechten Worte für die Wahrheit. Daß Wahrheit etwas sehr Wichtiges war, wußte Leisha bereits. Wahrheit hieß für sie, sich selbst und ihrer Besonderheit treuzubleiben, ihrer Individualität zu entsprechen. Ein echtes Individuum respektierte die Tatsachen und sagte daher stets die Wahrheit.

Mami – das sagte Papa nicht, aber Leisha wußte es auch so – respektierte die Tatsachen nicht.

»Ich will nicht, daß Mami weggeht«, sagte Alice. Sie begann zu weinen. Leisha dachte, Papa würde Alice in den Arm nehmen und hochheben, aber das tat er nicht. Er stand nur da und sah sie beide an.

Leisha legte die Arme um Alice. »Sei nicht traurig, Alice. Sei nicht traurig. Wir machen alles wieder gut. Immer, wenn wir nicht in der Schule sind, werde ich mit dir spielen, damit dir Mami nicht so fehlt.«

Alice klammerte sich an Leisha, und Leisha drehte den Kopf so, daß sie Papas Gesicht nicht sehen mußte.

3

Kenzo Yagai kam zu einer Vortragsreise in die Vereinigten Staaten. Das Thema seines Vortrags, den er in New York, Los Angeles und Chicago halten würde – mit einem speziellen Auftritt vor dem Kongreß in Washington – lautete: »Aspekte der künftigen politischen Bedeutung billiger Energie.« Leisha Camden, elf Jahre alt, sollte nach dem Vortrag in Chicago von Kenzo Yagai privat empfangen und ihm vorgestellt werden; das verdankte sie ihrem Vater, der den Auftritt in Chicago arrangiert hatte.

Die Theorie der kalten Kernfusion war Leisha bereits aus der Schule bekannt, und ihr Soziologielehrer hatte die weltweiten Veränderungen aufgezählt, die sich aus der praktischen Anwendung von Yagais patentierter Erfindung ergeben hatten (eine Erfindung, die vor ihm nur graue Theorie gewesen war): den steigenden Wohlstand der Dritten Welt; das Zugrundegehen des kommunistischen Systems; den Niedergang der Ölstaaten; die wiedererstandene Wirtschaftsmacht der Vereinigten Staaten. Leishas Arbeitsgruppe hatte ein Drehbuch für einen Film im Stil einer aktuellen Nachrichtensendung verfaßt, der dann unter Verwendung der erstklassigen schuleigenen Ausrüstung gedreht worden war. Der Film stellte einen Vergleich an zwischen einer amerikanischen Familie aus dem Jahr 1985, die mit hohen Energiekosten und einem Credo an staatliche Unterstützung aus dem Steuertopf lebte, und einer Familie des Jahres 2019, die über billige Energie verfügte und die den Vertrag mit gewissen Pflichten und Rechten als Basis jeder Zivilisation betrachtete. Manche Ergebnisse ihrer eigenen Untersuchungen fand Leisha verwirrend.

»In Japan hält man Kenzo Yagai für einen Verräter an seinem Vaterland«, sagte sie beim Abendessen zu Papa.

»Nein«, entgegnete Camden. »*Einige Japaner* halten ihn dafür. Hüte dich vor Verallgemeinerungen, Leisha. Yagai hat die Y-Energie deshalb in den Vereinigten Staaten patentieren lassen und hier die Lizenzen dafür vergeben, weil bei uns zumindest noch die letzten Glutreste selbständigen Unternehmertums vorhanden waren. Und dank seiner Erfindung hat unser ganzes Land langsam wieder zu einer Gesellschaftsform zurückgefunden, in der die Leistung des einzelnen zählt. Nach und nach hat Japan sich unserem Beispiel gezwungenermaßen angeschlossen.«

»Diesen Standpunkt hat dein Vater immer schon vertreten«, sagte Susan. »Iß deine Erbsen, Leisha.« Susan und Papa waren erst kaum ein Jahr verheiratet, und es war immer noch ein wenig sonderbar, sie dauernd dabei zu haben. Sonderbar, aber schön. Papa fand, daß Susan eine wertvolle Bereicherung für den Camden-Haushalt darstellte: intelligent, interessiert und dazu ein sonniges Gemüt. So wie Leisha.

»Denk daran, Leisha«, sagte Camden. »der Wert eines Menschen für die Gesellschaft und für sich selbst hängt nicht von den Erwartungen ab, die er in die Taten oder Gefühle anderer setzt, sondern von seiner eigenen Person und dem, was er persönlich kann – und zwar *gut* kann. Die Menschen treiben Handel mit dem, was sie gut können, und alle haben ihren Nutzen davon. Das grundlegende Werkzeug der zivilisierten Menschen ist der Vertrag. Verträge werden freiwillig abgeschlossen und sind für beide Seiten von Nutzen. Im Gegensatz zur Nötigung; Nötigung ist Unrecht.«

»Der Starke hat nicht das Recht, dem Schwachen gewaltsam etwas wegzunehmen«, sagte Susan. »Alice, Liebes, du sollst auch deine Erbsen essen.«

»Ebensowenig hat der Schwache das Recht, dem

Starken gewaltsam etwas wegzunehmen«, fuhr Camden fort. »Das ist die Grundlage für das, womit Kenzo Yagai sich heute abend beschäftigen wird, Leisha.«

Alice sagte: »Erbsen mag ich nicht.«

»Aber dein Körper mag sie«, erklärte Camden. »Sie sind gesund.«

Alice lächelte, und Leisha bemerkte es glücklich; Alice lächelte nicht mehr oft beim gemeinsamen Abendessen. »Mein Körper hat keinen Vertrag mit den Erbsen«, sagte sie.

»Doch, doch, hat er«, widersprach Camden ein wenig ungeduldig. »Sie nützen deinem Körper. Und jetzt iß.«

Alices Lächeln erlosch. Leisha sah auf ihren Teller. Plötzlich sah sie eine Lösung. »Nein, Papa, sieh mal – Alices Körper hat einen Nutzen, aber die Erbsen haben keinen! Es ist nicht für beide Seiten von Nutzen, wenn Alice die Erbsen ißt, also gibt es keinen Vertrag! Alice hat recht!«

Camden stieß ein kurzes Lachen hervor und sagte zu Susan: »Elf Jahre alt … *elf!*« Sogar Alice lächelte wieder, und Leisha schwenkte triumphierend ihren Löffel. Das Licht brach sich in seiner Höhlung und tanzte silbern über die Wand gegenüber.

Trotzdem hatte Alice keine Lust, sich Kenzo Yagai anzuhören. Sie wollte lieber zu ihrer Freundin Julie und dort die Nacht über bleiben. Die beiden hatten vor, sich zusammen Locken zu drehen. Noch überraschender fand Leisha es, daß auch Susan nicht mitkam; sie und Papa sahen einander an der Tür ein wenig seltsam an, fand Leisha, aber sie war zu aufgeregt, um weiter darüber nachzudenken. Sie würde doch gleich *Kenzo Yagai* hören!

Yagai war dunkel, klein und schlank, und sein Akzent gefiel Leisha ungemein. Noch etwas an ihm gefiel ihr, doch es brauchte ein Weilchen, bis sie den Finger darauf legen konnte. »Papa«, flüsterte sie im Halbdunkel des Vortragssaales, »er ist ja ein fröhlicher Mensch!«

Papa legte den Arm um sie und drückte sie an sich.

Yagai sprach über innere und materielle Werte. »Der innere Wert des Menschen, also seine menschliche Würde, gründet sich auf seine Leistungen. Würde und innerer Wert werden nicht durch vornehme Geburt vererbt; wir brauchen dazu nur in die Geschichtsbücher zu blicken. Würde und Wert des Menschen werden auch nicht zusammen mit dem Vermögen vererbt. Auch ein reicher Erbe kann ein Dieb sein, ein Verschwender, ein Ausbeuter, ein Sadist, kurzum, ein Mensch, der nach seinem Tod diese Welt sehr viel ärmer zurückläßt, als er sie einst vorgefunden hat. Und es ist auch nicht so, daß die einfache Tatsache seiner Existenz dem Menschen Wert und Würde verleiht; ein Massenmörder existiert, ist jedoch von negativem Wert für die Allgemeinheit und ist in seiner Lust zu töten bar jeglicher Würde.

Nein, die einzige Würde, der einzige Wert des Menschen liegt in dem, was er durch eigene Leistung erreichen kann. Dem Menschen die Möglichkeit vorzuenthalten, etwas zu erreichen und das Erreichte zu vermarkten, hieße, ihn seiner inneren Würde zu berauben. Das ist auch die Ursache für das Scheitern des Kommunismus. *Jegliche* Einschränkung und alle Bemühungen, dem Menschen sein angeborenes Leistungsstreben künstlich zu nehmen, verursacht Schäden an der inneren Substanz des Individuums und schwächt die Gesellschaft. Die allgemeine Wehrpflicht, jeder Diebstahl, Betrug und Gewaltakt, die öffentliche Wohlfahrt und die fehlende Vertretung bei der gesetzgebenden Körperschaft – *das alles* nimmt dem Menschen die Möglichkeit, seine Wahl zu treffen, aus eigenem Antrieb etwas zu leisten und mit den Früchten dieser Leistung Handel zu treiben. Jede Nötigung ist letzten Endes Schwindel, denn Zwang schafft nichts

Neues. Nur Freiheit – die Freiheit, etwas zu leisten, und die Freiheit, das Geleistete nach eigenem Dafürhalten zu verwenden oder zu veräußern – schafft ein Umfeld, das der Würde und den inneren Werten des Menschen entspricht.«

Leisha applaudierte, bis ihr die Hände weh taten. Als sie mit Papa zu den Garderoben ging, war sie ganz atemlos vor Glück. Kenzo Yagai!

Überraschenderweise war vor den Garderoben der Teufel los. Überall waren Kameras, und als Papa sagte: »Mister Yagai, darf ich Ihnen meine Tochter Leisha vorstellen«, setzten sich die Kameras umgehend und blitzschnell in Bewegung – auf Leisha zu! Ein Japaner flüsterte Kenzo Yagai etwas ins Ohr, und er richtete den Blick auf Leisha. »Ah ja!«

»Schau hierher, Leisha!« rief jemand, und sie tat es. Eine Robotkamera fuhr so dicht an ihr Gesicht heran, daß sie erschrocken einen Schritt zurückwich. Papa sagte ein paar scharfe Worte zu diesem und zu jenem, aber die Kameras rückten nicht von ihr ab. Eine Frau beugte sich plötzlich zu Leisha herab und stieß ihr ein Mikrophon unter die Nase. »Wie fühlt man sich eigentlich, wenn man nie schläft, Leisha?«

»Wie bitte?«

Jemand lachte. Es war kein freundliches Lachen. »Wie Zuchtgenies ...«

Leisha spürte eine Hand auf ihrer Schulter. Kenzo Yagai packte sie und schob sie von den Kameras weg. Wie von Zauberhand gelenkt formte sich hinter Yagai eine Wand aus Japanern, die sich nur öffnete, um Papa durchzulassen. Im Schutz der Wand betraten sie alle drei die Garderobe, und Kenzo Yagai schloß die Tür.

»Kümmere dich nicht um diese Leute, Leisha«, sagte er mit seinem wunderbaren Akzent. »Niemals. Wir in Asien sagen: ›Die Hunde kläffen, aber die Karawane zieht weiter.‹ Du darfst nie zulassen, daß deine persönliche Karawane vom Gekläff ungezogener oder mißgünstiger Hunde aufgehalten wird.«

»Das werde ich nie zulassen«, hauchte Leisha; sie wußte nicht so recht, was genau die Worte bedeuteten, aber später würde sie genug Zeit haben, darüber nachzudenken und sie mit Papa zu besprechen. Im Moment hingegen war sie wie geblendet von Kenzo Yagai, dem Mann, der die Welt ohne Gewaltanwendung veränderte, ohne Waffen, nur mit den Früchten seiner eigenen Leistungen. »Wir beschäftigen uns in der Schule mit Ihrer Philosophie, Mister Yagai.«

Kenzo Yagai sah Papa an, und Papa sagte: »Es ist eine Privatschule. Doch auch in der öffentlichen Schule, die Leishas Schwester besucht, wird Ihre Philosophie durchgenommen, zwar nur in groben Zügen, aber immerhin. Es kommt langsam, Kenzo, aber es kommt!« Es fiel Leisha auf, daß Papa mit keinem Wort erklärte, warum Alice heute abend nicht mitgekommen war.

Daheim saß Leisha dann stundenlang in ihrem Zimmer und dachte über alles nach, was sie erlebt hatte, und als Alice am nächsten Morgen von Julie nach Hause kam, rannte Leisha ihr aufgeregt entgegen. Aber Alice schien sich über irgend etwas zu ärgern.

»Alice, was ist denn los?«

»Sag mal, glaubst du nicht, daß ich in der Schule schon genug mitmache?« schrie sie. »Jeder weiß es, aber solange du Ruhe gabst, gaben die dort auch Ruhe! Sie hatten schon aufgehört, mich zu nerven, und jetzt? Warum mußtest du das tun?«

»Was denn?« fragte Leisha bestürzt.

Alice schleuderte ihr etwas entgegen – den Computerausdruck einer Morgenzeitung, die auf dünneres Papier gedruckt war als das der Camden-Systeme. Zu Leishas Füßen entfaltete sich die Zeitung, und Leisha starrte auf ihr eigenes Bild; es zeigte sie zusammen mit Kenzo Yagai über drei Spalten, und darüber stand:

›YAGAI UND DIE ZUKUNFT: IST IN IHR NOCH PLATZ FÜR UNS NORMALSTERBLICHE? ERFINDER DER Y-ENERGIE EMPFÄNGT ‚SCHLAFLOSE' TOCHTER VON MEGA-FINANCIER ROGER CAMDEN.‹

Alice gab der Zeitung einen Fußtritt. »Im Fernsehen war es auch, gestern abend. *Im Fernsehen!* Ich gebe mir alle Mühe, bei den anderen nicht als hochnäsig und widerlich zu gelten, und dann gehst du hin und tust mir das an! Jetzt wird Julie mich vermutlich nicht mal mehr zu ihrer Pyjamaparty nächste Woche einladen!« Sie stürmte an Leisha vorbei und über die breite geschwungene Treppe hinauf in ihr Zimmer.

Leisha starrte auf die Zeitung; in ihrem Kopf hörte sie Kenzo Yagais Stimme: *Die Hunde kläffen, aber die Karawane zieht weiter.* Sie blickte die leere Treppe entlang nach oben. Laut sagte sie: »Du siehst wirklich hübsch aus mit diesen Locken, Alice!«

4

»Ich will die anderen auch kennenlernen«, sagte Leisha. »Warum hast du mich so lange davon abgehalten?«

»Ich habe dich nicht abgehalten«, stellte Camden fest. »Etwas nicht anzubieten ist nicht dasselbe wie etwas verhindern. Warum sollte ich nicht abwarten, ob du das überhaupt möchtest? Immerhin bist du es doch jetzt auch, die den Wunsch danach ausspricht.«

Leisha sah ihn an. Sie war fünfzehn und machte ihr letztes Jahr an der Sauley-Schule. »Und warum hast du es mir nicht vorgeschlagen?«

»Warum sollte ich denn?«

»Ich weiß nicht«, seufzte Leisha. »Du hast mir doch sonst alles geboten.«

»Einschließlich der Freiheit, dir alles zu wünschen, was du möchtest.«

Leisha suchte nach dem Widerspruch in der Argumentation und fand ihn. »Das meiste, was du für meine Persönlichkeitsentwicklung getan hast, habe ich mir nicht gewünscht, weil mir der Überblick fehlte, du als Erwachsener hattest ihn hingegen. Aber du hast mir nie Gelegenheit geboten, mit den anderen schlaflosen Mutanten ...«

»Du sollst dieses Wort nicht verwenden!« warf Camden mit scharfer Stimme ein.

»... Bekanntschaft zu schließen, also hältst du das entweder für nebensächlich im Hinblick auf meine Persönlichkeitsentwicklung oder du wolltest aus einem anderen Motiv heraus vermeiden, daß ich die anderen kennenlerne.«

»Falsch«, sagte Camden. »Es gibt noch eine dritte Alternative. Nämlich, daß ich diese Bekanntschaft zwar für wichtig im Hinblick auf deine Entwicklung halte, daß ich zweitens diese Bekanntschaft auch wünsche, daß sich hier drittens jedoch eine Chance auf eine Weiterentwicklung deiner Eigeninitiative bot, und dazu mußte ich abwarten, bis *du* das Thema anschneiden würdest.«

»Also gut«, sagte Leisha leicht verstimmt. In letzter Zeit schien es recht häufig zu Verstimmungen zwischen ihnen beiden zu kommen, und das aus gar keinem besonderen Grund. Sie straffte die Schultern, und ihr ungewohnt neuer Busen drängte nach draußen. »Jetzt wünsche ich mir, es zu erfahren. Wie viele Schlaflose gibt es, wer sind sie und wo sind sie?«

»Wenn du den Ausdruck ›die Schlaflosen‹ gebrauchst, dann hast du wohl einiges über das Thema gelesen«, sagte Camden. »Also weißt du sicher schon, daß es bislang in den Vereinigten Staaten eintausendundzweiundachtzig von euch gibt; dazu kommen noch etliche im Ausland. Die meisten von ihnen leben in den Großstädten. Neunundsiebzig wohnen in Chicago, überwiegend noch kleine Kinder. Nur neunzehn gibt es auf der ganzen Welt, die älter sind als du.«

Leisha wollte gar nicht abstreiten, daß sie das alles schon gelesen hatte. Camden beugte sich auf seinem Stuhl vor und sah sie eingehend an. Leisha kam auf den Gedanken, daß er möglicherweise eine Brille brauchte. Sein Haar war nun vollkommen grau, schütter und borstig wie die einsamen Überbleibsel an einem alten Strohbesen. Das *Wall Street Journal* listete ihn unter den hundert reichsten Männern Amerikas auf, und *Women's Wear Daily* betonte, daß er der einzige Milliardär im Land war, der sich nicht in der Welt internationaler Parties, Wohltätigkeitsbälle und Privatsekretäre bewegte. Camden benutzte sein Flugzeug in erster Linie, um damit rund um die Welt von einem Geschäftstermin zum nächsten zu gelangen, um seinen Pflichten als Aufsichtsratsvorsitzender der Yagai-Wirtschaftsakademie nachzukommen, und für wenig sonst. Über die Jahre war er immer reicher, immer zurückgezogener und immer intellektueller geworden. Leisha verspürte eine heiße Woge der alten Zärtlichkeit.

Sie ließ sich seitlich in einen Ledersessel fallen, und ihre langen, schlanken Beine baumelten über die Armlehne. Gedankenverloren kratzte sie an einem Mückenstich auf dem Oberschenkel. »Gut. Ich möchte Richard Keller kennenlernen.« Er wohnte in Chicago und war von allen Beta-Test-Schlaflosen derjenige, der ihr altersmäßig am nächsten kam. Er war siebzehn.

»Warum sagst du das mir? Warum machst du dich nicht einfach auf den Weg zu ihm?«

Leisha bildete sich ein, einen Anflug von Ungeduld aus seiner Stimme herausgehört zu haben. Normalerweise war es ihm lieber, wenn sie sich zuerst eingehend für eine Sache interessierte und ihm erst hinterher darüber berichtete. Beide Teile waren wichtig.

Leisha lachte. »Weißt du was, Papa? Du bist vorhersehbar.«

Camden lachte auch, und mitten im Lachen kam Susan ins Zimmer. »Das ist er sicher nicht. Roger, wie ist das also mit dieser Konferenz am Donnerstag in Buenos Aires? Findet sie nun statt oder nicht?« Als er nicht antwortete, bekam ihre Stimme eine schrillere Note. »Roger? Ich rede mit dir!«

Leisha wandte den Blick ab. Vor zwei Jahren hatte Susan endgültig die Genforschung ad acta gelegt, um sich Camdens Haus und seinem Terminkalender zu widmen. Davor hatte sie große Mühe gehabt, alles unter einen Hut zu bringen. Doch seit sie Biotech verlassen hatte, schien Susan sich verändert zu haben. Sie sprach in gepreßten Tonfall, sie bestand darauf, daß die Köchin und der Gärtner ihre Anweisungen buchstabengetreu und ohne die geringste Abweichung befolgten, und ihre hellen Fransen hatten sich in platinblonde, starr gemeißelte Wellen verwandelt.

»Sie findet statt«, sagte Roger.

»Fein, daß ich wenigstens eine Antwort kriege! Soll ich mitkommen?«

»Wenn du magst.«

»Ich mag.«

Susan ging aus dem Zimmer. Leisha stand auf und streckte sich. Ihre langen Beine hoben sich auf die Zehenspitzen. Es war ein gutes Gefühl, sich so zu dehnen, immer größer zu werden und dabei zu spüren, wie die Sonnenstrahlen, die durch das breite Fenster hereinfielen, über die geschlossenen Lider strichen. Lächelnd sah sie wieder ihren Vater an und bemerkte einen unerwarteten Ausdruck auf seinem Gesicht.

»Leisha ...«

»Ja?«

»Triff dich mit Keller. Aber sieh dich vor.«

»Weswegen?«

Doch Camden antwortete nicht.

Die Stimme am Telefon hatte unverbindlich geklungen. »Leisha Camden? Ja, ich weiß, wer du bist. Donnerstag um drei Uhr nachmittags?«

Das Haus wirkte einfach; es war etwa dreißig Jahre alt, ein wenig an den Südstaatenstil angelehnt und stand in einer ruhigen Vorstadtstraße, in der man die Kinder mit ihren Fahrrädern vom Fenster aus im Auge behalten konnte. Wenige Häuser hatten mehr als eine Y-Energiezelle auf dem Dach, aber die riesigen alten Zuckerahornbäume dazwischen waren herrlich anzusehen.

»Komm rein«, sagte Richard Keller.

Er war nicht größer als Leisha, stämmig gebaut und mit böser Akne geschlagen. Auf den ersten Blick sah es für Leisha so aus, als wäre Schlaflosigkeit die einzige genetische Veränderung an ihm. Er hatte dichtes, dunkles Haar, eine niedrige Stirn und buschige schwarze Augenbrauen. Ehe er die Tür hinter ihr schloß, bemerkte Leisha, wie er ihren Wagen mit dem Chauffeur anstarrte, der in der Auffahrt neben einem rostigen Zehngangrad parkte.

»Ich kann noch nicht fahren«, sagte Leisha. »Ich bin erst fünfzehn.«

»Aber es ist leicht zu erlernen«, meinte Richard. »Also, möchtest du mir jetzt vielleicht sagen, weshalb du gekommen bist?«

Seine Geradlinigkeit gefiel ihr. »Ich wollte unbedingt einen anderen Schlaflosen kennenlernen.«

»Soll das heißen, du kennst keinen einzigen? Keinen von uns?«

»Meinst du damit, daß ihr euch alle kennt?« Das kam unerwartet.

»Komm mit in mein Zimmer, Leisha.«

Sie folgte ihm in den hinteren Teil des Hauses. Außer Richard schien niemand daheim zu sein. Sein Zimmer war groß und luftig und randvoll mit Computern und Aktenschränken. In einer Ecke stand ein Trockenrudergerät. Der Raum hätte eine bescheidenere Version des Zimmers irgendeines von Leishas intelligenteren Klassenkameraden sein können – nur, daß das Bett fehlte. Wodurch mehr Platz darin war. Sie trat an einen der Monitore.

»He – du arbeitest an den Boesc-Formeln?«

»An einem Anwendungsgebiet.«

»Welchem?«

»An der Gesetzmäßigkeit der Fischwanderungen.«

Leisha lächelte. »Ja, da sollte es funktionieren. Auf die Idee bin ich noch nie gekommen.«

Richard schien im Zweifel, was er mit ihrem Lächeln anfangen sollte, und so starrte er erst die Wand an und dann Leishas Kinn. »Bist du an den Gäa-Strukturen interessiert? In verschiedenen Lebensräumen?«

»Eigentlich nicht«, gestand Leisha. »Zumindest nicht in erster Linie. Ich werde in Harvard Politologie studieren. Zusammen mit Jura. Aber wir haben natürlich die Gäa-Strukturen in der Schule durchgenommen.«

Richards Blick löste sich endlich von ihrem Gesicht, und er fuhr sich mit der Hand durch das dunkle Haar. »Setz dich doch, wenn du möchtest.«

Leisha setzte sich und betrachtete anerkennend die Poster an den Wänden, grüne Schattierungen auf blauen, die sich bewegten wie Meeresströmungen. »Die gefallen mir. Hast du sie selbst programmiert?«

»Du bist gar nicht so, wie ich mir dich vorgestellt habe«, stellte Richard fest.

»Und wie hast du dir mich vorgestellt?«

Er zögerte keine Sekunde. »Hochnäsig. Überheblich. Ohne Tiefgang, trotz deines IQ.«

Was sie mehr verletzte, als sie gedacht hätte.

»Du bist eine von den beiden Schlaflosen, die wirklich reich sind«, stieß Richard hervor. »Du und Jennifer Sharifi. Aber das weißt du ohnedies.«

»Nein. Ich habe mich nie dafür interessiert.«

Er setzte sich auf den Stuhl neben Leisha und streckte die stämmigen Beine von sich. Das lässige Hinlümmeln hatte nichts mit einer bequemen Haltung zu tun. »Eigentlich ist das logisch. Reiche Leute lassen ihre Kinder nicht gentechnisch verändern, um sie allen anderen überlegen zu machen. Sie meinen, ihre Sprößlinge müßten das von vornherein schon sein. Nach ihren Wertmaßstäben. Und arme Leute können es sich nicht leisten. Wir Schlaflosen stammen alle aus der oberen Mittelschicht. Die Kinder von Professoren, Wissenschaftlern – von Menschen, die Klugheit und Zeit zu schätzen wissen.«

»Mein Vater weiß Klugheit und Zeit auch zu schätzen«, erklärte Leisha. »Er ist der größte Förderer von Kenzo Yagai.«

»Hör mal, Leisha, glaubst du nicht, daß mir das bekannt ist? Willst du vor mir angeben, oder was?«

»Ich *rede* mit dir«, entgegnete Leisha mit größtem

Nachdruck. Doch im nächsten Moment spürte sie bereits, wie der Effekt seiner gehässigen Bemerkung auf ihren Gesichtsausdruck durchschlug.

»Entschuldige«, murmelte Richard. Er sprang auf und stapfte zum Computer und zurück. »Es tut mir leid! Aber ich … mir ist nicht ganz klar, was du hier willst.«

»Ich bin bloß einsam«, sagte Leisha, erstaunt über sich selbst. Sie sah zu ihm hoch. »Das ist wahr. Ich bin wirklich einsam. Ehrlich. Ich habe natürlich meine Freundinnen und Papa und Alice, meine Schwester. Aber niemand von ihnen weiß … versteht wirklich … was eigentlich? Ich weiß schon nicht mehr, was ich daherrede.«

Jetzt lächelte Richard, und das veränderte sein ganzes Gesicht, brachte die dunklen Winkel darin ans Licht. »Ich verstehe dich. Und wie ich dich verstehe! Was macht man, wenn sie sagen: ›Ich hatte heut nacht einen so schönen Traum!‹«

»Ja!« rief Leisha. »Aber das ist noch nicht so schlimm. So richtig unangenehm wird es, wenn *ich* sage: ›Ich schlag das heute nacht für dich nach‹, und dann kriegen sie plötzlich diesen komischen Zug um den Mund, der heißen soll: ›Sie wird es machen, während ich schlafe.‹«

»Das ist auch noch nicht das schlimmste«, meinte Richard. »Der allerschlimmste Moment kommt, wenn man nach dem Abendessen Basketball gespielt hat, und dann geht man noch auf eine Kleinigkeit ins Stammlokal, und dann sagt man zu den anderen: ›Wie wär's denn mit einem Spaziergang am See?‹, und dann sagen sie alle: ›Also ich bin echt müde. Ich geh jetzt nach Hause und hau mich aufs Ohr.‹«

»Das ist auch noch nicht das schlimmste«, widersprach Leisha und sprang ihrerseits auf. »Das schlimmste ist, wenn man sich völlig mitreißen läßt von einem Film, und dann spitzt sich die Handlung zu, und dann ist alles so traumhaft schön, daß man aufhüpft und schreit: ›Ja! Ja!‹, und Susan sagt: ›Leisha, also ehrlich, man könnte fast glauben, daß du der erste Mensch bist, der sich wirklich amüsieren kann!‹«

»Wer ist Susan?« fragte Richard.

Die launige Atmosphäre war gestört; aber nicht zur Gänze. Leisha konnte immer noch sagen: »Meine Stiefmutter«, ohne Unbehagen zu verspüren über die Diskrepanz zwischen den Hoffnungen, die Susan erweckt hatte, und dem, was daraus geworden war. Richard stand nur ein paar Handbreit vor ihr und lächelte dieses Lächeln voller Frohsinn und Verständnis, und da durchlief sie plötzlich eine heiße Woge der Erleichterung, die so stark war, daß sie geradewegs auf ihn zutrat und die Arme um seinen Nacken legte. Er zuckte ein wenig zurück, und sie hielt ihn fester. Und dann fing sie an zu schluchzen – sie, Leisha, die nie weinte.

»He!« murmelte Richard. »He!«

»Brillant!« sagte Leisha lachend und weinend. »Was für ein brillanter Kommentar!«

Sie spürte sein verlegenes Lächeln an der Wange. »Möchtest du nicht doch meine statistischen Daten über die Fischwanderungen sehen?«

»Nein«, schluchzte Leisha auf, und so hielt er sie einfach fest, tätschelte ihr linkisch den Rücken und sagte ihr ohne Worte, daß sie daheim war.

Camden hatte auf sie gewartet, obwohl es schon nach Mitternacht war. Er hatte viel geraucht. »Nun, hast du dich gut unterhalten, Leisha?« fragte er mit ruhiger Stimme durch die blauen Schwaden.

»O ja!«

»Das freut mich«, sagte er, drückte die letzte Zigarette aus und stieg langsam – langsam und steifbeinig, er war fast siebzig – die Treppe nach oben, um zu Bett zu gehen.

Beinahe ein Jahr lang gingen sie praktisch überall gemeinsam hin: zum Schwimmen, zum Tanzen, ins Museum, ins Theater, in die öffentliche Bibliothek. Richard nahm sie mit zu den anderen, einer Gruppe von zwölf jungen Leuten zwischen vierzehn und neunzehn, alle intelligent und wißbegierig. Alles Schlaflose.

Leisha erfuhr mehr.

Tony Indivinos Eltern waren, wie ihre geschieden. Nur lebte Tony, der vierzehn war, bei seiner Mutter, die nicht unbedingt ein schlafloses Kind gewollt hatte, wohingegen sein Vater, der es gewollt hatte, sich einen roten Sportwagen zulegte, sowie eine junge Freundin, die in Paris ergonomische Stühle entwarf. Tony durfte niemandem – nicht seinen Verwandten, nicht seinen Schulkameraden – verraten, daß er ein Schlafloser war. »Sonst halten sie dich für abnormal«, hatte seine Mutter gemeint und ihrem Sohn dabei nicht in die Augen sehen können. Als er ihr ein einzigesmal nicht gehorchte und einem Freund anvertraute, daß er nie schlief, verprügelte sie ihn. Und dann zog sie mit ihm in eine andere Gegend. Da war Tony neun Jahre alt.

Jeanine Carter, ähnlich langbeinig und schlank wie Leisha, war Eiskunstläuferin und bereitete sich auf die Olympischen Spiele vor. Sie trainierte jeden Tag zwölf Stunden, was keinem Schläfer, der noch auf die High School ging, möglich gewesen wäre. Bis jetzt hatten sich die Zeitungen noch nicht auf die Sache gestürzt, aber Jeanine fürchtete, wenn es einmal soweit sein sollte, würden sie es irgendwie schaffen, sie von der Teilnahme an den Spielen auszuschließen.

Jack Bellingham würde wie Leisha im September mit dem College anfangen. Doch im Gegensatz zu Leisha hatte er mit seiner Karriere schon begonnen. Um Rechtsanwalt zu werden, benötigte man ein Jurastudium; um Geld zu machen, benötigte man nur Geld. Jack hatte nicht viel davon, doch nach einer eingehenden Analyse des Finanzmarktes investierte er seine bei Ferienjobs verdienten sechshundert Dollar in Aktien, die auf einen Wert von dreitausend Dollar kletterten; durch neuerlichen Einsatz seines Kapitals hatte er schließlich zehntausend Dollar, und das reichte für die Spekulation an der Effektenbörse. Jack war erst fünfzehn und damit noch nicht alt genug, um selbst rechtsgültige Investitionen zu tätigen, also wurden die Transaktionen alle in Kevin Bakers Namen durchgeführt, des ältesten der jungen Schlaflosen, der in Austin wohnte. Jack sagte zu Leisha: »Als ich nach zwei aufeinanderfolgenden Vierteljahren bei vierundachtzig Prozent Gewinn angekommen war, ist es den Datenanalytikern aufgestoßen. Na ja, zum Rumschnüffeln sind sie schließlich da, auch wenn die effektiven Summen eher klein sind. Es geht ihnen um das Schema. Aber wenn sie sich die Mühe machen und in den Datenbanken nach Querverbindungen suchen, dann könnten sie feststellen, daß Kevin einer von den Schlaflosen ist. Ich frage mich, ob sie dann versuchen werden, unsere Investitionstätigkeit zu stoppen.«

»Aber das ist doch paranoid!« meinte Leisha.

»Keineswegs«, widersprach Jeanine. »Leisha, du weißt nicht, wie es ist!«

»Wohl weil mich das Geld und die Fürsorge meines Vaters bis jetzt von den Realitäten des Lebens ferngehalten haben!«

Keiner verzog eine Miene. Sie alle waren es gewöhnt, sich ernsthaft den Gedanken des anderen zu stellen. Ohne Zweideutigkeiten. Ohne Träumerei.

»Ja«, sagte Jeanine. »Klingt phantastisch, dein Vater. Und er hat dir die Einstellung mit auf den Weg gegeben, daß man dem Streben nach Leistung und Erfolg keine Fesseln anlegen darf – meine Güte, er ist ja Yagaiist! Gut, gut! Wir freuen uns für dich.« Sie sagte es ohne jede Spur von Sarkasmus. Leisha nickte. »Aber die Welt ist nicht überall so. Die anderen hassen uns.«

»Das ist zu dick aufgetragen«, warf Carol ein. »›Hassen‹ ist übertrieben.«

»Mag sein«, räumte Jeanine ein. »Aber sie sind anders als wir. Wir sind einfach die Besseren, und selbstverständlich verübeln sie uns das.«

»Ich weiß nicht, was daran selbstverständlich sein soll«, sagte Tony. »Warum sollte es nicht ebenso selbstverständlich sein, das Bessere zu bewundern? Wir tun das. Sind wir böse auf Kenzo Yagai, weil er ein Genie ist? Auf Nelson Wade, den Physiker? Auf Catherine Raduski?«

»Wir sind deshalb nicht böse auf all diese Leute, weil wir dem Rest der Welt überlegen sind«, erklärte Richard. *»Quod erat demonstrandum.«*

»Und deshalb müssen wir uns zusammentun«, sagte Tony. »Zu einer eigenen, geschlossenen Gemeinschaft. Warum sollten wir ihnen und ihren Regeln und Vorschriften das Recht zugestehen, uns in unserem natürlichen, rechtschaffenen Streben nach großen Leistungen zu hemmen? Warum sollte es Jeanine untersagt sein, sich auf dem Eis mit ihnen zu messen, oder Jack, zu denselben Bedingungen wie alle anderen zu investieren? Bloß weil wir Schlaflose sind? Manche von denen sind doch auch klüger als der Rest. Manche verfügen über größere Ausdauer als die anderen. Nun, wir verfügen über eine höhere Konzentrationsfähigkeit, eine bessere biochemische Stabilität und über mehr Zeit. Alle Menschen sind *nicht* gleich erschaffen worden.«

»Sei gerecht, Jack. Noch hat uns niemand irgend etwas untersagt«, gab Jeanine zu bedenken.

»Dazu kommt es aber früher oder später.«

»Wartet mal!« rief Leisha. Die Richtung, die das Gespräch genommen hatte, beunruhigte sie zutiefst. »Wir sind den anderen zwar in vielerlei Hinsicht überlegen, das stimmt schon, aber was du zitierst, Tony, ist aus dem Zusammenhang gerissen. Die Unabhängigkeits-

erklärung behauptet nicht, daß alle Menschen von ihrem Schöpfer mit gleichen Fähigkeiten ausgestattet wurden, sie gesteht ihnen nur die gleichen Rechte und Möglichkeiten zu; sie spricht von der Gleichheit *vor dem Gesetz.* Wir haben daher genausowenig wie alle anderen das Recht auf eine eigene Gemeinschaft oder darauf, die Regeln und Vorschriften der Gesellschaft zu ignorieren. Nur wenn dieselben vertragsmäßigen Voraussetzungen für alle gelten, ist der Weg zu einem ungehinderten Austausch unserer individuellen Leistungsergebnisse frei.«

»Hört sich an wie eine echte Yagaiistin«, sagte Richard und drückte ihre Hand.

»So, jetzt reicht mir die intellektuelle Diskussion aber«, sagte Carol lachend. »Das geht ja schon stundenlang so. Und wir sind doch am Strand, um Himmels willen! Wer kommt mit mir schwimmen?«

»Ich«, sagte Jeanine. »Komm auch mit, Jack!«

Sie sprangen auf, klopften sich den Sand vom Hosenboden und legten die Sonnenbrille ab. Richard zog Leisha hoch, aber gerade als sie sich alle anschickten, ins Wasser zu laufen, legte Tony ihr seine magere Hand auf den Arm. »Noch ein Problem Leisha. Einfach zum Nachdenken. Angenommen, wir erreichen im Leben mehr als die meisten anderen Menschen und tauschen, wann immer es für beide Teile von Vorteil ist, das Geleistete in irgendeiner Form mit den Schläfern, ohne einen Unterschied zu machen zwischen den Starken und den Schwachen unter ihnen – welche Verpflichtung haben wir dann jenen gegenüber, die so schwach sind, daß sie nichts haben, was sie mit uns tauschen könnten? Wir werden ohnehin mehr geben, als wir bekommen; müssen wir auch geben, wenn wir gar nichts dafür bekommen? Müssen wir mit den Früchten unserer Arbeit auch für ihre Krüppel und Behinderten sorgen, für ihre Kranken und Unfähigen und Faulen?«

»Müssen es die Schläfer tun?« gab Leisha die Frage zurück.

»Kenzo Yagai würde sagen, nein. Und er ist ein Schläfer.«

»Er würde sagen, sie profitieren ohnehin von diesem Tauschhandel, auch wenn sie keine direkten Vertragspartner sind. Immerhin ist dank der Y-Energie bereits jetzt die ganze Welt besser ernährt und gesünder.«

»Kommt endlich!« rief Jeanine. »Leisha, sie tauchen mich unter! Jack, hör auf damit! Leisha, so hilf mir doch!«

Leisha lachte. Gerade als sie Jeanine befreien wollte, gewahrte sie den Ausdruck auf Richards Gesicht. Und auf Tonys. Richard sah unverhohlen lüstern aus; und Tony wütend. Auf sie. Aber weshalb? Was hatte sie getan, außer sich auf die Seite von Menschenwürde und freiem Austausch aller Leistungen zu stellen?

Doch dann spritzte Jack sie an, und Carol warf Jack in die laue Brandung, und Richard legte die Arme um sie und hielt sie lachend fest.

Und als sie sich das Wasser aus den Augen gewischt hatte, war Tony verschwunden.

Mitternacht. »Okay«, sagte Carol. »Wer macht den Anfang?«

Die sechs Teenager auf der kleinen, von Brombeerhecken umgebenen Lichtung sahen einander an. Eine Y-Lampe, der Atmosphäre wegen auf gedämpften Lichtschein reduziert, warf gespenstische Schatten über die Gesichter und die nackten Beine. Rund um die Lichtung standen Roger Camdens hohe Bäume dicht und dunkel wie eine Mauer zwischen ihnen und dem nächsten Nebengebäude des Landsitzes. Es war sehr heiß – eine drückende, schwüle Augustnacht. Sie hatten sich gegen das Mitbringen eines klimatisierten Y-Feldes entschieden, weil dies doch eine Rückkehr ins Primitive, in die Gefahren der Wildnis werden sollte. Also mußte es auch primitiv bleiben.

Sechs Augenpaare starrten auf das Glas in Carols Hand.

»Na *los!*« drängte sie. »Wer macht den ersten Schluck?« Die unbeschwerte Entschlossenheit in ihrer Stimme klang ein wenig gekünstelt. »Es war ohnehin schwer genug, das zu beschaffen.«

»Und wie *hast* du es beschafft?« fragte Richard, mit Ausnahme von Tony jenes Mitglied der Gruppe, dessen Familie am wenigsten einflußreich und am wenigsten wohlhabend war. »So, in trinkbarer Form?«

»Jennifer hat es besorgt«, sagte Carol, und fünf Augenpaare richteten sich auf Jennifer Sharifi, die selbst nach zweiwöchigem Aufenthalt bei Carol und ihrer Familie immer noch auf alle verwirrend wirkte. Sie war als Tochter eines Hollywoodstars und eines arabischen Prinzen, der vorgehabt hatte, eine Schlaflosen-Dynastie zu gründen, in Amerika geboren. Jetzt war der Hollywoodstar drogenabhängig und wurde langsam alt; der Prinz hingegen hatte, schon als Kenzo Yagai seine ersten Lizenzen vergab, sein ganzes Vermögen aus dem Ölgeschäft abgezogen, in die Y-Energie gesteckt und war längst tot. Jennifer Sharifi war reicher, als Leisha je sein würde, und weitaus phantasievoller und raffinierter bei der Beschaffung von allerlei Dingen. In dem Glas befand sich Interleukin-1, eine Substanz, die das Immunsystem stärkte und wie zahlreiche andere als Nebeneffekt das Gehirn umgehend zu tiefem Schlaf veranlaßte.

Leisha starrte das Glas an. Sie spürte es warm in ihrem Bauch kribbeln, gar nicht so unähnlich dem Gefühl, wenn sie und Richard miteinander schliefen. Da bemerkte sie Jennifers beobachtenden Blick und wurde rot.

Jennifer irritierte sie – aber nicht aus den naheliegenden Gründen, aus denen sie Richard und Tony und Jack irritierte: langes schwarzes Haar, ein hochgewachsener, schlanker Körper in Shorts und knappem Oberteil. Nein, es war etwas anderes: Jennifer lachte nicht. Leisha kannte keinen Schlaflosen, der nicht lachte und – wenn überhaupt – mit einer so bewußten Gelassenheit sprach. Hin und wieder ertappte Leisha sich dabei, wie sie im stillen Vermutungen darüber anstellte, was Jennifer Sharifi *nicht* sagte. Es war ein fremdartiges Gefühl einem anderen Schlaflosen gegenüber.

Tony sagte zu Carol: »Gib es mir.«

Carol reichte ihm das Glas. »Denk daran, nur ein kleiner Schluck.«

Tony hob das Glas zum Mund, hielt inne und blickte über den Rand des Glases hinweg grimmig von einem zum anderen. Dann trank er.

Carol nahm das Glas wieder an sich.

Alle beobachteten Tony. Innerhalb einer Minute lag er auf dem harten Gras; innerhalb von zwei Minuten schlossen sich seine Augen, und er schlief.

Es war ganz anders, als Eltern, Geschwistern oder Freunden beim Schlafen zuzusehen. Das hier war Tony! Sie wandten den Blick ab und vermieden es, einander in die Augen zu sehen. Leisha spürte, wie die Wärme zwischen ihren Beinen leicht obszön pochte und prickelte. Sie hütete sich, Jennifer anzusehen.

Als Leisha an der Reihe war, trank sie langsam und reichte Richard das Glas weiter. Ihr Kopf wurde schwer und fühlte sich an wie mit feuchten Lumpen ausgestopft. Die Bäume am Rand der Lichtung verloren ihre scharfen Konturen, und die Y-Lampe wirkte auch verschwommen. Ihr Lichtschein sah nicht mehr klar aus, sondern verwischt und fleckig; würde er sich verschmieren, wenn Leisha hineingriff? Und dann stürzte Finsternis über sie herein, packte ihr Hirn und trug es mit sich fort. *Die Finsternis trug ihr Bewußtsein davon!* »Papa!« versuchte sie zu schreien, um sich an ihn zu klammern, doch dann löschte die Finsternis alles aus.

Hinterher hatten alle Kopfschmerzen, und sich dann in dem schwachen Morgenlicht durch den Wald zurückzuschleppen, war eine einzige Tortur, verschlimmert noch durch ein sonderbares Gefühl der Scham. Sie vermieden es, einander zu berühren. Selbst Leisha und Richard hielten soviel Abstand wie nur möglich.

Jennifer war die einzige, die sprach. »Also jetzt wissen wir es«, stellte sie fest, und aus ihrer Stimme klang eine seltsame Genugtuung.

Es dauerte einen ganzen Tag, bis das Hämmern im Hinterkopf aufhörte und die Übelkeit verging. Während sie darauf wartete, daß dieser elende Zustand nachließ, saß Leisha allein in ihrem Zimmer; trotz der Hitze zitterte sie.

Und sie hatte nicht einmal einen Traum gehabt.

»Komm doch heute abend mit«, sagte Leisha nun schon zum zehnten oder zwölften Mal. »Übermorgen heißt es schon ab ins College, das ist wirklich die letzte Möglichkeit, daß du Richard kennenlernst.«

Alice lag auf dem Bauch quer über das Bett gestreckt. Das Haar fiel ihr braun und stumpf in die Stirn. Sie trug einen teuren gelben Freizeitanzug, ein Seidenmodell von Ann Patterson, dessen Hosenbeine sich im Moment an den Knien zusammenschoben.

»Warum? Es kann dir doch egal sein, ob ich Richard kenne oder nicht.«

»Weil du meine Schwester bist, darum«, entgegnete Leisha und hütete sich, ›meine Zwillingsschwester‹ zu sagen; nichts brachte Alice rascher in Wut.

»Ich will aber nicht.« Doch schon im nächsten Moment war Alices Gesicht wie verwandelt. »Entschuldige, Leisha. Ich wollte wirklich nicht grob zu dir sein. Aber ... ich will einfach nicht.«

»Es wird ja keiner von den anderen da sein. Nur

Richard. Und du brauchst auch bloß ein Stündchen zu bleiben. Dann kannst du wieder nach Hause und fürs Northwestern packen.«

»Ich gehe nicht aufs Northwestern.«

Leisha starrte sie an.

»Ich bin schwanger«, sagte Alice.

Leisha setzte sich auf das Bett. Alice drehte sich auf den Rücken, schob sich die Haare aus den Augen und lachte. Leisha bemühte sich, die Ohren dagegen zu verschließen. »Wenn man dich ansieht«, sagte Alice lachend, »könnte man glauben, du wärst diejenige, die schwanger ist! Aber das könnte dir nie passieren, nicht wahr, Leisha? Nicht eher, als es dir in den Kram paßt. Nicht dir.«

»Wie gibt's das?« fragte Leisha. »Wir bekamen doch beide so ein Ding ...«

»Ich hab meines entfernen lassen«, sagte Alice.

»Du *wolltest* schwanger werden?«

»Und wie blitzartig ich es wurde! Und es gibt nichts, was Papa dagegen tun kann. Außer, daß er mir sämtliche Kreditkarten abnimmt. Aber ich glaube nicht, daß er mir das antun wird.« Sie lachte schrill auf. »Nicht einmal mir.«

»Aber, Alice ... warum? Doch nicht nur, um Papa zu ärgern?«

»Nein«, sagte Alice. »Obwohl du das durchaus für denkbar halten würdest, nicht wahr? Nein, ich wollte einfach etwas zum Liebhaben. Etwas, das mir ganz allein gehört. Und das nichts mit diesem Haus zu tun hat.«

Leisha dachte daran, wie sie und Alice durch die hellen Sonnenstrahlen im Gewächshaus gerannt waren, damals, vor vielen Jahren. »Es war doch nicht so schlimm, in diesem Haus aufzuwachsen, oder?«

»Leisha, du bist dumm. Ich weiß nicht, wie jemand, der so klug ist wie du, so dumm sein kann! Verschwinde aus meinem Zimmer! Raus hier!«

»Aber, Alice ... ein *Baby* ...!«

»Hau ab!« kreischte Alice. »Geh nach Harvard! Werd erfolgreich und berühmt! Bloß hau endlich ab!«

Leisha fuhr hoch. »Aber gern. Du bist unvernünftig, Alice. Du denkst nicht voraus, du planst nicht ... ein *Kind!*« Doch Ärger war ein Zustand, den sie nie lange aufrechterhalten konnte; er versickerte ganz einfach und ließ eine Leere zurück.

Plötzlich breitete Alice die Arme aus, und Leisha rannte hin und schmiegte sich an sie.

»Du bist das Kind«, murmelte Alice erstaunt. »Ehrlich. Du bist so ... Ich weiß nicht. Jedenfalls bist du ein Kind.«

Leisha sagte nichts darauf. Alices Arme fühlten sich so warm an, so stark – wie zwei Kinder, die durch die Sonnenstrahlen im Gewächshaus flitzten. »Ich werde dir helfen, Alice. Wenn Papa es nicht tut.«

Alice schob sie schroff von sich. »Ich brauche deine Hilfe nicht.«

Leisha stand da, strich sich über die nutzlos gewordenen Arme und rieb mit den Fingerspitzen an den Ellbogen. Alice trat gegen den leeren Koffer, der mit offenem Deckel darauf wartete, für das College gepackt zu werden, und setzte dazu ein abruptes Lächeln auf, da Leisha unwillkürlich den Blick abwandte; sie machte sich auf weitere Kränkungen gefaßt, aber alles, was Alice sagte, war ein sehr leises: »Hoffentlich gefällt's dir in Harvard.«

5

Es gefiel ihr sehr.

Schon beim ersten Blick auf die Massachusetts Hall, die um ein halbes Jahrhundert älter war als die Vereinigten Staaten, verspürte Leisha etwas, das in Chicago gefehlt hatte: Alter. Verwurzelung. Tradition. Sie berührte die Backsteine der Widener-Bibliothek und die Glaskästen im Peabody-Museum, als wären sie der Heilige Gral. Mythen oder Dramen hatten Leisha nie besonders berührt; Julias Seelenqualen erschienen ihr gekünstelt, und jene von Willy Loman einfach nur überflüssig. Nur König Artus, der unermüdliche Kämpfer für eine bessere Gesellschaftsordnung, hatte ihr Interesse wecken können. Doch nun, als sie unter den imposanten, herbstlich gefärbten Bäumen dahinwanderte, bekam sie einen flüchtigen Eindruck dieser Kraft, die über Generationen hinwegreichen konnte, indem sie Reichtümer dazu bestimmte, Wissen und große Leistungen zu ermöglichen, welche die Wohltäter nie zu Gesicht bekommen würden – Früchte individuellen Strebens, die künftige Jahrhunderte prägen und sie umfassen sollten. Leisha blieb stehen und blickte durch die Blätter zum Himmel und auf die Gebäude, die so tief in ihren ehrwürdigen Zielsetzungen ankerten. In solchen Momenten dachte sie an Camden, der sich ein ganzes Genforschungszentrum gefügig gemacht hatte, um sie, Leisha, nach seinem Willen erschaffen zu lassen.

Doch kaum ein Monat später war sie über all diese philosophischen Tiefgründigkeiten hinaus.

Die Belastung war ungeheuer, selbst für sie. An der Sauley- Schule hatte man Leisha darin bestärkt, sich ihre Fortschritte im selbstgewählten Tempo bei selbstgewählten Themen anzueignen; Harvard hingegen wußte genau, was es von ihr wollte – und wie schnell. In den letzten zwanzig Jahren war Harvard unter der akademischen Leitung eines Mannes, der in seiner Jugend mit Entsetzen die wachsende wirtschaftliche Überlegenheit Japans verfolgt hatte, zu einem umstrittenen Vorkämpfer für eine Rückkehr zum schonungslosen Erlernen von trockenen Fakten, von Theorien und ihren praktischen Anwendungen, von logischem Denken und rationalem Einsatz des Intellekts geworden. Nur einer von zweihundert Bewerbern aus der ganzen Welt schaffte eine Aufnahme an die Universität, und selbst die Tochter des englischen Premierministers war bei den Prüfungen nach dem ersten Studienjahr durchgefallen und heimgeschickt worden.

Leisha bewohnte ein Einzelzimmer in einem neuen Studentenheim; für das Heim hatte sie sich deshalb entschieden, weil sie in Chicago so viele Jahre abseits ihrer Altersgenossen gelebt hatte und hungrig war nach menschlicher Gesellschaft; und für ein Einzelzimmer, um niemanden zu stören, wenn sie nachts arbeitete. Am zweiten Tag im Studentenheim kam ein Junge vom anderen Ende des Flures in ihr Zimmer geschlendert und schob seinen Hintern auf die Kante von Leishas Schreibtisch.

»Du bist Leisha Camden.«

»Ja.«

»Sechzehn Jahre alt.«

»Fast siebzehn.«

»Und wirst uns alle ausstechen, hab ich gehört, ohne auch nur einen Finger krumm zu machen.«

Leishas Lächeln gefror. Der Junge starrte sie unter seinen zusammengezogenen, flaumfeinen Brauen hindurch an. Er lächelte, aber seine Augen waren hart. Doch von Richard und Tony und den anderen hatte Leisha gelernt zu erkennen, wann Wut sich als Verachtung tarnte.

»Allerdings«, erwiderte Leisha kühl. »Das werde ich.«

»Bist du sicher? Du, mit deiner niedlichen Kleinmädchenfrisur und deinem Kleinmädchenmutantenhirn?«

»Ach, laß sie doch in Frieden, Hannaway«, sagte eine andere Stimme. Ein großer blonder Junge, der so mager war, daß seine Rippen hervorstanden wie die Wellen auf Sanddünen, stand nur mit Jeans bekleidet auf nackten Füßen in der Tür und trocknete sich das nasse Haar. »Du wirst es wohl auch nie müde, allen zu beweisen, was für ein Arschloch du bist.«

»Nein. Du?« sagte Hannaway. Er hob seinen Hintern vom Schreibtisch und stapfte Richtung Tür. Der Blonde trat einen Schritt zur Seite, um ihn durchzulassen, aber Leisha nahm rasch den freigewordenen Platz ein.

»Der Grund, weshalb ich besser abschneiden werde als du«, erklärte sie gelassen, »liegt darin, daß ich über gewisse Vorteile verfüge und du nicht. Schlaflosigkeit ist einer davon. Und dann, wenn ich dich ausgestochen habe, werde ich dir gern beim Lernen für deine Prüfungen helfen, damit du sie auch schaffst.«

Der Blonde unterbrach das Trocknen seiner Ohren und lachte. Aber Hannaway stand ganz still da, einen Ausdruck in den Augen, der Leisha zurückzucken ließ. Er drängte sich an ihr vorbei und stürzte aus dem Zimmer.

»Gratuliere, Camden«, sagte der Blonde. »Das hat gesessen.«

»Aber ich habe das ernst gemeint«, entgegnete Leisha. »Ich würde ihm wirklich beim Lernen helfen.«

Der Blonde ließ sein Handtuch sinken und sah sie an. »Tatsache, nicht wahr? Du hast es wirklich ernst gemeint.«

»Natürlich! Warum zweifelt bloß jeder daran?«

»Also, *ich* nicht«, sagte der Junge. »Mir kannst du gern helfen, sollte ich in der Patsche sitzen.« Er grinste. »Wird aber nicht der Fall sein.«

»Und warum nicht?«

»Weil ich alles genauso gut kann wie du, Leisha Camden.«

Sie musterte ihn eingehend. »Du bist keiner von uns. Kein Schlafloser.«

»Ist auch nicht notwendig. Ich weiß, was ich kann. Was ich tun, werden, schaffen und vermarkten kann.«

»Du bist Yagaiist!« rief sie hocherfreut aus.

»Ganz recht.« Er streckte ihr die Hand hin. »Stewart Sutter. Wie wäre es mit einem Fishburger unten im Park?«

»Gern«, sagte Leisha.

Sie gingen gemeinsam spazieren und unterhielten sich angeregt. Wenn die Leute Leisha anstarrten, bemühte sie sich, keine Notiz davon zu nehmen. Sie war hier. In Harvard. Sie hatte ausreichend Zeit vor sich, zu lernen und mit Menschen wie Stewart Sutter zusammenzusein, der sie akzeptierte und eine Herausforderung für sie darstellte.

Solange er wach war.

Das Studium faszinierte sie und nahm sie völlig in Anspruch. Roger Camden kam zu Besuch, spazierte mit ihr über das Universitätsgelände, hörte ihr zu, lächelte. Er fand sich hier besser zurecht, als Leisha vermutet hätte; er kannte Stewart Sutters Vater und Kate Addams' Großvater. Sie redeten über Harvard, die Geschäfte, Harvard, die Yagai-Wirtschaftsakademie und wiederum Harvard. »Wie geht es Alice?« fragte Leisha einmal, aber Camden sagte, er wüßte es nicht. Sie war von daheim weggezogen und wolle ihn nicht sehen; über seinen Anwalt würde er ihr finanzielle Hilfe zukommen lassen. Während er das sagte, blieb seine Miene unverändert ruhig und gleichmütig.

Mit Stewart, der so wie sie Jura als Hauptfach hatte, aber schon vier Semester weiter war, ging Leisha auch zum Einstandsball. Sie unternahm mit Kate Addams und zwei anderen Freundinnen einen Wochenendausflug mit der Concorde III nach Paris. Dann stritt sie einmal mit Stewart über die Frage, ob man den Ausdruck ›Supraleitfähigkeit‹ im übertragenen Sinn auf den Yagaiismus anwenden könnte – ein dummer Streit, von dem sie beide wußten, wie dumm er war, aber sie hatten ihn trotzdem. Und hinterher schliefen sie miteinander. Nach den ungeschickten sexuellen Anfangsversuchen mit Richard erschien ihr Stewart als gewandt und erfahren; er lächelte fast unmerklich, als er ihr beibrachte, nicht nur mit ihm zusammen, sondern auch allein zum Höhepunkt zu kommen, und Leisha war verblüfft. »Was für eine Wonne!« sagte sie, und Stewart sah sie mit einer Zärtlichkeit an, aus der eine gewisse Unruhe sprach; den Grund dafür kannte Leisha nicht.

Bei den ersten Prüfungen des Semesters erhielt sie die höchste Bewertung des ganzen Jahrganges. Sie hatte jede einzelne Frage, die gestellt worden war, richtig beantwortet. Zusammen mit Stewart ging sie zur Feier des Tages auf ein Bier, und als sie zurückkamen, war Leishas Zimmer verwüstet. Der Computer war zertrümmert, die Dateien gelöscht, Ausdrucke und Bücher glosten im metallenen Abfallkorb. Leishas Kleider waren in Fetzen gerissen, der Schreibtisch und die Spiegelkommode in Stücke gehackt. Das einzige, was nicht angerührt worden war und dastand wie neu, war das Bett.

»Unmöglich, daß das alles ohne Lärm vor sich gegangen ist«, stellte Stewart fest. »Jeder hier auf dieser Etage – was sage ich, auf der Etage *unten!* – muß etwas gehört haben. Irgend jemand wird die Polizei anrufen.« Keiner rief die Polizei an. Leisha saß wie benommen auf der Bettkante und starrte die Reste ihres

Ballkleides an. Am nächsten Tag bedachte Dave Hannaway sie mit einem ausgiebigen, breiten Lächeln.

Starr vor Wut flog Roger Camden nach Osten. Er mietete Leisha in Cambridge ein Apartment mit elektronischem Sicherheitsschloß und einem Leibwächter namens Toshio. Sobald ihr Vater abgereist war, setzte Leisha den Leibwächter an die Luft, behielt aber das Apartment. Es erlaubte ihr und Stewart ein ungestörteres Zusammensein, das sie dazu benutzten, um das Vorgefallene endlos zu erörtern. Leisha war es, die es eine Entgleisung, einen kindischen Akt nannte.

»Stewart, es hat immer schon Leute gegeben, die alles und jedes hassen – Juden, Schwarze, Einwanderer und klarerweise die Yagaiisten, weil die mehr Initiative und Menschenwürde haben als sie. Ich bin bloß das jüngste Objekt für diesen Haß. Er ist weder neu noch außergewöhnlich. Und er ist auf keinen Fall Beweis für irgendeine tiefergehende Spaltung zwischen Schläfern und Schlaflosen.«

Stewart setzte sich im Bett auf und griff nach dem Teller mit den Sandwiches auf dem Nachttisch. »Wirklich nicht? Leisha, du darfst nicht vergessen, daß du eine völlig andere Kategorie Mensch bist. Du bist in evolutionärer Hinsicht besser gerüstet als die anderen, nicht nur, um im Überlebenskampf zu bestehen, sondern um zu obsiegen. Diese anderen Haßobjekte, die du genannt hast, das waren doch alles Machtlose in ihrer Gesellschaftsordnung, eingeordnet in niedrigere Kategorien. Ihr hingegen … Alle drei Schlaflosen in Harvard scheinen in der *Law Review* auf. Alle drei. Kevin Baker, der älteste von euch, hat bereits eine erfolgreiche Bio-Interface-Software-Firma auf die Beine gestellt und verdient sein eigenes Geld – und nicht wenig. Jeder Schlaflose scheffelt hervorragende Benotungen, keiner hat psychische Probleme, alle sind gesund, und die meisten von euch sind noch nicht einmal erwachsen. Was glaubst du, wieviel Haß euch entgegenschlagen wird, wenn ihr in die hochkarätigen Regionen der Finanz- und Geschäftswelt vorstoßt, zu den raren Lehrstühlen der Stiftungen und in die hohe Innenpolitik?«

»Gib mir ein Sandwich«, sagte Leisha. »Du irrst dich. Hier sind meine Beweise, daß du dich irrst: du selbst. Kenzo Yagai. Kate Addams. Professor Lane. Mein Vater. Jeder Schläfer, der sich in einem Umfeld aus Fairness und für beide Seiten vorteilhaften Verträgen bewegt. Und das tun doch die meisten von euch – oder zumindest die meisten von denen, die zählen. Ihr seid doch auch der Meinung, daß der Wettbewerb unter den Fähigsten jedermann zum Vorteil gereicht, dem Starken wie dem Schwachen. Nun leisten die Schlaflosen auf vielen Gebieten einen echten, konkreten Beitrag für die Allgemeinheit. Das muß doch schwerer wiegen als das Unbehagen, das wir euch verursachen. Wir sind *wertvoll* für euch. Aber das weißt du ohnedies.«

Stewart wischte die Krümel vom Laken. »Ja, ich schon. Yagaiisten wissen das.«

»Und es sind Yagaiisten, die die Führungsschicht in der Finanz- und Wirtschaftswelt und im akademischen Bereich ausmachen. Oder demnächst ausmachen werden. In einer Gesellschaft, die den Menschen nach seinen Verdiensten beurteilt, sollte das auch so sein. Aber du unterschätzt die überwiegende Mehrheit, Stew. Die Befolgung der ethischen Grundsätze beschränkt sich nicht nur auf diejenigen, die an der Spitze stehen.«

»Ich hoffe, du hast recht«, sagte Stewart. »Weil ich dich liebe, weißt du.«

Leisha legte ihr Sandwich hin.

»Die reine Freude«, murmelte Stewart zwischen ihren Brüsten, »du bist die reine Freude für mich.«

Als Leisha zum Erntedankfest nach Hause kam, erzählte sie Richard von Stewart. Er hörte mit zusammengepreßtem Mund zu.

»Ein Schläfer.«

»Ein *Mensch!*« sagte Leisha. »Ein guter, intelligenter, strebsamer Mensch.«

»Weißt du schon, was deine guten, intelligenten, strebsamen Menschen getan haben, Leisha? Jeanine wurde von der Teilnahme an den Olympischen Spielen ausgeschlossen. Wegen ›gentechnischer Veränderung am Erbgut, die analog zur mißbräuchlichen Verwendung anaboler Steroide einen unsportlichen Vorteil erzeugt‹. Chris Devereaux hat Stanford verlassen. Sie haben sein Labor zerstört und zwei Jahre Arbeit an gedächtnisbildenden Proteinen zunichte gemacht. Und Kevin Bakers Softwarefirma muß sich gerade gegen eine gehässige Flüsterkampagne zur Wehr setzen, bei der es um die Kinder geht, denen man Software in die Hände gibt, die von nichtmenschlichen Hirnen ersonnen wurde. Verderbliche Einwirkungen, geistige Sklaverei, satanische Einflüsse – das ganze Sammelsurium einer Hexenjagd eben. Wach doch auf, Leisha!«

Sie horchten beide dem Echo seiner Worte nach. Die Minuten vergingen. Richard stand da wie ein Boxer, leicht vorgeneigt auf den Fußballen, die Zähne zusammengebissen. Schließlich fragte er mit sehr gefaßter Stimme: »Liebst du ihn?«

»Ja«, antwortete sie. »Es tut mir leid.«

»Deine Sache«, erwiderte Richard kalt. »Was machst du, wenn er schläft? Siehst du ihm zu?«

»Aus deinem Mund klingt das, als wär's pervers!«

Richard sagte nichts darauf. Leisha holte tief Atem. »Während Stewart schläft, arbeite ich. Genau wie du.« Sie sprach rasch, aber ruhig; es war ein sehr kontrollierter Gefühlsausbruch. »Richard, tu das nicht. Ich wollte dir nicht weh tun. Und ich möchte auch nicht unsere Gruppe verlieren. Ich bin eigentlich der Meinung, daß die Schläfer derselben Spezies angehören wie wir. Willst du mich dafür bestrafen? Willst du dem alten Haß neuen hinzufügen? Willst du mir sagen, daß ich nicht auch zur übrigen Welt aus ehrlichen, wertvollen Menschen gehören könnte, ob sie nun schlafen oder nicht? Willst du mir sagen, daß der bedeutendste Unterschied zwischen Menschen von der Gentechnik geschaffen wird und nicht von Geist und Charakter? Willst du mich vor eine künstliche Wahl stellen: Wir oder sie?«

Richard griff nach einem Armband. Leisha erkannte es wieder; sie hatte es ihm im Sommer geschenkt. Seine Stimme klang gepreßt. »Nein. Es soll keine Wahl sein.« Er drehte an den goldenen Kettengliedern und sah ihr nach einer Weile ins Gesicht. »Noch nicht.«

Als Leisha in den Semesterferien nach Hause kam, war Camdens Gang augenfällig langsamer geworden. Er nahm Medikamente für den Blutdruck und fürs Herz. Er und Susan, so erklärte er Leisha, stünden gerade im Begriff, sich scheiden zu lassen. »Sie hat sich verändert, Leisha, seitdem wir verheiratet sind. Du hast das ja selbst miterlebt. Vorher war sie eine unabhängige Frau, fröhlich und voller Tatendrang. Und dann, nach ein paar Jahren, war plötzlich Schluß damit, und sie wurde zu einem echten Hausdrachen. Zu einem ewig raunzenden Hausdrachen.« Er schüttelte den Kopf in ehrlicher Verständnislosigkeit. »Du hast es ja miterlebt.«

Das hatte Leisha allerdings. Eine Erinnerung kam ihr in den Sinn: Susan mit hüpfenden Stirnfransen und funkelnden Augen, wie sie sie und Alice unauffällig durch ›Spiele‹ geleitet hatte, bei denen es sich eigentlich um kontrollierte Leistungstests des Gehirns gehandelt hatte. Damals hatte auch Alice Susan geliebt, genau wie Leisha.

»Papa, ich möchte Alices Adresse.«

»Ich sagte dir doch schon in Harvard, daß ich sie nicht habe«, erklärte Camden. Er begann, in seinem Sessel herumzurutschen – die ungeduldige Bewegung eines Körpers, der offenbar nie damit rechnete, je zu erlahmen. Im Januar war Kenzo Yagai an Bauchspeicheldrüsenkrebs gestorben; die Nachricht war Camden sehr nahegegangen. »Sie bekommt ihr Geld über einen Anwalt. Auf ihren Wunsch hin.«

»Dann möchte ich die Adresse des Anwalts.«

Der Anwalt, ein vertrockneter Mensch namens John Jaworski, weigerte sich, Leisha zu sagen, wo Alice sich aufhielt. »Sie möchte nicht, daß jemand nach ihr sucht, Miss Camden. Sie wollte alle Brücken abbrechen.«

»Aber doch nicht zu mir!« rief Leisha.

»Auch zu Ihnen«, entgegnete Jaworski, und in seinen Augen flackerte etwas auf, das sie zum letztenmal in Dave Hannaways Gesichtsausdruck gesehen hatte.

Vor ihrer Rückkehr nach Boston flog Leisha nach Austin, wodurch sie erst einen Tag nach Vorlesungsbeginn in Harvard eintreffen würde. Kevin Baker sagte einen Termin bei IBM ab und empfing sie augenblicklich. Leisha erklärte ihm kurz, was sie brauchte, und er setzte seine besten Datanet-Leute auf das Problem an, ohne diese jedoch in die Einzelheiten einzuweihen. Innerhalb von zwei Stunden hatten sie Alices Adresse aus Jaworskis elektronischen Datenbanken geholt. Leisha fiel auf, daß sie soeben zum erstenmal einen Schlaflosen um Hilfe gebeten hatte; sie war ihr auf der Stelle gewährt worden. Ohne Tauschhandel.

Alice befand sich in Pennsylvania. Am folgenden Wochenende mietete Leisha einen Luftkissenwagen mit Chauffeur – ihre inzwischen erworbenen Fahrkenntnisse beschränkten sich bislang auf straßengebundene Fahrzeuge – und fuhr nach High Ridge in den Appalachen.

Es war ein winziges, entlegenes Dorf, mehr als vierzig Kilometer vom nächsten Krankenhaus entfernt. Alice lebte in einer besseren Hütte mitten im Wald mit einem wortkargen Mann namens Ed zusammen, der von Beruf Zimmermann und zwanzig Jahre älter war als sie. Das Häuschen verfügte zwar über Fließendes Wasser und Elektrizität, nicht aber über einen Anschluß ans Infonet. Dunkel und nackt und von eisigen Rinnsalen durchzogen lag das Erdreich im schwachen Licht des Vorfrühlings. Wie es aussah, arbeiteten Alice und Ed gar nichts. Alice war im achten Monat schwanger.

»Ich wollte dich nicht hierhaben«, sagte sie. »Warum bist du trotzdem gekommen?«

»Weil du meine Schwester bist.«

»Meine Güte, schau dich doch an, wie du aussiehst! Trägt man das jetzt in Harvard? Solche Stiefel? Seit wann ziehst du dich denn so elegant an? Du warst doch immer viel zu intellektuell, um dich um solche Sachen zu kümmern!«

»Was soll denn das alles, Alice? Warum bist du ausgerechnet hierher gezogen? Was machst du denn an diesem gottverlassenen Ort?«

»Ich lebe«, sagte Alice. »Weit weg von unserem geliebten Papa, weit weg von Chicago, weit weg von der armen, besoffenen, erledigten Susan – wußtest du, daß sie trinkt? Genau wie Mama. Offenbar hat der Alte diesen Effekt auf seine Umgebung. Aber nicht auf mich. Ich bin rechtzeitig abgehauen. Und ich frage mich, ob du es auch mal schaffen wirst.«

»Abgehauen – hierher?«

»Ich bin glücklich hier«, erklärte Alice gereizt. »Und ausschließlich darum geht es ja angeblich, oder? Das ist doch das Wunschziel eures großartigen Kenzo Yagai: Glück durch individuelles Streben.«

Leisha war nahe daran, ihr zu sagen, daß von individuellem Streben nicht viel zu sehen sei, unterließ es dann aber. Ein Huhn rannte über den Hof, und hinter dem Häuschen stiegen Schicht um bläuliche Schicht die bewaldeten Bergketten aus dem Dunst. Leisha dachte einen Moment lang daran, wie es hier wohl im Winter gewesen sein mußte: völlig abgeschnitten von der Welt, in der Menschen Zielen nachjagten, lernten, sich änderten.

»Ich freue mich, daß du glücklich bist, Alice.«

»Wirklich?«

»Ja.«

»Dann freue ich mich auch«, sagte Alice fast trotzig – und im nächsten Augenblick umarmte sie Leisha ungestüm und unerwartet. Die harte Schwellung ihres Bauches drängte sich zwischen die beiden, und Alices Haar duftete süß wie frisches Gras im Sonnenschein.

»Ich komme wieder, Alice.«

»Tu's nicht«, sagte Alice.

6

Bitte laßt mich schlafen wie wirkliche Menschen!« plärrte die Schlagzeile am Zeitungskiosk im Supermarkt. *Kleiner schlafloser Mutant bettelt um Umkehrung des Pfusches an seinen Genen.*

Während Leisha ihre Kreditkartennummer eintippte und sich ein Exemplar ausdrucken ließ, obwohl sie für gewöhnlich die elektronischen Boulevardmedien ignorierte, kreiste die Schlagzeile weiterhin um den Kiosk. Ein Angestellter des Supermarktes hörte auf, Kartons in Regale zu ordnen, und starrte Leisha an. Bruce, Leishas Leibwächter, starrte den Angestellten an.

Leisha war zweiundzwanzig und studierte im letzten Jahr Jura in Harvard; sie war Redakteurin bei der *Law Review* und mit Abstand die Beste in ihrem Jahrgang. Auf den nächsten drei Plätzen lagen Jonathan Cocchiara, Len Carter und Martha Wentz. Alles Schlaflose.

In ihrem Apartment angekommen, überflog sie sogleich den Ausdruck der Zeitung. Dann rief sie am Computer das Groupnet aus Austin auf. Dort fand sie viele weitere Berichte über das Kind und dazu die Kommentare anderer Schlafloser, doch noch ehe sie etwas davon abrufen konnte, kam Kevin Bakers Stimme online aus dem Lautsprecher des Monitors.

»Leisha, ich bin froh, daß du dich meldest. Ich wollte ohnedies mit dir reden.«

»Wie sieht die aktuelle Situation mit dieser Stella Bevington aus, Kev? Hat jemand die Sache überprüft?«

»Randy Davies. Er ist auch aus Chicago, aber ich glaube nicht, daß du ihn kennst. Er geht noch auf die High School. Er wohnt in Park Ridge, Stella in Skokie. Ihre Eltern wollten nicht mit Randy reden, sie waren ziemlich beleidigend zu ihm, aber er hat es doch geschafft, mit Stella persönlich zu sprechen. Sieht nicht nach Kindesmißhandlung aus, bloß nach der üblichen Unvernunft. Die Eltern wollten unbedingt ein kleines Genie, dafür hatten sie sich das Geld vom Mund abgespart, und jetzt kommen sie nicht damit zurecht, daß sie eines *haben*. Sie wollen die Kleine mit allen Mitteln zum Schlafen bringen, setzen sie unter psychischen Druck, wenn sie ihnen widerspricht, aber bislang keine körperliche Gewalt.«

»Ist der psychische Druck klagbar?«

»Ich denke nicht, daß wir uns jetzt schon einschalten sollten. Zwei von uns werden engen Kontakt zu Stella halten – sie besitzt ein Modem und sie hat ihren Eltern nichts von unserem Groupnet erzählt –, und Randy wird jede Woche zu ihr hinausfahren.«

Leisha biß sich auf die Unterlippe. »In irgendeinem Käseblatt steht, sie ist sieben Jahre alt.«

»Stimmt.«

»Vielleicht sollte man sie nicht dortlassen. Ich wohne und lebe in Illinois, ich kann von hier aus eine Klage wegen Kindesmißhandlung einbringen, falls Candy einen zu vollen Terminkalender hat ...«

Sieben Jahre alt!

»Nein, warten wir noch ein Weilchen zu. Stella wird sicher relativ gut damit fertigwerden, du weißt das.«

Ja, sie wußte es. Fast alle Schlaflosen wurden damit fertig, egal wieviel Ablehnung ihnen aus dem bornierteren Sektor der menschlichen Gesellschaft entgegenschlug – es kam immer nur aus dem bornierteren Sektor, fand Leisha, einer kleinen, wenngleich lautstarken Minderheit. Die meisten Menschen konnten und würden sich an die steigende Anzahl von Schlaflosen gewöhnen, wenn erst einmal feststand, daß ihre steigende Präsenz nicht nur wachsende Macht für die Schlaflosen, sondern auch wachsenden Nutzen für die Allgemeinheit bedeuten würde.

Kevin Baker, sechsundzwanzig, hatte sein Vermögen mit Mikrochips gemacht, die so revolutionär waren, daß die Schaffung künstlicher Intelligenz – einst ein Traum, dessen Realisierung in unendlich weiter Ferne lag – Jahr für Jahr ihrer Verwirklichung näherkam. Carolyn Rizzolo hatte für ihr Theaterstück *Morning Light* den Pulitzerpreis für Dramatik bekommen. Sie war vierundzwanzig. Jeremy Robinson hatte schon als Doktorand an der Stanford-Universität maßgeblich an der praktischen Anwendung der Supraleitfähigkeit gearbeitet. William Thaine, der Chefredakteur der *Law Review* gewesen war, als Leisha in Harvard zu studieren begonnen hatte, war jetzt in seiner eigenen Anwaltspraxis tätig und hatte noch nie einen Fall verloren. Er war sechsundzwanzig, und seine Klienten wurden immer prominenter; sie waren mehr an seiner Kompetenz interessiert als an seinem Alter.

Doch nicht alle Menschen verhielten sich so.

Kevin Baker und Richard Keller hatten das Datennetz aufgebaut, das den Schlaflosen ermöglichte, zu einer geschlossenen Gruppe zu werden. Jeder war stets auf dem laufenden, wer von den anderen gerade welche persönlichen Kämpfe auszutragen hatte. Leisha Camden finanzierte die rechtlichen Auseinandersetzungen, die Ausbildung von schlaflosen Kindern, deren Eltern nicht in der Lage waren, die Kosten dafür aufzubringen, und die Hilfe für Kinder in emotional problematischen Situationen. Rhonda Lavelier hatte sich vom Staat Kalifornien die Befugnis verschafft, als Pflegemutter arbeiten zu dürfen, und die Gruppe brachte kleine Schlaflose, die man aus ihren Familien entfernt hatte, zu ihrem eigenen Schutz bei Rhonda unter, wann und wo immer das ermöglicht werden konnte. Außerdem verfügte die Gruppe über drei fertig ausgebildete Rechtsanwälte; im nächsten Jahr sollten vier weitere hinzukommen, die in fünf verschiedenen Bundesstaaten berechtigt sein würden, ihren Beruf auszuüben.

Ein einziges Mal nur war es ihnen nicht gelungen, einen kleinen mißhandelten Schlaflosen auf legalem Weg von seiner Familie zu trennen; da entführten sie ihn: Timmy DeMarzo, vier Jahre alt.

Leisha war gegen diesen Gewaltakt gewesen. Sie hatte sich moralisch und pragmatisch – für sie ein und dasselbe – mit folgenden Argumenten gegen die Aktion ausgesprochen: Wenn die Gruppe an die Gesellschaft als solche glaubte, an ihre grundlegenden Regeln und Gesetze, und an die Qualifikation der Gruppe, dieser Gesellschaft als gleichberechtigtes Element anzugehören, dann mußte sie sich auch an den Gesellschaftsvertrag mit all seinen Pflichten gebunden fühlen; die Schlaflosen waren zum größten Teil Yagaiisten, man sollte sie eigentlich nicht besonders darauf hinweisen müssen, meinte Leisha. Und falls das FBI sie zu fassen bekäme, würden Gerichte und Medien sie alle ans Kreuz schlagen.

Das FBI bekam sie nicht zu fassen.

Timmy DeMarzo war noch nicht einmal alt genug gewesen, um über das Computernetz um Hilfe zu rufen; die Gruppe erfuhr von ihm über ein automatisches Abfrageprogramm, das Kevin in seiner Firma installiert hatte, aus den Polizeicomputern. Timmy wurde einfach aus seinem Garten in Wichita geholt. Nun lebte er seit einem Jahr bei einer in rechtlicher Hinsicht makellosen Pflegemutter in einem großen Wohnwagen in North Dakota, wo die Pflegemutter ihr ganzes bisheriges Leben verbracht hatte. Der Wohnwagen stand ganz allein und isoliert im Nirgendwo, aber kein Ort der Welt ist zu isoliert für ein Modem.

Die Pflegemutter war die Cousine zweiten Grades eines Schlaflosen, eine dicke, immer gut gelaunte Frau mit einem weitaus klügeren Kopf, als ihre äußere Erscheinung vermuten ließ. Sie war Yagaiistin. Die Existenz des Kindes schien in keiner Datenbank auf, weder beim Finanzamt noch in irgendeiner Schule, sie ließ sich nicht einmal aus den Verkaufsbons aus der Computerkasse des dortigen Lebensmittelladens schließen. Die erkennbar für ein Kind bestimmten Nahrungsmittel für den Kleinen wurden einmal monatlich mit einem Laster geliefert, der einer Schlaflosen am State College in Pennsylvania gehörte. Von den dreitausendvierhundertachtundzwanzig Schlaflosen, die je in den USA geboren worden waren, wußten nur zehn Mitglieder der Gruppe von der Entführung. Zweitausendsechshunderteinundneunzig gehörten der Gruppe via Groupnet an. Und weitere siebenhundertundeiner waren noch zu jung, um ein Modem zu benutzen. Nur sechsunddreißig Schlaflose gehörten – aus unbekannten Gründen – der Gruppe nicht an.

Tony Indivino hatte die Entführung vorbereitet und ausführen lassen.

»Ich wollte mit dir über Tony reden«, sagte Kevin zu Leisha. »Er fängt schon wieder an. Und diesmal ist es ernst. Er kauft Land.«

Sie faltete den Zeitungsausdruck sehr klein zusammen und legte ihn behutsam auf den Tisch. »Wo?«

»In den Allegheny Mountains. Im Süden des Staates New York. Viel Land. Momentan läßt er die Straßen anlegen. Im Frühjahr sollen die ersten Gebäude dazukommen.«

»Und Jennifer Sharifi finanziert immer noch alles?« Seit dem Interleukin-Umtrunk in Camdens Wäldchen waren sechs Jahre vergangen, aber die Nacht war Leisha unvergeßlich im Gedächtnis geblieben. Ebenso wie Jennifer Sharifi.

»Ja. Sie hat ja jede Menge Geld. Und Tony bekommt langsam eine Anhängerschaft, Leisha.«

»Ich weiß.«

»Ruf ihn an.«

»Mach ich. Und halte mich wegen Stella auf dem laufenden.«

Sie arbeitete bis Mitternacht an der *Law Review* und bereitete sich dann bis vier Uhr morgens auf die Vorlesungen des nächsten Tages vor. Von vier bis fünf beschäftigte sie sich mit rechtlichen Belangen der Gruppe, und um fünf Uhr früh rief sie Tony an, der immer noch in Chicago wohnte. Er hatte die High School beendet und anschließend ein Semester am Northwestern studiert; in den Weihnachtsferien hatte es ihm endgültig gereicht, daß seine Mutter ihn zwang, wie ein Schläfer zu leben, und er war explodiert. Die Explosion, so schien es Leisha, war immer noch in Gang.

»Tony? Leisha.«

»Die Antwort lautet ja, ja, nein und zur Hölle mit dir.«

Leisha biß die Zähne zusammen. »Fein. Und nun verrate mir die Fragen.«

»Schwebt dir ernsthaft vor, daß sich die Schlaflosen in eine eigene, autarke Gesellschaft zurückziehen sollen? Ist Jennifer Sharifi wirklich gewillt, ein Projekt zu finanzieren, das den Bau einer ganzen kleinen Stadt umfaßt? Findest du nicht, daß ein solches Vorhaben die Schlaflosen um all das bringen würde, was durch geduldige Integration der Gruppe in die Allgemeinheit erreicht werden könnte? Und wie ist das mit dem Widerspruch, in einem bewaffneten Sperrgebiet zu leben und trotzdem mit der Außenwelt Geschäfte zu machen?«

»*Ich* würde nie sagen: ›Zur Hölle mit dir.‹«

»Wie großmütig von dir«, bemerkte Tony. Nach einer Sekunde fügte er hinzu: »Entschuldige, ich klinge ja schon wie einer von *denen*.«

»Das wäre der falsche Weg für uns, Tony.«

»Jedenfalls vielen Dank dafür, daß du nicht gesagt hast, die Sache wäre eine Nummer zu groß für mich.«

Leisha überlegte, ob es nicht genau so war. »Wir sind doch keine eigene Spezies, Tony!«

»Sag das den Schläfern.«

»Du übertreibst. Es gibt sicher welche, die uns hassen – es gibt immer Menschen, die hassen –, aber wenn wir aufgeben ...«

»Wir geben nicht auf. Was wir zu bieten haben, wird immer gefragt sein: Software, Hardware, Literatur, Informationen, theoretisches Wissen, Rechtsberatung. Wir selbst können uns frei hinaus und hinein bewegen, aber wir werden über einen sicheren Ort verfügen, an den wir zurückkehren können. Ohne die Blutegel, die denken, wir schulden ihnen Blut, nur weil wir besser sind als sie.«

»Es geht hier nicht darum, ob wir ihnen etwas schulden oder nicht.«

»Ach nein?« sagte Tony. »Also gut, Leisha, bringen wir das hinter uns. Diskutieren wir es aus. Du bist doch Yagaiistin. Woran glaubst du?«

»Tony ...«

»Los! Antworte!« sagte Tony, und aus seiner Stimme war immer noch der Vierzehnjährige herauszuhören, den Richard ihr einst vorgestellt hatte. Und gleichzeitig sah sie das Gesicht ihres Vaters vor sich: nicht wie es jetzt aussah, nach seiner Bypass-Operation, sondern das Gesicht von damals, als er sie auf seinen Knien gehalten hatte, um ihr zu erklären, daß sie etwas Besonderes war.

»Ich glaube an einen freiwilligen, für beide Seiten nutzbringenden Austausch von Leistungen und Gütern. Und ich glaube daran, daß menschliche Würde nur dann entstehen kann, wenn man für seinen Lebensunterhalt selbst aufkommt, indem man in einer Wechselwirkung die eigenen Leistungen der Gesellschaft gegen Bezahlung zur Verfügung stellt. Daß das Symbol für diesen Tauschhandel der Vertrag ist. Und daß wir alle einander brauchen, wenn dieser Tauschhandel perfekt und für alle vorteilhaft funktionieren soll.«

»Na gut«, unterbrach Tony sie kurz angebunden. »Und wie ist das mit den Bettlern in Spanien?«

»Mit wem?«

»Du gehst in einem armen Land wie Spanien durch eine Straße und du siehst einen Bettler. Gibst du ihm einen Dollar?«

»Vermutlich.«

»Warum? Er gibt dir nichts im Tausch dafür. Er hat nichts, was er dir geben könnte.«

»Ich weiß. Ich tue es also aus Freundlichkeit. Aus Mitleid.«

»Du siehst sechs Bettler. Gibst du ihnen allen einen Dollar?«

»Vermutlich«, sagte Leisha wieder.

»Du gibst also jedem einen Dollar. Dann siehst du plötzlich hundert Bettler, und du hast nicht Leisha Camdens Geld. Gibst du ihnen allen einen Dollar?«

»Nein.«

»Warum nicht?«

Leisha betete um Geduld; es gab nicht viele Leute, bei denen sie versucht war, das ComLink zu unterbrechen. Tony war einer von ihnen. »Weil das meine Geldmittel zu sehr reduzieren würde. Mein eigenes Leben hat vorrangig Anspruch auf das, was ich verdiene.«

»Nun gut. Und jetzt zieh folgendes in Betracht: Am Biotech-Institut – wo du und ich entstanden sind, teure Pseudoschwester – hat Doktor Melling just gestern ...«

»Wer?«

»Frau Doktor Susan Melling – o Gott, das ist mir total entfallen! Sie war ja mit deinem Vater verheiratet!«

»Ich habe sie völlig aus den Augen verloren«, sagte Leisha. »Ich wußte gar nicht, daß sie in die Forschung zurückgegangen ist. Alice hat mir einmal gesagt... ach, egal. Was ist also gestern am Biotech passiert?«

»Zwei entscheidende Dinge. Gerade erst bekannt geworden. Die genetische Analyse des Babys, mit dem Carla Dutcher seit einem Monat schwanger ist. Schlaflosigkeit ist genetisch dominant. Die nächste Generation der Gruppe wird auch nicht schlafen.«

»Das wußten wir ja bereits«, sagte Leisha. Carla Dutcher war die erste schwangere Schlaflose der Welt. Ihr Ehemann war ein Schläfer. »Niemand hat etwas anderes erwartet.«

»Aber die Presse wird trotzdem aus allen Rohren feuern. Paß nur auf: Mutanten vermehren sich! Neue Rasse entschlossen, in nächster Generation unsere Kinder zu dominieren!«

Leisha versuchte gar nicht, es abzuschwächen. »Und das zweite?«

»Etwas Trauriges, Leisha. Wir hatten gerade unseren ersten Todesfall.«

Ihr Magen krampfte sich zusammen. »Wer?«

»Bernie Kuhn. Aus Seattle.« Sie kannte ihn nicht. »Ein Verkehrsunfall. Sieht nicht nach Fremdverschulden aus. Er hat die Kontrolle über seinen Wagen verloren, als die Bremsen versagten. Er war siebzehn und noch ziemlich ungeübt. Von eigentlicher Bedeutung ist dabei aber der Umstand, daß Bernies Eltern seinen Körper und das Gehirn Biotech und der pathologischen Abteilung der Medizinischen Hochschule von Chicago überlassen haben. Man wird ihn zerlegen, weil man einen ersten tieferen Einblick in die Auswirkungen anhaltender Schlaflosigkeit auf Körper und Gehirn gewinnen will.«

»Finde ich richtig«, sagte Leisha. »Der arme Junge. Aber was macht dir denn Angst dabei?«

»Ich weiß nicht. Ich bin kein Arzt. Aber wenn man irgend etwas findet, das die ewigen Hasser gegen uns benutzen können, dann werden sie es auch tun.«

»Du bist schon paranoid, Tony.«

»Irrtum. Schlaflose sind von der Persönlichkeitsstruktur her ausgeglichener und realitätsorientierter als die Norm. Liest du denn keine einschlägige Literatur?«

»Tony …«

»Angenommen, du gehst also diese Straße in Spanien entlang, und hundert Bettler wollen jeder einen Dollar von dir haben, und du sagst nein; sie haben natürlich nichts, was sie dir im Tausch dafür geben könnten, aber sie sind so stinksauer auf dich und das, was du hast, daß sie sich auf dich stürzen und dir dein Geld rauben und dann verprügeln sie dich noch in ihrem Neid und ihrer Hoffnungslosigkeit.«

Leisha schwieg.

»Willst du mir vielleicht sagen, daß das nicht aus dem Leben gegriffen ist? Daß so etwas nie vorkommt?«

»Es kommt vor«, räumte Leisha ein. »Aber nicht sehr oft.«

»Unsinn. Wirf einen Blick in die Geschichte der Menschheit. Wirf einen Blick in die *Zeitungen*. Aber der springende Punkt dabei ist: Was schuldest du den Bettlern? Was macht ein guter vertragsgläubiger Yagaiist mit Leuten, die nichts anzubieten haben und nur nehmen können?«

»Du willst doch nicht …«

»*Was,* Leisha? Sag es mir so neutral und objektiv, wie du kannst: Was schulden wir den habgierigen, unproduktiven Bedürftigen?«

»Was ich vorhin schon sagte: Freundlichkeit. Mitgefühl.«

»Auch wenn sie dir nichts dafür geben? Warum?«

»Weil …« Sie verstummte.

»Warum? Warum sollen gesetzestreue und produktive Menschenwesen jenen etwas schulden, die sich weder an die Gesetze halten noch etwas Nennenswertes produzieren? Welche philosophische, materielle oder spirituelle Begründung gibt es für die Annahme, daß wir ihnen irgend etwas schulden? Sei so ehrlich, wie du immer warst.«

Leisha legte den Kopf auf die Knie. Die Frage tat sich vor ihr auf wie ein Abgrund, aber sie versuchte gar nicht, sich ihr zu entziehen. »Ich kann dir keine nennen. Ich weiß nur, daß es so ist.«

»*Warum?*«

Sie antwortete nicht.

Nach einer Weile sagte Tony beinahe sanft: »Komm doch im Frühjahr herüber und schau dir unseren künftigen Zufluchtsort an.« Der intellektuelle Kampfgeist war aus seiner Stimme gewichen. »Dann werden die ersten Häuser schon im Bau sein.«

»Nein«, sagte Leisha.

»Ich würde mich aber sehr darüber freuen.«

»Nein. Ein bewaffneter Rückzug ist kein Ausweg.«

»Leisha, die Bettler werden immer lästiger, je reicher die Schlaflosen werden. Und damit meine ich nicht bloß das Geld.«

»Tony …«, begann sie, wußte aber nicht weiter.

»Geh nicht durch zu viele Straßen, nur mit der Erinnerung an Kenzo Yagai bewaffnet.«

Im März, einem bitterkalten März, in dem der Wind nicht aufhörte, den Charles River hinabzupfeifen, kam Richard Keller nach Cambridge. Leisha hatte ihn seit drei Jahren nicht mehr gesehen. Er hatte ihr sein Kommen nicht über das Groupnet angekündigt, und als sie über den Gehweg zu ihrer Stadtwohnung eilte, den roten Wollschal gegen Schnee und Kälte bis an die Augen gezogen, stand er plötzlich mitten in der Haustür und versperrte ihr den Weg. Der Leibwächter hinter Leisha war augenblicklich in Alarm versetzt.

»Richard! Ist schon gut, Bruce, das ist ein alter Freund.«

»Hallo, Leisha!«

Er war wuchtiger und noch stämmiger geworden

und weitaus breiter um die Schultern als in ihrer Erinnerung. Doch das Gesicht gehörte ohne Zweifel Richard – es war zwar etwas älter geworden, aber ansonsten unverändert: dunkle Augenbrauen, widerspenstiges schwarzes Haar. Und er hatte sich einen Bart wachsen lassen.

»Du siehst großartig aus«, sagte er.

Oben in der Wohnung gab sie ihm eine Tasse Kaffee. »Bist du geschäftlich hier?« Aus dem Groupnet wußte sie, daß er sein Diplom gemacht und in der Karibik hervorragende Arbeit auf dem Gebiet der Meeresbiologie geleistet hatte. Doch seit einem Jahr war er nicht mehr dort beschäftigt und auch aus dem Netz verschwunden.

»Nein. Nur zum Vergnügen.« Er lächelte unvermittelt, und es war noch das Lächeln von früher, das seinem dunklen Gesicht einen so offenen Ausdruck verlieh. »Auf das Vergnügen hatte ich die längste Zeit ganz vergessen. Befriedigung ja, die hatte ich. Wenn es um die Art von Befriedigung geht, die aus faszinierender Arbeit entsteht, dann wissen wir alle, wie wir uns die verschaffen können. Aber Vergnügen? Närrische Einfälle? Einer Laune nachgeben? Wann hast du zuletzt was wirklich Albernes getan, Leisha?«

Sie lächelte. »Ich hab' in der Dusche Zuckerwatte gegessen.«

»Ehrlich? Warum?«

»Ich wollte sehen, ob sie schöne klebrige Muster bildet, wenn sie sich auflöst.«

»Und? Hat sie?«

»Mhm. Wunderschöne Muster.«

»Und das war dein letzter alberner Einfall. Wann war es?«

»Im letzten Sommer«, erklärte Leisha lachend.

»Also, meiner ist aktueller. Er findet gerade statt. Ich bin nur deshalb hier in Boston, um mir die spontane Freude zu gönnen, dich zu sehen.«

Leisha hörte auf zu lachen. »Dein Tonfall klingt aber ziemlich ernst für eine spontane Freude, Richard.«

»Ja«, sagte er ernst. Sie lachte wieder.

Er lachte nicht. »Ich war in Indien, Leisha. Und in China und in Afrika. In erster Linie, um nachzudenken. Hab mich umgesehen und beobachtet. Anfangs bin ich gereist wie ein Schläfer und habe jegliches Aufsehen vermieden. Dann legte ich es darauf an, mit den Schlaflosen in Indien und China zusammenzutreffen. Es gibt doch einige dort, deren Eltern gewillt waren, für den Eingriff hierher zu kommen. Die Schlaflosen dort werden im großen und ganzen respektiert und in Ruhe gelassen. Ich habe mich bemüht herauszufinden, warum die Menschen in den ganz armen Ländern – ›arm‹ nach unseren Maßstäben, denn dort drüben verfügen erst die Großstädte über Y-Energie –, warum also die Menschen in diesen Ländern keinerlei Probleme damit haben, die Überlegenheit der Schlaflosen zu akzeptieren, während die Amerikaner mit all ihrem nie zuvor gekannten Wohlstand mehr und mehr Ablehnung entwickeln.«

»Und? Hast du es herausgefunden?«

»Nein. Aber ich habe in den vielen kleinen Gemeinden und Dörfern und Kampongs die Augen offengehalten, und da ist mir etwas anderes aufgefallen: Wir sind zu individualistisch.«

Von Enttäuschung überkommen sah Leisha das Gesicht ihres Vaters vor sich: *Der Allerbeste zu sein, das ist es, was zählt, Leisha. Durch individuelle Leistung über alle anderen hinauszuwachsen...* Sie erhob sich und griff nach Richards Tasse. »Noch Kaffee?«

Er packte sie am Handgelenk und sah sie unverwandt an. »Mißversteh mich nicht, Leisha. Ich rede jetzt nicht über die Arbeit. Nein, unser ganzes Leben verläuft zu individualistisch. Zu karg in gefühlsmäßiger Hinsicht. Zu einzelgängerisch. Isolation tötet mehr als nur den freien Fluß von Ideen. Sie tötet die Freude.«

Er ließ ihr Handgelenk nicht los. Sie sah in seine Augen hinab, in Tiefen, in die sie noch nie vorgedrungen war. Sie hatte das Gefühl, in einen Bergwerksschacht zu blicken; es verursachte Schwindel und Angst und ein wenig Trunkenheit, dieses Wissen, daß auf dem Grund des Schachts Gold oder Finsternis warteten. Oder beides.

Richard sagte leise: »Und Stewart?«

»Das ist schon lange vorbei. Eine Studentenliebe.« Ihre Stimme klang fremd in ihren Ohren.

»Kevin?«

»Nein, da war nie etwas. Wir sind nur Freunde.«

»Ich war mir nicht sicher. Und jemand anderer?«

»Auch nicht.«

Er ließ ihr Handgelenk los. Leisha blickte ihn fast schüchtern an. Plötzlich lachte er auf. »Freude, Leisha!« Ein Echo fuhr ihr durch den Sinn, aber sie bekam es nicht zu fassen, und es verhallte.

Dann lachte sie auch – luftig und federleicht wie rosa Zuckerwatte im Sommer.

»Komm nach Hause, Leisha. Er hat schon wieder einen Herzanfall gehabt.« Susan Mellings Stimme am Telefon klang müde.

»Wie schlimm ist es?« fragte Leisha.

»Die Ärzte können es noch nicht sagen. Zumindest behaupten sie das. Er möchte dich sehen. Kannst du von der Uni weg?«

Es war Mai. Die Abschlußexamen standen vor der Tür. Die Korrekturfahnen für die *Law Review* waren überfällig. Richard hatte wieder zu arbeiten begonnen; er war Berater für Bostoner Fischer, die mit plötzlichen unerklärlichen Veränderungen in den Meeresströmungen zu kämpfen hatten, und schuftete zwanzig Stunden am Tag. »Ich komme«, sagte Leisha.

In Chicago war es kälter als in Boston. Die Knospen an den Bäumen waren kaum halb offen. Auf dem Michigansee, dessen Anblick die riesigen Ostfenster des Hauses komplett ausfüllte, jagten die weißen Schaumkronen der Wellen feine Wolken von Sprühregen in die Luft. Leisha bemerkte, daß Susan im Haus wohnte; ihre Bürsten lagen auf Camdens Kommode, ihre Zeitschriften auf dem Tisch in der Eingangshalle.

»Leisha«, sagte Camden.

Er sah alt aus. Graue Haut, eingefallene Wangen, der bestürzte, ängstliche Blick von Menschen, die ihre volle Lebenskraft stets mit der gleichen Selbstverständlichkeit vorausgesetzt hatten wie die Luft, die sie atmeten – als Teil ihrer selbst. In einer Ecke des Zimmers saß auf einem zarten antiken Stuhl eine kleine, kräftige Frau mit braunen Stirnfransen.

»*Alice!*«

»Tag, Leisha.«

»*Alice!* Ich habe so nach dir gesucht ...« Nein, falsch. Leisha hatte zwar gesucht, aber nicht sehr eingehend. Das Wissen, daß Alice nicht gefunden werden wollte, hatte Leishas Eifer nicht gerade gefördert. »Wie geht es dir?«

»Ganz gut«, sagte Alice. Sie wirkte zurückhaltend, sanftmütig – so ganz und gar nicht wie die wütende Alice in den nassen, kalten Bergen von Pennsylvania vor sechs Jahren. Mühsam drehte Camden sich im Bett herum. Er sah Leisha mit Augen an, deren strahlendes Blau noch nicht erloschen war.

»Ich habe auch Alice gebeten zu kommen. Und Susan. Susan ist schon eine Weile hier. Ich werde bald sterben, Leisha.«

Niemand widersprach. Auch Leisha, die wußte, wie sehr er Fakten respektierte, schwieg. Doch die Liebe zu ihm schmerzte sie in der Brust.

»John Jaworski hat mein Testament. Keiner von euch kann etwas daran ändern. Aber ich möchte euch selbst sagen, was drinnen steht. In den letzten paar Jahren habe ich einen Großteil meiner Firmen und Beteiligungen abgestoßen und zu Bargeld gemacht, so daß jetzt das meiste frei verfügbar ist. Davon habe ich ein Zehntel Alice vermacht, ein Zehntel Susan, ein Zehntel Elizabeth und den Rest dir, Leisha, weil du die einzige bist, die die individuellen Voraussetzungen mitbringt, um unter Ausschöpfung dieser finanziellen Möglichkeiten Hervorragendes zu leisten.«

Verstört sah Leisha hinüber zu Alice, die den Blick mit ihrer neuen gelassenen Unnahbarkeit erwiderte. »Elizabeth? Meine ... Mutter? Sie lebt noch?«

»Ja«, flüsterte Camden.

»Aber du sagtest mir doch, sie wäre tot! Vor Jahren schon!«

»Ja. Ich hielt es damals für besser, wenn du das denkst. Sie wollte dich nie so haben, wie du nun einmal warst, und sie gönnte dir nicht, was aus dir werden konnte. Es gab nichts, was sie dir hätte geben können; sie hätte dich nur in emotionale Mitleidenschaft gezogen.«

Die Bettler in Spanien ...

»Das war nicht richtig von dir, Papa. Das war nicht richtig. Sie ist doch meine Mutter ...« Sie konnte nicht weitersprechen.

Camden zuckte mit keiner Wimper. »O doch, es war richtig. Aber jetzt bist du erwachsen, und wenn du willst, kannst du sie jederzeit besuchen.«

Er fuhr fort, sie mit diesen strahlenden Augen aus seinem eingefallenen Gesicht anzusehen, während die Luft rund um Leisha anschwoll wie ein Ballon und zerplatzte. Ihr Vater hatte sie belogen. Susan hatte den Blick auf sie gerichtet, ein fast unmerkliches Lächeln auf den Lippen. Freute sie sie mitzuerleben, wie Camden in der Wertschätzung seiner Tochter plötzlich absank? War sie die ganze Zeit über eifersüchtig auf Leisha gewesen, auf ihre enge Beziehung ...?

Sie dachte schon wie Tony.

Diese Entdeckung brachte sie wieder ein wenig ins

Gleichgewicht, aber sie konnte den Blick nicht von Camden abwenden, der unversöhnlich zurückstarrte und nicht vorhatte, auch nur eine Handbreit von seiner Überzeugung abzurücken. Ein Mann, der noch auf dem Totenbett felsenfest daran glaubte, daß er recht hatte.

Alice nahm Leisha am Ellbogen, und ihre Stimme war so leise, daß niemand sonst sie hören konnte: »Er hat jetzt alles gesagt, Leisha. Und du wirst darüber hinwegkommen.«

Alice hatte Sohn und Ehemann in Kalifornien zurückgelassen; seit zwei Jahren war sie mit Beck Watrous verheiratet, einem Bauunternehmer, den sie in einem Ferienort auf den Künstlichen Inseln kennengelernt hatte, wo sie als Kellnerin arbeitete. Beck hatte Alices Sohn Jordan adoptiert.

»Ich hatte eine schwere Zeit hinter mir, als ich Beck traf«, erzählte Alice mit leiser, zurückhaltender Stimme. »Weißt du, als ich Jordan erwartete, träumte ich tatsächlich, er würde ein Schlafloser werden. Wie du. Jede Nacht träumte ich das und jeden Morgen nach dem Aufwachen war mir speiübel, und ich wußte, mein Baby würde ein dummer Niemand sein. Wie ich. Ich blieb noch zwei Jahre bei Ed in den Appalachen – du hast mich dort einmal besucht, erinnerst du dich? Wenn er mich prügelte, genoß ich das richtiggehend. Er berührte mich wenigstens. Ich wünschte mir immer, Papa könnte es sehen.«

Leisha schluckte.

»Ich bin dann von ihm weg, weil ich um Jordan Angst hatte. Ging nach Kalifornien und hab ein Jahr lang bloß gegessen. Hatte fast neunzig Kilo.« Alice war etwa einsfünfundsechzig, schätzte Leisha. »Und dann kam ich nach Hause, um Mutter zu besuchen.«

»Du hast es mir nicht gesagt. Du wußtest, daß sie lebte, und hast es mir nicht gesagt!«

»Sie verbringt ihr halbes Leben auf Entwöhnung in der Klapsmühle«, erklärte Alice mit brutaler Unverblümtheit. »Dich hätte sie ohnedies nicht sehen wollen. Aber mich hat sie zu sich gelassen, stürzte sich auf mich und küßte mich ab, weil ich doch ihre einzige ›echte‹ Tochter war, und dann hat sie mir aufs Kleid gekotzt. Ich machte einen Schritt zurück und sah mein Kleid an und wußte, sie hatte das richtige getan, das Kleid war zum Kotzen. So ausnehmend häßlich, wie es war. Mutter fing dann an zu flennen, wie Papa ihr Leben ruiniert hatte und meines dazu und alles nur für dich. Weißt du, was ich daraufhin machte?«

»Was?« fragte Leisha mit unsicherer Stimme.

»Ich flog nach Hause, verbrannte alle meine Kleider, suchte mir Arbeit, begann, das College nachzuholen, nahm zwanzig Kilo ab und brachte Jordan zur Spieltherapie.«

Die beiden Schwestern saßen eine Weile schweigend beisammen; draußen vor den Fenstern lag der See im Dunkeln, weder Mond noch Sterne standen am Himmel. Es war Leisha, die plötzlich erschauerte, und Alice, die ihr sanft den Rücken tätschelte.

»Sag ...« Aber es fiel ihr einfach nichts ein, was sie von Alice hätte wissen wollen; nur ihre Stimme wollte sie hören, Alices Stimme, wie sie jetzt klang, so sanft und zurückhaltend und ohne den geringsten Nachhall jener Beeinträchtigung, die Alice durch Leishas Existenz erfahren hatte. Ihre bloße Existenz als Beeinträchtigung ... »Sag mir etwas über Jordan. Er ist jetzt fünf, nicht wahr? Wie ist er denn so?«

Alice wandte den Kopf und sah Leisha gerade in die Augen. »Er ist ein fröhlicher, ganz normaler kleiner Junge. Ein völlig normaler Junge.«

Eine Woche später war Camden tot. Nach der Beerdigung machte Leisha den Versuch, ihre Mutter in der Brookfield-Klinik für Drogen- und Alkoholkranke zu besuchen. Doch Elizabeth Camden, so teilte man ihr mit, empfing außer Alice Camden Watrous, ihrem einzigen Kind, keine Besuche.

Susan Melling, ganz in Schwarz, fuhr Leisha zum Flughafen. Geschickt lenkte Susan das Thema auf Leishas Studium und ließ sich nicht mehr davon abbringen. Sie erkundigte sich nach Harvard, nach den Vorlesungen, nach der *Law Review*. Leisha antwortete einsilbig, aber Susan fuhr unbeirrt fort zu fragen und erwartete Antworten: Wann würde Leisha die Zulassung zum Anwaltsberuf beantragen? Wo sprach sie wegen einer Anstellung vor? Nach und nach löste sich die Starre, die Leisha gefühlt hatte, seit der Sarg ihres Vaters in der Erde verschwunden war, und sie merkte, daß Susans beharrliche Fragerei aus einem mitfühlenden Herzen kam.

»Er hat viele Leute gezwungen, sich für ihn aufzuopfern«, stellte Leisha unvermittelt fest.

»Mich nicht«, sagte Susan entschieden. »Das habe ich nur eine Zeitlang mitgemacht, als ich meine Arbeit aufgab, um bei seiner mitzuhelfen. Aber Roger hat Opfer nie sonderlich anerkannt.«

»War es also unrecht, was er getan hat?« Die Frage kam mit einem Unterton von Hilflosigkeit heraus, den Leisha nicht gewollt hatte.

Susan lächelte melancholisch. »Nein, es war nicht unrecht. Ich hätte nie meine Forschungsarbeit aufgeben dürfen. Hinterher hat es lange gedauert, bis ich mit mir selber wieder klarkam.«

Genau so macht er es bei allen Menschen, vernahm Leisha es in ihrem Kopf. Susan? Oder Alice? Ausnahmsweise konnte Leisha sich nicht genau entsinnen. Sie sah nur ihren Vater in dem alten Gewächshaus vor sich, wie er seine geliebten exotischen Pflanzen eintopfte und immer wieder umtopfte.

Sie war müde – eine körperliche Mattigkeit, hervorgerufen durch Druck und Anspannung. Zwanzig Minuten absolute Ruhe, und sie würde wieder erholt sein. Ihre Augen brannten von den ungewohnten Tränen; sie lehnte den Kopf gegen die Nackenstütze und schloß die Augen.

Susan bog in den Parkplatz des Flughafens ein und stellte den Motor ab. »Ich möchte dir noch etwas sagen, Leisha.«

»Geht es um das Testament?« Sie öffnete die Augen.

Susan lächelte mit zusammengepreßten Lippen. »Nein. Du hast doch nichts daran auszusetzen, wie er sein Vermögen aufgeteilt hat, oder? Scheint dir doch vernünftig, nicht wahr? Aber das ist es nicht. Biotech und Chicago Medical haben die Untersuchungen an Bernie Kuhns Gehirn abgeschlossen. Die Analyse liegt vor.«

Leisha fuhr herum; Susans Gesichtsausdruck erschreckte sie ein wenig. Entschlossenheit sprach daraus, Genugtuung, Wut und noch etwas, das sich jedem Deutungsversuch entzog.

»Das Ergebnis wird nächste Woche publiziert«, sagte Susan. »Im *New England Journal of Medicine.* Bisher war die Geheimhaltung unglaublich streng. Absolut nichts durfte an die Medien durchsickern. Aber ich möchte dir jetzt und persönlich sagen, was wir herausgefunden haben. Damit es dich nicht unvorbereitet trifft.«

»Sprich nur«, sagte Leisha. Es wurde ihr eng ums Herz.

»Weißt du noch, wie du zusammen mit den anderen jungen Schlaflosen Interleukin-1 genommen hast, weil ihr wissen wolltet, wie es ist zu schlafen? Als du sechzehn warst?«

»Wie hast du denn davon erfahren?«

»Wir haben euch alle weitaus sorgfältiger im Auge behalten, als du denkst. Erinnerst du dich auch an die Kopfschmerzen hinterher?«

»Ja.« Sie und Richard und Tony und Carol und Brad

und Jeanine... Nach ihrem Ausschluß durch das Olympische Komitee hatte Jeanine die Eislaufschuhe nicht mehr angezogen. Sie war Kindergärtnerin in Butte, Montana.

»Interleukin-1 ist es, worüber ich mit dir reden will. Zum Teil wenigstens. Es ist eine Substanz aus einer ganzen Gruppe von Wirkstoffen, die das Immunsystem stärken. Sie stimulieren die Produktion von Antikörpern, die Beweglichkeit der weißen Blutkörperchen und eine ganze Reihe weiterer Immunverstärker. Bei normalen Menschen findet die Ausschüttung von IL-1 im Tiefschlaf statt. Das heißt, daß ihr – unser – Immunsystem angekurbelt wird, während wir schlafen. Eine der Fragen, die wir Genforscher uns vor achtundzwanzig Jahren stellten, lautete: Werden schlaflose Kinder, bei denen diese Ausschüttung von IL-1 nicht stattfindet, öfter als andere krank sein?«

»Ich war noch nie krank«, warf Leisha ein.

»O doch. Du hattest in deinen ersten vier Lebensjahren die Windpocken und drei leichtere Erkältungen«, stellte Susan penibel fest. »Aber im allgemeinen wart ihr ein recht gesunder Stall von Kindern. Und so blieb uns Forschern nur die zweite Theorie, weshalb es im Schlaf zu einer Stärkung des Immunsystems kommt: daß nämlich der plötzliche Ausbruch von Immuntätigkeit der Ausgleich für eine erhöhte Krankheitsanfälligkeit des schlafenden Körpers ist, was vermutlich in irgendeiner Weise mit den Schwankungen der Körpertemperatur während der REM-Phasen zusammenhängt. Mit anderen Worten, endogene Pyrogene wie IL-1 kompensieren die Immunschwäche, die vom Schlaf erst *verursacht* wird. Schlaf ist das Problem, Immunverstärker sind die Lösung. Ohne Schlaf gäbe es das Problem nicht. Kannst du mir folgen?«

»Ja.«

»Na klar kannst du. Blöde Frage.« Susan strich sich das Haar aus der Stirn. An den Schläfen wurde es bereits grau. Unter dem rechten Ohr hatte sie einen winzigen braunen Altersfleck.

»In all den Jahren bekamen wir Tausende, ja vielleicht Hunderttausende von Singulären Photonenemissionstomographien von euren Gehirnen zusammen, und dazu noch zahllose EEGs und Proben von Gehirn-Rückenmarksflüssigkeit, und was es sonst noch so gibt. Aber wir konnten nicht in eure Gehirne hineinsehen und feststellen, was tatsächlich da drin vor sich ging. Bis Bernie Kuhn gegen diese Böschung fuhr.«

»Susan«, sagte Leisha, »sag es mir klar und deutlich. Ohne weitere Vorrede.«

»Ihr werdet nicht altern.«

»Wie?«

»Ach ja, kann sein in kosmetischer Hinsicht ein wenig – vermutlich wird es zu einem leichten allgemeinen Absinken der Haut- und Muskelpartien kommen, ganz einfach durch die prolongierte Einwirkung der Schwerkraft. Aber das Fehlen von Schlafpeptiden und allem, was damit zusammenhängt, beeinflußt das Immun- und Geweberegenerationssystem auf eine Art, die wir noch nicht verstehen. Bernie Kuhn hatte eine makellose Leber. Eine makellose Lunge, ein makelloses Herz, makellose Lymphknoten, eine makellose Bauchspeicheldrüse, eine makellose Medulla oblongata. Nicht bloß gesund oder jung – *makellos*. Es ist eine verstärkte Geweberegeneration festzustellen, die eindeutig mit der Arbeit des Immunsystems zusammenhängt, aber dramatisch verschieden ist von allem, womit wir je gerechnet hätten. Bei den Organen fehlt jegliche Abnützungserscheinung, ja selbst der minimale Verschleiß, den man auch bei einem Siebzehnjährigen erwarten sollte. Sie reparieren sich perfekt selbst, ohne Unterlaß.«

»Und für wie lange?« flüsterte Leisha.

»Wer, zum Teufel, soll das schon wissen? Bernie

Kuhn war noch jung, und vielleicht gibt es irgendwo einen Kompensationsmechanismus, der zu einem bestimmten Zeitpunkt einsetzt, und dann fallt ihr alle tot um, wie eine ganze Herde von Dorian Grays. Aber das glaube ich nicht. Andererseits glaube ich auch nicht, daß das mit euch bis in alle Ewigkeit so weitergeht. Keine Geweberegeneration schafft das endlos. Aber doch lange, sehr lange.«

Leisha starrte auf die unscharfen Spiegelungen in der Windschutzscheibe. Sie sah das Gesicht ihres Vaters in dem mit blauem Satin ausgeschlagenen Sarg, umgeben von weißen Rosen. Sein Herz, sein nicht regenerierbares Herz hatte versagt.

Susan sagte: »Gegenwärtig ist alles immer noch Spekulation. Wir wissen nur, daß die Peptidstrukturen, die in normalen Menschen das Schlafbedürfnis aufbauen, den Komponenten der Zellwände von Bakterien ähneln. Vielleicht existiert eine Verbindung zwischen dem Vorgang des Schlafens und der Empfänglichkeit für Krankheiten. Wir wissen es nicht sicher. Aber nicht gesichertes Wissen ist kein Grund, von reißerischen Überschriften abzusehen. Und daher wollte ich dich darauf vorbereiten, daß man euch jetzt Supermenschen nennen wird oder *homo perfectus* oder was weiß ich. Jedenfalls unsterblich.«

Die beiden saßen schweigend da, ehe Leisha schließlich sagte: »Ich werde die anderen informieren. Über unser spezielles Datennetz. Mach dir keine Sorge um die Geheimhaltung. Kevin Baker hat Groupnet entwickelt; niemand erfährt irgend etwas, wenn wir es nicht wollen.«

»So gut seid ihr schon organisiert?«

»Allerdings.«

Um Susans Mund begann es zu zucken. Sie wandte den Blick ab. »Wir sollten jetzt lieber reingehen. Sonst versäumst du deinen Flug.«

»Susan ...«

»Ja?«

»Danke.«

»Gern geschehen.« Aus ihrer Stimme hörte Leisha jetzt das heraus, was vorhin über Susans Gesicht gegeistert war und sich jedem Deutungsversuch entzogen hatte: Kein Zweifel, es war sehnsüchtiges Verlangen.

Geweberegeneration! Für lange, lange Zeit! sang das Blut in Leishas Ohren auf dem Flug nach Boston. *Geweberegeneration!* Und schließlich: *Unsterblich!* Nein, das gerade nicht, wies sie sich streng in die Schranken; das gerade nicht. Aber das Blut in ihren Ohren hörte nicht darauf.

»Sie lächeln so glücklich vor sich hin«, sagte der Mann, der in der ersten Klasse neben ihr saß – ein Geschäftsreisender, der Camdens Tochter offenbar nicht erkannt hatte. »Sie kommen wohl von einem rauschenden Fest in Chicago!«

»Nein. Von einer Beerdigung.«

Im ersten Moment sah der Mann schockiert aus und im zweiten entrüstet. Leisha blickte aus dem Fenster hinab auf die Erde. Flüsse wie integrierte Schaltkreise, Felder wie ordentlich nebeneinandergelegte Karteikarten. Und am Horizont flockige weiße Wolken wie Unmengen exotischer Blüten in einem lichtdurchfluteten Gewächshaus.

Der Brief war nicht dicker als jeder andere, aber mit der Post gesandte und von Hand adressierte Ausdrucke waren so selten, daß Richard beunruhigt war. »Es könnte eine Bombe drinnen sein.« Leisha sah den Umschlag an, der auf der Dielenkommode lag. Ms. LIESHA CAMDEN. In Blockbuchstaben. Und falsch geschrieben.

»Sieht aus wie eine Kinderschrift«, bemerkte sie.

Richard stand mit gesenktem Kopf breitbeinig da;

aus seinem Gesicht sprach nur Müdigkeit. »Vielleicht soll sie absichtlich so wirken. Vielleicht rechnen sie damit, daß du bei einer Kinderschrift vertrauensseliger reagierst.«

»›Sie?‹ Richard, sind wir denn tatsächlich schon so paranoid?«

Er machte keinen Rückzieher. »Allerdings. Unter den gegenwärtigen Umständen sind wir das.«

Eine Woche zuvor hatte das *New England Journal of Medicine* Susans detaillierten, sachlich gehaltenen Artikel veröffentlicht. Eine Stunde später explodierten die Nachrichtensendungen im Rundfunk und im Datennetz bereits in einer Mixtur aus Spekulation, Effekthascherei, Empörung und Angst. Leisha und Richard hatten zusammen mit allen anderen Schlaflosen, die am Groupnet hingen, jede der vier Komponenten isoliert und graphisch dargestellt, um nach einer dominanten Reaktion zu suchen: Spekulation (»Die Schlaflosen könnten Hunderte Jahre alt werden, was folgende Auswirkungen haben könnte ...«); Effekthascherei (»Wenn ein Schlafloser nur Schläferinnen heiratet, würde sein Leben lang genug währen, um ein Dutzend Ehefrauen zu haben, ein paar Dutzend Kinder und eine verwirrend zusammengesetzte Familie ...«); Empörung (»Das Herumpfuschen an den Naturgesetzen hat nur widernatürliche Pseudomenschen hervorgebracht, die mit dem ungerechten Vorteil leben werden, mehr Zeit zur Verfügung zu haben: Zeit, um zu einer zahlreicheren Nachkommenschaft, zu mehr Autorität und Einfluß und zu mehr Vermögen zu kommen als jeder von uns Normalsterblichen ...«); und Angst (»Wie lange wird es dauern, bis diese Superrasse an den Schalthebeln der Macht sitzt?«).

»Das läßt sich alles unter dem Stichwort Angst einordnen«, erkannte Carolyn Rizzolo schließlich, und das Groupnet stellte das differenzierte Analysieren ein.

Leisha war mitten in den Abschlußexamen ihres letzten Studienjahres; jeden Tag begleiteten sie abfällige Bemerkungen, wenn sie über das Universitätsgelände, durch die Korridore und in den Hörsaal eilte, und jeden Tag vergaß sie sie augenblicklich, sobald die mörderischen Prüfungen im Gange waren, die alle Studenten auf dieselbe demütigende Stufe von Bittstellern im Angesicht der ruhmreichen Universität stellte. Danach wanderte sie stets langsam und ausgelaugt zu Fuß heim zu Richard und zum Groupnet, bemerkte sehr wohl jeden Blick, der sie traf, und bemerkte auch, wie Bruce, ihr Leibwächter, sich zwischen sie und die anderen schob.

»Es wird sich legen«, meinte Leisha. Richard sagte nichts darauf.

Die Stadt Salt Springs in Texas erließ eine Verordnung des Inhalts, daß kein Schlafloser eine Konzession für den Ausschank von Alkohol erhalten durfte – mit der Begründung, daß die Bürgerrechtsbestimmungen auf dem aus der Unabhängigkeitserklärung übernommenen Grundsatz fußten, daß ›alle Menschen gleich erschaffen‹ waren, was die Schlaflosen eindeutig nicht einschloß. Es gab keinen Schlaflosen im Umkreis von zweihundert Kilometern, und seit zehn Jahren hatte in Salt Springs niemand um eine Alkoholkonzession angesucht, aber die Meldung wurde von United Press und Datanet News aufgegriffen, und nach vierundzwanzig Stunden erschienen im ganzen Land die ersten hitzigen Leitartikel, die die Sache pro und kontra erörterten.

Worauf es zu weiteren lokalen Verordnungen kam. In Pollux, Pennsylvania, durften Schlaflose als Wohnungsmieter abgewiesen werden, weil ihr anhaltender Wachzustand für den Vermieter eine verstärkte Abnutzung seines Eigentums, sowie erhöhte Nebenausgaben mit sich bringen würde. In Cranston Estates, Kalifornien, war es Schlaflosen verboten, Unternehmen zu betreiben, die ihre Dienste rund um die Uhr anboten: ›unlauterer Wettbewerb‹. In Iroquois County, New York, waren Schlaflose nicht als Geschworene zugelassen; die Begründung: Eine Geschworenenbank, der Schlaflose mit ihrem verzerrten Zeitbegriff angehörten, stelle für den Angeklagten keine ›Rechtsprechung durch Ebenbürtige‹ dar.

»Ich bin sicher, all diese Gesetze werden von den höheren Instanzen abgelehnt«, sagte Leisha. »Aber, lieber Himmel, was für eine Vergeudung von Geld und Gerichtszeit, bis es soweit ist!« Halb unbewußt nahm sie wahr, daß ihr Tonfall, als sie das sagte, dem von Roger Camden aufs Haar glich.

Der Staat Georgia, wo gewisse Varianten des Geschlechtsverkehrs auch unter Erwachsenen immer noch als Verbrechen galten, erklärte sexuelle Kontakte zwischen Schläfern und Schlaflosen zu einem schweren Vergehen, gleichgestellt der Sodomie.

Kevin Baker hatte ein Computerprogramm entwickelt, das alle Nachrichtennetze mit hoher Geschwindigkeit abtastete und sämtliche Berichte markierte, in denen es um die Diskriminierung von Schlaflosen oder Tätlichkeiten gegen sie ging, um die Vorfälle sodann zu kategorisieren. Die Dateien standen im Groupnet zur Verfügung. Leisha überflog sie und rief dann Kevin an. »Wir bekommen auf diese Weise ein völlig einseitiges Bild. Kannst du nicht ein Parallelprogramm erstellen, das die Fälle markiert, bei denen sich jemand an unsere Seite stellt und unsere Interessen verteidigt?«

»Du hast recht!« stellte Kevin leicht verblüfft fest. »Daran habe ich nicht gedacht.«

»Dann denk jetzt daran«, entgegnete Leisha mitleidlos. Richard saß daneben und sagte nichts.

Die Berichte über die schlaflosen Kinder beunruhigten Leisha am meisten von allen. Ihre Schulkameraden gingen ihnen aus dem Weg, die Geschwister beschimpften sie und die Eltern gaben ihnen instinktiv die Schuld dafür, daß sie sich zwar ein außergewöhnliches Kind gewünscht hatten, nicht jedoch eines, das möglicherweise jahrhundertelang leben würde. Die Schulbehörde von Cold River, Iowa, sprach sich dafür aus, schlaflose Kinder vom normalen Unterricht auszuschließen, weil ihre rasche Auffassungsgabe »Minderwertigkeitsgefühle hervorrufen könnte, die sich störend auf den Bildungsgang der anderen Schüler auswirken mußten.« Die Behörde stellte finanzielle Mittel für den Heimunterricht von Schlaflosen zur Verfügung, doch unter dem Lehrpersonal fanden sich keine Freiwilligen für diese Aufgabe. Leisha fing an, über Groupnet die halbe Nacht lang mit den Kindern zu plaudern und ebensoviel Zeit mit ihnen zu verbringen, wie sie für ihre eigenen Vorbereitungen auf die Zulassungsprüfung für den Anwaltsberuf aufwendete, die im Juli stattfinden sollte.

Stella Bevington hörte auf, ihr Modem zu benutzen.

Kevins zweites Programm katalogisierte sämtliche Leitartikel, die zur Fairness gegenüber den Schlaflosen aufriefen. Die Schulbehörde von Denver stellte Geldmittel für ein Programm zur Unterstützung begabter Kinder, Schlaflose eingeschlossen, bereit, das ihnen erlaubte, ihre Talente weiterzuentwickeln, und das sie zur Teamarbeit erzog, indem es ihnen noch kleinere Kinder zur Unterrichtung anvertraute. In Rive Beau, Louisiana, wurde die Schlaflose Danielle du Cherney in den Stadtrat gewählt, obwohl sie erst zweiundzwanzig und genaugenommen zu jung für das Amt war. Das renommierte medizinische Forschungsunternehmen Halley-Hall stellte unter großem Publicitygeschrei Christopher Amren ein, einen Schlaflosen mit einem Doktortitel in Zellularphysik.

Dora Clarq, eine Schlaflose aus Dallas, öffnete einen an sie adressierten Briefumschlag, und der darin enthaltene Plastiksprengstoff riß ihr den Arm ab.

Leisha und Richard starrten den Umschlag auf der Dielenkommode an. Er bestand aus dickem, hellgelbem, jedoch keineswegs teurem Papier von der Art, die aus pergamentfarbenen alten Zeitungsausdrucken hergestellt wurde und trug keinen Absender. Richard rief Liz Bishop an, eine Schlaflose, die in Michigan Strafrechtspflege als Hauptfach an der Uni belegt hatte. Weder er noch Leisha hatten je persönlich mit ihr gesprochen, aber sie meldete sich sofort und erklärte ihnen über Groupnet, wie sie den Brief öffnen mußten. Aber wenn es ihnen lieber war, fügte sie hinzu, würde sie auch gern rüberfliegen und ihn selbst aufmachen. Richard und Leisha folgten ihren Anweisungen und bereiteten sich auf eine Fernzündung im Keller ihres Wohnhauses vor. Nichts flog in die Luft. Als der Umschlag offen war, holten sie den Brief heraus und lasen:

> *Liebe Miss Camden!*
> *Sie sind immer so nett zu mir gewesen und mir tut's auch leid aber ich kündige. Die in der Gewerkschaft machen mir ordentlich Feuer unterm Hintern nicht offiziell aber Sie wissen schon. An Ihrer Stelle würde ich um nen neuen Leibwächter nicht zur Gewerkschaft gehen. Wär besser sich privat nach einem umzusehen. Aber geben Sie acht. Es tut mir ehrlich leid aber ich muß mich auch vorsehen im Leben.*
>
> *Bruce*

»Ich weiß nicht, soll ich weinen oder lachen«, sagte Leisha. »Da besorgen wir uns dieses ganze Rüstzeug, bringen Stunden damit zu, alles so zu aufzubauen, daß der Sprengstoff nicht detoniert, und dann ...«

»Nicht, daß ich, für meinen Teil, besonders viel sonst zu tun gehabt hätte«, bemerkte Richard. Seit der

Welle von Schlaflosenfeindlichkeit hatten mit Ausnahme von zweien alle seine ratsuchenden Klienten, die auf ihre Absatzmöglichkeiten und damit auf die öffentliche Meinung Rücksicht nehmen mußten, ihre Aufträge widerrufen.

Über Groupnet, das sich immer noch auf Leishas Bildschirm befand, schrillte der bevorrangte Notfallston. Leisha stürzte hin. Es war Tony Indivino.

»Leisha, ich brauche deine fachliche Hilfe, wenn du sie mir zukommen lassen willst. Sie versuchen, mir wegen *Sanctuary* den Kampf anzusagen. Bitte nimm den nächsten Flug herunter.«

Sanctuary, der ›Zufluchtsort‹, bestand in erster Linie aus braunen klaffenden Wunden in der Spätfrühlingserde. Eine sehr gute Straße im südlichen Staat New York führte von Conewango, dem nächstgelegenen Ort, in das von der Zeit sanft gerundete, mit Kiefern und Walnußbäumen bewachsene Hügelland in den Allegheny Mountains. Einige niedrige, wartungsfreie Gebäude, alle sichtlich nach den gleichen klaren, ästhetischen Vorgaben angelegt, befanden sich in verschiedenen Stadien der Fertigstellung.

Jennifer Sharifi begrüßte Leisha und Richard ohne ein Lächeln. Sie hatte sich in den letzten sechs Jahren kaum verändert, doch diesmal war ihr langes schwarzes Haar ungekämmt, und aus ihren dunklen, riesengroßen Augen sprach die Belastung, unter der sie stand. »Tony möchte euch sehen, aber er will, daß ich euch erst alles zeige.«

»Was ist passiert?« fragte Leisha mit ruhiger Stimme.

Jennifer machte keinen Versuch, ein offenbar bestehendes Problem zu leugnen. »Später. Erst seht euch einmal um in *Sanctuary*. Tony legt allergrößten Wert auf eure Meinung, Leisha. Er will, daß ihr alles zu Gesicht bekommt.«

Die Wohnschlafhäuser waren für jeweils fünfzig Personen angelegt, die sich die Benutzung von Küchen, Eßräumen, Ruhezonen und Bädern teilten; dazu war für eine Unzahl von Büroräumen, Studios und Laboratorien zur individuellen Nutzung gesorgt. »Wir nennen sie noch ›Wohnschlafhäuser‹, ungeachtet der Etymologie«, erklärte Jennifer, und selbst aus dieser Bemerkung, die aus jedem anderen Mund ein wenig scherzhaft geklungen hätte, hörte Leisha die sonderbare Kombination aus Jennifers gewohnter künstlicher Gelassenheit mit ihrer gegenwärtigen Nervosität heraus.

Unwillkürlich rang die Perfektion, mit der Tonys Planung den gemeinschaftlichen Aspekt und die Intimsphäre des Lebens der künftigen Bewohner dieser Häuser berücksichtigte, Leisha Respekt ab. Es gab ein Sport- und Fitnesszentrum, ein kleines Krankenhaus – »Spätestens Ende nächsten Jahres haben wir in der Gruppe achtzehn qualifizierte Ärzte, und vier von ihnen haben vor hierherzukommen« –, einen Kindergarten, eine Schule und eine Farm mit intensiver Bodennutzung. »Natürlich wird weiterhin der Großteil der Nahrungsmittel von draußen stammen. Genau wie die Arbeitsaufträge der Menschen hier, obwohl sie klarerweise soviel wie möglich von *Sanctuary* aus über Datennetze erledigen werden. Wir kapseln uns dadurch nicht von der Außenwelt ab, wir schaffen nur einen sicheren Ort, von dem aus wir unsere Geschäfte mit ihr abwickeln können.«

Leisha sagte nichts darauf.

Abgesehen von der Energieversorgung – völlig autarke Y-Energie – beeindruckte Leisha am stärksten der menschliche Sektor der Planung. Tony war es gelungen, Schlaflose aus faktisch allen Fachgebieten für eine Teilnahme an dem Projekt zu interessieren, um sowohl die anfallenden Erledigungen im Innern als auch die Verbindungen mit der Außenwelt sicherzustellen. »Rechtsanwälte und Wirtschaftsfachleute kommen als erste«, sagte Jennifer. »Sie bilden die wichtigste Verteidigungslinie zu unserem eigenen Schutz. Tony sieht ein, daß die meisten Machtkämpfe heutzutage in Gerichtssälen und bei Vorstandssitzungen ausgetragen werden.«

Aber nicht alle. Jennifer zeigte ihnen auch die Pläne für herkömmlichere Verteidigungsanlagen. Zum ersten Mal schien sich die straffe Haltung ihres Körpers etwas zu lockern.

Von vornherein hatte man jeden Versuch unternommen, die Verteidigung so zu planen, daß möglichen Angreifern Einhalt geboten wurde, ohne sie zu verletzen. Die Außengrenzen der vierhundert Quadratkilometer, die Jennifer erworben hatte, wurden nahtlos elektronisch überwacht – und manche Gemeinden im Land waren kleiner als *Sanctuary*, dachte Leisha leicht benommen. Wenn es von außen zu einer Durchbrechung des elektronischen Zaunes kam, wurde achthundert Meter dahinter ein Kraftfeld aktiviert, das jedem Menschen, der sich zu Fuß fortbewegte, einen Elektroschock versetzte – »aber nur an der *Außenseite* des Kraftfeldes! Wir wollen ja nicht, daß unseren Kindern etwas passiert«, sagte Jennifer. Ein unbemanntes Eindringen von Fahrzeugen oder Robotern wurde von einem Ortungssystem erkannt, das jeglichen Metallgegenstand über einer gewissen Masse ermittelte, der sich in *Sanctuary* von der Stelle bewegte. Jedes in Bewegung befindliche Metallobjekt, das nicht eine von Donald Pospula – einem Schlaflosen, der bereits Patente für etliche bedeutende elektronische Elemente besaß – speziell dafür entwickelte Signaleinrichtung mitführte, galt als verdächtig.

»Selbstverständlich wären wir gegen einen Angriff aus der Luft oder durch einen Stoßtrupp der Armee machtlos«, erklärte Jennifer. »Aber damit ist nicht zu rechnen. Wir rechnen nur mit Feinden, deren Feindseligkeit aus ihrem Eigeninteresse und ihrer inneren Bereitschaft zum Haß entspringt.«

Leisha legte einen Finger auf die Computerausdrucke der Sicherheitspläne. Sie verursachten ihr Unbehagen. »Wenn wir es nicht schaffen, uns in unsere Umgebung zu integrieren … Ich meine, ein freier Austausch von Waren und Leistungen sollte Bewegungsfreiheit voraussetzen.«

»Nur wenn Bewegungsfreiheit einen freien Geist voraussetzt«, fügte Jennifer rasch hinzu, und ihr Tonfall ließ Leisha aufblicken. »Ich muß dir etwas sagen, Leisha.«

»Ja?«

»Tony ist nicht hier.«

»Und wo ist er?«

»Im Bezirksgefängnis in Conewango. Es stimmt schon, wir haben Probleme wegen der Baugenehmigungen für *Sanctuary* – Baugenehmigungen! Für diesen abgelegenen Flecken Land! Aber da geht es jetzt um etwas anderes. Es hat sich erst heute früh ereignet. Tony wurde wegen der Entführung von Timmy DeMarzo festgenommen.«

Der Raum schien ein wenig zu schwanken. »FBI?« fragte Leisha.

»Ja.«

»Wie … wie haben sie es herausgefunden?«

»Irgendein Agent hat den Fall geknackt. Man hat uns nicht verraten, wie. Tony braucht einen Rechtsanwalt, Leisha. Bill Thaine hätte schon zugesagt, aber Tony will dich haben.«

»Jennifer – ich habe noch nicht mal die Zulassung! Die Prüfungen finden erst im Juli statt!«

»Er sagt, er will warten. In der Zwischenzeit wird Bill als sein Rechtsbeistand fungieren. Wirst du die Prüfungen schaffen?«

»Klar. Aber ich habe mir schon einen Job bei Morehouse, Kennedy & Anderson in New York organisiert … « Sie verstummte. Richard starrte sie mit unbewegter Miene an, Jennifer mit unergründlicher. Etwas gedämpft fragte Leisha: »Wird er sich für unschuldig erklären?«

»Für schuldig«, antwortete Jennifer. »Unter … Wie heißt das doch mit dem Fachausdruck? Unter mildernden Umständen.«

Leisha nickte. Sie hatte befürchtet, Tony würde auf einem »Nicht schuldig« bestehen: Lügen über Lügen, Ausflüchte, Manöver und Tricks … Rasch überflog sie in Gedanken die Voraussetzungen für mildernde Umstände, Präzedenzfälle – man könnte *Clements gegen Voy* heranziehen …

»Bill ist jetzt bei ihm im Gefängnis«, sagte Jennifer. »Wirst du mit mir hinfahren?« Sie machte die Frage zu einer Herausforderung.

»Ja, sicher«, sagte Leisha.

Doch in Conewango, der Bezirkshauptstadt von Cattaraugus County, erlaubte man ihnen nicht, mit Tony zu sprechen. William Thaine als sein Anwalt hatte selbstverständlich freien Zugang zu seinem Klienten; Leisha hingegen, die offiziell noch nicht mal Anwältin war, durfte nirgendwohin. Das wurde ihnen von einem Mann aus dem Büro des Staatsanwalts mitgeteilt, dessen Miene unbewegt blieb, solange er mit ihnen sprach, der aber dicht hinter ihnen auf den Boden spuckte, als sie gingen – die Spucke, die auf seinem Fußboden zurückblieb, nahm er dabei offenbar in Kauf.

Richard und Leisha fuhren mit ihrem Leihwagen zurück zum Flughafen, um nach Boston zurückzukehren. Unterwegs erklärte Richard, er hätte sich soeben entschieden, nach *Sanctuary* zu übersiedeln, und zwar sofort, um noch bei der Planung und Fertigstellung mitzuhelfen.

Leisha blieb die meiste Zeit in ihrer Wohnung, lernte wie wild für die Zulassungsprüfung oder kümmerte sich über Groupnet um die Schlaflosen-Kinder. Sie hatte seit Bruce noch keinen neuen Leibwächter eingestellt, und so ging sie nur widerstrebend aus dem Haus; dieses Widerstreben machte sie wiederum wütend auf sich selbst. Ein-, zweimal täglich überflog sie Kevins elektronische Zeitungsausschnitte.

Gelegentlich zeigte sich ein Hoffnungsschimmer am Horizont. Die *New York Times* brachte einen Leitartikel, der von zahlreichen elektronischen Nachrichtendiensten übernommen wurde:

ERFOLG UND HASS:
EIN TREND, DEN WIR LIEBER NICHT
SEHEN WÜRDEN

Die Vereinigten Staaten haben noch nie zu jenen Ländern gehört, in denen sich Logik, Rationalität und Besonnenheit großer Wertschätzung erfreuen. Unser ganzes Volk tendiert dazu, diese Eigenschaften als ›kalt‹ abzustempeln. Und als ganzes Volk tendieren wir andererseits dazu, Emotionen und Tatkraft zu bewundern. Wir begeistern uns an unserer Geschichte und an unseren Geschichten – nicht am Entwurf der Verfassung, sondern an ihrer Verteidigung auf Iwo Jima; nicht an den intellektuellen Leistungen eines Linus Pauling, sondern am leidenschaftlichen Heldentum eines Charles Lindbergh; nicht an den Erfindern der Einschienenbahn und der Computer, die uns einander näherbringen, sondern an den Verfassern der zornigen Gesänge des Bürgerkrieges, die uns entzweien.

Ein ganz eigenartiger Aspekt dieses Phänomens ist der Umstand, daß es sich in Zeiten des Wohlstandes verstärkt. Je besser es unseren Bürgern geht, desto tiefer ist ihre Verachtung für die sachliche, nüchterne Gedankenarbeit, die ihnen das Wohlergehen erst ermöglicht hat, und desto leidenschaftlicher ihre Neigung zu Emotionalität. Denken wir doch an die grellen Exzesse der verrückten zwanziger Jahre und die Verachtung des Establishments in den

Sechzigern des vergangenen Jahrhunderts. Denken wir an den noch nie dagewesenen Wohlstand, den uns die Y-Energie in unserem Jahrhundert verschafft hat – und dann erinnern wir uns daran, daß Kenzo Yagai – außer von seinen Anhängern – als habgieriger, gefühlloser Logiker betrachtet wurde, während wir unsere nationale Lobhudelei Leuten wie dem neo-nihilistischen Schriftsteller Stephen Castelli, der gefühlsduselnden Schauspielerin Brenda Foss und dem waghalsigen Schwerkrafttaucher Jim Morse Luter aufdrängen.

Doch vor allem sollten wir, während wir in unseren mit Y-Energie versorgten Häusern diesem Phänomen nachgrübeln, die Welle irrationaler Emotionen gegen unsere ›schlaflosen‹ Mitbürger bedenken, seitdem das Biotech-Institut und die Medizinische Hochschule von Chicago mit ihren Erkenntnissen über die Geweberegeneration bei diesen Menschen an die Öffentlichkeit getreten sind.

Die meisten Schlaflosen sind intelligent; die meisten von ihnen sind kühl und nüchtern – wenn man mit diesen gern abschätzig verwendeten Wörtern sagen will, daß die so bezeichnete Person ihre Energien lieber zur Lösung von Problemen als zu ihrer Emotionalisierung aufwendet. (Selbst Pulitzer-Preisträgerin Carolyn Rizzolo hat uns in ihrem Stück ein verblüffendes Zusammenspiel von Ideen präsentiert und nicht einen Amoklauf der Leidenschaften!) Ihnen allen ist außerdem ein natürliches Leistungsstreben gemein, dessen Erfolg durch das Drittel mehr Zeit, die ihnen zur Verfügung steht, sicherlich erleichtert wird. Ihre Begabungen liegen zumeist auf jenen Gebieten, in denen Logik zählt und nicht Emotion: Computerwissenschaften, Finanzwesen, Rechtswissenschaft, Physik, medizinische Forschung. Sie sind rational, ordentlich, besonnen, intelligent, fröhlich, jung und möglicherweise sehr langlebig.

Und sie sind – in unserem Land mit seinem noch nie gekannten Wohlstand – zunehmend verhaßt.

Entspringt dieser Haß, den wir seit einigen Monaten so heftig ausbrechen sehen, tatsächlich, wie so oft behauptet, dem ›ungerechtfertigten Vorteil‹, den die Schlaflosen bei der Arbeitssuche, bei Beförderungen, beim Verdienst und beim Erfolg haben? Ist dieser Haß wirklich nichts anderes als Neid auf die Schlaflosen, denen wir Glück und Erfolg mißgönnen? Oder wurzelt er in etwas Verderblicherem, in unserem traditionellen amerikanischen Handeln nach dem ›Schuß-aus-der-Hüfte‹-Prinzip und dem damit Hand in Hand gehenden kopflosen Haß auf alles, was logisch ist, nüchtern, besonnen und überlegt? Handelt es sich, kurz gesagt, um Haß auf den überlegenen Geist?

Wenn das stimmt, dann sollten wir lange und eingehend über die Begründer dieser Nation nachdenken, über Jefferson, Washington, Paine, Adams – alles Söhne des Zeitalters der Aufklärung –, die unser geordnetes, ausgewogenes Rechtssystem just deshalb schufen, um das Eigentum und die Werke jener zu schützen, deren klarer und gesunder Geist sie geschaffen hat. Durch die Existenz der Schlaflosen könnte unser tiefsitzender amerikanischer Glaube an Recht und Gesetz möglicherweise auf die bisher schwerste Probe gestellt werden. Nein, die Schlaflosen wurden *nicht* ›gleich geschaffen‹; doch unsere Einstellung ihnen gegenüber sollten wir mit einer Nüchternheit und Sorgfalt prüfen, die jener unserer Gesetzgebung entspricht. Möglicherweise gefällt uns nicht, was wir dabei über unsere Motive erfahren, jedoch könnte unsere Glaubwürdigkeit als Volk von der Sachlichkeit und Klugheit dieser Prüfung abhängen.

An beidem hat es der öffentlichen Reaktion auf die Forschungsergebnisse des letzten Monats gemangelt.

Das Gesetz ist kein billiges Theater. Und ehe wir darangehen, Gesetze abzufassen, die vulgäre und überreizte Regungen reflektieren, müssen wir sicher sein, daß wir uns des Unterschiedes bewußt sind.

Leisha preßte lächelnd die Arme um sich und starrte voller Freude den Bildschirm an. Sie rief bei der *New York Times* an und erkundigte sich, wer den Artikel geschrieben hatte. Die Telefonistin, eben noch äußerst zuvorkommend, als sie den Anruf entgegengenommen hatte, meinte brüsk, die *Times* würde diese Information ›erst nach internen Ermittlungen‹ freigeben.

Doch das konnte Leishas Hochstimmung nicht dämpfen. Zum erstenmal nach tagelangem Sitzen am Schreibtisch oder vor dem Bildschirm sauste sie aufgeregt im ganzen Apartment herum; diese überschäumende Freude schrie geradezu nach körperlicher Aktivität. Sie spülte das Geschirr, räumte die Bücher auf. In der Anordnung der Möbel hatten sich einige leere Stellen aufgetan, wo Richard Stücke mitgenommen hatte, die ihm gehörten; etwas besinnlicher geworden rückte sie die Möbel so zurecht, daß sich die Lücken schlossen.

Susan Melling rief an, um sie auf den Leitartikel der *Times* aufmerksam zu machen, und sie plauderten einige Minuten lang herzlich miteinander. Kaum hatte Susan aufgelegt, klingelte es erneut.

»Leisha? Deine Stimme klingt immer noch wie früher! Hier spricht Stewart Sutter.«

»Stewart!« Sie hatte ihn seit Jahren nicht mehr gesehen. Ihre Beziehung hatte zwei Jahre lang gedauert und sich dann gelöst – nicht aufgrund irgendeines schmerzlichen Schlußpunktes, sondern einfach als Folge des enormen Drucks, den das Studium ihnen auferlegte. Und als sie nun so neben dem Telefon stand und seine Stimme hörte, spürte Leisha plötzlich wieder seine Hände auf ihrem Busen, wie damals auf dem schmalen Bett im Studentenheim – zum erstenmal nach so vielen Jahren hatte sie eine passende Verwendung für ein Bett entdeckt! Die Hände auf ihren Brüsten gehörten plötzlich Richard, und ein stechender Schmerz durchfuhr sie.

»Hör zu«, sagte Stewart, »ich rufe an, weil mir ein paar Sachen zu Ohren gekommen sind, und ich möchte, daß du darüber Bescheid weißt. Nächste

Woche kommt die Zulassungsprüfung auf dich zu, stimmt's? Und dann fängst du probeweise bei Morehouse, Kennedy & Anderson an.«

»Wie hast du denn das alles erfahren, Stewart?«

»Tratsch auf dem Pissoir. Also nein, ganz so schlimm ist es nicht. Aber die New Yorker Gemeinde der Rechtsverdreher ist kleiner als man denkt. Und du stehst doch ein wenig im Rampenlicht, Leisha.«

»Ja«, sagte Leisha emotionslos.

»Niemand hier hegt den geringsten Zweifel, daß du die Berufszulassung bekommst. Aber der Job bei Morehouse, Kennedy scheint ein wenig fraglich geworden zu sein. Die beiden Seniorpartner der Firma, Alan Morehouse und Seth Brown, haben seit dieser ... Aufregung kalte Füße bekommen. ›Schadet dem Ansehen der Firma‹, ›macht die Juristerei zu einem Zirkus‹, blablabla. Du weißt, was ich meine. Aber du hast auch zwei mächtige Fürsprecher, Leisha. Ann Carlyle und Michael Kennedy, den Alten höchstpersönlich. Ein wirklich bemerkenswerter Kopf. Na, jedenfalls wollte ich, daß du über all das informiert bist, damit du die Situation genau einschätzen kannst und weißt, auf wen du beim Nahkampf zählen kannst.«

»Ich dank dir«, sagte Leisha. »Stew ... Weshalb interessierst du dich dafür, ob ich die Stelle bekomme oder nicht? Es könnte dir doch eigentlich gleichgültig sein.«

Ein Schweigen am anderen Ende der Leitung. Dann sagte Stewart sehr leise: »Leisha, wir sind nicht alle überhebliche Trottel hier. Manchen von uns liegt die Gerechtigkeit doch noch am Herzen. Und echte Leistung.«

Ein heller Schein stieg in ihr auf, eine Kugel aus tanzendem Licht.

Stewart sprach weiter. »Ihr habt hier auch eine Menge Unterstützung in diesem albernen Behördengerangel wegen der Baugenehmigungen für *Sanctuary*.

Vielleicht ist euch das gar nicht bewußt, aber es ist so. Wie der Nationalparkausschuß die Sache drehen will, ist... Aber er wird nur als Fassade benutzt. Das ist euch sicher klar. Sollte das Ganze vor Gericht gehen, habt ihr jedenfalls alle Hilfe, die ihr braucht.«

»Mit *Sanctuary* habe ich nichts zu tun. Gar nichts.«

»Nein? Nun, es bezog sich ja nicht auf dich persönlich. Ich meinte euch alle.«

»Trotzdem danke. Ehrlich. Wie geht's dir denn so«

»Ausgezeichnet. Ich bin Vater geworden.«

»Tatsächlich? Junge oder Mädchen?«

»Mädchen. Ein hübscher kleiner Käfer namens Justine. Bin ganz verrückt nach ihr. Ich möchte, daß du bald einmal meine Frau kennenlernst, Leisha.«

»Ja, gern«, sagte Leisha.

Den Rest der Nacht verbrachte sie mit dem Studium für die Prüfung. Die Kugel aus tanzendem Licht blieb zurück. Leisha wußte genau, was es war: Freude.

Alles würde glattgehen. Der ungeschriebene Vertrag zwischen ihr und der Gesellschaft – Kenzo Yagais Gesellschaft, Roger Camdens Gesellschaft – würde halten. Begleitet von Uneinigkeit und Zwist und ja, auch einigem Haß. Plötzlich dachte sie an Tonys Bettler in Spanien und ihre Wut auf die Starken, weil sie selbst nicht stark waren. Ja. Aber der Vertrag würde halten.

Davon war sie überzeugt.

Ganz fest.

7

Leisha legte im Juli ihre Zulassungsprüfung ab; sie hatte keinerlei Schwierigkeiten damit. Hinterher unternahmen drei Studienkollegen, zwei junge Männer und ein Mädchen, einen gewollt zwanglos wirkenden Versuch, mit ihr ins Gespräch zu kommen, bis sie sich endlich in ein Taxi flüchten konnte, dessen Fahrer weder sie noch Stopschilder zu kennen schien. Die drei Zurückgebliebenen waren alles Schläfer. Die beiden glattrasierten blonden Studenten hatten jene langen Pferdegesichter der Ostküstenaristokratie und jene nichtssagende Arroganz, die üblicherweise mit steinreicher Dummheit einherging; sie gönnten Leisha einen letzten Blick und grinsten dem Mädchen abfällig zu. Das Mädchen grinste zurück.

Für den nächsten Morgen hatte Leisha einen Flug nach Chicago gebucht. Alice wollte dort mit ihr zusammentreffen, um das große Haus am See auszuräumen, Roger Camdens persönliche Dinge wegbringen zu lassen und das Haus zum Verkauf auszuschreiben. Bisher hatte Leisha keine Zeit dazu gehabt.

Sie dachte an ihren Vater, wie er mit einer uralten, flachen, von irgendwo mitgebrachten Kappe auf dem Kopf im Gewächshaus seine Orchideen und Passionsblumen und den Jasmin von einem Topf in den andern gehoben hatte.

Als die Türglocke schrillte, erschrak sie; Besucher waren äußerst selten. Eilig schaltete sie die Außenkamera ein – vielleicht waren es Jonathan und Martha, die nach Boston kamen, um sie zu überraschen und mit ihr zu feiern! Warum hatte sie nur vergessen, irgendeine kleine Feier vorzubereiten?

Richard stand draußen und starrte in die Kamera hoch. Er hatte geweint.

Sie riß die Tür auf, aber Richard machte keine Anstalten einzutreten. Jetzt sah Leisha, daß das, was die Kamera ihr als Trauer übermittelt hatte, in Wahrheit Tränen des Zorns waren.

»Tony ist tot!«

Leisha streckte blindlings die Hand aus, aber Richard ergriff sie nicht.

»Sie haben ihn im Gefängnis erschlagen. Nicht die Obrigkeiten. Die anderen Häftlinge. Im Gefängnishof. Mörder, Vergewaltiger, Plünderer, der Abschaum dieser Erde – und sie dachten, sie hätten das Recht, *ihn* umzubringen, weil er anders war!«

Jetzt packte Richard sie am Arm, so fest, daß irgend etwas, ein Knochen vermutlich, sich unter dem Muskel ein wenig verschob und auf einen Nerv drückte. »Nicht bloß anders – *besser!* Weil er besser war! Weil wir alle besser sind und uns nur deshalb nicht aufblasen und es herausschreien, weil wir aus irgendeinem unangebrachten Zartgefühl heraus auf *ihre* Gefühle Rücksicht nehmen ... Mein Gott!«

Leisha konnte endlich ihren Arm freibekommen und massierte die taube Stelle, ohne den Blick von Richards verzerrtem Gesicht zu wenden.

»Sie haben ihn mit einem Bleirohr zu Tode geprügelt! Keiner hat eine Ahnung, wie sie an das Bleirohr herankamen. Sie schlugen ihn auf den Hinterkopf, und dann drehten sie ihn herum und haben ihn ...«

»Nicht!« sagte Leisha. Es klang wie ein Wimmern.

Richard sah sie an. Trotz seines wilden Geschreis und des gewaltsamen Umklammerns ihres Armes hatte Leisha den absurden Eindruck, als würde er sie zum ersten Mal wirklich wahrnehmen. Sie fuhr fort, ihren Arm zu massieren, und starrte ihn entsetzt an.

Mit ruhigerer Stimme sagte er: »Ich bin hergekommen, um dich zu holen, Leisha. Nach *Sanctuary*.

Dan Jenkins und Vernon Bulriss warten draußen im Wagen. Wir werden dich auch hinaustragen, wenn es sein muß, aber wir nehmen dich mit. Du siehst das doch ein, oder? Du bist hier nicht mehr sicher, du stehst zu sehr im Licht der Öffentlichkeit mit deinem Hintergrund und deinem blendenden Aussehen. Wenn es ein naheliegendes Angriffsziel gibt, dann dich. Müssen wir dich zwingen oder siehst du selbst ein, daß du keine andere Wahl hast – daß diese Schweine uns keine andere Wahl lassen –, als Zuflucht zu suchen in *Sanctuary?*«

Leisha schloß die Augen. Tony mit vierzehn, am Strand. Tony, die Augen wild und glänzend, der erste, der seine Hand nach dem Glas mit Interleukin-1 ausstreckte.

Die Bettler in Spanien.

»Ich werde mitkommen.«

Noch nie zuvor hatte sie solchen Zorn verspürt. Es erschreckte sie, wie er sie die ganze lange Nacht hindurch in Wellen durchströmte, die abebbten, doch immer wiederkehrten. Richard hielt sie an sich gedrückt, während sie mit dem Rücken an die Wand der Bibliothek gelehnt dasaßen, aber auch der feste Griff seiner Arme half nicht. Im Wohnzimmer unterhielten sich Dan und Vernon mit leiser Stimme.

Gelegentlich brach der Zorn hervor und machte sich in lautstarken Attacken Luft, und dann dachte Leisha: *Ich kenn dich nicht wieder!* Dann wieder wurde er zu Tränen oder zu Gesprächen über Tony und über die anderen. Weder das Herumschreien, noch die Tränen, noch die Gespräche konnten sie auch nur im mindesten beruhigen.

Ihre Pläne für die unmittelbare Zukunft konnten es – ein wenig. Mit einer kalten, trockenen Stimme, die sie selbst nicht wiedererkannte, erzählte sie Richard von dem Flug nach Chicago, um den Haushalt dort aufzulösen. Sie mußte hin; Alice war schon dort. Und wenn Dan und Vernon Leisha zum Flugzeug brachten und Alice sie nach der Landung in Chicago in Begleitung von berufsmäßigen Leibwächtern abholte, konnte ihr nichts zustoßen. Dann würde sie das Ticket für den Rückflug von Boston auf Conewango umschreiben lassen und mit Richard nach *Sanctuary* fahren.

»Die ersten trudeln schon ein«, sagte Richard. »Jennifer Sharifi organisiert alles. Sie schmiert die Schläferlieferanten mit derartigen Summen, daß sie nicht widerstehen können. Was geschieht mit dieser Wohnung, Leisha? Mit den Möbeln und den Computern und deinen Kleidern?«

Leisha sah sich in ihrem liebgewordenen Arbeitszimmer um. Gesetzeswerke mit rotem, grünem und braunem Rücken standen in Reih und Glied an den Wänden, obwohl fast ihr gesamter Inhalt auch im Computer gespeichert war. Auf dem Schreibtisch stand eine Kaffeetasse auf einem Ausdruck. Daneben lag die Quittung, die sie nach der Heimfahrt vor kurzem von dem Taxifahrer verlangt hatte – als unschuldiges Andenken an den Tag, an dem sie ihre Zulassungsprüfung als Anwältin geschafft hatte. Sie war entschlossen gewesen, sie rahmen zu lassen. Über dem Schreibtisch hing ein holographisches Porträt von Kenzo Yagai.

»Ach was, es soll hier verrotten«, sagte Leisha.

Richards Arm drückte sie fester an ihn.

»So habe ich dich noch nie gesehen«, stellte Alice etwas furchtsam fest. »Das kommt nicht nur vom leeren Haus, oder?«

»Komm, machen wir weiter«, sagte Leisha. Sie riß einen Anzug aus dem Schrank ihres Vaters. »Möchtest du etwas davon für deinen Mann?«

»Es würde ihm nicht passen.«

»Die Hüte?«

»Nein«, sagte Alice. »Leisha, was hast du?«

»Bringen wir's doch einfach nur hinter uns, ja?« Sie zerrte die übrigen Kleidungsstücke aus Camdens Schrank, warf sie in einem Haufen auf den Boden, kritzelte ALTKLEIDERSAMMLUNG auf ein Blatt Papier und ließ es obenauf fallen. Schweigend ging Alice daran, die Sachen aus der Kommode, die auf einem aufgeklebten Zettel schon den Vermerk NACHLASSVERSTEIGERUNG trug, hinzuzufügen.

Die Vorhänge waren bereits im ganzen Haus abgenommen; das hatte Alice am Vortag erledigt und dazu auch die Teppiche eingerollt. Nun legte sich die Abendsonne grellrot auf den kahlen Holzfußboden.

»Wie ist es mit deinem alten Zimmer?« fragte Leisha. »Was willst du von dort haben?«

»Ich habe schon alles markiert«, sagte Alice. »Die Leute von der Spedition kommen am Donnerstag.«

»Gut. Was noch?«

»Das Gewächshaus. Sanderson hat immer alles gegossen, aber er wußte ja nicht, was wieviel Feuchtigkeit braucht, und so sind einige von den Pflanzen ...«

»Schick Sanderson zum Teufel«, unterbrach Leisha sie barsch. »Meinetwegen sollen die Tropenpflanzen verfaulen. Oder schenk sie einem Krankenhaus, wenn du willst. Gib bloß acht, einige sind giftig. Komm, nehmen wir uns die Bibliothek vor.«

Gedankenverloren setzte Alice sich auf den zusammengerollten Teppich in der Mitte von Camdens Schlafzimmer. Sie trug das Haar jetzt kurz, was Leisha häßlich fand, denn es stand in schroffen braunen Zacken rund um ihr breites Gesicht. Außerdem hatte sie wieder zugenommen und fing an auszusehen wie ihre Mutter.

»Erinnerst du dich an den Abend«, fragte Alice, »als ich dir sagte, daß ich schwanger war? Kurz bevor du nach Harvard gingst?«

»Gehen wir in die Bibliothek!«

»Erinnerst du dich?« beharrte Alice. »Meine Güte, Leisha, kannst du nicht ein einziges Mal einem anderen Menschen zuhören? Mußt du andauernd so tun, als wärst du Papa?«

»Ich bin nicht wie Papa!«

»Natürlich nicht! Du bist ganz genau so, wie er dich gemacht hat! Aber das steht nicht zur Debatte. Erinnerst du dich an den Abend?«

Leisha stieg über den Teppich und ging zur Tür hinaus. Alice blieb einfach sitzen. Nach einer Minute kam Leisha wieder zur Tür herein. »Ich erinnere mich daran.«

»Du warst den Tränen nahe«, sagte Alice unerbittlich und mit ruhiger Stimme. »Ich weiß gar nicht mehr genau, weshalb. Vielleicht weil ich schließlich doch nicht aufs College ging. Aber ich hatte die Arme um dich gelegt, und zum erstenmal seit Jahren – seit Jahren, Leisha! – hatte ich wieder das Gefühl, daß du meine Schwester warst. Trotz allem, was mich störte – dieses ewige Herumwandern nachts im Haus und die Angeberei bei den Diskussionen mit Papa und die Eliteschule und die angezüchteten langen Beine und das Goldhaar ... all das eben. Zum erstenmal hatte ich den Eindruck, du würdest mich brauchen, zum Festhalten. Du schienst mich zu brauchen. Du schienst zum erstenmal überhaupt irgend etwas zu *brauchen!*«

»Was willst du damit sagen?« fragte Leisha unwirsch. »Daß du nur dann jemandem nahe sein kannst, wenn er Probleme hat und dich braucht? Daß du mir nur dann eine Schwester sein kannst, wenn mich etwas quält und ich meine offenen Wunden lecke? Ist das das Band zwischen euch Schläfern? ›Beschütz mich, während ich bewußtlos daliege, ich bin der gleiche Krüppel wie du‹!«

»Nein«, antwortete Alice. »Ich will damit sagen, daß *du* nur dann eine Schwester sein kannst, wenn dich etwas quält.«

Leisha starrte sie an. »Du bist dumm, Alice.«

»Ich weiß«, sagte Alice gelassen. »Ich weiß. Verglichen mit dir bin ich dumm. Das weiß ich.«

Mit einem Ruck wandte Leisha sich ab. Sie schämte und ärgerte sich über das eben Gesagte, und doch stimmte es, und das wußten sie beide. Aber der Zorn nistete noch tief in ihrem Innern wie eine dunkle Leere, formlos und brennend heiß. Die Formlosigkeit war das Schlimmste; ohne erkennbare Form konnte sie nichts dagegen unternehmen; und wenn sie nichts dagegen unternahm, würde er weiter in ihr brennen und sie ersticken.

Alice sagte: »Als ich zwölf war, schenkte Susan mir zum Geburtstag ein Kleid. Du warst nicht daheim, irgendwo auf einer dieser tagelangen Exkursionen, die deine hochgestochene avantgardistische Schule unentwegt veranstaltete. Das Kleid war aus Seide, aus hellblauer Seide mit alten Spitzen – wunderschön. Ich war ganz glücklich, nicht nur, weil es so schön war, sondern weil Susan es für mich gekauft hatte; du bekamst nur Software von ihr, damals. Das Kleid gehörte mir. Das Kleid und ich, wir waren *eins.*«

In der einfallenden Dämmerung konnte Leisha kaum Alices breite, farblose Gesichtszüge ausmachen. »Als ich es zum erstenmal trug«, fuhr Alice fort, »sagte ein Junge zu mir: ›Hast wohl deiner Schwester das Kleid geklaut, Alice! Hast es dir unter den Nagel gerissen, während sie *schlief?*‹ Und dann lachte er wie verrückt, so wie sie es immer machten.

Ich hab das Kleid weggeworfen. Ohne Susan den Grund dafür zu sagen, obwohl sie es sicher verstanden hätte. Es war eben so: was dir gehörte, gehörte dir, und was nicht dir gehörte, gehörte dir auch. So war's von Papa angelegt worden. So hat er es dir in die Gene einstanzen lassen.«

»Ach, du auch?« fragte Leisha. »Du bist auch nicht anders als die anderen neidischen Bettler?«

Alice erhob sich von der Teppichrolle. Sie tat es langsam, bedächtig, wischte den Staub von der Rückseite ihres zerknitterten Rocks und strich den gemusterten Kattun glatt. Dann ging sie zu Leisha und schlug ihr die flache Hand über den Mund.

»Bin ich jetzt vielleicht real für dich geworden?« fragte sie ruhig.

Leisha berührte mit den Fingern ihre Lippen; sie spürte das Blut. Plötzlich klingelte das Telefon – Camdens Privatleitung. Alice stapfte hinüber, hielt es ans Ohr, lauschte ein Weilchen und streckte es Leisha entgegen. »Für dich.«

Immer noch ein wenig benommen, griff Leisha danach.

»Leisha? Hier spricht Kevin. Hör zu, es ist etwas passiert. Stella Bevington hat mich angerufen, übers Telefon, nicht über Groupnet; ich glaube, ihre Eltern haben ihr das Modem weggenommen. Ich nahm also den Anruf entgegen, und dann hörte ich sie nur schreien: ›Hier ist Stella! Sie schlagen mich! Er ist betrunken …‹ Und dann brach die Verbindung ab. Randy ist nach *Sanctuary* gezogen – verdammt, sie sind *alle* nach *Sanctuary* gezogen! Du bist in ihrer nächsten Nähe, sie wohnt immer noch in Skokie. Du solltest so rasch wie möglich nach ihr sehen. Kannst du dich auf deine Leibwächter verlassen?«

»Ja«, sagte Leisha; sie hatte überhaupt keine. Jetzt endlich nahm der Zorn Gestalt an! »Ich erledige das. Kein Problem.«

»Ich weiß nicht, wie du sie dort rauskriegen kannst«, sagte Kevin. »Man wird dich erkennen. Ihre Eltern wissen, daß sie jemanden angerufen hat, vielleicht haben sie sie bewußtlos geschlagen …«

»Ich werde schon fertig damit«, knirschte Leisha zum Abschied.

»Womit wirst du fertig?« erkundigte sich Alice.

Leisha drehte sich um zu ihr; sie wußte, es war ein

Fehler, dennoch sagte sie: »Mit dem, was deine Leute uns antun. Einer von uns. Einem sieben Jahre alten Mädchen, das von ihren Eltern verprügelt wird, weil es eine Schlaflose ist – weil sie *besser* ist als ihr alle zusammen ...« Sie rannte die Treppe hinab und zu dem Mietwagen, mit dem sie vom Flughafen herausgefahren war.

Alice rannte dicht hinter ihr her. »Nicht mit deinem Wagen, Leisha! Über den Leihwagen kann man ganz leicht deine Identität feststellen! Wir nehmen meinen.«

Leisha brüllte: »Wenn du glaubst, daß du ...!«

Alice riß die Tür ihres zerbeulten Toyota auf, der so alt war, daß die Y-Energiekegel noch nicht eingebaut waren, sondern wie Hängebacken außen an den Seiten herabhingen. Alice drückte Leisha auf den Beifahrersitz, rammte die Tür ins Schloß und zwängte sich hinter das Lenkrad. Ihre Hände waren völlig ruhig. »Wohin?«

Leisha spürte, wie eine große Schwärze über sie hereinstürzte. Sie beugte den Kopf nach vorn, so weit über ihre Knie, wie es die Enge in dem Toyota zuließ. Es war zwei – nein, drei – Tage her, seit sie zum letztenmal gegessen hatte; seit dem Abend vor der Zulassungsprüfung. Der Schwächeanfall ließ nach, überkam sie aber sofort wieder, wenn sie den Kopf hob.

Sie nannte Alice die Adresse in Skokie.

»Setz dich nach hinten«, sagte Alice. »Im Handschuhfach ist ein Kopftuch, binde es dir um. Und zieh's dir so ins Gesicht, daß man möglichst wenig davon sieht.«

Alice hatte den Wagen auf dem Highway 42 angehalten. Leisha sagte: »Das ist aber nicht ...«

»Hier kann man vom Fleck weg Leibwächter für kurzzeitige Dienste anheuern. Es muß so aussehen, als würden wir ordentlich beschützt, Leisha. Wir müssen ihm ja nichts auf die Nase binden. Ich beeile mich.«

Keine drei Minuten später kam sie mit einem ungeheuer großen Mann zurück, der in einem billigen dunklen Anzug steckte. Er quetschte sich auf den Beifahrersitz und hielt im übrigen den Mund. Alice machte sich nicht die Mühe, ihn vorzustellen.

Das Haus war klein und etwas abgewohnt; unten brannte Licht, oben nicht. Im Norden standen die ersten Sterne am Himmel. Alice sagte zu dem Riesen: »Steigen Sie aus und bleiben Sie hier neben der Wagentür stehen – nein, mehr ins Licht. Tun Sie nichts, wenn ich nicht in irgendeiner Weise angegriffen werde.«

Der Mann nickte. Alice machte sich auf den Weg zum Haus.

Leisha kletterte aus dem Fond des Wagens und holte ihre Schwester ein, kurz bevor diese die Eingangstür aus Plastik erreichte. »Alice, was, zum Geier, hast du denn vor? *Ich* muß die …«

»Geht's ein bißchen leiser?« zischte Alice und warf einen Blick auf den Leibwächter. »Leisha, *überleg* doch! Dich würde man erkennen, hier, in der Nähe von Chicago! Diese Leute haben eine schlaflose Tochter; sie sehen seit Jahren dein Bild in der Zeitung; sie haben Sendungen mit Holovideos von dir gesehen. Sie kennen dich! Und sie wissen, daß du Anwältin wirst. Mich haben sie noch nie gesehen. Ich bin ein Niemand.«

»Alice …«

»Um Himmels willen, geh endlich zurück in den Wagen!« fauchte Alice und trommelte gegen die Haustür.

Leisha beeilte sich, den Gartenweg zu verlassen, und verzog sich in den dunklen Schutz einer Weide. Ein Mann öffnete die Tür. Sein Gesicht war bar jeden Ausdrucks.

»Amtliche Kinderfürsorge«, sagte Alice. »Von dieser Nummer aus wurde bei uns angerufen. Ein kleines Mädchen. Lassen Sie mich eintreten.«

»Hier gibt es kein kleines Mädchen.«

»Dies ist ein Notfall erster Ordnung«, sagte Alice stoisch. »Paragraph einhundertsechsundachtzig, Gesetz zum Schutz von Minderjährigen. Lassen Sie mich eintreten.«

Immer noch ohne jeden Ausdruck im Gesicht, warf der Mann einen raschen Blick auf die beeindruckende Gestalt am Wagen. »Haben Sie einen Haussuchungsbefehl?«

»Bei einem Notfall erster Ordnung, Kinderschutz, brauche ich keinen. Wenn Sie mich nicht einlassen, haben Sie einen Paragraphenfilz am Hals, der sich gewaschen hat.«

Leisha preßte die Lippen zusammen. Niemand würde das ernstnehmen! Das war nichts als amtlich klingendes Gewäsch ... In ihrer Lippe, dort, wo Alice sie getroffen hatte, pulsierte es heftig.

Der Mann trat zur Seite und machte Alice Platz.

Der Leibwächter machte sich auf den Weg. Unschlüssig sah Leisha ihm dabei zu, ließ ihn dann aber zusammen mit Alice ins Haus gehen. Allein blieb sie in der Dunkelheit zurück und wartete.

Nach drei Minuten kamen sie heraus; der Leibwächter trug das Kind. Alices breitflächiges Gesicht glänzte im Schein der Lampe über der Tür. Leisha rannte zum Wagen, öffnete die Tür und half dem Riesen, das Kind im Wagen zu verstauen; er runzelte die Stirn – es war ein argwöhnisches Stirnrunzeln.

Alice sagte zu ihm: »Hier. Nehmen Sie. Das sind hundert Dollar extra. Fahrgeld, damit Sie allein wieder in die Stadt zurückkommen.«

»He ...!« rief der Leibwächter, aber er steckte das Geld ein. Er blieb stehen und sah ihnen nach, als Alice davonfuhr.

»Er wird auf direktem Weg zur Polizei gehen«, meinte Leisha verzagt. »Das muß er tun, sonst setzt er seine Mitgliedskarte bei der Gewerkschaft aufs Spiel.«

»Ich weiß«, sagte Alice. »Aber dann werden wir längst aus dem Wagen sein.«

»Und *wo?*«

»Im Krankenhaus.«

»Alice, wir können doch nicht ...« Leisha brach ab und drehte sich nach hinten um. »Stella? Bist du wach?«

»Ja«, sagte ein ängstliches Stimmchen.

Leisha tastete sich an die Innenbeleuchtung im Fond heran. Stella lag ausgestreckt auf den Rücksitzen, das Gesicht vor Schmerz verzerrt. Sie hatte den linken Arm in die Armbeuge des rechten gelegt. Eine blutunterlaufene Stelle über dem linken Auge schimmerte bläulich. Ihr rotes Haar war zerrauft und schmutzig.

»Du bist Leisha Camden«, sagte das Mädchen und begann zu weinen.

»Ihr Arm ist gebrochen«, stellte Alice fest.

»Herzchen, kannst du ...« – Leishas Kehle fühlte sich geschwollen an, sie hatte Mühe, die Worte hervorzubringen – »... kannst du es aushalten, bis wir zu einem Arzt kommen?«

»Ja«, sagte Stella. »Wenn ihr mich bloß nicht mehr dorthin zurückbringt!«

»Das werden wir nicht tun«, beruhigte Leisha. »Niemals.« Sie warf einen Seitenblick auf Alice und sah Tonys Gesicht.

»Etwa fünfzehn Kilometer südlich von hier ist eine Gemeindeklinik«, sagte Alice.

»Woher weißt du das?«

»Ich war mal dort. Überdosis«, antwortete Alice kurz angebunden. Sie fuhr dicht über das Lenkrad gebeugt und machte dabei ein Gesicht wie jemand, der intensiv nachdachte. Auch Leisha dachte intensiv nach; sie zerbrach sich den Kopf, wie man in diesem Fall um eine Anklage wegen Entführung herumkam; sie konnten schlecht behaupten, daß das Kind freiwillig mitgekommen war. Stella würde das zwar gern bestätigen wollen, aber in ihrem Alter und bei ihrem Zustand war sie wohl *non sui juris,* und ihrem Wort würde keine rechtliche Bedeutung beigemessen werden ...

»Alice, wir können sie doch ohne Krankenversicherungsdaten nicht in die Klinik bringen; und die sind über Computer jederzeit überprüfbar.«

»Hör mal«, sagte Alice, nicht zu Leisha, sondern nach hinten, über ihre Schulter, »wir werden das so machen, Stella. Ich werde ihnen sagen, du bist meine Tochter. Wir haben auf einem Rastplatz Eßpause gemacht, und du bist beim Klettern von einem Felsen gefallen. Wir kommen aus Kalifornien und fahren nach Philadelphia, um deine Großmutter zu besuchen. Du heißt Jordan Watrous, und du bist fünf Jahre alt. Kannst du dir das merken, Kleines?«

»Ich bin sieben«, sagte Stella. »Fast acht.«

»Du bist sehr groß für dein Alter, aber du bist fünf. Dein Geburtstag ist der dreiundzwanzigste März. Wirst du das schaffen, Schätzchen?«

»Ja«, sagte das kleine Mädchen. Ihre Stimme klang bereits kräftiger.

Leisha starrte Alice an. »Wirst *du* das schaffen?«

»Na klar«, sagte Alice. »Ich bin doch Roger Camdens Tochter.«

Alice schleppte Stella in die Notaufnahme der kleinen Gemeindeklinik. Leisha sah den beiden vom Wagen aus nach – der kleinen, stämmigen Frau und dem mageren Kind mit dem verdrehten Arm. Dann fuhr sie den Toyota ans äußerste Ende des Parkplatzes, brachte ihn unter einem spindeldürren Ahornbaum in eine wenig erfolgversprechende Deckung und versperrte ihn. Sie richtete sich auf und zog den Knoten des Kopftuches fest.

In diesem Augenblick würden Alices Wagennummer und Name bereits in jedem Polizei- und Autovermietungscomputer aufscheinen. Bei den Krankenhäusern ging das nicht so schnell; sie luden sich die Daten von den Computern der örtlichen Polizeireviere häufig nur einmal pro Tag herunter, denn sie wehrten sich gegen die staatliche Einmischung in Unternehmen, die auch nach einem ein halbes Jahrhundert währenden Kampf noch dem privaten Sektor der Wirtschaft angehörten. Alice und Stella würden in der Klinik wahrscheinlich unbehelligt bleiben. Wahrscheinlich. Aber Alice konnte keinen Wagen mehr mieten.

Leisha schon.

Doch die Mitteilung über Alice Camden Watrous, die den Autovermietungen zuging, konnte durchaus den Hinweis enthalten, daß es sich bei ihr um Leisha Camdens Zwillingsschwester handelte.

Leisha ließ den Blick über die Fahrzeuge wandern, die auf dem Parkplatz standen. Ein protziger Chrysler der Luxusklasse, ein Ikeda-Kleinbus, eine Reihe Toyotas und Mercedes der Mittelklasse, ein rarer 99er Cadillac – Leisha konnte sich das Gesicht des Eigentümers lebhaft vorstellen, falls ihm dieser Wagen abhanden kam! –, zehn oder zwölf billige, kleine Stadtautos, ein Luftkissenwagen, dessen livrierter Chauffeur über dem Lenkrad schlief. Und der schäbige, uralte Kleinlaster eines Farmers.

Leisha ging zielstrebig auf den Laster zu. Der Mann saß auf dem Fahrersitz und rauchte; sie dachte an ihren Vater.

»Hallo«, sagte Leisha.

Der Mann ließ das Fenster herunter und sah sie wortlos an. Er hatte fettiges braunes Haar.

»Sehen Sie den Luftkissenwagen dort drüben?« fragte Leisha. Sie gab ihrer Stimme einen hohen jungen Klang. Der Mann warf einen gleichgültigen Blick hinüber; aus diesem Winkel war nicht zu erkennen, daß der Chauffeur schlief. »Das ist mein Leibwächter. Er denkt, ich bin drinnen und lasse meine Lippe ansehen, so wie mir mein Vater aufgetragen hat.« Sie spürte, daß ihr Mund von Alices Handschrift angeschwollen war.

»Und?«

Leisha stampfte mit dem Fuß auf. »Und ich will nicht reingehen. Der dort drüben ist ein Armleuchter und mein Papi auch. Ich will *weg*. Ich gebe Ihnen viertausend für Ihre Kiste. Bar auf die Hand.«

Der Mann riß die Augen auf. Er warf die Zigarette aus dem Fenster und sah noch mal hinüber zu dem Luftkissenwagen. Der Chauffeur hatte sehr breite Schultern, und er befand sich in Rufweite.

»Alles einwandfrei und legal«, sagte Leisha und versuchte ein schiefes Grinsen. Ihre Knie fühlten sich an wie Gummi.

»Zeig mir erst das Geld, Mädchen.«

Leisha machte einen Schritt zurück, so daß er sie nicht erreichen konnte, und nahm das Geld aus der Klammer unter ihrem Arm. Sie hatte für gewöhnlich eine Menge bei sich – es war ja immerzu Bruce oder jemand wie er an ihrer Seite gewesen; jemand, der auf ihre Sicherheit achtete.

»Steigen Sie auf der anderen Seite aus dem Führerhaus«, sagte Leisha. »Und verriegeln Sie die Tür hinter sich. Hinterher legen Sie die Schlüssel auf den Sitz, so, daß ich sie von hier aus sehen kann. Dann lege ich das Geld auf das Dach, wo Sie es sehen können.«

Der Mann lachte; es klang wie Schotter, der von einer Ladefläche rutschte. »'ne richtige kleine Dabney Engh, wie? Bringt man euch das in den Schulen für höhere Töchter bei?«

Leisha hatte nicht die leiseste Ahnung, wer Dabney Engh war. Sie wartete und sah ihm zu, wie er fieberhaft nach einer Möglichkeit suchte, sie um ihr Geld zu bringen; sie bemühte sich, ihre Verachtung zu verbergen und dachte an Tony.

»Na gut«, sagte er, rutschte hinüber und stieg aus dem Fahrerhaus.

»Verriegeln Sie die Tür.«

Er grinste, öffnete die Tür wieder und verriegelte sie. Leisha legte das Geld aufs Dach, riß die Fahrertür auf, kletterte hinein, verriegelte die Tür und schloß das Fenster. Der Farmer lachte. Sie steckte den Schlüssel ins Zündschloß, startete den Motor und fuhr aus dem Parkplatz auf die Straße. Ihre Hände zitterten.

Langsam fuhr sie zweimal um den Block, und als sie zurückkam, war der Mann verschwunden, und der Chauffeur im Luftkissenwagen schlief immer noch. Sie hatte befürchtet, daß der Farmer ihn aus purer Bosheit wecken und ihm alles erzählen würde, aber das hatte er offenbar nicht getan. Sie stellte den Motor ab und wartete.

Anderthalb Stunden später schoben Alice und eine Krankenschwester Stella in einem Rollstuhl aus der Notaufnahme. Leisha sprang aus dem Fahrerhaus, winkte mit beiden Armen und schrie: »Ich komme, Alice!« Es war zu dunkel, um Alices Gesichtsausdruck zu sehen; Leisha konnte nur hoffen, daß Alice angesichts des rostigen Lasters kein Entsetzen erkennen lassen würde oder die Krankenschwester auf ein rotes Auto vorbereitet hatte.

»Das ist Julie Bergadon, eine Freundin. Ich rief sie an, während Sie mit Jordans Arm beschäftigt waren.« Die Schwester nickte desinteressiert. Die beiden Frauen hoben Stella in das Fahrerhaus; es gab keine Rücksitze. Stella hatte den Arm in Gips und wirkte ziemlich benommen.

»Wie hast du das gemacht?« fragte Alice, als sie wegfuhren.

Leisha antwortete nicht. Sie beobachtete einen Luftkissenwagen der Polizei am anderen Ende des Parkplatzes. Zwei Beamte stiegen aus und machten sich festen, zielstrebigen Schritts auf den Weg zu Alices Toyota unter dem mageren Ahornbaum.

»Mein Gott!« sagte Alice. Zum erstenmal klang sie ängstlich.

»Sie werden unsere Fährte nicht verfolgen können«, sagte Leisha. »Nicht bis zu diesem Laster. Verlaß dich drauf.«

»Leisha.« Ein Schuß echte Angst in Alices Stimme. »Stella *schläft!*«

Leisha warf einen Blick auf das Kind, das an Alices Schulter gesunken war. »Nein, sie schläft nicht. Sie ist bewußtlos von den Medikamenten.«

»Ist das in Ordnung? Normal? Ich meine ... für sie?«

»Wir können durchaus das Bewußtsein verlieren. Wir können sogar in künstlich herbeigeführten Schlaf fallen.« Tony und sie und Richard und Jeanine in dem mitternächtlichen Wäldchen ... »Hast du das denn nicht gewußt, Alice?«

»Nein.«

»Wir wissen wirklich nicht viel voneinander, wie?«

Schweigend fuhren sie Richtung Süden. Schließlich fragte Alice: »Wo werden wir sie eigentlich hinbringen, Leisha?«

»Ich weiß es nicht. Die Schlaflosen sind wohl die ersten, bei denen die Polizei Nachschau halten wird ...«

»Das kannst du nicht riskieren. So, wie die Dinge momentan stehen.« Alice klang abgespannt. »Ich habe alle meine Freunde drüben in Kalifornien. Ich denke nicht, daß wir diese Rostschüssel so weit fahren könnten, ohne angehalten zu werden.«

»Würde ohnedies vorher schon auseinanderfallen.«

»Was machen wir also?«

»Laß mich überlegen.«

An einer Abfahrt von der Schnellstraße befand sich ein Telefon. Es würde klarerweise nicht abhörsicher sein, wie Groupnet. Und Kevins offene Leitung? Angezapft oder nicht? Wahrscheinlich angezapft.

Und die Leitung nach *Sanctuary* ohne jeden Zweifel angezapft.

Sanctuary. Alle waren entweder im Begriff hinzugehen oder schon dort, hatte Kevin gesagt. Sie zogen sich die müden, ausgelaugten Allegheny Mountains als schützende Decke über die Ohren und verkrochen sich dort wie in einer Höhle. Alle, bis auf Kinder wie Stella, die draußenbleiben mußten.

Wohin nur? Zu wem?

Leisha schloß die Augen. Die Schlaflosen kamen nicht in Frage; innerhalb von Stunden würde die Polizei auf Stella stoßen. Susan Melling? Sie war einst als Leishas Stiefmutter ziemlich im Rampenlicht gestanden und schien in Roger Camdens Testament als eine der Erben auf. Man würde sie als eine der ersten unter die Lupe nehmen. Es durfte auch niemand sein, dessen Verbindung zu Alice sich zurückverfolgen ließ. Es konnte nur ein Schläfer sein, den Leisha kannte und dem sie vertraute – und wo sollte es jemanden geben, auf den das zutraf? Und falls es ihn gab, durfte sie ihm dieses Risiko zumuten?

Sie stand lange in der Telefonzelle, und dann ging sie zum Laster zurück. Alice schlief; sie hatte den Kopf auf die Rückenlehne gelegt, und ein wenig Speichel lief ihr aus dem Mundwinkel. In dem schwachen Schein der schlecht beleuchteten Telefonzelle sah ihr Gesicht kalkweiß und völlig erschöpft aus. Leisha ging zurück zum Telefon.

»Stewart? Stewart Sutter?«

»Ja?«

»Leisha Camden. Es ist etwas passiert.« Sie gab ihm einen knappen, unverblümten Bericht über das Vorgefallene. Stewart unterbrach sie nicht.

»Leisha ...«, sagte Stewart schließlich – und verstummte.

»Ich brauche Hilfe, Stewart.« ›*Ich werde dir helfen, Alice!*‹ ›*Ich brauche deine Hilfe nicht!*‹ Der Wind pfiff über das dunkle Feld hinter der Telefonzelle, und Leisha fröstelte. Sie hörte im Wind das dünne Wimmern eines Bettlers. Im Wind, in ihrer eigenen Stimme.

»Also gut«, sagte Stewart. »Wir tun folgendes. Ich habe eine Cousine in Ripley, New York, gleich hinter der Grenze zu Pennsylvania, liegt an der Route Richtung Osten. Es muß unbedingt New York sein, denn ich habe die Zulassung für New York. Bring die Kleine dorthin. Ich rufe meine Cousine inzwischen an und avisiere euer Kommen. Sie ist schon etwas älter, war in ihrer Jugend politisch überaus aktiv. Sie heißt Janet Patterson. Die Stadt liegt ...«

»Was macht dich so sicher, daß sie sich da hineinziehen läßt? Sie könnte dafür ins Gefängnis kommen. Und du auch.«

»Sie war schon so oft im Gefängnis, du würdest es nicht glauben. Marschierte wohl bei jeder Demonstration mit seit dem Vietnamkrieg. Aber es wird niemand ins Gefängnis gehen. Ich bin ab sofort dein bevollmächtigter Rechtsanwalt und habe daher das Recht, über alle Gespräche mit dir zu schweigen. Ich werde Stella unter staatliche Vormundschaft stellen lassen. Mit der Krankengeschichte, die in der Klinik in Skokie aufliegt, wird das wohl nicht allzu schwierig sein. Dann kann man sie zu einer Pflegefamilie in New York geben. Ich denke da an jemand ganz bestimmten, vertrauenswürdige, freundliche Leute. Was Alice angeht ...«

»Stellas dauernder Wohnsitz ist in Illinois! Du kannst nicht ...«

»O doch, ich kann. Seit diese wissenschaftlichen Erkenntnisse über die Lebenserwartung der Schlaflosen publik geworden sind, werden laufend dumme Gesetze durchgepeitscht, die von völlig kopflosen, mißgünstigen oder einfach bloß wütenden Antragstellern eingebracht werden. Das Resultat ist ein Konvolut sogenannter Gesetze, die nur so starren vor Widersprüchen, Absurditäten und Schlupflöchern. Keinem davon wird eine lange Existenz beschieden sein – zumindest hoffe ich das –, aber in der Zwischenzeit kann man sich das ja zunutze machen. Ich kann es zum Beispiel dazu nutzen, um aus Stella den gottverdammt kompliziertesten, umfangreichsten Rechtsfall der Geschichte zu konstruieren. Und solange der Fall nicht ausjudiziert ist, muß Stella nicht zu ihren Eltern zurück. Aber bei Alice liegt das anders. Sie braucht einen Anwalt, der in Illinois zugelassen ist.«

»Den haben wir«, warf Leisha ein. »Candace Holt.«

»Nein, keine Schlaflose. Verlaß dich auf mich, Leisha, ich finde einen guten Anwalt. Da ist dieser tüchtige Kerl in … Weinst du?«

»Nein«, schluchzte Leisha.

»Herrgott, diese verdammten Schweine«, knirschte Stewart. »Tut mir leid für dich, Leisha, daß das alles passieren mußte.«

»Das braucht es nicht«, sagte sie.

Nachdem Stewart ihr den Weg zu seiner Cousine beschrieben hatte, ging Leisha zum Laster zurück. Alice schlief immer noch, Stella war immer noch bewußtlos. Leisha schloß die Tür des Fahrerhauses so leise wie möglich; der Motor hustete und dröhnte, aber Alice wachte nicht auf.

Eine ganze Menge Leute fuhr in dem engen Fahrerhaus zusammen mit ihnen durch die Nacht: Stewart Sutter, Tony Indivino, Susan Melling, Kenzo Yagai, Roger Camden.

Zu Stewart Sutter sagte sie: Du hast mich angerufen, um mir über die Situation bei Morehouse, Kennedy zu berichten. Wegen Stella gefährdest du deine Karriere und deine Cousine. Und du hast gar nichts davon. Genau wie Susan, die mir die Sache mit Bernie Kuhns Gehirn gesagt hat, bevor alle anderen davon erfuhren. Susan, die ihr Leben fast Papas Traum geopfert hätte und es durch eigene Kraft wieder in den Griff bekommen hatte. Ein Vertrag ohne entsprechende Gegenleistungen beider Parteien ist kein Vertrag. Jeder Student im ersten Semester weiß das.

Zu Kenzo Yagai sagte sie: Die Gegenleistungen müssen nicht immer Zug um Zug erfolgen. Das ist Ihnen entgangen. Wenn Stewart mir etwas gibt, und ich gebe Stella etwas, und in zehn Jahren ist Stella deswegen ein neuer Mensch und gibt irgendeinem noch Unbekannten etwas – dann ist das eine Ökologie. Eine Ökologie des Tauschhandels, jawohl, in der jede einzelne aller Nischen benötigt wird, auch wenn sie nicht vertraglich aneinander gebunden sind. Braucht denn ein Pferd einen Fisch? Allerdings.

Zu Tony sagte sie: Ja, es gibt diese Bettler in Spanien, die nichts zu tauschen haben, die nichts geben, die nichts tun. Aber es gibt mehr als nur *Bettler* in Spanien. Distanzierst du dich von den Bettlern, distanzierst du dich von dem ganzen Land, verdammt noch mal! Und du distanzierst dich von der Möglichkeit einer Ökologie des Helfens. Das ist es, was Alice vor all diesen Jahren in ihrem Zimmer wollte: schwanger, verängstigt, wütend und eifersüchtig, wie sie war, wollte sie *mir* helfen, und ich ließ es nicht zu, weil ich ihre Hilfe nicht brauchte. Aber jetzt brauche ich sie. Wie sie damals die meine. Bettler brauchen nicht nur Hilfe, sie wollen sie auch geben.

Und schließlich war nur noch Papa übrig. Sie konnte ihn *sehen,* mit seinen strahlend hellen Augen und seinen dickblättrigen tropischen Gewächsen in den starken Händen. Zu Roger Camden sagte sie: Du hattest unrecht. Alice *ist* etwas Besonderes. Ach, Papa, und *wie* besonders sie ist! Du hattest unrecht.

Und schließlich, am Ende ihrer Gedanken, spürte sie eine große Helligkeit in sich. Es war nicht Freude – diese Kugel aus tanzendem Licht – und auch nicht die strahlende Klarheit abrufbaren Wissens, sondern etwas anderes: es war Sonnenschein, der weich durch das Glas des Gewächshauses fiel, in dem zwei Kinder hin- und herrannten durch Licht und Schatten. Und plötzlich fühlte sie sich ganz leicht – nicht schwebend leicht, sondern so durchscheinend, daß selbst die Sonnenstrahlen auf ihrem zielstrebigen Weg woandershin sie glatt durchdrangen.

Sie fuhr die schlafende Frau und das verletzte Kind an ihrer Seite durch die Nacht, Richtung Osten, zur Staatsgrenze.

BUCH II

SANCTUARY

2051

»Man könnte sagen, daß es drei Dinge sind, die einen Staat ausmachen: sein Territorium, sein Volk und seine Gesetze. Das Territorium stellt davon den einzigen Teil dar, der verläßlich von Dauer ist.«

Abraham Lincoln
in seiner Botschaft an den Kongress
vom 1. Dezember 1862

8

Jordan Watrous stand am Tor vor der Einfahrt der *Wir schlafen!*-Motorrollerfabrik an einer staubigen Landstraße in Mississippi. Ein zweieinhalb Meter hoher, elektrisch geladener Zaun erstreckte sich zu beiden Seiten der Einfahrt. Kein Y-Energiefeld, keine raffinierte Technik, aber er erfüllte seinen Zweck. Zumindest für den Moment, solange die Angriffe auf die Fabrik unerheblich, nicht organisiert und in erster Linie verbal blieben. Später einmal würden sie hier ein Y-Feld brauchen. Sagte Hawke.

Auf der anderen Seite des Flusses, in Arkansas, glitzerten die Y-Energiekegel von Samsung-Chrysler in der Morgensonne.

Jordan kniff die Augen zusammen und blickte die Straße hinunter. Schweiß verfilzte sein Haar und floß ihm den Hals hinab. Die Toraufsicht, eine struwelköpfige, sehnige Frau in ausgewaschenen Jeans, steckte den Kopf aus dem Wächterhaus und rief: »Heiß genug für dich, Jordan?«

Über die Schulter rief er zurück: »Ist es doch immer, Mayleen.«

Sie lachte. »Kaum schickt der liebe Gott ein bißchen normale Hitze, macht ihr Jungs aus Kalifornien gleich schlapp!«

»Wir sind eben nicht so hart im Nehmen wie ihr Flußratten.«

»Mann, niemand ist so hart im Nehmen wie wir. Sieh dir bloß Mister Hawke an.«

Als ob es irgend jemandem in einer *Wir schlafen!*-Fabrik möglich gewesen wäre, das zu vermeiden! Nicht, daß Hawke sich die Ehrfurcht in Mayleens Stimme nicht verdient hätte; als Mayleen letzten Winter eingestellt wurde, hatte Jordan – damals auch erst seit vier Wochen Hawkes persönlicher Assistent – Hawke zu ihrer Hütte begleitet, um ihr ein paar Fragen zu stellen. Obwohl die Behausung ausreichend beheizt und mit der billigen Y-Energie versorgt wurde, auf die nach der Allgemeinen Wohlfahrtsverordnung jeder Bürger einen gesetzlichen Anspruch hatte, gab es darin weder Bad noch Toilette, sehr wenige Möbelstücke und kaum Spielsachen für die mageren struwelköpfigen Kinder, die Jordans Lederjacke mit dem ComLink am Aufschlag anstarrten. Und letzte Woche hatte Mayleen mit Stolz in der Stimme verkündet, daß sie gerade eben eine Toilette und einen Satz Klöppelkissen erstanden habe. Der Stolz, das wußte Jordan jetzt, war genauso wichtig wie die Toilette. Er wußte es deshalb, weil Calvin Hawke es ihm erklärt hatte.

Jordan konzentrierte seine Aufmerksamkeit wieder auf die Straße. Mayleen sagte: »Wartest du auf wen?«

Langsam drehte Jordan sich um. »Hat Hawke nicht Bescheid gegeben?«

»Was für'n Bescheid? Mir hat er nichts gesagt.«

»Herr im *Himmel!*« sagte Jordan. Das Terminal im Wachhäuschen schrillte, und Mayleen zog den Kopf ein und trat vom Fenster weg. Jordan verfolgte das Gespräch durch das Plastiglas. Während sie zuhörte, verhärtete sich ihr Gesicht auf eine Art und Weise, wie es nur diese Gesichter in Mississippi zuwegebrachten; es wirkte wie plötzliches Eis in der drückenden Hitze. Nie hatte er etwas ähnliches in Kalifornien gesehen.

Offenbar informierte Hawke sie nicht nur, daß ein Besucher Zutritt erhalten sollte, sondern auch, wer der Besucher war.

»Jawohl, Sir«, las Jordan von den Bewegungen ihrer Lippen ab. Er verzog das Gesicht. Niemand in der ganzen Fabrik sagte ›Sir‹ zu Hawke, es sei denn, er war wütend. Aber nie wurde jemand wütend auf Hawke. Man verdrängte es. Immer.

Mayleen trat aus der Tür. »Ist das auf deinem Mist gewachsen, Jordan?«

»Allerdings.«

»Wozu?« stieß sie hervor, und Jordan spürte endlich, *endlich* – Hawke fand, es dauerte immer viel zu lange, bis Jordan in Rage geriet –, wie sein eigenes Gesicht sich verhärtete.

»Ist das denn dein Kaffee, Mayleen?«

»Alles, was in dieser Fabrik vor sich geht, ist mein Kaffee!« sagte Mayleen, was nur der Realität entsprach. Hawke hatte es zu einer Realität gemacht, für alle 800 Arbeitnehmer. »Die Sorte hat hier nichts zu suchen.«

»Hawke denkt offenbar anders.«

»Ich habe dich gefragt, wozu.«

»Warum fragst du nicht ihn, wozu?«

»Ich frage nun mal dich, verdammt!«

Eine Staubwolke näherte sich auf der Zufahrt. Ein Straßenfahrzeug. Jordan erschrak: hatte ihr irgend jemand gesagt, auf keinen Fall mit einem Samsung-Chrysler zu kommen? Normalerweise konnte man sich darauf verlassen, daß sie so etwas einfach wußte. Sie wußte es immer.

»Ich hab dir eine Frage gestellt, Jordan!« fauchte Mayleen. »Was fällt Mister Hawke ein, eine von *denen* in unsere Fabrik zu lassen?«

»Du hast mir keine Frage gestellt, du hast mich angeschnauzt!« Er fühlte sich jetzt wohl in seiner Wut, denn sie schwemmte seine Nervosität weg. »Aber ich werde dir trotzdem eine Antwort geben, Mayleen. Weil du's bist. Leisha Camden kommt her, weil sie darum gebeten hat und weil Hawke es bewilligte.«

»Das ist mir klar. Nicht klar ist mir, wozu!«

Der Wagen blieb am Tor stehen. Er war schwer gepanzert und vollbesetzt mit Leibwächtern. Der Fahrer stieg aus, um die Türen zu öffnen. Es war kein Samsung-Chrysler.

»Wozu!« wiederholte Mayleen mit solchem Haß in der Stimme, daß selbst Jordan überrascht war. Er drehte sich um. Ihr schmallippiger Mund war verzerrt, doch in ihren Augen stand eine Furcht, die Jordan zu deuten wußte – Hawke hatte sie ihn zu deuten gelehrt –, eine Furcht, nicht vor Menschen aus Fleisch und Blut, sondern vor den entwürdigenden Entscheidungen, die indirekt auf diese Menschen zurückzuführen waren: zwei Dollar für ein halbes Päckchen Zigaretten oder zwei Dollar für ein Paar warme Socken? Zusätzliche Milch für die Kinder, die über die Wohlfahrtszuteilung hinausging, oder ein Haarschnitt? Es war nicht Furcht vor dem Verhungern, nicht in einem Land, dessen Wohlstand auf billiger Energie basierte, sondern die Furcht, von diesem Wohlstand ausgeschlossen zu sein. Zweitklassig zu sein. Nicht gut genug für dieses grundlegende Kennzeichen menschlicher Würde: Arbeit. Ein Parasit.

Die Wut war verraucht, was Jordan betrübte. Wut war solch ein bequemer Ausweg.

So zartfühlend, wie er konnte, sagte er zu Mayleen: »Leisha Camden kommt hierher, weil sie die Schwester meiner Mutter ist. Sie ist meine Tante.«

Er fragte sich, wie lange es diesmal dauern würde, bis Hawke ihn rettete.

»Und jeder Motorroller durchläuft sechzehn Arbeitsgänge auf dem Fließband?« fragte Leisha.

»Ja«, sagte Jordan und nickte. Sie standen in einer Gruppe zusammen mit Leishas Leibwächtern, alle mit Schutzhelmen und -brillen und verfolgten die Vorgänge auf Station 8-E. Drei Arbeiter, die in ihrem Eifer die Besucher völlig ignorierten, machten sich an zwei Dutzend Rollern zugleich zu schaffen. Der Eifer war bemerkenswerter als das Ergebnis. Aber das würde Leisha natürlich schon erkannt haben.

Sechs Monate zuvor in Kalifornien, bei der Geburtstagsparty seiner kleinen Schwester, hatte Leisha Jordan so eingehend über die Fabrik ausgefragt, daß er es gespürt hatte wie kaltes Wasser an seinen Knochen: früher oder später würde sie fragen, ob sie den Betrieb besichtigen dürfe. Was Jordan nicht erwartet hatte, war Hawkes Einverständnis.

Jetzt sagte sie: »Ich dachte, Mister Hawke würde uns begleiten. Schließlich bin ich ja seinetwegen gekommen.«

»Er erwartet dich nach der Besichtigungstour in seinem Büro.«

Unter der schweren Schutzbrille verzog sich Leishas Mund zu einem Lächeln. »Verweist mich wohl in meine Schranken, wie?«

»Das nehme ich an«, sagte Jordan bedrückt. Er haßte es, wenn Hawke, unberechenbar, wie er war, sich dazu herbeiließ, mit seiner Umgebung Katz und Maus zu spielen.

Zu Jordans Überraschung legte Leisha eine Hand auf seinen Arm und sagte: »Mach dir keine Gedanken deshalb. Es ist ja nicht so, daß er dazu nicht berechtigt wäre.«

Was sollte Jordan darauf sagen? Berechtigung war schließlich bei allem der strittige Punkt. Wer bekam was und wie und warum.

Irgendwie betrachtete Jordan sich nicht als den Richtigen, um einen Kommentar dazu abzugeben. Er war ja nicht einmal sicher, wer innerhalb seiner eigenen Familie wozu berechtigt war und weshalb.

Seine Mutter und seine Tante hatten ein so ungewöhnliches Verhältnis zueinander. Oder vielleicht war »angespannt« das passendere Wort. Und doch stimmte es nicht ganz. Leisha besuchte die Familie Watrous in Kalifornien zwar nur zu besonderen Anlässen, und Alice besuchte Leisha in Chicago nie. Dennoch ließ Alice, eine begeisterte Hobbygärtnerin, tagtäglich auf dem Luftweg einen frischen Blumenstrauß aus ihrem Garten direkt an Leishas Wohnungstür bringen. Die Kosten dafür, vermutete Jordan, waren exorbitant. Und dabei handelte es sich um ganz normale, robuste Gartenblumen: um Phlox und Sonnenblumen, um gelbe Taglilien und Ringelblumen, die Leisha auf den Straßen von Chicago um ein paar Dollar hätte kaufen können. »Aber mag Tante Leisha nicht lieber diese exotischen Zimmerpflanzen?« hatte Jordan einmal gefragt. »Allerdings«, hatte seine Mutter lächelnd geantwortet.

Immer brachte Leisha Jordan und seiner Schwester Moira wunderbare Geschenke mit: einen elektronischen Baukasten, ein Teleskop, zwei Aktienzertifikate, deren Kursschwankungen man über das Internet verfolgen konnte. Alice schien sich über die Geschenke stets ebenso zu freuen wie die Kinder. Doch wenn Leisha Jordan und Moira zeigte, wie man damit umgehen mußte – wie man das Teleskop justierte, wie man japanische Kalligraphie auf Reispapier malte –, verließ Alice immer den Raum. Und nach ein paar Jahren wünschte Jordan sich immer, Leisha würde ihn und Moira in Ruhe lassen, damit sie die Gebrauchsanweisungen allein und ungestört lesen konnten, denn Leisha erklärte zu rasch, zu unverständlich und zu ausführlich und war aufgebracht, wenn Jordan und Moira sich nicht alles beim ersten Mal merkten. Daß Tante Leisha dabei einzig und allein gegen sich selbst aufgebracht schien, war auch kein Trost, denn da bekam Jordan immer das Gefühl, furchtbar dumm zu sein. »Leisha hat ihre eigene Art, und wir haben die unsere«, war alles, was Alice dann dazu sagte.

Ganz besonders merkwürdig war Alices Zwillingsgruppe. Als sie zum erstenmal von der Studiengruppe für Zwillingsphänomene hörte, hatte Leisha entgeistert dreingesehen, dann traurig und dann ärgerlich. Dreimal die Woche arbeitete Alice auf freiwilliger Basis für die Gruppe, wo man Datenbanken über Zwillinge anlegte, die über weite Entfernungen miteinander in Gedankenverbindung treten konnten, die wußten, woran der andere gerade dachte, die Kummer litten, wenn der andere in Schwierigkeiten war. Und man studierte auch Zwillinge im Vorschulalter, um zu sehen, wie sie lernten, sich zu verschiedenen Persönlichkeiten zu entwickeln. Dieser Mischmasch von ESP, Parapsychologie und wissenschaftlichen Methoden befremdete Jordan, der damals gerade siebzehn war. »Tante Leisha sagt, die meisten deiner ESP-Beobachtungen kann man mit der statistischen Wahrscheinlichkeit erklären. Und ich dachte die ganze Zeit, ihr beide seid gar keine eineiigen Zwillinge!« »Sind wir auch nicht«, entgegnete Alice.

Seit zwei Jahren sah Jordan seine Tante ziemlich oft, ohne jedoch seiner Mutter davon zu erzählen. Leisha war eine Schlaflose und stellte damit den wirtschaftlichen Feind dar. Außerdem war sie anständig, großzügig und idealistisch. Der Konflikt beunruhigte ihn.

Aber es gab so viele Dinge, die ihn beunruhigten.

Die Besichtigung der Fabrik dauerte mehr als eine Stunde. Jordan bemühte sich, den Betrieb durch Leishas Augen zu sehen: Menschen anstelle von kostengünstigen Robotern, gebrüllte Unterhaltungen am Fließband, Rockmusik aus den Lautsprechern. Ausschußteile, von der Qualitätskontrolle zurückgewiesen, halb wiederverpackt in schmutzigen Kartons. Ein angeknabbertes Brötchen, das jemand in eine Ecke geworfen hatte.

Schließlich führte Jordan Leisha in Hawkes Büro. Calvin Hawke erhob sich hinter seinem wuchtigen, grobkantigen Schreibtisch aus Kiefernholz. »Miss Camden. Welche Ehre.«

»Mister Hawke.« Sie streckte ihm die Hand entgegen.

Hawke ergriff sie, und Jordan bemerkte ihr leichtes Zurückweichen. Üblicherweise wichen alle Menschen, die Calvin Hawke zum erstenmal gegenüberstanden, ein wenig zurück, aber erst in dieser Sekunde wurde Jordan bewußt, wie gespannt er darauf gewartet hatte, ob auch Leisha es tun würde. Es war nicht so sehr Hawkes riesenhafte Gestalt, als vielmehr seine irritierende körperliche Scharfkantigkeit, von seiner Hakennase angefangen, über die herausgemeißelten Wangenknochen und die stechenden schwarzen Augen bis zu der Halskette aus spitz zugefeilten Wolfszähnen, die seinem Ur-Ur-Urgroßvater gehört hatte, einem Fallensteller, der drei indianische Ehefrauen gehabt und dreihundert indianische Krieger getötet hatte. Sagte Hawke. Ob beinahe zweihundert Jahre alte Wolfszähne wohl immer noch spitz und scharfkantig waren?

Wenn sie Hawke gehörten, schon.

Leisha sah auf zu Hawke, der trotz ihrer eigenen hochgewachsenen Gestalt immer noch einen Kopf größer war als sie, und lächelte. »Vielen Dank, daß Sie mir erlaubt haben hierherzukommen.« Als Hawke nichts darauf sagte, fügte sie unverblümt hinzu: »Warum haben Sie das zugelassen?«

Er tat so, als hätte sie eine ganz andere Frage gestellt. »Sie sind absolut sicher hier. Auch ohne Ihre Gorillas. In meinen Fabriken gibt es keinen unbegründeten Haß.«

Jordan dachte an Mayleen, behielt es aber für sich. Man widersprach Hawke nicht vor anderen Leuten.

»Eine interessante Verwendung des Wortes ›unbegründet‹«, bemerkte Leisha kühl. »In unserem Rechtssystem nennen wir so etwas Insinuation. Aber wenn ich schon einmal da bin, würde ich Ihnen gern einige Fragen stellen, wenn Sie gestatten.«

»Selbstverständlich«, sagte Hawke. Er verschränkte seine gewaltigen Arme vor der Brust und lehnte sich abwartend an den Schreibtisch – das liebenswürdige Entgegenkommen in Person. Auf dem Schreibtisch stand ein ComLink, ein Kaffeebecher mit dem Logo von Harvard und eine zeremonielle Puppe der Cherokees. Nichts davon war am Morgen dagewesen. Hawke hatte die Bühnendekoration offenbar sorgsam geplant. Die Haare auf Jordans Nacken stellten sich auf.

»Ihre Motorroller sind spartanisch ausgestattete Modelle mit den einfachsten Y-Kegeln und einer kargeren Auswahl an Zusatzausstattungen als bei jeder anderen Marke im Handel«, sagte Leisha.

»Ganz richtig.« Hawke nickte freundlich.

»Ihre Zuverlässigkeit ist geringer als die jeder anderen Marke. Ihre Produkte benötigen häufiger Ersatzteile, und sie benötigen sie früher als andere. Eine Garantieleistung Ihrerseits existiert ausschließlich für den Y-Kegel-Deflektorschild, wobei es sich beim Deflektor um einen patentierten Artikel handelt, für den Sie keine Lizenz haben und der hier auch nicht gefertigt wird.«

»Sie haben wirklich Ihre Hausaufgaben gemacht«, stellte Hawke fest.

»Die Roller erreichen nur eine Höchstgeschwindigkeit von fünfzig Stundenkilometer.«

»Stimmt.«

»Ihr Verkaufspreis liegt um zehn Prozent höher als der eines vergleichbaren Modells von Schwinn, Ford oder Sony.«

»Stimmt auch.«

»Und dennoch halten Sie im Inland zweiunddreißig Prozent Marktanteil, haben letztes Jahr drei neue Fabriken eröffnet und einen Firmengewinn von achtundzwanzig Prozent ausgewiesen, wogegen sich der industrielle Durchschnitt nur auf 11 Prozent beläuft.«

Hawke lächelte.

Leisha machte einen Schritt auf ihn zu. »Machen Sie nicht so weiter, Mister Hawke«, sagte sie eindringlich. »Es ist ein furchtbarer Fehler. Nicht für uns – für *euch.*«

»Wollen Sie meiner Fabrik drohen, Miss Camden?« fragte Hawke mild lächelnd.

Jordan bekam Krämpfe im Magen. Hawke interpretierte Leishas Worte absichtlich falsch und drehte sie von einer inständigen Beschwörung zu einer Drohung, so daß er einen Streit haben konnte, statt einer Diskussion. Deshalb also hatte er ihr erlaubt, in eine *Wir schlafen!*-Fabrik zu kommen! Er gierte nach dem billigen Nervenkitzel einer Konfrontation von Angesicht zu Angesicht! Der bettelarme Anführer einer landesweiten politischen Bewegung legt sich mit der großmächtigen Schlaflosen-Anwältin an … Jordan verspürte Enttäuschung; Hawke stand doch über solchen Dingen!

Hawke mußte einfach über solchen Dingen stehen.

»Natürlich drohe ich Ihnen nicht, Mister Hawke, das wissen Sie ganz genau«, sagte Leisha. »Ich versuche nur darauf hinzuweisen, daß Ihre *Wir schlafen!*-Organisation für das Land und für Sie alle eine Gefahr darstellt. Und tun Sie nicht so, als ob Sie nicht begreifen würden, was ich meine.«

Hawke fuhr zwar unbeirrt fort, milde zu lächeln, aber es entging Jordan nicht, daß ein winziger Muskel an seinem Hals, direkt über einem gelben Wolfszahn, rhythmisch zu zucken begonnen hatte.

»Wie könnte ich je umhin, das nicht zu begreifen, Miss Camden? Seit Jahren hacken Sie doch in der Presse auf diesem einen Thema herum!«

»Und ich werde nicht aufhören damit, denn egal, was Schläfer und Schlaflose weiter auseinandertreibt, es ist letzten Endes schlecht für beide Seiten. Ihre Abnehmerschicht kauft diese Roller nicht deshalb, weil sie gut sind, nicht, weil sie billig sind, und auch nicht, weil sie so schön sind. Ihre Roller werden deshalb gekauft, weil sie von Schläfern hergestellt werden und weil die Gewinne aus ihrer Herstellung nur den Schläfern zugute kommen. Sie und Ihre Nachahmer in anderen Industriezweigen entzweien das Land in wirtschaftlicher Hinsicht, Mister Hawke, indem Sie eine Parallelwirtschaft erzeugen, die sich auf nichts als Haß gründet. Und das gefährdet uns alle.«

»Doch ganz besonders gefährdet es die wirtschaftlichen Interessen der Schlaflosen, nicht wahr?« fragte Hawke in höflich anteilnehmendem Tonfall. Jordan sah, daß er dachte, er hätte durch Leishas plötzlichen Gefühlsausbruch an Terrain gewonnen.

»Nein«, seufzte Leisha leicht ermüdet. »Kommen Sie, Mister Hawke, Sie sind doch nicht dumm. Sie wissen genau, daß die wirtschaftlichen Interessen der Schlaflosen in erster Linie international ausgerichtet sind und sich im besonderen auf die eingehende Kenntnis der Finanzmärkte und der Hochtechnik gründen. Man könnte jedes Fahrzeug, jedes Gebäude, jedes Kinkerlitzchen in Amerika fabrizieren, ohne deren Interessen zu berühren!«

Deren, dachte Jordan. Nicht *unsere.* Er hätte gern gewußt, ob Hawke es bemerkt hatte.

Hawke aber sagte mit samtweicher Stimme: »Warum sind Sie dann hierhergekommen, Miss Camden?«

»Aus demselben Grund, weswegen ich nach *Sanctuary* gehe. Um gegen die Dummheit zu kämpfen.«

Der winzige Muskel an Hawkes Hals zuckte rascher; Jordan merkte, daß er nicht erwartet hatte, von Leisha mit *Sanctuary,* dem Todfeind, verglichen zu werden. Hawke beugte sich über den Schreibtisch und drückte auf einen Knopf. Was Leishas Leibwächter umgehend in Alarm versetzte. Hawke warf ihnen einen verächtlichen Seitenblick zu: Verräter an ihrer eigenen biologischen Zugehörigkeit. Die Tür des Büros ging auf, und eine junge Schwarze trat ein; sie sah verlegen drein.

»Hawke? Coltrane sagt, ihr Leute wollt mich was fragen?«

»Ja, Tina. Danke, daß du gekommen bist. Diese Dame da interessiert sich für unsere Fabrik. Könntest du ihr vielleicht ein bißchen von deiner Arbeit hier erzählen?«

Gehorsam und ohne zu erkennen, mit wem sie es zu tun hatte, wandte sie Leisha das Gesicht zu. »Ich arbeite auf Station neun«, sagte sie. »Vorher hatte ich nichts. Daheim hatten wir nichts. Gingen bloß zur Ausgabestelle, holten das Futter, brachten's heim, aßen's auf. Warteten bloß aufs Verrecken.« Sie fuhr fort, eine Geschichte zu erzählen, die in Jordans Ohren inzwischen sehr bekannt klang; nur Tinas etwas melodramatische Art, sie zu erzählen, machte einen gewissen Unterschied zu anderen, fast identischen Berichten aus. Was zweifellos der Grund war, daß Hawke Tina bereitgehalten hatte. Ausreichend ernährt, ein Dach über dem Kopf, billige Kleider auf dem Leib – alles dank der Allgemeinen Wohlfahrt – waren sie alle absolut unfähig, sich über dieses materielle Niveau hinauszukämpfen. Bis Calvin Hawke und die *Wir schlafen!*-Bewegung ihnen Arbeitsplätze boten, die echten Lohn brachten, weil der Absatzmarkt für die entsprechenden Erzeugnisse nach Gesichtspunkten funktionierte, die mit wirtschaftlichen Kriterien nichts zu tun hatten, und nur so dem nationalen Markt entrissen worden war. »Ich kaufe nur *Wir schlafen!*-Produkte, dann werden auch meine *Wir schlafen!*-Produkte verkauft!« intonierte Tina voller Inbrunst. »Nur so kriegen wir unser Stück vom Kuchen!«

»Und wenn jemand in deiner Umgebung ein anderes Produkt kauft, weil es billiger oder besser ist …«, half Hawke ihr weiter.

»Dann ist der Jemand nicht mehr lang in meiner Umgebung«, stellte Tina düster fest. »Wir schauen auf unsere Leute.«

»Danke, Tina«, sagte Hawke. Tina schien zu wissen, daß sie damit entlassen war. Sie ging, nicht ohne diesen gewissen Blick auf Hawke, den sie alle für den Mann reserviert hatten. Jordan hoffte, daß Leisha als

Anwältin diesen Blick von ihren Klienten kannte, die sie vor einer anderen Art von Gefängnis bewahrt hatte. Sein Magen entkrampfte sich etwas.

»Eine eindrucksvolle Vorstellung«, bemerkte Leisha sarkastisch.

»Mehr als nur eine Vorstellung«, sagte Hawke. »Die Würde individueller Arbeit – ein alter yagaiistischer Grundsatz, nicht wahr? Oder können Sie sich nicht dazu überwinden, wirtschaftliche Fakten zur Kenntnis zu nehmen?«

»Ich nehme auch alle Grenzen einer freien Marktwirtschaft zur Kenntnis, Mister Hawke. Angebot und Nachfrage stellt Arbeiter auf die gleiche Stufe mit Kinkerlitzchen, und Menschen sind keine Kinkerlitzchen. Aber Sie können wirtschaftliche Gesundheit nicht dadurch herstellen, daß Sie die Verbraucher gewerkschaftlich organisieren wie Arbeiter!«

»Aber genau so stelle ich wirtschaftliche Gesundheit her, Miss Camden.«

»Vorübergehend«, sagte Leisha. Sie beugte sich abrupt vor. »Erwarten Sie, daß Ihre Abnehmer nur aus Klassenhaß für alle Zeiten die besseren Produkte ignorieren werden? Der Klassenhaß nimmt automatisch ab, wenn der Wohlstand die Menschen in eine höhere Klasse aufsteigen läßt.«

»Meine Leute werden nie so hoch aufsteigen, daß sie den Schlaflosen ebenbürtig sind. Und Sie wissen das genau. Sie und Ihresgleichen haben den Darwinschen Trumpf auf Ihrer Seite. Also schlagen wir Kapital aus dem, was *wir* haben: aus unserer großen Zahl.«

»Aber es muß doch kein darwinischer Kampf sein!«

Der Muskel an Hawkes Kehle hatte sich beruhigt; Jordan konnte deutlich sehen, daß Hawke fand, er hätte gewonnen. »Wirklich nicht, Miss Camden? Wer hat es denn dazu gemacht? Die Schlaflosen kontrollieren im Moment achtundzwanzig Prozent der Wirtschaft, ungeachtet der Tatsache, daß es sich um eine winzige Minderheit handelt. Und der Prozentsatz steigt unaufhörlich. Sie selbst sind über die Aurora-Holdinggesellschaft am Aktienkapital der Fabrik von Samsung-Chrysler auf der anderen Seite des Flusses beteiligt.«

Das versetzte Jordan einen Schock; er hatte keine Ahnung davon gehabt. Eine Sekunde lang erfüllte ihn Mißtrauen, ätzend wie Säure. Seine Tante hatte darum ersucht, hierherkommen zu dürfen, darum ersucht, mit Hawke zu sprechen... Er starrte Leisha an. Sie lächelte. Nein, das war nicht ihr Motiv. Was war nur los mit ihm? Würde er sein ganzes Leben lang bei allem und jedem unsicher sein?

»Es verstößt nicht gegen das Gesetz, Aktien zu besitzen, Mister Hawke«, sagte Leisha. »Ich besitze sie aus dem naheliegendsten Grund: um damit Gewinn zu machen. Einen Gewinn, erwirtschaftet mit den bestmöglichen Erzeugnissen und Dienstleistungen, die im freien, fairen Wettbewerb zu haben und jedermann zugänglich sind, der sie sich leisten will. *Jedermann.*«

»Sehr lobenswert«, sagte Hawke mit schneidender Stimme. »Aber nicht jedermann *kann* sie sich leisten, das ist wohl klar.«

»Das ist in diesem Fall irrelevant.«

»Dann sind wir zumindest bei einer Sache einig: Manche Menschen sind von Ihrer herrlichen darwinischen Marktwirtschaft ausgeschlossen. Sollen sie das mit aller gebotenen Unterwürfigkeit einfach hinnehmen?«

»Ich möchte ihnen die Türen öffnen und sie einlassen«, sagte Leisha.

»Und wie, Miss Camden? Wie sollen wir bei gleichen Voraussetzungen mit den Schlaflosen konkurrieren – oder mit Unternehmen, die ganz oder teilweise von den Börsengenies der Schlaflosen finanziert werden?«

»Jedenfalls nicht durch Haß, der zwei Wirtschaftssysteme schafft!«

»Wodurch dann? Sagen Sie es mir!«

Noch ehe Leisha antworten konnte, flog die Tür auf und drei Männer stürmten in den Raum.

Die Leibwächter bildeten augenblicklich eine Mauer und schirmten Leisha mit gezogenen Pistolen ab. Aber die Eindringlinge mußten das erwartet haben: Sie schwangen keine Waffen, sondern Kameras und begannen zu filmen. Da sie nichts anderes sehen konnten als die Phalanx der Leibwächter, filmten sie diese. Das wiederum verwirrte die Leibwächter, die einander ratlose Blicke zuwarfen. Doch nur Jordan, der sich in einen Winkel zurückgezogen hatte, sah das unvermittelte verräterische Aufleuchten einer optischen Platte hoch oben an der Wand – in einem Raum, von dem weit und breit behauptet wurde, es befänden sich keinerlei Überwachungsgeräte darin.

»*Raus!*« stieß der Oberleibwächter, oder wie immer er bezeichnet wurde, zwischen den Zähnen hervor. Das Filmteam trottete folgsam zur Tür hinaus. Und niemand außer Jordan hatte Hawkes Kamera bemerkt.

Wozu? Was wollte Hawke mit einem heimlich aufgenommenen Foto anfangen, von dem er behaupten konnte, es stamme von einem normalen Filmteam? Und sollte Jordan seiner Tante sagen, daß Hawke nun über dieses Foto verfügte? Konnte es ihr schaden?

Hawke beobachtete Jordan bereits seit einer Weile; er nickte ihm einmal zu, mit solcher Wärme in den Augen, mit soviel sensiblem Verständnis für Jordans Dilemma, daß dieser sich sofort wieder beruhigte. Nein, Hawke wollte Leisha nicht schaden. Das war nicht seine Vorgangsweise. Er hatte Großes im Sinn, er hatte radikale Ziele, rechtschaffene Ziele, aber diese Ziele achteten das Individuum – etwas, das keinem Schlaflosen außer Leisha je in den Sinn zu kommen schien. Egal, was die Geschichtsbücher für unverzichtbare Voraussetzung hielten, Hawke jedenfalls zerschlug keine individuellen Eier, um seine Revolution zu braten.

Jordan regte sich wieder ab.

Hawke sagte: »Tut mir leid, Miss Camden.«

Leisha sah ihn mit kalter Miene an. »Ist ja nichts passiert, Mister Hawke.« Nach einer Sekunde ergänzte sie pointiert: »Oder doch?«

»Nein. Darf ich Ihnen jetzt eine kleine Erinnerung an Ihren Besuch hier bei uns überreichen?«

»Eine …«

»Eine Erinnerung.« Aus einem Schrank – die Leibwächter richteten sich bereits wieder wachsam auf – holte Hawke einen *Wir schlafen!*-Roller. »Damit fahren Sie sicherlich nicht so flott oder so weit oder so problemlos wie mit dem, den Sie gewiß bereits haben – falls Sie überhaupt je einen Roller anstelle eines Straßenwagens verwenden, wie es mehr als fünfzig Prozent der Bevölkerung tun müssen.«

Und jetzt hatte Leisha, wie Jordan deutlich erkennen konnte, endgültig die Geduld verloren. Sie stieß die Luft zwischen den Zähnen aus, was ein unstetes Pfeifen verursachte. »Nein, vielen Dank, Mister Hawke. Ich fahre einen Kessler-Eagle. Ein qualitativ hochstehender Roller, der, wie ich höre, in einer Fabrik in New Mexico hergestellt wird, die sich im Eigentum von indianischen Schläfern befindet. Sie geben sich allergrößte Mühe, ein erstklassiges Produkt zu einem gerechten Preis in den Handel zu bringen, aber natürlich verkörpern sie eine Minderheit ohne einen automatisch funktionierenden, geschützten Absatzmarkt. Es sind Hopi, glaube ich.«

Jordan wagte nicht, Hawke ins Gesicht zu sehen.

Bevor sie in den Wagen stieg, sagte Leisha zu Jordan: »Dieser letzte Seitenhieb tut mir leid.«

»Das braucht es nicht«, sagte Jordan.

»Deinetwegen tut's mir leid. Ich weiß, du glaubst an das, was du hier machst, Jordan ...«

»Ja«, unterbrach Jordan sie mit ruhiger Stimme. »Ja, ich glaube daran. Trotz allem.«

»Wenn du das so sagst, siehst du drein wie deine Mutter.«

Was man von Leisha nicht behaupten konnte, dachte Jordan und fühlte sich augenblicklich unfair seiner Mutter gegenüber. Aber es war die Wahrheit. Alice sah älter aus als dreiundvierzig, Leisha viel jünger. Nicht das Welken des Gewebes, sondern nur die Schwerkraft konnte in diesem feingeschnittenen Gesicht etwas wie einen Alterungsprozeß bewirken. Sollte sie dann nicht eigentlich aussehen wie einundzwanzigeinhalb? Entsprechend dem halben Alterungsprozeß? Doch das tat sie nicht; sie sah aus wie dreißig und würde offenbar immer so aussehen – wie wunderschöne, kerngesunde dreißig. Die feinen Linien um ihre Augen wirkten eher wie das zarte Netz eines Mikroschaltkreises denn wie schlaffe Rinnen.

»Wie geht's deiner Mutter?« fragte Leisha.

Jordan hörte den ganzen Wust dieser komplizierten Beziehung aus der Frage heraus, aber er fühlte sich nicht in der Lage, sich jetzt damit herumzuschlagen. »Gut«, antwortete er nur und fügte nach kurzem Innehalten hinzu: »Fährst du von hier aus direkt nach *Sanctuary?*«

Leisha, die soeben im Begriff war, sich in den Wagen zu setzen, blickte auf. »Woran erkennst du das?«

»Du hast immer, wenn du vorhast hinzugehen oder von dort kommst, den gleichen Ausdruck im Gesicht.«

Sie senkte den Kopf; er hätte *Sanctuary* nicht erwähnen sollen. »Sag Hawke, ich werde wegen der Wandkamera kein rechtliches Theater machen. Und du brauchst auch kein schlechtes Gewissen zu haben, weil du mich nicht vorgewarnt hast. Du hast ohnedies schon genug gegensätzliche Standpunkte zu glätten,

Jordy. Aber, weißt du, ich habe langsam die Nase voll von diesen monumentalen Persönlichkeiten wie deinem Mister Hawke, die anscheinend nur aus Charisma und enorm übersteigertem Ego bestehen und einem ihre leidenschaftlichen Überzeugungen wie eine Faust ins Gesicht schlagen. Es zermürbt einen mit der Zeit.« Sie schwang ihre langen Beine in den Wagen.

Jordan lachte, worauf Leisha zu ihm aufblickte; in ihren grünen Augen stand eine leise Frage, aber er schüttelte nur den Kopf, küßte sie und schloß die Tür des Wagens. Als er wegfuhr, richtete er sich wieder auf; er lachte nicht mehr. *Charismen. Übersteigerte Egos. Monumentale Persönlichkeiten.*

Wie konnte es ihr nur in all diesen Jahren entgangen sein, daß sie auch dazu gehörte?

Leisha lehnte den Kopf gegen den lederbespannten Sitz des Firmenflugzeuges der Baker Enterprises. Sie war der einzige Passagier. Unter ihr ging das ebene Land am Mississippi in die Vorläufer der Appalachian Mountains über. Leishas Finger streiften das Buch auf dem Nebensitz, und sie nahm es zur Hand. Es lenkte ihre Gedanken ab von Calvin Hawke.

Sie hatten den Umschlag viel zu grell und aufdringlich gemacht. Ein bartloser Abraham Lincoln stand in schwarzem Gehrock und Zylinder vor dem Hintergrund einer brennenden Stadt – Atlanta? Richmond? – und zog eine fürchterliche Grimasse. Karminrote und tieforange Flammen loderten in einen purpurnen Himmel. Karminrot und orange und *fuchsienrosa!* Online würden die Farben noch schreiender wirken. Im dreidimensionalen Hologramm würden sie praktisch fluoreszieren.

Leisha seufzte. Lincoln hatte in seinem ganzen Leben nie vor einer brennenden Stadt gestanden. Zu der Zeit, als die in dem Buch geschilderten Ereignisse stattfanden, hatte er einen Bart getragen. Und das

Buch selbst war eine sorgfältige wissenschaftliche Studie der Reden Lincolns im Licht des Verfassungsrechtes, nicht im Licht des Schlachtfeldes. Nichts darin schnitt Grimassen. Nichts darin brannte.

Sie ließ den Finger über den erhaben geprägten Namen auf dem Umschlag gleiten: Elizabeth Kaminsky.

»Warum das?« hatte Alice in ihrer direkten Art gefragt.

»Ist das nicht naheliegend?« hatte Leisha geantwortet. »Gegenwärtig wird allen meinen Rechtsfällen viel zuviel öffentliche Aufmerksamkeit geschenkt. Ich möchte, daß dem Buch jene wissenschaftliche Beachtung zuteil wird, die es verdient, und nicht...«

»*Das* ist mir klar!« unterbrach Alice sie scharf. »Aber warum ausgerechnet dieses Pseudonym?« Leisha hatte keine Antwort darauf gehabt. Eine Woche später fiel ihr eine ein, aber zu diesem Zeitpunkt war der steife kleine Besuch bereits vorüber, und Leisha befand sich nicht mehr in Kalifornien, um Alice die Erklärung zu geben, die sie verlangt hatte. Leisha war nahe dran, sie anzurufen, aber es war vier Uhr früh in Chicago, das machte zwei Uhr morgens in Morro Bay, und Alice und Beck würden zweifellos schlafen. Außerdem riefen sie und Alice einander höchst selten an.

Wegen etwas, das Lincoln im Jahr 1864 sagte, Alice. In Verbindung mit den beiden Tatsachen, daß ich jetzt dreiundvierzig Jahre alt bin, genauso alt wie unser Vater, als wir geboren wurden, und daß niemand, nicht einmal du, der Meinung ist, daß ich des ganzen überdrüssig werde.

Doch in Wahrheit hätte sie Alice das so nicht gesagt, weder in Chicago noch in Kalifornien. Irgendwie klang alles, was sie zu Alice sagte, leicht schwülstig. Und das, was Alice zu ihr sagte – wie dieser mystische Unsinn der Studiengruppe für Zwillingsphänomene –, erschien Leisha stets durchlöchert, was Logik und Nachweisbarkeit betraf. Sie waren wie zwei Personen, die versuchten, sich in einer Sprache zu verständigen, die beiden fremd war; so mußten sie sich damit begnügen, zu nicken und zu lächeln – und guten Willen zu zeigen, der nicht ganz ausreichte, um die Spannungen zu lösen.

Vor zwanzig Jahren hatte es einen Augenblick lang so ausgesehen, als könnte sich das ändern zwischen ihnen beiden. Aber jetzt …

Zweiundzwanzigtausend Schlaflose auf der Erde, fünfundneunzig Prozent davon in den Vereinigten Staaten. Achtzig Prozent von diesen in *Sanctuary*. Und da nun nahezu alle Schlaflosenkinder auf natürlichem Weg gezeugt und nicht *in vitro* geschaffen wurden, kamen zur Zeit die meisten Schlaflosen innerhalb von *Sanctuary* zur Welt. Im ganzen Land erkauften zukünftige Eltern für ihren Nachwuchs zwar weiterhin andere genetische Veränderungen: einen höheren IQ, schärfere Augen, ein verbessertes Immunsystem, hohe Wangenknochen – einfach alles, wie es Leisha schien, was sich in legalem Rahmen bewegte, egal, wie banal; jedoch nicht Schlaflosigkeit. Genetische Veränderungen waren kostspielig; warum sollte man für das Kind, das man liebt, ein Leben voll Fanatismus, Vorurteil und körperlicher Gefahr erwerben? Da war es schon besser, eine gemäßigte Genmodifikation zu wählen. Schöne oder kluge Kinder mochten zwar normalen Neid auf sich ziehen, doch üblicherweise keinen wirklichen Haß. Man betrachtete sie nicht als andere Rasse – als eine verschworene Gemeinschaft, die ohne Unterlaß auf mehr Macht aus war, die ohne Unterlaß hinter den Kulissen die Fäden zog und die ohne Unterlaß gefürchtet und verhöhnt wurde. Schlaflose, so hatte Leisha in einem Artikel für ein großes Magazin geschrieben, waren für das einundzwanzigste Jahrhundert das, was Juden für das vierzehnte gewesen waren.

Zwanzig Jahre juristischer Kampf, um diese Auffassung zu ändern, und nichts hatte sich geändert.

»Ich bin es überdrüssig«, sagte sie versuchsweise mit lauter Stimme. Der Pilot drehte sich nicht um; er machte sich nichts aus Konversation. Nach wie vor glitten die hügeligen Vorläufer der Berge sechstausend Meter tiefer unter dem Flugzeug hinweg.

Leisha klappte ihren Laptop auf. Überdrüssigsein brachte nichts. Nichts im Hinblick auf die bedrückende Kluft zwischen ihr und Alice, nichts im Hinblick auf Calvin Hawke in der Auseinandersetzung, die soeben hinter ihr lag, und nichts im Hinblick auf *Sanctuary* bei der Auseinandersetzung, die vor ihr lag. All das blieb unverändert. Statt dessen konnte sie eine ganze Menge Arbeit erledigen. Drei Stunden bis in den nördlichen Teil des Staates New York, zwei zurück nach Chicago – genug, um den Schriftsatz für *Calder gegen Hansen-Metallurgie* zu verfassen. Um sechzehn Uhr hatte sie in Chicago einen Termin mit einem Klienten, dann, um siebzehn Uhr dreißig, die Protokollierung einer beeideten Aussage und einen weiteren Kliententermin um zwanzig Uhr. Blieb der Rest der Nacht für die Vorbereitung auf den morgigen Prozeß. Es würde sich knapp ausgehen.

Die Juristerei war das einzige, dessen sie nie überdrüssig wurde. Die Rechtsprechung war das einzige, woran sie noch glaubte, auch nach zwanzig Jahren Praxis und mit dem ganzen Mist, der sich dabei unvermeidlicherweise anhäufte. Eine Gesellschaft mit einem funktionierenden, annehmbar – sagen wir, zu achtzig Prozent – unbestechlichen Rechtssystem war eine Gesellschaft, die den Glauben an sich selbst noch nicht verloren hatte.

Wieder ein wenig heiterer geworden verbiß sich Leisha in eine knifflige Frage einer *prima facie*-Annahme. Doch das Buch lag immer noch auf dem Sitz neben ihr, zusammen mit Alices Frage und der unausgesprochenen Antwort darauf.

Im April 1864 hatte Lincoln einen Brief an A. G.

Hodges in Kentucky geschrieben. Die Nordstaaten waren aufgebracht über das Massaker an schwarzen Soldaten in Fort Pillow, die Staatskasse war fast leer, der Krieg kostete die Union zwei Millionen Dollar täglich. Jeden Tag wurde Lincoln in der Presse verunglimpft; jede Woche hatte er einen Ringkampf mit dem Kongress auszutragen. Im Monat darauf würde Grant bei Cold Harbor zehntausend Mann verlieren und noch mehr bei Spotsylvania Courthouse. Lincoln schrieb also an Hodges: »Ich behaupte nicht, Herr der Geschehnisse gewesen zu sein, sondern gebe offen zu, daß die Geschehnisse Herr über mich waren.«

Leisha schob ihr Buch unter den Sitz, beugte sich über den Laptop und versenkte sich in das Gesetz.

Jennifer Sharifi hob die Stirn vom Boden, stand anmutig auf und rollte den Gebetsteppich zusammen. Das harte Berggras war ein wenig naß, und feuchte, geknickte Halme klebten an der Unterseite des Teppichs. Sie hielt ihn so, daß er die weißen Falten ihrer Abajeh nicht berührte, und ging über die kleine Waldlichtung zu ihrem Flugwagen. Ihr langes offenes schwarzes Haar regte sich im schwachen Wind.

Ein Leichtflugzeug zog oben vorbei. Sie runzelte die Stirn: Leisha Camden. Schon. Jennifer war spät dran.

Sollte Leisha doch warten. Sollte Richard mit ihr verhandeln. Jennifer hatte Leisha ohnedies nie hier haben wollen. Warum sollte *Sanctuary* eine Frau willkommen heißen, die sich bei jeder Gelegenheit dagegen stellte? Selbst der Koran in seiner altmodischen Schlichtheit lange vor dem Globalnet drückte sich deutlich aus im Hinblick auf Verräter: *»Wer auch immer gegen dich zu Felde ziehet und dir Böses will, füge ihm zu, was er dir zufüget.«*

Das kleine Flugzeug mit dem Logo der Baker Enterprises verschwand hinter den Bäumen.

Jennifer glitt in den Wagen; ihre Gedanken beschäftigten sich mit dem Rest des Tages, der vor ihr lag. Wären da nicht die Tröstungen des Morgen- und Abendgebetes gewesen, Jennifer hätte manche Tage nur schwer überstanden. »Aber du hast doch keine religiöse Überzeugung«, hatte Richard einmal lächelnd gesagt. »Du bist nicht einmal gläubig!« Jennifer hatte keinen Versuch gemacht, ihm zu erklären, daß es nicht der Glaube war, auf den es ankam. Der Wille zu glauben schuf seine eigene Kraft, seinen eigenen Glauben und letzten Endes seinen eigenen Willen. Indem man glaubte – nach welchen Ritualen auch immer – erweckte man das Objekt dieses Glaubens zum Leben. Der Glaubende wurde zum Erschaffenden.

Ich glaube, sagte Jennifer Sharifi bei Tagesanbruch und am Abend, während sie auf dem Gras, auf den Blättern oder auf dem Schnee kniete, *an Sanctuary.*

Sie legte die Hand schützend über die Augen und versuchte festzustellen, wohin genau Leishas Flugzeug verschwunden war. Vermutlich wurde es sowohl von den Langdon-Sensoren als auch von den Flugabwehr-Lasern verfolgt. Jennifer ließ den Flugwagen vom Boden abheben, blieb aber in sicherem Abstand zum kuppelförmigen Y-Feld.

Was hätte wohl Najla Fatima Nur el-Dahar, ihre Urgroßmutter väterlicherseits, zu einem solchen Glauben wie dem ihren gesagt? Andererseits hatte ihre Urgroßmutter mütterlicherseits, aus deren Enkelin später ein amerikanischer Filmstar wurde, als irische Einwanderin überlebt, indem sie in Brooklyn als Putzfrau arbeitete und somit wahrscheinlich eine Menge von Kraft und Willen verstand.

Nicht, daß Urgroßmütter – gleichgültig, wessen Urgroßmütter – noch etwas zählten. Es erging ihnen darin ebenso wie Großvätern und Vätern. Stets war es neuen Rassen auferlegt, ihre Wurzeln dem eigenen Überleben zu opfern. Zeus, so vermutete Jennifer, hatte wohl weder Kronos noch Rhea betrauert.

Sanctuary breitete sich unter ihr in der Morgensonne aus. In zweiundzwanzig Jahren war es zu einer Fläche von etwa siebenhundertfünfzig Quadratkilometern angewachsen und bedeckte ein Fünftel von Cattaraugus County, New York. Jennifer hatte sofort nach der Aufhebung der Treuhandverwaltung durch den Kongress – und damit der Einschränkungsklauseln – das Allegany-Indianerreservat erworben. Sie hatte dafür eine Summe bezahlt, die dem Stamm der Seneca, welcher das Gebiet verkauft hatte, ein angenehmes Leben in Manhattan, Paris oder Dallas verschaffte. Eigentlich hatte es nicht mehr sehr viele Senecas gegeben, die dem Verkauf zustimmen mußten; nicht alle bedrohten Minderheiten, das war Jennifer klar, verfügten über die vielseitigen Fähigkeiten der Schlaflosen – Fähigkeiten, wie etwa das Erwerben von Land, wenn sich die Eigentümer ursprünglich einem Verkauf widersetzten. Oder die Fähigkeit, sich auf dem internationalen Waffenmarkt Flugabwehrlaser zu beschaffen. Und wenn diese anderen Gruppen über solche Fähigkeiten verfügten, dann fehlte ihnen die Triebfeder, das Motiv, um ihre Fähigkeiten konzentriert, sauber und mit heiligem Ernst einzusetzen. Und um das Überleben an sich zu dem zu machen, was es im Grunde genommen war: zu einem heiligen Krieg. Zu *Dschihad*.

Allegany hatte insofern ein Unikat unter allen Indianerreservaten dargestellt, als auf seinem Gebiet eine ganze nichtindianische Stadt lag, Salamanca, die seit 1892 von den Senecas an die dort ansässige Bevölkerung verpachtet war und die nun in Jennifers Kaufvertrag aufschien. Sämtliche Pächter hatten die Verständigung zur Zwangsräumung erhalten, und nach zahlreichen gerichtlichen Auseinandersetzungen, für welche die Einwohner von Salamanca kaum Geld aufbringen konnten, bei denen *Sanctuary* hingegen über die Gratisdienste der besten Schlaflosenanwälte des Landes verfügte, waren die veralteten Gebäude geräumt und zu den äußeren Hüllen von *Sanctuarys* HighTech-Stadt geworden. Es gab ein Forschungskrankenhaus, ein College, eine Effektenbörse, Energie- und Wartungszentren und die modernsten Telekommunikationseinrichtungen der Welt – und das alles umgeben von Waldungen, die nach ökologischen Gesichtspunkten bewirtschaftet wurden.

In der Ferne, außerhalb von *Sanctuarys* Pforten, konnte Jennifer die tägliche Lasterkolonne sehen, die die Bergstraße hochkeuchte und Nahrungsmittel, Baumaterial und einfachere technische Produkte brachte – kurzum, das, was *Sanctuary* lieber importierte als selbst produzierte: alles, was keine Herausforderung darstellte, keinen Gewinn brachte und nicht zu den wesentlichen Dingen des Lebens gehörte. Nicht, daß *Sanctuary* auf die täglichen Lasterkolonnen angewiesen war; es hatte genügend Vorräte, um, wenn nötig, auch ein Jahr lang autark zu existieren. Doch das würde nicht nötig sein. Die Schlaflosen kontrollierten zu viele Fabriken, Zwischenhandelskanäle, landwirtschaftliche Versuchsprojekte, Warenbörsen und Anwaltsbüros *draußen. Sanctuary* war nie als Schlupfwinkel zum Zweck reinen Überlebens projektiert worden; es war ein befestigtes Kommandozentrum.

Der Straßenwagen vom Flugplatz parkte bereits vor dem Haus, das Jennifer mit ihrem Ehemann und den zwei Kindern am Rand von Argus City bewohnte. Das Gebäude hatte die Form einer geodätischen Kuppel, elegant und praktisch, aber nicht luxuriös. Baut die Sicherheitseinrichtungen zuerst, hatte Tony Indivino vor zweiundzwanzig Jahren verlangt; dann baut die technischen Einrichtungen und die Bildungszentren, dann die Lagerhäuser und erst zuletzt die individuellen Wohnstätten. Und so kam es, daß *Sanctuary* erst jetzt daranging, neue Einzelbehausungen zu schaffen.

Jennifer ordnete die Falten ihrer Abajeh, holte tief Atem und trat ins Haus.

Leisha stand vor der südseitigen Glaswand des Wohnzimmers und starrte auf das goldgerahmte Holoporträt von Tony, der aus lächelnden, jugendlichen Augen zurückstarrte. Sonnenstrahlen verfingen sich in Leishas blondem Haar und sprühten Glanzlichter darauf. Als sie Jennifer eintreten hörte und sich umdrehte, stand sie mit dem Rücken zu den hellen Fenstern, und Jennifer konnte ihren Gesichtsausdruck nicht erkennen.

Die beiden Frauen starrten einander an.

»Jennifer.«

»Hallo, Leisha.«

»Du siehst gut aus.«

»Du auch.«

»Und Richard? Wie geht es ihm und den Kindern?«

»Ausgezeichnet«, sagte Jennifer.

Es folgte ein Schweigen, das prickelte wie heiße Luft.

Dann sagte Leisha: »Ich nehme an, du weißt, weshalb ich hier bin.«

»Nun, eigentlich nicht«, antwortete Jennifer – aber selbstverständlich wußte sie es. *Sanctuary* überwachte das Treiben aller Schlaflosen, die *draußen* blieben, doch keinen mehr als Leisha Camden und Kevin Baker.

Leisha stieß einen kurzen, ungeduldigen Laut aus. »Mach mir nichts vor, Jennifer. Wenn wir uns schon sonst nie einig werden können, sollten wir uns wenigstens darauf einigen, ehrlich zueinander, zu sein.«

Sie ändert sich nie, dachte Jennifer. All diese Intelligenz, all dieses Wissen, und doch ändert sie sich nie. Der Triumph von naivem Idealismus über Intelligenz und Wissen.

Die willentlich Blinden verdienten es nicht zu sehen.

»Nun gut, Leisha. Wir wollen ehrlich sein. Du bist hier, um herauszufinden, ob der gestrige Angriff auf die *Wir schlafen!*-Textilfabrik in Atlanta von *Sanctuary* seinen Ausgang nahm.«

Leisha starrte sie eine Sekunde lang an, ehe sie explodierte. »Lieber Himmel, Jennifer, natürlich nicht! Glaubst du, mir ist nicht klar, daß das keine Vorgangsweise für euch wäre? Ganz besonders nicht gegen einen Low-Tech-Betrieb, der weniger als eine halbe Million brutto jährlich macht?«

Jennifer unterdrückte ein Lächeln; die Verschränkung der beiden Einwände, des moralischen und des wirtschaftlichen, waren Leisha in Reinkultur. Aber selbstverständlich hatte *Sanctuary* mit dem Angriff wirklich nichts zu tun. Die *Wir schlafen!*-Vereinigung war absolut bedeutungslos. »Ich bin erleichtert, daß sich anscheinend deine Meinung über uns gebessert hat«, sagte sie.

Leisha machte eine Handbewegung und berührte damit ungewollt Tonys Holo; das Porträt drehte den Kopf in ihre Richtung. »Meine Meinung ist irrelevant, wie du bereits sattsam zu verstehen gegeben hast. Ich bin hier, weil Kevin mir das hier gab.« Sie zog einen Computerausdruck aus ihrer Jackentasche und hielt ihn Jennifer unter die Nase, die erschrocken und schockiert erkannte, worum es sich handelte.

Sie hatte bereits jegliches Mienenspiel aus ihrem Gesicht verbannt, als ihr zu spät einfiel, daß Gleichgültigkeit Leisha ebensoviel verraten würde wie Emotion. Wie waren Leisha und Kevin an diesen Ausdruck herangekommen? Jennifers Gedanken rasten über alle Möglichkeiten hinweg, aber sie war keine Datanet-Expertin. Sie würde Will Rinaldi und Cassie Blumenthal augenblicklich von ihren gegenwärtigen Projekten abziehen müssen, um sie auf die Suche nach undichten Stellen im ganzen Netz zu schicken …

»Gib dir keine Mühe«, sagte Leisha. »Kevins Computergenies haben es sich nicht vom *Sanctuary*-Netz heruntergeholt. Es ist mir persönlich von einem von euch zugesandt worden – auf direktem Wege.«

Noch schlimmer. Jemand innerhalb von *Sanctuary*, jemand, der sich heimlich an die Seite der Schläfer-Sympathisanten gestellt hatte, jemand, der nicht zu der Erkenntnis fähig war, daß es sich hier um einen Überlebenskrieg handelte ...!

Es sei denn, Leisha log. Doch Jennifer hatte Leisha noch nie bei einer Lüge ertappt. Es gehörte zu Leishas pathetischer, gefährlicher Naivität, die reine, unverfälschte Wahrheit zu bevorzugen.

Leisha zerknüllte das Papier in ihrer Hand und schleuderte es quer durch das ganze Zimmer. »Wie konntest du das nur tun, Jennifer, uns auf diese Art und Weise noch weiter zu entzweien? Heimlich einen gesonderten Schlaflosen-Rat zu bilden, dessen Mitgliedschaft auf jene beschränkt ist, die diesen sogenannten Solidaritätseid ablegen? ›Ich gelobe, die Interessen von *Sanctuary* über jede andere persönliche, politische und wirtschaftliche Loyalität zu stellen und mein Leben, mein Vermögen und meine heilige Ehre dem Überleben *Sanctuarys*, und damit meinem eigenen, zu widmen.‹ Gütiger Gott, was für eine unheilige Allianz von religiösem Fanatismus und der Unabhängigkeitserklärung! Aber du hattest noch nie ein Ohr für die feineren Töne.«

Jennifer starrte sie ausdruckslos an. »Wie dumm du bist.« Es war das schlimmste Schimpfwort, das ihnen zur Verfügung stand, für beide. »Du und Kevin und eure Handvoll weichlicher Friedenstauben, ihr könnt nicht begreifen, daß dies ein Krieg ist, bei dem es ums Überleben geht! Ein Krieg verlangt nach klar gezogenen Linien, im besonderen bei strategischen Informationen. Wir können es uns nicht leisten, der fünften Kolonne das Wahlrecht zu gewähren.«

Leisha kniff die Augen zusammen. »Das ist *kein* Krieg! Ein Krieg besteht aus Angriff und Verteidigung. Wenn wir von Gegenangriffen absehen, wenn wir nichts als produktiv arbeitende, gesetzestreue Bürger bleiben, werden wir schließlich Anerkennung durch unsere schiere wirtschaftliche Stärke erreichen, wie jede neue Gruppierung. Aber nicht, wenn wir uns in Fraktionen zersplittern! Das hast du doch immer schon gewußt, Jenny!«

»Nenn mich nicht so!« stieß Jennifer hervor; im letzten Moment unterließ sie es, einen Blick auf Tonys Bild zu werfen.

Leisha entschuldigte sich nicht.

Mit ruhigerer Stimme fuhr Jennifer fort: »Aber zu Anerkennung führt nicht wirtschaftliche Stärke allein. Dazu benötigt man auch politische Macht, die wir nicht haben und in einer Demokratie nie haben werden. Wir sind nicht zahlreich genug, um einen signifikanten Stimmenblock zu bilden. *Das* hast *du* auch immer schon gewußt!«

»Ihr habt doch bereits die stärkste geheime Lobby in Washington auf die Füße gestellt. Ihr *kauft* die Stimmen, die ihr braucht. Politische Macht fließt dorthin zurück, woher das Geld stammt. Das war immer schon so; die Konzeption einer menschlichen Gesellschaft ist eine des Geldes. Wenn wir Werte fördern oder verändern wollen, müssen wir uns an die Rahmenbedingungen halten, die das Geld vorgibt. Und das tun wir auch. Aber wie können wir auch nur eine einzige Geschäftsbeziehung zwischen Schläfern und Schlaflosen fördern, wenn du uns in streitende Parteien aufsplitterst?«

»Wir wären nicht zersplittert, wenn du und die Leute auf deiner Seite erkennen könnten, wann es Krieg gibt und wann nicht!«

»Immerhin kann ich erkennen, wann es Haß gibt. Er steckt in eurem dummen Schwur!«

Sie waren an einem toten Punkt angelangt; immer wieder derselbe tote Punkt. Jennifer ging durch das Zimmer zur Hausbar. Ihr schwarzes Haar wogte hinter ihr her. »Möchtest du einen Drink, Leisha?«

»Jennifer ...«, begann Leisha, brach aber sofort wieder ab. Nach einem Moment fuhr sie mit sichtlicher Anstrengung fort: »Wenn euer *Sanctuary*-Rat Realität wird ... schließt ihr uns damit aus. Mich und Kevin und Jean-Claude und Stella und die anderen. Wir werden kein Mitspracherecht haben, wenn es um Stellungnahmen den Medien gegenüber geht, wir werden nicht bei maßgebenden Entscheidungen mitwirken können, wir werden nicht einmal mithelfen können, die neuen Schlaflosenkinder zu betreuen, weil niemand, der den Schwur leistet, Groupnet benutzen darf, nur noch das *Sanctuary*-Netz ... Was kommt als nächstes? Ein Boykott für Geschäftsbeziehungen mit jedem von uns?«

Jennifer antwortete nicht, und Leisha sagte langsam: »O mein Gott! Daran denkst du! Du denkst an einen wirtschaftlichen Boykott ...«

»Das wäre nicht allein meine Entscheidung. Darüber müßte die ganze *Sanctuary*-Ratsversammlung befinden. Ich bezweifle, daß man dort einen solchen Boykott beschließen würde.«

»Aber du würdest dafür stimmen.«

»Ich habe nie zu den Yagaiisten gehört, Leisha. Ich glaube nicht an die Vormachtstellung individueller Brillanz gegenüber dem Wohlergehen der Gemeinschaft. Beide sind wichtig.«

»Hier geht es nicht um Yagaiismus, und das weißt du. Hier geht es um Herrschaft, Jennifer. Du haßt alles, was sich deiner Herrschaft entzieht – genau wie die übelsten Schläfer. Aber du gehst noch weiter. Du machst Herrschsucht zu einer Tugend, weil du Tugendhaftigkeit auch brauchst. Bei alldem hier geht es nur darum, was du, Jennifer Sharifi, brauchst. Nicht um das, was die Gemeinschaft braucht.«

Jennifer verschränkte alle zehn Finger ineinander, um ihre Hände am Zittern zu hindern, und verließ den Raum. Natürlich hatte sie es sich selbst zuzuschreiben, wenn ein anderer Mensch soviel Macht über sie besaß, daß er ihre Hände zum Zittern bringen konnte. Ein Defekt, eine Schwäche, die zu eliminieren sie verabsäumt hatte. Ein Versagen. Auf dem Flur stießen ihre Kinder, die aus dem Spielzimmer rannten, gegen sie.

»Mama! Komm und schau, was wir gebaut haben!«

Jennifer legte jedem von ihnen eine Hand auf den Kopf. Irgendwo in Najlas krausem Haar spürte sie einen Knoten. Rickys Haar hingegen, das dunkler und feiner als das seiner älteren Schwester war, fühlte sich an wie kühle Seide. Jennifers Hände hörten auf zu zittern.

Die Kinder sahen ins Wohnzimmer. »Tante Leisha! Tante Leisha ist da!« Ihr Haar glitt unter Jennifers Händen weg. »Tante Leisha, komm und schau, was wir mit dem CAD-Programm entworfen haben!«

»Gleich, Kinder«, hörte Jennifer Leishas Stimme sagen, »ich komme gleich. Ich möchte nur eure Mutter noch etwas fragen.«

Jennifer drehte sich nicht um. Wenn der Verräter Leisha den Text des Solidaritätsschwures gesandt hatte, was hatte er ihr dann noch gesandt?

Doch alles, was Leisha sagte, war: »Hat Richard die Vorladung für den Fall *Simpson gegen Küstenfischerei* erhalten?«

»Ja. Hat er. Er ist soeben dabei, sein Sachverständigengutachten vorzubereiten.«

»Gut«, sagte Leisha kühl.

Ricky sah von Leisha zu seiner Mutter. »Mama ... soll ich Papa holen? Tante Leisha wird mit Papa reden wollen ... oder?« Seine Stimme hatte einiges von ihrem Überschwang eingebüßt.

Jennifer bedachte ihren Sohn mit einem Lächeln. Sie spürte die Fülle ihres eigenen Lächelns, überquellend vor Erleichterung. Die Fischrechte für die Küstengebiete – Leisha tat ihr fast leid; ihre Tage wurden von solchen Banalitäten in Anspruch genommen. »Ja, natürlich, Ricky«, sagte sie und wandte die Überfülle ihre Lächelns Leisha zu, »geh und hol deinen Vater. Tante Leisha will auch ihn besuchen. Natürlich will sie auch ihn besuchen.«

9

Leisha«, sagte die Empfangsdame in ihrer Anwaltspraxis, »dieser Herr wartet schon seit drei Stunden auf Sie. Er hat keinen Termin. Ich sagte ihm, daß Sie heute möglicherweise überhaupt nicht mehr zurückkämen, aber er wollte trotzdem warten.«

Der Mann erhob sich, ein wenig steif, wie jemand, der zu lange in ein und derselben Stellung dagesessen hatte. Er war klein und schlank, ja schmächtig, und trug einen verknitterten braunen Anzug, der weder besonders billig noch besonders teuer aussah. In einer Hand hielt er ein vom Kiosk stammendes, zusammengefaltetes Boulevardblatt. *Schläfer,* dachte Leisha. Sie wußte es immer.

»Leisha Camden?«

»Es tut mir leid, aber ich kann keine neuen Fälle übernehmen. Wenn Sie einen Anwalt brauchen, müßten Sie sich an ein anderes Büro wenden.«

»Ich glaube, diesen Fall werden Sie übernehmen«, sagte der Mann und überraschte Leisha mit einer Stimme, die erheblich weniger dünn war als seine Gestalt. »Wie auch immer, er wird Sie interessieren. Ich bitte Sie um zehn Minuten Ihrer Zeit.« Er klappte die Zeitung auf und hielt sie ihr entgegen. Auf der Titelseite befand sich Leishas Bild, zusammen mit Calvin Hawke, und darunter die Schlagzeile: »Schlaflose von Sorge erfüllt – verdächtiges Interesse für die *Wir schlafen!*-Bewegung! Haben wir sie an der Kehle?«

Jetzt wußte Leisha, weshalb Hawke ihr erlaubt hatte, die Rollerfabrik zu besichtigen.

»Es heißt darin, daß dieses Bild von *heute früh* stammt«, sagte der Mann. »Beachtlich, beachtlich.« Da wußte Leisha, er arbeitete nicht auf dem Gebiet der Telekommunikation.

»Kommen Sie in mein Büro, Mister ...?«

»Walcott. Doktor Adam Walcott.«

»Mediziner?«

Er sah Leisha an. Seine Augen waren ein blasses, milchiges Blau, wie Mattglas. »Genetiker.«

Draußen ging die Sonne über dem Michigansee unter. Auf einen Tastendruck wurde die Glaswand durchscheinend, und dann setzte Leisha sich Doktor Walcott gegenüber und wartete.

Walcott schlang seine bemerkenswert dürren Beine zu Brezeln um die Stuhlbeine. »Ich arbeite für ein privates Forschungsunternehmen, Miss Camden. Samplice-Biotechnical. Wir beschäftigen uns mit der Weiterentwicklung genetischer Entwürfe und Veränderungen und bieten diese Produkte dann den größeren Firmen an, die *in vitro*-Manipulationen vornehmen. Mein Unternehmen hat auch das Pastan-Verfahren für außergewöhnlich scharfes Gehör entwickelt.«

Leisha nickte emotionslos; das Einkreuzen von außergewöhnlich scharfem Gehör hatte sie stets für eine schreckliche Idee gehalten. Der Vorteil, irgendein Flüstern sechs Türen weiter zu vernehmen, wurde bei weitem überwogen von der Qual, die Rockmusik drei Türen weiter zu hören. P-hörende Kinder bekamen daher im Alter von zwei Monaten Implantate, mit denen sie den Geräuschpegel ihrer Umgebung regulieren konnten.

»Samplice läßt seinen Forschern ziemlich viel freie Hand.« Walcott hustete; es war ein Laut, so dünn und zögerlich, daß Leisha glaubte, ein Gespenst husten zu hören. »Die Firmenleitung behauptet zwar, sie hofft, uns dadurch die Möglichkeit zu geben, über irgend etwas Grandioses zu stolpern, aber in Wahrheit ist das Unternehmen in einem fürchterlich desorganisierten Zustand, und niemand weiß, wie man Wissenschaftler beaufsichtigen soll. Vor etwa zwei Jahren habe ich darum ersucht, mit einigen jener Peptide arbeiten zu dürfen, die mit Schlaflosigkeit in Zusammenhang gebracht werden.«

»Ich würde nicht annehmen, daß es noch irgend etwas im Zusammenhang mit Schlaflosigkeit gibt, was man nicht erforscht hätte«, meinte Leisha sarkastisch.

Walcott schien das komisch zu finden; er gab ein tonloses Lachen von sich, entwirrte seine dünnen Beine von den Stuhlbeinen und schlang sie umeinander. »So denken die meisten Menschen. Aber ich arbeitete mit den Peptiden von erwachsenen Schlaflosen, und ich verwendete neue Methoden, für die L'Institut Technique de Lyon bahnbrechende Arbeit geleistet hat. Im speziellen Gaspard-Thiereux. Sind Sie mit seinem Werk vertraut?«

»Ich habe davon gehört.«

»Aber Sie kennen vermutlich dieses neue Verfahren noch nicht. Es ist wirklich sehr neu.« Walcott schlang die Finger in sein Haar; beides, Finger und Haar, schien substanzlos. »Ich hätte eigentlich ganz zu Anfang fragen sollen, wie sicher dieses Büro ist.«

»Absolut«, sagte Leisha. »Sonst würden Sie nicht darin sitzen.« Aber Walcott nickte nur. Offenbar gehörte er nicht zu jenen Schläfern, die sich an den Sicherheitsvorkehrungen der Schlaflosen stießen. Ihre Achtung vor ihm stieg ein wenig.

»Um es kurz zu sagen, ich glaube, auf eine Methode gestoßen zu sein, die es möglich macht, Erwachsene, die als Schläfer geboren wurden, zu Schlaflosen zu machen.«

Leisha hatte die Hände halb erhoben, um nach etwas zu greifen ... wonach eigentlich? Die Hände hielten mitten in der Bewegung inne, und Leisha starrte sie an. »Zu ...«

»Noch sind nicht alle Schwierigkeiten vom Tisch.« Walcott stürzte sich in einen komplizierten Vortrag über veränderte Peptidherstellung, Neuronensynapsen und die redundanten Informationscodes in der DNA; von alldem verstand Leisha nichts. Sie saß schweigend da, während das Universum plötzlich eine völlig andere Gestalt annahm.

»Doktor Walcott ... Sind Sie ganz sicher?«

»Betreffend die redundante Lysintransferenz?«

»*Nein!* Ob Sie Schlaflosigkeit in Schläfern hervorrufen können ...!«

Walcott fuhr sich mit den Fingern der anderen Hand durchs Haar. »Nein, natürlich sind wir nicht ganz sicher. Wie könnten wir denn sicher sein? Wir würden dazu kontrollierte Experimente benötigen, zusätzliche Replikationen, ganz zu schweigen von den finanziellen Mitteln für ...«

»Aber in der Theorie gelingt es Ihnen?«

»Ach, in der *Theorie!*« sagte Walcott, und selbst in ihrem Schockzustand erschien es Leisha eine merkwürdige abfällige Art für einen Wissenschaftler, sein Thema abzutun. Offensichtlich war Walcott Pragmatiker. »Ja, in der Theorie können wir es machen.«

»Mit allen Nebeneffekten? Wie ... Langlebigkeit?«

»Nun, das ist eines der Dinge, die wir nicht wissen. Die ganze Sache ist doch noch ziemlich unfertig. Doch bevor wir weitermachen, brauchen wir einen Rechtsanwalt.«

Dieser Satz brachte Leisha auf das Wesentliche zurück. Irgend etwas stimmte da nicht. Sie entdeckte es. »Wie kommt es, Herr Doktor Walcott, daß Sie allein gekommen sind? Gewiß fällt doch jeder rechtliche Aspekt im Zusammenhang mit diesen Forschungen in den alleinigen Verantwortungsbereich von Samplice, und ganz bestimmt verfügt Ihre Firma über eigene Anwälte.«

»Direktor Lee weiß nicht, daß ich hier bin. Ich handle auf eigene Faust. Ich brauche als Privatperson einen Rechtsanwalt.«

Leisha griff nach einem Papiermagneten – das mußte es gewesen sein, wonach ihre Finger die ganze Zeit gesucht hatten, ja, natürlich –, stellte ihn an, stellte ihn ab und strich mit der Hand darüber. Hinter Walcotts Kopf begann die durchscheinende Fensterscheibe im Abendsonnenschein zu glühen. »Bitte fahren Sie fort.«

»Gleich zu Anfang, als mir klar wurde, wohin diese Forschungstätigkeit führen würde, nahmen mein Assistent und ich die ganze Sache aus dem Firmencomputer. Ausnahmslos. Wir beließen keinerlei Aufzeichnungen im Datennetz der Firma, führten Simulationen ausschließlich auf Computern durch, die nicht vernetzt waren, löschten allabendlich sämtliche Daten und nahmen jeder einen Ausdruck – die einzigen Zeugen unserer Fortschritte – in tragbaren Tresoren mit nach Hause. Wir sagten niemandem, woran wir arbeiteten, nicht einmal dem Direktor.«

»Und warum haben Sie das gemacht, Herr Doktor?«

»Weil Samplice eine Gesellschaft öffentlichen Rechts ist, von deren Aktienkapital zweiundsechzig Prozent auf zwei Investmentfonds aufgeteilt sind, die von Schlaflosen kontrolliert werden.«

Als er seinen Kopf zur Seite wandte, schienen seine milchhellen Augen das Licht zu absorbieren.

»Einer der beiden Investmentfonds liegt bei Canniston- Fidelity, der andere wird von *Sanctuary* aus verwaltet. Vergeben Sie mir, Miss Camden, wenn ich allzu offen erscheine, und vergeben Sie mir auch die Gedankengänge, die zu dieser schonungslosen Offenheit führen. Aber Direktor Lee ist kein Mann, der besondere Bewunderung verdient. Er war bereits einmal der Veruntreuung von Fondsgeldern angeklagt, ohne jedoch verurteilt zu werden. Mein Assistent und ich fürchteten, er könnte... falls jemand von *Sanctuary* ihm nahelegen sollte, die Forschungen einzustellen... oder etwas in dieser Richtung Am Anfang hatten mein

Assistent und ich doch nur den Funken eines Hinweises – einen so schwachen Funken, daß wir bezweifelten, irgend eine andere seriöse Forschungsfirma dafür interessieren zu können. Um die Wahrheit zu sagen, hat sich daran nichts geändert. Es ist immer noch alles Theorie. Und *Sanctuary* hätte so gewaltige Summen bieten können, nur um die ganze Sache abblasen zu lassen …«

Leisha zog es vor, nichts darauf zu sagen.

»Nun gut. Vor zwei Monaten geschah etwas sehr Merkwürdiges. Es war uns natürlich bewußt, daß das Computernetzwerk von Samplice vermutlich nicht sicher ist – aber, wenn wir realistisch sind, welches Datennetz ist das schon? Deshalb benutzten wir es ja auch nicht. Aber Timmy und ich – Timmy ist mein Assistent, Timothy Herlinger – kamen nicht auf den Gedanken, daß man das Netz nicht nur nach Daten absuchen könnte, die darin aufscheinen, sondern auch danach, was *nicht* aufscheint! Und offensichtlich wurde genau das getan. Irgend jemand, der nicht der Firma angehört, muß wohl routinemäßig die Computerdateien des Firmennetzes anhand der Mitarbeiterlisten durchgegangen sein, denn eines Morgens kamen Timmy und ich in unser Labor, und auf unserem Terminal standen die Worte: ›Was, zum Henker, habt ihr beiden Kerle in den letzten zwei Monaten gearbeitet?‹«

»Wie wollen Sie wissen, daß das von außerhalb der Firma kam und nicht ein hämischer Hinweis Ihres Direktors war, daß er Ihr Nichtstun entdeckt hatte?«

»Weil unser Direktor nicht mal ein Furunkel auf seinem Arsch entdecken würde«, antwortete Doktor Walcott und verblüffte Leisha von neuem. »Nein, im Ernst, das ist nicht der einzige Grund. Die Botschaft trug eine Unterschrift, und zwar ›Aktionär‹. Doch was uns wirklich schreckte, Timmy und mich, war der Umstand, daß sie auf einem nicht vernetzten Computer geschrieben stand. Auf einem Computer ohne jedwedes TeleLink. Sogar ohne elektrischen Anschluß, denn es handelt sich um einen IBM-Y, der direkt an Y-Energiekegel angeschlossen wird. Und das Labor war versperrt.«

In Leishas Magengegend begann es zu zucken. »Reserveschlüssel?«

»Nur Direktor Lee. Und der war bei einer Konferenz auf Barbados.«

»Er hat vielleicht seinen Schlüssel jemand anderem gegeben. oder ein Duplikat davon. Oder ihn verloren. Oder Herlinger hat es getan.«

Walcott hob die Schultern. »Doch nicht Timmy. Aber lassen Sie mich fortfahren. Wir ignorierten die Botschaft. Aber wir beschlossen, die bisherigen Ergebnisse – und zu diesem Zeitpunkt waren wir fast am Ziel – an einen sicheren Ort zu bringen. Also verbrannten wir alles außer einer einzigen Kopie, mieteten einen Safe in der Innenstadtfiliale der First National Bank und ließen uns dazu nur einen Schlüssel geben. In der Nacht darauf vergruben wir den Schlüssel in meinem Garten unter einem Rosenbusch. Es ist eine Endicott Perfection, dreifach gefüllt, deren Blütezeit vom Frühjahr bis in den Spätherbst reicht.«

Leisha sah Walcott an, als hätte er den Verstand verloren. Er lächelte schwach. »Haben Sie als Kind nie Piratenbücher gelesen, Miss Camden?«

»Ich habe kaum je Romane gelesen.«

»Na so was… Nun ja. Ich nehme an, es klingt ein wenig melodramatisch, aber es fiel uns einfach nichts anderes ein.« Er ließ die Finger der linken Hand wieder durch sein dünnes Haar gleiten, das langsam aussah wie verhedderte Vorhangfransen. Mit einemmal verlor seine Stimme jegliche Selbstsicherheit und klang brüchig und müde, als er fortfuhr: »Der Schlüssel liegt immer noch unter dem Rosenbusch, ich habe heute morgen nachgegraben. Aber die Papiere sind aus dem Banksafe verschwunden. Er ist leer.«

Leisha stand auf und ging zum Fenster. Geistesabwesend drückte sie die Taste, und das Glas wurde durchsichtig. Purpurnes Licht warf blutrote Flecken auf den Michigansee. Im Osten stand der Halbmond hoch am Himmel.

»Wann haben Sie den Diebstahl bemerkt?«

»Heute morgen. Ich grub den Schlüssel aus, und dann fuhren Timmy und ich zur Bank, um die Papiere zu holen, weil wir etwas zu ergänzen hatten. Ich sagte den Bankbeamten sofort, daß der Safe leer war. Sie behaupteten, laut Register sollte auch nichts darin verwahrt sein. Ich sagte, ich hätte persönlich neun Blatt Papier in den Behälter getan.«

»Sie haben das per Computereingabe festgehalten, als Sie den Safe mieteten?«

»Selbstverständlich.«

»Haben Sie eine Empfangsbestätigung in geschriebener Form erhalten?«

»Ja.« Er reichte sie ihr, und Leisha sah sie sich genau an. »Aber dann«, fuhr er fort, »als der Bankmanager das elektronische Register aufrief, schien darin eine weitere Eintragung auf, die besagte, daß Doktor Adam Walcott am nächsten Tag wiedergekommen war und alle Papiere aus dem Safe entfernt hatte, selbstredend unter Hinterlassung einer entsprechenden Quittung. Und, Miss Camden, die Bank hatte diese Quittung!«

»Mit Ihrer Unterschrift?«

»Mit meiner Unterschrift. Aber ich habe nie unterschrieben! Es ist eine Fälschung!«

»Nein, es wird sich um Ihre Handschrift handeln«, sagte Leisha. »Wie viele Dokumente unterschreiben Sie jeden Monat, Herr Doktor?«

»Dutzende, nehme ich an.«

»Anforderungsscheine für Laborbedarf, Spesenabrechnungen, Versandlisten. Lesen Sie sie alle?«

»Nein, aber ...«

»Haben in letzter Zeit irgendwelche Sekretärinnen gekündigt?«

»Nun ... vermutlich. Direktor Lee hat immer große Schwierigkeiten, das Büropersonal zu halten.« Die farblosen Brauen schossen aufeinander zu. »Aber der Direktor hatte keine Ahnung, woran wir arbeiteten!«

»Das glaube ich Ihnen aufs Wort.« Leisha legte sich beide Hände auf den Magen. Schon lange gab es keine Klienten mehr, die ihr ein flaues Gefühl in den Eingeweiden verursachten; jeder Anwalt gewöhnt sich in zwanzig Jahren Praxis an Sonderlinge, Kriminelle, Allwissende, Helden, Scharlatane, Psychopathen, ewige Opfer und simple Dreckskerle. Man glaubte an das Gesetz, nicht an den Klienten.

Doch kein Anwalt hatte je zuvor einem Klienten gegenübergesessen, der Schläfer in Schlaflose verwandeln konnte.

Sie konzentrierte sich auf das flaue Gefühl und verjagte es durch schiere Willenskraft. »Fahren Sie fort, Doktor Walcott.«

»Nicht, daß irgend jemand unsere Arbeit kopieren könnte«, sagte Walcott, immer noch mit dieser schwachen, dahinwelkenden Stimme. »Wir sind ja nicht einmal mehr dazugekommen, die letzten, sehr ausschlaggebenden Berechnungen hinzuzufügen, an denen Timmy und ich immer noch feilen. Aber das alles ist unser Werk, es gehört uns, und wir wollen es zurück. Timmy hat dieser Zusammenarbeit sogar etliche Kammermusikproben geopfert. Und natürlich könnte es eines Tages einen Preis für Medizin dafür geben!«

Leisha starrte in Walcotts Gesicht. Eine Veränderung in der Körperchemie, durch die es zu einer Transformation der menschlichen Rasse kommen konnte, und dieses durchscheinende Männchen schien dabei in erster Linie an Rosenbüsche, Piratenromane, Auszeichnungen und Kammermusik zu denken. Sie sagte: »Sie möchten also, daß Ihnen ein Anwalt verrät, wie es in rechtlicher Hinsicht um Sie steht. Um Sie persönlich.«

»Ja. Und wir brauchen einen Rechtsbeistand, der mich und Timmy der Bank oder Samplice gegenüber vertritt, falls sich das als notwendig herausstellen sollte.« Plötzlich sah er sie wieder mit dieser irritierenden Direktheit an, derer er zwar fähig war, die er aber nicht lange durchhalten konnte. »Wir haben uns an Sie gewandt, weil Sie eine von den Schlaflosen sind. Und weil Sie Leisha Camden sind. Jeder weiß, daß Sie nicht viel davon halten, die menschliche Rasse in zwei sogenannte Spezies zu teilen, und natürlich würde unsere Arbeit aufräumen mit dieser Art von ... dieser Art von ...« Er schwenkte die Zeitung mit dem Bild von Leisha und Calvin Hawke. »Und natürlich bleibt Diebstahl Diebstahl, selbst innerhalb ein und derselben Firma.«

»Samplice hat aber doch Ihre Forschungsergebnisse nicht gestohlen, Doktor Walcott. Und die Bank auch nicht.«

»Wer hat dann ...?«

»Ich habe keine Ahnung. Aber ich hätte gern Sie und Mister Herlinger morgen früh um acht Uhr hier gesprochen. In der Zwischenzeit – und das ist ganz wichtig! – legen Sie nichts schriftlich nieder. Nirgends.«

»Ich verstehe.«

Sie sagte, ohne es zu merken, ehe die Worte heraußen waren: *»Schläfer zu Schlaflosen machen ...«*

»Ja«, sagte er, »nun ja.« Er wandte den Blick von ihrem Gesicht ab und betrachtete die exotischen Pflanzen in Leishas ansonsten nach rein funktionellen Gesichtspunkten eingerichtetem Büro – die Blüten in ihren üppigen, wilden oder mondbleichen Farben, die unter dem künstlichen Sonnenlicht in ihrem maßgearbeiteten Becken in der Ecke wucherten.

»Alles einwandfrei«, sagte Kevin. Er kam aus seinem Arbeitszimmer in das von Leisha, einen Computerausdruck in der Hand.

Sie sah von ihrem Schriftsatz für den Fall *Simpson gegen Küstenfischerei* auf. Die Blumen, die Alice unverdrossen jeden Tag schickte, standen auf ihrem Schreibtisch: Sonnenblumen und Maßliebchen und eine genmodifizierte Geranienart. Die Dinger verwelkten nie, ehe die nächste Sendung eintraf. Selbst im Winter war das Apartment mit kalifornischen Blumen gefüllt, die Leisha eigentlich nicht mochte; doch sie einfach wegzuwerfen, das brachte sie auch nicht übers Herz.

Das Licht von den Deckenlampen erhellte Kevins glänzendes braunes Haar und seine kraftvollen, glatten Gesichtszüge. Er sah jünger aus als siebenundvierzig, ja sogar jünger als Leisha, obwohl er vier Jahre älter war als sie. Er sah *fad* aus, hatte Alice einmal zu Leisha gemeint, aber sie hatte es nur einmal gesagt.

»Alles einwandfrei?«

»Die gesamten Daten«, bestätigte er mit einem Nicken. »Walcott studierte an der Staatlichen Universität New York in Potsdam und an der Universität von Deflores. Keine überragenden Hochschulen, aber akzeptabel. Mittelmäßiger Student. Zwei kleinere Publikationen, kein Eintrag im Strafregister, keine Schulden bei der Finanzbehörde. Zwei Lehraufträge, zwei Anstellungen in der Forschung, keine gravierenden Differenzen, als er sie jeweils verließ – jedenfalls keine lautgewordenen –, also ist er vielleicht einfach ein unruhiger Geist. Herlinger hingegen ist völlig anders. Er ist erst fünfundzwanzig, und das ist sein erster Posten. Akademisches Diplom für Biochemie an der U.C. Irvine und in Berkeley. Unter den besten fünf Prozent seines Jahrgangs, vielversprechende Zukunft. Doch gerade bevor er seinen Doktor bekam, wurde er festgenommen, vor Gericht gestellt und wegen Genmanipulation an kontrollierten Substanzen verurteilt. Bekam eine bedingte Strafe, aber das reicht, um die Jobsuche problematisch zu machen – außer vielleicht bei Samplice.«

»Was für eine kontrollierte Substanz?«

»Mondschnee, den er genetisch so verändert hat, daß er elektrische Stürme im limbischen System hervorruft. Danach hält man sich für einen religiösen Propheten. Aus den Prozeßaufzeichnungen geht hervor, daß Herlinger behauptete, er hätte keine andere Möglichkeit gesehen, sich das Medizinstudium zu finanzieren. Scheint, daß er recht verbittert ist. Aber vielleicht möchtest du die Unterlagen selbst abrufen.«

»Werde ich tun«, sagte Leisha. »Hast du den Eindruck, daß es sich um die vorübergehende Verbitterung eines jungen Mannes handelt, der einfach eine Pechsträhne hatte, oder ist er ein von Grund auf nachtragender Charakter?«

Kevin hob die Schultern. Das hätte sie doch eigentlich besser wissen müssen; mit solchen Analysen gab Kevin sich nicht ab. Konsequenzen waren das, was ihn interessierte; Motivationen ließen ihn kalt.

»Bloß zwei kleinere Publikationen aus Walcotts Feder«, sinnierte Leisha, »und nur mittelmäßige Studienerfolge. Und doch ist er zu einer solchen wissenschaftlichen Glanzleistung imstande?«

Kevin lächelte. »Du warst immer schon ein intellektueller Snob, Liebling.«

»Sind wir doch alle. Also gut, Forscher sollen ja manchmal auch Glück haben. Oder vielleicht hat in Wahrheit Herlinger den DNA-Part der Arbeit durchgeführt und nicht Walcott; vielleicht ist Herlinger in intellektueller Hinsicht äußerst fähig, aber so naiv, daß er sich widerspruchslos ausnutzen läßt, oder er kann sich einfach nicht an die Regeln halten. Und wie steht es mit Samplice?«

»Ein korrektes, aufstrebendes Unternehmen mit zweitklassigem Einkommensprofil, Bruttogewinn weniger als drei Prozent im vergangenen Jahr, was sehr wenig ist für eine HighTech-Firma, die noch dazu in letzter Zeit keinerlei größere Investitionen getätigt hat. Ich persönlich würde ihnen noch ein Jahr geben, höchstens zwei. Unfähige Firmenleitung; der Direktor, Lawrence Lee, hat seinen Posten nur seines Namens wegen. Sein Vater ist Stanton Lee.«

»Nobelpreis für Physik?«

»Ja. Und darüber hinaus war einer seiner Vorfahren General Robert E. Lee, behauptet zumindest der Herr Direktor. Stimmt aber nicht. Doch es macht sich gut in Werbeaussendungen. Walcott hat dir die Wahrheit gesagt: die Aufzeichnungen bei Samplice sind ein einziges Durcheinander. Ich bezweifle, daß sie sich in ihren eigenen Computerdateien zurechtfinden. In der Firma gibt es niemanden mit Führungsqualitäten. Und Lee hat bereits einen Verweis des Aufsichtsrates wegen schlechter Verwaltung von Geldmitteln.«

»Und die First National Bank?«

»Absolut integer. Alle Unterlagen, die diesen Safe betreffen, sind komplett vorhanden und in Ordnung. Klarerweise heißt das nicht, daß sich nicht ein Außenstehender daran zu schaffen gemacht haben könnte – sowohl an den elektronischen Daten, als auch an den Schriftstücken. Es würde mich wirklich überraschen, wenn die Bank in irgendeiner Weise involviert wäre.«

»Das habe ich auch nie angenommen«, sagte Leisha mit harter Stimme. »Wie sieht es mit den Sicherheitseinrichtungen der Bank aus?«

»Bestens. Wir haben sie selbst entworfen.«

Das hatte Leisha nicht gewußt. »Dann gibt es also nur zwei Gruppen, die mit solchem elektronischen Zauber fertigwerden, und deine Firma ist eine davon.«

»Nicht unbedingt«, widersprach Kevin lächelnd. »Es gibt so manche Schläfer, die eine Menge draufhaben…«

»Aber keine derartige Menge.«

Kevin sah davon ab, seine Bemerkung über Leishas intellektuellen Snobismus zu wiederholen. Statt dessen sagte er leise: »Falls sich Walcotts Forschungsergebnisse als zutreffend erweisen, könnte das die Welt verändern, Leisha. Von neuem.«

»Ich weiß.« Sie ertappte sich dabei, daß sie ihn anstarrte, und fragte sich, welche Emotionen ihr eigener Gesichtsausdruck wohl widerspiegelte. »Hast du Lust auf ein Glas Wein, Kevin?«

»Ich kann nicht, Leisha. Ich muß noch diesen Haufen Arbeit zu Ende bringen.«

»So gesehen, geht's mir ebenso. Du hast recht.«

Er ging zurück in sein Arbeitszimmer. Leisha wandte sich wieder ihren Notizen zum Fall *Simpson gegen Küstenfischerei* zu. Sie hatte Mühe, sich zu konzentrieren. Wie lange war es schon her, seit sie und Kevin das letzte Mal miteinander geschlafen hatten? Drei Wochen? Vier?

Diese Unmengen von Arbeit… Alle Dinge geschahen in so rascher Aufeinanderfolge… Vielleicht würde sie ihn noch sehen, bevor sie am Morgen das Haus verließ. Nein – er nahm ja diesen Flug nach Bonn. Nun ja, dann eben gegen Ende der Woche. Falls sie sich beide in derselben Stadt aufhielten, falls sie beide Zeit hatten. Es drängte sie nicht nach Sex mit Kevin. Aber das war nie anders gewesen.

Eine Erinnerung krampfte ihr Inneres zusammen: Richards Hände auf ihren Brüsten.

Sie beugte sich tiefer über den Bildschirm und erweiterte ihre Suche nach Präzedenzfällen im Seerecht.

»Du hast Adam Walcotts Forschungsunterlagen aus einem Safe bei der First National Bank in Chicago gestohlen«, sagte Leisha mit kalter Stimme.

Jennifer Sharifi hob den Blick und sah Leisha in die Augen. Die beiden Frauen standen einander gegenüber, getrennt durch die ganze Weite des Wohnzimmers in *Sanctuary.* Hinter dem glänzenden Helm aus Jennifers hochgebundenem Haar strahlten Tony Indivinos Augen und sein Lächeln vom Holoporträt.

»Ja«, sagte Jennifer. »Ich habe sie gestohlen.«

»Jennifer!« rief Richard gequält.

Leisha wandte sich langsam zu ihm um. Sie hatte den Eindruck, als hätte sich die Qual nicht auf die Tat bezogen, sondern auf ihr Eingeständnis.

Er stand vorgeneigt auf den Ballen seiner Fußsohlen, das Gesicht mit den buschigen Augenbrauen gesenkt, und sah genauso aus wie damals mit siebzehn, als sie zu dem kleinen Vorstadthäuschen in Evanston gepilgert war, um ihn kennenzulernen. Vor beinahe dreißig Jahren. Inzwischen hatte Richard etwas in *Sanctuary* gefunden – etwas, das er gebraucht hatte, vielleicht eine Art von Gemeinschaftsgefühl, das er vermutlich sein ganzes Leben lang vermißt hatte. Und *Sanctuary* war Jennifer – war es immer gewesen. Jennifer und Tony. Nichtsdestoweniger mußte Richard sich gehörig verändert haben, wenn er in irgendeiner Weise an dieser kriminellen Tat beteiligt war. Wenn er daran mitgewirkt hatte, dann war ihr, Leisha, völlig entgangen, wie tiefgreifend er sich in all diesen Jahren verändert hatte.

»Jennifer wird nichts sagen, solange ihr Anwalt nicht anwesend ist«, sagte er mit undeutlicher Stimme.

»Also, dem abzuhelfen wird ja wohl nicht besonders schwierig sein!« bemerkte Leisha schneidend. »Wie viele Anwälte hat *Sanctuary* bis jetzt erbeutet? Candace Holt. Will Sandaleros. Jonathan Cocchiara. Wie viele noch?«

Jennifer ließ sich auf dem Sofa nieder und zog die Falten ihrer Abajeh um sich. Heute war die Glaswand undurchsichtig; weiche, blaugrüne Muster strichen sanft darüber. Jennifer, entsann sich Leisha plötzlich, mochte keine bewölkten Tage.

»Wenn du eine gerichtliche Anklage mitbringst,

Leisha«, sagte Jennifer, »dann leg den Haftbefehl auf den Tisch.«

»Du weißt, daß ich keine Staatsanwältin bin. Ich vertrete Doktor Walcott.«

»Dann hast du vor, diesen angeblichen Diebstahl an die Staatsanwaltschaft weiterzugeben?«

Leisha zögerte. Sie wußte – und Jennifer wußte es vermutlich auch –, daß die Beweise selbst für die Geschworenen, die nur über die Eröffnung des Hauptverfahrens entscheiden mußten, zu dürftig waren. Walcotts Papiere waren aus dem Safe verschwunden, aber aus den Bankvermerken ging hervor, daß ebendieser Doktor Walcott es gewesen war, der sie daraus entnommen hatte. Bestenfalls konnte Leisha der Nachweis gelingen, daß irgendein neuer Angestellter der First National Bank auch Zugang zu den Übernahmebestätigungen hatte – falls es überhaupt ein neuer Angestellte gewesen war. Wie sorgfältig führte *Sanctuary* seine Vorausplanungen durch? Sein verdecktes Informationsnetz war jedenfalls weitreichend genug, um auch untergeordnete Forschungsstellen in drittklassigen biotechnischen Betrieben einzuschließen, falls die Forschungen in irgendeiner Weise mit Schlaflosen zu tun hatten. Und Leisha wäre jede Wette eingegangen, daß kein neuer Angestellter bei der First National irgendwann ein alter Angestellter bei Samplice gewesen war. Sie hatte also nichts als Doktor Walcotts Behauptung – und natürlich ihr ureigenstes Wissen dessen, wozu Jennifer – eine Schlaflose – fähig war. Doch das Gesetz interessierte sich nicht für Leishas ureigenstes Wissen; auch das galt nur als haltlose Behauptung.

Hoffnungslosigkeit überkam sie und flößte ihr Furcht ein, weil es ein so seltenes Gefühl war. Und dann überfielen sie Erinnerungen: an Richard mit siebzehn, als er mit ihr und Tony und Carol und Jeanine lachend durch die Brandung getobt war; der Sand und das Wasser und der Himmel hatten sich in einem grenzenlosen, zurückweichenden Licht weit geöffnet… Ihr Blick suchte Richards Augen.

Er drehte ihr den Rücken zu.

»Weshalb bist du dann tatsächlich gekommen, Leisha?« fragte Jennifer gemessen. »Wenn es keine rechtlichen Angelegenheiten mit mir oder Richard oder *Sanctuary* zu regeln gibt, und wenn dein Klient nichts mit uns zu tun hat…«

»Du sagtest doch eben, du hättest die Papiere genommen!«

»Ach, sagte ich das?« Jennifer lächelte. »Nein, da irrst du dich. Ich würde das weder sagen noch tun.«

»Ich verstehe. Du wolltest nur, daß ich es weiß. Und nun willst du, daß ich gehe.«

»Ja, das will ich«, sagte Jennifer, und einen bizarren Moment lang hörte Leisha darin den Nachhall einer Trauungszeremonie. Jennifers Gedankengänge würden ihr für immer verschlossen bleiben. Als sie so in Jennifers Wohnzimmer stand, zusah, wie sich die grünen Wirbel auf dem Fenster formten und auflösten und erneut formten, und einen Blick auf Richards eingezogene Schultern warf, wußte Leisha plötzlich, daß sie nach dem heutigen Tag nie wieder irgendwo in *Sanctuary* stehen würde.

Zu Richard – nicht zu Jennifer – sagte sie: »Walcott und Herlinger haben die Forschungsergebnisse immer noch im Kopf. Falls diese Ergebnisse halten, was sie versprechen, könnt ihr nicht verhindern, daß sie in die Praxis umgesetzt werden. Wenn ich nach Chicago zurückkomme, werde ich meinem Klienten Anweisung geben, alles noch einmal niederzuschreiben und es in mehreren Kopien an sicheren Orten unterzubringen. Ich möchte, daß du das weißt, Richard.«

Er drehte sich nicht um. Leisha betrachtete sein gebeugtes Rückgrat.

»Einen guten Flug«, sagte Jennifer.

Adam Walcott fand sich nicht leicht mit Enttäuschungen ab. »Sie meinen, es gibt nichts, was wir tun können? *Gar nichts?*«

»Wir haben keine ausreichenden Beweise.« Leisha stand vom Schreibtisch auf und ging auf die andere Seite, wo sie sich auf einem Stuhl Walcott gegenüber niederließ. »Sie müssen das verstehen, Doktor Walcott. Die Gerichtshöfe können sich immer noch nicht schlüssig werden, bis zu welchem Ausmaß elektronische Dokumente als Beweis zuzulassen sind. Der Kampf um diese Klärung tobte bereits, als ich noch nicht geboren war. Die ersten auf Computer entstandenen Dokumente wurden noch als Beweis vom Hörensagen betrachtet, weil es sich nicht um Originale handelte. Dann hat man sie deshalb nicht zugelassen, weil es zu viele Leute gab, die die Sicherheitssysteme der Computer durchbrechen konnten. Und nun, seit dem Fall *Sabino gegen Lansing,* behandelt man sie als eigene, dem Wesen nach schwächere Kategorie von Beweisen. Handschriftlich unterzeichnete Dokumente sind alles, was wirklich zählt. Und das bedeutet, daß Einbrecher und Diebe, die handfeste Beweise zurechtbiegen können, immer noch turmhoch über dem elektronischen Kriminellen stehen. Womit wir dort stehen, wo wir angefangen haben.«

Walcott sah nicht so aus, als könnte ihn dieser Einblick in die Geschichte der Rechtspflege interessieren. »Aber, Miss Camden …«

»Herr Doktor Walcott, Sie scheinen den wichtigsten Punkt hier völlig außer acht zu lassen. Sie haben das ganze Konvolut Ihrer Forschungsergebnisse im Kopf, Erkenntnisse, die die Welt verändern könnten. Und wer auch immer Ihre Dokumente an sich gebracht hat, besitzt nur neun Zehntel davon, weil das letzte Stück sich *nur* in Ihrem Kopf befindet! Das war es doch, was Sie mir sagten, richtig?«

»Richtig.«

»Also schreiben Sie es nieder. Hier. Jetzt.«

»Jetzt?« Der schmächtige kleine Mann schien angesichts dieser Vorstellung wie vom Donner gerührt zu sein. »Warum?«

Und Jennifer hielt Leisha für naiv! Sie wählte ihre Worte äußerst sorgfältig. »Doktor Walcott, die Ergebnisse dieser Forschungsarbeiten stellen möglicherweise ein sehr wertvolles geistiges Eigentum dar. Es könnte für Sie oder für Samplice oder, was wahrscheinlicher ist, in Form irgendeiner prozentuellen Beteiligungsregelung zwischen Ihnen beiden Milliarden wert sein. Ich bin gerne bereit, Sie bei einer solchen Übereinkunft juristisch zu vertreten, wenn Sie darauf Wert legen …«

»Ach, du meine Güte …«, sagte Walcott. Leisha sah ihn durchdringend an, aber keine Spur von Sarkasmus war zu bemerken. Geistesabwesend schlang er die linke Hand um den Hinterkopf und kratzte sich am rechten Ohr.

Geduldig fuhr Leisha fort: »Aber Sie müssen sich darüber im klaren sein, daß dort, wo es um Milliarden geht, die Diebe nicht weit sind. Das haben Sie ja bereits gesehen. Und Sie sagten mir, Sie hätten deshalb noch keine Patente angemeldet, weil Sie nicht wollten, daß Direktor Lee erfährt, woran Sie arbeiten.« Nach einer Sekunde fügte sie hinzu: »Richtig?« Es hatte keinen Zweck, bei diesem Mann irgend etwas als gegeben anzunehmen.

»Richtig.«

»Gut. Dann müssen Sie sich auch im klaren darüber sein, daß Leute, die für Millionen zum Dieb werden, möglicherweise auch nicht davor zurückschrecken – ich sage nicht, daß dies unbedingt der Fall sein muß, nur, daß es der Fall sein könnte – daß diese Leute also möglicherweise …«

Sie konnte den Satz nicht beenden. Die Krämpfe in ihren Eingeweiden waren wieder da, und sie verschränkte die Arme über dem Bauch. *Richard, der sie in seinem schäbigen Zimmer in Evanston an sich drückte, und sie, fünfzehn Jahre alt, die zum erstenmal in ihrem Leben einem anderen Schlaflosen gegenüberstand und erfüllt war von freudiger Erregung wie von Licht …*

»Sie meinen, die Diebe könnten versuchen, mich umzubringen«, sagte Walcott. »Mich und Timmy. Auch ohne den letzten Teil der Forschungsergebnisse.«

»Schreiben Sie alles nieder. Hier und jetzt«, sagte Leisha.

Sie führte ihn in ein freies Büro mit einem nicht vernetzten Computer darin. Er benötigte nur fünfundzwanzig Minuten, was Leisha überraschte – aber wie lange konnte es schon dauern, eine Reihe Formeln und Schlußfolgerungen aufzuschreiben? Es handelte sich dabei ja nicht um einen ausgefeilten juristischen Schriftsatz.

Sie hatte wohl erwartet, daß er mühevoll und lange an der Aufgabe herumstümperte, weil er ein Schläfer war.

Auf dem kleinen, nicht vernetzten Kopierer, den sie für vertrauliche Informationen zwischen Anwalt und Klienten verwendete, fertigte Leisha acht Kopien der Papiere an, die Walcott ihr übergeben hatte, und widerstand der Versuchung, sie zu lesen. Vermutlich würde sie ohnedies nichts davon verstanden haben. Sie gab Walcott eine Kopie und das Original. »Nur, damit es keine Mißverständnisse gibt, Herr Doktor. Diese sieben Kopien werden in verschiedenen Tresoren verwahrt. Eine im Safe hier in der Praxis, eine bei Baker Enterprises, Kevin Bakers Firma, von der ich Ihnen versichern kann, daß niemand dort unbefugt eindringt.« Nichts an Walcott deutete darauf hin, daß er wußte, wer Kevin Baker war. Unmöglich, daß irgendeinem Genforscher sein Name nicht geläufig war!

»Erzählen Sie so vielen Menschen wie möglich, daß

zahlreiche Kopien Ihrer bisherigen Erkenntnisse im Zusammenhang mit Ihrem laufenden, noch namenlosen Forschungsprojekt existieren, die bei verschiedenen Leuten hinterlegt sind. Ich werde das gleiche tun. Je mehr Personen das wissen, desto sicherer sind Sie vor einem Anschlag. Außerdem rate ich Ihnen als Ihre Rechtsberaterin dringend, Direktor Lee von Ihrer bisherigen Arbeit in Kenntnis zu setzen, und in Ihrem eigenen Namen Patente darauf anzumelden. Wenn Sie in dieser Sache an Direktor Lee herantreten, sollte ich besser zugegen sein, falls wir einen Teil dieser Arbeit als Ihr persönliches Eigentum durchsetzen wollen, an das Samplice nicht herankann.«

»Gut«, sagte Walcott. Er fuhr mit den Fingern durch sein kaum vorhandenes Haar. »Sie waren so offen zu mir ... Ich habe das Gefühl, da sollte ich auch offen sein.«

Etwas in seinem Tonfall ließ Leisha unverzüglich hochblicken; sie sah ihn scharf an.

»Es ist so, daß ich ... Die Zusammenfassung meiner Forschungen, die ich Ihnen gerade übergeben habe ...« Er fuhr sich mit der anderen Hand durchs Haar und stand auf einem Bein wie ein verlegener Kranich.

»Ja?«

»Die Zusammenfassung ist nicht vollständig. Ich habe das letzte Stück weggelassen. Das Stück, das auch die Diebe nicht haben.«

Soso, er war also vorsichtiger als sie angenommen hatte. Im allgemeinen hatte Leisha das nicht ungern; mißtrauische Klienten waren ihr lieber als leichtsinnige. Selbst dann, wenn die Person, der sie mißtrauten, der eigene Anwalt war.

Walcott sah an ihr vorbei aus dem Fenster hinaus. Er stand immer noch auf einem Bein. Die sonderbar schwankende Festigkeit seiner Stimme war mit einemmal wieder da. »Sie sagten selbst, daß niemand weiß, wer die Unterlagen aus dem Banksafe gestohlen hat.

Eine Kopie davon herzustellen, ist möglicherweise von großem Wert. Oder sie *nicht* herzustellen. Und Sie sind auch eine Schlaflose, Miss Camden.«

»Ich verstehe. Dennoch ist es äußerst wichtig, daß Sie auch dieses letzte Stück niederschreiben und hinterlegen, Doktor Walcott. Zu Ihrem eigenen Schutz. Wenn nicht hier, dann anderswo an einem absolut sicheren Platz.« Und wo, dachte sie, war dieser absolut sichere Platz? »Und Sie sollten – das ist ein wirklich wichtiger Punkt – so vielen Leuten wie möglich sagen, daß Ihre gesamten Forschungsergebnisse außer in Ihrem Kopf auch noch an einem anderen Ort existieren.«

Jetzt endlich stellte Walcott seinen Fuß wieder auf den Boden. Er nickte. »Ich werde es mir überlegen. Glauben Sie wirklich, Miss Camden, daß ich in echter körperlicher Gefahr bin?«

Leisha dachte an *Sanctuary*. Das flaue Gefühl im Magen machte sich wieder bemerkbar; es hatte nichts damit zu tun, was Walcott zustieß oder nicht zustieß. Sie verschränkte die Arme über dem Bauch.

»Ja«, sagte sie, »das glaube ich.«

10

Im Wohnzimmer seiner Mutter stand Jordan Watrous an dem Hepplewhite-Sekretär, der vorübergehend als Bar diente, und goß sich einen neuen Drink ein. Den dritten? Den vierten? Hoffentlich zählte niemand mit. Von der freitragenden Terrasse, die auf das Meer hinausging, perlte Lachen herein. In Jordans Ohren klang das Lachen ein wenig nervös, vermutlich zu Recht. Was, zur Hölle, sagte Hawke jetzt wieder? Und zu wem?

Er hatte Hawke wirklich nicht mitbringen wollen. Es war der fünfzigste Geburtstag seines Stiefvaters, und Beck hatte sich eine kleine, intime Familienfeier gewünscht. Aber Jordans Mutter war gerade mit der Einrichtung des neuen Hauses fertiggeworden, und sie wollte es natürlich herzeigen. Zwanzig Jahre lang hatte Alice Camden Watrous so gelebt, als besäße sie kein Geld, und ihr väterliches Erbteil nicht angerührt – abgesehen von den Ausgaben, die für Moiras und seine Ausbildung anfielen, für ihre Computer und Sportausrüstungen, wie Jordan später erfuhr. Sie hatte ihr Geld behandelt wie einen großen, gefährlichen Hund, den sie zwar in Gewahrsam hatte, an den sie sich jedoch nicht heranwagte. Und dann, an ihrem vierzigsten Geburtstag, ereignete sich offenbar etwas im Innern seiner Mutter, das Jordan nicht nachvollziehen konnte. Aber das überraschte ihn nicht; er empfand das Verhalten der Menschen durchweg als verblüffend.

Mutter hatte sich plötzlich dazu entschlossen, dieses große Haus in Morro Bay, direkt am Pazifik, bauen zu lassen, wo draußen auf dem Meer in Sichtweite der Küste Grauwale ihre Schwanzflossen aufstellten und Fontänen spritzend vorbeizogen. Sie hatte es mit kostbaren antiken englischen Möbeln ausgestattet, bewußt unaufdringlich und erstanden in Los Angeles, New York und London. Beck, bei weitem der sanftmütigste Mensch, den Jordan je kennengelernt hatte, lächelte nachsichtig, obwohl seine Ehefrau nicht ihn, sondern einen anderen Bauunternehmer mit dem Hausbau beauftragt hatte. An manchen Tagen, wenn er mit seiner Mutter zur Baustelle hinausgefahren war, hatte er Beck dort angetroffen, Seite an Seite mit den gewerkschaftlich organisierten Zimmerleuten und ihren Robotern schuftend, Bretter nagelnd und Querbalken ausrichtend. Als das Haus fertig war, hatte Jordan besorgt darauf gewartet, welche neuen Facetten seiner Mutter als nächstes zum Vorschein kommen würden. Gesellschaftlicher Aufstieg um jeden Preis? Schönheitsoperationen? Liebhaber? Doch Alice hatte ihre eleganten, modischen Nachbarn ignoriert, beließ ihre untersetzte Figur untersetzt und wieselte glücklich und zufrieden um ihre englischen Möbel und durch ihren heißgeliebten Garten.

»Warum englische Möbel?« hatte Jordan sie einmal gefragt und die Finger an der Rückenlehne eines Sheraton-Sessels entlanggleiten lassen. »Und warum antike?«

»Meine Mutter war Engländerin«, sagte Alice darauf – das erste und einzige Mal, daß sie Jordan gegenüber ihre Mutter erwähnte.

Die Geburtstagsfeier für Beck war zugleich als Einzugsfest ins neue Haus angelegt. Alice hatte ihre und Becks Freunde eingeladen, ihre Kolleginnen von der Zwillingsgruppe, Moiras Freunde und Professoren aus dem College, Leisha Camden und Kevin Baker, dazu eine Schlaflose, der Jordan noch nie begegnet war, ein hübsches junges Rotköpfchen namens Stella Bevington, die von Alice wie eine zweite Moira umarmt und geküßt wurde. Calvin Hawke hingegen hatte sich selbst eingeladen.

»Ich weiß nicht, Hawke...«, hatte Jordan im Büro der Fabrik in Mississippi gemeint, und für jeden anderen hätte das wohl gereicht.

»Ich möchte zu gern Ihre Mutter kennenlernen, Jordy. Nicht viele Männer sprechen so nett von ihrer Mutter wie Sie. Oder so häufig.«

Jordan konnte nichts dagegen tun, er spürte, wie er errötete. Seit der Grundschule hatte er sich mit dem Vorwurf herumschlagen müssen, Mamas kleiner Liebling zu sein. Aber Hawke hatte nichts besonderes damit sagen wollen... oder doch? In letzter Zeit schien alles, was Hawke sagte, einen Stachel zu hinterlassen. War das Jordans Schuld oder die von Hawke? Jordan konnte sich nicht festlegen.

»Es ist eigentlich eine reine Familiensache, Hawke.«

»Also, ich möchte mich wirklich nicht in den Schoß Ihrer Familie drängeln«, erwiderte Hawke geschmeidig, »Aber sagten Sie nicht, zugleich soll das neue Haus mit der großen Party eingeweiht werden? Ich hätte ein Geschenk für Ihre Mutter, etwas, das meiner Mutter gehört hat und für das neue Heim bestimmt wäre.«

»Das ist wirklich aufmerksam von Ihnen«, sagte Jordan, und Hawke grinste. Die Manieren, die Alice ihrem Sohn beigebracht hatte, amüsierten Hawke. Jordan war zwar scharfsinnig genug, um das zu erkennen, aber nicht scharfsinnig genug, um sich etwas dagegen einfallen zu lassen. Er entschied sich tapfer für Offenheit. »Aber ich will nicht, daß Sie hinkommen. Meine Tante wird dort sein. Und andere Schlaflose auch.«

»Das verstehe ich durchaus«, sagte Hawke, und Jordan hielt die Angelegenheit für erledigt. Doch irgendwie kam sie doch immer wieder aufs Tapet. Und irgendwie wurden die Stachel in Hawkes harmlos klingenden Phrasen immer spitzer, doch weil die Phrasen so harmlos waren, quälte Jordan sein schlechtes Gewissen, wenn er daraufhin Hawke gereizt anfuhr. So hatte es sich irgendwie ergeben, daß Hawke jetzt auf der Terrasse seiner Mutter stand und sich mit Beck und Moira und einer bewundernden Meute von Moiras Collegefreunden unterhielt, während Leisha reglos abseits stand und Hawke mit ausdruckslosem Gesicht beobachtete, und er, Jordan, sich davonstahl, um seinen dritten – vierten? – Whiskey so hastig ins Glas zu gießen, daß ein Teil davon auf den neuen blaßblauen Teppich seiner Mutter platschte.

»Es ist nicht deine Schuld«, sagte eine Stimme hinter ihm. Leisha. Er hatte ihre Schritte nicht gehört.

»Wie bringt man Whiskeyflecken weg?« fragte er. »Mit Karbolöser? Oder beschädigt der den Teppich?«

»Vergiß den Teppich. Ich meine, es ist nicht deine Schuld, daß Hawke hier ist. Ich bin sicher, du wolltest es nicht, und ich bin sicher, er hat dich überrollt wie eine Dampfwalze. Mach dir keine Vorwürfe, Jordan.«

»Keiner kann bei ihm nein sagen«, erklärte Jordan kläglich.

»Oh, Alice hätte das schon geschafft, wenn sie es darauf angelegt hätte. Kein Zweifel. Er ist hier, weil sie damit einverstanden war, und nicht, weil er dich in eine Einladung hineinmanövricrte.«

Diese Frage beschäftigte ihn schon seit langem: »Leisha, billigt Mama eigentlich das, was ich tue? Die ganze *Wir schlafen!*-Organisation?«

Leisha schwieg eine Weile. »Sie würde es mir nicht sagen, Jordan«, meinte sie schließlich, und das entsprach natürlich der Wahrheit. Es war eine dumme Frage gewesen, die ihm da gedankenlos entschlüpft war. Er bearbeitete den Teppich erfolglos mit einer Serviette.

Leisha sagte: »Warum fragst du sie nicht?«

»Wir reden nicht über ... Schläfer und Schlaflose.«

»Das kann ich mir vorstellen«, bemerkte Leisha. »Es

gibt eine Menge, über das in dieser Familie nicht gesprochen wird, stimmt's?«

»Wo ist eigentlich Kevin?« fragte er.

Leisha starrte ihn ehrlich überrascht an. »Gibt es da vielleicht irgendeinen Zusammenhang, Jordan?«

Von Verlegenheit übermannt, stammelte er: »Ich ... ich wollte damit nicht sagen, daß ...«

»Ist schon recht, Jordan! Hör auf, dich dauernd zu entschuldigen! Kevin hatte einen Termin mit einem Klienten auf einem Satelliten.«

Jordan pfiff durch die Zähne. »Ich wußte gar nicht, daß es auch auf den Satelliten Schlaflose gibt.«

Leisha runzelte die Stirn. »Es gibt auch keine dort. Aber Kevin arbeitet in erster Linie für eine internationale Klientel, die nicht unbedingt oder auch nur in der Regel aus Schlaflosen besteht, die aber ...«

»... reich genug ist, um ihn sich leisten zu können«, ergänzte Hawke, der hinter ihnen nähergekommen war. »Miss Camden, Sie haben den ganzen Abend kein Wort mit mir gesprochen.«

»Hatten Sie etwas anderes erwartet?«

Er lachte auf. »Nein, bestimmt nicht. Warum sollte Leisha Camden dem Organisator einer Gewerkschaftsbewegung von unterklassigen Idioten, die ein Drittel ihres Lebens in leichenstarrer Unproduktivität verbringen, irgend etwas zu sagen haben?«

»Ich habe Schläfer noch nie auf diese Weise betrachtet«, entgegnete sie gelassen.

»Wirklich nicht? Betrachten Sie sie als ebenbürtig? Wissen Sie, was Abraham Lincoln über die Ebenbürtigkeit gesagt hat, Miss Camden? Sie haben doch ein Buch über Lincolns Ansichten zur Verfassung herausgebracht, und zwar unter dem Pseudonym Elizabeth Kaminsky, nicht wahr?«

Leisha antwortete nicht. Jordan sagte: »Jetzt reicht's aber, Hawke.«

Unbeirrt fuhr Hawke fort: »Lincoln sagte über den

Menschen, dem man materielle Ebenbürtigkeit vorenthält: ›Wenn er erst zum Schweigen gebracht und es ihm nicht mehr möglich ist, sich über die Tiere des Feldes zu erheben; wenn erst seine Seele auf dieser Welt zertreten ist und er selbst an einem Ort angelangt, wo der Strahl der Hoffnung so erloschen ist wie in der Finsternis der Verdammten, können wir dann ganz sicher sein, daß der Dämon, den wir wachriefen, sich nicht gegen uns kehren und uns in Stücke reißen wird?‹«

»Und wissen Sie, was Aristoteles über die Ebenbürtigkeit sagte?« fragte Leisha. »Er sagte: ›Gleiche stellen sich gegen Gleiche, um zu Überlegenen zu werden; das ist der Nährboden, der Revolutionen hervorbringt.‹«

Hawkes Gesichtszüge wurden starr, und Jordan hatte wahrhaftig den Eindruck, daß seine Knochen mit einemmal noch kantiger wurden. Dann regte sich etwas hinter Hawkes Augen, er schickte sich an zu sprechen, überlegte es sich sichtlich anders und lächelte statt dessen nur geheimnisvoll. Dann drehte er sich um und ging davon.

Nach einer Minute sagte Leisha: »Tut mir leid, Jordan. Das war ein unentschuldbarer Fauxpas für eine Familienfeier. Ich bin wohl zu sehr an Gerichtssäle gewöhnt, denke ich.«

»Du siehst furchtbar aus«, sagte Jordan abrupt und überraschte sich damit selbst. »Du hast zuviel abgenommen. Dein Hals ist schrecklich dünn, und du bist ganz hohlwangig!«

»Man sieht mir eben mein Alter an«, meinte Leisha belustigt. Warum sollte sie seine Bemerkung nicht belustigend finden? Vielleicht waren es die Schlaflosen, die er nicht verstand; vielleicht ganz einfach nur die Frauen. Er wandte sich kurz ab, um einen Blick auf Stella Bevington und die winzigen blitzenden Lichter zu erhaschen, die sie in ihrem roten Haar trug.

Plötzlich beugte Leisha sich vor und packte ihn am Handgelenk. »Jordan – hast du dir je gewünscht, du könntest ein Schlafloser werden?«

Er starrte in ihre grünen Augen, die so verschieden waren von Hawkes Augen; die ihren warfen alle Helligkeit zurück, die sie einfingen. Wie ein Paket, dessen Übernahme man verweigert. Mit einemmal fiel alle Ungewißheit von ihm ab. »O ja, Leisha. Das wünsche ich mir immer noch. Wir alle tun das. Aber wir können es nicht. Und das ist der Grund, weshalb ich für Hawke arbeite und für die gewerkschaftliche Organisation von unterklassigen Idioten, die ein Drittel ihres Lebens im Schlaf verbringen. Weil wir nicht sein können wie ihr.«

Seine Mutter kam hinzu. »Ist alles in Ordnung bei euch?« fragte sie und blickte von Sohn zu Schwester. Jordan merkte zum erstenmal, daß außer ihrer gewohnt freundlichen Miene heute etwas an ihr war, das ihn geradezu zurückprallen ließ: ein wirklich abstoßendes Kleid aus teurer grüner Seide, das nichts, aber auch schon gar nichts dazu beitrug, ihre gedrungene Statur zu kaschieren. Um den Hals trug sie den antiken Anhänger, den sie von Beck bekommen und der einst einer englischen Herzogin gehört hatte.

»Bestens«, sagte Jordan; sonst fiel ihm nichts ein, was er hätte hinzufügen können. Zwillinge – sie waren *Zwillinge!* Alle drei lächelten einander schweigend an, bis Alice sprach; überrascht stellte Jordan fest, daß seine Mutter ein wenig beschwipst war.

»Leisha, habe ich dir schon von dem neuen Fall erzählt, von dem unsere Studiengruppe erfahren hat? Es handelt sich um Zwillinge, die von Geburt an getrennt waren, doch als einer der beiden sich den Arm brach, verspürte der andere wochenlang im selben Arm Schmerzen und konnte sich nicht erklären, woher sie stammten!«

»Oder er *dachte,* dort Schmerz zu verspüren«, lächelte Leisha, »rückblickend betrachtet.«

»Ah ja«, sagte Alice, als hätte Leisha von etwas ganz anderem gesprochen, und Jordan sah, daß die Augen seiner Mutter wissender dreinblickten als je zuvor, und daß sie mindestens ebenso schwarz waren wie die von Calvin Hawke.

Am frühen Morgen leuchtete die Wüste von New Mexico in perlweißem Licht. Blau, rosarot und in Farben, die Leisha nie für möglich gehalten hatte, krochen scharf umrissene Schatten wie lebende Wesen über die endlose, leere Weite. Den fernen Horizont begrenzten in klaren, präzisen Linien die Sangre de Cristo-Berge.

»Ist das nicht schön hier?« fragte Susan Melling.

»Ich hätte nie gedacht, daß ein solches Licht existiert«, sagte Leisha.

»Nicht alle mögen die Wüste. Den meisten ist sie zu trostlos, zu dürr, zu feindselig gegenüber menschlichem Leben.«

»Aber du magst sie.«

»Ja, ich mag sie«, erwiderte Susan und nickte. »Was führt dich zu mir, Leisha? Das ist doch keine freundschaftliche Stippvisite. Du hast ein Dilemma. Ich kann es riechen. Ein zivilisierter Geruch. Gewichtige, hartnäckige Wolken sehr kalter Luft.«

Unwillkürlich mußte Leisha lächeln. Susan, jetzt achtundsiebzig Jahre alt, hatte die medizinische Forschungsarbeit aufgegeben, als ihre Arthritis schlimmer wurde, und war in einen winzigen Ort achtzig Kilometer von Santa Fé gezogen – für Leisha eine unbegreifliche Handlungsweise. Es gab kein Krankenhaus dort, keine Kollegen, ja überhaupt wenig Leute, mit denen man reden konnte. Susan wohnte in einem Haus mit dicken Mauern aus Lehmziegeln und karger Einrichtung und einem überwältigenden Rundblick vom Dach aus, das sie als Terrasse benutzte. Auf den breiten, weiß getünchten Fenstersimsen und wenigen sonstigen Ablageflächen befanden sich Steine, die der Wind so glatt geschliffen hatte, daß sie glänzten, oder Vasen mit widerstandsfähigen Wüstenblumen, ja selbst Tierknochen, von der Sonne so strahlend weiß gebleicht, daß sie von innen zu leuchten schienen wie der Schnee auf den fernen Bergen. Als sie das erste Mal durch das Haus gegangen war, hatte Leisha merkliche Erleichterung verspürt wie einen kleinen Plumps in ihrer Brust, als sie das Terminal und die medizinischen Fachzeitschriften in Susans Arbeitszimmer erblickte. Denn alles, was Susan über ihren Ruhestand sagen wollte, war: »Ich habe so lange mit dem Hirn gearbeitet. Und jetzt suche ich nach dem Rest«, – eine Feststellung, die Leisha einzig in intellektueller Hinsicht auffassen wollte – sie hatte sich verbissen durch die Lektüre der üblichen Mystiker gequält – und in keiner anderen Hinsicht sonst. Nach dem ›Rest‹ wovon? Doch sie hatte gezögert, weiter in Susan zu dringen, für den Fall, daß es sich bei ihr um etwas wie Alices Zwillingsgruppe handelte: Pseudopsychologie, die sich als wissenschaftliches Faktum ausgab. Leisha hätte sich nicht in der Lage gefühlt mitanzusehen, wie Susans überragender Verstand sich von den irreführenden Wohltaten billigen Klamauks verführen ließ. Nicht bei Susan.

»Gehen wir ins Haus, Leisha«, sagte Susan jetzt. »Dich beeindruckt die Wüste nicht. Du bist noch nicht alt genug dafür. Ich werde Tee machen.«

Der Tee war gut. Als sie neben Susan auf dem Sofa saß, sagte Leisha: »Hast du dich auf deinem Fachgebiet auf dem laufenden gehalten, Susan? Bist du zum Beispiel mit den Forschungsergebnissen auf dem Gebiet der Genveränderung vertraut, die Gaspard-Thiereux letztes Jahr veröffentlicht hat?«

»Ja«, erwiderte Susan. Ein Funken Belustigung erschien in ihren immer noch hellwachen Augen und erlosch wieder; sie hatte aufgehört, sich das Haar zu färben, und trug es nun in weißen Fransen, die nur wenig dünner waren als in Leishas Kindheitserinnerungen, und ihre Haut hatte die leicht geäderte Transparenz zersprungener Eierschalen angenommen. »Ich habe mich nicht von der Welt abgewandt wie ein Einsiedlermönch, Leisha. Ich hole mir die Fachpublikationen regelmäßig auf den Bildschirm, obwohl ich sagen muß, es ist schon eine Weile her, daß mir dabei etwas untergekommen ist, das es wert gewesen wäre, sich eingehender damit zu befassen. Gaspard-Thiereux war eine Ausnahme.«

»Jetzt gibt es etwas.« Leisha erzählte ihr von Walcott, Samplice, von den Forschungsergebnissen und dem Diebstahl. Sie erwähnte weder Jennifer noch *Sanctuary.* Susan nippte an ihrem Tee und hörte schweigend zu. Als Leisha mit ihrem Bericht fertig war, sagte sie nichts.

»Susan?«

»Laß mich die Aufzeichnungen sehen.« Sie stellte die Tasse hart auf den Glastisch; es klapperte laut.

Susan studierte die Papiere eingehend und verschwand dann in ihrem Arbeitszimmer, um einige Berechnungen nachzuprüfen. »Bitte benutze nur einen nicht vernetzten Computer!« rief Leisha ihr nach. »Und lösch die Daten hinterher! Vollständig!« Nach einer Sekunde nickte Susan langsam.

Leisha sah sich unterdessen im Wohnzimmer um, wanderte von Steinen, in die launenhafte Winde Löcher gebohrt hatten, zu Steinen, die so glatt waren, als hätten sie Millionen Jahre auf dem Grund des Ozeans gelegen, weiter zu Steinen mit merkwürdigen, wie bösartige Geschwülste wirkenden Höckern. Sie nahm einen Tierschädel in die Hand und strich mit den Fingern über den seidigglatten Knochen.

Als Susan zurückkehrte, war sie ruhiger; all ihre geistigen Kapazitäten liefen auf Hochtouren. »Also, das, was vorhanden ist, sieht nach einem echten neuen Vorstoß aus. Das war es doch, was du wissen wolltest, oder?«

»Geht er weit genug?«

»Hängt davon ab, was in dem fehlenden Teil enthalten ist. Was er hier vorlegt, ist neu, aber eher neu in dem Sinn, als es vorher noch nie erforscht wurde, weil es einen leicht bizarren Seitenweg darstellt, und nicht in dem Sinn, daß es sich um eine zwangsläufige, wenngleich schwierige Erweiterung von bereits vorhandenem Wissen handeln würde. Wenn du weißt, was ich mit dieser Unterscheidung meine.«

»Natürlich. Aber auf dem, was wir da vor uns haben, könnte man eine schlüssige Theorie aufbauen, nach der man tatsächlich aus Schläfern Schlaflose machen kann?«

»Es ist möglich«, sagte Susan. »Er wagt ein paar unorthodoxe Abweichungen von Gaspard-Thiereux' Arbeit, aber soweit ich es erkennen kann ... ja, es ist möglich.« Susan sank auf das Sofa und vergrub das Gesicht in den Händen.

»Wie viele von den Begleiterscheinungen würden ... Ich meine, ist es auch möglich, daß ...?«

»Willst du mich fragen, ob Schläfer, die nicht bereits *in vitro*, sondern erst später zu Schlaflosen werden, die gleichen nicht alternden Organe haben könnten wie ihr? Mein Gott, ich weiß es nicht! Die Biochemie dieses ganzen Komplexes liegt großteils immer noch im dunkeln.« Susan legte die Hände in den Schoß und lächelte freudlos. »Ihr Schlaflose liefert uns zu wenige Forschungsobjekte. Ihr sterbt zu selten.«

»Tut mir leid«, entgegnete Leisha trocken, »aber wir haben dazu einfach zu volle Terminkalender.«

»Leisha«, sagte Susan mit schwankender Stimme. »Was wird jetzt geschehen?«

»Abgesehen von dem Ringkampf bei Samplice? Wir beantragen Patente auf Walcotts Namen. An sich habe ich bereits alles Notwendige in die Wege geleitet, bevor es jemand anderer tun kann. Dann, nach Walcott und Herlinger ... und das ist ein weiteres Problem.«

»Was ist ein Problem?«

»Das Duo Walcott und Herlinger. Ich habe den Verdacht, daß es Herlinger ist, dem der Löwenanteil an dieser Coproduktion zugeschrieben werden müßte, daß aber Walcott nicht daran denkt, die Früchte dieser Arbeit mit ihm zu teilen, wenn er es nur irgendwie verhindern kann. Walcott ist eine Kombination aus Sanftmut und Streitsucht. Wandelt geistesabwesend durchs Leben und hat keinen Schimmer, wie die Dinge in Wahrheit laufen, bis ihm jemand in die Quere kommt; dann heult er auf und verbeißt sich in die Sache und läßt nicht wieder los.«

»Ich kenne den Typus«, stellte Susan fest, »das Gegenteil von deinem Vater.«

Leisha sah sie an; Susan sprach selten von Roger Camden.

Susan griff nach demselben Tierschädel, den Leisha in der Hand gehabt hatte. »Was weißt du über Georgia O'Keeffe?«

»Eine Malerin, nicht wahr? Neunzehntes Jahrhundert?«

»Zwanzigstes. Sie malte diese Schädel. Und diese Wüste. Mannigfach.« Susan ließ den Schädel plötzlich fallen, und er zersplitterte auf dem Steinboden. »Leisha, sieh zu, daß du dieses Kind bekommst, von dem ihr, Kevin und du, immer redet. Es gibt keine Garantie dafür, daß du nie ins Klimakterium kommen wirst, nur weil noch keine Schlaflose in den Wechseljahren ist. Auch Eierstöcke, die selbst nicht zu altern scheinen, können keine neuen Keimzellen hervorbringen. Deine Eier sind dreiundvierzig Jahre alt.«

Leisha rückte näher. »Susan, willst du damit sagen, du bedauerst, daß ... du würdest dir wünschen, daß du ...«

»Nein, das will ich damit nicht sagen«, unterbrach Susan sie mit spröder Stimme. »Ich hatte dich und Alice, und ich habe euch immer noch. Leibliche Töchter könnten mir nicht mehr bedeuten als ihr beide. Aber wen hast du, Leisha? Kevin …«

»Kevin und ich fühlen uns wohl so«, warf Leisha rasch ein.

Susan sah sie mit einem so liebevollen, skeptischen Gesichtsausdruck an, daß Leisha sich beeilte zu wiederholen: »Wir fühlen uns *wohl,* Susan. Wir arbeiten wunderbar zusammen. Und das ist es schließlich, worauf es ankommt. Stimmt's?«

Aber Susan fuhr fort, sie mit diesem sanften Zweifel in den Augen anzusehen; immer noch hielt sie Adam Walcotts wissenschaftliche Abhandlung in der Hand.

Simpson gegen Küstenfischerei war ein komplizierter Fall. Leishas Klient, James Simpson, war ein Schlafloser – ein Fischer, der einer konkurrierenden Firma vorwarf, durch die gesetzwidrige Verwendung von Retroviren (deren Einsatz an und für sich legal war) absichtlich die Gesetzmäßigkeit der Wanderung von Fischschwärmen zu durchbrechen. Die Konkurrenz, die Küstenfischereigesellschaft mit beschränkter Haftung, befand sich im Eigentum von Schläfern. Der Fall würde sich um die juristische Interpretation der Canton-Fenwick-Verordnung drehen, welche die Einschränkung des freien Wettbewerbes durch den Einsatz von Biotechnik regelte. Leisha mußte um zehn Uhr vormittag im Gericht sein, also hatte sie um eine Zusammenkunft bei Samplice um sieben Uhr morgens gebeten.

»Also, wahrscheinlich wird keiner um sieben Uhr früh kommen!« hatte Walcott gemurrt. »Ich auch nicht.« Leisha hatte durchdringend auf das spitze Gesicht auf ihrem ComLink gestarrt und sich wieder einmal über die kleinliche Engstirnigkeit des großen Geistes gewundert, der das biologische und gesellschaftliche Weltbild neu schaffen würde. War Newton auch so gewesen? Einstein? Callingwood? So gesehen, ja. Einstein konnte sich nie erinnern, an welcher Bahnstation er aussteigen mußte; Callingwood, der geniale Kopf, dem der Durchbruch bei der Nutzanwendung der Y-Energie gelungen war, verlor regelmäßig die Schuhe von den Füßen und weigerte sich monatelang, seine Bettwäsche wechseln zu lassen. Walcott war nicht einzigartig in seiner Weise, er war eben ein Typus, wenngleich kein alltäglicher. Manchmal schien es Leisha, daß der Prozeß der intellektuellen Reifung nichts anderes war als das Entdecken, daß bizarre und einzigartige Menschen nur Exemplare seltenerer Zusammensetzung waren. Sie rief persönlich bei Samplice an und bestand auf dem Termin sieben Uhr früh.

Direktor Lawrence Lee, ein sonnengebräunter, gutaussehender Mann, der ein zu jugendlich wirkendes Stirnband aus italienischer Seide trug, stellte sich als genauso schwierig heraus, wie Walcott behauptet hatte. »Zum Teufel, diese Forschungsergebnisse gehören *uns,* egal, worum es sich handelt! Besonders, wenn sie sich als wertvoll erweisen sollten, was ich sehr bezweifle, das können Sie mir glauben! Diese beiden ... *Forscher* sind meine Angestellten, und es wäre besser, wenn ihr eingebildeten Rechtsanwälte das nie vergeßt!«

Leisha war der einzige eingebildete Rechtsanwalt im Raum. Der juristische Berater von Samplice war Arnold Seeley, ein Mann mit harten Augen und aggressiv kahlgeschorenem Kopf, der sich nichtsdestoweniger stümperhaft bei Fragen anstellte, bei denen es darum gegangen wäre, Druck auszuüben und Leisha in die Enge zu treiben.

Sie beugte sich über den Tisch. »Ich vergesse sehr wenig, Mister Lee. Es existieren juristische Präzedenzfälle über wissenschaftliche Arbeiten, im besonderen wissenschaftliche Arbeiten mit kommerziellen Anwendungsmöglichkeiten. Doktor Walcott befindet sich nicht in derselben Arbeitskategorie wie ein Zimmermann, der Ihre Holzveranda repariert. Außerdem gibt es in dem Einstellungsvertrag, den Doktor Walcott mit Samplice zu Beginn seiner Tätigkeit hier abgeschlossen hat, gewisse nicht ganz eindeutige Formulierungen. Ich nehme an, Sie haben eine Kopie des Vertrages mitgebracht, Mister Seeley?«

»Ääh … nein … Warten Sie …«

»Wieso haben Sie keinen mit!« schnauzte Lee ihn an. »Wo ist er? Was steht darin?«

»Ich müßte nachsehen …«

Leisha spürte, wie gereizte Ungeduld in ihr aufstieg – Ungeduld, die sich bei ihr in Gegenwart von Inkompetenz ausnahmslos bemerkbar machte. Sie unterdrückte das Gefühl; die Sache war zu wichtig, um sie mit einer verfehlten, törichten Zurschaustellung von Mißmut zu gefährden. Jetzt und in Zukunft.

Lee, Seeley und Walcott, in deren töricht geballten Fäusten acht zusätzliche wache Stunden für Hunderttausende Menschen steckten, suchten in ihren elektronischen Notebooks kopflos nach dem Arbeitsvertrag.

»Haben Sie ihn?« fragte Leisha knapp. »Nun gut, zweiter Absatz, Zeile drei …« Sie ging mit den Anwesenden den mangelhaft formulierten Text des Vertrages durch und danach die Präzedenzfälle zum Thema des geteilten wissenschaftlichen Urheberrechts und den Markstein aller entsprechenden Entscheidungen, das Urteil im Fall *Boeing gegen Fain*. Seeley fixierte mit seinen harten Augen den Bildschirm und trommelte mit den Fingern auf den Tisch. Lee blies sich erbost auf. Walcott saß mit einem kleinen, arroganten Lächeln auf den Lippen da, und einzig Herlinger, der fünfundzwanzigjährige Assistent von Walcott, lauschte Leishas Worten aufmerksam und sichtlich in der Lage, ihren Gedankengängen zu folgen. Er hatte Leisha überrascht: mit seiner beginnenden Glatze und seinem breiten, stämmigen Körperbau hätte man Herlinger für einen brutalen Schläger halten können, wäre da nicht eine Art schmerzliche Würde gewesen, eine stoische Desillusioniertheit, die weder zu seinem jugendlichen Alter noch zu Walcotts verbohrtem, exzentrischem Pseudogenie zu passen schien. Die beiden waren ein ziemlich unmögliches Team.

»... und so würde ich, was die Patentrechte betrifft, eine außergerichtliche Regelung vorschlagen.«

Lee fing wieder an sich aufzuplustern, und Seeley sagte rasch: »Was für eine Art von Regelung? Eine prozentuelle Beteiligung oder eine Abschlagssumme?«

Leisha ließ sich nichts anmerken, aber jetzt hatte sie ihn da, wo sie ihn haben wollte. »Das müßten wir gemeinsam ausarbeiten, Mister Seeley.«

»Wenn Sie meinen«, brauste Lee lautstark auf, »daß Sie mir etwas wegnehmen können, was meiner Firma gehört ...!«

Seeley wandte sich kühl an ihn: »Ich glaube, die Aktionäre könnten anderer Meinung sein, was die Eigentumsverhältnisse bei dieser Firma betreffen.«

Die ›Aktionäre‹ – dazu gehörte auch *Sanctuary,* doch Lee mußte nicht unbedingt wissen, daß Leisha darüber informiert war, und so warteten sie beide, Leisha und Seeley, darauf, daß es ihm zu Bewußtsein kam. Als es endlich soweit war, starrte er Leisha an und verzog sein kleines Schmollmündchen zu einem gehässigen Grinsen. Es war lange her, daß sie jemanden so sehr verabscheut hatte.

»Vielleicht«, sagte Lee, »könnten wir über eine Regelung *reden*. Zu meinen Bedingungen.«

»Fein«, sagte Leisha. »Reden wir über die Bedingungen.«

Sie hatte ihn.

Hinterher begleitete Walcott Leisha und ihren Leibwächter zum Wagen. »Werden sie darauf einsteigen?«

»O ja«, antwortete sie. »Ich bin sicher. Sie haben eine interessante Kollegensammlung, Herr Doktor.«

Er sah sie wachsam von der Seite an.

»Ihrem Direktor scheint regelrecht entfallen zu sein, daß er eine Aktiengesellschaft leitet, der Firmenjurist ist außerstande, einen ordentlichen Klasse-Sechs-Dienstnehmervertrag aufzusetzen, und Ihr Assistent bei der Schlaflosen-Genforschung braust auf einem *Wir schlafen!*-Roller davon!«

Walcott machte eine affektierte Handbewegung. »Er ist jung. Kann sich keinen Wagen leisten. Und falls diese Forschungsergebnisse den Durchbruch schaffen, dann gibt es ohnedies keine *Wir schlafen!*-Bewegung mehr. Niemand wird mehr schlafen müssen.«

»Mit Ausnahme jener, die sich die Behandlung nicht leisten können. Oder einen Wagen.«

Walcott musterte sie belustigt. »Sollten Sie nicht eigentlich für die Gegenseite argumentieren, Miss Camden? Für die wirtschaftliche Elite? Schließlich können es sich auch nur wenige Leute leisten, an ihren Embryos *in vitro* eine gentechnische Veränderung vornehmen zu lassen, die Schlaflosigkeit bewirkt.«

»Ich habe nicht argumentiert, Doktor Walcott. Ich habe nur eine fälschliche Äußerung Ihrerseits korrigiert.« Auf seine eigene, weniger unverhohlene Weise war er genauso widerlich wie Lee.

Walcott wiederholte seine eitle Handbewegung. »Ach ja, Sie können vermutlich nicht anders. Einmal ein Anwalt, immer ein Anwalt ...«

Sie schlug die Wagentür so temperamentvoll zu, daß ihr Leibwächter zusammenzuckte.

Sie war spät dran, als sie ins Gericht kam. Der Richter blickte bereits nervös um sich. »Miss Camden?«

»Bitte um Verzeihung, Euer Ehren. Meine Verspätung ließ sich nicht vermeiden.«

»Vermeiden Sie sie in Zukunft, Frau Anwältin.«

»Jawohl, Euer Ehren.« Der Gerichtssaal war fast leer, ungeachtet der verfassungsrechtlichen Bedeutung des Falles. Doch die Gesetzmäßigkeit der Fischwanderungen lieferte keine Schlagzeilen bei den Nachrichtenmedien. Außer den gegnerischen Parteien und ihren Anwälten sah Leisha einen Reporter, Vertreter der lokalen und bundesweiten Umweltbehörden, drei junge Männer, von denen sie annahm, daß es sich um Jura- oder Ökologiestudenten handelte, einen Exrichter und drei Zeugen.

Und Richard Keller, der erst am folgenden Tag als Leishas Sachverständiger aussagen sollte.

Er saß im hinteren Teil des Saales, so aufrecht, als hätte er zu viele Brainies geschluckt – ein untersetzter Mann, umgeben von vier Leibwächtern. Das kam wohl dabei heraus, wenn man jahraus, jahrein in *Sanctuary* lebte: der Rest der Welt sah dann noch bedrohlicher aus, als er tatsächlich war. Kein Lächeln trat auf Richards Lippen, als sich ihre Blicke trafen. Etwas in Leishas Brust wurde eiskalt.

»Können wir jetzt endlich beginnen, Frau Anwältin?«

»Ja, Euer Ehren. Ich rufe Carl Tremolia in den Zeugenstand.«

Tremolia, ein stämmiger Fischer, trat als Zeuge der Gegenseite auf. Er stapfte zwischen den Sitzreihen hindurch nach vorn, und Leishas Klient zog finster die Brauen zusammen: Tremolia trug eine elektronische Anstecknadel von *Wir schlafen!* am Aufschlag. Es gab einen kleinen Tumult an der Tür, wo jemand in hartnäckigem Tonfall auf den Gerichtsdiener einsprach.

»Euer Ehren, ich ersuche das Gericht, den Zeugen anzuweisen, seine Anstecknadel zu entfernen«, sagte Leisha. »Im Hinblick auf die besonders gelagerten Sachverhalte bei diesem Fall sind politische Äußerungen des Zeugen, ob sie mündlich oder in Form von

Accessoires an der Kleidung erfolgen, als dem Verfahren abträglich zu betrachten.«

»Entfernen Sie die Nadel«, sagte der Richter.

Der Fischer riß sie sich vom Aufschlag. »Sie können mich zwingen, die Nadel runterzunehmen, aber Sie können mich nicht zwingen, Sachen von Schlaflosen zu kaufen!«

»Streichen aus dem Protokoll«, sagte der Richter zum Computer. »Mister Tremolia, wenn Sie sich nicht darauf beschränken, ausschließlich auf Fragen zu antworten, die Ihnen gestellt werden, muß ich Sie wegen Mißachtung des Gerichts ... Was ist denn *jetzt* wieder, Gerichtsdiener?«

»Verzeihung, Euer Ehren, aber ich habe Miss Camden eine Mitteilung zu übergeben. Persönlich und dringend.«

Er händigte Leisha ein Blatt Papier aus, auf dem stand: *Bitte um sofortigen Anruf im Büro. Kevin Baker. Dringend. Persönlich.* »Euer Ehren ...«

Der Richter seufzte. »Gehen Sie. Gehen Sie schon!«

Auf dem Korridor zog sie ein ComLink aus der Aktentasche. Kevins Gesicht erschien auf dem Miniaturbildschirm.

»Leisha, es handelt sich um Walcott ...«

»Ich spreche von einem Gerät ohne Abschirmung, Kevin ...«

»Ich weiß! Das ist egal, es ist ohnedies offiziell. Verdammt, in ein paar Stunden wird die ganze Welt es wissen! Walcott kann dieses Patent nicht anmelden.«

»Warum nicht? Samplice ...«

»Vergiß Samplice. Die Patente wurden bereits vor zwei Monaten angemeldet. Ordnungsgemäß, blitzsauber, nicht daran zu rütteln. Auf den Namen von *Sanctuary,* amtlich eingetragene Aktiengesellschaft ... Leisha?«

»Ich bin noch da«, sagte sie benommen. Kevin hatte ihr immer wieder versichert, daß die Akten des Staatlichen Patentamtes absolut fälschungssicher waren. Es gab einfach zu viele Querverbindungen, elektronische und schriftlich zu Papier gebrachte Aufzeichnungen und in nicht vernetzten Computern gespeicherte Sicherheitskopien.

Kevin sagte: »Und das ist nicht alles, Leisha. Timothy Herlinger ist tot.«

»Tot? Ich habe ihn vor einer halben Stunde auf seinem Motorroller davonfahren sehen!«

»Er wurde von einem Wagen niedergestoßen. Die Deflektorenschilde an seinem Roller haben versagt. Nur wenige Minuten nach dem Unfall kam zufällig ein Bulle vorbei und gab die Sache gleich ins MedNet ein. Natürlich lasse ich alle Netze nach maßgeblichen Namen abhören.«

»Wer hat ihn angefahren?« fragte Leisha mit unsicherer Stimme.

»Eine Frau namens Stacy Hillman, wohnhaft in Barrington. Ihre Angaben. Meine Zauberkünstler lassen schon die Computer heißlaufen, mal sehen, was wir über die Dame rauskriegen. Aber es sieht tatsächlich nach einem Unfall aus.«

»Deflektorenschilde an Motorrollern sind Y-Energiekegel. Sie versagen nicht. Das ist eines der Hauptargumente bei ihrer Vermarktung. Sie versagen einfach nicht, Kevin! Nicht einmal an solchem Krempel wie einem *Wir schlafen!*-Roller!«

Kevin pfiff durch die Zähne. »Er fuhr einen *Wir schlafen!*-Roller?«

Leisha schloß die Augen. »Kevin, schick zwei Leibwächter aus, die Walcott suchen sollen. Die besten Leibwächter, die du kriegen kannst. Nein – deine eigenen. Vor einer halben Stunde war er noch bei Samplice. Laß ihn in unser Apartment bringen. Oder ist dein Büro sicherer?«

»Mein Büro.«

»Ich komme frühestens um zwei aus dem Gericht.

Und ich kann keine Vertagung beantragen. Nicht noch einmal.« Sie hatte bei diesem Fall bereits dreimal vertagen lassen: einmal, um nach Mississippi zu reisen, und zweimal für Besuche in *Sanctuary*.

»Bleib du nur bei deinem Fall«, sagte Kevin. »Ich behalte Walcott im Auge.«

Leisha öffnete die Augen. Aus der Tür zum Gerichtssaal beobachtete sie der Gerichtsdiener. Sie hatte ihn gern, den freundlichen alten Mann, der ihr immer die viel zu teuren Holos seiner Enkel zeigte. Am anderen Ende des Korridors stand Richard Keller mit kerzengeradem Rücken und wartete. Auf sie. Er wußte, worum es sich bei dem Gespräch mit Kevin gehandelt hatte, und nun stand er dort und wartete. Sie war sich dessen sicher, ohne den Schatten eines Zweifels.

Wieso hatte er gewußt, was Kevin ihr sagen würde?

Sie ging in den Gerichtssaal zurück und ersuchte den Richter um Vertagung.

Leisha führte Richard zu ihrem Büro, das nur einen Block entfernt war; sie berührte ihn nicht während des kurzen Fußmarsches, sie sah ihn nicht an. Im Büro angekommen verdunkelte sie das Fenster so lange, bis es schwarz war. Die exotischen Blüten, die Passionsblumen, Fackellilien und Orchideen, begannen sich zu schließen.

Leisha sagte leise: »Also, sag schon.«

Richard sah die Blüten an. »Die hat dein Vater gezüchtet.«

Sie kannte diesen Tonfall; sie kannte ihn aus Vernehmungsräumen der Polizei, aus Gefängnissen, aus Gerichtssälen. Es war der Tonfall eines Mannes, der einfach das ausspricht, was ihm gerade in den Sinn kommt, weil er bereits alles verloren hat. Der Tonfall drückte ein gewisses Ausmaß von Freiheit aus – Freiheit von einer Art, die in Leisha stets den Drang weckte, sich abzuwenden.

Jetzt wandte sie sich nicht ab. »Sag schon, Richard.«

»*Sanctuary* hat Walcotts Aufzeichnungen gestohlen. Es gibt ein Netz aus *Drinnen*-Computergenies und *Draußen*-Unterweltschläfern. Sehr komplex. Jennifer arbeitet seit Jahren an seinem Aufbau. Sie haben alle mitgemacht – Samplice, die First National Bank... alle.«

Das war nichts Neues; Richard hatte das in Jennifers Gegenwart in *Sanctuary* mehr oder weniger zugegeben. »Ich muß dir jetzt etwas sagen, Richard. Bitte hör genau zu. Du sprichst jetzt zu Walcotts Anwältin, und nichts, was hier zur Sprache kommt, ist eine Privatunterhaltung zwischen uns beiden. Nichts. Das verbürgte Recht von verheirateten Personen, Gespräche zwischen ihnen und ihren Ehepartnern vor Gericht als vertraulich behandeln zu lassen und darüber schweigen zu dürfen, gilt in diesem Fall nicht für das, was Jennifer zu dir in Anwesenheit dritter Personen – wie etwa den Mitgliedern der Ratsversammlung von *Sanctuary* – sagte; Artikel achthunderteinundsechzig, Bundesgesetz. Man kann dich auffordern, alle Angaben, die du hier machst, unter Eid zu wiederholen. Verstanden?«

Er lächelte, beinahe humorig. »Selbstverständlich. Deshalb bin ich ja hier. Du kannst alles aufzeichnen, wenn du willst.« Der Tonfall war der gleiche wie vorhin.

»Aufnahme läuft«, sagte sie, und zu Richard gewandt: »Bitte sprich weiter.«

»*Sanctuary* änderte die Patentunterlagen. Sowohl die elektronischen als auch die Computerausdrucke. Die Daten wurden sorgfältig gewählt. Alle schriftlichen Ausfertigungen in Washington sind mit dem Stempel ›korrekt eingegangen‹ versehen, aber noch hat nichts davon das Prüfungsstadium mit wesentlichen offiziellen Unterschriften oder Fingerabdrücken erreicht. Das war es doch, was Kevin dir gesagt hat, oder?«

»Er sagte mir, er wäre überzeugt, daß niemand es schafft, in das Computernetz der Regierung einzudringen, nicht einmal seine Leute.«

»Mag sein, aber er könnte diesen Versuch auch nur von *draußen* in die Wege leiten!«

»Kannst du konkrete Angaben dazu machen? Namen, Daten, die in Gegenwart von dritten Personen im Lauf von Gesprächen erwähnt wurden – von Gesprächen, die auch stattgefunden hätten, wenn ihr beide, du und Jennifer, nicht verheiratet wärt?«

»Ja.«

»Verfügst du über schriftliche Beweise?«

Richard seufzte. »Nein. Alles Hörensagen.«

»*Warum,* Richard?« brach es aus Leisha hervor. »Nicht Jennifer, sondern du? Warum hast du es getan?«

»Könnte jemand auf eine solche Frage eine einfache, kurze Antwort geben? Das Leben ist doch eine Aufeinanderfolge von Einzelentscheidungen. Nach *Sanctuary* zu gehen, Jennifer zu heiraten, die Kinder zu bekommen ...« Er stand auf und ging hinüber zu den tropischen Pflanzen; die Art und Weise, wie er sich darüber beugte und ihre haarigen Blätter streichelte, zwang Leisha fast dazu, an seine Seite zu treten.

»Warum erzählst du mir dann das alles?«

»Weil mir keine andere Wahl mehr bleibt, wenn ich Jennifer aufhalten will.« Er hob das Gesicht und sah Leisha an, aber sie wußte, er nahm sie gar nicht wahr. »Zu ihrem eigenen Besten. Außer mir gibt es in *Sanctuary* niemanden mehr, der ihr Einhalt gebieten könnte – was heißt ›Einhalt gebieten‹! Sie ermutigen sie noch, besonders Cassie Blumenthal und Will Sandaleros. Meine Kinder ... Eine Anklage wegen krimineller Handlungen im Zusammenhang mit diesen Patenten wird zumindest einige ihrer Kontakte *draußen* abschrecken. Es sind schauderhafte Leute, Leisha, ich will nicht, daß sie sich mit ihnen abgibt. Ich weiß, daß nicht viel Konkretes vorhanden ist, worauf du deinen Fall aufbauen könntest – selbst mit meiner Aussage, die ja als unbestätigtes Hörensagen gilt –, und wahrscheinlich wird die ganze Sache vor Gericht abgewiesen, aber glaubst du, ich wäre hergekommen, wenn Gefahr bestünde, daß sie tatsächlich angeklagt wird? Ich habe mich eingehend mit den Fällen *Wade gegen Tremont* und *Jastrow gegen die Vereinigten Staaten* beschäftigt, und ich möchte auch, daß dieses Detail in deinen Aufzeichnungen festgehalten wird. Ich will nichts anderes, als Jenny aufhalten. Meine Kinder ... der Haß auf Schläfer, der ihnen eingepflanzt wird, die Meinung, daß es ihnen zusteht, im Namen des Selbstschutzes alles – aber auch wirklich *alles*, Leisha – tun zu dürfen, diese Dinge erschrecken mich zutiefst. Das war es nicht, was Tony vorschwebte!«

Leisha und Richard hatten nach jenem ersten Mal nie mehr darüber reden können, was Tony Indivino vorgeschwebt haben mochte.

Äußerlich etwas ruhiger fuhr Richard fort: »Tony hat sich geirrt. Ich habe mich geirrt. Man wird ein anderer, wenn man jahrzehntelang isoliert und ausschließlich mit Schlaflosen lebt. Meine Kinder ...«

»Ein anderer? Inwiefern?«

Aber Richard schüttelte nur den Kopf. »Was geschieht als nächstes, Leisha? Du übergibst das der Staatsanwaltschaft, und sie erhebt Anklage? Wegen Diebstahls und der Verfälschung behördlicher Unterlagen?«

»Nein. Wegen Mordes.«

Sie beobachtete ihn genau. Seine Augen öffneten sich ganz weit und flackerten, und in diesem Moment hätte Leisha ihr Leben darauf gewettet, daß er keine Ahnung hatte von Timothy Herlingers Tod. Doch vor einer Woche hätte sie auch ihr Leben darauf gewettet, daß Richard nichts von einem Diebstahl wußte.

»Wegen Mordes?«

»Timothy Herlinger ist vor einer Stunde ums Leben gekommen. Unter noch ungeklärten Umständen.«

»Und du denkst ...«

Sie dachte schneller als er; als sie sah, daß er begriff, machte sie einen Schritt rückwärts.

»Du willst Jennifer wegen Mordes anklagen«, sagte er langsam, »und mich gegen sie aussagen lassen. Wegen der Dinge, die ich hier gesagt habe.«

Irgendwie brachte sie das Wort hervor. »Ja.«

»Niemand im *Sanctuary* hat einen Mord geplant!« Als sie nicht antwortete, packte er sie am Handgelenk. »Leisha, niemand in *Sanctuary* ... nicht einmal Jennifer ... niemand ...!«

Sein Stammeln war das allerschlimmste. Richard befand sich im Zweifel, ob seine Frau zu einem politischen Mord fähig war oder nicht. Leisha sah ihn mit einem kalten, harten Blick an. Sie mußte es hören, alles, weil ... warum eigentlich? So eben. Weil sie es wissen mußte.

Doch es gab nichts mehr zu hören. Richards Hand schloß sich um die Blüte, die er betrachtet hatte, und er fing an zu lachen. »Hör auf!« bettelte sie, aber er hörte nicht auf. Er fuhr immerzu fort mit seinem kreischenden, keuchenden Lachen, bis Leisha die Tür aufriß und ihrer Sekretärin auftrug, den Staatsanwalt zu verständigen.

11

Die Schaumsteinzelle war sechs Schritt lang und fünf breit. Sie enthielt ein Bett auf einem eingebauten Sockel, zwei Decken, ein Kissen, ein Waschbecken, einen Stuhl und eine Toilette, aber kein Fenster und kein Terminal. Will Sandaleros, der Anwalt des Häftlings, hatte das Fehlen eines Terminals bemängelt und dagegen protestiert, denn außer den Isolationszellen besaßen alle Häftlingsunterkünfte zumindest einfache Terminals aus einer unzerbrechlichen Metallegierung, die nur für die Datenausgabe geeignet und an der Wand fix befestigt waren. Seine Klientin hatte ein Recht auf den Zugang zu den Nachrichtensendungen, zur zugelassenen Literatur aus der Bibliotheksdatenbank und zum elektronischen Postservice der Vereinigten Staaten. Der Leiter des Bezirksgefängnisses ignorierte die Proteste; er dachte gar nicht daran, einen Schlaflosen mit einem Terminal alleinzulassen. Ebensowenig erlaubte er dem Häftling die Teilnahme an gemeinschaftlicher Gymnastik und an den gemeinschaftlichen Mahlzeiten, sowie Besuche in der Zelle, einschließlich jener von Sandaleros. Zwanzig Jahre zuvor war unter den Augen desselben – damals noch jüngeren und widerstandsfähigeren – Leiters im Gefängnis von Cattaraugus ein Schlafloser aus *Sanctuary* durch Mord ums Leben gekommen. Nicht noch einmal. Nicht in *seinem* Gefängnis.

Jennifer Sharifi wies ihren Anwalt an, die Proteste einzustellen.

Am ersten Tag studierte sie kritisch die vier Ecken ihrer Zelle und ordnete die südöstliche Ecke dem Gebet zu. Wenn sie die Augen schloß, sah sie die aufgehende Sonne statt der Schaumsteinwand, und nach einigen Tagen brauchte sie die Augen dazu gar nicht mehr zu schließen. Die Sonne war da, herbeigerufen mit Hilfe des Willens und des Glaubens.

In der nordöstlichen Ecke befand sich das Waschbecken. Sie wusch sich zweimal täglich von Kopf bis Fuß, legte ihre Abajeh ab und wusch auch diese, denn sie weigerte sich, Gefängniskleidung zu tragen und die Gefängniswäscherei zu benutzen. Und wenn das Überwachungsgerät ihre tägliche Nacktheit ausposaunte, so war das so bedeutungslos wie die Schaumsteinwand, wenn es galt, die Sonne zu sehen. Nur ihre Handlungen waren von Bedeutung, nicht die Beurteilung dieser Handlungen durch Untermenschen, die schon allein durch ihr lüsternes Hinsehen jene Menschlichkeit verwirkt hatten, die allein Jennifer erlaubt hätte, sie zu respektieren.

Die verbleibenden beiden Ecken wurden von der Pritsche eingenommen. Jennifer ließ das zusammengefaltete Bettzeug Tag für Tag unberührt darunter liegen, und machte das Bett selbst zu ihrem Lernplatz. Sie saß auf seiner Kante, kerzengerade aufgerichtet in ihrer nassen Abajeh, und las dort alle Schriftstücke, die sie verlangt und die man ihr genehmigt hatte; sie kamen unregelmäßig und mit Unterbrechungen. Jennifer gestattete sich nur ein einmaliges Lesen jedes Informationsblattes, jedes Gesetzbuches, jedes Ausdrucks eines Werkes aus der Bibliothek. Wenn es nichts zu lesen gab, lernte sie durch Nachdenken, indem sie Szenarios aufbaute, die jedes nur mögliche oder unvorhergesehene Ereignis abdeckten. Sie dachte an alle Eventualitäten ihrer rechtlichen Situation. An die ungewissen Folgeerscheinungen von Walcotts Erkenntnissen für die Zukunft von *Sanctuary*. Von Leisha Camdens Alternativen. An die Folgen für den wirtschaftlichen Unterbau jeder Abteilung, jeder Organisation, jeder signifikanten persönlichen oder beruflichen Beziehung innerhalb von *Sanctuary*. Jede Ungewißheit verzweigte sich an bestimmten Stellen; Jennifer prägte sie sich alle ein, bis sie die Augen schließen und das ganze große Gedankengebilde sehen konnte, Entscheidungen bei Gabelungen und Verästelungen und wiederum Gabelungen und Verästelungen, Dutzende davon. Sowie sie neue Daten erhielt – durch Schriftstücke oder von Sandaleros – entwarf sie im Geist jeden davon betroffenen Gedankengang neu. Jedem einzelnen Entscheidungspunkt ordnete sie eine Stelle aus dem Koran zu, oder, wenn eine widersprüchliche Auslegung möglich schien, mehr als eine Stelle. Sobald sie das gewaltige ausgewogene Ganze ausgebreitet hinter ihren geschlossenen Lidern sehen konnte, öffnete sie die Augen und brachte sich dazu, es in drei Dimensionen vor sich zu sehen, in ihrer Zelle, wo es wie der Baum des Lebens mit seinem greifbar wuchernden Astwerk den gesamten Raum einnahm.

»Sitzt bloß da und stiert vor sich hin«, berichtete die Gefängnisaufseherin dem Bezirksstaatsanwalt. »Manchmal hat sie die Augen offen, manchmal zu. Regt sich kaum.«

»Halten Sie es für einen krankhaften Erstarrungszustand, der medizinisch behandelt werden sollte?«

Die Aufseherin schüttelte den Kopf, nickte dann und schüttelte wieder den Kopf. »Wie, zum Geier, soll ich wissen, was bei denen krankhaft ist und was nicht!«

Der Staatsanwalt antwortete nicht darauf.

Mittwoch und Sonntag waren Besuchstage, aber der einzige Besucher, den Jennifer an sich heranließ, war Will Sandaleros, der täglich in den üblicherweise leeren Besuchsraum kam, wo sie durch dickes Plastiglas von ihm getrennt unter einem Ring von Überwachungsschirmen saß.

»Jennifer, die Anklagekammer hat entschieden, das Verfahren gegen dich zu eröffnen.«

»Ja«, sagte Jennifer. Im verflochtenen Geäst ihrer

Entscheidungen gab es kein Zweiglein, das zu einer Unterlassung der Anklage führte. »Ist das Datum für den Prozeß schon festgesetzt?«

»Der achte Dezember. Der neuerliche Antrag auf vorläufige Freilassung gegen Kaution wurde abgewiesen.«

»Ja«, sagte Jennifer. Es gab auch kein Zweiglein für eine Kautionsstellung. »Leisha Camden hat vor der Anklagekammer ausgesagt.« Es war keine Frage.

»Ja. Die Aussage steht mir als dein Anwalt zur Verfügung; ich versuche, eine Kopie davon für dich zu bekommen.«

»Ich habe seit zwei Tagen keine Schriftstücke erhalten.«

»Dann werde ich Beschwerde einlegen. Bei der Berichterstattung in den Medien hat sich nichts verändert. Davon wirst du nichts wissen wollen.«

»O doch«, sagte Jennifer. »Ich will sie sehen.« Die Hysterie der täglichen Berichte in den Medien war notwendig – nicht für ihre Studien, sondern für die Kraft ihres Gebetes (›Eine stete Mahnung für die Gläubigen‹, nannte es der Koran): ›Schlaflose morden für die Beherrschung der Welt!‹, ›Erst Geld – jetzt Blut?‹, ›Geheimbund der Schlaflosen plant Umsturz in den USA – Mordkomplott!‹, ›Abtrünnige Schlaflose deckt Zahl der *Sanctuary*-Mafia-Morde auf!‹, ›Jugendbande prügelt Teenager zu Tode: ‚Er war ein Schlafloser!'‹.

»Vielleicht solltest du sie wirklich bekommen«, sagte Sandaleros. Er war fünfundzwanzig und seit seinem vierten Lebensjahr in *Sanctuary* aufgewachsen, nachdem seine Eltern freiwillig auf das Sorgerecht verzichtet hatten, weil das gentechnisch veränderte Kind nicht ihren Erwartungen entsprach. Nach dem Jurastudium in Harvard war Sandaleros nach *Sanctuary* zurückgekehrt, um dort seine Praxis aufzumachen, und verließ sie nur für Konsultationen mit Klienten oder für Termine bei Gericht – und selbst dann nur ungern. Er erinnerte sich kaum an seine Eltern, und wenn, dann ganz gewiß nicht liebevoll. Er war Jennifers erste Wahl als ihr Anwalt gewesen.

»Noch etwas«, sagte Sandaleros. »Ich habe eine Nachricht von deinen Kindern.«

Jennifer richtete sich noch gerader auf als sonst. Das war jedesmal das schwerste; dafür übte sie sich Tag und Nacht in Selbstdisziplin auf der Kante dieser harten Pritsche, den Rücken steif, den Geist zu ruhiger, gefaßter Planung genötigt. Dafür. »Ich höre.«

»Najla läßt dir sagen, sie hat die Software von Physik Drei zu Ende gebracht. Ricky sagt, er hat in den Lebenddaten aus dem Golfstrom eine neue Gesetzmäßigkeit in den Wanderungen von Fischschwärmen entdeckt und kartographiert sie als Vergleichsmodell zu den Analysen seines Vaters im globalen Verzeichnis.«

Ricky fand fast immer einen Weg, seinen Vater in seinen Botschaften unterzubringen; Najla tat das nie. Sie wußten, daß ihr Vater vor Gericht gegen ihre Mutter aussagen würde. Jennifer hatte darauf bestanden, daß Sandaleros es ihnen sagte. Dies war keine Welt, in der man Schlaflosenkindern erlauben konnte, in behüteter Unwissenheit aufzuwachsen.

»Ich danke dir«, sagte Jennifer gelassen. »Und nun zu den Verteidigungsalternativen im einzelnen.«

Später, als Sandaleros längst gegangen war, saß sie noch auf der Pritschenkante und ließ Entscheidungsbäume in die Freiräume ihres Geistes wachsen.

»Du willst es wirklich tun?« Stella Bevingtons hübsches Gesicht auf dem ComLink war hart und kalt. »Du willst tatsächlich gegen einen von uns aussagen?«

»Stella«, sagte Leisha, »ich muß es tun.«

»Weshalb?«

»Weil sie im *Unrecht* ist. Und weil ...«

»Es ist nicht unrecht, sich selbst und die eigenen Leute zu schützen, auch wenn das einen Bruch des Gesetzes mit sich bringt! Du selbst hast mir das erklärt – du und Alice!«

»Das ist nicht das gleiche«, sagte Leisha so ruhig wie möglich. Auf dem Bildschirm des ComLinks sah man hinter Stellas Kopf genmodifizierte kalifornische Palmen, von Silber durchzogene, lange blaue Wedel. Was wollte Stella in Kalifornien? Und außerdem gab es kein Link im Freien, das ausreichend abgeschirmt war. »Jennifer schadet uns. Uns allen. Sowohl Schläfern als auch Schlaflosen …«

»Mir nicht. Mir schadet sie nicht. *Du* tust das, indem du die einzige Familie zerstörst, die manche von uns noch haben! Wir sind nicht alle solche Glückskinder wie du, Leisha!«

»Ich …«, begann Leisha, aber Stella hatte die Verbindung bereits unterbrochen, und Leisha starrte auf den leeren Bildschirm.

Adam Walcott stand in der Bibliothek von Leishas und Kevins Penthouse und ließ den Blick geistesabwesend über die Reihen von juristischen Werken gleiten, das gerahmte Hologramm von Kenzo Yagai, die Mondi-Rastell-Skulptur aus jungfräulichem Mondstein. Die Skulptur stellte eine androgyne menschliche Gestalt in erhabener Heldenpose dar, die Arme nach oben gestreckt, das Antlitz erhellt vom Intellekt. Leisha sah Walcott zu, wie er auf einem Fuß stand, sich mit der linken Hand durchs Haar fuhr, sich mit der rechten Hand durchs Haar fuhr, die schmalen Schultern schiefzog und den erhobenen Fuß schließlich wieder auf den Boden zurückstellte. Ein sonderbarer Vogel, es gab kein anderes Wort für ihn. Walcott war der sonderbarste Vogel, der Leisha in ihrer Praxis je untergekommen war. Sie wußte nicht einmal, ob er begriff, wozu er hergekommen war und was sie ihm erklären wollte.

»Herr Doktor Walcott, Sie müssen verstehen, daß

Sie das Patentverfahren durchaus weiterführen können, sowohl gegen Samplice als auch gegen *Sanctuary*, ungeachtet des Mordfalles Sharifi.« Ihre Stimme ging glatt über die Worte hinweg, denn manchmal, wenn sie gezwungenermaßen allein im Apartment war, übte sie ihren Klang, indem sie sie laut aussprach: *der Mordfall Sharifi.*

»Aber Sie werden nicht mein Rechtsbeistand sein«, sagte er gereizt. »Sie lassen die ganze Sache einfach fallen.«

Geduldig fing Leisha noch mal von vorne an. Er schien wirklich nicht zu verstehen. »Ich befinde mich bis zum Prozeßbeginn in Schutzhaft, Doktor Walcott. Ich habe ernstzunehmende Drohungen erhalten. Die Männer, an denen Sie in der Eingangshalle und im Fahrstuhl vorbeigekommen sind und die sich auf dem Dach befinden, sind nicht meine persönlichen Leibwachen, sondern Bundesvollzugsbeamte. Und ich bin nur deshalb in meiner Wohnung in Schutzhaft, weil die Sicherheitsvorkehrungen hier wirksamer sind als überall sonst. Als fast überall sonst. Aber das bringt mit sich, daß ich Ihren Patentrechtsfall nicht vor Gericht vertreten kann, und ich halte es nicht für ratsam, damit solange zuzuwarten, bis ich dazu wieder in der Lage bin. In Ihrem eigenen Interesse sollten Sie sich einen anderen Anwalt suchen, und dazu habe ich Ihnen eine Liste mit Vorschlägen gemacht.«

Sie hielt ihm den Computerausdruck hin, doch Walcott machte keine Anstalten, danach zu greifen. Er stand jetzt auf dem anderen Fuß, und die zeitweilig vorhandene Kraft kehrte wieder einmal in seine Stimme zurück: »Es ist nicht fair!«

»Es ist nicht …«

»*Fair!* Daß ein Mensch an einer Revolutionierung auf dem Gebiet der Genetik arbeitet, sein Herzblut für eine miese, kleinliche Firma einsetzt, die nicht einmal dann ein Genie erkennt, wenn sie darüber stolpert …

Man hat mir Hoffnungen gemacht, Miss Camden! Man hat mir Dinge in Aussicht gestellt!«

Ohne es eigentlich zu wollen hörte sie ihm fasziniert zu. Irgendwie wirkte der glühende Eifer des kleinen Mannes auf sie furchterregend. »Welche Dinge, Doktor Walcott?«

»Anerkennung! Ruhm! Die Aufmerksamkeit, die ich verdiene und die heutzutage niemandem außer den Schlaflosen zuteil wird!« Er breitete die Arme weit aus, stellte sich auf die Zehenspitzen und erhob die Stimme zu einem Kreischen: »Es war ein Versprechen!«

Mit einemmal schien er sich gewahr zu werden, daß Leisha ihn beobachtete. Er ließ die Arme fallen und lächelte ihr zu – ein Lächeln von solch offensichtlicher, widerwärtiger Unaufrichtigkeit, daß Leisha ein Prikkeln über den Nacken lief. Sie fand es nur schwer vorstellbar, daß Direktor Lee von Samplice, ein Mann, zu egozentrisch und unsicher, um die Träume anderer wahrzunehmen, je Versprechungen dieser Art gemacht haben sollte. Irgend etwas stimmte da nicht. »Wer hat ihnen diese Dinge versprochen, Doktor Walcott?«

»Nun ja«, meinte er überheblich und vermied es, ihr in die Augen zu sehen, »Sie wissen, wie das ist. Man hat Jugendträume. Das Leben macht einem Hoffnungen. Und dann lösen sich die Hoffnungen in nichts auf.«

Herzloser als vorgehabt sagte Leisha: »Das passiert jedem von uns, Doktor Walcott. Und zwar bei Dingen, die unsere Träume eher verdienen würden als Ruhm und Anerkennung.«

Aber er schien sie gar nicht gehört zu haben. Er stand vor dem Porträt von Yagai und hob die linke Hand am Hinterkopf vorbei an sein rechtes Ohr.

Leisha sagte: »Suchen Sie sich einen anderen Anwalt, Doktor Walcott.«

»Ja«, sagte er zerstreut und rieb sich am Ohr. »Das

werde ich tun. Vielen Dank. Auf Wiedersehen. Ich finde den Ausgang allein.«

Lange saß Leisha auf dem Sofa der Bibliothek und fragte sich, warum Walcott sie so irritierte. Es hatte nichts mit diesem speziellen Fall zu tun; es ging viel tiefer. Lag es darin begründet, daß sie bei Kompetenz instinktiv Vernunft voraussetzte? Das war wohl der amerikanische Mythos: der kompetente Mensch, durchflutet von Individualität und praktischem Sinn, der nie die Kontrolle verlor über sich und die Welt. Doch das war ein Mythos, der durch die Geschichte keine Bestätigung erfuhr: wie oft waren kompetente Menschen unkontrolliert oder irrational! Lincolns Melancholie, Michelangelos furchterregender Jähzorn, Newtons Größenwahn. Leisha hatte sich an Kenzo Yagai orientiert, aber warum sollte es sich bei Yagai nicht um eine untypische Ausnahme gehandelt haben? Warum sollte sie bei Walcott das gleiche logische und disziplinierte Verhalten erwarten? Oder bei Richard, der zwar die moralische Kraft aufbrachte, um das destruktive und unmoralische Verhalten seiner Frau zu unterbinden, der jetzt aber wie Leisha seine Tage in Schutzhaft verbrachte und zusammengesunken in einem Winkel hockte, ohne zu essen, zu reden und ohne sich zu waschen, wenn man ihn nicht dazu zwang? Oder von Jennifer, die ihr brillantes Hirn, ihre taktische Klugheit in den Dienst ihrer Machtbesessenheit gestellt hatte?

Oder verhielt es sich in Wahrheit so, daß sie, Leisha, rationales Verhalten vermissen ließ, weil sie erwartete, daß diese Leute all das *nicht* tun würden?

Sie stand vom Sofa auf und wanderte durch die Wohnung. Die Terminals waren ausgeschaltet; vor zwei Tagen war der Moment gekommen, als sie die hysterischen Nachrichtensendungen nicht mehr ertragen konnte. Die Fensterscheiben verblieben stets matt, so daß sie nur das Licht durchließen und die immer wiederkehrenden dreiseitigen Zusammenstöße zwischen der Polizei und den beiden gegnerischen Demonstrantengruppen unter Leishas Fenster den Blicken entzogen. TOD DEN SCHLAFLOSEN, EHE SIE UNS TÖTEN!, gellten die elektronischen Parolen der einen Seite, und HER MIT DEN PATENTEN, SANCTUARY! IHR SEID KEINE GÖTTER! blitzte es auf der anderen. Gelegentlich waren die beiden Gruppen ihrer ewigen Scharmützel mit der Polizei überdrüssig und legten es sich miteinander an. An den vergangenen beiden Abenden hatte Kevin sich den Heimweg zu dem Gebäude zwischen Reihen von Leibwachen und Polizisten und kreischenden Randalierern erkämpfen müssen, während die Holokameras der Nachrichtenroboter auf der Jagd nach Nahaufnahmen zwei Handbreit von seinem Gesicht entfernt hin und her schwangen.

Heute war er spät dran. Leisha ertappte sich dabei, wie sie auf die Uhr sah – eine abscheuliche Gewohnheit, aber einfach nicht abzulegen. Zum erstenmal in ihrem Leben fand sie das Alleinsein schwer. Oder war sie noch nie wirklich allein gewesen? Anfangs waren immer Papa und Alice dagewesen, dann Richard und Carol und Jeanine und Tony ... und später Stewart und wiederum Richard und schließlich Kevin. Und immerzu, immerzu hatte das Gesetz ihr Gesellschaft geleistet. Sie hatte es studiert, hatte Antworten darin gesucht und hatte es angewendet. Das Gesetz ermöglichte es Menschen mit höchst unterschiedlichen Glaubensbekenntnissen, Fähigkeiten und Zielsetzungen Seite an Seite zusammenzuleben, ohne in Barbarei zu verfallen. Und Kevin hatte seine eigene Version dieses Credos: er behauptete, daß ein Gesellschaftssystem weder auf der schmalen Basis einer gemeinsamen Kultur ruhte, noch auf der romantischen der ›Familie‹, ja nicht einmal auf den für alle in greifbare Nähe gerückten Segnungen des unbegrenzten technischen Fortschritts, sondern einzig und allein auf dem Doppelfundament aus miteinander im Einklang befindlichen Wirtschafts- und Rechtssystemen. Nur unter dieser Voraussetzung konnte es gesellschaftliche und persönliche Sicherheit geben. Geld und Gesetz. Kevin verstand das, und Richard würde es nie verstehen. Dieses Verständnis war es, was Kevin und Leisha aneinanderband.

Wo blieb er denn?

Das Terminal in der Bibliothek klingelte; der Prioritätscode für persönliche Gespräche. Leisha erstarrte. Die Demonstranten, die *Wir schlafen!*-Fanatiker, *Sanctuary* auch ... es gab so viele Feinde für jemanden wie Kevin, selbst wenn man von seiner Beziehung zu ihr, Leisha, absah ... Sie rannte in die Bibliothek.

Aber es war Kevin selbst, der anrief.

»Leisha, hör zu, Liebes, tut mir leid, daß ich dich nicht eher angerufen habe. Ich wollte es tun, aber ...« Seine Stimme verlor sich in einem Stammeln, das Kevin so gar nicht ähnlich sah. Auf dem Bildschirm war zu sehen, daß sein Unterkiefer ganz leicht herabhing. Er blickte auf einen Punkt links von ihr. »Leisha, ich komme heute nicht nach Hause. Wir sind mitten in wichtigen Verhandlungen – der Stieglitz-Vertrag, du weißt schon -, und ich muß ohne Unterbrechung zur Verfügung stehen. Möglicherweise muß ich kurzfristig nach Argentinien fliegen, um mit den politischen Verästelungen bei ihrer Tochtergesellschaft in Bahia Blanca klarzukommen. Wenn ich mich da jedesmal bei Betreten und Verlassen der Wohnung mit diesen Verrückten vor dem Gebäude herumschlagen muß und die Flugrouten vom Dach weg blockiert sind ... Ich kann das nicht riskieren.« Nach einer Sekunde fügte er hinzu: »Es tut mir leid.«

Sie sagte nichts.

»Ich bleibe hier im Büro. Vielleicht, wenn das alles vorbei ist ... Zum Teufel, kein ›vielleicht‹ – wenn der

Stieglitz-Vertrag unter Dach und Fach und der Prozeß vorbei ist, komme ich nach Hause.«

»Natürlich, Kev«, sagte Leisha. »Klar.«

»Ich wußte, du würdest das verstehen, Liebes.«

»Ja«, flüsterte sie. »Das tu ich. Ich verstehe dich.«

»Leisha ...«

»Adieu, Kevin.«

Sie ging von der Bibliothek aus in die Küche, richtete sich ein Sandwich und fragte sich, ob er noch mal anrufen würde. Er rief nicht an. Sie warf das Sandwich in den Reißwolf für organischen Abfall und ging zurück in die Bibliothek. Das Holo von Kenzo Yagai hatte sich inzwischen geändert. Jetzt beugte er sich über den Prototyp des Y-Energiekegels, die dunklen Augen ernst und klug, die Ärmel seines Jahrhundertwende-Labormantels über die Ellbogen hochgeschoben.

Leisha setzte sich auf einen hölzernen Stuhl und legte die Stirn auf die Knie. Doch diese Stellung brachte ihre Gedanken auf Richard, der zusammengesackt in seinem Zimmer vor sich hin brütete, und diese Gedanken ertrug sie nicht. Also trat sie zum Fenster, machte die Scheiben transparent und betrachtete die Straße aus der Höhe des achtzehnten Stockwerks, bis plötzlich verstärkte Bewegung in die Masse der fernen, winzigkleinen Demonstranten kam, was darauf schließen ließ, daß irgend jemand mit einem Teleobjektiv sie am Fenster erblickt hatte. Also entschied sie sich wieder für matte Scheiben, kehrte zu ihrem harten Stuhl zurück und saß lange Zeit reglos da.

Hinterher konnte sie sich nicht erinnern, wie lange sie so dagesessen hatte; doch sie erinnerte sich an etwas, das Jahrzehnte zurücklag. Als sie und Stewart Sutter noch in Harvard studierten, hatten sie zu sammen einen Spaziergang den Charles River entlang unternommen und waren lachend geradewegs in den kalten, schneidenden Wind gerannt. Stewarts Wangen hatten sich rot gefärbt wie Äpfel. Ungeachtet des Windes hatten sie am Flußufer gesessen und sich geküßt, bis ein fast nackter Selbstverstümmler über das verdorrte Gras auf sie zugetaumelt war. Die verstiegene religiöse Sekte der Selbstverstümmler rief damals allgemein Abscheu hervor, weil ihre Mitglieder ihren Körper verstümmelten, um die Welt an das Martyrium in Ländern zu gemahnen, die unter irgendeiner Form von Gewaltherrschaft litten, und dann bettelten, um mit Geldspenden dieses weltweit vorhandene Martyrium zu lindern. Dieser Mann, der da auf Stewart und Leisha zustolperte, hatte drei Finger und die Hälfte seines linken Fußes amputiert. Auf der entstellten Hand des Mahners war das Wort ›Ägypten‹ eintätowiert, auf seinem nackten bläulichen Fuß ›Mongolei‹, und auf seinem gräßlichen Narbengesicht ›Chile‹.

Er streckte Leisha und Stewart seinen hölzernen Bettelnapf hin, und Leisha, erfüllt mit dem unausweichlichen verschämten inneren Widerspruch, hatte eine Hundertdollarnote hineinfallen lassen. »Hälfte für Chile, Hälfte für die Mongolei. Alles für das Leid«, hatte er mühsam gekrächzt; auch die Stimmbänder hatte er als Mahnung geopfert. Doch der Blick, mit dem er Leisha bedachte, war so kristallklar, so erfüllt von schierer Freude, daß sie unfähig war, ihm zu begegnen. Sie hatte die Stirn auf die Knie gesenkt und die Hand in die harten Grashalme verkrallt. Stewart hatte sie in die Arme genommen und in ihr Ohr gemurmelt: »Er ist glücklich, Leisha. Ehrlich. Er bettelt für einen guten Zweck, er treibt viel Geld auf für die Leiden der Welt. Er tut das, was er tun möchte, und er macht es gut. Die Verstümmelungen stören ihn nicht. Und außerdem geht er ohnedies schon weg. Er geht schon. Schau. Er ist schon weg.«

12

Um acht Uhr abends war der Rummel auf dem Deich in voller Fahrt. Unter den Schaumsteinmauern glitt der Mississippi dunkel und lautlos vorbei. Zur Sicherheit hatte man ein Y-Feld errichtet – unsichtbare Wände, die eine Kuppel in der Größe eines Fußballfeldes umschlossen. Die Kuppel erstreckte sich über ein Stück des Flusses, über hundert Laufmeter des breiten Deiches und einen Halbkreis aus saurem Grasland und dunklem Gesträuch zwischen der Rollerfabrik und dem Wasser. Aus dem dunkelsten Gesträuch vernahm man gelegentliches Kichern, begleitet von reichlich Knacken und Rascheln.

Am südlichen Ende des breiten Deiches stauten sich die Leute vor den Erfrischungsbuden, den Holospielen und vor den Terminals, wo *Wir schlafen!* Zuschüsse zu den Einsätzen bei den großen Lotterien der Fernsehstationen gewährte. Am nördlichen Ende plärrte eine lärmende Band, deren Name Jordan entfallen war, Tanzmusik in die Nacht. Alle dreißig Sekunden blitzte ein dreidimensionales, mannshohes ferngesteuertes Hologramm des *Wir schlafen!*-Logos an einer anderen Stelle in der Luft auf: zehn Meter über dem Boden, eine Handbreit über dem Wasser, inmitten der wilden Tänzer. Auf der anderen Seite des Flusses blinzelte, etwas verschwommen durch das Vorhandensein der Y-Kuppel, schamhaft die Leuchtreklame von Samsung-Chrysler herüber.

»Der grundlegende Fehler Ihrer Tante Leisha besteht darin, daß sie ins achtzehnte Jahrhundert gehört und nicht ins einundzwanzigste«, stellte Hawke fest. »Nehmen Sie sich doch noch Eis, Jordy.«

»Nein, danke«, sagte Jordan. Er wollte kein Eis, und

noch viel weniger wollte er mit Hawke über seine Tante Leisha sprechen. Nicht schon wieder. Er versuchte, ihre Schritte Richtung Norden, zum oberen Ende des Rummelplatzes zu lenken, wo Hawkes Stimme in der Tanzmusik untergehen würde.

Hawke ließ sich jedoch nicht lenken und ging auch nicht unter. »Das Eis ist ein neues Biopatent der GenFrischFarmen. Unglaublich in Erdbeer. Zwei Tüten, bitte.«

»Ich möchte eigentlich kein ...«

»Was sagen Sie dazu, Jordy? Kaum zu glauben, daß sie dort mit Sojabohnengenen anfingen und jetzt, im letzten Vierteljahr, eine Gewinnspanne von siebzehn Prozent herausschlagen konnten.«

»Erstaunlich«, sagte Jordan, leicht sauer. Er hoffte, das Eis würde eher mittelmäßig schmecken, aber es war das beste, das er je gegessen hatte.

Hawke lachte, während er ihn über die Waffeltüte mit Erdbeereis hinweg beobachtete. Jordan nahm an, daß gleich am nächsten Morgen ein *Wir schlafen!*-Gewerkschafter an GenFrischFarmen herantreten würde – falls über die Sache nicht ohnedies bereits verhandelt wurde. Der Rummel auf dem Deich fand zu Ehren von Firmen wie GenFrisch statt, die neue Elemente in der *Wir schlafen!*-Revolution bildeten (oder bilden würden). Seit der Sharifi-Fall in den Medien Schlagzeilen machte, waren die durchschnittlichen Gewinnspannen um erstaunliche vierundsiebzig Prozent gestiegen. Von Timothy Herlingers Tod zum Kauf von *Wir schlafen!*-Produkten war es nur ein – in Jordans Augen hysterischer – Schritt, der Millionen neuer Konsumenten an Hawkes effektvolle Phrasen herangeführt hatte. *»Wußte ich's doch!«* schrien *Wir Schläfer!* voll Triumph, Angst, Wut und Habgier. *»Die Schlaflosen haben Schiß vor uns! Sie schwitzen so sehr, daß sie uns durch Morde kleinkriegen wollen!«*

In der Rollerfabrik in Mississippi, wo Hawke nach

wie vor auf eine künstlich rustikale Art, die Jordan irritierte, das Oberkommando führte, hatte sich die Produktion verdoppelt und blieb dann auf dem angehobenen Niveau. Hawke hatte eine Schautafel mit der Produktionskurve an die Fabriksmauer gehängt, dieses breite, geheimnisvolle Lächeln aufgesetzt und den Rummel zur Feier des Profits auf dem Deich angekündigt, »genau dort, wo zur Zeit meines Ururgroßvaters die damaligen Politiker aus der Gegend ihre Wähler mit Volksfesten und gegrilltem Wels ködern wollten«.

Jordan, der Kalifornier, der keine Ahnung hatte, wer sein Ururgroßvater gewesen war, hatte unmodifizierten Wels für ungenießbar gehalten. Er sah Hawke von der Seite an. Der lachte: »Nicht mein Cherokee-Ururgroßvater, Jordan. Ein anderer, in einer völlig anderen Position. Aber nicht, daß Sie denken, er wäre einer von euch vornehmen Herren gewesen.«

»Nicht ›unsere‹ vornehmen Herren, Hawke«, sagte Jordan aufgebracht. Hawkes Lachen störte ihn gewaltig. »Ich stamme nicht aus dieser Gesellschaftsschicht.«

»Natürlich nicht«, hatte Hawke gemeint und wiederum gelacht.

Und jetzt sagte Hawke – ganz so, als wäre das Gespräch inzwischen nie auf die GenFrischFarmen gekommen und als hätte Jordan nicht versucht, das Thema zu wechseln –: »Der grundlegende Fehler Ihrer Tante Leisha besteht darin, daß sie überhaupt nicht in dieses Jahrhundert gehört. Sie gehört ins achtzehnte. Es ist immer eine fatale Sache, wenn man nicht in die Zeit paßt, in die man hineingeboren wird.«

»Wir wollen heute abend nicht über Leisha reden, Hawke. Okay?«

»Die Werte des achtzehnten Jahrhunderts waren das soziale Gewissen, das rationale Denken und ein elementarer Glaube an die Tugend der Ordnung. Mit dieser Einstellung gingen sie daran, die Welt zu erneuern oder zu stabilisieren, all diese Lockes und Rousseaus und Franklins und sogar Jane Austen, die sich auch im falschen Jahrhundert befand. Klinge ich wie Leisha Camden?«

»Ich sagte ...«

»Aber natürlich haben die Romantiker damit gründlich aufgeräumt, und wir haben es nie geschafft, dahin zurückzukehren. Bis die Schlaflosen daherkamen. Finden Sie das nicht auch interessant, Jordan? Daß eine biologische Innovation die Uhr der gesellschaftlichen Werte zurückdreht?«

Jordan blieb stehen und sah Hawke ins Gesicht. Irgendwo zu seiner Linken, über dem Fluß, erschien das *Wir schlafen!*-Holo, schimmerte kurz und verschwand in einer berstenden Kugel aus fluoreszierendem Licht. »Ihnen ist wirklich gleichgültig, was ich sage, nicht wahr, Hawke? Sie walzen es einfach nieder. Nur *Ihre* Worte zählen.«

Hawke schwieg und sah ihn gespannt an.

»Wozu haben Sie mich überhaupt eingestellt? Nur um mir aus dem Hinterhalt eins auszuwischen? Um meine Einwände zu ignorieren? Um jemanden zu haben, den sie als Dummkopf hinstellen können und ...«

»Ich habe Sie eingestellt«, sagte Hawke mit ruhiger Stimme, während ihm das zerflossene Eis über die Hände tropfte, »damit Sie wütend werden.«

»Damit ich ...?«

»*Wütend werde.* Glauben Sie, ich kann irgend etwas mit Ihnen anfangen, wenn Sie es *zulassen,* von mir als Dummkopf hingestellt zu werden? Wenn Sie nicht auf Ihren Einwänden *bestehen?* Ich möchte Ihre Wut spüren, wenn Ihnen jemand auf die Zehen tritt, denn andernfalls werden Sie für unsere Bewegung nie von Nutzen sein! Was, zum Teufel, glauben Sie denn, ist die treibende Kraft der ganzen *Wir schlafen!*-Idee? Die wachgerüttelte Wut!«

Da war irgendwo ein Schwachpunkt, etwas, das nicht ganz richtig klang in Hawkes leidenschaftlichen Worten – aber vielleicht war das Nicht-ganz-Richtige der Anblick von Hawke, dem Erdbeereis über die Finger lief und dessen Augen ohne Unterlaß über den Deich glitten, über die Köpfe der Menge – auf der Suche wonach? Um zu sehen, ob man ihn rundum auch gut verstehen konnte? Nur ein junges Pärchen, das aus dem StarHolo-Vorführzelt kam und auf Jordan und Hawke zuging, konnte möglicherweise das eine oder andere Wort geh …

Der Mississippi explodierte. Wasser schoß in Geysiren hoch, und unter Jordans Füßen schwankte der Deich und spaltete sich. Eine zweite Explosion, und das StarHolo-Zelt stürzte ein. Das junge Paar wurde wie Puppen zu Boden geworfen. Menschen kreischten. Der Spalt zu Jordans Füßen weitete sich ruckartig, und im nächsten Moment packte Hawke ihn und schleuderte ihn weg. Noch während er durch die Luft flog, sah er das ferngesteuerte Holo über sich erscheinen, dessen Buchstaben auf monströse drei Meter angeschwollen und somit auf dem ganzen Gelände des Rummelplatzes zu sehen waren – Buchstaben, und nicht das *Wir schlafen!*-Logo; Buchstaben in Rot und Gold, die sich gegen die funkelnden Lichtpunkte auf der anderen Seite des Flusses abhoben: SAMSUNG-CHRYSLER.

Niemand glaubte es. Samsung-Chrysler lehnte empört jegliche Verantwortung für die Attacke ab. Es war ein altes und rechtschaffenes Unternehmen; nicht einmal die Arbeiter in der Rollerfabrik glaubten, daß S-C am Deich Unterwassersprengladungen angebracht haben könnte. Die Medien glaubten es nicht; der Gewerkschaftsrat von *Wir schlafen!* glaubte es nicht; Jordan glaubte es nicht.

»Das geht auf Ihr Konto«, sagte er zu Hawke.

Hawke sah ihn nur an. Auf seinem Schreibtisch in dem staubigen Büro der Fabrik lagen ausgebreitet die Ausdrucke der Boulevardpresse. »*Sanctuary* hinter Bombenattentat auf Wir schlafen!-*Betriebsfest!* Schlaflose wenden erneut Gewalt an!« Das billige Papier begann sich an den winzigen Rissen bereits zu wellen, die vom Kioskdrucker verursacht wurden, einem minderwertigen *Wir schlafen!*-Gerät, das in Wichita hergestellt und von dort aus vertrieben wurde. Zwei von Hawkes riesenhaften Fingern bohrten am längsten der Risse herum. Von draußen, aus der Fabrikshalle, drangen gelegentliche Trommelfeuer aus Maschinenlärm und Rockmusik ins Büro.

»Ihnen ist jedes Mittel recht«, sagte Jordan. »Die Medienhysterie wegen des Herlinger-Mordes – die Frage nach der Wahrheit existiert nicht für Sie. Für Sie geht es nur um die Frage, wie Sie jede sich bietende Gelegenheit für Ihre Ziele ausnutzen können! Sie sind nicht besser als *Sanctuary!*«

»Beim Fest wurde niemand verletzt«, wandte Hawke ein.

»Zufall.«

»Nein«, widersprach Hawke. »Es bestand keine Gefahr.«

Jordan brauchte einen Moment, um zu begreifen. »Das Eis, das Ihnen auf der Hand schmolz! Das war der Auslöser, nicht wahr? Ein temperaturempfindlicher Mikrochip unter der Haut! So konnten Sie sich einen Zeitpunkt aussuchen, zu dem bestimmt niemand zu Schaden kommen würde!«

»Sind Sie endlich wütend, Jordan?« fragte Hawke leise. »Müssen Sie noch mehr Babies sehen, die ohne ärztliche Betreuung und fließendes Wasser leben müssen, weil unter dem Yagaiismus Nahrungsmittel und Y-Energie grundlegende Wohlfahrtsrechte darstellen, aber medizinische Versorgung und Wasserleitungen auf dem freien Markt gehandelt werden? Müssen Sie noch mehr Erwachsene sehen, die den ganzen Tag herumlungern und verfaulen, weil sie wissen, daß sie bei niedrigeren Arbeiten mit der Automatisierung nicht konkurrieren können und bei anspruchsvolleren mit den GenMods? Müssen Sie noch mehr kleine Kinder mit Hakenwürmern sehen, noch mehr Teenager, die das ganze Gesetz auf ihrer Seite haben können, aber keinen echten Job kriegen? Oder sind Sie schon wütend?«

»Der Zweck heiligt nicht diese Mittel!« brüllte Jordan.

»Na sicher tut er das!«

»Sie helfen damit nicht der Schläfer-Unterschicht, alles, was Sie damit erreichen ...«

»Ach nein? Haben Sie vielleicht kürzlich mit Mayleen gesprochen? Ihre Älteste hat gerade die Robo-Tech-Ausbildung begonnen. Und sie kann dafür bezahlen! Jetzt!«

»Sie helfen diesen Leuten, aber um das zu erreichen, entfachen Sie noch mehr Haß!«

»Wachen Sie endlich auf, Jordan! Keine soziale Bewegung ist je in Gang gekommen, ohne auf die Ungleichheit hinzuweisen. Und das zu tun bedeutet, Haß zu entfachen. Die Amerikanische Unabhängigkeit, die Sklavenbefreiung, die Gewerkschaftsbewegung, die Bürgerrechte ...«

»Das war nicht ...«

»Zumindest die jetzt vorhandenen Ungleichheiten haben nicht wir erfunden, das waren die Schlaflosen. Aber der Feminismus, die Rechte der Homos, die Wohlfahrtszuteilungen ...«

»Hören Sie auf! Hören Sie auf, mir sterile Intellektualismen an den Kopf zu werfen!«

Zu Jordans Verblüffung – die so groß war, daß sie durch seine Wut hindurchdrang – grinste Hawke breit. Seine schwarzen Adleraugen funkelten. »›Sterile Intellektualismen‹ – soso. Sie sind schon einer von uns.

Was würde wohl Tante Leisha dazu sagen, die Hohepriesterin der kühlen Vernunft?«

»Ich kündige«, sagte Jordan.

Hawke schien keineswegs überrascht. Er nickte, und der scharfe Blick aus den schwarzen Augen schnitt durch die Luft wie eine Klinge. »Na gut, kündigen Sie. Sie werden zurückkommen.«

Jordan wandte sich zur Tür.

»Wissen Sie, weshalb Sie zurückkommen werden, Jordy? Wenn Sie, sagen wir, morgen, heiraten und ein Kind haben wollen, würden Sie die Gene dieses Kindes so verändern lassen, daß es zu einem Schlaflosen wird. Würden Sie doch, oder? Und hinterher würden Sie sich selbst verabscheuen, weil Sie es getan haben.«

Die Tür glitt auf.

Hinter ihm sagte Hawke leise: »Wenn Sie zurückkommen, werden Sie hier stets willkommen sein, Jordan.«

Erst draußen vor dem Tor, wo der Mississippi friedlich auf sein Delta zukroch, wurde Jordan klar, daß es keinen Ort gab, an dem er lieber gewesen wäre als hier.

Mayleen beobachtete ihn aus dem Wächterhaus. Auf diese Entfernung konnte er ihren Gesichtsausdruck nicht erkennen. Er hatte ihre älteste Tochter einmal gesehen, ein scheues Mädchen mit dem gleichen Struwelkopf und der gleichen dürren Gestalt wie ihre Mutter. RoboTech-Schule. Hakenwürmer. Jobs.

Jordan drehte sich um und trottete zurück zum Tor der Rollerfabrik. Mayleen öffnete es ihm, und er trat hindurch.

Susan Mellings faltiges Gesicht auf dem Bildschirm wurde nicht umrahmt von ihrem Arbeitszimmer in der Wüste von New Mexico, sondern von einem Laboratorium, in dem sich Terminals, Geräte, Kunststoffgefäße und Roboterarme den Platz streitig machten.

»Susan, wo bist du?« fragte Leisha.

»An der Medizinischen Fakultät in Chicago«, sagte Susan mit spröder Stimme. »Abteilung Forschung. Man hat mir ein Gastlabor zugeteilt.« Die tiefen Linien in ihrem Gesicht spannten sich vor freudiger Erregung.

»Du arbeitest an ...«, begann Leisha langsam.

»Ja«, unterbrach Susan sie. »An diesem genetischen Problem, über das wir in New Mexico sprachen. Dasjenige, das die Medizinische Fakultät der *Geheimhaltungspflicht* unterworfen hat.«

Da wußte Susan, daß das ComLink nicht abgeschirmt war. Oder zumindest nicht ausreichend abgeschirmt. Sie unterdrückte ein lautes Auflachen: was hieß unter den gegenwärtigen Umständen »ausreichend«?

»Ich wollte dir nur sagen«, fuhr Susan fort, »daß wir begonnen haben und daß mein hochverehrter chinesischer Kollege gut hier angekommen ist und mir zur Seite steht.«

Ein chinesischer Kollege? Susan starrte sie unverwandt und vielsagend an. Da erinnerte sich Leisha plötzlich, daß Claude Gaspard-Thiereux' überragende Intelligenz das Produkt einer Genmodifikation war, und daß er Susan einst im Verlauf einer feuchtfröhlichen Party erzählt hatte, daß das genetische Material, das in das seine eingepflanzt worden war, von einem chinesischen Spender stammte. Dieser Umstand hatte ihn aus einem unerfindlichen Grund fasziniert, und er begann Imitationen von Mingvasen und Holobilder der Verbotenen Stadt zu sammeln – ein Umstand, der wiederum Susan faszinierte. Leisha hatte der ganzen Sache keine Bedeutung beigemessen, aber offenbar erwartete Susan von ihr, daß sie sich jetzt daran erinnerte.

Gaspard-Thiereux an der Medizinischen Hochschule in Chicago. Er wäre wohl nicht von Paris herübergeflogen, wenn Susan es nicht verstanden hätte, ihn von der praktischen Umsetzung der Walcottschen Theorien zu überzeugen.

»Wir haben uns bereits durch den ersten Teil des Problems hindurchgearbeitet«, erklärte Susan in sachlichem Tonfall, »und frühere Versuche auf demselben Gebiet wiederholt, doch jetzt sind wir auf Schwierigkeiten gestoßen. Aber wir arbeiten daran und werden dich auf dem laufenden halten. Wir haben uns entschlossen, Mister Wongs Erkenntnisse nicht am Anfang, sondern am Schluß des Problems einzusetzen, denn dort klafft, wie wir wissen, die größte Lücke.«

Susan *genoß* das Ganze! Nicht nur die Forschungstätigkeit, sondern im besonderen die Pseudogeheimnistuerei, die theatralischen Codewörter. Ihre Stimme flatterte vor Eifer. Wenn Leisha die Augen schloß, sah sie die Susan vor sich, die sie vor vierzig Jahren gekannt hatte, als sie mit unerschöpflicher Energie und schwingenden Stirnfransen zwei kleine Mädchen durch die kontrollierten Denk›spiele‹ geführt hatte. Ein plötzlicher Anfall von Zärtlichkeit raubte Leisha fast die Luft.

Nur um irgend etwas zu sagen, sagte sie: »Beim Ende beginnen? Das hört sich an, als würde man bei einer Verhandlung das Urteil als Beweis einsetzen und nicht die Zeugenaussagen.«

»Kein zutreffender Vergleich!« zwitscherte Susan glücklich. Mit weicherer Stimme fragte sie: »Wie steht es denn um dich, Leisha?«

»Der Prozeß beginnt nächste Woche«, sagte Leisha, als wäre das die ganze Antwort auf Susans Frage. Was zutraf.

»Und Richard, ist er immer noch …«

»Unverändert«, sagte Leisha.

»Und Kevin …«

»Er kommt nicht mehr.«

»Verdammter Idiot.«

Aber Leisha wollte nicht über Kevin reden. Was sie an seiner feigen Flucht am meisten schmerzte, war der Umstand, daß Kevin die Schlaflosen als Gemeinschaft verraten hatte, nicht bloß Leisha als Person. Hieß das, daß es für sie keine spontane, persönliche Liebe mehr geben konnte – daß jede Liebe gezwungenermaßen von allerlei sachlichen Erwägungen überschattet sein mußte? Die Frage beunruhigte sie.

»Susan, weißt du, was mir gestern aufgefallen ist? Daß es auf der ganzen Welt nur drei Menschen gibt, die verstehen, warum ich gegen eine Schlaflose aussagen werde, gegen jemanden, wie die Presse sagt, meines ›eigenen Klüngels‹. Nur drei. Dich und Richard und ... Papa.«

»O ja«, sagte Susan. »Roger war nie der Ansicht, daß die Solidarität gegenüber der eigenen Gesellschaftsklasse Vorrang vor der Wahrheit hatte. Er hat überhaupt nie Solidarität gegenüber irgendeiner Gesellschaftsklasse empfunden, Punktum. Er betrachtete sich als einziges Mitglied seiner Klasse. Aber es gibt ganz sicher mehr als drei, Leisha. Auf der ganzen Welt.«

Leisha sah sich im Zimmer um und ließ den Blick über die Zeitungsausdrucke wandern, die sich auf dem Schreibtisch, dem Boden, dem Sessel stapelten; ihre Einstellung dazu hatte sich gewandelt: von der Unfähigkeit, sie zu lesen, zur Unfähigkeit, sie nicht zu lesen.

»Ich habe nicht das Gefühl, daß es mehr als drei sind.«

»Ah ja«, sagte Susan. Es klang genauso wie bei Alice; noch nie zuvor war Leisha diese Übereinstimmung aufgefallen. »Weißt du, daß im statistischen Jahrbuch der Vereinigten Staaten die offizielle Anzahl von *in vitro*-Genmodifizierungen zur Produktion von Schlaflosenbabies mit einhundertzweiundvierzig angegeben wird?«

»Das ist alles?«

»Gegenüber Tausenden vor zehn Jahren. Verantwortungsvolle und weiterdenkende Eltern wollen ihre zukünftigen Kinder nicht den Gefahren und der Diskriminierung aussetzen. Aber wenn die Forschungen deines Doktor Walcott ...« Sie ließ das Ende des Satzes in der Luft hängen.

»Nicht meines«, entgegnete Leisha. »Definitiv nicht meines!«

»Ah ja«, sagte Susan wieder, und es klang wie ein vielschichtiger Seufzer.

13

Das Volk gegen Jennifer Fatima Sharifi. Erheben Sie sich von den Sitzen.«

Leisha, die auf der Zeugenbank saß, erhob sich. Einhundertzweiundsechzig Menschen – Zuschauer, Geschworene, Reporter, Zeugen und Anwälte – erhoben sich mit ihr, ein Körper mit einhundertdreiundsechzig Gehirnen, die alle miteinander im Widerstreit standen. Sicherheitsschilde aus Energiefeldern umhüllten den Gerichtssaal, das Gerichtsgebäude und die Stadt Conewango wie übereinandergezogene Handschuhe, deren zwei dichteste Schichten nicht einmal von Kommunikationseinrichtungen durchdrungen werden konnten. Fünfzehn Jahre zuvor hatte der Staat New York in einer von unzähligen periodischen Pendelbewegungen der Gerichtsordnung zwischen dem Recht der Öffentlichkeit auf Information und dem Recht des Individuums auf Privatsphäre wieder einmal entschieden, daß die Verwendung von Aufnahmegeräten bei Strafprozessen unzulässig und daher untersagt war. Die Reporter waren alle staatlich konzessionierte Berichterstatter – entweder verfügten sie über die Fähigkeit zur Erzeugung wahrnehmungsnaher Anschauungsbilder oder über Bioimplantate zur Verstärkung und Verfeinerung des Hörnervs oder über beides. Leisha fragte sich spöttisch, wie viele von ihnen wohl darüber hinaus auch über unerwähnte Genmodifizierungen verfügten.

Neben den Reportern hielten die Holokünstler der Nachrichtennetze ihre computerunterstützten Zeichengeräte auf den Knien, und die fast unmerklichen Bewegungen ihrer Finger formten die Hologramme für die nachmittägliche Aktualitätenschau. Noch war der Sitz des Gens für künstlerische Begabung nicht identifiziert.

»Hört, hört, hört«, ließ sich der Gerichtsdiener vernehmen. »Der unabhängige Gerichtshof des Bezirks Cattaraugus im Staate New York beginnt mit der Verhandlung. Den Vorsitz führt der Ehrenwerte Richter Daniel J. Deepford. Bringt euer Begehren vor, und ihr werdet gehört werden. Gott schütze die Vereinigten Staaten und dieses ehrenwerte Gericht!«

Leisha fragte sich, ob nur sie allein das fieberhaft erregte Ausrufungszeichen gehört hatte.

Es war der erste Tag der Zeugenaussagen. Zweieinhalb Wochen unausgesetzter Vernehmungen waren nötig gewesen, um zwölf für alle akzeptable Geschworene aus der Liste auszuwählen: Mrs. Wright, glauben Sie, sich eine unvoreingenommene Meinung über die Angeklagte bilden zu können? Mister Aratina, sind Ihnen Berichte über diesen Fall aus den Nachrichtenmedien bekannt? Miss Moranis, sind Sie Mitglied der Vereinigung *Wir schlafen!?* Von *Wach auf, Amerika!?* Vom Verein *Mütter kämpfen für biologische Gleichheit?* Dreihundertneunundachtzig Abweisungen wegen Befangenheit, eine unvorstellbare Zahl bei jeder anderen Geschworenenbefragung. Nun bestand die Jury aus acht Männern und vier Frauen. Sieben Weiße, drei Schwarze, ein Asiate, ein Latino. Fünf von ihnen mit Collegebildung, sieben mit High-School-Abschluß oder weniger. Neun jünger als fünfzig, drei älter. Acht von ihnen hatten leibliche Kinder, drei waren kinderlos und eine der Frauen verfügte über den legalen Eispenderinnenstatus. Sechs von ihnen arbeiteten, sechs standen auf der Wohlfahrtsliste. Keiner war Schlafloser.

»Über jeden Bürger soll von einem Gericht aus ihm Ebenbürtigen Recht gesprochen werden.«

»Sie können beginnen, Mister Hossack«, sagte der Richter zum Anklagevertreter, einem gedrungenen

Mann mit dichtem grauem Haar und dem nicht zu unterschätzenden Prozeßvorteil, durch Stillschweigen die allgemeine Aufmerksamkeit auf sich lenken zu können. Wie alle Leute in den Vereinigten Staaten, die Zugriff auf eine umfassende Datenbank hatten, wußte Leisha nun alles über Geoffrey Hossack. Er war vierundfünfzig Jahre alt, das Verhältnis seiner gewonnenen zu den verlorenen Prozessen lag bei dreiundzwanzig zu neun, er hatte keine Schwierigkeiten mit den Rechnungsprüfern der Steuerbehörden und noch nie einen Verweis der Anwaltskammer erhalten. Seine Frau kaufte ausschließlich Echtweizenbrot, dreimal die Woche. Hossack hing an zwei Nachrichtenkanälen und an einem privaten Kanal für Bürgerkriegsnarren. Seine älteste Tochter stand kurz davor, in Trigonometrie durchzufallen.

Sowohl er als auch Richter Deepford waren als faire, ehrenhafte und äußerst fähige Juristen bekannt.

Vor Wochen schon hatte Leisha vor dem Bildschirm gesessen und sich mit Deepfords und Hossacks Hintergrund beschäftigt, nachdem sie Deepfords Prozeßerfolge penibel durchgegangen war. Sie nahm nicht an, daß *Sanctuary* die Bestellung von Richter oder Staatsanwalt beeinflussen konnte; die Macht der Schlaflosen lag auf wirtschaftlichem Gebiet, nicht auf politischem. Sie waren einfach nicht zahlreich genug, um einen nennenswerten Wähleranteil zu stellen, und für die Bewerbung um ein gewähltes Amt hatten sie zu viele Gegner. *Sanctuary* war natürlich in der Lage, einzelne Richter, Staatsanwälte oder Kongressleute zu kaufen – was gewiß auch geschah –, aber nichts in Hossacks oder Deepfords Vergangenheit ließ auch nur im entferntesten darauf schließen, daß sie käuflich wären.

Noch schwerer ins Gewicht fiel, daß Deepford kein fanatischer Schläfer war. Wie auch immer seine persönlichen Gefühle ihnen gegenüber aussahen, er hatte bereits neun Zivilrechtsverfahren gegen Schlaflose geleitet – zu Strafrechtsprozessen gegen Schlaflose kam es kaum –, und in jedem Fall war seine Verhandlungsführung untadelig und nachvollziehbar gewesen. Er tendierte zwar dazu, sowohl den Richtlinien für die Zulassung von Beweismaterial als auch dem Gesetzestext selbst buchstabengetreu zu folgen, aber das war auch schon der einzige Punkt, den Leisha ihm hätte vorwerfen können.

Hossacks einleitende Erklärung für die Geschworenen umriß seinen Fall kurz und bündig: Dem Anklagevertreter lagen Beweise vor, daß die Beschädigung des Y-Energie-Deflektors an Doktor Timothy Herlingers Motorroller mit Absicht herbeigeführt worden war; und daß, wie weitere Beweise ergeben würden, die angeklagte Jennifer Sharifi mit dieser Beschädigung in ursächlichem Zusammenhang stand. »Der Motorroller war mit einem Netzhautscanner ausgestattet, meine Damen und Herren Geschworenen, dessen Auswertung drei Bilder ergab: jenes der Netzhaut eines Nachbarkindes, das am Morgen des Tages, an dem Doktor Herlinger starb, draußen spielte; jenes von Doktor Herlingers Netzhaut; und das Bild der Netzhaut einer weiblichen Schlaflosen. Ferner wird bewiesen werden, daß diese weibliche Schlaflose dem obersten Machtbereich von *Sanctuary* angehörte und ihr somit die höchstentwickelte Technik der ganzen Welt zur Verfügung stand.«

Nach einer kurzen Pause fuhr Hossack fort: »Zur Beweisführung wird ein Anhänger vorgelegt werden, der in der Parkgarage von Samplice gefunden wurde, unmittelbar neben der Stelle, an der Doktor Herlingers Roller gestanden hatte. In diesem Anhänger befindet sich ein Mikrochip, der allem Herkömmlichen auf diesem Gebiet so überlegen und so unähnlich ist, daß die Experten der Regierung immer noch nicht imstande sind, ein Duplikat davon anzufertigen. Wir verstehen nicht, wie er hergestellt wurde, aber wir verstehen sehr wohl, wozu er dient. Wir haben es ausprobiert. Er öffnet die Tore von *Sanctuary*. Kurz gesagt, wird der Staat beweisen, daß die Beschädigung des Rollers Teil eines sorgfältig durchdachten gesetzwidrigen Komplotts ist, das von *Sanctuary* geplant und ausgeführt werden sollte. Wir werden weiters beweisen, daß die einzige Person, die dieses Komplott gelenkt und geleitet haben kann, Jennifer Sharifi ist, Urheberin und Oberkommandierende diverser illegaler Netzwerke der Macht, die selbst vor einer Infiltration des bundesweiten Bankensystems und der staatlichen Datenspeicher nicht haltmachten – ein Vorwurf von solcher Tragweite, daß gegenwärtig ein spezielles Expertenteam des Justizministeriums der Vereinigten Staaten damit befaßt ist...«

»Einspruch!« rief Will Sandaleros.

»Mister Hossack«, sagte der Richter, »Ihre Ausführungen bewegen sich deutlich über den Umfang einer einleitenden Erklärung hinaus. Die Geschworenen werden in diesem Mordprozeß alle Bemerkungen ignorieren, die sich auf parallele Ermittlungen beziehen.«

Die Geschworenen starrten alle Jennifer an, die in ihrer weißen Abajeh hochaufgerichtet hinter kugelsicherem Glas saß. Das Wort ›Macht‹ hing in der Luft wie eine hochexplosive Ladung. Jennifer sah nicht rechts noch links.

»Miss Sharifis Ziel war es«, fuhr Hassock fort, »gewisse Patente zu unterschlagen, die im Falle einer Weiterentwicklung und Vermarktung Schläfern erlauben würden, zu Schlaflosen zu werden – mit den gleichen biologischen Vorteilen, wie sie ihnen selbst zur Verfügung stehen. *Sanctuary* will nicht, daß auch wir – Sie und ich – diese Vorteile besitzen. Und um das zu verhindern, schreckte *Sanctuary* unter der Leitung von Jennifer Sharifi auch vor kaltblütigem Mord nicht zurück.«

Leisha musterte die Geschworenen. Sie schienen aufmerksam zuzuhören, aber ihre starren Schläfergesichter verrieten nichts weiter.

Im Gegensatz zu Hossack packte Will Sandaleros seine einleitende Erklärung zurückhaltend an. »Ich kann nicht umhin zuzugeben, daß die vorgebrachten Argumente der Staatsanwaltschaft zu diesem Rechtsfall schwer zu widerlegen sind«, begann er. Sein männlich-schönes, scharf geschnittenes Gesicht – seine Schläfer-Eltern, von denen er verstoßen worden war, hatten viel Geld in die gentechnische Perfektionierung seines Äußeren gesteckt – wirkte eine Spur verlegen. Kein Schlafloser, das war Leisha völlig klar, durfte sich erlauben, einer Geschworenenbank mit einer Miene gegenüberzutreten, die auch nur annähernd als arrogant ausgelegt werden konnte. Sie beugte sich vor, ignorierte die unvermeidlichen neugierigen Glotzer, die sie daraufhin anstarrten, und betrachtete Sandaleros eingehend. Er sah konzentriert und sehr schlagkräftig aus. Er sah kompetent aus.

»Tatsache ist jedoch«, fuhr Sandaleros fort, »daß hier nichts zu widerlegen ist. Es gibt keinen Rechtsfall. Jennifer Sharifi ist unschuldig; wie ich noch aufzeigen werde, verfügt der Staatsanwalt über keinerlei konkrete Beweise, die Jennifer Sharifi *oder* das Kollektiv *Sanctuary* als juristische Person mit der Beschädigung des Motorrollers des Ermordeten, mit einer Streitsache um gewisse Patente oder mit einem Mordkomplott in irgendeinen wie auch immer gearteten Zusammenhang bringen könnten. Die Staatsanwaltschaft verfügt, meine Damen und Herren Geschworenen, über eine dünne Suppe aus Einzelereignissen, Hörensagen und konstruierten Zusammenhängen. Und über noch etwas.«

Sandaleros trat näher an die Geschworenenbank heran, weitaus näher, als Leisha sich je selbst herangewagt hätte, und beugte sich noch dazu vor. Eine Frau in der ersten Reihe zuckte ein wenig ängstlich zurück. »Worüber die Staatsanwaltschaft noch verfügt, meine Damen und Herren Geschworenen, ist eine dickere Suppe – viel dicker als jene des Beweismaterials – aus Unterstellungen, Vorurteilen und unhaltbaren künstlich hergestellten Berührungspunkten, eine Suppe, kurz gesagt, aus Feindseligkeit und Mißtrauen gegen Miss Sharifi, aus dem einzigen Grund, weil sie eine Schlaflose ist.«

»Einspruch!« rief Hossack.

Sandaleros donnerte weiter, als hätte er es nicht gehört. »Ich sage das, um jenen Punkt ans Licht zu bringen, um den es in diesem Prozeß in Wahrheit geht, damit wir alle ihn sehen und erkennen können. Jennifer Sharifi ist eine Schlaflose. Ich bin ein Schlafloser ...«

»Einspruch!« rief Hossack wieder, diesmal mit echter Empörung in der Stimme. »Der Herr Verteidiger macht den Versuch, hier über den Ankläger zu Gericht sitzen zu lassen! Das Gesetz macht bei der Verübung eines Verbrechens keinen Unterschied zwischen Schläfern und Schlaflosen, ebensowenig wie es die Anklage bei der Befolgung der Richtlinien für die Beweisführung tun wird!«

Jedes einzelne Augenpaar im Gerichtssaal – ob es nun einem Schläfer, Schlaflosen, Reporter, Tagträumer, Zweifler, blindwütigen Eiferer oder mit Scheuklappen Geschlagenem gehörte – richtete sich auf Richter Deepford, der keinen Moment zögerte: offenbar hatte er diese Entscheidung schon vor Prozeßbeginn überdacht und getroffen. »Ich lasse es zu«, erklärte er mit ruhiger Stimme und wich damit beträchtlich von seinem eigenen Ruf ab; er wollte sichtlich klar erkennen lassen, wieviel Spielraum er Sandaleros zugestehen würde, um jeden Anschein von Voreingenommenheit in seinem Gerichtssaal zu vermeiden. Leisha entdeckte, daß die Nägel ihrer rechten

Hand sich ins Fleisch der linken gruben. Sie roch eine Falle…

»Euer Ehren«, begann Hossack sehr beherrscht.

»Einspruch abgelehnt, Mister Hossack. Mister Sandaleros, fahren Sie fort.«

»Jennifer Sharifi ist Schlaflose, ich bin Schlafloser«, wiederholte Sandaleros. »Dies ist der Prozeß gegen eine Schlaflose, die des Mordes an einem Schläfer angeklagt ist, *weil* sie eine Schlaflose ist…«

»Einspruch! Die Angeklagte wurde nach einer Prüfung der Beweislage durch die Anklagekammer vor Gericht gestellt!«

Alle sahen Hossack an, und Leisha merkte genau, in welcher Sekunde ihm klar wurde, daß er Sandaleros in die Hände gespielt hatte. Egal, wie die Beweislage aussah, jeder im Gerichtssaal wußte, daß die dreiundzwanzig Schläfer der Anklagekammer Jennifer Sharifi genau deshalb vor Gericht gestellt hatten: *weil* sie eine Schlaflose war. Angst, nicht die Beweislage, hatte sie unter Anklage gestellt. Und indem er das in Abrede gestellt hatte, sah Hossack entweder dumm oder unehrlich aus. Ein Mann, der unfähig war, eine häßliche Realität beim Namen zu nennen. Ein Mann, dessen Behauptungen man in Zweifel ziehen sollte.

Hossack hatte soeben erlebt, wie man seinen eigenen Sinn für Fairness und Gerechtigkeit gegen ihn verwendet hatte, um ihn als heuchlerischen, unredlichen Esel hinzustellen.

Jennifer Sharifi zeigte nicht die geringste Regung.

Als erste Zeugen wurden Leute aufgerufen, die sich am Schauplatz von Timothy Herlingers Tod befunden hatten. Hossack ließ eine buntgemischte Auswahl von Polizisten, Fußgängern und die Fahrerin des Wagens aufmarschieren, letztere eine nervöse, magere Frau, die kaum die Tränen zurückhalten konnte. Durch ihre gesammelten Aussagen wies Hossack nach, daß Herlinger die erlaubte Höchstgeschwindigkeit überschritten hatte, eine scharfe Linkskurve genommen und sich offenbar dabei wie die meisten Rollerfahrer völlig auf den Y-Energie-Deflektorschild verlassen hatte, der automatisch dafür sorgte, daß der vorgeschriebene Viertelmeter Mindestabstand von jedem Hindernis eingehalten wurde. Zu seinem Verhängnis, wie sich herausstellen sollte. Er war frontal in die Tür des von Miss Stacy Hillman gelenkten Straßenwagens gekracht, der bereits angefahren war, als der Verkehrsstrom umgeschaltet worden war. Herlinger hatte gewohnheitsmäßig keinen Helm getragen; die Deflektoren machten Helme überflüssig. Er war auf der Stelle tot gewesen.

Der Roboter des Straßenpolizeiteams hatte eine äußerliche Überprüfung des Motorrollers durchgeführt und den fehlerhaften Deflektor nicht entdeckt – oder, besser, er hatte den Roller als einwandfrei funktionierend bezeichnet, weil Deflektoren niemals versagten und eine solche Möglichkeit daher auch nicht in seiner Programmierung aufschien. Das stand jedoch derart in Widerspruch zu den Angaben der Augenzeugen, daß ein Polizist den Roller bestiegen, ihn vorsichtig gefahren und dabei das Versagen des Deflektors selbst entdeckt hatte. Daraufhin war der Roller zur Erstellung eines Fachgutachtens ins Forensische Institut, Abteilung Energie, gebracht worden.

Ellen Kassabian, die Leiterin von Forensik, Abt. Energie, war eine große, breite Frau mit jener langsamen, unerschütterlichen Art zu sprechen, die auf Geschworene kompetent wirkte, unter der sich jedoch, das wußte Leisha, auch einfach nur halsstarrige, verbissene Inflexibilität verbergen konnte. Hossack befragte sie eingehend über den Roller.

»In welcher Weise wurde an dem Deflektorschild manipuliert?«

»Der Schild war so reguliert, daß es bei der ersten Berührung mit einem Hindernis bei einer Geschwindigkeit von mehr als fünfundzwanzig Stundenkilometern zu einem Versagen kommen mußte.«

»Ist dies ein einfacher Vorgang?«

»Nein. Man brachte eine Vorrichtung am Y-Kegel an, welche das Versagen hervorrufen sollte.« Sie beschrieb die Vorrichtung und verlor sich sehr rasch in unverständlichen technischen Details. Nichtsdestoweniger lauschten die Geschworenen ihren Ausführungen aufmerksam.

»Haben Sie je zuvor eine solche Vorrichtung zu Gesicht bekommen?«

»Nein. Meines Wissens handelt es sich um eine völlig neuartige Konstruktion.«

»Wie können Sie dann behaupten, daß diese Vorrichtung imstande ist, das zu tun, was Sie uns beschrieben haben?«

»Wir haben sie umfassenden Tests unterzogen.«

»Und wären Sie nunmehr auf Grund dieser Tests in der Lage, ein Duplikat dieser Vorrichtung anzufertigen?«

»Nein. Oh, ich bin sicher, daß es Leute gibt, die das können. Aber es ist sehr kompliziert. Wir haben Spezialisten aus dem Verteidigungsministerium zu einer Begutachtung herangezogen ...«

»Die Herren werden später als Zeugen aussagen.«

»... und sie stellten fest«, fuhr Kassabian unbeirrbar fort, »daß es sich dabei um eine neuartige Technik handelt.«

»Also wäre eine sehr hochentwickelte – eine ungewöhnlich hochentwickelte – Intelligenz vonnöten, um diesen Eingriff in die Funktionsweise des Deflektorschildes zu bewerkstelligen?«

»Einspruch!« unterbrach Sandaleros. »Die Meinung der Zeugin steht nicht zur Debatte!«

»Ihre fachliche Meinung hiezu«, erklärte Hossack, »liegt durchaus innerhalb der Grenzen ihrer Sachverständigenaussage.«

»Ich lasse es zu«, sagte der Richter.

Hossack wiederholte die Frage. »Also wäre eine sehr hochentwickelte – eine ungewöhnlich hochentwikkelte – Intelligenz vonnöten, um einen solchen Eingriff in die Funktionsweise des Deflektorschildes zuwege zu bringen?«

»Ja«, sagte Kassabian.

»Eine äußerst ungewöhnliche Person oder Gruppe von Personen?«

»Ja.«

Hossack ließ das in der Luft hängen, während er seine Unterlagen konsultierte. Leisha verfolgte, wie die Augen der Geschworenen den Gerichtssaal nach den Schlaflosen absuchten – nach einer Gruppe von ungewöhnlichen Personen mit ungewöhnlich hochentwickelter Intelligenz.

Hossack sprach weiter. »Wollen wir uns nun mit dem dritten Netzhautbild beschäftigen, das der Scanner an Doktor Herlingers Motorroller an jenem Morgen aufgenommen hat, an dem er starb. Was macht Sie so sicher, daß dieses Bild einer erwachsenen weiblichen Schlaflosen zugeordnet werden muß?«

»Netzhautbilder entstehen durch die Abtastung von Gewebe. Wie jedes menschliche Gewebe ist auch die Netzhaut einem Alterungsprozeß unterworfen. Das nennen wir in diesem Fall ›Trübung‹; es sind Stellen, wo Zellen zugrundegegangen sind und sich nicht erneuert haben – beachten Sie, daß es sich ja um Nervengewebe handelt! –, oder wo mißgeformte Zellen sitzen. Für das Gewebe von Schlaflosen trifft dies alles jedoch nicht zu. Es regeneriert sich irgendwie, …« – Leisha hörte die ambivalente Betonung des Wortes ›irgendwie‹ – diese bittere Wehmütigkeit, die sie zum erstenmal vor zwanzig Jahren aus Susan Mellings Mund vernommen hatte – »… und die Abtastung liefert eine klare Netzhaut. Scharf umrissen. Keine Trübung. Je älter die Person, desto eindeutiger können wir das Bild einer Schlaflosennetzhaut identifizieren. Bei kleineren Kindern ist es manchmal schwer, einen Unterschied festzustellen, selbst für den Computer. Hier jedoch haben wir es ohne jeden Zweifel mit einer erwachsenen Schlaflosen zu tun.«

»Ich verstehe. Und die Netzhaut stimmt nicht mit der eines anderen aktenkundigen Schlaflosen überein?«

»Nein. Das Bild ist nicht im Archiv.«

»Bitte erläutern Sie dem Gericht noch einen Punkt hierzu, Miss Kassabian. Hat man bei der Verhaftung von Jennifer Sharifi, der Angeklagten, das Bild ihrer Netzhaut aufgenommen?«

»Ja.«

»Und stimmt es mit der Abtastung des Scanners von Doktor Herlingers Roller überein?«

»Nein.«

»Es ist also nicht möglich, daß Miss Sharifi sich persönlich an diesem Motorroller zu schaffen gemacht hat?«

»Nein«, sagte Kassabian und erlaubte damit der Anklage, auf diesen Umstand hinzuweisen, ehe die Verteidigung ihn einer dramatischeren Nutzung unterziehen konnte.

»Stimmt das Bild mit dem der Netzhaut von Miß Leisha Camden überein, die sich kurz vor seinem Tod im selben Gebäude aufgehalten hatte wie Doktor Herlinger?«

»Nein.«

Alle Blicke wandten sich Leisha zu.

»Aber es handelte sich ohne Zweifel um eine Schlaflose, die sich über diesen Scanner gebeugt hat – und die damit die letzte Person war, die das tat –, irgendwann zwischen dem Zeitpunkt, als Doktor Herlinger an diesem Morgen von zu Hause wegfuhr und dem Todeszeitpunkt um neun Uhr zweiunddreißig am selben Morgen. Es war somit eine Schlaflose, die sich an dem Motorroller zu schaffen gemacht hat.«

»Einspruch!« rief Sandaleros. »Eine unzulässige Schlußfolgerung, die der Zeugin in den Mund gelegt wird!«

»Zurückgezogen«, sagte Hossack. Er schwieg wieder, und wieder zog die bedeutungsschwangere, angespannte Natur seines Schweigens alle Augen auf seine Person. Dann wiederholte er langsam: »Eine Schlaflosennetzhaut. Eine *Schlaflosennetzhaut.*« Und erst dann sagte er: »Keine weiteren Fragen.«

Sandaleros ging mit äußerster Brutalität an die Netzhautbilder heran. Verflüchtigt hatte sich die leicht verlegene Zurückhaltung seiner einleitenden Erklärung. »Miss Kassabian, wie viele Netzhautbilder von Schlaflosen befinden sich im Archiv des polizeibehördlichen Erkennungsnetzes der Vereinigten Staaten?«

»Einhundertdreiunddreißig.«

»Nur einhundertdreiunddreißig? Aus einer Population von über zwanzigtausend?«

»Ganz richtig«, sagte Ellen Kassabian, und aus der kaum erkennbaren Verlagerung ihres Gewichts von einer Seite des Zeugenstuhles zur anderen konnte Leisha zum erstenmal den Schluß ziehen, daß Miss Kassabian Schlaflose nicht mochte.

»Das erscheint mir eine sehr geringe Zahl«, wunderte sich Sandaleros. »Sagen Sie mir bitte, unter welchen Umständen das Netzhautbild einer Person in das Archiv der Polizeibehörde Eingang findet?«

»Wenn sie zur Festnahme vorgemerkt wird.«

»Nur dann?«

»Oder wenn sie Teil des Gesetzesvollzugs selbst ist. Polizeipersonal, Richter, Gefängniswärter. In dieser Art.«

»Auch Rechtsanwälte?«

»Ja.«

»Könnte man also sagen, daß aus diesem Grund Leisha Camdens Netzhautbild für eine Überprüfung zur Verfügung stand?«

»Ja.«

»Miss Kassabian, welcher Prozentsatz dieser einhundertdreiunddreißig Netzhautbilder von Schlaflosen sind Personen aus dem Gesetzesvollzug zuzuordnen?«

Kassabian war sichtlich nicht erfreut, diese Frage beantworten zu müssen. »Achtzig Prozent.«

»*Achtzig?* Sie wollen damit sagen, daß nur zwanzig Prozent von diesen einhundertdreiunddreißig Leuten – siebenundzwanzig Personen – in den neun Jahren, seit Netzhautbilder archiviert werden, festgenommen wurden?«

»Ja«, sagte Kassabian allzu emotionslos.

»Kennen Sie die Gründe für diese Festnahmen?«

»Drei wegen ordnungswidrigem Verhalten, zwei wegen Kleindiebstahls, zweiundzwanzig wegen öffentlicher Ruhestörung.«

»Es hat also den Anschein«, stellte Sandaleros trocken fest, »daß die Schlaflosen ein recht gesetzestreuer Personenkreis sind, nicht wahr, Miss Kassabian?«

»Ja.«

»Eigentlich hat es, wenn die Anzahl der Netzhautarchivierungen irgendeinen Schluß zuläßt, sogar den Anschein, daß das verbreitetste Verbrechen unter den Schlaflosen jenes ihrer simplen Existenz ist, durch das die öffentliche Ruhe erheblich gestört wird.«

»Einspruch!« rief Hossack.

»Stattgegeben. Mister Sandaleros, haben Sie noch Fragen, welche auf Miss Kassabians Vernehmung als Sachverständige Bezug haben?«

Und doch, dachte Leisha, hatte Deepford die Einbringung der Netzhautstatistik zugelassen, obwohl sie nicht in der Beweisliste und nur am Rande relevant war.

»Allerdings«, sagte Sandaleros mit Nachdruck. Seine ganze Persönlichkeit hatte sich verändert; er erschien mit einemmal größer von Gestalt, leidenschaftlicher – heimtückischer. Genau wie er es vorhin bei den Geschworenen getan hatte, rückte er jetzt dichter an die forensische Sachverständige heran. »Miss Kassabian, kann von einer außenstehenden Person in einen Netzhautscanner ein fremdes Netzhautbild eingegeben werden?«

»Nein. Genausowenig wie eine außenstehende Person etwa Ihren Fingerabdruck auf einer Pistole hinterlassen kann, wenn Sie nicht anwesend sind.«

»Aber ein Außenstehender könnte eine Pistole mit meinen Fingerabdrücken gegen eine mit fremden Fingerabdrücken austauschen. Könnte ein Scanner mit bereits eingegebenen Netzhautbildern gegen einen anderen Scanner ausgetauscht werden, wenn die Person, die den Austausch vornimmt, ihr Gesicht dabei stets vom Scanner abgewendet hält?«

»Nun..., das wäre sehr schwierig. Scanner werden durch Sicherheitsvorkehrungen geschützt, die...«

»Wäre es möglich?«

Widerwillig sagte Miss Kassabian: »Nur von jemandem, der über ungeheures technisches Wissen und sehr viel Erfahrung verfügt, von einer ungewöhnlichen Person...«

»Darf ich das Gericht ersuchen«, sagte Sandaleros mit spröder Stimme, »uns jenen Teil der Aufzeichnung noch einmal zu Gehör zu bringen, in dem Miss Kassabian über die Qualifikationen jener Person sprach, von der wir *wissen,* daß sie sich am Deflektorschild des Rollers zu schaffen gemacht hat.«

»Aufzeichnung!« sagte Deepford. »Suchen und lesen!«

Der Computer las vor: »Mister Hossack: ›Also wäre eine sehr hochentwickelte – eine ungewöhnlich hochentwickelte – Intelligenz vonnöten, um einen solchen Eingriff in die Funktionsweise des Deflektorschildes zuwege zu bringen?‹ Doktor Kassabian: ›Ja.‹ Mister

Hossack: ›Eine äußerst ungewöhnliche Person oder Gruppe von Personen?‹ Doktor Kassabian: ›Ja.‹ Mister Hossack: ›Wollen wir uns ...‹«

»Genug!« sagte Sandaleros. »Wir haben hier also jemanden, der die Voraussetzungen besitzt, um mit Y-Energie umgehen zu können. Er muß also, nach Ihren eigenen Worten, Frau Doktor Kassabian, auch fähig sein, einen manipulierten Scanner gegen jenen auszutauschen, der sich an Doktor Herlingers Roller befindet.«

»Ich sagte nicht ...«

»Ist ein solches Szenario *möglich?*«

»Es müßte ...«

»Beantworten Sie bitte die Frage. *Ist es möglich?*«

Ellen Kassabian holte tief Atem. Ihre Augenbrauen stießen über der Nase zusammen; unzweifelhaft hätte sie es genossen, Will Sandaleros in der Luft zu zerreißen.

Ein sehr langer Moment verging, ehe sie sagte: »Es ist möglich.«

»Keine weiteren Fragen.«

Die Leiterin von Forensik, Abt. Energie, starrte Sandaleros voll kalter, schweigender Wut an.

Leisha trat ans Fenster ihrer Bibliothek und blickte hinaus über die mitternächtlichen Lichter von Chicago. Über das Wochenende war Verhandlungspause, und da sie sich nicht danach gefühlt hatte, das Motel in Conewango länger als unbedingt nötig zu ertragen, war sie nach Hause zurückgekehrt. In der Wohnung war es sehr still. Irgendwann im Lauf der letzten Woche hatte Kevin seine Möbel und Bilder weggebracht.

Sie ging zurück zum Terminal. Die Schrift auf dem Bildschirm hatte sich nicht verändert: *SANCTUARY* NET. ZUGRIFF VERWEIGERT:

»Paßwortabfrage übergehen«, sagte Leisha. »Stimmen- und Netzhautidentifikation, gleicher Befehl.«

ZUGRIFF VERWEIGERT.

Das *Sanctuary*-Netz, das stets jedem Schlaflosen auf der ganzen Welt offengestanden hatte, wollte Leisha nicht einmal im knappen Identifikationsmodus wiedererkennen. Aber das war illusorisch. Leisha wußte es: es gab mehr als nur die unverhüllte Tatsache ihres Ausschlusses, und Jennifer wollte, daß sie es entdeckte.

»Persönlicher Anruf, dringend, für Jennifer Sharifi. Paßwort übergehen. Stimmen- und Netzhautidentifikation.«

ZUGRIFF VERWEIGERT:

»Persönlicher Anruf, dringend, für Richard Keller. Paßwort übergehen, Stimmen- und Netzhautidentifikation.«

ZUGRIFF VERWEIGERT.

Sie versuchte zu überlegen, doch über ihrem Kopf lastete ein Gewicht, als befände sie sich tief unter Wasser. Die neueste Vase voll mit Alices ewigen Blumen erfüllte die Luft mit schwerer Süße.

»Persönlicher Anruf, dringend, für Tony Indivino. Paßwort übergehen, Stimmen- und Netzhautidentifikation.«

Cassie Blumenthal, ein Mitglied des obersten Rates von *Sanctuary,* erschien auf dem Bildschirm.

»Leisha, wann immer du Zugriff zu dieser Aufzeichnung erhältst: ich spreche in Jennifers Namen. Der Hohe Rat von *Sanctuary* hat die Einführung des Solidaritätseides beschlossen. All jenen, die den Eid nicht abgelegt haben, wird der Zugang zum *Sanctuary*-Netz verweigert, ebenso wie jener zu *Sanctuary* selbst und zu denjenigen, die den Eid abgelegt haben. Somit wird auch dir dieser Zugang für alle Zeiten und unwiderruflich verweigert. Jennifer hat mich darüber hinaus gebeten, dich auf Abraham Lincolns Rede vor dem Parteitag der Republikaner in Illinois im Juni 1858 hinzuweisen und hinzuzufügen, daß die Lehren aus der

Geschichte nicht ihre Gültigkeit verloren haben, nur weil Kenzo Yagai persönliches Erfolgsstreben so weit über den Wert der Gemeinschaft stellt. Mit dem Ersten nächsten Monats werden alle, die den Eid auf *Sanctuary* abgelegt haben, damit beginnen, sich aus allen Geschäftsverbindungen mit dir, mit Camden Enterprises und deren Tochtergesellschaften, und auch von allen direkten und indirekten Unternehmungen von Kevin Baker, einschließlich Groupnet, zurückzuziehen, falls er der Gemeinschaft weiterhin seine Solidarität verweigert. Das ist alles.«

Der Bildschirm war leer.

Eine Minute lang saß Leisha reglos davor, ehe sie aus dem Verzeichnis der Bibliotheks-Datenbank Lincolns Rede aufrief. Zeilen rollten über den Schirm, und eine Schauspielerstimme fing an zu rezitieren, aber Leisha brauchte weder das eine noch das andere; schon bei den ersten Worten wußte sie, um welche Rede es sich handelte. Lincoln hatte, als seine Rechtsanwaltskanzlei nach Verschuldung und vielen Enttäuschungen wiederaufgebaut war, die Nominierung zum Kongress seitens der Republikaner angenommen; sein Gegner war Stephen Douglas, der brillante Verfechter des Rechts aller Territorien, sich für die Sklaverei zu entscheiden, wenn sie es wünschten. Lincoln ergriff das Wort und sprach zu den streitsüchtigen, hitzigen Teilnehmern am Parteitag: *»Ein Haus, das in sich entzweit ist, kann nicht stehen.«*

Leisha schaltete das Terminal ab. Sie wanderte in das Zimmer, das sie und Kevin für ihre gelegentlichen Intimitäten benutzt hatten. Er hatte das Bett mitgenommen. Nach einer Weile legte sie sich auf den Boden, die Handflächen flach neben sich gepreßt, und atmete langsam und tief durch.

Richard. Kevin. Stella. *Sanctuary.*

Sie fragte sich, wieviel sie noch verlieren konnte.

Jennifer sah Will Sandaleros durch das Gefängnissicherheitsfeld hindurch an; es schimmerte ganz leicht, gerade genug, um als Weichzeichner für die markanten jungen Konturen seines GenMod-Kinns zu fungieren. »Es sind doch praktisch nur Indizienbeweise, die mich mit den Manipulationen am Roller in Verbindung bringen, Will. Sind die Geschworenen klug genug, um das zu durchschauen?«

Er log sie nicht an. »Schläfer-Geschworene ...« Es folgte ein langes Schweigen. »Jennifer, ißt du ausreichend? Du siehst nicht gut aus.«

Sie war ehrlich überrascht. Er fand immer noch, daß das alles von Belang war! Wie sie aussah, ob sie aß oder nicht. Unmittelbar auf die Überraschung folgte jedoch Mißmut; sie hatte gedacht, Sandaleros wäre über diese Art von Sentimentalität erhaben. Genau dafür brauchte sie ihn! Er mußte sich klar darüber sein, daß solche Dinge angesichts dessen, was sie tun mußte – und was er für sie tun mußte –, völlig irrelevant waren! Wofür übte sie strenge Selbstdisziplin, wenn nicht für das Unterordnen von Nebensächlichkeiten wie ihrem Aussehen oder ihren Gefühlen? Das Unterordnen unter das, was wirklich von Wichtigkeit war – unter *Sanctuary?* Sie befand sich nun an einem Punkt, an dem nichts anderes mehr wichtig war, an dem nichts anderes mehr wichtig sein *durfte,* und sie hatte schwer darum gekämpft, an diesen Punkt zu gelangen. Sie hatte die Haft, die Isolation und die Trennung von ihren Kindern, sowie die persönliche Schande als Straßen benutzt, die zu diesem Punkt führten – und damit zu Triumphen des Willens und der Tat. Sie hatte gedacht, Will Sandaleros würde das erkennen. Er sollte dieselbe Straße benutzen, *mußte* dieselbe Straße benutzen, weil sie, Jennifer, ihn an dem Ende dieser Straße brauchte!

Doch sie durfte nicht den Versuch machen, ihn zu rasch zu diesem Punkt zu bringen. Das war ihr Fehler bei Richard gewesen. Sie hatte gedacht, Richard würde an ihrer Seite schreiten, ebenso mühelos und schnell wie sie; statt dessen hatte er geschwankt, und sie hatte es nicht bemerkt, und Richard war zusammengebrochen. Die Verantwortung dafür lag bei ihr, weil sie sein Schwanken nicht bemerkt hatte. Richard war mit dem *Draußen* auf eine Art und Weise verbunden gewesen, die sie, Jennifer, übersehen hatte: mit dem *Draußen,* mit überholten Idealen und vielleicht immer noch mit Leisha Camden. Die Erkenntnis rief keine Eifersucht hervor. Richard hatte sich nicht als stark genug erwiesen. Das war alles. Will Sandaleros, der in *Sanctuary* aufgewachsen war, sein Leben *Sanctuary* verdankte, würde stark genug sein. Jennifer würde ihn stark genug machen. Aber nicht zu rasch.

So sagte sie: »Es geht mir soweit gut. Was hast du noch für mich?«

»Leisha hat gestern Zugang zum Netz gesucht.«

Sie nickte. »Gut. Und die anderen auf unserer Liste?«

»Alle außer Kevin Baker. Aber er ist aus ihrer gemeinsamen Wohnung ausgezogen.«

Freude durchflutete sie. »Könnte man ihn dazu bringen, den Eid abzulegen?«

»Ich weiß es nicht. Wenn er es tut, willst du ihn dann *drinnen* haben?«

»Nein. *Draußen.*«

»Es wird schwer sein, ihn unter elektronischer Überwachung zu halten. Mein Gott, Jennifer, er hat das Zeug zum Großteil *selbst erfunden!*«

»Ich will auch nicht, daß er überwacht wird. In keiner Weise. Auf diese Art kann man einen Mann wie Kevin nicht halten. Auch nicht mit Solidaritätsgefühlen. Wir werden das mit materiellen Interessen und vertragsmäßigen Bindungen erreichen. Die Werkzeuge des Yagaiismus, die wir uns zunutze machen. Und alles ohne die geringste Überwachung.«

Sandaleros hatte sichtlich seine Zweifel, aber er machte keine Einwände. Das war noch etwas, das darauf wartete, von ihr geformt zu werden: Er mußte lernen, ihr zu widersprechen. Geschmiedetes Metall war stets stärker als ungeschmiedetes.

»Wer von *draußen* hat sonst noch den Eid geleistet?« fragte sie.

Er nannte ihr die Namen und die dazugehörigen Pläne, wie jeder von ihnen nach *Sanctuary* gebracht werden sollte. Jennifer lauschte schweigend; doch der andere Name, den sie hören wollte, befand sich nicht darunter. »Stella Bevington?«

»Nein.«

»Es hat Zeit.« Jennifer senkte den Kopf und dann fragte sie sie, die eine Frage, die sie sich bei jedem Besuch von Sandaleros gestattete. Die letzte Schwäche, die ihr noch geblieben war. »Und meine Kinder?«

»Es geht ihnen gut. Najla ...«

»Grüße sie von mir. Und nun zu etwas, das du für mich in die Wege leiten mußt, Will. Ein wichtiger nächster Schritt. Vielleicht der wichtigste, den *Sanctuary* je tun wird.«

»Ich höre.«

Sie sagte es ihm.

Jordan schloß die Tür seines Büros hinter sich, und augenblicklich brach der Lärm ab – das Rat-a-tat-tat der Maschinen auf dem Boden der Fabrikshalle, die Rockmusik, die schreienden Stimmen und vor allem die Berichte vom Sharifi-Prozeß auf den zwei Superbildschirmen, die Hawke gemietet und an den beiden Enden der riesigen Haupthalle aufgestellt hatte. Das alles war mit einemmal zu Ende. Jordan hatte sein Büro auf eigene Rechnung schalldicht machen lassen.

Er lehnte sich gegen die geschlossene Tür, dankbar für die Stille, die ihn umgab. Das ComLink schrillte.

»Jordan, hörst du mich?« sagte Mayleen aus dem

Wächterhäuschen. »Krawall in Halle drei, ich kann Mister Hawke nirgends finden, also Tempo!«

»Was für Krawall?«

»Sieht nach 'ner Prügelei aus. Die Kamera ist nicht richtig angebracht, sollte sich jemand ansehen. Wenn sie nicht vorher schon kaputtgeht.«

»Bin schon auf dem Weg«, sagte Jordan und riß die Tür auf.

»Also sag' ich ihr …« »Gib doch mal die Nummer Fünf dort rüber …« »Die jüngsten Zeugenaussagen scheinen ein zweifelhaftes Licht auf Doktor Adam Walcott zu werfen, das angebliche Opfer eines Komplotts von Sanctuary …« *»Daaancing all night with a-you-u-u-uuu …« »… eines schweren Angriffs auf die Schlaflosenfirma Carver & Daughter, der letzte Nacht von unbekannten …«*

Seinen Urlaub, nahm sich Jordan vor, würde er irgendwo verbringen, wo es still war, an einem verlassenen, menschenleeren Ort. Allein.

Er lief außen an der Haupthalle entlang und über einen schmalen Grünstreifen – die Arbeiter nannten ihn ›den Park‹ – auf die kleineren Gebäude zu, in denen die Produktkontrollen durchgeführt, von Zulieferern gefertigte Teile und versandbereite Roller gelagert und der Maschinenpark gewartet wurden. Halle drei diente der Eingangskontrolle: halb Lagerhaus, halb Sortierbetrieb, um das einlangende *Wir schlafen!*-Rollerzubehör in Brauchbares und Unbrauchbares zu trennen. Es gab stets eine Menge defekter Teile. Verpackungen aus Sprühschaum bedeckten den Boden, und im hintersten Winkel der Halle, verborgen von hohen Lagerregalen, befanden sich die Leute, von denen der Krawall herrührte. Als Jordan in die Richtung rannte, aus der der Lärm kam, krachte ein zweieinhalb Meter hoher Regalteil zu Boden und verspritzte Rollerbestandteile wie Granatsplitter. Eine Frau schrie auf.

Die Sicherheitsleute der Fabrik waren bereits eingetroffen, zwei kräftige Uniformierte, die einen Mann und eine Frau festhielten. Beide wehrten sich heftig und brüllten; die Wachen sahen ein wenig befremdet drein, denn körperliche Auseinandersetzungen waren selten unter der *Wir schlafen!*-Belegschaft, die von Hawke zu einem geradezu rauschhaft übersteigerten Zusammenhaltsgefühl gepeitscht wurde. Auf dem Boden saß ein Dritter und hielt sich den Kopf. Neben ihm lag eine hünenhafte Gestalt – reglos und blutüberströmt.

»Was, zum Teufel, ist hier geschehen?« herrschte Jordan die Leute an. »Wer ist das – Joey?«

»Er ist ein Schlafloser!« kreischte die Frau. Sie versuchte, mit der Schuhspitze nach dem gefällten Riesen zu treten. Der Sicherheitsmann riß sie zurück. Die riesenhafte Gestalt auf dem Boden regte sich.

»*Joey* ein Schlafloser?« sagte Jordan. Er stellte sich quer über den stöhnenden Mann und drehte ihn herum; es war, als wollte er einen gestrandeten Wal wenden. Joey – er hatte keinen anderen Namen – wog hundertsechzig Kilogramm und war ein Meter achtundneunzig groß; Hawke ließ den geistig behinderten Mann mit der enormen Kraft in der Fabrik wohnen, arbeiten und essen. Joey schleppte Kisten und verrichtete alle jene niedrigen Arbeiten, die nur in *Wir schlafen!*-Fabriken nicht vollautomatisch erledigt wurden; doch Joey schuftete ebenso unermüdlich wie ein Roboter, meinte Hawke, und außerdem war er ein waschechtes Mitglied jener Klasse, die *Wir schlafen!* aus der entwürdigenden Abhängigkeit rettete und emporhob. Jordan hatte die Bemerkung auf der Zunge gelegen, daß Joey jetzt von Hawke mindestens ebenso abhängig war, wie früher von der Wohlfahrt, und von den rohen Scherzen seiner Arbeitskollegen mindestens ebenso entwürdigt wurde, wie durch eine Unterbringung in irgendeinem staatlichen Heim. Aber derartige Feststellungen hatte Jordan bei sich behalten. Joey schien glücklich zu sein und zeigte Hawke gegenüber sklavische Dankbarkeit. Verhielt es sich bei den anderen denn nicht ganz genau so?

»Er ist ein *Schlafloser!*« keifte die Frau. »Hier ist kein Platz für solches Pack!«

Joey ein Schlafloser? Schwachsinn. Zu dem Mann, der sich im eisernen Griff des Sicherheitspostens wand, sagte Jordan mit kalter Stimme: »Jenkins, die Wache wird dich jetzt laufen lassen. Aber wenn du Joey auch nur ansiehst, ehe ich der ganzen Sache nicht auf den Grund gegangen bin, dann fliegst du. Verstanden?« Jenkins nickte dumpf, und Jordan sagte zum Sicherheitsmann: »Melde Mayleen, daß hier alles unter Kontrolle ist. Sie soll einen Krankentransport veranlassen. Zwei Patienten. Und jetzt zu dir, Jenkins. Sag mir, was hier vorgefallen ist.«

»Mistkerl ist 'n Schlafloser«, legte Jenkins los. »Wir wollen hier kein solches ...«

»Wie kommt ihr auf den Gedanken, daß er ein Schlafloser sein könnte?«

»Haben ihn beobachtet«, fuhr Jenkins fort. »Turner und Holly und ich. Er schläft nicht. *Nie!*«

»Spioniert hinter uns her!« mischte sich die Frau mit durchdringender Stimme ein. »Sicher 'n Spion für *Sanctuary* und diese blutrünstige Schlampe Sharifi!«

Jordan drehte ihr den Rücken zu, kniete sich hin und starrte in Joeys blutiges Gesicht. Er hatte die Lider geschlossen, aber sie zuckten leicht, und plötzlich war Jordan klar, daß Joeys Ohnmacht nur gespielt war. Die Plastikkleidung des Riesen, das Billigste vom Billigen, war völlig zerfetzt; mit seinem wild wuchernden Haar und Bart, dem ungepflegten Mief, den er verströmte, und der blutverschmierten Körpermasse wirkte er auf Jordan wie ein zur Strecke gebrachtes wildes Tier – ein übel zugerichteter Elefantenbulle oder ein waidwunder Bison. Jordan hatte noch nie von der Existenz eines geistig behinderten Schlaflosen gehört, aber wenn Joey überhaupt alt genug war – er sah älter aus als Gott Vater –, konnte es sein, daß man bei ihm nur die schlafregulierenden Gene modifiziert hatte, ohne den Rest auch nur zu überprüfen. Und wenn sein angeborener IQ sehr niedrig war … Aber warum wäre er dann hier? Die Schlaflosen kümmerten sich üblicherweise um die Angehörigen ihrer eigenen Art …

Jordans Rücken nahm den anderen die Sicht auf Joeys Gesicht. Die dumme Gans hinter Jordan zeterte immer noch von Spionen und Sabotage. »Joey, bist du ein Schlafloser?« fragte Jordan sehr leise.

Die schwarz verschmierten Lider zuckten wie wild.

»Joey, antworte mir! Sofort. Bist du ein Schlafloser?«

Joey öffnete die Augen; direkten Befehlen gehorchte er immer. Tränen bahnten sich einen Weg durch das Blut und den Dreck auf seinem Gesicht. »Mister Watrous – sagen Sie's nicht Mister Hawke! Bitte, bitte, bitte, sagen Sie Mister Hawke nichts davon!«

Heißes Mitleid durchströmte Jordan. Er stand auf. Zu seiner Überraschung taumelte und schwankte auch Joey hoch, wobei er sich auf ein Regal stützte, das unter seinem Gewicht erzitterte. Vom Regal weg sank er Jordan in die Arme; der Gestank, der von ihm ausging, war überwältigend. Er hatte sich doch tatsächlich in die Hosen gemacht. Der riesenhafte Mann ängstigte sich wie ein kleines Kind – vor Jenkins, der mürrisch den Blick gesenkt hatte, vor Turner, der stöhnend und blutend auf dem Boden saß, und vor Holly mit dem giftigen Mundwerk, die keine fünfzig Kilogramm wog.

»Halt endlich den Mund!« sagte Jordan zu ihr. »Campbell, du bleibst bei Turner, bis der Krankenwagen kommt. Jenkins, du und Holly, ihr fangt damit an, diesen Misthaufen hier aufzuräumen. Holt euch jemanden von Halle sechs, damit dafür gesorgt ist, daß die Anlieferung der Teile zu den Fließbändern nicht unterbrochen wird. Nach fünfzehn Uhr meldet ihr beide euch bei Hawke in seinem Büro. Joey, du fährst mit Campbell und Turner im Krankenwagen mit.«

»Neiiin!« wimmerte Joey. Er packte Jordan am Arm. Draußen war das Folgetonhorn der Ambulanz zu hören.

Wie reagierten die Sanitäter auf Schlaflose?

»Na gut, Joey!« unterbrach Jordan ihn barsch. »Na gut! Ich sage ihnen, sie sollen dich hier verarzten.«

Joeys Wunden waren alle harmlos; die Sache sah blutiger aus, als sie letzten Endes war. Als die Sanitäter mit ihm fertig waren, nahm Jordan Joey mit nach draußen, ging mit ihm an der Haupthalle entlang und führte ihn durch die Seitentür in sein Büro, während er sich unausgesetzt fragte: Joey – ein Schlafloser? Der unzurechnungsfähige, schmutzige, verängstigte, schwachsinnige, auf andere angewiesene Joey – ein Schlafloser?

Die schallisolierte Tür ließ kein Geräusch von draußen herein. »Und jetzt sag mir eins, Joey. Wie bist du in diese Fabrik reingekommen?«

»Zu Fuß.«

»Ich meine, wieso? Wieso kamst du ausgerechnet in eine *Wir schlafen!*-Fabrik?«

»Weiß nicht.«

»Hat dir jemand aufgetragen, hierherzukommen?«

»Mister Hawke ... Mister Watrous, sagen Sie Mister Hawke nichts davon! Bitte, bitte, bitte, sagen Sie Mister Hawke nichts!«

»Hab keine Angst, Joey. Hör mir bloß zu. Wo hast du gewohnt, bevor Mister Hawke dich hierhergebracht hat?«

»Weiß nicht.«

»Aber du ...«

»Weiß nicht!«

Sanftmütig und geduldig setzte Jordan ihm zu, aber Joey wußte es wirklich nicht. Nicht, wo er geboren war, nicht, was es mit seinen Eltern auf sich hatte, nicht, wie alt er war. Alles, woran er sich zu erinnern schien, was er beharrlich wiederholte, war, daß Mrs. Cheever ihm gesagt hatte, nie jemandem zu verraten, daß er ein Schlafloser war, sonst würden die Leute ihm weh tun. Nachts sollte er sich ein Plätzchen für sich allein suchen und sich hinlegen. Und das tat Joey auch brav, weil Mrs. Cheever ihm das aufgetragen hatte. Er konnte sich nicht erinnern, wer Mrs. Cheever war oder weshalb sie ihn gut behandelt hatte oder was mit ihr geschehen war.

»Joey«, sagte Jordan, »hast du …?«

»Sagen sie Mister Hawke nichts davon!«

Mayleens Gesicht erschien auf dem ComLink. »Jordan, Mister Hawke ist grade eingetroffen. Holly Newman hat mir erzählt, was vorgefallen ist.« Neugierig starrten ihre Augen aus dem Bildschirm auf Joey. »*Der* ist 'n Schlafloser?«

»Fang du nicht auch noch an, Mayleen!«

»Scheiße, ich hab doch bloß …«

Eine Woge aus Lärm trug Hawke in den Raum. Augenblicklich wurde das Büro zu dem seinen; er erfüllte es mit seiner persönlichen Erscheinung. Fast ebenso hochgewachsen wie Joey, jedoch um so vieles autoritärer war Hawkes Gegenwart, daß Jordan, der dachte, daran gewöhnt zu sein, wieder einmal das Gefühl hatte, in Bedeutungslosigkeit zu versinken.

»Campbell hat mir erzählt, was passiert ist. Joey ist ein *Schlafloser?*«

»Uuuunnnhhh«, stöhnte Joey. Er vergrub das Gesicht in den Händen. Seine Finger sahen aus wie blutverschmierte Bananen.

Jordan rechnete damit, daß Hawke seinen Fehler sofort bemerken und korrigieren würde. Hawke konnte gut umgehen mit den Leuten. Doch statt dessen fuhr er fort, Joey schweigend anzustarren; er lächelte leicht – nicht amüsiert, sondern merkwürdig erfreut und zufrieden, als hätte Joey plötzlich etwas an sich, das ihn froh machte, und es gäbe keinen Grund, das zu verbergen.

»Mister Hawke, m-m-muß i-i-ich…«, in seiner Seelenqual verfiel der Riese ins Stottern, »… j-j-jetzt w-w-w-weg?«

»Aber nein, natürlich nicht, Joey«, sagte Hawke. »Du kannst hier bei uns bleiben, wenn du willst.«

Auf geradezu groteske Weise kämpfte sich Hoffnung in Joeys Gesichtszüge. »Auch w-w-wenn ich n-n-nie sch-schlafe?«

»Auch wenn du einer von den Schlaflosen bist«, nickte Hawke salbungsvoll. Er lächelte immer noch. »Wir können dich hier gut brauchen.«

Joey stolperte auf Hawke zu und fiel auf die Knie. Er warf ihm die Arme um die Mitte, vergrub das Gesicht in Hawkes harten Bauchmuskeln und schluchzte. Hawke machte keine Anstalten, vor dem Geruch, dem Schmutz, dem Blut zurückzuzucken. Er sah einfach nur auf Joey hinab und lächelte versonnen.

Jordan spürte, wie ihm schlecht wurde. »Hawke, er kann hier nicht bleiben. Sie wissen das. Er kann nicht!«

Hawke strich Joey über das schmutzstarrende Haar.

Mit rauher Stimme sagte Jordan: »Joey, verlaß mein Büro. Dies ist immer noch *mein* Büro. Also geh jetzt. Geh…« Er konnte Joey nicht zurück in die große Werkshalle schicken, längst würde die ganze Fabrik die Wahrheit wissen. Hawkes Büro war versperrt, und die anderen Hallen waren noch schlimmer. Es gab keinen Ort bei *Wir schlafen!*, an dem Joey vor seinen eigenen Arbeitskollegen sicher sein konnte.

»Schick ihn zu mir ins Wächterhaus«, sagte Mayleen aus dem Schirm. Jordan hatte völlig vergessen, daß das ComLink immer noch offen war. »Hier kann ihm keiner was tun.«

So unvermutet aus dieser Richtung angesprochen, überlegte Jordan eilig. Mayleen verwahrte die Waffen... Nein, sie würde Joey nichts antun. Irgendwie hatte er das aus ihrer Stimme herausgehört.

»Geh zu Mayleen ins Wächterhaus, Joey«, sagte Jordan mit aller Autorität, die er aufbringen konnte. »Geh jetzt.«

Joey rührte sich nicht von der Stelle.

»Geh schon, Joey«, sagte Hawke mit seiner amüsierten Stimme, und Joey ging.

Jordan sah seinen Boß an. »Sie bringen ihn um, wenn er hierbleibt.«

»Das können Sie doch nicht wissen.«

»O ja, das weiß ich. Und Sie wissen es auch. Sie haben so viel Haß auf Schlaflose gesät...« Er hielt inne. Dazu führte also *Wir schlafen!* Nicht bloß zu Haß auf Kevin Baker und Leisha Camden und Jennifer Sharifi – auf starke, kluge Leute, die auf sich selbst achtgeben konnten, auf den wirtschaftlichen Gegner, dem die besten wirtschaftlichen Waffen in die Hand gegeben waren. Nein, auch Haß auf Joey Namenlos, der keine Ahnung von einer wirtschaftlichen Waffe hatte, selbst wenn er darüber stolperte. Was er vermutlich tun würde.

»So sollten Sie nicht denken, Jordan«, sagte Hawke ruhig. »Joey ist eine Anomalie. Ein Pünktchen in der Statistik der Schlaflosen. Er ist bedeutungslos im wahren Kampf um Gerechtigkeit.«

»Nicht so bedeutungslos, daß *Sie* ihn ignorieren könnten. Würden Sie ihn wirklich für bedeutungslos halten, dann hätten sie ihn weggeschickt, weg von hier, in Sicherheit. Hier wird man ihn umbringen, und Sie werden zusehen, weil Sie sich wieder einmal den Nervenkitzel eines Triumphes über die Schlaflosen verschaffen wollen, nicht wahr?«

Hawke ließ sich mit jener großzügigen, mühelosen Bewegung auf dem Schreibtisch nieder, die Jordan schon hundertmal an ihm gesehen hatte. Tausendmal, wenn er all die Nächte zählte, in denen Hawke ihn bis in seine Träume verfolgt hatte. Mit seinen umgänglichen Bewegungen richtete Hawke sich darauf ein, vergnügt an Jordans Argumentation herumzupicken, vergnügt Jordans naive Anschauungen zu zerpflükken, vergnügt einen billigen Triumph über einen Geist einzufahren, der es nicht annähernd mit dem seinen aufnehmen konnte.

Doch nicht diesmal.

»Sie übersehen einen entscheidenden Punkt, Jordy«, sagte Hawke leichthin. »Es ist stets die freie Entscheidungsmöglichkeit des Individuums, die die Grundlage für jegliche persönliche Würde, jedes Selbstbewußtsein bildet. Joey hat sich dafür *entschieden,* hierzubleiben. Jeder Proponent menschlicher Würde, von Kenzo Yagai angefangen bis zurück zu Abraham Lincoln oder Euripides, hat auf dem Standpunkt gestanden, daß die freie individuelle Entscheidungsmöglichkeit den Druck der Gemeinschaft ablösen muß. Ja, sogar Lincoln selbst sagte – ich weiß, Ihre wundervolle Tante Leisha könnte uns das korrekte Zitat liefern –, also Lincoln sagte zum Thema der Gefahren für gleichberechtigte freigelassene Sklaven ...«

»Ich kündige«, sagte Jordan.

Hawke lächelte. »Hören Sie, Jordy, haben wir das alles nicht schon mal durchgekaut? Und mit welchem Ergebnis?«

Jordan ging einfach hinaus. Hawke würde auch zulassen, daß man ihn, Jordan, umbrachte – auf andere Art und Weise. Eigentlich tat er genau das bereits von Anfang an, nur hatte Jordan es nicht erkannt! Oder gehörte dies hier – Joey zu dem Werkzeug zu machen, mit dem er Jordan reizen konnte – auch zu Hawkes wohlerwogenem Vorgehen? *Wollte* Hawke, daß er kündigte?

Es gab keine Möglichkeit, das herauszufinden.

Der Lärm der Fabrikshalle stürzte über ihn herein. Auf dem Bildschirm am Nordende der Halle nahm eine Luftaufnahme von *Sanctuary* Form an, von einer Wildnis, welche die HighTech-Kuppeln von Salamanca umgab. »*Militärische Sandkastenspieler beschäftigen sich bereits seit geraumer Zeit mit dem Ersinnen hypothetischer Angriffe auf dieses angeblich uneinnehmbare ...*« *Rat-a-tat-tat.* »*Halooo-ooogin' with my Baaaby ...*« Jordan ging durch die Seitentür ins Freie. Er sah keine Möglichkeit, Joey aus der Fabrik wegzubringen; Joey wog um achtzig Kilogramm mehr als Jordan, und niemand konnte Joey überreden – niemand außer Hawke. Und doch konnte Jordan ihn nicht einfach hier lassen! Wie sollte er es anstellen ...?

Im Wächterhaus am Tor lehnte Joeys massiger Körper zusammengesunken an der einzigen Wand, die nicht aus transparentem Plastik bestand. Mayleen schaltete gerade das ComLink zu Hawkes Büro ab; sie mußte die ganze Diskussion zwischen Jordan und seinem Boss verfolgt haben. Jetzt wich sie Jordans Blicken aus und starrte hinunter auf den bewußtlosen Joey.

»Hab ihm ein wenig Tee eingeflößt. Rezept stammt von meiner Urgroßmutter.«

»*Tee ...!*«

»Wir Flußratten wissen eine Menge, von dem ihr Bürschchen aus Kalifornien keine Ahnung habt«, sagte Mayleen müde. »Hol ihn raus da, Jordan. Ich hab schon Campbell angerufen. Er hilft dir, Joey in den Wagen zu verfrachten, falls Mister Hawke ihm nicht vorher was anderes anordnet. Also mach flott.«

»Warum, Mayleen? Warum hilfst du einem Schlaflosen?«

Mayleen hob die Schultern. »Ach was, sieh ihn dir doch an!« sprudelte sie plötzlich mit leidenschaftlicher Stimme hervor. »Nich' mal die dreckigen Windeln von meinem Kleinsten stinken so! Glaubst du, ich muß *so was da* bekämpfen, um im Leben irgendwas zu erreichen? Der steht mir nich' im Weg, auch wenn er nicht schläft oder ißt oder meinetwegen *atmet.«* Ihr Tonfall veränderte sich wieder. »Armer Kerl.«

Jordan brachte seinen Wagen ans Einfahrtstor. Er, Mayleen und der nichtsahnende Campbell wuchteten Joey auf den Rücksitz. Bevor er wegfuhr, steckte Jordan den Kopf aus dem Seitenfenster. »Mayleen?«

»Was ist?« Sie hatte die Stacheln wieder aufgestellt. Von der anstrengenden Schlepperei war ihr farbloses Haar völlig in Unordnung geraten und hing ihr nun in Strähnen ins Gesicht.

»Komm mit. Du glaubst doch auch nicht mehr, daß das hier der richtige Weg ist.«

Mayleens Gesichtszüge wurden unzugänglich. Hitze wurde zu Eis. »Nein.«

»Aber du siehst doch ein, daß ...«

»Auf mehr als das hier kann ich nicht hoffen, Jordan. Das. Hier.«

Sie ging ins Wächterhaus und beugte sich über die Überwachungsgeräte. Jordan fuhr davon.

Sein gefangener, geretteter Schlafloser füllte die Rücksitze komplett aus. Jordan warf keinen einzigen Blick zurück auf die *Wir schlafen!*-Fabrik. Diesmal nicht. Diesmal gab es kein Zurück.

14

In der dritten Prozeßwoche, als Richard Keller gegen seine Frau aussagte, wurde die Aktivität in der Presseloge zur Hektik. Die Finger der Holokünstler flogen nur so; die Adamsäpfel der männlichen Farbreporter waren pausenlos in heftiger, lautloser Bewegung, während sie ihre stimmlosen Notizen vor sich hinflüsterten. Auf einigen Gesichtern sah Leisha das grausame kleine Lächeln grausamer kleiner Menschen beim Anblick von fremdem Schmerz.

Richard trug eine dunkle Jacke über einem schwarzen Stretchanzug. Leisha entsann sich all der hellen Farben, die er zu Postern und zu Fenstern programmiert hatte, wo immer er gewohnt hatte. Meeresfarben, für gewöhnlich: Grün, Blau, die vielschichtigen Grau- und Weißtöne der Schaumkronen. Richard saß zusammengesunken im Zeugenstand, die Hände flach auf die Knie gelegt, den Lichtschein der Saalbeleuchtung kalt auf seinem angespannten, breitflächigen Gesicht. Seine Nägel, sah Leisha, waren ungepflegt und nicht ganz sauber. Richard, mit seiner Leidenschaft für das Meer…

»Wann wurde Ihnen zum erstenmal bewußt, daß Ihre Frau Doktor Walcotts Patente gestohlen und im Namen von *Sanctuary* angemeldet hat?«

Sofort war Sandaleros auf den Füßen. »Einspruch! Es gibt keinerlei – *keinerlei* – Beweise dafür, daß Patente gestohlen wurden oder von wem!«

»Stattgegeben«, sagte der Richter. Er bedachte Hossack mit einem harten Blick. »Sie müßten es doch besser wissen, Mister Hossack.«

»Mister Keller, wann erfuhren Sie von Ihrer Frau, daß *Sanctuary* auf wissenschaftlichen Erkenntnissen beruhende Methoden zur Verwandlung von Schläfern in Schlaflose zur Patentierung angemeldet hat?«

Richard antwortete mit monotoner Stimme: »Am Morgen des achtundzwanzigsten August.«

»Sechs Wochen nach dem Datum der Anmeldung?«

»Ja.«

»Und wie haben Sie auf diese Mitteilung reagiert?«

»Ich fragte sie«, erwiderte Richard, die Hände immer noch flach auf den Knien, »wer in *Sanctuary* die Patente entwickelt hätte.«

»Und wie lautete die Antwort?«

»Sie erklärte mir, wir hätten sie von *draußen* übernommen und von *Sanctuary* aus mit einem früheren Registrierungsdatum versehen ins Computersystem des Patentamtes der Vereinigten Staaten zurückgereiht.«

»Einspruch! Hörensagen!«

»Abgelehnt«, entschied Deepford.

»Mit anderen Worten, sie sagte Ihnen«, fuhr Hossack fort, »daß sie für den Diebstahl und für den Einbruch in das Datennetz der Vereinigten Staaten verantwortlich wäre.«

»Ja, das sagte sie mir.«

»Haben Sie sie auch danach gefragt, wie dieser angebliche Diebstahl durchgeführt wurde?«

»Ja.«

»Erzählen Sie bitte dem Gericht, was genau sie sagte.«

Das war es, was die Presse haben wollte. Das war es, wofür die Zuschauer, die sich Knie an Knie im Saal drängten, hergekommen waren: zu hören, wie die Macht von *Sanctuary* von innen her preisgegeben wurde, zerfleischt von einem Schlaflosen, der sich mit diesem Tun selbst zerfleischte. Leisha schmeckte die Spannung auf der Zunge; es war ein kupfriger, salziger Geschmack, wie Blut.

Richard sagte: »Ich habe Leisha Camden gegenüber

bereits erklärt, daß ich kein Datennetz-Experte bin. Ich weiß nicht, wie es durchgeführt wurde. Nach den Details habe ich mich nicht erkundigt. Das wenige, was ich weiß, liegt beim Justizministerium der Vereinigten Staaten auf. Wenn Sie es hören wollen, dann steht Ihnen die Aufnahme zur Verfügung. Ich werde es nicht wiederholen.«

Deepford beugte sich seitlich über den Richtertisch zum Zeugenstand. »Mister Keller, Sie stehen unter Eid. Beantworten Sie die Frage.«

»Nein«, sagte Richard.

»Wenn Sie nicht antworten«, erklärte der Richter, nicht unfreundlich, »handeln Sie sich eine Mißachtung ein.«

Richard begann zu lachen. »Eine Mißachtung? *Einhandeln?*« Er hörte auf zu lachen und hob die Hände in Schulterhöhe wie ein angeschlagener Boxer. Als er sie wieder fallenließ, hingen sie schlaff herab wie Fremdkörper. Und was ab nun auch zu ihm gesagt wurde, er saß da ohne zu antworten, lächelte nur gelegentlich und murmelte »Mißachtung!«, bis der Richter eine Verhandlungspause von einer Stunde einlegte.

Als die Verhandlung wiederaufgenommen wurde, sah Deepford müde aus. Alle außer Will Sandaleros sahen müde aus. Tja, dachte Leisha dumpf, einen Menschen in Stücke zu reißen war harte Arbeit.

Will Sandaleros sah aus, als würde er auf glühenden Kohlen sitzen.

Hossack ließ einen Anhänger an einer goldenen Kette vor den Augen des Zeugen hin und her baumeln. »Erkennen Sie diesen Gegenstand, Mister Keller?«

»Ja.« Richards Gesicht wirkte aufgedunsen wie alter Teig.

»Was ist das?«

»Es ist ein Mikroregler, der die Kennung für *Sanctuarys* Y-Feld enthält.«

Die Geschworenen starrten den Anhänger in Hossacks Hand an. Ein paar von ihnen beugten sich vor; ein Mann schüttelte langsam den Kopf.

Der Anhänger hatte die Form einer Träne und bestand aus einer glatten, nicht glänzenden Substanz in der Farbe frischer grüner Äpfel. Seiner Aussage nach hatte der griesgrämige Garagenwärter ihn neben Doktor Herlingers Roller-Stellplatz entdeckt, kurz nachdem er gesehen hatte, wie eine Gestalt mit Schutzbrille und Handschuhen durch einen Seiteneingang ins Freie gerannt war. Der Sicherheitsschild am Eingang war entfernt worden: »Damit er nicht jeden Schritt von mir für die Nachwelt aufzeichnet, verstehen Sie?« hatte der Garagenwart gesagt. Die Bandaufzeichnung der Überwachungskameras bestätigte seine Aussage. Aber Leisha hatte sie ohnedies nie in Zweifel gezogen. Aus langjähriger Erfahrung wußte sie, wann sie es mit einem Zeugen zu tun hatte, den Recht und Gesetz so wenig interessierten, daß er es nicht der Mühe wert fand, dafür zu lügen.

Der grüne Anhänger schwang sanft unter Hossacks Fingern hin und her. »Wem gehört dieses Gerät, Mister Keller?«

»Das weiß ich nicht.«

»Kann man denn die Anhänger in *Sanctuary* nicht irgendwie auseinanderhalten? Mit Hilfe von Initialen oder verschiedener Farbgebungen oder etwas in dieser Richtung?«

»Nein.«

»Wie viele Exemplare gibt es?«

»Das weiß ich nicht.«

»Wie das?« stutzte Hossack.

»Ich war weder für ihre Herstellung, noch für ihre Verteilung zuständig.«

»Wer war zuständig dafür?«

»Meine Frau.«

»Sie meinen die Angeklagte, Jennifer Sharifi.«

»Ja.«

Hossack ließ das wieder in der Luft hängen, während er in seine Unterlagen blickte. *Meine Frau.* Wie weit, hörte Leisha die Geschworenen denken, mußte ein Mann kommen, um seine eigene Frau zu belasten? Ihre Finger krampften sich umeinander.

»Mister Keller, Sie sind Mitglied des Verwaltungsrates von *Sanctuary.* Wie kommt es, daß Sie nicht wissen, wie viele dieser Anhänger existieren?«

»Weil ich es nicht wissen wollte.«

Als Richards Anwältin hätte sie ihn das nie sagen lassen, überlegte Leisha. Aber Richard hatte jeden Rechtsbeistand abgelehnt. Plötzlich fragte sie sich, ob er selbst über einen eigenen Anhänger verfügte. Oder die kleine Najla. Oder Ricky.

»Ist nicht der Grund für Ihre Weigerung, etwas über die Anhänger wissen zu wollen, darin zu suchen, daß Sie die anderen Aktivitäten Ihrer Frau so beängstigend und abstoßend finden?«

»Einspruch!« schrie Sandaleros wütend. »Nicht nur, daß Mister Hossack dem Zeugen vorgefaßte Meinungen in den Mund legt, nein, er benutzt auch – wie ich bereits mehrfach aufzuzeigen versucht habe – eine ganze Beweiskette, die mit der Anklage in keinem direkten Zusammenhang steht und somit irrelevant ist! Dem Ankläger ist bekannt, daß zumindest zwanzig andere Personen im Besitz eines solchen Anhängers sind; er hat diese Tatsache bereits von sich aus außer Streit gestellt. Wenn Mister Hossack glaubt, aus irrelevanten Sachverhalten ihres Unterhaltungswertes wegen das letzte herausholen zu können…«

»Euer Ehren«, unterbrach ihn Hossack, »wir sind soeben dabei festzustellen, daß die Verbindung zwischen *Sanctuary* und dem Eingriff an Doktor Herlingers Motorroller eindeutig auf der Hand liegt und…«

»Einspruch! Selbst wenn es Ihnen gelänge zu beweisen, daß dieses Amulett einem Mitglied von *Sanctuary* gehört hat, werden Sie doch nicht allen Ernstes behaupten wollen, irgendein Schlafloser wäre so dumm, es einfach zu *verlieren!* Nein, nein, das ist zweifellos ein abgekartetes Spiel, und Miss Sharifi ...«

»Einspruch!«

»Die Anwälte, bitte zum Richtertisch vortreten.«

Sandaleros bemühte sich sichtlich, nicht die Beherrschung zu verlieren. Hossack segelte nach vorn, ganz würdevolle Gewichtigkeit. Deepford beugte sich über den Richtertisch vor, das Gesicht starr vor Wut. Aber nicht so wütend wie Sandaleros, als die beiden Anwälte an ihre Plätze zurückkehrten.

Leisha schloß die Augen. Sie wußte nun, was sie erwartete, sobald Sandaleros Richard ins Kreuzverhör nehmen würde. Vorher war sie nicht sicher gewesen; jetzt wußte sie es.

Es dauerte nicht lang, bis es soweit war. »Und Sie wollen vor diesem Gericht also behaupten, Mister Keller«, begann Will Sandaleros hörbar ungläubig, »daß der Grund für den Betrug an Ihrer Frau, indem Sie zu Leisha Camden gingen ...«

»Antrag auf Streichung«, sagte Hossack erschöpft. »›Betrug‹ ist einwandfrei ein Reizwort.«

»Stattgegeben«, sagte der Richter.

»Sie wollen vor diesem Gericht behaupten, Mister Keller, daß Sie Leisha Camden nur deshalb von dem angeblichen Diebstahl und den sonstigen angeblichen widerrechtlichen Aktivitäten Ihrer Frau berichtet haben, weil Sie sich Sorgen machten, daß letztere gegen die Gesetze verstieß – gegen Gesetze, die nicht imstande waren, Sie und Ihre berufliche Arbeit vor Vorurteilen seitens der Schläfer und damit vor dem Ruin zu schützen, gegen Gesetze, die Ihren Freund Anthony Indivino nicht davor bewahrt haben, von Schläfern ermordet zu werden, gegen Gesetze ...«

»Einspruch!« heulte Hossack auf.

»Ich lasse es zu«, sagte Deepford; seine Wangen sackten herab.

»... die Ihre Kinder auf dem Stars-and-Stripes-Flughafen nicht vor einem *Wir schlafen!*-Pöbelhaufen und seinen gefährlichen Drohungen geschützt haben, gegen Gesetze, die Ihr Forschungsschiff nicht davor bewahrten, von Unbekannten, allem Anschein nach Schläfern, versenkt zu werden – nachdem sich also bei zahlreichen Widrigkeiten in Ihrem Leben erwiesen hatte, daß das Gesetz nicht in der Lage ist, Sie zu schützen, bestand Ihr Motiv, als Sie gegen Ihre Frau Strafanzeige erstatteten, ausschließlich in der Sorge um Jennifer Sharifis Gesetzestreue?«

»Ja«, antwortete Richard mit rauher Stimme. »Es gab keine andere Möglichkeit, Jennifer Einhalt zu gebieten. Ich sagte ... Ich bat sie ... Ich ging zu Leisha, ehe ich die Sache über Herlinger erfahren hatte ... Ich hatte ja nicht ... Leisha hat mir nicht gesagt ...«

Selbst Richter Deepford wendete die Augen ab.

»Das Motiv, weshalb Sie Ihre Frau an Miss Camden verraten haben, ist also in ehelicher Sorge und den Pflichten als aufrechter Staatsbürger zu suchen«, fuhr Sandaleros ätzend fort. »Sehr lobenswert. Sagen Sie mir, Mister Keller, hatten Sie und Miß Camden je ein intimes Verhältnis miteinander?«

»Einspruch!« brüllte Hossack. »Irrelevant! Euer Ehren ...!«

Deepford betrachtete eingehend seinen Hammer. Durch ihre Benommenheit hindurch sah Leisha voraus, daß er die Frage zulassen würde. Aus Sorge um Gerechtigkeit gegenüber der Minderheit, den Verfolgten, den gewohnheitsmäßig Unterdrückten.

»Abgelehnt.«

»Mister Keller«, zischte Sandaleros zwischen zusammengebissenen Zähnen hindurch; er wurde zusehends – Schicht für Schicht, Zelle für Zelle, Gen für Gen – zu einem Racheengel. Der ursprüngliche Will

Sandaleros, bemerkte Leisha, war fast verschwunden. »Hatten Sie und Miss Leisha Camden, der Sie die angeblichen Verbrechen Ihrer Frau enthüllten, je ein intimes Verhältnis miteinander?«

»Ja«, sagte Richard.

»Auch nach Ihrer Eheschließung mit Jennifer Sharifi?«

»Ja«, sagte Richard.

»Wann?« Ruhig blickte Kevins Gesicht aus dem Bildschirm im Hotelzimmer.

»Bevor wir beide, du und ich, zusammengezogen waren«, sagte Leisha vorsichtig. »Jennifer war völlig besessen von der Erinnerung an Tony, und Richard fühlte sich ... Es ist nicht wichtig, Kevin.« Doch gleich nachdem sie die Worte ausgesprochen hatte, wurde ihr bewußt, wie dumm sie waren. Natürlich war es wichtig – höchst wichtig sogar. Für den Prozeß. Für Richard. Vielleicht – immer noch – für Jennifer, obwohl Leisha sich eine Vermutung, was Jennifer wichtig war oder nicht, nicht zutraute. Sie hatte Jennifer nie verstanden. Besessenheit gehörte zu den Dingen, die sie verstandesmäßig durchaus begriff; besessen zu sein von krankhafter Geheimnistuerei, von dunklen, stillen Ränken statt von offenen Kämpfen, gehörte nicht dazu. »Jennifer weiß es. Sie wußte es damals schon. Manchmal schien es fast, als *wollte* sie, daß ich nach Richard griff.«

Kevin sagte, als wäre es eine Antwort darauf: »Ich werde den Eid auf *Sanctuary* leisten.«

Es dauerte eine Minute, bis Leisha fragte: »Warum?«

»Ich bin sonst aus dem Geschäft, Leisha. Baker Enterprises ist zu tief mit Donald Pospulas Firma verhaftet, mit Aerodyne, mit einem halben Dutzend weiterer Schlaflosenfirmen. Meine Verluste wären enorm.«

»Du hast doch keine Ahnung davon, was wahre Verluste sind!«

»Leisha, das ist keine persönliche Entscheidung. Bitte versuch das zu erkennen! Es ist eine rein finanzielle …«

»Ist denn das das einzige, worauf es ankommt?«

»Natürlich nicht. Aber *Sanctuary* verlangt ja nichts Unmoralisches von mir, nur Solidarität der Gemeinschaft gegenüber, die fest auf dem Boden wirtschaftlicher Solidarität fußt. Das ist nicht …«

Leisha unterbrach die Verbindung. Sie glaubte Kevin; sein Entschluß hatte einen rein materiellen Hintergrund – innerhalb von Grenzen, die er als moralisch auslegen konnte. Emotionelle Besessenheit wie jene von Jennifer würde ihn nie packen, nie diese glatten, klaren Gesichtszüge trüben und auch nicht die glatten, klaren Gedankengänge dahinter. Besessenheiten wie jene von Jennifer und ihre eigene, was die Unentbehrlichkeit des Gesetzes betraf.

Vor Tagen hatte sie sich gefragt, was sie noch zu verlieren hatte; jetzt wußte sie es.

Sicherheitsmaßnahmen, die in verschwiegenen kleinen Anhängern verschlüsselt waren. Treueschwüre. Das Deponieren von belastendem Beweismaterial – denn Will Sandaleros hatte ganz recht, kein Schlafloser hätte je einen solchen Anhänger so achtlos dort zurückgelassen. Sie waren viel zu vorsichtig, alle miteinander. Aber diese Tatsachenfeststellung wäre vor Gericht nicht zulässig gewesen; Verallgemeinerungen – selbst durchaus zutreffende, selbst solche von höchster Bedeutsamkeit für das Verfahren – waren es nie.

Leisha saß auf dem Rand des Hotelbettes. Es dominierte den Raum, dieses Bett. Als sie das Hotelzimmer in Conewango bezogen und das stattliche Lager erblickt hatte, war ihr erster Gedanke gewesen, daß man dem Sex im Hotelgeschäft eben einen hohen Grad an Wichtigkeit beimaß. Falsche Annahme. Schlußfolgerung auf Grund von Erfahrungen mit konfessionell verwurzelter Spießigkeit.

Es war der Schlaf, um den es hier ging! Wie wohl jeder zurecht annehmen durfte …

Nicht, daß Leisha von den Vertretern des Anwaltsberufes erwartet hätte, immer ganz sauber vorgehen zu können. Kein Prozeßanwalt erwartete das – nicht nach Jahren des Feilschens um herabgesetze Strafen bei Schuldeingeständnissen, um Meineide, um bestechliche Polizisten, um politische Händel, um falsch angewendete Rechtsvorschriften und voreingenommene Geschworene. Aber Leisha hätte gedacht, daß das Gesetz selbst – ganz für sich genommen und abgesehen von seiner Umsetzung in die Praxis – wenn schon nicht sauber, so doch umfassend war. Umfassend genug.

Sie entsann sich des Tages, an dem sie erkannt hatte, daß das Wirtschaftssystem der Yagaiisten nicht umfassend genug war. Die Betonung der Höchstleistung des Individuums überging zu viele Phänomene, zu viele Menschen: diejenigen, die keine Höchstleistung vorweisen konnten und nie dazu in der Lage sein würden: die Bettler, die nichtsdestoweniger eine ganz bestimmte, wenngleich schwer zu definierende Rolle beim Lauf der Welt zu spielen hatten. Sie hingen wie Parasiten im Fell eines Säugetiers, das sie zu tobsüchtigem Kratzen reizen, bis es blutet – deren Eier jedoch anderen Insekten als Nahrung dienen, die ihrerseits wieder von jenen gefressen werden, welche die Vögel dick und fett machen, damit der kleine Allesfresser, der sie fängt, anschließend dem gepeinigten Säugetier schmeckt. Eine blutige Ökologie des Tausches, um die geradlinigen yagaiistischen Verträge zu ersetzen, die im luftleeren Raum standen. Diese Ökologie war umfassend genug, um Schläfer und Schlaflose einzuschließen, Produktive und Bettler, die Hervorragenden und die Mittelmäßigen und die scheinbar Wertlosen. Und was diese Ökologie in Gang hielt, war das Gesetz.

Doch wenn das Gesetz selbst nicht umfassend genug war?

Nicht umfassend genug, um das zu berücksichtigen, was ein Schlafloser tun würde – nicht konkret beweisbar, aber so klar wie Luft? Um das zu berücksichtigen, was zwischen Richard und ihr vorgefallen war. Um nicht nur zu berücksichtigen, was Jennifer getan hatte, sondern auch warum. Und um in erster Linie diesen unbeschreiblichen Neid zu berücksichtigen, der so machtvoll war wie die genetische Struktur selbst, der sich aber jeder Spaltung, Veränderung und Eliminierungsbestrebung widersetzte. Der Neid auf die Starken. Keinen Augenblick lang war das Gesetz in der Lage gewesen, diesen Neid zu berücksichtigen. Die Legislatur hatte endlose Bürgerrechtsbestimmungen hervorgebracht, um schädliche Vorurteile gegen gewisse, biologisch klar Identifizierbare zu korrigieren: gegen Schwarze, gegen Frauen, gegen Mexikaner. Gegen die Behinderten. Aber nie zuvor waren in den Vereinigten Staaten die Ziele des Neides und die Ziele des biologischen Vorurteils identisch gewesen. Das zu berücksichtigen, war das Gesetz der Vereinigten Staaten nicht umfassend genug.

Leisha beugte den Kopf auf die Knie. Es war ihr völlig klar, wie der Prozeß weitergehen würde. Ihre eigene Zeugenaussage würde von Sandaleros als das schlaue Taktieren einer eifersüchtigen Geliebten gegen die rechtmäßige Ehefrau hingestellt werden. Richard würde in ein schlechtes Licht gestellt werden. Hossack würde immerzu seine Stärke ausspielen: die Macht von *Sanctuary*. Die Macht der Schlaflosen. Sandaleros würde nicht zulassen, daß Jennifer aussagte; in den Augen von Schläfer-Geschworenen wäre ihre Gefaßtheit wohl nur als Kaltblütigkeit zu deuten und ihr Bestreben, sich und ihresgleichen zu schützen, als ein Angriff auf die Außenwelt

Was es ja auch gewesen war.

Den Geschworenen standen zwei Wege offen: entweder ein Freispruch im Hinblick auf das mögliche Liebesdreieck. Dann würde Jennifer ungestraft davonkommen. Oder eine Verurteilung, und dann würde Jennifer das Gefängnis und ihre Mitgefangenen nicht überleben. *Sanctuary* würde sich noch tiefer in sich selbst zurückziehen und wie eine mächtige Spinne elektronische Netze zu seinem eigenen Schutz spinnen – über ein Land von Schläfern, die von wachsender Angst vor Menschen erfüllt waren, die sie selten zu Gesicht bekamen, mit denen sie keine Verbindung hatten und von denen sie nie kaufen würden, damit die Schlaflosen nicht jene Wirtschaft zugrunderichten konnten, deren Antrieb oder Getriebene sie waren – was von beidem zutraf, das wußte niemand so recht. *Im geheimen kontrollieren sie alles, verstehst du? Sie wollen uns versklaven! Sie arbeiten mit ausländischen Konkurrenten zusammen, um uns in die Knie zu zwingen! Und sie schrecken auch vor Mord nicht zurück!*

Und die so den Beweis dafür erbringen würden, daß Jennifer Sharifi recht daran getan hatte, sich und ihresgleichen schützen zu wollen.

Es war eine Schlange, die sich in den eigenen Schwanz biß. Weil das Gesetz, in seinem Bestreben, gerecht zu sein und alle gleich zu behandeln, zuviel unberücksichtigt ließ. Es war nicht umfassend genug. Es war nicht so umfassend, daß es die genetische und technische Zukunft mit einschließen konnte, und sobald die Zukunft darüber hinauswuchs, würde es gesetzlose Zeiten geben.

Sie saß auf dem Bettrand in einem dunklen Hotelzimmer und spürte, wie ihr der Glaube an das Gesetz so unaufhaltsam entglitt, als würde er zusammen mit einem kräftigen Luftstrom aus dem Zimmer gesogen. Sie rang nach Atem, fiel in ein Vakuum aus Kälte und Finsternis. Das Gesetz war nicht umfassend genug. Es war doch nicht in der Lage, Schläfer und Schlaflose in sich einzuschließen, konnte doch keine moralisch einwandfreien Richtlinien vorgeben, nach denen menschliches Verhalten zu beurteilen war. Und ohne Beurteilung blieb nichts. Nur Gesetzlosigkeit und angriffslustiger Pöbel und Vakuum …

Leisha versuchte aufzustehen, aber ihre Knie gaben nach. Nichts dergleichen war ihr je passiert – plötzlich fand sie sich auf Händen und Knien auf dem Boden wieder, und ein Rest von klaren Gedanken sagte ihr: *Herzanfall!* Aber das konnte nicht sein. Schlaflosenherzen versagten nicht.

Kälte …

Schwärze …

Leere …

Papa …

Das Aufgehen der Zimmertür brachte sie zurück. Die Tür wurde von außen geöffnet, ohne Vorwarnung. Leisha taumelte auf die Füße. Am anderen Ende des Zimmers, auf der anderen Seite des riesigen Bettes, hob sich eine Silhouette gegen das Licht auf dem Korridor ab – eine ausladende Gestalt, die durch etwas, das sie trug, noch ausladender wirkte. Leisha machte keine Bewegung. Ihre eigenen Leute – Kevins Leute – hatten die Sicherheitseinrichtungen dieses Zimmers, identisch mit denen in ihrem Apartment in Chicago, installiert! Niemand in Conewango verfügte über den Eintrittscode!

Wenn es ein Fremder war, wenn *Sanctuary* nicht nur Diebe zur Verfügung hatte sondern auch Mörder …

Zumindest würde es ein fähiger Mörder sein. Fähig waren die Schlaflosen alle.

Ein Arm streckte sich von der dunklen Gestalt weg. Eine Hand tastete nach den manuellen Schaltern.

»Licht an!« sagte Leisha deutlich.

Die kantige Form war ein Koffer. Alice stand blinzelnd in dem plötzlichen Lichtschein. »Leisha? Sitzt du hier im *Finstern?*«

»Alice!«

»Dein Apartmentcode hat auch diese Tür geöffnet ... Vielleicht solltest du ihn ändern, meinst du nicht? In der Eingangshalle ist ein Haufen Reporter ...«

»Alice!« Und dann rannte sie aufschluchzend – sie, die nie weinte – durchs Zimmer und direkt in Alices Arme.

»Hast du nicht gewußt, daß ich kommen würde?« fragte Alice.

An Alices Schulter schüttelte Leisha den Kopf.

»*Ich* wußte es.« Alice ließ sie los, und Leisha sah, daß irgendein starkes Gefühl aus ihrem Gesicht strahlte. »*Ich* wußte, daß dies die gewisse Nacht für dich sein würde. Die Nacht, in der du in das große Loch fällst. Ich wußte es gestern – ich hab es *gefühlt!*« Unvermutet lachte sie auf, sehr schrill. »Ich hab es gefühlt, Leisha, verstehst du? Es war, als wäre mir eine Ladung Ziegel auf den Kopf gefallen. Ich spürte, daß es dir heute nacht sehr schlecht gehen würde, und da wußte ich, ich mußte kommen.«

Leisha hörte auf zu schluchzen.

»Ich habe es gespürt!« sagte Alice noch einmal. »Über fünftausend Kilometer hinweg habe ich es gespürt! Genauso wie es bei vielen anderen Zwillingen schon passiert ist!«

»Alice ...«

»Nein, sag nichts, Leisha. Du warst nicht dabei. Ich weiß, was ich gespürt habe!«

Da sah Leisha, daß das starke Gefühl in Alices Gesicht Triumph war.

»Ich wußte, du würdest mich brauchen. Und jetzt bin ich da. Sag nichts, Leisha, Schätzchen, ich weiß alles über dieses Loch. Ich kenne es aus eigener Erfahrung ...« Sie legte wieder die Arme um Leisha und lachte und weinte zugleich. »Ich weiß, Schätzchen, ich weiß alles. Du bist nicht allein. Ich kenne das alles, ich war auch schon in der Situation ...«

Leisha hielt sich mit aller Kraft an der Schwester fest. Alice sollte es also sein, die sie aus der Dunkelheit zerrte, weg von dem Vakuum, weg von dem Loch; Alice mit ihrer Körperfülle, massiv und verläßlich wie Mutter Erde, die Leisha vor dem Abgleiten bewahrte; Alice, an die sie nun herankommen konnte, nun, da Alice etwas gewußt hatte, bevor Leisha es wußte; nun, nachdem Alice Leisha gerettet hatte, indem sie zum einzigen wurde, das Leisha noch nicht verloren hatte.

»Ich *wußte* es!« flüsterte Alice. Und dann, lauter: »Und jetzt kann ich endlich aufhören, dir diese vertrottelten Blumen zu schicken!«

Erst sehr viel später, nachdem sie stundenlang geredet hatten und Alice schläfrig dreinzusehen begann, klingelte das ComLink. Leisha hatte es abgeschaltet; nur ein Anruf mit allerhöchstem Dringlichkeitscode konnte durchkommen. Sie wandte den Blick zum Bildschirm. Zwei Paßwörter leuchteten dort auf; die wirre Logik des Gerätes hatte sie beide gleichzeitig akzeptiert und jedem Lautsprecher eine Stimme zugeteilt:

»Susan Melling hier. Ich muß ...«

»Hier spricht Stella Bevington. Ich habe mich gerade in die Nachrichten eingeklinkt. Der ...«

»... *sofort* mit dir reden! Ruf ...«

»... Anhänger, von dem die Meldungen sagen, daß er ...«

»... mich über einen abgeschirmten ...«

»... in dieser Parkgarage gefunden wurde ...«

»... Anschluß an, sobald du kannst!«

»... gehört mir!«

»Wir haben unsere Untersuchungen jetzt zu Ende gebracht«, sagte Susan aus dem Bildschirm. Ihr graues Haar stand in fettigen Strähnen von einem schlampigen Knoten ab. »Gaspard-Thiereux und ich. Bezüglich Walcotts redundanter Schlaflosen-Codes in der DNA.«

»Und?« sagte Leisha emotionslos.

»Ist das eine abgeschirmte Leitung? Verdammt, vergiß es. Soll die Presse uns doch anzapfen. Und *Sanctuary* auch. He, Blumenthal! Hörst du auch gut zu?«

»Susan, bitte ...«

»Kein Bitte. Und auch kein Danke. Gar nichts. Das ist es, warum ich es dir persönlich sagen wollte. Überhaupt nichts. Die Berechnungen funktionieren nicht ...«

»Funk ...?«

»Zwischen der Stillegung des Schlafmechanismus in einem präembryonalen genetischen Stadium und dem Versuch, dasselbe nach acht Tagen zu tun, wenn das Gehirn bereits begonnen hat zu differenzieren, klafft eine Lücke, die nicht überbrückt werden kann. Die Gründe dafür sind absolut klar, absolut unmißverständlich und absolut endgültig. Sie haben mit der Verträglichkeit der genetischen Fluktuationen in jenen genetischen Informationen zu tun, bei denen es sich um reine Wiederholungen der Steuerungsabläufe handelt. Die Details sind uninteressant für dich – jedenfalls steht fest, daß wir nie in der Lage sein werden, einen Schläfer zu einem Schlaflosen zu machen. Nie. Niemand. Weder Walcott, noch die Superhirne in *Sanctuary*, keine Macht der Welt. Walcott ist ein Lügner.«

»Ich ... wie meinst du das?«

»Ich meine, daß er sich die ganze Sache aus dem kleinen Finger gesogen hat. Alles sieht sehr plausibel aus, jedenfalls plausibel genug, um einen guten Wissenschaftler eine ganze Weile zu beschäftigen, ehe er es durchschaut. Aber es bleibt eine Lüge, und es ist ein Ding der Unmöglichkeit, daß ein ernstzunehmender Wissenschaftler, der seinen berühmten letzten Schritt mit Absicht zurückhält, sich dessen nicht bewußt ist. Walcott wußte es. Seine Forschungen sind ein Lügengespinst. Er kam zu dir mit seiner umwerfenden Entdeckung, von der er *wußte,* sie würde sich als Lüge herausstellen, und *Sanctuary* beging einen Betrug, um an Patente heranzukommen, die nichts als Lüge sind, und Jennifer Sharifi steht einer Lüge wegen als Mörderin vor Gericht.«

Es war zuviel für Leisha. Nichts davon ergab Sinn! Es kam ihr zu Bewußtsein, wie reglos Alice am anderen Ende des Zimmers dastand. »Aber *wozu?*«

»Das weiß ich nicht«, sagte Susan. »Aber es ist alles Lüge. Hört ihr das alle? Ihr von der Presse? Ihr von *Sanctuary?* Es ist eine Lüge!«

Sie begann zu weinen.

»Susan ... Susan ...!«

»Nein, nein, sag nichts! Tut mir leid, ich wollte wirklich nicht weinen. Genau das wollte ich nicht tun ... Wer ist das bei dir im Zimmer? Du bist nicht allein?«

»Alice«, sagte Leisha. »Sie ...«

»Es ist nur, daß ich gedacht habe, ich könnte zu dem werden, was ich geschaffen habe. Dumme Vorstellung, wie? Wo uns doch die ganze Literatur zeigt, daß ein Schöpfer niemals zu seiner Schöpfung werden kann.«

Leisha sagte nichts darauf. Ebenso abrupt, wie sie damit begonnen hatte, hörte Susan zu weinen auf, und die Tränen trockneten auf ihrer alten, weichen, welken Haut. »Das würde sich auch nicht schicken, Leisha, nicht wahr? Wenn plötzlich aus allen Schöpfern ihre Schöpfungen würden. Wer würde denn noch in der Küche stehen, um die Gerichte zu perfektionieren, wenn wir alle Gäste sein wollten?« Und dann fügte sie in völlig verändertem Tonfall hinzu: »Schieß Walcott ab, Leisha. Wie irgendeinen Quacksalber, der Todkranken wertlose Hoffnungen verkauft. Zertritt diese Laus!«

»Das werde ich tun«, sagte Leisha. Aber sie meinte nicht Walcott. In einem plötzlichen schwindelerregenden Gedankenblitz wurde ihr klar, wer es gewesen war, der einen Diebstahl begangen hatte, und warum.

15

Jordan öffnete die Wohnungstür, schläfrig und verwundert. Es war vier Uhr dreißig morgens. Leisha Camden stand vor ihm, zusammen mit drei schweigenden Leibwächtern.

»Leisha! Was …?«

»Komm mit! Rasch. Ich bin sicher, daß Hawke schon weiß, daß ich hier bin. Es gab keine Möglichkeit, dir anzukündigen, daß ich komme, ohne daß er davon erfahren hätte. Zieh dich an, Jordan. Wir fahren zur *Wir schlafen!*-Fabrik.«

»Ich …«

»Jetzt gleich! Beeil dich!«

Jordan erwog, ihr zu erklären, daß er die Fabrik nicht mehr betreten würde – nicht jetzt und nicht in Zukunft. Doch ein eingehenderer Blick überzeugte ihn, daß Leisha auch allein hinfahren würde, und das wollte er keinesfalls. Leisha trug einen langen blauen Pullover über einem schwarzen Stretchanzug. Bläuliche Schatten lagen unter ihren Augen. Sie stand ein wenig vorgeneigt, als würde sie jeden Moment an Jordans Brust sinken, und plötzlich war ihm klar, daß sie ihn brauchte. Nicht für physischen Schutz: zusammengenommen wogen die drei Leibwächter gut und gern dreihundert Kilogramm – ohne ihre Waffen; sie brauchte ihn aus irgendeinem anderen dringenden Grund, den Jordan nicht kannte.

»Ich mache schnell«, sagte Jordan.

In dem dunklen Flur hob Joey den Kopf von seiner überdimensionierten Schlafstatt. »Leg dich wieder hin«, sagte Jordan. »Alles in Ordnung.« Leisha, und sie brauchte ihn! Er schüttelte den Kopf.

Auf dem Parkplatz des Apartmenthauses stand ein

Flugzeug, mit kurios ineinandergefalteten Flügeln, die ihm erlaubten, vertikal zu starten und zu landen. Definitiv kein Luftwagen – es war eindeutig ein Flugzeug. Auf dem Instrumentenbrett befand sich nicht der geringste Hinweis auf die Herstellerfirma. In der Luft entfaltete sich der Vogel und schoß über die schlafende Stadt hinweg zum Fluß.

»Also Leisha, jetzt sag mir, was das Ganze soll.«

»Hawke hat Timothy Herlinger umgebracht.«

In Jordans Innerem regte sich etwas; er wußte, was es war: die Wahrheit. Winzig, tödlich, wie eines dieser Giftkügelchen, die sich im Herz von Selbstmordkandidaten auflösten. Man brauchte es nur zu schlucken, und dann war der schwierigste Teil auch schon vorbei, denn der Rest lief unaufhaltsam und nicht umkehrbar und ganz von allein ab. Jordan spürte, wie die Wahrheit sich regte, und wußte, daß sie schon lange, bevor Leisha sie ausgesprochen hatte, da drin gewesen war. Schon bei dem Firmenfest, bei Jordans zwiespältiger Bewunderung Hawke gegenüber, bei der Auseinandersetzung wegen Joey, ja selbst bei Mayleens neuer Toilette und ihren Klöppelkissen. Sie lag in der *Wir schlafen!*-Bewegung selbst.

Er sah Leisha an. Ein Licht schien von ihr auszugehen – ein hartes, gespenstisches Licht wie das der Y-Felder, die über gefährliche Maschinen gelegt wurden, um die Aufmerksamkeit der Bedienungsmannschaft zu erhöhen. Sie wiederholte: »Hawke hat Doktor Herlinger umgebracht. Er war der Urheber der ganzen Sache.«

Jordan hörte sich sagen: »Und das macht dich froh.«

Sie wandte ihm ihr entsetztes Gesicht zu. In dem engen Cockpit des Flugzeugs sahen sie einander aus nächster Nähe in die Augen; die drei Leibwächter waren nichts als regloser Hintergrund. Jordan hatte das nicht sagen wollen, aber als die Worte ausgesprochen waren, wußte er, daß auch sie der Wahrheit entsprachen. Sie war froh darüber. Daß es Hawke gewesen war und nicht ein Schlafloser. Freude. Das war die Quelle des gespenstischen Lichts und ihres Bedürfnisses, ihn, Jordan bei sich zu haben.

»Zeuge der Anklage«, bemerkte er mit einer Stimme, die der seinen so wenig ähnlich war, daß Leisha sagte: »Wie bitte?«

»Nicht wichtig. Also schieß los.«

Sie zögerte keinen Moment. »Das Netzhautbild auf dem Scanner gehört Stella Bevington. Hawke muß es bei der Party aufgenommen haben, die deine Mutter für Beck gab, damals in dem neuen Haus, als alle tranken und recht sorglos waren. Die Party, zu der du ihn gezwungenermaßen einladen mußtest, weil er dir vorher keine Ruhe gab. Und dort ist er auch an Stellas Anhänger herangekommen. Jennifer hatte ihr einen geschickt, denn sie wollte Stella unbedingt in *Sanctuary* haben und versuchte, sie damit zu einer Entscheidung zu zwingen. Stella trug den Anhänger um den Hals, aber sie nahm ihn bei der Party ab, weil sie wieder einmal sah, wie freundlich und tolerant Schläfer wie deine Mutter sein konnten.« *... ach, Papa, wie besonders Alice ist ...!* »Hawke nahm den Anhänger aus ihrer Handtasche. Stella meldete Jennifer den Verlust, aber ohne Einzelheiten. Aus Rücksicht auf mich ...«

Leisha wandte sich ab. Jordan gestattete sich kein Mitgefühl, keine Anteilnahme. Leisha, dachte er, verliert ja nichts. Der Mörder ist ein Schläfer.

»Jennifer wußte, daß niemand zufällig herausfinden würde, was es mit dem Anhänger auf sich hatte, und falls man daran herumprobierte, würde er sich selbst zerstören. Daher machte sie sich keine großen Sorgen, daß Stella ihn verloren hatte. Zu diesem Zeitpunkt hatte Jennifer bereits Hawkes Köder in Form der Patente geschluckt. Jordan, es hat nie irgendein Verfahren existiert, das Schläfer zu Schlaflosen machen könnte! Hawke gab Walcott und Herlinger den Auftrag, so zu tun, als ob sie es entdeckt hätten, und das Ganze auf eine wissenschaftlich plausible Grundlage zu stellen … Verdammt, er arrangierte die ganze Sache bis ins letzte Detail! Nur damit *Sanctuary* in die staatlichen Datennetze einbrechen und die Patentakten zurückreihen würde! Dann konnte er Walcott dazu benutzen, den Diebstahl anzuzeigen, konnte die Medien aufscheuchen, und selbst ohne Anklageerhebung würde *Sanctuary* Prügel beziehen. Und die Zahl der neuen Mitglieder bei *Wir schlafen!* würde nach oben schnellen.«

Was prompt eingetroffen ist, dachte Jordan. Hawke war immer schon ein guter Planer gewesen. Über der Fabrik angekommen, begann das kleine Flugzeug hinabzusinken.

»Doch dann überlegte es sich Herlinger anders. Er bekam einen Anfall von schlechtem Gewissen und schickte sich an, Walcott und Hawke auffliegen zu lassen. Also ließ Hawke ihn ermorden.«

Und das war auch typisch für Leisha, fand Jordan. Sie dachte nicht: *Herlinger versuchte, seine Partner zu erpressen, und so ließen sie ihn umbringen.* Oder: *Herlinger ließ sich in einen Machtkampf mit Hawke ein, und so brachte Hawke ihn um.* Nein, sie setzte schlechtes Gewissen voraus, selbst in dieser Situation. Sie setzte einen anständigen Kern und Sinn für bürgerliches Wohlverhalten voraus. »Sie gehört ins achtzehnte Jahrhundert«, hatte Hawke gesagt. Mit Spott in der Stimme.

»Du weißt nicht, ob das stimmt, was du sagst«, bemerkte Jordan. »Aber falls es stimmt und Hawke mich außerdem so genau überwachen läßt, daß er von unserem Kommen bereits weiß … dann werden keine Beweise mehr vorhanden sein, wenn wir eintreffen.«

Leisha sah ihn mit ihren strahlenden Augen an. »Es wären ohnedies nie welche vorhanden gewesen. Jedenfalls keine auffindbaren Beweise.«

»Warum kommen wir dann überhaupt her?«

Sie antwortete nicht.

Die Einfahrt war nicht durch ein Kraftfeld geschützt. Die Wache – nicht Mayleen – winkte sie durch.

Hawke wartete in seinem Büro; er lehnte lässig an der Schreibtischfront und hatte die Hände flach auf die Holzplatte gestützt. Auf dem Schreibtisch befand sich im übrigen das ganze wohlbekannte Arrangement: die Cherokee-Puppen, der Harvard-Kaffeebecher, das Modell des *Wir schlafen!*-Rollers, der Stapel fehlerhaft und ungelenk beschrifteter Briefe von dankbaren Arbeitern, die nach Jahren wieder einen Job gefunden hatten, die Plaketten und Schreibgarnituren und vergoldeten Statuetten, die Hawke von anderen *Wir schlafen!*-Unternehmen überreicht worden waren. Einiges davon hatte Jordan noch nie zu Gesicht bekommen; Hawke mußte es Stück für Stück hervorgeholt und mit größter Sorgfalt so auf dem Tisch plaziert haben, daß seine gewaltige Statur nicht den Blick darauf verstellte. All die billigen Ehrungen von hart rackernden Betrieben, all die Fetische zweifelhafter Erfolge ... Als er sie erblickte, spürte Jordan, wie es ihm kalt über den Rücken lief. Dann war es also Realität. Nicht bloß Wahrheit, sondern Realität: Hawke hatte gemordet.

»Miss Camden«, sagte Hawke.

Leisha verschwendete keine Sekunde Zeit. Ihre Stimme klang zwar beherrscht, aber das gespenstische Licht umgab sie immer noch. »Sie haben Timothy Herlinger umgebracht.«

Hawke lächelte. »Nein, das habe ich nicht.«

»Doch, haben Sie«, beharrte Leisha, aber für Jordan klang es nicht so, als würde sie widersprechen oder versuchen, ein Eingeständnis zu erzwingen. »Sie haben Walcotts Schwindel in die Wege geleitet, um den Haß auf die Schlaflosen anzufachen, und als sich Ihnen die Gelegenheit bot, einem Schlaflosen einen Mord unterzuschieben, taten Sie auch das.«

»Ich habe keine Ahnung, worüber Sie sprechen«, sagte Hawke liebenswürdig.

Als hätte er kein Wort gesagt, fuhr Leisha fort: »Sie haben es getan, um die Gewinne von *Wir schlafen!* zu steigern. Zumindest halten Sie selbst das für den Grund. Aber die Gewinne stiegen ohnedies. In Wahrheit haben Sie es getan, weil Sie kein Schlafloser sind und es nie sein werden, und weil Sie einer von den Haßerfüllten sind, die immerzu danach gieren, alles Souveräne, über das sie selbst nicht verfügen und nie verfügen werden, zu vernichten.«

Die Haut über Hawkes Kragen begann sich zu röten. Das war offenbar nichts von dem, was er erwartet hatte zu hören.

Jordan sagte: »Leisha ...«

»Keine Sorge, Jordan«, sagte sie klar und deutlich, »die drei Leibwächter sind von allererster Güte, das Flugzeug ist mit einem Überwachungsgerät ausgestattet, das auf meinen Körper gerichtet ist, ich zeichne jedes Wort auf, und Mister Hawke weiß das alles. Es gibt keinerlei Gefahr.« Sie sah Hawke an. »Selbstverständlich auch für Sie nicht. Es gibt ja keine Beweise. Weder gegen Sie noch gegen Jennifer, sobald das Netzhautbild als jenes von Stella Bevington identifiziert ist und Stella nicht nur erklären kann, wie ihr der Anhänger abhanden gekommen ist, sondern auch, wo sie an dem Morgen war, als Herlinger starb. Sie nahm zusammen mit vierzehn anderen leitenden Angestellten in Harrisburg, Pennsylvania, an einer Firmenbesprechung teil. Es war Ihnen klar, daß das alles in dem Moment herauskommen mußte, wenn der Anhänger als Beweisstück vorgelegt und Stella ihn als den ihren erkennen würde, nicht wahr, Mister Hawke? Sie wußten, daß der Prozeß platzen und niemand verurteilt werden würde. Aber Sie hätten wieder Öl ins Feuer des Hasses gegossen, und das war das einzige, was für Sie zählte.«

»Sie reden Quatsch, Miss Camden«, sagte Hawke. Jordan merkte, daß er sich wieder unter Kontrolle hatte; sein gewaltiger Körper wirkte wieder entspannt und autoritär, wie er so am Schreibtisch lehnte. »Aber ich werde trotzdem auf Ihre letzte Behauptung eingehen. Ich werde Ihnen sagen, was für mich zählt: *Das hier* …« – er griff nach dem Stapel Briefe hinter sich – »… zählt. Dankbarkeit von Menschen, die zuvor nicht über die Menschenwürde eines Arbeitsplatzes verfügten und sie jetzt dank *Wir schlafen!* wiedergefunden haben! Das zählt für mich.«

»Menschenwürde? Auf Betrug und Diebstahl und Mord gegründete Menschenwürde?«

»Der einzige Diebstahl, von dem ich weiß, war jener, den *Sanctuary* begangen hat, indem es sich Walcotts Patente aneignete. Zumindest behaupten das die Nachrichtenkanäle.«

»Ach ja?« sagte Leisha. »Dann werde ich Ihnen von einem weiteren Diebstahl erzählen, Mister Hawke. Damit Sie verstehen, was ich meine. Sie haben noch etwas gestohlen – meiner Schwester Alice, meiner Freundin Susan Melling und jedem anderen Schläfer, die glaubten, daß plötzlich auch sie eine Chance auf das lange Leben und die gesteigerten Möglichkeiten hätten, welche mit der Schlaflosigkeit Hand in Hand gehen. Daran glaubten sie für ein kleines Weilchen. Darauf *hofften* sie in jenen nächtlichen Stunden, wenn Schläfer wachliegen und über das Leben und das Sterben nachdenken und nicht schlafen. Sie fragen sich vielleicht, wieso ich das weiß. Lassen Sie es mich erklären. Ich weiß es, weil Susan Melling an einem inoperablen Gehirntumor leidet und sich verzweifelt gegen das Sterben wehrt. Ich weiß es, weil meine Schwester während des Prozesses zu mir sagte – während jenes Prozesses, den Sie aus Machtgier provoziert haben –, sie sagte: ›Leisha, das schlimmste in meinem Leben war nicht der Umstand, daß ich Jordan allein aufziehen oder mein Geld selber verdienen oder die Tatsache akzeptieren mußte, daß Papa mich nicht liebte. Das schlimmste war, daß es auch nichts änderte, wenn ich dir dafür die Schuld gab. Das schlimmste war einzusehen, daß es keinen Ausweg gab.‹ Sie winkten mit der Verheißung auf einen Ausweg, Mister Hawke, und dann raubten Sie Alice diese Hoffnung. Alice und Susan und jeden anderem Schläfer, der nicht Haß als Ausweg betrachtet. Sie haben nicht den Hassern etwas geraubt, sondern den anderen, den Menschen, die sich bemühen, zu anständig zu sein für Haß. Das ist es, was Sie gestohlen haben und wem Sie es gestohlen haben!«

Hawkes Lächeln wirkte eingefroren. Es folgte ein langes Schweigen, und dann sagte er schließlich spöttisch: »Sehr hübsch ausgedrückt, Miss Camden. Sie könnten Glückwunschkarten mit herzergreifenden Texten entwerfen und viel Geld damit verdienen!«

Leishas Gesichtsausdruck blieb unverändert. Sie wandte sich zum Gehen, und aus dieser einen, verächtlichen Bewegung erkannte Jordan plötzlich, wie wenig sie sich von diesem Zusammentreffen erwartet hatte. Sie war nicht vor Hawke hingetreten, um ihn zu ändern oder um etwas von ihm zu erfahren oder auch nur, um ihren Zorn loszuwerden. Nichts davon war Zweck dieses Kommens oder der Grund, weshalb sie Jordan zu ihrer Begleitung gebraucht hatte.

Niemand hinderte sie, das Fabriksgelände zu verlassen. Niemand sprach, bis das Flugzeug über die dunklen Felder dahinglitt, die von dem schwarzen Fluß durchschnitten wurden. Jordan sah seine Tante an; sie wußte noch nichts von Joey, wußte nicht, daß Jordan Hawke bereits verlassen hatte. »Wir sind meinetwegen hierhergekommen. Damit ich sehen sollte, wie Hawke wirklich ist.«

Leisha griff nach seiner Hand. Ihre Finger waren kalt. »Ja, ich wollte deinetwegen herkommen. Es gibt nur dich, Jordan. Dich. Und dich und dich und dich und dich und dich. Ich dachte, es gäbe noch mehr, irgend etwas Monumentaleres, aber ich habe mich getäuscht. Einer und vielleicht noch einer und noch einer. Das ist alles, was es gibt.«

»Die Gemeinschaft«, sagte Jennifer Sharifi ruhig und leise zu Najla und Ricky, »muß stets Vorrang haben. Deshalb wird Papa nicht mehr nach Hause kommen. Papa hat seine Solidarität mit der Gemeinschaft gebrochen.«

Die Kinder sahen ihre Schuhspitzen an. Jennifer erkannte, daß sie vor ihr Angst hatten. Daran fand sie nichts Negatives; Angst war nur das alte Wort für Respekt.

Schließlich sagte Najla mit dünner Stimme: »Warum müssen wir aus *Sanctuary* weggehen?«

»Wir gehen nicht weg aus *Sanctuary,* Najla. *Sanctuary* geht mit uns. Wo immer sich die Gemeinschaft aufhält, ist *Sanctuary.* Der neue Ort, an den wir *Sanctuary* bringen, wird euch gefallen. Er ist sicherer für uns alle.«

Ricky sah zu seiner Mutter auf – mit Richards Augen aus Richards Gesicht. »Wann wird denn die Orbitalstation fertig sein?«

»In fünf Jahren. Wir müssen sie planen, bauen und bezahlen.« Fünf Jahre; in so kurzer Zeit war noch nie eine Orbitalstation errichtet worden, auch wenn man in Betracht zog, daß *Sanctuary* eine bereits existierende Basiskonstruktion von einer fernöstlichen Regierung angekauft hatte, wo man nun darangehen würde, für den eigenen Bedarf eine neue zu bauen.

»Und wir werden nie wieder auf die Erde zurückkommen?« erkundigte sich Ricky.

»Gewiß werdet ihr zur Erde zurückkommen«, sagte Jennifer. »Zu Geschäftsreisen, wenn ihr erwachsen seid. Wir werden einen Großteil unserer Geschäfte weiterhin mit jenen wenigen Schläfern abwickeln, die weder Bettler noch Parasiten sind. Aber die Leitung dieser Geschäfte wird von der Raumstation aus stattfinden, und mit Hilfe von Genmodifizierungen wird es uns gelingen, die stärkste Gemeinschaft zu errichten, die je existiert hat.«

»Ist das legal?« fragte Najla zweifelnd.

Jennifer erhob sich, und die Falten ihrer Abajeh legten sich um ihre Sandalen. Auch die Kinder erhoben sich; Najla sah immer noch zweifelnd drein, Ricky unglücklich. »Es wird legal sein«, sagte Jennifer. »Für euch und für alle künftigen Kinder werden wir es legal machen. Legal und stabil und sicher.«

»Mutter ...«, sagte Ricky und verstummte.

»Ja, Ricky?«

Er sah sie an, und ein Schatten flog über sein kleines Gesicht. Was er auch sagen wollte, er behielt es für sich. Jennifer beugte sich hinab und küßte ihn, küßte auch Najla und machte kehrt, um zum Haus zu gehen. Sie würde später noch mit den Kindern sprechen, ihnen in kleinen Portionen, die sie leichter aufnehmen konnten, alles erklären, alles klarmachen. Später. Im Augenblick war so viel anderes zu tun. Zu planen. Zu beaufsichtigen. Zu leiten.

16

Susan Melling und Leisha Camden saßen in Liegestühlen auf dem Dach von Susans Haus in der Wüste von New Mexico und sahen Jordan und Stella nach, die zu der riesigen Pappel am Ufer des Wasserlaufes schlenderten. Oben am Himmel war das Sommerdreieck Wega, Altair und Deneb neben dem strahlenden Vollmond, der sich im Osten erhoben hatte, nur schwach zu sehen. Über dem westlichen Horizont sickerte das letzte Rot aus den niedrigen Wolken. Lange schwarze Schatten glitten über die Wüste auf die Berge zu, auf deren Gipfeln immer noch die Strahlen einer unsichtbaren Sonne zu glühen schienen. Susan fröstelte.

»Ich hole dir einen Pullover«, bot sich Leisha an.

»Laß nur, es geht schon«, sagte Susan.

»Ach, hör auf.«

Leisha kletterte die Leiter hinab, entdeckte den Pullover in Susans vollgeräumtem Arbeitszimmer und blieb einen Augenblick im Wohnzimmer stehen. Sämtliche blankpolierten Tierschädel waren verschwunden. Sie kletterte wieder nach oben und hängte Susan den Pullover über die Schultern.

»Schau die zwei dort an«, sagte Susan vergnügt.

Noch ehe sie in der tieferen Dunkelheit unter der Pappel angekommen waren, verschmolz die Silhouette, die Jordan war, mit dem Schatten, der Stella war. Leisha lächelte; Susans Augen zumindest waren noch so scharf wie früher.

Die beiden saßen eine Weile schweigend da, als Susan plötzlich sagte: »Kevin hat wieder angerufen.«

»Nein«, sagte Leisha nur.

Susan rückte ihren alten, mageren, schmerzenden

Körper in dem Liegestuhl zurecht. »Hältst du denn gar nichts von Vergebung, Leisha?«

»O doch. Aber Kevin weiß nicht, daß er etwas getan hat, das vergeben werden müßte.«

»Ich nehme an, er weiß auch nicht, daß Richard mit dir zusammen hier ist.«

»Ich weiß nicht, was er weiß«, entgegnete Leisha gleichgültig. »Wer kann das noch feststellen?«

»Wie du, zum Beispiel, auch nicht feststellen konntest, daß Jennifer Sharifi unschuldig war. Und du vergibst dir selbst ebensowenig wie Kevin.«

Leisha wandte das Gesicht ab. Wie ein Skalpell zog ein Mondstrahl über ihre Wange. Von der Pappel drang leises Gelächter herüber. Plötzlich sagte Leisha: »Ich wünschte, Alice wäre hier.«

Susan lächelte. Es war ein mühsam zustandegebrachtes Lächeln; sie würde die Anzahl der Schmerztabletten erneut erhöhen müssen. »Vielleicht taucht sie wieder auf, wenn du sie nur dringend genug brauchst.«

»Das ist nicht komisch.«

»Du glaubst nicht, daß das passiert ist, Leisha, nicht wahr? Du glaubst nicht, daß Alice eine paranormale Wahrnehmung über dich hatte.«

»Ich glaube, daß sie das glaubt«, sagte Leisha vorsichtig. Zwischen ihr und Alice war jetzt alles anders, und der Unterschied zu früher war zu kostbar, als daß sie ihn aufs Spiel gesetzt hätte. Alice war das einzige, was sie aus diesem einen Jahr katastrophaler Verluste zurückbekommen hatte. Alice und Susan. Und Susan war dem Tod nahe.

Dennoch, mit Susan hatte sie immer ehrlich sein können. »Du weißt, daß ich nicht ans Paranormale glaube. Das Normale ist schon schwer genug zu begreifen.«

»Und das Paranormale würde dein Weltbild gehörig durcheinanderbringen, nicht wahr?« Nach einer Minute fügte Susan mit weicherer Stimme hinzu: »Fürchtest du nicht, daß Alice die Sache mit Jordan und Stella mißbilligen wird? Ein Schläfer und eine Schlaflose?«

»Meine Güte, nein! Ich weiß, daß ihr das Ganze sogar gefallen würde!« Sie lachte hart und kurz auf. »Alice könnte einer der zwölf Menschen auf der ganzen Welt sein, die nichts dagegen hätten.«

Susan sagte, als wäre es von Bedeutung: »Außerdem kamen Anrufe von Stewart Sutter, Kate Addams, Miyuki Yagai und deinem Sekretär, wie heißt er bloß? Ich sagte ihnen allen, du würdest zurückrufen.«

»Werde ich nicht«, erklärte Leisha.

»Es gibt mehr als zwölf«, bemerkte Susan. Leisha antwortete nicht.

Unter ihnen kam Richard aus der Eingangstür und ging vom Haus weg auf die Mesa in der Ferne zu. Er bewegte sich langsam, schlaff, als wäre ihm die Richtung, die er einschlug, völlig gleichgültig. Leisha dachte, daß das vermutlich auch zutraf, denn es gab nur sehr wenig, was ihm nicht gleichgültig war. Daß er sich überhaupt hier befand, dafür zeichnete Jordan verantwortlich, der ihn ohne zu zögern einfach in den Wagen gepackt und mitgebracht hatte. Jordan zögerte nur noch selten. Er handelte.

Eine Minute später polterte unten Joeys grobschlächtige Gestalt aus dem Haus und watschelte glücklich hinter Richard her. Er ging immer gern irgendwohin.

Susan sagte: »Du meinst also, daß durch den Sharifi-Prozeß jede Chance auf echte Integration – Schläfer und Schlaflose, *Wir schlafen!* und herkömmliche Unternehmenssysteme, Wohlhabende und Habenichtse – vertan ist?«

»Ja.«

»Es existiert immer noch eine Chance. Für alles, Leisha.«

»Ach wirklich? Und wie kommt es dann, daß

du demnächst stirbst?« Nach einem Augenblick des Schweigens setzte sie hinzu: »Entschuldige.«

»Du kannst dich hier nicht ewig verkriechen, Leisha, nur weil Recht und Gesetz dich enttäuscht haben.«

»Ich verkrieche mich nicht.«

»Und wie nennst du es dann?«

»Ich lebe«, sagte Leisha. »Ich lebe einfach.«

»Daß ich nicht lache. Doch nicht so! Nicht du! Und streite es nicht ab – ich verfüge über den Einblick der Beinahe-schon-Verewigten!«

Unwillkürlich mußte Leisha lachen. Doch das Lachen tat weh.

»Verdammt richtig«, stellte Susan fest, »es ist komisch. Also geh und ruf Stewart und Kate und Miyuki und diesen Sekretär an.«

»Nein.«

Richard verschwand in der Dunkelheit, gefolgt von Joey. Jordan und Stella schickten sich an, händchenhaltend zum Haus zurückzukehren. »Also *ich* würde mir wünschen, Alice wäre hier«, sagte Susan; es klang aufrichtig.

Leisha nickte.

»Ja«, meinte Susan arglos, »es wäre schön, deine ganze Gemeinde hier um dich zu versammeln.«

Leisha sah sie scharf an, aber Susan betrachtete versunken den Mondschein über der Wüste, während unter ihnen irgendein kleines Tier ungesehen vorbeitrippelte und oben am Himmel die Sterne hervorkamen – einer und noch einer und noch einer und noch einer.

BUCH III

TRÄUMER

2075

»Die Dogmen der stillen Vergangenheit haben keine Gültigkeit mehr in der stürmischen Gegenwart. Die Lage ist schwer beladen mit Widrigkeiten, und wir müssen der Lage gerecht werden. So wie unsere Sache eine neue ist, müssen auch wir lernen, neu zu denken und neu zu handeln. Wir müssen uns befreien.«

Abrahahm Lincoln:
Rede vor dem Kongreß,
1. Dezember 1862

17

Am Morgen ihres siebenundsechzigsten Geburtstages saß Leisha Camden auf dem Rand eines Stuhles auf ihrem Anwesen in New Mexico und betrachtete ihre Füße.

Sie waren schmal, hatten einen hohen Rist, und die Haut war frisch und glatt bis zu den Spitzen der Zehen, die kräftig und gerade gewachsen waren. Die glatt abgeschnittenen Zehennägel glänzten leicht rosa. Susan Melling wäre zufrieden gewesen; sie hatte Füßen eine große Wertigkeit beigemessen: ihrem gesunden Aussehen, der Beschaffenheit ihrer Adern und Knochen, ihrem Allgemeinzustand als Barometer des Alterns. Oder Nichtalterns.

Sie mußte lachen. *Füße* – sich an Susan, die seit dreiundzwanzig Jahren tot war, ausgerechnet in Verbindung mit Füßen zu erinnern! Und es waren nicht einmal Susans Füße, um die es dabei ging – was noch logisch gewesen wäre –, sondern Leishas eigene – was nur lächerlich war. *In memoriam bipedalis.*

Wann hatte sie begonnen, etwas wie Füße lustig zu finden? Bestimmt nicht in ihrer Jugend – mit zwanzig oder dreißig oder fünfzig. Damals war alles so ernst gewesen, von so weltbewegender Wichtigkeit – und nicht nur jene Dinge, die tatsächlich die Welt hätten bewegen können, sondern einfach alles. Sie, Leisha, hatte auf ihre Umgebung wohl recht ermüdend gewirkt, damals. Aber vielleicht gab es bei jungen Leuten keine Ernsthaftigkeit, die nicht ermüdend wirkte. Es fehlte ihnen jene entscheidende physikalische Dimension – das richtige Drehmoment. Zu viel Zeit vor sich, zu wenig Zeit hinter sich: wie ein Mann beim Versuch, eine Leiter zu tragen, die er an einem Ende hält. Nicht einmal echte Leidenschaftlichkeit konnte die Einseitigkeit ausgleichen. Und wenn man alle Konzentration und Geschicklichkeit aufwenden muß, um das Gleichgewicht zu halten – wie sollte man da irgend etwas lustig finden?

»Worüber lachst du denn?« fragte Stella, die nach einem kurzen und sehr bestimmten Klopfen Leishas Arbeitszimmer betreten hatte. »Dieser Reporter wartet auf dich im Sitzungszimmer.«

»Jetzt schon?«

»Er ist zu früh dran.« Stella schniefte ein wenig; sie war von vornherein dagegen gewesen, daß Leisha mit Reportern sprach. *»Sollen Sie doch ihre Dreihundertjahrfeiern ohne uns abhalten«,* hatte sie gesagt. *»Was hat das alles mit uns zu tun? Jetzt?«* Leisha war keine Antwort eingefallen, aber sie hatte sich dennoch bereit erklärt, den Reporter zu empfangen. Stella konnte so bar jeglicher Neugierde sein! Aber Stella war auch erst zweiundfünfzig und fand kaum je etwas lustig.

»Sag ihm, ich komme gleich«, trug Leisha ihr auf. »Aber ich muß erst nach Alice sehen. Gib ihm Kaffee oder sonstwas. Die Kinder sollen ihm ihr Flötensolo vorspielen; das sollte ihn fürs erste beschäftigen.« Seth und Eric hatten gerade eben gelernt, aus Tierknochen, die sie in der Wüste sammelten, Flöten zu schnitzen. Stella schniefte wieder und ging hinaus.

Alice war gerade aufgewacht. Sie saß auf dem Bettrand, während ihr die Krankenpflegerin das Nachthemd über den Kopf zog. Leisha zuckte sofort zurück auf den Flur; Alice haßte es, wenn Leisha sie nackt sah. Erst als sie hörte, wie die Pflegerin sagte: »So, das hätten wir, Mrs. Watrous ...!« trat Leisha ins Zimmer.

Alice trug lose Leinenhosen und eine weiße Bluse, die weit genug geschnitten war, daß sie sie allein und nur unter Benutzung des rechten Armes anziehen konnte; der linke war seit dem Schlaganfall nicht mehr zu gebrauchen. Ihre weißen Löckchen waren gekämmt. Die Pflegerin kniete auf dem Boden und schob Alices Füße in weiche Pantoffel.

»Leisha!« sagte Alice erfreut. »Alles Gute zum Geburtstag!«

»Das wollte ich zuerst sagen!«

»Dein Pech«, sagte Alice. »Siebenundsechzig Jahre!«

»Ja«, nickte Leisha, und dann sahen die beiden Frauen einander an – Leisha mit geradem Rücken in weißen Shorts und knappem Oberteil, Alice mit einer mühsam stützenden, blaugeäderten Hand auf dem Fußende des Bettes.

»Alles Gute, Alice.«

»Leisha!« Wiederum Stella, im dringlichsten Managertonfall. »Du hast eine ComLink-Konferenz um neun, wenn du also diesen Reporter ...«

Aus dem rechten Mundwinkel und so leise, daß Stella es nicht hören konnte, murmelte Alice: »Mein armer Jordan ...«

»Du weißt, er liebt das!« murmelte Leisha zurück und eilte zum Sitzungszimmer, wo der Reporter wartete.

Er überraschte sie, indem er aussah wie sechzehn – ein schlaksiger Junge mit allzu spitzen Ellbogen und schlechter Haut, gekleidet in die neueste Teenagermode: in ballonförmige Shorts und ein Kunststoffhemd, an dem winzige rote, weiße und blaue Motorroller aus Plastik baumelten. Er hockte nervös auf der Stuhlkante, während Eric und Seth um ihn herumtanzten und Flöte spielten. Miserabel. Leisha schickte ihre Großneffen aus dem Raum. Seth ging mit fröhlicher Miene; Eric machte ein finsteres Gesicht und knallte die Tür hinter sich zu. In der plötzlichen Stille ließ Leisha sich dem Jungen gegenüber auf einen Stuhl fallen.

»Welches Nachrichtennetz, sagten Sie, repräsentieren Sie, Mister ... Cavanaugh?«

»Mein Highschool-Netz«, platzte der Junge heraus.

»Bloß habe ich das der Dame nicht gesagt, als ich wegen eines Termins anfragte.«

»Natürlich nicht.« Vergiß die Füße, dachte Leisha; *das* war lustig! Das erste Interview, das sie seit zehn Jahren gab, und dann stellte sich heraus, daß es für ein Schulnetz war! Susan hätte sich königlich amüsiert.

»Also gut, dann wollen wir beginnen«, sagte sie. Auf den ersten Blick war ihr klar gewesen, daß der Junge noch nie zuvor mit einem Schlaflosen gesprochen hatte. Es stand ihm ins Gesicht geschrieben: die Neugier, die Nervosität, der verstohlene Versuch, sie einzuschätzen. Aber kein Neid in seiner virulentesten Form. Das war das Bemerkenswerteste an diesem so gar nicht bemerkenswerten Jungen: das Nichtvorhandensein von Neid.

Er ging systematischer an die Sache heran, als man seinem Äußeren nach erwartet hätte. »Meine Mama sagt, es war früher anders als jetzt. Sie sagt, früher wurden die Schlaflosen von den Machern und sogar von den Nutzern gehaßt. Wie kommt das?«

»Wie kommt es, daß Sie es nicht tun?«

Die Frage schien ihn ehrlich zu überraschen. Er runzelte die Stirn und sah sie dann von der Seite mit einem verlegenen Ausdruck an, der Leisha deutlicher als jedes Wort verriet, daß er ein anständiger junger Mann war. »Na ja, ich will Sie ja wirklich nicht beleidigen, aber… warum sollte ich Sie denn hassen? Ich meine, die Macher sind doch diejenigen – und Schlaflose sind doch bloß so 'ne Art Supermacher, oder? –, also die Macher sind diejenigen, die die ganze Arbeit am Hals haben. Und wir Nutzer können die Früchte der Arbeit genießen. Nutzen. Also ehrlich«, sagte er in einer plötzlichen Anwandlung treuherziger Vertraulichkeit, »ich werde nie begreifen, warum die Macher das nicht endlich merken und *uns* hassen!«

»Plus ça change, plus c'est la même chose.«

»Was heißt das?«

»Ach, nichts, Mister Cavanaugh. Haben Sie an Ihrer Schule auch Macher?«

»Nee. Die haben ihre eigenen Schulen.« Er sah Leisha mit einem Blick an, der ihr sagen sollte, daß sie das eigentlich wissen müßte. Was natürlich auch der Fall war. Die Vereinigten Staaten waren nun zu einer Dreischichtengesellschaft geworden: die Habenichtse, die durch das geheimnisvolle hedonistische Opiat der Philosophie vom ›wahren Lebensgenuß‹ zu Empfängern des Geschenkes des absoluten Nichtstuns geworden waren; diese ›Nutzer‹, achtzig Prozent der Bevölkerung, hatten die Ethik der Arbeit gegen eine vulgäre Version der alten aristokratischen Ethik eingetauscht: wer vom Glück begünstigt ist, braucht nicht zu arbeiten. Über ihnen – oder unter ihnen – befanden sich die Macher: gentechnisch verbesserte Schläfer, die nach dem Diktat und als Preis für die Wählerstimmen der neuen Müßiggängerklasse die Wirtschaft und das politische Räderwerk in Gang hielten. Macher beaufsichtigten und verwalteten; ihren Robotern oblag die Schwerarbeit. Und schließlich die Schlaflosen – die größtenteils ohnedies in *Sanctuary* lebten und damit für den Rest der Menschheit unsichtbar waren –, die von den Nutzern, nicht aber von den Machern, ignoriert wurden. Und das alles, die ganze Dreischichtenkonstruktion – Id, Ego und Superego hatte ein Witzbold sie einmal spöttisch genannt –, wurde von billiger, allgegenwärtiger Y-Energie zusammengehalten, die automatisierte Fabriken speiste und damit das Wohlfahrtssystem mit seiner überreichlichen Versorgung mit Brot und Spielen ermöglichte, deren Preis in Form von Wählerstimmen bezahlt wurde. Das ganze Gebilde war typisch amerikanisch, fand Leisha, denn es schaffte es, Demokratie mit Materialismus zu kombinieren, Mittelmäßigkeit mit Enthusiasmus, Macht mit der Illusion einer Kontrolle von unten her.

»Sagen Sie mir, Mister Cavanaugh, was machen Sie und Ihre Freunde mit all Ihrer Freizeit?«

»Machen?« Er schien verblüfft.

»Ja. Machen. Heute, zum Beispiel. Wenn Sie mit der Aufzeichnung dieses Interviews fertig sind, was werden Sie dann machen?«

»Na ja ... Ich werde die Aufnahme in der Schule abliefern. Der Lehrer wird sie dann ins Schulnetz eingeben, denke ich. Wenn er Lust hat.«

»Ist er ein Nutzer oder ein Macher?«

»Ein Nutzer, natürlich!« sagte er ein wenig verächtlich. Leisha merkte, wie rasch der Stand ihrer Aktien verfiel. »Bis zwölf, wenn die Schule aus ist, könnte ich mich noch ein wenig mit Lesen beschäftigen – ich kann schon fast lesen, aber eben noch nicht ganz. Ist ja völlig überflüssig, aber Mama will, daß ich es lerne. Dann, um zwölf, sind die Rollerrennen, dort geh' ich mit ein paar Freunden hin ...«

»Wer bezahlt und organisiert die Rennen?«

»Unsere hiesige Abgeordnete, natürlich. Cathy Miller. *Die* ist 'n Macher.«

»Natürlich.«

»Dann schmeißen ein paar Freunde 'ne Brainie-Party; unser Kongressmitglied hat neuen Stoff aus Colorado oder von sonstwo verteilt, und dann läuft dieses Virtuelle-Welten-Holovideo, das will ich mir unbedingt reinziehen ...«

»Wie heißt es?«

»*Tamarra von den Meeren des Mars*. Sehen Sie sich das nicht auch an? Agresso-Story.«

»Kann schon sein, daß ich es mir ansehe.« Füße, Reporter, Tamarra von den Meeren des Mars. Moira, Alices Tochter, war in eine Marskolonie ausgewandert. »Aber Sie wissen, daß es in Wirklichkeit auf dem Mars keine Meere gibt?«

»Ach so?« sagte er desinteressiert. »Dann spielen wir Ball, ich und meine Freunde, und dann schieben mein Mädchen und ich 'ne Nummer. Hinterher, wenn dann noch Zeit bleibt, kreuz' ich in der Hütte meiner Mama auf, weil meine Eltern heut' abend 'nen Tanz haben. Wenn es sich nicht mehr ausgeht ... Miss Camden, was ist denn so komisch daran?«

»Gar nichts.« Leisha schnappte nach Luft. »Entschuldigen Sie. Aber kein Aristo aus dem achtzehnten Jahrhundert hätte mehr gesellschaftliche Verpflichtungen in seinem Terminplan haben können!«

»Na ja, kommt vielleicht da her, daß ich 'n Agresso-Nutzer bin«, erklärte der Junge bescheiden. »Aber eigentlich sollte ich ja die Fragen stellen. Also, ist ... nein, warten Sie ... Was ist diese ... Stiftung, die Sie leiten? Was macht die?«

»Sie fragt Bettler, warum sie Bettler sind, und stellt denjenigen, die etwas anderes werden wollen, die Geldmittel dafür zur Verfügung.«

Der Junge sah überfordert drein.

»Wenn Sie, zum Beispiel«, sagte Leisha, »ein Macher werden wollen, dann bezahlt Ihnen die Susan-Melling-Stiftung die Schule, finanziert Ihnen eine Steigerung Ihrer körperlichen Qualitäten oder eine Verbesserung Ihrer Sinnesorgane, was eben nötig ist dazu.«

»Warum sollte ich denn das wollen?«

»Ja, warum eigentlich?« sagte Leisha. »Aber manche Leute wollen es.«

»Keiner von denen, die *ich* kenne«, stellte der Junge entschieden fest. »Hört sich an, als wäre da der Wurm drin. Noch 'ne Frage: Warum machen *Sie* eigentlich das Ganze? Also dieses Stiftungsdings leiten und so?«

»Weil«, antwortete Leisha klar und langsam, »es die Starken den Bettlern schuldig sind, jeden von ihnen zu fragen, warum er ein Bettler ist, und ihre weiteren Handlungen darauf abzustimmen. Weil Gemeinschaft Voraussetzung ist und nicht Resultat, und nur wenn man der Unproduktivität die gleiche individuelle Existenz zugesteht wie der elitären Leistung und entsprechend handelt, erfüllt man seine Verpflichtung den spanischen Bettlern gegenüber.«

Sie sah, daß der Junge kein einziges Wort davon verstanden hatte. Er stellte auch keine Fragen. Er stand auf, schnappte sein Aufnahmegerät mit sichtlicher Erleichterung – das Tagwerk war getan – und streckte Leisha die Hand hin. »Also, ich denke, das genügt. Der Lehrer sagte, vier Fragen würden reichen. Vielen Dank, Miss Camden.«

Sie nahm seine Hand. Was für ein höflicher Junge, so ganz ohne Haß oder Neid, so zufrieden. So dumm. »Ich danke Ihnen, Mister Cavanaugh. Daß Sie auf meine Fragen eingegangen sind. Würden Sie mir noch eine einzige beantworten?«

»Sicher.«

»Wenn Ihr Lehrer dieses Interview tatsächlich ins Schulnetz einspeist, wird es sich irgend jemand anhören?« Er wandte die Augen ab; er wollte sie mit seiner Antwort sichtlich nicht in Verlegenheit bringen. Was für ein höflicher Junge. »Sehen Sie sich überhaupt je Nachrichtensendungen an, Mister Cavanaugh?«

Jetzt sah er ihr wieder in die Augen; sein junges Gesicht zeigte sich schockiert. »Natürlich! Meine ganze Familie tut das! Wie sollten Mama und Papa denn sonst wissen, welche Macher uns das meiste für unsere Stimmen geben?«

»Aha«, sagte Leisha und nickte. »Die Verfassung der Vereinigten Staaten funktioniert also wie geschmiert.«

»Und nächstes Jahr haben wir die Dreihundertjahrfeier«, sagte der Junge stolz; alle Nutzer waren Patrioten. »Vielen Dank noch mal.«

»Ich danke *Ihnen*«, sagte Leisha wieder.

Stella stand mit strenger Miene in der Tür und brachte den Jungen hinaus. »Dein ComLinkgespräch ist in zwei Minuten fällig, Leisha, und jetzt ist ein …«

»Stella, wie viele Anträge hat die Stiftung in diesem Quartal bearbeitet?«

»Einhundertsechzehn«, sagte Stella penibel. Sie war für alle Unterlagen der Stiftung zuständig, die finanziellen eingeschlossen.

»Wieviel Prozent weniger als letztes Quartal?«

»Sechs.«

»Und innerhalb des letzten Jahres?«

»Acht Prozent. Aber das weißt du doch.« Leisha wußte es. Stella wäre mehr als ausgelastet, würde die Stiftung in gleichem Ausmaß in Anspruch genommen werden wie in den ersten Jahren. Sie würde nicht den Versuch machen, sich ihr erstklassiges Hirn von Sekretärinnen- und Mutterpflichten ausfüllen zu lassen – und als Folge ihrer Umgebung unausgesetzt auf die Zehen treten. Stella mußte erraten haben, was Leisha dachte. Sie sagte: »Du könntest wieder als Anwältin arbeiten. Oder noch ein Buch schreiben. Oder eine neue Firma auf die Beine stellen, wenn du den Machern bei den Dingen Konkurrenz machen willst, die du noch besser kannst als sie.«

»*Sanctuary* macht ihnen Konkurrenz«, korrigierte Leisha nachsichtig. »Und die neue Wirtschaftsordnung ist ohnedies nicht auf Wettbewerb aufgebaut. Sie basiert auf Lebensqualität. Ein junger Mann hat mir das gerade vor Augen geführt. Hör auf mich zu piesacken, Stella, ich habe heute Geburtstag. Was ist denn das für ein Lärm da draußen?«

»Das will ich dir doch die ganze Zeit sagen! Draußen am Gartentor steht ein Kind und brüllt wie am Spieß, weil es dich sprechen will und niemand sonst.«

»Ein Schlaflosenkind?« fragte Leisha. Ihr Herz schlug schneller. Manchmal passierte es immer noch: eine illegale Genmodifizierung, ein völlig verwirrtes Kind, das über die Jahre langsam draufkam, daß es anders war, daß es sich mit den Rollerrennen und Holovids und Brainie-Partys nicht so zufriedengab wie seine Freunde. Dann hörte es durch Zufall und üblicherweise von einem wohlmeinenden Macher von der

Susan-Melling-Stiftung, und es folgte die furchterregende, entschlossene Suche nach seiner eigenen Gattung, noch bevor es wußte, was es hieß, einer eigenen Gattung anzugehören. Diese schlaflosen Kinder oder Teenager oder gelegentlich sogar Erwachsene aufzunehmen und sie dabei zu unterstützen, das zu werden, was sie bereits waren, hatte während der letzten zweieinhalb Jahrzehnte in der Wüsteneinsamkeit Leishas größte Freude dargestellt.

Doch Stella sagte: »Nein, kein Schlafloser. Ein etwa zehnjähriger Junge, ein dreckiger kleiner Kerl, der Zeter und Mordio schreit, weil er dich sprechen muß, und nur dich. Ich habe Eric rausgeschickt, um ihm zu sagen, daß du morgen deine Sprechstunde hast, aber er drosch Eric eine aufs Auge und sagte, solange könne er nicht warten.«

»Hat Eric ihn flachgelegt?« fragte Leisha. Stellas zwölfjähriger Sohn verfügte über Kraftmodifikationen. Und über Karatetraining. Und über eine Gemütsart, die kein Schlafloser haben sollte.

»Nein«, sagte Stella stolz. »Eric wird langsam erwachsen. Er lernt, nicht hinzuschlagen, wenn keine klare Notwendigkeit zur Selbstverteidigung vorhanden ist.«

Das bezweifelte Leisha. Eric Bevington-Watrous machte ihr Sorgen. Aber sie behielt den Gedanken für sich und sagte nur: »Laß den Jungen herein. Ich rede gleich mit ihm.«

»Leisha! Du hast in diesem Moment Tokio am Com-Link!«

»Sag ihnen, ich rufe zurück. Hab Geduld mit mir, Stella – heute ist mein Geburtstag. Ich bin alt.«

»*Alice* ist alt«, entgegnete Stella; augenblicklich schlug die Stimmung um, und Stella sagte: »Entschuldige, es tut mir leid.«

»Laß den Kleinen rein. Zumindest hört dann dieses Gebrüll auf. Wie, sagtest du, heißt er?«

»Drew Arlen«, sagte Stella.

Im Orbit über dem Pazifik brach der Hohe Rat von *Sanctuary* in spontanen Beifall aus.

Vierzehn Männer und Frauen saßen im kuppelförmigen Tagungshaus um den Tisch aus geschliffenem Metall, der die Form einer stilisierten Doppelhelix hatte. Eine Plastiglasscheibe lief in einem Meter Höhe um die ganze Kuppel herum und wurde nur an einigen Stellen von dünnen Stützen aus Metall unterbrochen. Der halbkugelförmige Bau stand am äußersten Ende der zylindrischen Orbitalstation und verschaffte damit dem Konferenzraum, der genau die Hälfte des Tagungshauses einnahm, eine reizvoll abwechslungsreiche Aussicht. Richtung ›Norden‹ lagen Äcker, gesprenkelt mit einigen Kuppeln, die sich sanft nach oben wölbten, bis sie sich im Dunst des Himmels verloren. Richtung ›Süden‹ lag nur der Weltraum, hart und klar hinter der relativ dünnen Luftschicht, die sich zwischen dem Tagungshaus und dem Plastiglasende des Orbitalzylinders befand. Im Norden, wo die Sonnenstrahlen ungehindert durch die langen, klaren Scheiben ins Innere der Orbitalstation einfielen, war warmer, heller ›Tag‹; im Süden endlose Nacht, die entweder von Sternen oder einer bedrückend riesigen Erde erfüllt war. Die ungleichmäßige Krümmung des Konferenztisches und die Anordnung der am Boden festgeschraubten Stühle brachte es mit sich, daß sechs Komiteemitglieder den Anblick der Sterne genossen und acht jenen der Sonne.

Jennifer Sharifi, ständige Ratsvorsitzende, blickte stets nach Norden, Richtung Sonne.

Ihre schwarzen Augen funkelten vor Freude, als sie sagte: »Das Scanning des Gehirns, die Analyse der Rückenmarksflüssigkeit, die Resultate der Spinalkartographie und selbstverständlich der DNA-Analyse lassen auf einen durchschlagenden Erfolg schließen. Unsere wärmsten Glückwünsche an die Doktoren Toliveri und Clement. Und natürlich an Ricky und Hermione.« Sie schenkte Sohn und Schwiegertochter ein inniges Lächeln. Ricky lächelte zurück; Hermione zog den Kopf ein, und ein winziger Krampf durchzuckte ihr makellos schönes Gesicht. Etwa die Hälfte der Familien in *Sanctuary* ließen keine gentechnischen Veränderungen mehr vornehmen; sie gaben sich mit dem intellektuellen und psychischen Gewinn zufrieden, der allein durch die Schlaflosigkeit entstand, und hatten dazu den Wunsch, Familienähnlichkeiten zu erhalten. Hermione, veilchenäugig und schlankgliedrig, gehörte der anderen Hälfte an.

Voll Ungeduld sagte Ratsmitglied Victor Lin: »Können wir das Baby nicht sehen? Die Umgebung hier wird doch steril genug sein, oder?« Ein paar Anwesende lachten.

»O ja, bitte!« sagte Ratsmitglied Lucy Ames und errötete. Sie war erst einundzwanzig, auf der Orbitalstation geboren und immer noch ein bißchen überwältigt davon, daß ihr Name in der Bürgerlotterie für eine Amtsperiode beim Hohen Rat gezogen worden war.

Jennifer sah sie lächelnd an. »Ja, natürlich. Wir können alle das Baby sehen. Aber ich möchte wiederholen, was ich euch bereits erklärt habe: diese Generation von gentechnischen Veränderungen geht über alles, dessen wir uns erfreuen dürfen, weit hinaus. Und wenn wir uns auch weiterhin unsere Überlegenheit über die Schläfer auf der Erde bewahren wollen, dann müssen wir jeden in diese Richtung führenden Weg erkunden. Gelegentlich jedoch haben wir für unsere Fortschritte einen kleinen, unvermeidbaren Preis zu zahlen.«

Diese Worte ernüchterten alle wieder. Die acht Ratsmitglieder mit den Lotteriesitzen – jene also, die nicht der Familie Sharifi angehörten, welche über einundfünfzig Prozent der finanziellen Kontrolle von *Sanctuary* und damit über einundfünfzig Prozent der Ratsstimmen verfügte – sahen einander an. Die sechs ständigen Ratsmitglieder – Jennifer, Ricky, Hermione,

Najla, Najlas Ehemann Lars Johnson und Jennifers Ehemann Will Sandaleros – trugen ein entschlossenes Lächeln zur Schau. Mit Ausnahme von Hermione.

»Bring das Baby herein«, sagte Jennifer zu ihr, und Hermione stand auf und ging hinaus. Zögernd streckte Ricky die Hand aus, als seine Frau an ihm vorbeikam, aber er berührte sie nicht. Er zog die Hand wieder zurück und starrte aus dem Fenster der Kuppel. Niemand sprach, bis Hermione mit einem dick eingepackten Bündel zurückkam.

»Das«, sagte Jennifer, »ist Miranda Serena Sharifi. Unsere Zukunft.«

Hermione legte das Baby auf den Konferenztisch und schlug die gelbe Decke auf. Miranda war zehn Wochen alt. Ihre Haut sah blaß aus und zeigte nicht den geringsten rosigen Schimmer; ihr Haar war ein dichtes, schwarzes Gewirr. Mit klugen, sehr dunklen Augen sah sie in die Runde. Die Augen standen etwas vor und waren ohne Unterlaß in Bewegung, offenbar unfähig, stillzuhalten. Das kleine, kräftige Körperchen zuckte unaufhörlich; die winzigen Fäuste öffneten und schlossen sich in so rascher Folge, daß es schwerfiel, ihre Finger zu zählen. Das Baby strahlte eine manische Vitalität aus, eine kaum zu steigernde Hochspannung, die so konzentriert wirkte, daß es fast den Anschein hatte, ihr Blick müßte eine Zickzacklinie in das Kuppeldach schneiden.

Das junge Ratsmitglied Ames preßte die Faust an den Mund.

»Auf den ersten Blick«, sagte Jennifer mit ihrer beherrschten Stimme, »werdet ihr wahrscheinlich finden, daß die Symptome unserer Miranda wie gewisse Störungen des Nervensystems aussehen, von denen gen-unveränderte Bettler des öfteren heimgesucht werden. Oder vielleicht wie Reaktionen auf Paraamphetamine. Doch das hier ist etwas *völlig* anderes. Miris Gehirn arbeitet mit der drei- oder vierfachen Geschwindigkeit des unseren, noch dazu mit einer hervorragend intensivierten Gedächtniskapazität und ebenso intensivierter Konzentrationsfähigkeit. Es gibt keinerlei Verlust an Nervenkontrolle, hingegen kommt es als Nebenerscheinung zu einem geringen Verlust an motorischer Kontrolle. Miris Genveränderungen schließen zwar hohe Intelligenz mit ein, doch die Veränderungen an ihrem Nervensystem werden ihr erlauben, diese Intelligenz auf eine Art und Weise einzusetzen, die wir jetzt noch nicht voraussagen können. Diese Genmodifizierung ist die sicherste Methode zur Umgehung des berüchtigten Phänomens der intellektuellen Regression auf ein Mittelmaß – wenn hochintelligente Eltern nur Kinder von normalen geistigen Fähigkeiten hervorbringen, wodurch eine niedrigere Ausgangsbasis entsteht, von der aus neue Genvarianten hochschießen können.«

Einige der Anwesenden nickten zu diesem Vortrag; ein paar andere, die über die geringeren geistigen Talente von Najla und Ricky im Vergleich zu Jennifer Bescheid wußten, senkten den Blick auf die Tischplatte. Ratsmitglied Ames fuhr fort, das zuckende kleine Wesen anzustarren, die Augen aufgerissen und die Faust immer noch an die Zähne gepreßt.

»Miranda ist die erste«, sagte Jennifer. »Aber nicht die letzte. Wir in *Sanctuary* repräsentieren die hervorragendsten Köpfe der Vereinigten Staaten. Es ist unsere Verpflichtung, diesen Vorsprung zu halten. In unserem eigenen Interesse.«

»Aber unsere normalen schlaflosen GenMod-Babies schaffen das doch schon«, sagte Ratsmitglied Lin leise.

»Ja«, erwiderte Jennifer und lächelte liebenswürdig, »aber die Bettler auf der Erde könnten jederzeit den Entschluß fassen, ihre kurzsichtige Politik zu beenden und zur Schaffung von Schlaflosen zurückzukehren. Wir brauchen mehr. Wir brauchen alles, was wir aus der Gentechnologie, die wir bis zum äußersten zu benutzen wagen und sie nicht, herausholen können – Geisteskraft, Technik, Verteidigung …«

Will Sandaleros legte ihr leicht die Hand auf den Arm.

Eine Sekunde lang blitzte Zorn in ihren Augen auf, doch dann war er wieder verschwunden, und sie lächelte Will zu, der sie liebevoll ansah. Jennifer lachte. »Habe ich schon wieder Reden geschwungen? Tut mir leid. Ich weiß, ihr alle versteht die Philosophie von *Sanctuary* genauso gut wie ich.«

Ein paar Anwesende lächelten; andere rutschten unruhig auf ihren Stühlen. Ratsmitglied Ames starrte immer noch großäugig das zuckende Baby an. Hermione bemerkte schließlich den entsetzten Blick der jungen Frau, nahm das Kind auf und schlug die Decke über Miranda zusammen. Das dünne gelbe Gewebe ruckte und vibrierte; der Saum war mit weißen Schmetterlingen und dunkelblauen Sternen bestickt.

Mit leicht gespreizten, fest auf dem Boden verankerten Beinen stand Drew Arlen vor Leisha Camden, die fand, sie hätte noch nie einen solchen Kontrast erlebt wie jenen zwischen diesem Kind und dem jungen Reporter, der gerade gegangen war und dessen Namen sie bereits vergessen hatte.

Drew war der dreckigste Zehnjährige, den sie je zu Gesicht bekommen hatte. Schmutz verkrustete sein braunes Haar und schmierte sich über die Reste seines Kunststoffhemdes, die Hosen und die zerfetzten Schuhe – Marke ›Wohlfahrt‹, wie alles an ihm. So viel Schmutz klebte an einem tiefen Kratzer auf seinem nackten linken Arm, daß eine Infektion wohl unvermeidlich war; bis zum Ellbogen, der vorstand wie ein Meißel, sah die Haut rot aus und entzündet. Ein Zahn war ausgeschlagen. Das Gesicht, wirkte nur insofern bemerkenswert, als daraus Augen hervorblickten, die so grün waren wie Leishas eigene. Sein Ausdruck verriet eine Art dickköpfigen Tatendrang, als hätte Drew vor, für irgend etwas mit jeder Faser seines schmutzigen, mageren, sichtlich nicht genetisch veränderten Körpers zu kämpfen.

»Bin Drew Arlen, ich«, sagte er. Es war wie ein Fanfarenstoß.

»Leisha Camden«, sagte Leisha ernsthaft. »Du wolltest mich unbedingt sprechen?«

»Ich will in deinen Stiftsbund.«

»Stiftung. Woher weißt du denn von meiner Stiftung?«

Das wischte Drew mit einer Handbewegung als unmaßgeblich beiseite. »Von irgendwem. Wie's der mir sagt, mach ich mich gleich auf die Beine. Is' nämlich 'n langer Weg. Von Louisiana.«

»Zu Fuß? Ganz allein?«

»Hab mich auch mal heimlich wo angehängt«, sagte der Junge, wieder so, als wäre das nichts Erwähnenswertes. »Hat ziemlich lang gedauert. Aber jetzt bin ich da, und du kannst schon mal anfangen mit mir.«

Leisha sagte zum Haushaltsroboter: »Bring Sandwiches aus dem Kühlschrank. Und Milch.«

Der Roboter glitt lautlos davon. Drew starrte ihm fasziniert nach, bis er den Raum verlassen hatte. Dann tauchte er wieder aus seiner Versunkenheit auf und sagte zu Leisha: »Is' das die Sorte, die mit dir ringt? Fürs Muskeltraining? Hab ich nämlich schon in der Tagesschau gesehen.«

»Nein, es ist ein einfacher Robot, der nur Dinge bringt und Aufzeichnungen macht. Also, womit sollen wir anfangen, Drew?«

»Na mit deinem Stiftsbund«, sagte er ungeduldig. »Daß du was machst aus mir.«

»Und was soll das bedeuten?«

»Mußt *du* doch wissen! Du bist die Stiftsbundbraut! Daß du mich mal ordentlich sauber kriegst und mir was beibringst und eben was machst aus mir.«

»Du möchtest ein Macher werden?«

Der Junge runzelte die Stirn. »Nee, aber mit irgendwas müssen wir ja anfangen, oder? Un' dann seh'n wir weiter.«

Der Roboter kehrte zurück. Drew bekam einen gierigen Ausdruck in den Augen, und als Leisha ihn mit einer Handbewegung zum Zugreifen einlud, fiel er wie ein räudiger kleiner Hund über das Futter her. Er riß mit den Zähnen auf der linken Seite an den Sandwiches und zuckte vor Schmerz zusammen, wenn das blutige Loch auf der rechten mit Brot oder Fleisch in Kontakt kam.

Leisha sah ihm eine Weile zu. »Wann hast du denn zum letztenmal etwas gegessen?« fragte sie dann.

»Gestern früh ... Mann, is' das gut!«

»Wissen deine Eltern eigentlich, wo du bist?«

Drew hob einen Krümel vom Boden auf und aß ihn. »Meiner Ma isses wurscht. Die is' nämlich bloß die ganze Zeit auf Brainie-Parties. Un' mein Pa ist tot.« Letzteres setzte er in barschem Tonfall hinzu und starrte dabei Leisha mit seinen grünen Augen vorwurfsvoll an, als müßte sie über den Tod seines Vaters eigentlich Bescheid wissen.

Leisha nahm das Terminal von der Wand.

»Brauchst du gar nich' versuchen«, sagte Drew. »Also wir, wir haben daheim kein Terminal.«

»Ich will nicht bei deiner Familie anrufen, Drew. Ich will etwas über dich herausfinden. Wo in Louisiana hast du gewohnt?«

»Montronce Point.«

»Bio-Personensuche, alle Hauptdatenbanken«, sagte Leisha. »Drew, sag mir die Nummer deiner Wohlfahrt-Versicherung.«

»842-06-3421-889.«

Montronce war ein winziges Nest im Mündungsdelta des Mississippi; keine nennenswerte Macher-Präsenz. Eintausendneunhundertzweiundzwanzig Einwohner, Schule mit sechzehn Prozent Anwesenheit der in Frage kommenden Kinder, zweiundsechzig Prozent Anwesenheit der freiwilligen Lehrer, die das Gebäude achtundfünfzig Tage im Jahr offen hielten. Drew war einer der sechzehn Prozent – mehr oder weniger. Eine Krankengeschichte für ihn existierte nicht, doch diejenigen seiner Eltern und der beiden kleineren Schwestern waren vorhanden. Leisha hörte sich alles an und wurde sehr still.

Als das Terminal geendet hatte, sagte sie: »Aber deine Noten waren nicht gar so toll, Drew. Selbst für das, was in Montronce als Schule gilt.«

»Nee«, räumte der Junge ein. Seine Augen wandten sich keine Sekunde lang von ihrem Gesicht ab.

»Du scheinst auch kein besonderes Talent für irgend etwas zu haben, für Sport etwa oder Musik.«

»Nee, hab ich nich'.«

»Und du willst in Wirklichkeit gar nicht für einen Macher-Job ausgebildet werden, oder?«

»Ach was, soll sein!« antwortete er aggressiv. »Meinetwegen!«

»Doch wenn du ehrlich bist, willst du gar nicht. Die Susan-Melling-Stiftung wurde aber gerade deshalb ins Leben gerufen, nämlich, um Menschen zu helfen, das zu werden, was sie gern werden wollen. Wie hast du dir also deine Zukunft vorgestellt?« Es schien eine absurde Frage an einen Zehnjährigen – im besonderen an diesen Zehnjährigen. Er war sogar noch ärmer als die meisten anderen Nutzer. Nicht erkennbar begabt. Dürr. Ein stinkender kleiner Schläfer.

Und dennoch nichts Gewöhnliches – die klugen grünen Augen sahen Leisha mit einer Geradlinigkeit und Offenheit an, die den meisten erwachsenen Schläfern abging, selbst in dem entspannten, lustbetonten sozialen Klima der bevorstehenden Dreihundertjahrfeiern. Tatsächlich lag noch mehr in Drews offenem Blick: ein festes Vertrauen auf Leishas Hilfe, das die Bewerber kaum je mitbrachten: Die meisten von ihnen sahen sie zweifelnd an (»Warum solltest du ausgerechnet *mir* helfen?«) oder mißtrauisch (»Warum solltest ausgerechnet *du* mir helfen?«) oder mit einer nervösen Unterwürfigkeit, die Leisha unweigerlich an geprügelte Hunde denken ließ, die auf dem Bauch krochen. Drew hingegen sah sie an, als wären er und Leisha Partner bei einem sicheren Geschäft.

»Du hast ja vom Terminal gehört, wie mein Opa draufgegangen ist.«

Leisha sagte: »Er war als Arbeiter bei der Montage von *Sanctuary* beschäftigt. Eine Metallverstrebung löste sich und zerriß seinen Raumanzug.«

Drew nickte ohne merkbare Trauer. »Also mein Pa war damals noch 'n kleiner Junge«, sagte er. In seiner Stimme lag die gleiche Zuversicht wie in seinen Augen. »Und die Wohlfahrt hat zu der Zeit noch für kaum was gesorgt.«

»Ich erinnere mich«, sagte Leisha mit einem bitteren Lächeln. Wofür die Wohlfahrt zu der Zeit dank billiger Y-Energie und sozialem Gewissen gesorgt hatte, war rein gar nichts im Vergleich zu dem, wofür die Macher und der Staat jetzt sorgten – dank der Notwendigkeit von Wählerstimmen. Brot und Spiele: aus der römischen Barbarei nur durch die gleichen billigen, reichlich fließenden Wohltaten für alle herübergerettet. Doch sorgenfrei und umworben, wie sie waren, mangelte es den Nutzern an jeglicher aufgestauter Wut für die Arena.

Leisha hätte erwartet, daß Drew über ihre Bezugnahme auf die Vergangenheit hinweggehen würde; die meisten Kinder empfanden alles, was vor ihrer Zeit geschehen war, als belanglos. Aber er überraschte sie. »Also du erinnerst dich da dran? Wie's damals war? Wie alt bist'n du eigentlich, Camden?«

Er weiß es nicht besser, als meinen Familiennamen zu verwenden, dachte Leisha nachsichtig – und erkannte zum erstenmal Drews Gabe. Sein Interesse an ihr strahlte so stark, so ungekünstelt und ehrlich aus seinen grünen Augen, daß sie augenblicklich willens war, ihm vieles nachzusehen. Er war in Unschuld gehüllt wie in einen Duft. Leisha begann zu verstehen, wie er die lange Reise von Louisiana nach New Mexico unbeschadet hatte überstehen können: seine Mitmenschen waren ihm voll Mitgefühl behilflich gewesen. Das Blut an seinem Arm sah noch frisch aus, genau wie die Lücke, wo der ausgeschlagene Zahn gesessen hatte; durchaus möglich, daß ihm nur Hilfsbereitschaft begegnet war – bis er Eric Bevington-Watrous vor Leishas Tür kennenlernte.

Und er war erst zehn Jahre alt.

Sie sagte: »Ich bin siebenundsechzig.«

Seine Augen wurden groß. »Mann! Du siehst aber nich' aus wie 'ne alte Frau.«

Du solltest erst meine Füße sehen! Sie lachte, und der Kleine grinste. »Vielen Dank, Drew. Aber du hast meine Frage noch nicht beantwortet. Was erwartest du dir von der Stiftung?«

»Also mein Pa is' ohne seinen Pa aufgewachsen, und da wurde 'n grober Klotz aus ihm, und er soff zuviel«, sagte Drew, als wäre es eine Antwort auf Leishas Frage. »Dann hat er meine Ma verhauen. Meine Schwestern auch. Mich auch. Hat er. Aber meine Ma sagte zu mir, er wär wohl nich' so geworden, wenn sein Pa noch lebte, sagte sie. Dann wär er nämlich 'n anderer Mensch, sagte sie, freundlich und nett, und es wär alles nich' seine Schuld, sagte sie.«

Das Bild stand lebhaft vor Leishas Augen: Die mißhandelte Mutter, noch nicht einmal dreißig, die den Ehemann ihren Kindern gegenüber von jeder Schuld entband, und die schließlich selbst an ihre entschuldigenden Worte glaubte, weil auch sie eine Entschuldigung brauchte, um nicht davonzurennen. *Es ist nicht seine Schuld wird zu Es ist nicht meine Schuld.* ›Sie ist die ganze Zeit auf Brainie-Parties‹, hatte Drew gesagt. Es gab solche Brainies und solche. Nicht alle entsprachen den Vorgaben der Behörde, was Harmlosigkeit oder das Ausbleiben von Folgewirkungen der Drogen betraf.

»Es war nich' die Schuld von meinem Pa«, wiederholte Drew. »Aber meine, denk ich immer, war's auch nich'. Also mußte ich eben abhauen aus Montronce.«

»Ja, schon ... aber was *willst* du?«

Die grünen Augen verwandelten sich plötzlich. Leisha hätte nicht gedacht, daß ein Kind zu einem solchen Blick fähig war. Haß, ja; sie hatte schon Kinderaugen voller Haß gesehen. Aber das hier war kein Haß, nicht Wut und auch nicht kindlicher Schmerz. Das war ein Erwachsenenblick, wie ihn selbst Erwachsene nicht mehr verwendeten – ein altmodischer Blick: eisige Entschlossenheit.

»Ich will *Sanctuary*«, sagte Drew.

»Du willst es? Was meinst du, wenn du sagst, du willst es? Um es denen heimzuzahlen? Um es zu zerstören? Um den Leuten dort weh zu tun?«

Die stählerne Härte wich aus den grünen Augen, und sie sahen amüsiert drein – noch erwachsener und noch irritierender. Leisha stand auf und setzte sich wieder hin.

»Ach wo!« sagte Drew. »Wo denkst du hin? Also ich, ich will doch keinem weh tun! Ich werd den Laden doch nich' zerstören!«

»Was denn?«

»Ich werd' *Sanctuary besitzen,* das werd ich!«

Die Sirenen heulten auf der ganzen Orbitalstation, laut und unmißverständlich. Techniker schnappten sich ihre Anzüge. Mütter schnappten sich ihre Kleinen, die bei dem Lärm erschrocken zu weinen begonnen hatten, und instruierten ihre Terminals mit Stimmen, die beinahe zu sehr bebten, um eine Identifikation zu ermöglichen. Die Börse von *Sanctuary* stellte augenblicklich alle Transaktionen ein; niemand würde von einer wie auch immer gearteten Katastrophe profitieren.

»Nimm dir einen Flieger«, sagte Jennifer zu Will Sandaleros, der schon seinen Schutzanzug anhatte. Rasch schlüpfte sie in ihren und rannte aus dem Kuppelbau. Jetzt mochte es soweit sein. Und jeder von ihnen schwebte möglicherweise in Lebensgefahr.

Will ließ den Flieger abheben. Als sie sich der Zone der Schwerelosigkeit entlang der Mittelachse der Orbitalstation näherten, ertönte es aus dem ComLink: »Verkleidungsplatte Vier. Es ist ein Geschoß, Will. Roboter treffen in dreiunddreißig Sekunden ein; Technikertrupps in anderthalb Minuten. Achtung auf den Vakuumsog ...«

»Dafür werden wir nicht schnell genug dort sein«, sagte Will spröde. Doch Jennifer hörte die Erleichterung aus der Sprödheit heraus. Will hatte es nicht gern, wenn sie persönlich zu Unfallorten eilte. Aber um sie davon abzuhalten, hätte er sie anbinden müssen.

Jetzt konnte sie das Loch sehen, eine klaffende Wunde in einem landwirtschaftlichen Abschnitt der Station. Die Roboter waren bereits dort und sprühten eine erste Schicht hartes Plastikmaterial über den Riß; Y-energiebetriebene Saugnäpfe an ihren Füßen, die in der Lage gewesen wären, auch Asteroiden zusammenzuhalten, bewahrten die Roboter davor, zusammen mit *Sanctuarys* kostbarer Luft in den Raum hinausgerissen zu werden; wenn einer von ihnen sich von der Stelle bewegen mußte, löste er einfach abwechselnd den Ansaugeffekt. Die Flieger der Technikertruppe senkten sich elegant herab, und Sekunden später besprühte die Besatzung in ihren Schutzanzügen die Pflanzen mit einem Beschichtungsmittel, das keinen Schaden anrichtete, so daß das organische Material später auf DNA-Ebene analysiert und jede Veränderung, welcher Art auch immer, festgestellt werden konnte.

Waffen stellten nur die halbe Gefahr dar; die schlimmere Hälfte waren Verseuchungen jeglicher Art. Nicht alle Länder der Erde stellten Genforschungen unter Strafe.

»Wo befindet sich das Geschoß?« fragte Jennifer den Cheftechniker über ComLink. Sein Anzug verfügte zwar nur über eine Tonverbindung, aber er mußte trotzdem nicht fragen, wer sprach.

»Abschnitt H. Ist schon befestigt. Es hat beim Aufprall die Verkleidung aufgerissen, aber nicht durchschlagen.« Das war gut; so konnte man das Geschoß analysieren, ohne es ins Innere der Station zu bringen. »Wie sieht es aus?«

»Meteor.«

»Vielleicht«, ergänzte Jennifer, und Will an ihrer Seite nickte. Sie war froh, daß es Will war; manchmal begleitete Ricky sie zu einem Unglücksort, und das war dann stets recht aufreibend.

Beim Rückflug quer durch die Station legte Will ein gemächlicheres Tempo ein. Er war ein guter Pilot und stolz darauf. Unter ihnen erstreckte sich *Sanctuary* – Felder und Kuppelbauten, Straßen und Kraftwerke und riesige Scheiben, die unablässig von winzigen Robotern, die nichts anderes taten, gesäubert wurden. Warmer künstlicher Sonnenschein erfüllte die Luft mit goldenem Dunst. Als sie landeten, wehte Jennifer der würzige Geruch von Sojablumen, der jüngsten Schöpfung an eßbarer Dekorpflanze, entgegen.

»Ich möchte eine Ratsversammlung einberufen, damit alle die Laborberichte hören können«, sagte Jennifer.

Will blickte erst überrascht und dann einsichtig aus seinem Helm. »Ich erledige das.«

Man kam nie zur Ruhe. Der Koran und die Geschichte der Vereinigten Staaten waren zumindest in diesem Punkt einer Meinung: »Und nur sie, die ihre Verpflichtungen erfüllen und Mühsal, Heimsuchungen und Gefahren tapfer ertragen, sind die wahren Gläubigen.« Und darauf: »Der Preis der Freiheit ist immerwährende Wachsamkeit.«

Nicht, daß *Sanctuary* über echte Freiheit verfügte …

Jennifer stand vor der Ratsversammlung. Ricky sah in ihr Gesicht, und sein eigenes wurde starr. Najla blickte zum Fenster hinaus. Ratsmitglied Lin beugte sich vor; Ratsmitglied Ames hielt die Hände fest verschränkt auf dem Tisch.

»Die Laborberichte sind alle negativ«, sagte Jennifer. »Diesmal. Die Zusammensetzung des Geschoßes entspricht jener von Meteoren der J-Klasse, obwohl dieser Umstand selbstverständlich die Möglichkeit offenläßt, daß der Meteor erst eingefangen und dann als Waffe benutzt wurde. Er schien keine aktiven Mikroben zu enthalten, und was an Sporen gefunden wurde, steht im Einklang mit der J-Klasse. Auch im Erdreich konnten keine uns unbekannten Mikroben identifiziert werden, weder genetisch veränderte noch andere. Natürlich heißt das nicht, daß sie nicht doch vorhanden sind – in einer harmlos scheinenden DNA-Struktur und versehen mit versteckten genetischen Auslösern für eine spätere Aktivierung.«

»Mutter«, warf Ricky vorsichtig ein, »niemand außer uns verfügt über gentechnische Fertigkeiten dieses Niveaus. Und selbst wir sind noch nicht besonders routiniert dabei.«

»Niemand, der uns bekannt ist«, entgegnete Jennifer mit einem liebenswürdigen Lächeln.

»Aber durch das Anzapfen der Datenbänke überwachen wir praktisch jedes Laboratorium auf der Erde …«

»Ich weise dich auf das Wort ›praktisch‹ hin«, sagte Jennifer. »Wir wissen nicht wirklich, ob wir sie alle erfaßt haben, oder?«

Ricky rutschte auf seinem Stuhl hin und her. Er war einunddreißig, ein stämmiger Mann mit dichtem Haar über einer niedrigen Stirn und dunklen Augen. »Mutter, das ist der sechzehnte Schadensalarm in zwei Jahren, und nicht einer davon war ein Angriff. Acht Meteortreffer, drei davon haben die Außenhülle durchschlagen. Drei vorübergehende Funktionsstörungen, die sofort wieder korrigiert waren. Zwei Spontanmutationen bei Mikroben, die von der kosmischen Strahlung verursacht wurden, gegen die wir nichts machen können. Ein ...«

»Sechzehn, von denen wir *wissen*«, sagte Jennifer. »Kannst du garantieren, daß in diesem Moment nicht fremde DNA vortäuschende Mikroben in der Luft sind, die du einatmest? Die dein Baby einatmet?«

»Aber solange es keinen Beweis gibt ...«, wollte Ratsmitglied Ames schüchtern zu bedenken geben.

»Politischer Beweis ist ein Bettlerkonzept«, schnitt ihr Jennifer das Wort ab. »Du weißt das nicht, Lucy, weil du noch nie auf der Erde gewesen bist. Dort pervertiert man das Konzept des wissenschaftlichen Beweises, indem es der Staat selektiv zur Untermauerung von allerlei Begründungen anwendet, um Ansprüche an die geistig Überlegenen stellen zu können. Sie können alles ›beweisen‹ – in ihren Gerichtshöfen, in ihren Fernsehkanälen, in ihren finanziellen Geschäftsgebaren. Wie hoch war deine Einkommensteuer im letzten Jahr, Lucy? An den Staat New York? Und was hast du im Gegenzug dafür bekommen? Dennoch würde dir der Präsident der Vereinigten Staaten einen Beweis dafür anbieten, daß du eine Verpflichtung hast, die Schwachen zu unterstützen, indem du für sie bezahlst; falls du nicht bezahlst, würde er dir beweisen, daß sein Militär das Recht hat, die Einrichtungen zu beschlagnahmen oder zu zerstören, die du benutzt, um den Lebensunterhalt für dich und deine Gemeinschaft zu verdienen.«

»Aber«, hielt Ratsmitglied Ames verwirrt dagegen, »*Sanctuary* zahlt Steuern! Sie sind ungerecht, aber wir zahlen sie.«

Jennifer antwortete nicht. Nach einer kleinen Pause sagte Will Sandaleros besänftigend: »Ja, wir zahlen sie.«

Ricky Keller sagte: »Es geht also darum, daß kein einziger dieser Zwischenfälle auf einen Angriff zurückzuführen war. Und doch gehst du immer davon aus, daß es sich um eine Attacke gehandelt hat. Selbst Gegenbeweise sind dir suspekt. Müssen wir denn mit unserem Verfolgungswahn so weit gehen?«

Jennifer sah ihren Sohn an. Stark, loyal, produktiv, ein Mitglied der Gemeinschaft, auf das man stolz sein konnte. Sie war stolz auf ihn. Sie liebte ihn und Najla genauso sehr wie damals, als sie noch Kinder gewesen waren, aber ihre Liebe hatte ihnen einen schlechten Dienst erwiesen, das wußte sie jetzt. Als Folge des dauernden Beschütztwerdens, der völligen Abschirmung von allem, was die Bettler ihnen antun konnten, waren sie in einem allzu großen Bewußtsein der Sicherheit aufgewachsen. Sie wußten nicht, wie es außerhalb dieser Enklave zuging, wo nicht die Gemeinschaft als Stütze, Schutz und Existenzsicherung fungierte und wo einem Menschen nicht Stütze, Schutz und Existenzsicherung zur Verfügung standen, damit er seine Begabungen verwenden konnte, um im Leben Erfüllung zu finden. Ihre Kinder wußten nichts von dem aggressiven, glühenden Haß, den die Bettler dieser Geisteshaltung gegenüber empfanden, weil Bettler nie ihr eigenes Leben erfüllen konnten, ohne das von geistig Überlegenen zu plündern. Ricky und Najla kannten das nur aus zweiter Hand – aus Fernsehsendungen von der Erde, wobei es sich für gewöhnlich um alte Berichte handelte, denn wie satt gefressene wilde Tiere verhielten sich die Bettler jetzt unter dem allgemeinen Versorgungsystem und ohne die dauernde Anwesenheit von Schlaflosen vor den Augen verhältnismäßig ruhig. Sie dösten im Sonnenschein billiger Y-Energie, und man konnte leicht vergessen, wie gefährlich sie in Wirklichkeit waren. Besonders leicht, wenn man, wie ihre Kinder, den Großteil seines Lebens in Sicherheit verbracht hatte.

Doch Jennifer würde es nie vergessen. Sie würde sich so genau erinnern, daß es für sie alle reichte.

»Wachsamkeit ist nicht gleich Verfolgungswahn«, sagte sie. »Und Vertrauensseligkeit außerhalb der Gemeinschaft ist keine Überlebenshilfe. Sie könnte uns alle in Gefahr bringen.«

Ricky sagte nichts mehr; er würde die Gemeinschaft nie in Gefahr bringen. Keiner von ihnen würde das je tun, das war Jennifer klar.

»Ich habe einen Vorschlag zu machen«, sagte Jennifer. Will, der einzige, der wußte, was jetzt kam, spannte jede Faser seines Körpers an. Er war bereit.

»Bislang sind alle unsere Schutzmaßnahmen defensiver Natur. Sie sind nicht einmal auf Gegenwehr ausgelegt, sondern beschränken sich auf reine Schadensbegrenzung. Das Herz unserer Existenz ist jedoch das Überleben der Gemeinschaft und ihrer Rechte, und eines davon ist das Recht zur Selbstverteidigung. Es ist hoch an der Zeit, daß *Sanctuary* durch den Besitz von Verteidigungswaffen eine starke Verhandlungsposition entwickelt. Das blieb uns bisher durch die sorgfältige internationale Überwachung aller unserer Transaktionen mit der Erde, wie verdeckt auch immer, versagt. Und es ist uns nur deshalb gelungen, die Bettler vierundzwanzig Jahre lang von hier fernzuhalten, weil wir ihnen niemals auch nur den geringsten rechtlichen Vorwand für einen Durchsuchungsbefehl gegeben haben.«

Jennifer las in den Gesichtern ihrer Zuhörer und kalkulierte: Will und Victor Lin standen fest hinter ihr – gut, denn Lin war einflußreich; die Körpersprache von drei weiteren verriet Empfänglichkeit; drei Gesichter wirkten verschlossen und finster; acht sahen überrascht oder unsicher drein, einschließlich Lucy Ames. Und ihrer beiden Kinder.

Ruhig und beherrscht fuhr sie fort: »Der einzige Weg, um sowohl das Eindringen von Schläfern nach *Sanctuary* zu verhindern, als auch um Verteidigungswaffen zu erzeugen, führt über den Einsatz unserer einen unleugbar überragenden Technik: über die Gentechnik. Wir haben das bereits mit den neuen GenMods für Miranda und die anderen Kinder getan. Jetzt sollten wir daran denken, unsere größte Stärke für die Schaffung von Verteidigungswaffen zum Einsatz zu bringen.«

Ein Proteststurm brach los. Sie und Will hatten damit gerechnet. *Sanctuary*, ein Refugium, hatte keinen militärischen Hintergrund. Will und Jennifer hörten genau zu, weniger wegen der Argumente, sondern eher, um mögliche Verbündete auszumachen. Wer war zu überzeugen, wer niemals, wer war welchen Schritten im Geäst der Entschlüsse zugänglich. Sämtliche Schritte würden selbstverständlich offen erfolgen und Geltung besitzen: Gemeinschaft über alles. Aber Gemeinschaften veränderten sich. Die acht nicht der Familie angehörenden Ratsmitglieder würden ihre Sitze nur für zwei Jahre behalten. Und selbst die Zusammensetzung der Familie konnte sich ändern. Lars Johnson war Najlas zweiter Ehemann; vielleicht würde sie einen dritten haben oder Ricky eine neue Ehefrau. Und mit sechzehn würde auch die nächste Generation berechtigt sein, Plätze in der Ratsversammlung einzunehmen. Für einen genmodifizierten Schlaflosen war sechzehn ein ausreichendes Alter, um intelligente Entscheidungen zu treffen; Mirandas Entscheidungen würden stets superintelligent sein.

Jennifer und Will konnten warten. Sie würden keinen nötigen. Das war die Art und Weise, wie eine Gemeinschaft funktionierte. Nicht unter den Bettlern, aber hier, in *Sanctuary*, funktionierte sie so. Sie funktionierte durch das langsame Schaffen einer Übereinstimmung aller Mitglieder, jener Produktiver, die ein Recht auf ihre individuellen Standpunkte hatten, eben weil sie produktiv waren. Jennifer konnte abwarten, bis ihre Gemeinschaft sich zum Handeln durchrang.

Aber die Forschungseinrichtungen der Sharifi-Labors gehörten nicht der Gemeinschaft. Sie gehörten Jennifer, waren von ihrem privaten Geld angekauft und finanziert und nicht von den Mitteln von *Sanctuary, Incorporated.* Und was Jennifer gehörte, konnte augenblicklich mit der Arbeit beginnen. So würden die biologischen Waffen einsatzbereit sein, wenn die Gemeinschaft sie brauchte.

»Ich glaube«, sagte Najla, »daß wir diese Angelegenheit im Sinne der nächsten Generation diskutieren sollten. Wie wird unser Verhältnis zur Bundesregierung in zwanzig Jahren aussehen? Wenn wir alle Variablen in die sozialdynamischen Geary-Toller-Gleichungen eingeben …«

Ihre Tochter. Klug, produktiv, engagiert. Liebevoll lächelte Jennifer Najla über den Tisch hinweg zu. Sie würde ihre Tochter beschützen.

Und mit den Forschungen auf dem Gebiet der genmodifizierten Biowaffen beginnen.

Drew hatte zwei Probleme auf Leishas Landsitz in der Wüste: Eric Bevington-Watrous und das Essen.

Wie er es sah, wußte niemand außer ihm, daß das überhaupt Probleme waren. Andererseits fanden sie, er hätte allerlei Probleme, die Drew selbst wiederum in keiner Weise beunruhigten. Sie dachten, er würde sich den Kopf zerbrechen über ihre sonderbaren Sitten, die verwirrende Anzahl von Leuten, die man auseinanderhalten mußte, die Macher-Sprechweise, die er nie zuvor vernommen hatte, das Schlafbedürfnis, das nur wenige andere hier verspürten, und über die lange Zeit des Nichtstuns bis September, wenn sie ihn in die Macher-Schule verfrachten würden, für die sie bezahlten.

Nichts davon war ein Problem für Drew – im speziellen das Nichtstun. Niemand, dem er in seinem kurzen Leben begegnet war, hatte je etwas anderes getan als nichts. Aber in dieser Umgebung, das merkte er schon am ersten Tag, würde er mit Nichtstun kaum weit kommen. All diese Leute hier hatten richtiggehend Angst davor, nichts zu tun.

Also beschäftigte er sich eingehend mit den Dingen, von denen sie annahmen, sie würden ihm Kopfzerbrechen bereiten. Er lernte die Namen von allen, die auf dem Anwesen wohnten – sie nannten es tatsächlich so, ›Anwesen‹ –, und auch, wie sie miteinander verwandt waren: Leisha und ihre Schwester, eine alte Dame, die einen Schlaganfall gehabt hatte und eine Schläferin war, deren Schläfer-Sohn Jordan und seine Schlaflosen-Frau Stella, bei denen Drew ziemlich rasch draufkam, daß er sie ›Mister Watrous‹ und ›Mrs. Bevington-Watrous‹ nennen mußte. So waren sie eben. Sie hatten drei Kinder, Alicia und Eric und Seth. Alicia war schon erwachsen – konnte durchaus schon achtzehn sein, aber noch nicht verheiratet, was Drew komisch vorkam. In Montronce hatten die Frauen mit achtzehn für gewöhnlich schon ihr erstes Kind. Aber vielleicht waren Macher anders.

Es gab noch andere Leute, die auf dem Anwesen wohnten, zumeist Schlaflose, aber nicht alle. Drew brachte in Erfahrung, was all diese Leute taten – sie hatten mit dem Gesetz zu tun und mit Geld und mit ähnlichen Macher-Dingen –, und bemühte sich, nicht das Interesse zu verlieren. Wenn ihm das nicht gelang, dann versuchte er zumindest, sich nützlich zu machen, übernahm kleine Besorgungen und fragte die Leute, ob sie etwas brauchten. »Serviler kleiner Lakai«, hörte er Alicia einmal sagen, aber dann fuhr ihr die alte Dame gehörig über den Mund und sagte: »Daß du mir den Kleinen ja nicht abfällig behandelst, junge Dame! Mit den Genen, die er hat, kann er nicht mehr tun, und ich werde nicht zulassen, daß du auf ihm herumtrampelst!« Drew hatte nicht den Eindruck gehabt, als würde jemand auf ihm herumtrampeln; er wußte weder, was ›servil‹, noch was ›Lakai‹ bedeuten sollte. Aber er merkte, daß die alte Dame ihn gern hatte, und danach verbrachte er viel Zeit damit, ihr zur Hand zu gehen; schließlich hatte sie es ohnedies am nötigsten, wo sie doch schon so alt war.

»Du hast nicht zufällig einen Zwillingsbruder, Drew?« fragte sie ihn einmal. Sie saß vor einem Terminal, das sie sehr langsam bediente.

»Nein, Madam«, antwortete er umgehend. Die Vorstellung verursachte ihm Gänsehaut. Niemand sonst war wie er!

»Ah«, sagte die alte Dame und lächelte ein bißchen. »Definitiv keine paranormale Kommunikation.«

Sie bedienten sich einer Menge Wörter, die er nicht verstand – Wörter, Ansichten, Umgangsformen. Sie sprachen von der Verschiebung der Wahlenergetik – was für eine Sorte war das? Etwas anderes als Y-Energie? Über die genmodifizierten Diatomeen, mit denen man Madagaskar ernährte, über die Vorteile circumlunarer Orbitalstationen verglichen mit den älteren circumterrestrischen. Sie verlangten von ihm, das Fleisch mit der Gabel festzuhalten und mit dem Messer zu schneiden, nicht mit vollem Mund zu reden und danke zu sagen, auch für Zeug, das er gar nicht wollte. Er tat es alles. Sie sagten ihm, er müsse Lesen lernen, und er arbeitete tagtäglich am Bildschirm, obwohl es kein Weiterkommen zu geben schien und er sich nicht vorstellen konnte, wozu er das je gebrauchen würde. Terminals sagten einem laut und deutlich alles, was man wissen wollte, und außerdem war nicht soviel

Platz für Bilder, wenn schon Wörter auf dem Bildschirm standen. Für Drew ergaben Bilder ohnehin mehr Sinn als Worte. Das war immer schon so gewesen. Er *spürte* die Dinge in den Bildern, die Farben und Formen, spürte, wie sie aus dem tiefsten Winkel seines Hirns aufstiegen und plötzlich seinen ganzen Kopf füllten. Die alte Dame war eine Spirale, vertrocknet und rostfarben; die Wüste nachts erfüllte ihn mit weichem, gleitendem Rot. Solche Dinge eben. Aber sie meinten, er sollte Lesen lernen, also tat er es.

Sie sagten auch, er müßte mit Eric Bevington-Watrous auskommen, aber das fiel ihm noch schwerer als Lesen. Und es war auch Eric, der als erster Drews Problem mit dem Essen bemerkt hatte. Er war klug; sie waren alle so verdammt klug!

»Macht dir wohl zu schaffen, das richtige Essen, wie?« hatte Eric gehöhnt. »Bist an diesen Nutzerfraß aus SojSynth gewöhnt, und echtes Essen rumort dir in den Gedärmen, stimmt's? Warum scheißt du es nicht gleich hier in den Sand, du unmanierliche kleine Ratte?«

»Du, hast du 'n Problem?« fragte Drew ganz ruhig. Eric war ihm zu der riesigen Pappel am Bach gefolgt, einem Ort, an dem Drew gern allein war. Und nun drehte er sich langsam so, daß er das Wasser in seinem Rücken hatte, und spannte alle Muskeln an.

»Du bist mein Problem, Ratte«, sagte Eric. »Du bist hier ein Parasit. Du leistest keinen Beitrag, du gehörst nicht her. Du kannst nicht lesen, du kannst nicht einmal essen! Nicht mal ordentlich gewaschen bist du! Warum springst du nicht ins Meer und läßt dir von den Wellen den Hintern abwischen!«

Drew drehte sich langsam weiter, und Eric drehte sich mit ihm. Das war gut. Eric mochte zwar zehn Kilogramm und zwei Jahre mehr auf dem Buckel haben als er, aber er wußte nicht, mit welchen Tricks man sich Vorteile verschaffte, wenn eine Rauferei auf einen zukam. Die Sonne begann, über Drews linke Schulter zu scheinen; er drehte sich weiter.

»Und du, du leistest wohl 'n verdammt großen Beitrag, was?« gab Drew zurück. »Deine Oma sagt, du bist die allergrößte Sorge, wo sie hat, sagt sie!«

Erics Gesicht wurde dunkelrot. »Du wirst nicht mit meiner Familie über mich reden, Ratte!« brüllte er und stürzte sich auf Drew.

Drew ließ sich auf ein Knie fallen, bereit, Eric mit einer Schulter kurz abzufangen und durch seinen eigenen Schwung nach hinten in den Bach zu befördern. Doch unmittelbar, bevor Eric Drew erreichte, sprang er in die Luft – ein kontrollierter Sprung, der gräßliche schwarze Wellen durch Drews Brust zucken ließ: Er hatte einen furchtbaren Fehler gemacht! Eric trainierte regelmäßig – nur hatte Drew bisher nicht gewußt, um welche Art von Training es sich handelte. Die Spitze von Erics Schuh traf Drew unter dem Kinn, und ein Schmerz explodierte in Drews Kiefer. Sein Kopf schnellte nach hinten, und er spürte ein Knacken in seiner Wirbelsäule. Die Wucht des Tritts schleuderte ihn rückwärts über das flache Ufer in den Bach.

Alles wurde naß und rot.

Als er wieder zu sich kam, lag er auf einem Bett. Drähte und Nadeln steckten in seinem Körper und waren mit Maschinen verbunden, die summten und surrten. In seinem Kopf summte und surrte es auch. Er versuchte, ihn vom Kissen zu heben.

Aber sein Hals ließ sich nicht bewegen.

Also drehte er sein Gesicht so weit seitlich, wie es ging. Eine massige Gestalt saß auf einem Stuhl neben seinem Bett. Jordan Watrous.

»Drew!« Jordan sprang auf. »Schwester! Er ist wach!«

Daraufhin kamen eine Menge Leute ins Zimmer, die meisten davon nicht in Drews sorgfältiger Liste von Bewohnern des Anwesens. Leisha war nicht zu sehen. Sein Kopf schmerzte, sein Nacken schmerzte. »Leisha!«

»Hier bin ich, Drew.« Sie trat hinter dem Kopfende des Bettes hervor. Ihre Hand fühlte sich kühl an auf seiner Wange.

»Was is'n passiert ... mit mir?«

»Ihr hattet eine Rauferei, du und Eric.«

Er erinnerte sich. Als er Leisha ansah, verblüfften ihn die Tränen in ihren Augen. Warum weinte sie denn? Die Antwort kam nach und nach – sie weinte *seinetwegen!* Wegen Drew. Ihm.

»Es tut weh!«

»Ich weiß, Schätzchen, ich weiß.«

»Kann den Hals nich' bewegen, kann ich nich'.«

Leisha und Jordan tauschten einen Blick aus. Sie sagte: »Dein Kopf ist nur festgeschnallt. Deinem Hals fehlt gar nichts. Aber deinen Beinen ...«

»Leisha, noch nicht!« Es hörte sich an wie eine flehentliche Bitte, und Drew wandte das Gesicht langsam und qualvoll Jordan zu. Er hatte diesen Tonfall noch nie aus dem Mund eines erwachsenen Mannes vernommen. Von seiner Ma oder seinen Schwestern ja, nachdem Pa ihnen eine ordentliche Abreibung verpaßt hatte. Aber nicht von einem erwachsenen Mann.

Etwas in seinem Kopf flüsterte: *Das ist wichtig!*

»Doch, jetzt«, sagte Leisha mit fester Stimme. »Die Wahrheit ist das beste, und Drew ist hart im Nehmen. Schätzchen, in deinem Rückgrat ist etwas gebrochen. Wir haben eine Menge in Ordnung bringen können, aber Nervengewebe regeneriert sich nicht ... zumindest nicht bei Menschen wie ... Die Ärzte haben unter anderem auch Muskelverstärkungen vorgenommen. Ich weiß, daß du jetzt noch nicht verstehst, was das bedeutet. Aber was du verstehen kannst, ist die Tatsache, daß dein Nacken in Ordnung ist – oder es bald wieder sein wird, in einem Monat etwa; deine Arme und dein Körper sind gesund. Nur deine Beine ...« Leisha wandte das Gesicht ab; in dem harten Licht von der Decke glitzerten ihre Tränen. »Du wirst nie mehr gehen können, Drew. Alles andere an dir ist in Ordnung, aber du kannst nicht mehr gehen. Du wirst einen energiebetriebenen Rollstuhl bekommen, den besten, den wir kaufen oder konstruieren oder erfinden können, aber … du wirst nie mehr imstande sein, deine Beine zu gebrauchen.«

Drew brachte kein Wort hervor. Das war alles zu gewaltig, er konnte es nicht aufnehmen. Doch dann konnte er es mit einemmal. Farben und Formen explodierten in seinem Hirn.

»Soll das heißen, daß ich im September in keine Schule nich' gehen kann?« brach es aus ihm hervor.

Leisha sah ihn überrascht an. »Schätzchen, der September ist schon vorbei. Aber du kannst natürlich immer noch zur Schule gehen, wenn du möchtest, im nächsten Semester. Natürlich kannst du.« Sie sah über das Bett hinweg Jordan an, und auf ihrem Gesicht lag ein so gequälter Ausdruck, daß auch Drew hinsah.

Jordan sah ausgebrannt aus. Drew kannte sich dabei aus; er wußte, was ausgebrannt hieß. Er kannte das Aussehen von Männern, deren gesetzwidrig auffrisierte Motorroller in Flammen aufgegangen waren und nicht viel von ihnen übrig gelassen hatten. Er kannte es von einer Frau, deren Baby im großen Fluß ertrunken war. Er hatte es wieder und wieder an seiner Ma festgestellt. Es war ein Anblick, den man sich nicht allzuviel zu Herzen nehmen sollte, denn sonst tat es so weh, daß man keinem mehr helfen konnte. Nicht einmal sich selbst. Und mit einem solchen Ausdruck sollten die Leute von irgendwo Beistand bekommen, hatte Drew immer angenommen, denn warum sollten sie sich damit abfinden müssen, daß er ihnen so das Gesicht zernagt?

Er sagte: »Mister Watrous, Sir …« – er hatte das Wort erst vor kurzem gelernt, sie hörten es gern –

»... es war nich' Erics Schuld. Ich hab damit angefangen.«

Jordans Gesicht veränderte sich. Anfangs verschwand der Ausdruck, aber dann kam er doch zurück, und dann verhärtete er sich zu etwas anderem, und dann kam er wieder, und zwar schlimmer als zuvor.

»Wir wissen, daß das nicht wahr ist«, sagte Leisha. »Eric hat uns erzählt, was vorgefallen ist.«

Drew überlegte; vielleicht stimmte es. Er konnte aus Eric nicht so recht klug werden, hatte er nie gekonnt. Und wenn es umgekehrt wäre, wenn Drew derjenige gewesen wäre, der daran schuld wäre, daß Eric nicht laufen konnte ...

Nicht laufen konnte.

»Schätzchen, nicht«, sagte Leisha, und nun hatte sie auch diesen flehentlichen Tonfall in der Stimme. »Ich weiß, es hört sich schrecklich an, aber es ist nicht das Ende der Welt. Du kannst trotzdem zur Schule gehen und etwas aus dir machen, wie du sagst ... Sei tapfer, Drew. Ich weiß, daß du tapfer *bist*.«

Allerdings. Er war ein tapferer Junge, das war er, alle hatten das gesagt, sogar in dem Drecksnest Montronce. Er war Drew Arlen, dem einmal *Sanctuary* gehören würde! Und er würde nie, niemals so ausgebrannt aussehen wie Mister Watrous gerade eben jetzt.

Er sagte zu Leisha: »Wird der Rollstuhl eins von den Dingern sein, die 'ne Handbreit über'n Boden dahinflitzen un' Treppen steigen?«

»Er wird eins von den Dingern sein, die bis zum Mond fliegen, wenn du willst!«

Drew lächelte. Er gab acht, daß das Lächeln dort blieb, wo es war. Er sah etwas vor sich, ganz klar hockte es da vor ihm wie eine große schimmernde Seifenblase, von der er nicht wußte, wieso er sie bis jetzt übersehen hatte. Sie war riesengroß und warm und strahlend hell, und er sah sie nicht nur, er *spürte* sie in jedem Knöchelchen seines Körpers. Mister Watrous sagte mit brüchiger Stimme: »Drew, nichts kann das wieder gutmachen, aber wir werden alles für dich tun, alles ...«

Und das würden sie auch. Das war die Seifenblase. Drew hatte keine Worte dafür gehabt – irgendwie hatte er nie Worte für irgendwas, bis jemand daherkam und sie ihm vorsagte –, aber das war die Seifenblase. Direkt vor ihm. Er brauchte nicht mehr den Botenjungen für die alte Dame zu spielen oder Manieren zu lernen, die sie ihm vorschreiben wollten – oder auch nur das echte Essen zu essen. Er würde einiges davon weiterhin tun, weil er manches davon lernen wollte und manches davon gern tat. Aber er *mußte* nicht mehr. Jetzt würden sie alles für ihn tun. Sie würden es müssen. Jetzt und für den Rest seines Lebens.

Er hatte sie beim Wickel.

»Weiß ich doch, daß ihr das tun werdet«, sagte er zu Jordan. Eine ganze Weile hielt ihn die Seifenblase gefangen, während Leisha und Jordan über seinen Kopf hinweg verständnislose Blicke austauschten. Und dann zerplatzte die Seifenblase. Er konnte sie nicht festhalten. Sie war nicht ganz verschwunden, sie existierte immer noch und kam auch zurück, aber er konnte sie nicht mehr festhalten. Seine Beine waren kaputt, und er würde nie mehr laufen können, und so fing er an zu weinen – ein Zehnjähriger, festgeschnallt auf einem Krankenhausbett in einem Zimmer voller Leute, die niemals schliefen.

18

Unser nächster Bericht: Ein Land des tiefsten Friedens«, sagte der Sprecher, »die Vereinigten Staaten im dreihundertsten Jahr ihres Bestehens. Eine CNS-Sondersendung, die alle Hintergründe ausleuchtet.«

»Ha!« sagte Leisha. »Die wären nicht mal fähig, die Hintergründe eines Kochwettbewerbs auszuleuchten!«

»Schsch! Ich möchte zuhören«, sagte Alice. »Drew, reich mir die Brille vom Tisch.«

Sie formten einen Halbkreis um das Hologerät – sechsundzwanzig grundverschiedene Menschen, die saßen oder standen oder an den weißgekalkten Wänden lehnten. Drew reichte Alice ihre Brille. Leisha wandte die Augen eine Minute lang von der lächerlichen Sendung ab, um ihn anzusehen. Er saß nun seit einem Jahr im Rollstuhl und bewegte sich so souverän damit wie mit einem Paar Schuhe. In den Monaten im Internat der Schule war er zwar gewachsen, jedoch genauso mager geblieben wie vorher. Er war jetzt stiller, ging weniger aus sich heraus – aber war das nicht normal für einen Jungen, der bald in die Pubertät kommen würde? Drew schien in Ordnung zu sein; er hatte sich an den Rollstuhl gewöhnt und auf sein neues Leben eingestellt. Leisha wandte ihre Aufmerksamkeit wieder dem Hologerät zu.

Es repräsentierte die allerneueste Macher-Technik, ein flaches Rechteck, das an der Decke befestigt und mit zahllosen Öffnungen und Ausbuchtungen übersät war. Es projizierte die Sendung in dreidimensionalen, anderthalb Meter hohen Hologrammen auf die Holobühne darunter. Die Farben waren stets lebhafter als in Wirklichkeit, die Konturen hingegen weniger scharf, so daß alle Bilder das leuchtende, weiche Aussehen von Kinderzeichnungen annahmen.

»Heute vor dreihundert Jahren«, begann der außergewöhnlich gutaussehende Sprecher, sichtlich ein GenMod. Er trug eine makellose Uniform der Armee George Washingtons, »unterzeichneten die Gründerväter unseres Landes das historisch bedeutsamste Dokument, das die Welt je gekannt hat: Die Unabhängigkeitserklärung. Die alten Worte berühren uns immer noch: ›Wenn sich im Laufe der Geschichte für ein Volk die Notwendigkeit ergibt, die politischen Bande zu lösen, die es bislang an ein anderes geknüpft haben, und unter den Mächten der Erde jene eigenständige und gleichberechtigte Stellung einzunehmen, die ihm nach den Gesetzen Gottes und der Natur gebührt, so verlangt es die ihm wohlanstehende Achtung vor der Meinung der Menschheit, daß es die Gründe darlegt, die es zu dieser Loslösung zwingen. Wir halten es für selbstverständliche Wahrheiten, daß alle Menschen gleich geschaffen wurden ...‹«

Alice schnaubte verächtlich. Leisha warf ihr einen besorgten Blick zu, aber Alice lächelte.

»... daß sie von ihrem Schöpfer mit gewissen unveräußerlichen Rechten ausgestattet wurden – unter diesen Leben, Freiheit und das Streben nach Glück ...«

Drew machte ein finsteres Gesicht. Leisha fragte sich, ob er überhaupt wußte, was die Worte bedeuten sollten; seine Schulnoten waren nicht imponierend ausgefallen. Eine dünne Decke lag über seinen Beinen. Am anderen Ende des Raums lümmelte Eric dumpf und verdrießlich an der Wand. Er sah Drew jetzt nie mehr direkt ins Gesicht, aber Drew, das hatte Leisha bemerkt, schien sich geradezu übertriebene Mühe zu geben, seinen Rollstuhl zu Eric zu lenken, mit ihm zu sprechen und sein hinreißendes Lächeln auf ihn zu richten. Rache? So subtil? Bei einem Elfjährigen? Wille zur Versöhnung? Bedürfnis? »Alles zusammen«, hatte

Alice spröde bemerkt, »aber du hattest noch nie einen besonderen Sinn für Inszenierungen, Leisha.«

Der pittoreske Sprecher beendete die Unabhängigkeitserklärung und verschwand. Es folgten Szenen von Feiern zum Vierten Juli aus dem ganzen Land: Nutzer beim festlichen Grillen von SojSynth in Georgia; eine Parade von rot-weiß-blauen Motorrollern in Kalifornien; ein Macherball in New York, bei dem die Damen die neuen strengen Abendkleider aus Seide trugen, die völlig gerade herabfielen, die aber mit kunstvollen Krägen und Manschetten aus schwerem, edelsteinbesetztem Gold versehen waren.

Die darauf folgende Kommentatorenstimme war elektronisch verdeutlicht und geschönt: »Unabhängigkeit – wahrhaftig: vom Hunger, vom Elend, vom Parteigeist, der uns so lange entzweit hat; von Verwicklungen mit anderen Ländern – von denen uns George Washington schon vor dreihundert Jahren abgeraten hat –, von Mißgunst, vom Klassenkampf. Von Neuerungen – es ist ein ganzes Jahrzehnt her, seit die Vereinigten Staaten zum letztenmal bei einem wichtigen technischen Durchbruch Pionierarbeit geleistet haben. Unsere Zufriedenheit, so scheint es, führt dazu, daß wir uns im Gewohnten, uns Vertrauten geborgen und wohl fühlen. Aber war es das, was unsere Gründerväter für uns beabsichtigten – dieses behagliche, sorgenfreie Leben, dieses ungestörte politische Gleichgewicht? Findet uns der Tag unseres dreihundertjährigen Bestehens im Zielhafen oder sind wir in eine völlige Flaute geraten und stehen deshalb still?«

Leisha war verblüfft; wann hatte sie diese Frage zum letztenmal gehört – selbst auf einem Macher-Kanal? Jordan und Stella beugten sich gespannt vor.

»Und welche Auswirkungen«, fuhr der Kommentator fort, »hat dieses abgeklärte Gleichgewicht auf unsere Jugend? Die arbeitende Klasse ...« – Szenen aus der New Yorker Börse, aus einer Kongress-Sitzung, aus einer Versammlung hochkarätiger Wirtschaftskapitäne – »schuftet immer noch mit Hochdruck. Doch die sogenannten Nutzer, jene achtzig Prozent der Bevölkerung, die durch ihre schiere Anzahl die Wahlen entscheiden, stellen einen immer weniger fruchtbaren Nährboden dar, um die Besten und Klügsten für die Gestaltung von Amerikas Zukunft hervorzubringen. Denn unabdingbar für das Ziel, zum Besten und Klügsten zu werden, ist der *Wunsch* sich auszuzeichnen …«

»Oooch, schaltet das Ding doch aus!« sagte Eric laut. Stella warf ihm einen ärgerlichen Seitenblick zu; Jordan sah zu Boden. Dieses mittlere ihrer Kinder brach ihnen das Herz.

»… und vielleicht sind widrige Lebensumstände sogar notwendig, um diesen Wunsch zu erzeugen. Die beinahe in Mißkredit geratenen Ideale des Yagaiismus, die vor vierzig Jahren so großen Einfluß auf die Menschen ausübten …«

Wall Street und die Rollerrennen verschwanden. Der Kommentator fuhr fort, Holoszenen zu beschreiben, die nicht zu sehen waren, statt dessen wurde die Bühne von der Projektion einer undurchdringlichen Schwärze erfüllt. »Was soll …!« sagte Seth.

Sterne erschienen in der Schwärze. Der Weltraum. Die Stimme des Kommentators beschrieb die Dreihundertjahrfeier im Weißen Haus. Vor den Sternen tauchte eine Orbitalstation auf, die sich langsam drehte, und darunter ein Banner mit dem Zitat eines anderen Präsidenten aus einer anderen Zeit – Abraham Lincoln: »Kein Mensch ist gut genug, um über einen anderen ohne dessen Einwilligung zu herrschen.«

Alle redeten durcheinander. Leisha saß einen Augenblick lang verwirrt still, doch dann verstand sie. Dies hier war keine normale Sendung. *Sanctuary* verfügte über eine Anzahl von Kommunikationssatelliten, die alle Sendungen, welche auf der Erde ausgestrahlt wurden, mithörten, und über die Geschäfte via Datennetz abgewickelt wurden. Sie waren in der Lage, *Sanctuarys* eigene Sendungen über Richtantennen abzustrahlen: Das Holobild der Orbitalstation war ausschließlich für das Anwesen bestimmt – für Leisha, für niemanden sonst. Es war fünfundzwanzig Jahre her, daß Leisha zum letztenmal mit *Sanctuary* Kontakt gehabt hatte, mit seinen offiziellen Tochtergesellschaften oder mit seinen fragwürdigen inoffiziellen Geschäftspartnern. Dieses Fehlen jeglicher Verbindung – mit seinen Myriaden von Verzweigungen und Folgewirkungen – hatte diese Untätigkeit, diesen Stillstand in einer völligen Flaute erzwungen: ihren eigenen, den von Jordan und Jordans Kindern. Fünfundzwanzig Jahre. Daher diese Sendung.

Jennifer wollte sie bloß daran erinnern, daß *Sanctuary* immer noch existierte.

Miris erste Erinnerung war jene an Sterne. Ihre zweite war die an Tony.

In der Erinnerung an die Sterne hielt ihre Großmutter sie dicht an eine gewölbte Scheibe hoch, und hinter der Scheibe war alles schwarz und mit winzigen Lichtpunkten übersät – mit glühenden, funkelnden Lichtern, und als Miri hinsah, flog eines von ihnen vorbei. »Ein Meteor«, sagte Großmama, und Miri streckte die Arme aus, um nach den blinkenden Sternen zu greifen. Großmama lachte. »Sie sind zu weit weg für deine Hände. Aber nicht für deinen Geist. Erinnere dich immer daran, Miranda.«

Und das tat sie. Sie erinnerte sich immer an alles, an jede winzige Kleinigkeit, die ihr widerfuhr; aber das stimmte wohl nicht ganz, weil sie sich nicht an eine Zeit ohne Tony erinnerte, und Mama und Papa hatten ihr gesagt, daß ein ganzes Jahr verstrich, ehe er ihnen geboren wurde, genau wie sie zuvor. Also mußte es zumindest ein Jahr geben, an das sie keine Erinnerung hatte.

Sie erinnerte sich, als Nikos und Christina Demetrios kamen. Und bald nach den Zwillingen kamen Allen Sheffield und Sara Cerelli. Sie waren sechs, die zusammen unter dem wachsamen Auge von Miss Patterson oder Großmama Sheffield im Kindergarten durcheinanderpurzelten, ihre Eltern daheim in den kuppelförmigen Häusern besuchten und mit Elektroden am Kopf für Doktor Toliveri und Doktor Clement verschiedene Spiele spielten. Sie liebten Doktor Toliveri besonders, weil er immer lachte, aber sie liebten auch Doktor Clement, der nie lachte. Sie liebten alles, weil alles so interessant war.

Ihr Kindergarten befand sich im selben Gebäude wie ein zweiter, und für einen Teil des ›Tages‹ – Miri wußte noch nicht so recht, was genau das Wort bedeutete, nur daß es bei einem ›Tag‹ darauf ankam, etwas zu zählen, und Zählen liebte Miri ganz außerordentlich – wurde die Plastikwand dazwischen zur Seite geschoben. Die Kinder aus dem anderen Kindergarten stürmten in den von Miri oder umgekehrt, und Miri rollte mit Joan über den Boden oder balgte sich mit Robbie um Spielsachen oder stapelte mit Kendall Bausteine zu einem Turm.

Sie erinnerte sich an den Tag, an dem das zu Ende war.

Es begann mit Joan Lucas, die größer war als Miri und lockiges, hellbraunes Haar so glänzend wie die Sterne hatte. Joan sagte zu ihr: »Warum wackelst du denn immer so hin und her?«

»I-I-Ich w-w-w-weiß n-nicht«, sagte Miri. Natürlich war ihr schon aufgefallen, daß sie und Tony und die anderen vier in ihrem Kindergarten zuckten und zappelten, und Joan und die Kinder im anderen Kindergarten nicht. Und Joan stotterte auch nie, wie Miri und Tony und Christina und Allen. Aber Miri hatte keinen weiteren Gedanken daran verschwendet. Joan hatte braunes Haar und Miri schwarzes; Allen war blond. Das Zucken hatte bisher in dieselbe Kategorie gehört.

Joan sagte: »Dein Kopf ist so groß.«

Miri tastete ihn sorgfältig ab; er schien kein bißchen größer als zuvor.

»Ich will nicht spielen mit dir!« sagte Joan abrupt, drehte sich um und ging weg. Miri starrte ihr nach. Miss Patterson war augenblicklich zu Stelle. »Joan, gibt es ein Problem?«

Joan blieb stehen und starrte Miss Patterson an. Alle Kinder kannten diesen Tonfall. Joans Gesichtchen schrumpfte.

»Keine Dummheiten«, sagte Miss Patterson. »Miri ist ein Mitglied deiner Gemeinschaft und von *Sanctuary*. Du wirst jetzt mit ihr spielen.«

»Ja, Miss Patterson«, sagte Joan. Keines der Kinder wußte so richtig, was eine Gemeinschaft war, aber wenn die Erwachsenen das Wort aussprachen, dann gehorchten sie. Joan griff nach der Puppe, die sie und Miri gerade begonnen hatten anzuziehen. Aber Joans Gesicht blieb geschrumpft, und nach einer Weile wollte Miri nicht mehr spielen.

Daran erinnerte sie sich auch.

Jeden ›Tag‹ hatten sie Unterricht, drei Kindergartengruppen, die in der Gemeinschaft lernten. Miri erinnerte sich lebhaft an den Moment, als sie erkannt hatte, daß ein Terminal nicht nur dazu da war, um ihm zuzuhören oder zuzusehen, sondern daß man es dazu bringen konnte, etwas zu *machen*. Man konnte es dazu bringen, daß es einem Antworten gab. Sie fragte es, was ein ›Tag‹ war, warum die Zimmerdecke oben war, was Tony zum Frühstück gegessen hatte, wie alt Papa war, wie viele Tage es noch waren bis zu ihrem Geburtstag. Das Terminal wußte alles. Es wußte mehr als Großmama und Mama und Papa. Es war sehr gescheit. Es trug einem auch auf, gewisse Dinge zu tun, und wenn man sie richtig machte, zeigte es einem ein lachendes Gesicht, und wenn nicht, dann mußte man es noch mal versuchen.

Sie erinnerte sich an den Tag, als sie bemerkte, daß das Terminal sich manchmal irrte.

Es war Joan, die Miri darauf brachte. Sie arbeiteten zusammen an einem Terminal, was sie alle einen Teil des Tages – jetzt kannte sie die Bedeutung des Wortes – tun mußten, weil sie eine Gemeinschaft waren. Miri arbeitete nicht gern mit Joan zusammen; Joan war sehr langsam. Alleingelassen hing Joan noch immer an der zweiten Aufgabe fest, wenn Miri schon bei der zehnten war. Manchmal hatte sie den Eindruck, auch Joan arbeitete nicht gern mit ihr.

Der Ton war abgestellt, sie übten das Lesen auf dem Bildschirm. Die Aufgabe lautete: »Puppe : Plastik; Baby : ?« Miri sagte: »Ich bin dran«, und tippte ›Gott‹ ein. Auf dem Schirm leuchtete ein finsteres Gesicht auf.

»Nicht richtig«, stellte Joan mit zufriedener Stimme fest.

»D-D-Doch«, sagte Miri unglücklich. »D-D-Das T-T-Terminal irrt s-s-s-sich.«

»Sicher weißt du mehr als das Terminal!«

»G-G-Gott ist *r-r-richtig!*« beharrte Miri. »V-V-Vier F-F-Fädchen w-w-weiter u-u-unten!«

Unwillkürlich sah Joan interessiert drein. »Was meinst du mit ›vier Fädchen weiter unten?‹ Bei dieser Aufgabe gibt es keine Fäden.«

»N-N-Nicht in d-d-der Aufg-g-g-gabe«, sagte Miri. Sie überlegte, wie sie es am besten erklären sollte; sie konnte es im Geist *sehen,* aber erklären war schwieriger. Besonders bei Joan. Noch ehe sie damit beginnen konnte, war Miss Patterson da.

»Probleme, Mädchen?«

Joan sagte, ganz ohne boshaften Unterton: »Miri hat eine falsche Antwort eingegeben, aber sie sagt, sie ist richtig.«

Miss Patterson warf einen Blick auf den Bildschirm

und ließ sich dann neben den beiden Mädchen nieder. »Wieso ist es richtig, Miri?«

Miri holte tief Atem. »Es ist v-v-vier k-k-kleine F-F-Fäden w-w-weiter, M-M-Miss P-P-Patterson. S-S-Sehen S-S-Sie, eine ›P-P-Puppe‹ ist ein ›Sp-p-pielz-z-zeug‹. D-D-Das erste F-F-Fädchen g-g-geht v-v-von P-P-Puppe zu Sp-p-pielzeug. Sp-p-pielzeug steht f-f-für ›so t-t-tun als ob‹. U-U-Und etw-w-was, b-b-bei d-d-dem w-w-wir so t-t-tun als ob, ist eine St-t-tern-schnuppe. W-W-Wir t-t-tun so, als ob s-s-sie ein r-r-richtiger St-t-tern w-w-wäre. Also k-k-können wir ›St-t-ternschnuppe‹ als n-n-nächstes an d-d-den F-F-Faden h-h-hängen. D-D-Damit d-d-das M-M-Modell f-f-funk-tioniert.« So viele Worte war harte Arbeit. Miri wünschte, es wäre nicht so anstrengend, anderen etwas zu erklären. »Eine St-t-ternschnuppe ist in W-W-Wirklichkeit ein M-M-Meteor, und j-j-jetzt m-m-muß d-d-der F-F-Faden w-w-wieder r-r-real w-w-werden, w-w-weil w-w-wir ihn v-v-vorher zum S-S-So-t-t-tun-als-ob g-g-gebracht h-h-haben. D-D-Daher h-h-hängen w-w-wir ›M-M-Meteor‹ ans v-v-vierte F-F-Fädchen am Ende d-d-des ersten F-F-Fadens.«

Miss Patterson starrte sie an. »Sprich weiter, Miri.«

»J-J-Jetzt z-z-u P-P-Plastik«, sagte Miri leicht verzweifelt. »D-D-Das erste F-F-Fädchen f-f-führt zu ›h-h-hergest-t-tellt‹. D-D-Das *m-m-muß* s-s-so s-s-sein, v-v-verstehen S-S-Sie, w-w-weil ›Sp-p-pielzeug‹ z-zu ›S-S-So-t-t-tun-als-ob‹ g-g-geführt h-h-at.« Sie suchte nach einem Weg zu erklären, daß der Abstand zwischen den kleinen Fädchen Teil des ganzen Modells war, was in der Umkehrung der Wörter zwischen Fädchen zwei und drei deutlich werden würde. Aber das wäre zu schwer zu bewältigen gewesen. So blieb sie bei den eigentlichen Fäden, ohne auf das Gesamtmodell einzugehen, was sie bedrückte, weil das Gesamtmodell mindestens ebenso wichtig war. Aber es hätte bei ihrer stammelnden, stotternden Sprechweise einfach zu lange gedauert. »›H-H-Hergest-t-tellt‹ f-f-führt z-zu den M-M-Menschen, w-w-weil d-d-die M-M-Menschen D-D-Dinge h-h-herst-t-tellen. Das M-M-Menschenf-f-fädchen f-f-führt zu ›G-G-Gemeinsch-schaft‹, v-v-vielen M-M-Menschen, und d-d-dieses F-F-Fädchen m-m-muß z-zu ›Orb-b-bitalst-t-tation‹ f-f-führen, d-d-denn d-d-dann h-h-heißt es in d-d-der Aufg-g-gabe ›M-M-Meteor : Orb-b-bitalst-t-tation‹.«

Miss Patterson sagte mit komischer Stimme: »Und das ist eine brauchbare Analogie. ›Meteor‹ besitzt tatsächlich eine definierbare Verwandtschaft mit ›Orbitalstation‹: eines natürlich und nicht vom Menschen geschaffen, das andere künstlich und vom Menschen geschaffen.«

Miri wußte nicht genau, was Miss Pattersons Worte sagen sollten. Aber es verlief nicht so, wie sie wollte. Miss Patterson sah ein wenig ängstlich drein, und Joan verständnislos. Dennoch stürzte Miri sich auf den Rest. »D-D-Dann k-k-kommen w-w-wir z-zum B-B-Baby. D-D-Das erste F-F-Fädchen f-f-führt zu ›k-k-klein‹, d-d-das n-n-nächste zu ›b-b-besch-sch-schützen‹, s-s-o w-w-wie ich es m-m-mit T-T-Tony m-m-mache, w-w-weil er k-k-kleiner ist als ich und s-s-sich v-v-vielleicht w-w-weh t-t-tut, w-w-wenn er z-zu h-h-hoch h-h-hinaufk-k-klettert. D-D-Dann g-g-geht der F-F-Faden w-w-weiter z-zu ›G-G-Gemeinschaft‹, w-w-w-weil die G-G-Gemeinschaft d-d-die M-M-Menschen b-b-beschützt, und d-d-das v-v-vierte F-F-Fädchen muß z-zu ›M-M-Menschen‹ f-f-führen, w-w-weil eine G-G-Gemeinschaft aus M-M-Menschen b-b-besteht, und w-w-weil es unt-t-ter ›P-P-Plastik‹ umgek-k-kehrt war und v-v-vieles in uns-s-serer St-t-tation aus P-P-Plastik b-b-besteht.«

Miss Patterson hatte immer noch ihre komische Stimme. »Am unteren Ende deiner vier Fädchenreihen – Joan, laß es noch auf dem Bildschirm stehen – heißt es also ›Meteor‹ verhält sich zu ›Orbitalstation‹ wie ›Menschen‹ zu … Und du hast ›Gott‹ eingetippt.«

»J-J-Ja«, sagte Miri ein wenig glücklicher als vorhin – Miss Patterson verstand, worum es ging! »W-W-Weil eine Orb-b-bitalst-t-t-tation eine h-h-hergest-t-tellte G-G-Gemeinsch-schaft ist, w-w-während ein M-M-Meteor b-b-bloß n-n-nackter, k-k-kahler St-t-t-tein ist, und G-G-Gott ist eine k-k-konzipierte G-G-Gemeinsch-schaft von S-S-Seelen, w-w-während M-M-Menschen j-j-jeder f-f-für s-s-sich b-b-bloß n-n-nackt und k-k-kahl s-s-sind.«

Miss Patterson brachte sie zu Großmama. Miri mußte zwar das Ganze noch mal erklären, aber diesmal ging es leichter, weil Großmama die Graphik anfertigte, während Miri sprach. Sie wunderte sich, daß ihr das nicht selbst eingefallen war. Die Zeichnung erlaubte ihr, die Querverbindungen einzufügen, und auf diese Weise wurde alles viel klarer, auch wenn einige der Linien ein wenig krumm wurden, weil der leichte Stift in ihrer Hand nicht so geradlinig funktionierte wie das Bild in ihrem Kopf.

Als sie fertig damit war, sah die Zeichnung sehr einfach aus. Aber sie *war* ja auch einfach – nur eine kleine Anordnung von Fädchen, um das Lesen zu üben.

Puppe	:	Plastik	Baby	:	?
Spielzeug	:	hergestellt	klein	:	
so tun als ob	:	Menschen	beschützen	:	
Sternschnuppe	:	Gemeinschaft	Gemeinschaft	:	
Meteor	:	Orbitalstation	Menschen	:	Gott

Nachher schwieg Großmama lange Zeit.

»Miri, denkst du immer auf diese Weise? In Fäden, die eine bestimmte Zeichnung ergeben?«

»J-J-Ja«, erwiderte Miri erstaunt. »D-D-Du n-n-nicht?«

Großmama antwortete nicht darauf. »Warum wolltest du die Analogie eintippen, die vier Fädchen weiter unten existiert?«

»D-D-Du m-m-meinst, anst-t-t-tatt acht od-d-der z-z-zehn F-F-Fädchen w-w-weiter unt-t-t-en?« erkundigte sich Miri, und Großmamas Augen wurden sehr groß.

»Anstatt … überhaupt kein Fädchen weiter unten. Einfach das, was das Terminal von dir wollte. War dir nicht klar, was es von dir wissen wollte?«

»Oj-j-ja. A-A-Aber …« Miri rutschte auf dem Stuhl hin und her. »B-B-Bloß d-d-die o-o-oberste Reihe z-zu m-m-machen ist –l-l-langw-w-weilig. M-M-Manchm-m-mal.«

»Aha«, erwiderte Großmama mit einem Nicken und schwieg wiederum lange. Dann sagte sie: »Wo hast du gehört, daß Gott eine konzipierte Gemeinschaft von Seelen ist?«

»Auf einem F-F-Fernsehk-k-kanal. M-M-Mama l-l-ließ ihn l-l-laufen, als ich d-d-daheim z-zu B-B-Besuch war.«

»Aha.« Großmama erhob sich. »Du bist etwas ganz Besonderes, Miri.«

»T-T-Tony auch. Und N-N-Nikos und Ch-Ch-Christina und Al-l-len und S-S-Sara. G-G-Großm-m-mama, w-w-wird d-d-das n-n-neue B-B-Baby, d-d-das M-M-Mama h-h-haben w-w-will, auch etw-w-was B-B-Bes-s-s-onderes sein?«

»Ja.«

»W-W-Wird es z-z-zucken w-w-wie w-w-wir? Und st-t-tot-t-tern? Und s-s-soviel es-s-sen w-w-wie w-w-wir?«

»Ja.«

»Und in F-F-Fädchen d-d-denken?«

»Ja«, erwiderte Großmama mit einem Nicken, und den Ausdruck auf ihrem Gesicht vergaß Miri nie.

Sie sah keine Sendungen mehr von der Erde. Im Kindergarten waren sie ohnedies nie gelaufen, nur in Mamas und Papas Kuppel, aber jetzt sah Miri sie auch dort nicht mehr. »Erst wenn du älter bist«, sagte Großmama. »Du wirst diesen Bettleransichten ohnedies früh genug begegnen müssen, aber noch ist es nicht soweit. Erst mußt du lernen, was richtig ist.«

Es war Großmama oder manchmal Großpapa Will, der entschied, was richtig war. Papa war sehr häufig geschäftlich unterwegs, und Mama war zwar zumeist da, aber manchmal schien es Miri, als wollte sie das gar nicht. Meist wandte sie das Gesicht ab, wenn Miri und Tony ins Zimmer kamen.

»Es ist, w-w-weil w-w-wir z-z-zucken und st-t-tot-t-tern«, sagte sie zu Tony. »M-M-Mama m-m-mag uns n-n-nicht.«

Tony fing an zu weinen. Miri legte die Arme um ihn und weinte auch, aber sie nahm kein einziges ihrer Worte zurück. Sie drückten die reine Wahrheit aus: Mama war viel zu schön, um jemanden zu mögen, der zuckte und stotterte und sabberte, und die Wahrheit war von allerhöchster Wichtigkeit in einer Gemeinschaft. »Ich b-b-bin d-d-deine G-G-Gemeinsch-schaft«, erklärte sie Tony, und das erschien ihr eine interessante Feststellung, weil sie sowohl wahr als auch begrenzt wahr war, mit Fädchen zweiter Ordnung und Querverbindungen, die sechzehn Fäden tief hinabreichten und ein Modell bildeten, das von dem, was sie in Mathematik, Astronomie und Biologie gelernt hatte, Gebrauch machte – eine Konstruktion, so herrlich kompliziert und ausgewogen wie die Molekularstruktur eines Kristalls. Das Modell wog fast Tonys Tränen auf. Fast.

Doch als sie älter wurde, bekam Miri nach und nach das Gefühl, daß ihren Modellen etwas fehlte. Was genau, das konnte sie nicht sagen. Sie hatte eine Unzahl davon für Großmama und Doktor Toliveri angefertigt, bis sie so kompliziert wurden, daß sie es nicht mehr vermeiden konnte, etliches auszulassen. Darüber hinaus bildeten sich jedesmal, wenn sie ein Fadenmodell entwarf, beim Denken und Zeichnen neue Modelle, jedes davon mit mehreren Fadenschichten und Querverbindungen, und es war unmöglich, auch diese dazuzuzeichnen, denn wenn Miri das versuchte, dann entstanden daraus wiederum neue. Zeichnen und Erklären würden nie Schritt halten können mit dem Denken, und Miri wurde zusehends unwilliger, es doch zu versuchen.

Mit acht Jahren verstand sie die biologischen Hintergründe dessen, was man mit ihr und den anderen Kindern, die so waren wie sie, angestellt hatte. Super-Schlaflose wurden sie genannt. Sie verstand auch, daß keine ihrer Eigenschaften mit den beiden Säulen der Wahrheit, auf denen *Sanctuary* ruhte, kollidieren durfte: mit der Produktivität und der Gemeinschaft. Produktiv zu sein bedeutete für das Individuum, ein vollwertiger Mensch zu sein. Die Gemeinschaft ehrlich und gerecht an seiner Produktivität teilhaben zu lassen, bedeutete, Stärke und Schutz für alle zu schaffen. Und jeder, der versuchen würde, an einer dieser beiden Säulen zu rütteln – die Vorteile einer Gemeinschaft in Anspruch zu nehmen, ohne seinen Beitrag in Form von Produktivität zu leisten –, war unanständig, ein wertloser Bettler. Miri schreckte vor dem Gedanken zurück; niemand konnte so verwerflich handeln! Vielleicht auf der Erde, die ja voll war von diesen, wie Großmama sagte, Bettlern in Spanien – von denen einige noch dazu Schlaflose waren. Aber niemals in *Sanctuary*.

Die Veränderungen an ihrem Nervensystem – und

an dem von Tony, Christina, Allen, Mark und Joanna – waren deshalb vorgenommen worden, um sie alle produktiver zu machen, nützlicher für die Gemeinschaft und für sich selbst, intelligenter, als Menschen je zuvor gewesen waren. Das hatte man ihnen gesagt, auch den Nicht-SuperSchlaflosen, und schließlich akzeptierten es alle. Jetzt spielten Miri und Joan wieder täglich miteinander. Miri war erfüllt von Dankbarkeit.

Doch so sehr sie Joan auch mochte, so sehr sie Joans lange braune Locken, ihr hohes, süßes Lachen und ihr Talent, Gitarre zu spielen, auch bewunderte, wußte sie doch, daß es ihresgleichen, die anderen SuperSchlaflosen waren, mit denen sie das größte Gemeinschaftsgefühl verband. Sie bemühte sich, das zu verheimlichen, denn es war nicht richtig. Nicht vor Tony, natürlich, denn er war doch ihr Bruder und würde eines Tages zusammen mit ihr und dem Baby Ali – von dem sich, entgegen Großmamas Voraussage, herausgestellt hatte, daß er doch kein Super war – im Hohen Rat der Sharifi-Gruppe angehören und damit einundfünfzig Prozent der *Sanctuary*-Anteile kontrollieren, zusätzlich zum familieneigenen Vermögen. Das alles gewährleistete, daß sie keine Bettler waren.

Die wirtschaftliche Struktur von *Sanctuary* interessierte Miri. Alles interessierte sie. Sie lernte Schach und weigerte sich einen Monat lang, irgend etwas anderes zu tun – das Spiel erlaubte ihr, Dutzende Generationen von Fädchen anzufertigen, die alle eng mit den Fädchen des Gegners verknüpft waren! Doch nach diesem einen Monat verlor Schach seinen Reiz; schließlich gab es dabei nur zwei Garnituren Fäden, auch wenn sie sehr, sehr lang wurden.

Neurologie interessierte sie noch mehr. Das Gehirn verfügte über hundert Milliarden Neuronen, jedes mit zahlreichen Rezeptoren für Neurotransmitter, von denen so viele Spielarten existierten, daß die Zahl der Fäden, die man konstruieren konnte, nahezu unendlich war. Als sie zehn war, experimentierte Miri bereits mit der Dosierung von Neurotransmittern, wobei sie sich selbst und den bereitwilligen Tony als erste Versuchsobjekte benutzte und Christina und Nikos als Kontrollgruppe. Doktor Toliveri bestärkte sie bei ihrer Arbeit. »Du wirst sehen, Miranda, bald wirkst du selbst an der nächsten Super-Generation mit!«

Aber das war alles nicht genug. Irgend etwas fehlte immer noch in ihren Fadengebilden, etwas, das Miri selbst nur so vage bewußt war, daß sie es mit niemandem außer Tony besprechen konnte. Und der, so stellte sich heraus, hatte keine Ahnung, was sie meinte.

»D-D-Du m-m-meinst, M-Miri, d-d-daß m-m-manche F-Fäden Sch-Sch-Schwachstellen h-h-haben, w-w-weil die D-D-Datenbanken, aus d-d-denen die B-B-Begriffe st-t-tammen, u-u-unv-v-ollst-t-tändig sind?«

Sie hörte die gesprochenen Worte, aber sie hörte noch mehr: die Fäden, die dazugehörten, die Tony-Fäden aus seinem eigenen Kopf, von denen sie genau wußte, wie sie aussahen, weil sie ihn so gut kannte. Er saß da, den großen Kopf in die Hände gestützt – wie sie alle so gern dasaßen –, und seine Mundwinkel, seine Lider und die Muskeln an den Wangen flatterten, während das dichte dunkle Haar im Rhythmus mit den Zuckungen seines Körpers über seine Stirn schwang. Seine Fäden waren prachtvoll, stark und klar, aber Miri wußte, sie waren nicht so lang wie die ihren oder so komplex in ihren Querverbindungen. Er war neun Jahre alt.

»N-N-Nein«, sagte sie langsam, »n-nicht u-u-unv-vollst-t-tändige D-D-Datenbanken. M-Mehr w-w-wie… f-f-fehlender R-R-Raum, w-wo eine a-andere D-D-Dimension von F-F-Fäden P-P-Platz h-h-hätte.«

»Eine d-d-dritte D-D-Dimension von G-Gedanken!« sagte er glücklich. »H-H-Herrlich! A-Aber w-w-warum? Es p-paßt d-d-doch a-a-alles in z-zwei D-D-

Dimensionen h-hinein. J-Je einfacher ein M-M-Modell, d-d-desto h-h-höher s-s-seine Qualit-t-tät.«

Sie hörte die Fäden bei dieser Bemerkung: Occams Skalpell, Minimalismus, Eleganz des Programmes, geometrische Theoreme. Miri machte eine plumpe Handbewegung; sie waren alle sechs manuell nicht besonders geschickt und vermieden aus diesem Grund instinktiv Arbeiten, bei denen vielerlei Gegenstände durch ihre Hände gehen mußten. Wenn es unumgänglich war, programmierten sie lieber Roboter, die dann das Manuelle für sie erledigten.

Tony umarmte sie. Zwischen ihnen brauchte es keine Worte, und das war eine dritte Sprache, die zur Einfachheit der Wörter und der Komplexität der Fäden hinzukam – und sie funktionierte besser als jede andere.

Diesmal sah Jennifer ausnahmsweise wirklich erschüttert aus.

»Wie konnte denn das passieren?« fragte Ratsmitglied Perrilleon. Er war so bleich wie Jennifer.

Die junge Ärztin schüttelte den Kopf. Sie trug immer noch sterile OP-Kleidung, und die Vorderseite ihres Kittels war blutverschmiert. Sie war direkt aus dem Entbindungsraum des Krankenhauses zu Jennifer geeilt, die sofort eine dringliche Ratssitzung einberufen hatte. Die Ärztin sah aus, als wäre sie den Tränen nahe. Erst vor zwei Monaten war sie – viel dünner geworden – von der Erde nach *Sanctuary* zurückgekehrt, nachdem sie ihre medizinische Ausbildung, wie immer noch zwingend vorgeschrieben, dort absolviert hatte.

Perrilleon fragte: »Haben Sie schon die Geburtsurkunde ausgefüllt?«

»Nein«, sagte die Ärztin. Jennifer hielt sie für intelligent und sehr fähig.

Das Entsetzen, das rund um den Tisch zu spüren

war, legte sich zwar nicht, aber eine fast unmerkliche Erleichterung lockerte es. Es gab noch keine offizielle Mitteilung nach Washington.

»Dann haben wir noch ein wenig Zeit«, sagte Jennifer.

»Wären wir nicht immer noch an den Staat New York und die Regierung der Vereinigten Staaten gebunden, hätten wir noch mehr Zeit«, stellte Perrilleon fest. »Geburtsurkunden ausfüllen, Wohlfahrt-Versicherungsnummern...« – er schnaubte verächtlich – »... die Eintragung in die Steuerkartei...«

»Nichts davon ist momentan von Bedeutung«, fiel ihm Ricky leicht ungeduldig ins Wort.

»O doch«, beharrte Perrilleon. Jennifer merkte, wie sein langes Gesicht eigensinnige Kanten bekam. Er war zweiundsiebzig, nur ein paar Jahre jünger als sie, und war bereits mit der ersten Welle von Einwanderern von der Erde gekommen. Er wußte, er hatte gesehen, wie es dort zuging – zum Unterschied von den Schlaflosen, die schon in *Sanctuary* geboren waren –, und er erinnerte sich daran. Seine Stimme hatte sich als äußerst nützlich für Jennifers Absichten im Hinblick auf *Sanctuary* erwiesen, und er würde ihr fehlen, wenn seine Amtsperiode endete.

»Wir müssen uns mit der Frage befassen«, sagte Najla, »welche Alternativen wir haben. Und dafür bleibt nicht viel Zeit. Wenn bei der Einreichung der Geburtsurkunde dieses... Babys nicht alles mit gewohntem Tempo abläuft, könnte es irgendeiner verdammten Behörde gelingen, einen Durchsuchungsbefehl zu bekommen.«

Und das war etwas, das sie alle fürchteten – einen legalen Grund für Schläfer, nach *Sanctuary* zu kommen. Sechsundzwanzig Jahre lang hatten sie darauf geachtet, daß sich kein solcher Grund ergeben konnte, indem sie jede einzelne bürokratische Vorschrift sowohl des Staates New York als auch der gesamten

Vereinigten Staaten peinlich genau befolgten. *Sanctuary* als Eigentum einer Körperschaft, die im Staat New York eingetragen war, fiel unter die dortige Gerichtsbarkeit; im Staat New York wurden alle rechtlichen Anträge gestellt, *Sanctuarys* Ärzte und Anwälte erhielten von dort die amtliche Zulassung für die Ausübung ihres Berufes, an den Staat New York wurden die Steuern abgeliefert – und jedes Jahr wurden mehr Anwälte nach Harvard geschickt, um zu erfahren, wie man ›hier‹ und ›dort‹ rechtlich fein säuberlich trennte.

Dieses neuangekommene Baby konnte möglicherweise diese Trennung zunichte machen.

Jennifer hatte ihre Fassung wiedererlangt. Sie war immer noch sehr blaß, aber sie hielt den Kopf mit seiner Krone aus schwarzem Haar wieder hoch. »Wollen wir mit der Feststellung der Alternativen anfangen. Sollte dieses Baby sterben, dann würde wie üblich sein Leichnam zur Autopsie nach New York geschickt werden.«

Perrilleon nickte. Er wußte bereits, in welcher Richtung sie vorgehen wollte. Sein Nicken bedeutete Unterstützung.

Sie fuhr fort: »Wenn das geschieht, hätten die Schläfer eine rechtliche Basis für das Eindringen in *Sanctuary*. Eine Anklage wegen Mord.«

Niemand erwähnte auch nur mit einem Wort jenes Zerrbild eines Mordprozesses vor fünfunddreißig Jahren. Diesmal würde es anders sein. *Sanctuary* würde verurteilt werden.

»Andererseits«, sagte Jennifer mit ihrer klaren Stimme, »wäre es medizinisch wohl durchaus machbar, daß das Baby scheinbar am plötzlichen Kindstod oder aus einem anderen unwiderlegbaren Grund stirbt. Ansonsten und wenn das Baby am Leben bleibt, müssen wir es großziehen, hier, mit unseren eigenen Kindern. In seinem … Zustand, mit all seinen Implikationen.« Sie schwieg eine Sekunde lang. »Ich denke, unsere Entscheidung sollte eindeutig sein.«

»Aber wie konnte das passieren!« platzte Ratsmitglied Kivenen heraus. Sie war sehr jung und neigte zu Weinerlichkeit. Sie würde Jennifer nicht fehlen, wenn ihre Amtsperiode endete.

Doktor Toliveri sagte: »Wir wissen über die Vererbung genetischer Informationen über längere Zeiträume hinweg noch nicht so viel, wie wir gerne wüßten. Erst seit zwei Generationen tritt das Phänomen angeborener Schlaflosigkeit auf, die ohne unser Zutun zustandekommt ...« Seine Stimme versagte. Zweifellos gab er sich als *Sanctuarys* Chefgenetiker selbst die Schuld. Das erschien Jennifer so offensichtlich ungerechtfertigt, daß sie Ärger verspürte. Raymond Toliveri war ein hervorragender Genetiker, ihm verdankte sie Miranda, ihre kostbare Miranda... Doch dieses Baby verursachte bereits jetzt Disharmonien und Spannungen in der Gemeinschaft!

Aber geschah das nicht immer?

Ratsmitglied Kivenen sagte zu der jungen Ärztin: »Schildern Sie uns noch einmal, was passiert ist.«

»Die Entbindung verlief normal.« Ihre Stimme hatte sich gefestigt. »Ein vier Kilogramm schwerer Junge. Schrie sofort. Die Schwester säuberte ihn und brachte ihn zum McKelvey-Waller-Scanner, um wie bei allen Neugeborenen die Gehirnwerte feststellen zu lassen. Das dauert etwa zehn Minuten. Und während er dort in dem weich ausgepolsterten Scannerkorb lag... – schlief der Junge ein.«

Doktor Toliveri beendete das darauffolgende Schweigen: »RNA-Regression zum Mittelwert hin... Wir wissen noch so wenig über die redundanten Informationscodes ...«

»Es ist doch nicht Ihre Schuld«, unterbrach ihn Jennifer ungehalten. Sie ließ ihre Worte auf die Anwesenden einwirken, so daß ihnen bewußt werden mußte, welche Schuldgefühle ein Schläfer – selbst ein neugeborener Schläfer – in völlig schuldlosen Menschen wecken konnte. Dann eröffnete sie die Diskussion.

Die Ratsversammlung spielte alle möglichen rechtlichen Szenarien durch: Alternative eins – *Sanctuary* stellte eine Geburtsurkunde aus und kreuzte darin statt des Kästchens für ›Schläfer‹ das Kästchen für ›Schlafloser‹ an; achtzig Jahre mochten vergehen, ehe das Kind an frühzeitiger Altersschwäche starb und die Regierung eine Autopsie verlangte. Aber das Kind würde mit sieben Jahren die zwingend vorgeschriebenen Tests der Schulbehörde des Staates New York ablegen müssen. Über wie viele Normdaten verfügten die Bettler da unten tatsächlich? Reichten sie aus, um Schläfer von Schlaflosen unterscheiden zu können? Und dann gab es noch den Netzhaut-Scan, der den eindeutigen Beweis für eine Schläferidentität erbringen würde – jedoch bei sehr kleinen Kindern kein schlüssiges Ergebnis brachte. Alternative zwei …

Mit Unterstützung von Will und Perrilleon brachte Jennifer die Diskussion immer wieder auf den Punkt zurück, um den es eigentlich ging: um das Wohl der Gemeinschaft gegenüber dem Wohl eines Einzelnen, der für immer ein Außenseiter bleiben würde. Nicht nur ein Außenseiter, sondern darüber hinaus ein Keil, der die Einigkeit der Gemeinschaft sprengen würde, ein möglicher Ansatzpunkt für fremde Behörden, in *Sanctuary* einzudringen, ein Mensch, der nie die gleiche Produktivität in die Gemeinschaft einbringen würde wie die anderen. Der sein Leben lang mehr nehmen als geben würde.

Ein Bettler.

Das Abstimmungsergebnis lautete acht zu sechs.

»Aber ich werde nicht diejenige sein, die es tut«, sagte die junge Ärztin plötzlich. »Ich nicht.«

»Das müssen Sie auch nicht«, erklärte Jennifer. »Mir obliegt die Geschäftsführung von *Sanctuary;* eine verfälschte Geburtsurkunde hätte meine Unterschrift getragen. Ich werde es tun. Sind Sie sicher, Doktor Toliveri, daß die Injektion Symptome hervorruft, die nicht von plötzlichem Kindstod zu unterscheiden sind?«

Toliveri nickte. Er sah äußerst blaß aus. Ricky betrachtete die Tischplatte. Ratsmitglied Kivenen steckte die Faust in den Mund. Die junge Ärztin sah gequält drein.

Aber keiner von ihnen ließ nach vollendeter Abstimmung ein Wort des Protestes hören. Sie waren eine Gemeinschaft.

Später, als alles vorbei war, weinte Jennifer. Sie empfand sie als demütigend, diese heißen, kargen Tränen, die ihr wie kochendes Salz über die Wangen rollten. Will hielt sie fest, und sie spürte seine starre Zurückhaltung, selbst als er ihre Schulter tätschelte. Das hatte er nicht erwartet. Und sie hatte es auch nicht erwartet.

Aber er bemühte sich. »Liebste, es war völlig schmerzlos für das Kleine. Sein Herz hörte augenblicklich auf zu schlagen.«

»Ich weiß«, sagte sie kalt.

»Dann ...«

»Vergib mir. Ich kann nichts dagegen tun.«

Später, als sie wieder zu sich selbst zurückgefunden hatte, machte sie keinen weiteren Versuch einer Entschuldigung. Aber sie sagte zu Will, als sie miteinander unter dem weiten Bogen aus landwirtschaftlichen und technischen Ebenen dahinschlenderten, die den Himmel bildeten: »Schuld haben einzig und allein die Regierungsvorschriften, die uns zum Betrug zwingen, egal, wie wir uns entscheiden. Es ist nur ein weiteres Beispiel für das, was wir schon festgestellt haben: Wären wir nicht Teil der Vereinigten Staaten ...«

Will nickte.

Sie gingen zuerst zur Kinderkuppel und besuchten Miranda und dann weiter zu den Sharifi-Labors, Abteilung Sonderaufgaben, die ebenso wichtig waren wie

Miranda und die von allen Privatunternehmen unter *Sanctuarys* stabilem, produktivem Himmel den höchsten Sicherheitsstandard aufwiesen.

Der Frühling war in der Wüste eingekehrt. Feigenkakteen trugen große, gelbe Blüten, und an den seichten Flußläufen leuchteten die Pappeln grün. Sperber, die den Großteil des Winters als Einzelgänger verlebt hatten, hockten paarweise im Geäst. Leisha verfolgte das allgemeine Aufblühen, das hier um so vieles karger und steiniger ausfiel als am Michigansee, und fragte sich spöttisch, ob die Anspruchslosigkeit der Wüste für sie nicht ebensoviel Anziehungskraft besaß wie die Einsamkeit. Hier gab es nichts, was gentechnisch verändert war.

Sie stand vor ihrem Arbeitsterminal, aß einen Apfel und hörte dem Programm zu, das das vierte Kapitel ihres Buches über Thomas Paine vorlas. Der Raum glühte im Sonnenschein. Alices Bett war ans Fenster geschoben, damit sie die Blumen draußen sehen konnte. Leisha schluckte hastig eine Mundvoll Apfel und sagte zum Terminal: »Textänderung: ›Paines schnelle Reise nach Philadelphia‹, zu: ›Paines eilige Reise nach Philadelphia‹.«

»Geändert«, sagte das Terminal.

»Glaubst du wirklich«, fragte Alice, »daß noch irgend jemand auf diese alten Sprachregelungen Wert legt?«

»*Ich* lege Wert darauf«, antwortete Leisha. »Alice, du hast dein Mittagessen noch nicht einmal angerührt!«

»Ich habe keinen Hunger. Und du legst gar keinen so großen Wert auf die Sprachregeln, du brauchst bloß einen Zeitvertreib. Hör mal, was ist denn das für ein Wirbel drüben an der Vordertür?«

»Hunger oder nicht, du mußt etwas essen. Du *mußt!*« Alice war jetzt dreiundsiebzig, sah aber viel älter aus. Für immer verschwunden war die untersetzte Figur, die sie ihr ganzes Leben lang gestört hatte; jetzt hing ihre Haut über dünnen Knochen, die aussahen wie zarte Drahtgebilde. Nach einem zweiten Schlaganfall war sie nicht wieder an ihr Terminal zurückgekehrt. In ihrer Verzweiflung hatte Leisha Alice sogar vorgeschlagen, ihr Hobby, die parapsychologischen Phänomene bei Zwillingen, wieder aufzunehmen, aber Alice hatte nur traurig gelächelt – die Zwillingssache war das einzige Thema, bei dem sie nie wirklich eine Gesprächsbasis gefunden hatten – und den Kopf geschüttelt. »Nein, Liebes, dafür ist es zu spät. Um dich zu überzeugen.«

Aber der Schlaganfall hatte die Liebe zu ihrer Familie nicht schmälern können. Sie grinste, als der Wirbel von drüben zur Tür hereinplatzte.

»Drew!«

»Ich bin wieder zu Hause, Oma Alice! Hallo, Leisha!«

Alice streckte ungeduldig die Hände aus, und Drew beschleunigte den Rollstuhl, um in ihrer Umarmung zu landen. Anders als ihre eigenen Enkel mit ihrer perfekten Gesundheit schien Drew die starre linke Seite von Alices Gesicht, den Speichel in ihrem linken Mundwinkel und ihre undeutliche Sprechweise nie als abstoßend zu empfinden. Alice drückte ihn fest an sich.

Leisha legte den Rest des Apfels hin – er hatte ohnedies keinerlei Geschmack; was dem Agrogen-Verband diesmal unterlaufen war, konnte man definitiv nur als Rückschritt bezeichnen – und wartete gespannt ab. Als Drew sich schließlich zu ihr umdrehte, sagte sie: »Du bist schon wieder von der Schule geflogen.«

Drew schickte sich an, sein gewinnendes Lächeln aufzusetzen, warf einen eingehenderen Blick in Leishas Gesicht und verzichtete darauf. »Ja.«

»Und aus welchem Grund diesmal?«

»Nicht wegen der Noten, Leisha. Diesmal hab ich wirklich gelernt.«

»Weshalb dann?«

»Rauferei.«

»Wen hat's getroffen?«

»Einen Mistkerl namens Lou Bergin«, sagte er dumpf.

»Ich nehme an, ich werde demnächst von Mister Bergins Anwalt hören.«

»Er hat angefangen, Leisha. Ich hab der Sache bloß ein Ende gemacht.«

Leisha betrachtete Drew nachdenklich. Er war jetzt sechzehn, und trotz des Rollstuhls – oder vielleicht gerade deswegen – trainierte er verbissen und hielt seinen Oberkörper in phantastischer Verfassung. Es fiel Leisha nicht schwer, ihn für einen höchst gefährlichen Kämpfer zu halten. Seine unreifen Gesichtszüge hatten noch nicht das richtige Größenverhältnis zueinander gefunden: seine Nase war zu groß, das Kinn zu kurz, und die Haut war entweder noch prall vom Babyspeck oder übersät mit Akne. Nur seine Augen waren uneingeschränkt schön – lebhaft grün und eingerahmt von dichten schwarzen Wimpern. Ihr Ausdruck war in der Lage, so ziemlich jedermann das Gefühl zu verleihen, daß Drew ihn absolut faszinierend fand. Leisha bildete eine Ausnahme. In den vergangenen zwei Jahren hatte zwischen ihnen beiden eine eher feindselige Atmosphäre geherrscht, die immer wieder gemildert wurde von dem unbeholfenen Bemühen seinerseits, daran zu denken, wieviel er ihr verdankte, und ihrerseits, sich daran zu erinnern, was für ein einnehmendes Kind er gewesen war.

Dies war die vierte Schule gewesen, von der man ihn verwiesen hatte. Beim erstenmal war Leisha um Nachsicht bemüht: Ein kleiner, zum Krüppel gemachter Nutzer – die intellektuellen Anforderungen einer Schule voller Macher-Kinder, von denen die meisten noch dazu über gentechnisch verstärkte Intelligenz und Gesundheit verfügten, mußten erdrückend für ihn gewesen sein. Beim zweitenmal hatte Leisha sich weniger nachsichtig gezeigt. Drew hatte in keinem einzigen Fach eine positive Bewertung erhalten; er hatte einfach aufgehört, den Unterricht zu besuchen und statt dessen endlose Stunden allein mit seiner halbautomatischen Gitarre oder am Spielterminal zugebracht. Niemand hatte ihn dabei gestört; die Schule erwartete von ihren Schülern, in deren Hände eines Tages die Geschicke des Landes gelegt sein würden, ihre Motivation selbst mitzubringen.

Leisha suchte ihm als nächstes die Schule mit dem vielfältigsten Lernprogramm aus, die sie finden konnte. Es gefiel ihm dort vom ersten Tag an; er entdeckte das Schauspielfach und war der Star seiner Theatergruppe. »Ich habe meine Bestimmung gefunden!« jubelte er bei einem Anruf nach Hause. Leisha verzog das Gesicht; Alice lachte. Aber vier Monate später war Drew wieder daheim, verbittert und schweigsam. Er hatte weder in *Tod eines Handlungsreisenden* noch in *Morgenlicht* eine Rolle bekommen. Alice fragte ihn teilnahmsvoll: »War es deshalb, weil sie keinen Willy Loman oder Kelland Vie wollten, der im Rollstuhl sitzt?« »Es waren die faulen Tricks der Macher«, stieß Drew hervor. »Und so wird es immer sein!«

Also suchte Leisha fieberhaft nach einer Schule mit einem anspruchslosen geisteswissenschaftlichen Lehrplan, wo man mehr Gewicht auf Kunsterziehung und einen sorgfältig durchgeplanten Schultag legte. Außerdem wünschte Leisha sich einen möglichst hohen Prozentsatz von Schülern, deren Familien weder politische Ambitionen, noch eindrucksvolle finanzielle Verhältnisse oder illustre Vorfahren hatten. Sie fand eine in Springfield, Massachusetts, die alldem entsprach, und es hatte so ausgesehen, als ob Drew sich dort wohl fühlte. Leisha war der Meinung gewesen, diesmal würde alles gutgehen, aber nun war er schon wieder da.

»Du solltest dein Gesicht sehen«, sagte Drew mürrisch. »Warum sagst du es nicht laut heraus? ›Da haben wir ihn wieder einmal, unseren kleinen Schwachkopf, der glaubt, eines Tages würde er jemand sein, und der einfach nichts taugt! Was sollen wir bloß mit dem jämmerlichen Nutzer anfangen?‹«

»Was *sollen* wir mit ihm anfangen?« fragte Leisha mitleidlos.

»Warum gebt ihr es denn nicht auf mit mir?«

Alice rief: »O nein, Drew!«

»Nicht du, Oma Alice. *Sie.* Sie meint nämlich, daß alle Leute gut daran täten, wahre Wunderwerke zu sein. Sonst existieren sie nicht für sie.«

»Im Gegensatz zu den Leuten, die glauben, wahre Wunderwerke zu sein, bloß weil sie existieren, die aber nichts dazu beitragen, aus dieser Existenz ein erfülltes Leben zu machen?«

»Jetzt reicht's aber, ihr beide!« polterte Alice.

Leisha reichte es nicht; Drews Aufsässigkeit hatte sie an Stellen getroffen, die zu spüren sie nicht mehr für möglich gehalten hatte. Sie hatte nicht einmal gewußt, daß sie überhaupt noch vorhanden waren. Sie sagte: »Wo du schon mal daheim bist, Drew, wirst du sicher Eric sehen wollen. Er hat sich wunderbar zurechtgebogen und macht große Fortschritte mit seinen global-atmosphärischen Diagrammen. Jordan ist furchtbar stolz auf ihn.«

Drews grüne Augen blitzten. Leisha wandte ihm den Rücken zu. Plötzlich schämte sie sich so sehr, daß ihr fast übel wurde. Sie war dreiundsiebzig Jahre alt – eine unglaubliche Tatsache, sie fühlte sich nicht im entferntesten so alt –, und dieser Junge war sechzehn: mit naturbelassenen Genen, ein Schläfer, nicht einmal aus der Macherklasse stammend... Mit dem Älterwerden kam ihr offenbar jedes Mitgefühl abhanden! Warum sonst schloß sie sich in dieser Wüstenfestung von der Welt ab und zog sich vor einem Land zurück, das sie einst im Interesse all seiner Einwohner hatte verbessern wollen? Jugendträume ...

Träume, die Drew nicht haben konnte.

»Also gut, Leisha«, sagte Alice müde. »Drew, Eric hat mich ersucht, dir etwas auszurichten.«

»Und was?« hörte Leisha Drew knurren. Aber es war ein eher sanftes Knurren. Auf Alice konnte er einfach nie richtig wütend sein. Nicht auf Alice.

»Eric läßt dir ausrichten, daß er als Teil seiner Studien in den Pazifik gesprungen ist und sich von den Wellen den Hintern hat abwischen lassen. Was meint er damit?«

Drew lachte. »Ehrlich? Das hat *Eric* gesagt? Da muß er sich wohl wirklich geändert haben.« Die dumpfe Bitterkeit kehrte in seine Stimme zurück.

Stella kam ins Zimmer gerannt und wirkte leicht konfus. Sie hatte zugenommen und sah jetzt aus wie ein Gemälde von Tizian. Üppiges, festes Fleisch unter üppigem rotem Haar. »Leisha, da ist ... Drew! Was machst denn du zu Hause?«

»Er ist nur zu Besuch gekommen«, sagte Alice. »Da ist – was, Liebes?«

»Da ist jemand, der Leisha sprechen will. Eigentlich sind es drei.« Stella lächelte, und alle ihre Kinne wackelten vor Aufregung. »Hier sind sie!«

»Richard!«

Leisha stürzte quer durchs Zimmer in seine Arme. Richard fing sie auf, lachte, und ließ sie wieder los. Leisha wandte sich augenblicklich Ada, seiner Frau zu, einer schlanken Polynesierin, die scheu lächelte. Ada tat sich mit Englisch immer noch schwer.

Als Richard nach zwanzig Jahren einsamer, zielloser Wanderungen über den ganzen Globus zum erstenmal mit Ada auf dem Anwesen in New Mexico aufgetaucht war, hatte Leisha sich abwartend und vorsichtig verhalten. Sie und Richard waren nie mehr intim geworden; der Gedanke, mit Jennifers Ehemann zu schlafen, hatte Leisha abgeschreckt. Und Richard war ihr nie nahegetreten. Er hatte jahrelang um seine verlorenen Kinder Ricky und Najla getrauert; seine Trauer war so still und schwermütig gewesen, daß Leisha nicht gewußt hatte, wie sie darauf reagieren sollte. Sie war jedesmal erleichtert gewesen, wenn er mit nichts als seinem Kreditring und den Kleidern, die er am Leib trug, für Jahre nach Indien, Tibet, in die arktischen Kolonien oder die südamerikanische Zentralwüste verschwunden war – immer in ein Gebiet, das technisch möglichst rückständig war und so primitiv, wie es eine von Kenzo Yagai mit Energie versorgte Welt noch bieten konnte. Leisha erkundigte sich nie nach seinen Reisen, und er hatte von sich aus nie davon erzählt. Sie hatte den Verdacht, daß er sich unterwegs als Schläfer tarnte.

Und dann, vor vier Jahren, war er zu einem seiner seltenen Besuche zurückgekehrt und hatte Ada mitgebracht. Seine Frau. Sie stammte aus einem der freiwilligen Reservate zur Kulturbewahrung im Südpazifik. Ada war schlank, hatte braune Haut und langes, dichtes schwarzes Haar und die Angewohnheit, den Kopf einzuziehen, wenn jemand sie ansprach. Sie konnte nicht Englisch. Und sie war fünfzehn Jahre alt.

Leisha hatte sie freundlich aufgenommen, sich sofort ans Erlernen der samoanischen Sprache gemacht und versucht, die Tatsache zu verbergen, daß sie bis ins Innerste getroffen war. Nicht, weil Richard sie verschmäht hatte, sondern weil er alles verschmäht hatte, was sich einem Schlaflosen zur Auswahl stellen konnte: Bildung; Ambitioniertheit; Intellekt.

Doch nach und nach hatte Leisha begriffen. Das Ausschlaggebende für Richard war nicht, daß Ada mit ihrer scheuen Art und stockenden Redeweise und ihrer jugendlichen Bewunderung für Richard so verschieden war von Leisha; das Ausschlaggebende war, daß Ada so verschieden von Jennifer war.

Und Richard schien glücklich zu sein. Er hatte das getan, was Leisha verabsäumt hatte, und seinen eigenen Frieden mit seiner Schlaflosenvergangenheit gemacht. Und selbst wenn dieser Frieden in Leishas Augen aussah wie Kapitulation, konnte sie dann behaupten, daß ihre eigene Lösung – die schwindsüchtige Susan-Melling-Stiftung, die im letzten Jahr ganze zehn Antragsteller gehabt hatte – wirklich die bessere war?

»Ich sehe dich, Leisha«, sagte Ada auf Englisch. »Ich sehe dich freudig.«

»Ich sehe dich auch freudig«, sagte Leisha warmherzig. Für Ada war das eine lange Rede von großer intellektueller Aussagekraft.

»Ich sehe dich freudig, *Mirami* Alice.« *Mirami,* hatte Richard einst erklärt, war ein Ausdruck höchsten Respekts für die ehrwürdigen Alten. Ada hatte sich rundweg – scheu und sanft, aber rundweg – geweigert zu glauben, daß Alice und Leisha Zwillinge waren.

»Ich sehe dich auch freudig, Schätzchen«, sagte Alice. »Erinnerst du dich an Drew?«

»Hallo!« sagte Drew und lächelte.

Ada lächelte ihrerseits und wandte die Augen ab, wie es sich für eine verheiratete Frau bei einem nicht verwandten Mann gehörte.

»Hallo, Drew!« sagte Richard mit offener, freundlicher Miene – eine so auffallende Veränderung zu dem gewohnten düsteren Schmerz in seinen Augen, wenn er zu Drew sprach, daß Leisha blinzelte. Sie hatte diesen Schmerz nie wirklich verstanden, denn Drew war eine Generation jünger als Richards verlorener Sohn. Und überdies war er ein Schläfer.

»Stella sagte, drei Besucher.« Alices Stimme klang zittrig, was hieß, daß sie müde wurde.

In dem Moment trat Stella durch die Tür, ein Baby auf dem Arm.

»O Richard!« sagte Leisha. »O Richard …!«

»Das ist Sean. Sean, nach meinem Vater.«

Das Baby sah Richard geradezu unnatürlich ähnlich: niedrige Stirn, dichtes, dunkles Haar, dunkle Augen. Nur die kaffeebraune Haut verriet Adas Gene. Offenbar hatten sie dem Kleinen keinerlei Genveränderung mitgegeben. Leisha nahm das Baby von Stella; sie war sich nicht ganz sicher, was sie dabei fühlte. Sean blickte ihr ernst ins Gesicht. Leishas Herz wurde schwer.

»Wie hübsch er ist …«

»Gib ihn mir!« sagte Alice mit einem hungrigen Unterton in der Stimme. Leisha legte ihr das Baby in den Arm. Sie freute sich für Richard, der sich immer nach einer Familie gesehnt hatte, einem Anker, einer intimen Gemeinschaft … Zwei Jahre zuvor hatte sich Leisha medizinischen Tests unterzogen, die ergaben, daß ihre Eizellen nicht mehr keimfähig waren. Keimzellen, so hatte Susan sie vor Jahrzehnten bereits gewarnt, erneuerten sich nicht.

Kevin Baker, der einzige prominente Schlaflose, der in den Vereinigten Staaten zurückgeblieben war, hatte mit seiner jungen Schlaflosen-Frau vier Kinder.

Jennifer Sharifi, das hatte Leisha aus den staatlichen Geburtenregistern erfahren, hatte zwei Kinder und vier Enkel.

Alice mochte zwar Moira, die in die Marskolonie ausgewandert war, verloren haben, aber sie hatte immer noch Jordan und seine drei Kinder.

Hör auf damit! schalt sie sich und hörte auf damit.

Das Baby wanderte von Arm zu Arm. Stella brachte geschäftig Kaffee und Kekse. Alice war müde und wurde zum Schlafen in ihr Zimmer gerollt. Jordan kam von der Arbeit an einem Feld mit experimentellen GenMod-Sonnenblumen zurück. Richard erzählte – anscheinend unbeschwert, jedoch mit einem merkwürdigen Zug in seinem Benehmen – von seinen und Adas Wanderungen durch den Wildpark auf den künstlichen Inseln vor der afrikanischen Küste.

»He!« rief Drew plötzlich, und sein Tonfall ließ alle verstummen. »He! Dieses Baby schläft!«

Leisha saß da wie erstarrt. Dann stand sie auf, ging zu Drews Rollstuhl und blickte auf das Kind in der Tragtasche, die zu Drews Füßen abgestellt war. Sean hatte die Fäustchen über den Kopf gestreckt und schlief. Seine geschlossenen Lider flatterten. Leisha krampfte es den Magen zusammen: Richard verspürte so große Abneigung gegen seine eigene Art, seine eigenen Leute, daß er seinem Kind eine *in vitro*-Genkorrektur zur Eliminierung der Schlaflosigkeit auf den Lebensweg mitgegeben hatte!

Richards Blick ruhte auf ihr. »Nein, Leisha«, sagte er ruhig. »Ich habe nichts dazugetan. Es war ein natürlicher Vorgang.«

»Natürlich ...!«

»Ja. Den ganzen letzten Monat, gleich nach den künstlichen Inseln, waren wir im Chicago Medical Institute. Wir haben dort nach Erklärungen für eine spontane Regression gesucht. Aber dort gibt es offenbar schon lange niemanden, der mehr kann als die alten Erkenntnisse nach kochbuchartigen Anweisungen in die Praxis umzusetzen – Herrgott, es gibt überhaupt nirgendwo mehr einen Genetiker, der mehr kann als das, wenn man von der Landwirtschaft absieht.« Er verstummte; Leisha und er wußten genau, daß das nicht stimmte: Es gab *Sanctuary*.

Mit belegter Stimme fragte Leisha: »Wissen sie wenigstens, ob das ein weitverbreitetes Phänomen ist oder ob es im Ansteigen begriffen ist ... statistische Werte ...?«

»Es scheint, daß es ziemlich selten auftritt. Aber es gibt jetzt nur noch so wenige Schlaflose auf der Erde, daß man keine statistische Relevanz erreicht.«

Wieder dieses Schweigen, bedrückend unter einem unausgesprochenen Gewicht.

Es war Ada, die das Schweigen brach. Sie konnte nicht viel von dem Gespräch zwischen ihrem Ehemann und Leisha mitbekommen haben, aber nun erhob sie sich anmutig, trat an Leishas Seite und bückte sich nach dem Baby. Sie hielt es im Arm, sah es zärtlich an und sagte: »Ich sehe dich freudig, Sean. Ich sehe dich schlafen.« Und dann hob sie den Blick und sah Leisha direkt in die Augen – soweit sich Leisha erinnerte, zum absolut ersten Mal.

Selbst wenn alles im Land sich verändert hatte, hatte nichts sich verändert.

19

Jennifer, Will, die beiden Genetiker Doktor Toliveri und Doktor Blure und ihre Techniker standen gespannt da und verfolgten die Erschaffung einer Miniaturwelt.

Achthundert Kilometer entfernt schwebte ein Plastikballon im Weltraum, und das *Sanctuary*-Team sah zu, wie er sich zu voller Größe aufblies. In seinem Innern strafften sich Tausende von Kunststoffmembranen. Das Innere bestand aus einem Gewirr dünnwandiger Tunnels, Kammern und Zwischenwände – manche davon mit winzigen Löchern, nicht größer als Nadelstiche, manche so porös wie normale Baumaterialien auf der Erde, manche offen. Keiner der Hohlräume hatte einen größeren Durchmesser als zehn Zentimeter. Als der Ballon, mit einem atmosphärischen Standardgemisch aufgeblasen, seine maximale Ausdehnung erreicht hatte, projizierte das Hologerät ein transparentes, dreidimensionales Modell des Ballons mit allen Unterteilungen in seinem Innern von der Decke des Labors herab.

Aus jeder der vier Kammern an der Außenseite des Ballons wurden fünf Mäuse freigelassen. Hysterisch quietschend drängten sie sich augenblicklich in die Tunnels, deren geringe Höhe ein Schweben in der Schwerelosigkeit verhinderte. Auf dem Holo-Modell markierten zwanzig schwarze Punkte ihren Weg. Ein Bildschirm an der Wand zeigte die Anzeigewerte der zwanzig Biometer, die den Mäusen implantiert worden waren.

Zehn Minuten lang liefen die Mäuse frei durch die Gänge. Dann wurde aus einer einzigen Quelle im Innern des Ballons jener gentechnisch modifizierte Organismus freigesetzt, der entfernte Verwandtschaft mit einem Virus besaß und an dessen Entwicklung Toliveri und Blure sieben Jahre gearbeitet hatten.

Einer nach dem anderen reduzierten sich die Anzeigewerte auf dem Bildschirm und fielen auf Null; das elektronisch verstärkte Quietschen verstummte. Die ersten drei Mäuse sandten nach drei Minuten keine Werte mehr aus; die nächsten sechs einige Minuten danach; weitere fünf innerhalb von zehn Minuten. Die letzten sechs hielten nahezu einunddreißig Minuten lang durch.

Doktor Blure gab die Daten in ein Extrapolationsprogramm ein. Er runzelte die Stirn. Er war noch ziemlich jung, nicht älter als fünfundzwanzig, und da er sehr blond war, sah der Bart, auf dessen Wachstum er großen Wert zu legen schien, wie ein daunenweiches Stoppelfeld aus. »Sehr schlecht«, kommentierte er. »Bei dieser relativen Geschwindigkeit liegen die Werte für das kleinste Orbitalprojekt bei über einer Stunde. Und bei einer Bettlerstadt an einem windstillen Tag bis zum Sättigungsgrad bei über fünf Stunden.«

»Zu langsam«, entschied Will Sandaleros. »Zu wenig überzeugend.«

»Ja«, sagte Blure. »Aber wir kommen der Sache schon näher.« Wieder warf er einen Blick auf die abgeflachten Biokurven. »Wenn man sich vorstellt, daß Menschen so etwas tatsächlich einsetzen könnten ...«

»Die Bettler würden es tun«, sagte Jennifer Sharifi.

Niemand widersprach.

Miri und Tony saßen in ihrem gemeinsamen Labor in Forschungskuppel vier. Üblicherweise benutzten die Kinder für ihre Studien Schullabors und keine professionellen; Raum war etwas Kostbares auf einer Orbitalstation, zu kostbar, um damit verschwenderisch umzugehen. Aber Miri und Tony waren keine gewöhnlichen Kinder, und ihre Studienprojekte dienten nicht bloß dem Erwerb von Kenntnissen. Der Hohe Rat von *Sanctuary,* Sharifi-Labors und die Schulaufsicht hatten bei einer Konferenz den Fragenkomplex diskutiert: Sollten Miris neurologische Experimente und Tonys Verbesserungen für Datensysteme als Studienprojekte, patentierbare Privatinitiativen oder als zu vergütende Arbeitsleistung für die *Sanctuary*-Corporation gelten? Sollten eventuelle Gewinne an das Familienunternehmen gehen, an die Körperschaft oder auf ein Treuhandkonto, das für Miri und Tony solange angelegt werden sollte, bis sie nach den Gesetzen des Staates New York keine Minderjährigen mehr waren? Alle Konferenzteilnehmer hatten ein Lächeln auf den Lippen, und die Diskussion war äußerst friedlich verlaufen; sie waren alle viel zu stolz auf die SuperS, um sich über sie in die Haare zu geraten. Man hatte sich schließlich darauf geeinigt, daß die Resultate ihrer Arbeit zwar *Sanctuary* gehören sollten, aber bei einer kommerziellen Verwertung sechzig Prozent Gewinnanteil an die Kinder gehen sollte, zusätzlich zu einer Finanzierung des späteren Studiums. Miri war zwölf, Tony elf.

»S-S-Sieh dir d-d-das an!« sagte Tony.

Fünfundvierzig Sekunden lang kam keine Antwort von Miri, was hieß, daß sie an einem essentiellen Punkt in ihrer gedanklichen Fadenkonstruktion angelangt war, und daß Tonys Worte einen Faden angefangen hatten, der an der äußersten Peripherie festhing. Tony wartete fröhlich. Er war fast immer fröhlich, und nur selten konnte Miri in den Gedankengebäuden, die er für sie auf seinem Hologerät darstellte, schwarze Fäden entdecken. Das war sein gegenwärtiges Projekt: darzustellen, wie die SuperSchlaflosen dachten. Er hatte mit einem einzigen Satz begonnen: »Kein Erwachsener hat ein automatisches Anrecht auf die Produkte eines anderen; aus Schwäche entsteht kein moralisches Anrecht auf Stärke.« Tony hatte Wochen damit verbracht, zwölf SuperS jeden Faden und Querfaden zu entlocken, den dieser Satz hervorrief, um sie alle in ein Programm einzugeben, das er selbst entworfen hatte.

Die Arbeit war nur langsam vorangegangen. Jonathan Markowitz und Ludie Calvin, die jüngsten SuperS im Experiment, hatten über der unklaren, stammelnden Schwerfälligkeit der gesprochenen Worte die Geduld verloren und waren zweimal aus Tonys verbissenen Sitzungen davongerannt. Mark Meyers Fäden waren so bizarr gewesen, daß das Programm sich weigerte, sie als gültig anzuerkennen, bis Tony Abschnitte des Quellcodes neu schrieb. Nikos Demetrios verfügte über klare Fäden und kooperierte freudig, aber mitten in der Befragung bekam er eine Erkältung, war drei Tage unter Quarantäne und kam mit so veränderten Fäden für dieselben Wortverbindungen zurück, daß Tony alle seine Daten wegen Kontamination durch künstliche Neuordnung hinauswarf.

Aber er hatte durchgehalten, indem er zuckend und vor sich hin murmelnd noch mehr Stunden als Miri vor dem Holoterminal gegenüber dem ihren verbracht hatte. Und jetzt lächelte er sie an. »K-K-Komm und sch-schau!«

Miri ging um den Doppelschreibtisch herum auf Tonys Seite. Das dreidimensionale Bild des Holoterminals war auf jener Seite, die sich Miris Platz gegenüber befand, abgedeckt. Als sie schließlich das vorläufige Ergebnis seiner Arbeiten erblickte, schnappte sie entzückt nach Luft.

Es war das Modell *ihrer* Fäden für Tonys Ausgangssequenz, bei dem jedes Einzelkonzept in seinem konkreten Teil durch kleine Graphiken und in seinem abstrakten durch Worte dargestellt wurde. Leuchtende Linien in verschiedenen Farben repräsentierten Querverweise erster, zweiter und dritter Ebenen. Miri hatte noch nie zuvor eine so komplette Wiedergabe dessen gesehen, was in ihrem Kopf vorging. »E-Es i-i-ist sch-schön!«

»D-D-Deine sind schön«, sagte Tony. »K-K-Kompakt. E-E-Elegant.«

»Ich k-k-kenne d-d-die F-F-Form!« Miri wandte sich zum Bibliotheksschirm. »T-T-Terminal ein! B-B-Biblio-t-t-thek öf-f-fnen. D-D-Datei *E-Erde.* K-K-Kathed-drale von Ch-Ch-Chartres, F-F-Frankreich. R-R-Rosenf-f-fenster. G-G-Graphische D-D-Darst-t-tellung.«

Auf dem Bildschirm erstrahlte der fein vernetzte Entwurf aus dem dreizehnten Jahrhundert. Tony studierte ihn mit dem kritischen Auge eines Mathematikers. »N-N-Nein ..., n-n-nicht g-genau s-so.«

»F-F-Fühlt s-sich a-a-aber s-so an«, sagte Miri; die wohlbekannte Frustration ärgerte sie wieder einmal und machte sich mit schlaffen Fadenspiralen in ihrem Kopf bemerkbar: Es gab eine essentielle Verbindung zwischen dem Rosenfenster und Tonys Computermodell, die zwar auf den ersten Blick nicht erkennbar, aber dennoch vorhanden und insgeheim von unendlicher Wichtigkeit war. Und Miris Hirn konnte sie nicht ausdrücken. Irgend etwas fehlte in ihren Gedankenfäden, hatte immer gefehlt.

Tony sagte: »S-S-Sieh mal J-J-Jonathans an!« Miris Gedankenmodell verschwand und Jonathans erschien. Miri schnappte wieder nach Luft. »W-W-Wie k-kann er d-d-denn s-so d-d-denken?«

Im Gegensatz zu dem von Miri erschien das Modell von Jonathans Denkvorgängen nicht als symmetrisches Gebilde, sondern als zerfledderte Amöbe, deren Fäden in allen Richtungen abstanden, irgendwo versandeten und dann plötzlich zurückschossen, um verrückte Verbindungen zu bilden, aus denen Miri nicht sofort klug wurde. Inwiefern bestand ein logischer Zusammenhang zwischen der Schlacht von Gettysburg und der Hubble-Konstante? Es war anzunehmen, daß Jonathan einen sah.

»D-Das s-s-sind d-die ersten b-beiden, d-d-die ich b-bis jetzt f-f-fertig habe«, sagte Tony. »M-Meines k-kommt als n-n-nächstes d-dran. D-D-Dann w-wird d-das P-P-Programm sie a-alle ü-ü-übereinanderl-l-lagern und n-nach K-K-Kommun-n-nik-kationsp-p-prinzipien suchen. Und ein-n-nes T-Tages, M-Miri, w-werden w-wir n-nicht n-nur z-zur W-W-Weiterentw-wicklung d-der K-K-Kommunik-kationst-t-technik b-beiget-t-tragen h-haben, s-sondern w-wir k-könnten T-T-Terminals b-benutzen, um ohne d-diese ver-d-d-dammte eind-d-dimensionale Sp-p-prache mit-t-teinander z-zu reden!«

Miri sah ihn liebevoll an. Seine Arbeit verkörperte einen echten Beitrag zur Gemeinschaft. Nun, vielleicht würde das irgendwann auch bei der ihren der Fall sein. Sie arbeitete an synthetischen Neurotransmittern für die Sprachzentren des Gehirns. Eines Tages, so hoffte sie, würde es ihr gelingen, einen zu schaffen, der im Gegensatz zu den bisher von den Wissenschaftlern fabrizierten bei der Unterdrückung des Stotterns keine Nebenwirkungen hervorrufen würde. Sie streckte die Hand aus und streichelte über Tonys ausladenden Hinterkopf, ehe ihre Hand schlaff und zuckend auf seinem dicken Nacken liegenblieb.

Joan Lucas platzte ohne zu klopfen ins Labor. »Miri! Tony! Der Spielplatz ist offen!«

Augenblicklich ließ Miri Neurotransmitter und Kommunikationstechnik sein. Der Spielplatz war offen! Alle Kinder, Normalos wie SuperS, warteten seit Wochen auf diesen Moment. Sie packte Tonys Hand und stolperte mit ihm hinter Joan her. Draußen ließ die leichtfüßige Joan mit ihren langen Beinen sie beide sofort weit hinter sich, aber kein Kind in *Sanctuary* benötigte einen Wegweiser, wenn es galt, den neuen Spielplatz zu finden: man sah einfach nach oben.

Der Plastikballon schwebte im Herz der zylindrischen Welt, fest mit dünnen, widerstandsfähigen Kabeln in der Achse der Orbitalstation verankert. Die Schwerkraft war hier so minimal, daß sich zumindest die Kinder fast wie im freien Fall fühlten. Miri und Tony drängten sich in den Lift, der sie nach oben brachte, zogen Fäustlinge und Socken aus Klettmaterial über und kreischten vor Vergnügen, als sie in den riesigen Ballon gekippt wurden. Sein Inneres war durchzogen von durchscheinend rosafarbenen, elastischen Plastikverstrebungen mit vielen undurchsichtigen Kästchen, in denen man sich verstecken konnte, und mit Nestern und Tunnels, die im Nichts endeten. Alles war mit weichen, luftgefüllten Handgriffen und breiten Klettbändern versehen. Miri warf sich mit dem Kopf voran in die Luft, flog quer durch einen Plastikraum und warf sich wieder zurück, wobei sie mit Joan zusammenprallte. Beide Mädchen kicherten und trieben langsam nach unten; sie hielten sich aneinander fest und quietschten schrill, als Tony und ein Junge, den sie nicht kannten, über ihren Köpfen hinwegzogen.

In Miris Hirn begannen sich die Fäden hektisch zu kräuseln: Von der Chaos-Theorie zu mythischen Bildern, über Engel und Flieger und Ikarus und Merkur-Astronauten und fliegenden Säugetieren zu Fluchtgeschwindigkeiten und Muskelstärke-Gewicht-Verhältnissen. Allerhöchste Glückseligkeit.

»Komm hier herein!« brüllte Joan über das allgemeine Gekreisch hinweg. »Ich muß dir ein Geheimnis verraten!« Sie packte Miri, drückte sie in eines der durchscheinenden schwebenden Kästchen und drängte sich hinzu. Im Innern des Kästchens herrschte geringfügig weniger Getöse.

»Miri, weißt du was?« sagte Joan. »Meine Mama ist schwanger!«

»T-T-Toll!« sagte Miri. Die Eizellen von Joans Mutter

waren vom Typ r-14; ein Eindringen selbst *in vitro* schwer zu bewerkstelligen. Joan war dreizehn; Miri wußte, sie wünschte sich eine kleine Schwester oder einen kleinen Bruder mit derselben Hartnäckigkeit wie Tony ein Litov-Hall-auto-Am. »F-F-Freut mich f-für d-dich.«

Joan umarmte sie. »Du bist meine beste Freundin, Miri!« Sie drehte sich um und sprang schwungvoll aus dem Kästchen. »Fang mich!«

Das hätte Miri natürlich nie geschafft. Sie war viel zu unbeholfen, verglichen mit Joans Normalo-Beweglichkeit. Aber das machte nichts. Sie stürzte sich hinter Joan her und kreischte zusammen mit den anderen aus purer Lust am Kreischen, während sich unter ihr die Welt in Mustern aus Hydrofeldern und Kuppeln und Parks hinwegdrehte, die ebenso schön waren wie ihre Fäden.

Der Dienstag nach der Eröffnung des Spielplatzes war Gedächtnistag. Miri kleidete sich sorgsam in schwarze Shorts und schwarze Jacke. Sie spürte die melancholischen Gedankenfäden, die sich zu kompakten, flachen Ovalen spannen, so dunkel wie die Kleider der Menschen. Die religiösen Feier-und Besinnungstage in *Sanctuary* variierten von Familie zu Familie, manche feierten Weihnachten, manche hielten Ramadan ein, manche feierten Ostern, Jom Kippur oder Divali. Manche feierten gar nichts. Aber die beiden Ruhetage, die gemeinschaftlich begangen wurden, waren der Vierte Juli und der Gedächtnistag, der fünfzehnte April.

Versammlungsort war die mittlere Ebene. Man hatte den Park vergrößert, indem man über die ihn umgebenden superertragreichen Äcker vorübergehend ein Netzwerk aus rasch erstarrendem Plastikspray aufgebracht hatte, das stark und weitläufig genug war, um jeden Bewohner *Sanctuarys* aufzunehmen. Die wenigen, die ihre Arbeit nicht verlassen konnten oder erkrankt waren, verfolgten die Zeremonie auf ihren ComLinks. Eine Plattform für die Sprecherin erhob sich vor der Menge. Hoch über der Plattform schwebte der verlassene Spielplatz.

Die meisten Leute waren mit der ganzen Familie gekommen. Miri und Tony hingegen drängten sich zusammen mit allen anderen SuperS, die älter waren als acht oder neun, in den Schatten einer Versorgungskuppel. Bei großen Ansammlungen von NormS, mit denen sie körperlich nicht mithalten konnten, fühlten die SuperS sich wohler abseits; am wohlsten fühlten sie sich, wenn sie unter sich waren. Miri glaubte nicht, daß ihre Mutter nach ihr oder Tony oder Ali auch nur ausgeschaut hatte; Hermione war mit einem neuen Baby beschäftigt. Niemand hatte Miri erklärt, wieso dieses, genau wie die kleine Rebecca, ein Normalo war. Und Miri hatte nicht gefragt.

Wo Joan nur blieb? Miri verdrehte den Kopf nach allen Seiten, aber nirgendwo war die Familie Lucas zu sehen.

Jennifer Sharifi, in einer schwarzen Abajeh, bestieg die Plattform. Miris Herz schwoll vor Stolz. Großmama war so wunderschön, noch schöner als Mutter oder Tante Najla. Sie war so schön wie Joan. Und über Großmamas Zügen lag jene beherrschte Gelassenheit, die in Miri stets Fäden und Kreuzverweise zwischen Intellekt und Willenskraft hervorrief. Es gab niemanden, der so war wie Großmutter.

»Bürger von *Sanctuary*«, begann Jennifer. Verstärker trugen ihre Stimme in jeden Winkel der Station. »Die Regierung der Vereinigten Staaten nennt euch zwar Bürger *ihres* Landes, aber wir teilen diese Meinung nicht. Wir wissen, daß eine Regierung, die sich nicht auf das Einverständnis der Regierten stützt, keine Rechtsgewalt über diese besitzen kann. Wir wissen, daß es einer Regierung, die unfähig ist, die Tatsache anzuerkennen, daß die Menschen *nicht* gleich geschaffen wurden, an jener Einsichtigkeit und visionären Kraft fehlt, die ihr erlauben würden, Rechtsgewalt über uns geltend zu machen. Und wir wissen, daß keine Regierung, die Bettlern das Recht auf die Früchte der produktiven Arbeit ihrer Mitmenschen einräumt, über jenes moralisch-ethische Fundament verfügt, das Voraussetzung wäre, Rechtsgewalt über uns auszuüben.

An diesem fünfzehnten April, unserem Gedächtnistag, erklären wir, daß *Sanctuary* das Recht auf seine eigene, durch das Einverständnis aller zustandegekommene Regierung besitzt, auf seine eigene klarsichtige Realitätsbezogenheit, auf die Früchte seiner eigenen Produktivität. Wir haben das Recht auf all das, aber wir verfügen noch nicht über die Gegebenheiten. Wir sind nicht frei. Wir verfügen noch nicht über ›jene eigenständige und gleichberechtigte Stellung, die uns nach den Gesetzen Gottes und der Natur gebührt‹. Dank der Vision unseres Gründers Anthony Indivino haben wir *Sanctuary*, aber wir haben keine Freiheit.«

»N-N-Noch nicht«, flüsterte Tony trotzig Miri ins Ohr. Sie drückte seine Hand und stellte sich auf die Zehenspitzen, um die Menschenmenge nach Joan zu durchkämmen.

»Dennoch konnten wir uns, soweit es uns möglich war, ein gewisses Maß an Freiheit schaffen«, fuhr Jennifer fort. »Zwar wurden wir ohne unser Einverständnis der Gerichtsbarkeit des Staates New York zugeteilt, doch haben wir in zweiunddreißig Jahren keine einzige Klage eingereicht oder uns der Gefahr einer solchen ausgesetzt. Wir wenden statt dessen unser eigenes System der Rechtsprechung an, von dem die Bettler da unten nichts wissen. Zwar wurden wir ohne unser Einverständnis den Vorschriften für die Berufsausübung unserer Makler, Ärzte, Anwälte, ja selbst der Lehrer unserer Kinder unterworfen, doch haben wir stets jede einzelne dieser Vorschriften beachtet –

sogar dann, wenn es für uns bedeutete, eine Zeitlang unter den Bettlern leben zu müssen. Zwar sind wir gezwungen, bedeutungslosen statistischen Verordnungen nachzukommen, die uns Bettlern gleichstellen, doch haben wir uns gezählt und gemessen und getestet wie verlangt, ehe wir das Ergebnis als jenen belanglosen Unsinn fallenließen, den es gewiß darstellt.«

Miri entdeckte Joan. Sie drängte sich blind und rücksichtslos durch die Menge, und Miri mußte erschrokken feststellen, daß sie nicht in Gedächtnistags-Schwarz gekleidet war. Sie trug ein dunkelgrünes Oberteil zu ebensolchen Shorts. Miri hob den Arm so hoch sie konnte aus dem Schatten der Kuppel heraus und winkte krampfhaft.

»Doch eine Forderung der Bettler an uns können wir nicht gelassen akzeptieren«, sagte Jennifer. »Bettler arbeiten nicht für ihren eigenen Lebensunterhalt; sie fletschen die Zähne und erwarten, daß besser Geeignete das für sie erledigen. Um jenen Millionen von unproduktiven ›Nutzern‹ in den Vereinigten Staaten den Lebensunterhalt zu ermöglichen, raubt man *Sanctuary* – als Ganzes und als Summe seiner Individuen – vierundsechzig Komma acht Prozent seiner jährlichen Produktivität im Wege eines legalen Diebstahles in Form von örtlichen und staatlichen Steuern. Dagegen können wir uns nicht wehren, nicht ohne *Sanctuary* selbst zu gefährden. Wir können nicht dagegen ankämpfen. Alles, was wir tun können, ist, uns daran zu erinnern, was das heißt – moralisch, praktisch, politisch und historisch. Und am fünfzehnten April jeden Jahres, wenn man uns unsere Geldmittel wegnimmt, ohne uns im Gegenzug etwas dafür zu geben, erinnern wir uns daran.«

Joans hübsches Gesicht war aufgedunsen und rotgefleckt. Sie hatte *geweint!* Miri versuchte sich zu entsinnen, wann sie zum letztenmal jemand weinen gesehen hatte, der so alt war wie Joan. Kleine Kinder weinten, wenn sie hinfielen oder am Terminal eine Aufgabe nicht lösen konnten oder einander über Spielsachen in die Haare gerieten. Aber Joan war dreizehn! Die Erwachsenen versuchten, sie mit freundlich-sanften Fragen aufzuhalten, wenn sie ihr Gesicht erblickten, aber Joan ignorierte sie alle und setzte die Ellbogen ein, um zu Miri zu kommen.

»Wir erinnern uns an den Haß gegen Schlaflose auf der Erde. Wir erinnern uns …«

»Komm mit!« sagte Joan hitzig. Sie packte Miris Hand und zerrte sie weiter hinter die Kuppel, bis die schwarze Halbkugel den Blick auf Jennifer komplett verstellte. Dennoch wurde ihre Stimme bis hierher getragen, so klar, als stünde Jennifer direkt neben Joans zitternder Gestalt. Fäden über Fäden explodierten in Miris Kopf; sie hatte noch nie einen Normalo zucken gesehen!

»Weißt du, was sie getan haben, Miri? *Weißt du, was?*«

»W-W-Wer? W-W-Was?«

»Sie bringen das Baby um!«

Eine Woge von Finsternis durchfuhr Miri, ihre Knie gaben nach, und sie sank in sich zusammen. »Die B-B-Bettler? W-W-Wie?« Joans Mutter war erst seit ein paar Wochen schwanger, und sie hatte *Sanctuary* während dieser Zeit nicht verlassen; hieß das, daß es *hier* Bettler gab …?

»Nicht die Bettler! Die Ratsversammlung! Angeführt von deiner feinen Großmutter!«

Fäden entrollten sich, spannten sich, zerrissen. Miri griff entschlossen nach den Enden. Ihr Nervensystem, das von Natur aus auf höchsten Touren lief, so daß es sich stets hart am Rand der biochemischen Hysterie befand, kam ins Rutschen und drohte über diesen Rand hinauszugleiten. Miri schloß die Augen und atmete tief durch, bis sie die Kontrolle wiedererlangt hatte.

»W-W-Was ist g-g-geschehen, J-J-oan?«

Miris Ruhe, so zerbrechlich sie war, schien auch Joan etwas zu beruhigen. Sie ließ sich neben Miri ins Gras gleiten und legte die Arme eng um die Knie. An ihrer linken Wade war ein halb verheilter Kratzer zu sehen.

»Meine Mutter rief mich in ihr Arbeitszimmer, gerade als ich mich für den Gedächtnistag umziehen wollte. Sie hatte geweint. Und sie lag auf der Matte, die sie und Papa für den Sex benutzen.«

Miri nickte; ihr Hirn wob Fäden um die Frage, weshalb ein Schlafloser flachliegen sollte, wenn er weder verletzt noch beim Sex war.

»Sie hat mir gesagt«, fuhr Joan fort, »daß die Ratsversammlung beschlossen hat, das Baby abzutreiben. Ich fand das merkwürdig – wenn die ersten Tests fehlerhafte DNA zeigen, dann treiben die Eltern von sich aus ab. Was hat die Ratsversammlung damit zu tun?«

»Und ... W-W-Was h-h-hat sie ...?«

»Ich fragte Mutter, wo der DNA-Defekt liegt. Sie sagte, es würde keinen geben.«

Rundum wogte Jennifers Stimme: »... die Überzeugung, daß ihnen, *weil* sie schwach sind, automatisch die Früchte der Arbeitsleistung der Starken gebühren ...«

»Ich fragte Mutter, warum der Hohe Rat eine Abtreibung angeordnet hat, wenn das Baby normal ist. Sie sagte, es wäre keine Anordnung gewesen, sondern eine dringende Empfehlung, und sie und Papa hätten sich entschlossen, ihr nachzukommen. Sie fing wieder an zu weinen. Sie sagte, die Genanalyse hätte gezeigt, daß das Baby ein ... ein ...«

Sie konnte es nicht aussprechen. Miri legte den Arm um sie.

»... ein Schläfer ist.«

Instinktiv nahm Miri den Arm wieder weg. Im nächsten Moment bereute sie das bitter, denn Joan sprang auf die Füße und rief: »Du glaubst also auch, daß Mama abtreiben sollte!«

Sollte sie? Miri war sich nicht sicher. Fäden wirbelten in ihrem Kopf herum: genetische Regression, redundante DNA-Codes, purzelnde Kinder auf dem Spielplatz, der Kindergarten, das Labor, Produktivität… Bettler. Ein Baby, samtweich in den Armen von Joans Mutter. Sie erinnerte sich an Tony in den Armen ihrer eigenen Mutter, an Großmutter, die die kleine Miri hochgehalten hatte, damit sie die Sterne sehen konnte…

Jennifers Stimme klang lauter: »… uns in erster Linie daran erinnern, daß Ethik sich definiert in dem, was zum Dasein beigetragen, und nicht in dem, was ihm schmarotzerhaft entzogen wird…«

»Ich bin nicht mehr deine Freundin, Miranda Sharifi!« Sie rannte davon, und ihre langen Beine bewegten sich blitzartig unter den grünen Shorts, die sie am Gedächtnistag nicht hätte tragen sollen.

»W-W-Warte!« schrie Miri. »W-W-Warte! Ich g-g-glaube, daß der H-H-Hohe R-R-Rat u-u-unr-r-recht hat!« Aber Joan wartete nicht.

Und Miri würde sie nie einholen können.

Langsam und schwerfällig erhob sie sich vom Boden und ging ins Labor in Forschungskuppel vier. Tonys und ihr Terminal waren beide eingeschaltet und arbeiteten Programme ab. Miri schaltete sie aus und wischte mit einer weitausholenden Bewegung des Armes alle Computerausdrucke vom Arbeitstisch.

»V-V-Verd-dammt!« Das Wort reichte nicht, es mußte mehr solche Wörter geben, es mußte etwas geben, das… mit diesem Schmerz in direktem Zusammenhang stand! Auch die Fäden reichten nicht. Diese Unvollständigkeit ärgerte sie wieder einmal, wie schon so oft; es war wie eine fehlende Größe in einer Gleichung, von der man wußte, daß sie fehlte, auch wenn man sie nie zuvor gesehen hatte, weil sich nämlich sonst ein Loch im Zentrum der ganzen Konstruktion zeigte. Und nun war ein Loch in Miri, durch das ein Schläfer-Baby purzelte – Joans Schläfer-Bruder, der morgen um die gleiche Zeit nicht mehr existieren würde – genau wie die fehlende Größe bei der Gedankengleichung nicht existierte, nie existiert hatte und für alle Zeiten irgendwo da draußen sein würde. Und nun haßte Joan sie.

Miri verkroch sich unter Tonys Tisch und schluchzte.

Zwei Stunden später fand Jennifer sie dort, nachdem die Reden zum Gedächtnistag beendet und der riesige Geldbetrag, das Äquivalent für produktive Arbeit, an eine Regierung überwiesen war, die keinerlei Gegenleistung dafür erbrachte. Miri hörte, wie Großmutter kurz in der Tür stehenblieb und dann entschlossen den Raum durchquerte, als wüßte sie bereits, wo Miri steckte.

»Miranda. Komm hervor.«

»N-N-Nein!«

»Joan hat dir gesagt, daß ihre Mutter mit einem Schläfer-Embryo schwanger ist, der abgetrieben werden muß.«

»M-M-M-uß g-gar n-nicht! D-D-Das B-Baby k-könnte l-l-leben! Es ist d-d-doch s-s-sonst g-g-ganz n-normal! Und s-s-sie w-w-wollen es!«

»Die Eltern sind diejenigen, die die Entscheidung zu treffen haben, Miri. Niemand kann sie ihnen abnehmen.«

»W-W-Warum w-w-weinen d-d-dann J-Joan und ihre M-M-Mutter?«

»Weil das Notwendige manchmal weh tut. Und weil noch keiner von ihnen gelernt hat, das unumgänglich Notwendige zu akzeptieren, ohne es durch Kummer und Bedauern noch schlimmer zu machen. Das ist eine lebenswichtige Lektion, Miri. Bedauern ist nichts Produktives. Ebensowenig wie Schuldgefühle und Trauer, obwohl ich wegen aller fünf Schläfer-Embryos, die wir bisher in *Sanctuary* hatten, beides verspürt habe.«

»*F-F-Fünf?*«

»Bislang. Fünf in einunddreißig Jahren. Und alle Eltern haben die gleiche Entscheidung getroffen wie Joans Eltern, weil alle die unumgängliche Notwendigkeit eingesehen haben. Ein Schläferkind ist ein Bettler, und die produktiven Starken akzeptieren die parasitären Forderungen von Bettlern nicht. Wohltätigkeit ja – das ist eine individuelle Angelegenheit. Doch eine Forderung, so als hätte das Schwache einen moralischen Anspruch gegenüber dem Starken, als wäre es diesem in irgendeiner Weise überlegen – nein. Das akzeptieren wir nicht.«

»Ab-b-ber d-d-das Sch-Schläferb-baby w-w-würde d-d-doch p-p-prod-duktiv s-sein! Es ist ja s-s-sonst n-n-normal!«

In einer eleganten Bewegung ließ Jennifer sich auf Tonys Stuhl nieder. Der Saum ihrer schwarzen Abajeh legte sich sanft neben Miris zusammengekauerter Gestalt auf den Boden. »Für einen Teil seines Lebens ja. Aber Produktivität ist etwas Relatives. Ein Schläfer mag wohl fünfzig produktive Jahre haben, angefangen von, sagen wir, seinem zwanzigsten Lebensjahr. Doch im Unterschied zu uns ist mit sechzig, siebzig sein Körper geschwächt, krankheitsanfällig, erschöpft. Und doch könnte er noch bis zu dreißig Jahre weiterleben – eine Bürde für die Gesellschaft und eine Schande für sich selbst, denn es ist eine Schande, nicht zu arbeiten, wenn andere es tun. Selbst wenn ein Schläfer sehr fleißig wäre in seiner aktiven Phase, ausreichend Geld für seine alten Tage ansammelt und sich Roboter anschafft, die für ihn sorgen, würde er am Ende isoliert sein, unfähig, an *Sanctuarys* Alltag teilzunehmen, und degenerieren. Dahinsiechen. Würden Eltern, die ihr Kind lieben, es einem solchen unausweichlichen Schicksal aussetzen wollen? Könnte eine Gemeinschaft viele solche Menschen erhalten, ohne eine geistige und seelische Bürde auf sich zu nehmen? Einige gewiß – aber wie steht es mit den Prinzipien, um die es dabei auch geht?

Ein Schläfer, der unter uns aufwächst, wäre nicht nur ein Außenseiter – bewußtlos und hirntot acht Stunden jeden Tages, während die Gemeinschaft ohne ihn weitermacht –, er hätte auch mit der enorm belastenden Gewißheit zu leben, daß er eines Tages einen Schlaganfall oder eine Herzattacke erleiden, daß er sich Krebs oder eine der Myriaden anderen Krankheiten zuziehen würde, für die Bettler so anfällig sind. Er würde *wissen,* daß er eines Tages eine Bürde für die anderen darstellen muß. Wie sollte ein Mensch mit Prinzipien damit leben können? Weißt du, was er tun müßte?«

Miri sah es voraus, aber sie wollte es nicht sagen.

»Er würde Selbstmord begehen müssen. Einem Kind, das man liebt, würde man damit etwas Furchtbares aufzwingen.«

Miri kroch unter dem Tisch hervor. »A-A-Aber, G-G-Großm-m-mama, eines T-T-Tages m-m-müssen w-w-wir alle st-t-terben!«

»Selbstverständlich«, sagte Jennifer gelassen. »Doch wenn ich sterbe, wird es nach einem langen und produktiven Leben als vollwertiges Mitglied meiner Gemeinschaft sein – von *Sanctuary,* unserem Herzblut. Und ich würde das gleiche für meine Kinder und Kindeskinder wollen. Kein Jota weniger als das. Und genauso denkt Joans Mutter.«

Miri überlegte. Komplizierte Gedankennetze knüpften sich in ihrem Kopf. Und schließlich nickte sie gequält.

Jennifer sagte, als hätte sie nicht schon gewonnen: »Ich glaube, Miri, du bist jetzt alt genug, um die Sendungen von der Erde zu sehen. Wir legten die Altersgrenze von vierzehn Jahren fest, weil wir fanden, es wäre besser für dich und die anderen Kinder, wenn man Grundsätzen Zeit gibt, sich in euch zu festigen, ehe ihr seht, wie sie auf der Erde über Bord geworfen werden. Vielleicht war das ein Fehler, besonders bei euch SuperS. Wir tappen immer noch ein wenig im dunkeln, was euch betrifft, mein Herz. Aber möglicherweise ist es das beste, wenn ihr mit eigenen Augen das vergeudete, sinnlose parasitäre Leben seht, das die Bettler – sie nennen sich jetzt ›Nutzer‹ – tatsächlich am liebsten führen.«

Miri spürte ein merkwürdiges Widerstreben, die irdischen Sendungen zu sehen – ein Widerstreben, das sie nie zuvor bemerkt hatte. Doch wiederum nickte sie. Großmutter duftete nach parfümierter Seife, leicht und sauber; ihr langes Haar, zu einem Knoten gewunden, glänzte wie schwarzes Glas. Scheu legte Miri eine Hand auf Jennifers Knie.

»Und noch etwas, mein Herz«, sagte Jennifer. »Zwölf ist zu alt, um zu weinen, Miri, ganz besonders wegen einer unumgänglichen Notwendigkeit. Schon unser Fortbestehen allein verlangt uns zuviel ab, als daß uns dafür Tränen blieben. Daran mußt du immer denken.«

»J-J-Ja, G-Großm-m-mama.«

Am nächsten Tag sah sie Joan vom Kuppelbau ihrer Eltern zum Park gehen. Miri rief ihren Namen, aber Joan ging weiter und drehte sich nicht um. Nach einer Sekunde hob Miri das Kinn und stapfte in die andere Richtung.

20

Die fünf jungen Männer schlichen an einer einsamen, morschen Bank vorbei auf den Kettenzaun zu. Sie hielten sich dabei im schützenden Schatten ungestutzter Sträucher und Bäume. Die Bank stand dort, wo sich einst ein Park befunden haben mochte. Der Mond leuchtete hoch am östlichen Himmel und tauchte den Zaun in Silber. Die Ketten des Zaunes lagen weit auseinander und hingen in ungleichmäßigen, substanzlos wirkenden Bögen herab. Der Zaun stellte offensichtlich nur eine Markierung dar; die echte Sicherung kam zweifellos von einem Y-Feld. Falls das stimmte, so war jedenfalls der schwache Schimmer des Feldes in der Dunkelheit nicht zu sehen, und es gab keine Möglichkeit, seine Höhe abzuschätzen.

»Hoch werfen!« flüsterte Drew aus seinem Rollstuhl dem Jungen zu, der ihm am nächsten war. Alle fünf trugen dunkle Plasti-Overalls und schwarze Stiefel. Drew erinnerte sich nur bei dreien von ihnen an die Namen. Er hatte sie am Nachmittag in einer Bar kennengelernt, kurz nachdem er selbst in die Stadt gekommen war. Er schätzte sie auf jünger als seine eigenen neunzehn Jahre, aber das war nicht wichtig. Sie hatten Bezugsscheine für Alkohol und Brainies, warum sollte es also wichtig sein? Warum sollte irgend etwas wichtig sein?

»Jetzt!« schrie einer von ihnen.

Sie stürzten vorwärts. Drews Rollstuhl verfing sich in einem zähen Klumpen Unkraut, und der Schwung wollte seinen Körper mit sich forttragen, aber die Gurte hielten ihn fest, und der Rollstuhl richtete sich wieder auf und fuhr weiter. Doch die anderen erreichten den Y-Schild zuerst und schleuderten ihre selbst gebastelten Bomben hoch, die sie mit dem gestohlenen Benzin aus einer verlassenen Farm alten Stils angefertigt hatten. Niemand außer Drew hatte gewußt, worum es sich bei dem Zeug handelte, und ebensowenig kannte einer von ihnen den Ausdruck ›Molotow-Cocktail‹. Drew war der einzige, der lesen konnte.

»Scheiße!« schrie der jüngste von ihnen.

Seine Bombe hatte offenbar den obersten Teil des Energiezaunes getroffen, war explodiert, und nun regnete es Feuer und Plastiksplitter auf das trockene Gras, das sofort in Brand geriet. Bei den zwei nächsten Bomben geschah genau das gleiche. Der vierte Junge ließ die seine fallen und rannte brüllend davon; sein Hemd war von einem brennenden Fragment getroffen worden und fing Feuer.

Drew raste mit dem Rollstuhl bis auf zwei Meter an den Zaun heran, streckte den Arm weit zurück und warf die Flasche hoch. Seine muskulösen Arme, das Produkt unablässigen Trainings, schleuderten die Flasche mühelos über den Y-Zaun. Das Gras auf beiden Seiten des Schildes fing an zu brennen.

»Karl hat's erwischt!« schrie jemand.

Die drei anderen Jungen hetzten zurück zu ihren Motorrollern. Einer von ihnen packte Karl und rollte ihn über das Gras. Drew saß reglos in seinem Rollstuhl, sah ins Feuer und horchte auf die Sirene, die noch lauter kreischte als der brennende Junge im Gras.

»Da will dich wer rausholen, Lahmarsch«, sagte der Stellvertreter des Sheriffs. Er löste die Y-Schranke und riß geräuschvoll die Zellentür auf.

Drew setzte eine unverschämte Miene auf und hob den Kopf von der Schaumsteinpritsche; doch der Ausdruck in seinem Gesicht verschwand rasch, als sein Retter eintrat. »Du? Wie das?«

»Du hast wohl wieder einmal Leisha erwartet«,

sagte Eric Bevington-Watrous. »Pech gehabt, diesmal bin's nur ich.«

»Hat sie's satt, Kaution für mich hinzulegen?«

»Wenn nicht, dann wär's höchste Zeit.«

Drew musterte ihn aufmerksam in dem Bemühen, Erics kühler Verachtung gerecht zu werden. Es war, als hätte der wütende Junge, der mit ihm unter der Pappel gerauft hatte, nie existiert. Eric trug schwarze Baumwollhosen über einem gerafften Bodystretch und eine schwarze, diagonal geschnittene Jacke – alles sehr konservativ, aber schick. Seine Schuhe waren aus argentinischem Leder, die Haare ordentlich geschnitten, und seine Haut hatte einen frischen Schimmer. Er sah aus wie ein gepflegter, souveräner Macher, der es gewohnt war, das Sagen zu haben, während Drew wußte, daß er selbst aussah wie ein Nutzer, der längst zu weit abgerutscht war, um noch irgend etwas zu nutzen. Was stimmte. Wenn er die Dinge von außen betrachtete – und das stellte die einzige Art dar, wie Drew momentan die Dinge sehen wollte –, dann sah er Eric und sich selbst als eine glatte, kühle Eiform, die sich schwerelos neben einer zerklüfteten, mißgestalteten Pyramide mit abgeschlagenen, scharfkantigen und ausgezackten Ecken bewegte.

Aber wer war denn schuld an der Mißgestaltung? Wer hatte ihn denn zu einem Krüppel gemacht? Wessen beschissene Wohltätigkeit hatte ihm denn vor Augen geführt, wie wertlos er war im Vergleich zu all den großkotzigen Machern auf der Welt?

»Und was ist, wenn ich gar nicht raus will?«

»Dann verfaul hier«, sagte Eric. »*Mir* ist das egal.«

»Wieso auch nicht? Dir mit deinem Macher-Anzug und deiner Schlaflosen-Überheblichkeit und dem Geld deiner Tante!«

Eric stand über solchen Nadelspitzen. »Es ist jetzt mein Geld. Ich verdiene es mir. Im Gegensatz zu dir, Arlen.«

»Manche von uns haben es ein bißchen schwerer.«

»Ach, und deshalb solltest du uns ja besonders leid tun, nicht wahr? Der arme Drew. Der arme, stinkende kleine Gauner. Du bist ein kleiner falscher Hund, der kriecherisch die Hand leckt, die ihn füttert, um dann nach ihr zu schnappen.« Eric sagte das in einem so beiläufigen Tonfall, daß Drew blinzelte. Eric war nur zwei Jahre älter als Drew, und nicht einmal Leisha schaffte so viel distanzierte Gleichgültigkeit.

Wenn sie es täte, wäre dann einer von ihnen jetzt hier in dieser Zelle?

Der Gedanke war ein stachliger Wurm, der sich in sein Hirn bohrte und eine Schleimspur hinterließ, die selbst in der Dunkelheit glitzerte.

»Aufseher!« sagte Eric. »Wir gehen jetzt.«

Keine Antwort. Kein Wort von Strafanzeigen, Anwälten, Kautionen – kurz, des ganzen Rechtssystems, das angeblich Gerechtigkeit für verdammt noch mal *alle* bringen sollte!

Drew zog sich auf den Ellbogen über den Boden und hievte sich in seinen Rollstuhl, der direkt auf der anderen Seite der Gitterstäbe abgestellt war. Er folgte Eric – warum nicht? Was machte es für einen Unterschied, ob er im Bau war oder draußen, ob er in diesem Drecksnest verrottete oder in einem anderen? Durch seine Gleichgültigkeit deckte er auf, wie idiotisch beide Möglichkeiten waren.

»Wenn du wirklich so denkst, warum bleibst du dann nicht hier?« fragte Eric über die Schulter, ohne im Schritt innezuhalten, und Drew mußte sich wieder einmal gefallen lassen, daß man ihm die Nase darin rieb – daß sie ganz einfach heller im Kopf waren. Sie wußten alles. Verdammte Schlaflose!

Ein Straßenwagen wartete draußen. Drew wollte den Rollstuhl in die Gegenrichtung lenken, aber noch ehe er ihn in Bewegung setzen konnte, hatte Eric schon eine Y-Schranke über das Instrumentenbrett auf der Armstütze des Rollstuhles geklappt.

»He!«

»Halt den Mund«, sagte Eric. Drew holte zu einen rechten Haken aus, aber Eric war schneller und hatte außerdem den Vorteil der Beweglichkeit. Seine Faust traf Drew unter dem Kinn, nicht hart genug, um ihm den Kiefer zu brechen, aber ausreichend, um einen stechenden Schmerz durch sein ganzes Gesicht bis in die Schläfen zu schicken. Als der Schmerz etwas nachließ, war Drew in Handschellen.

Er begann zu fluchen und rief sich jede Schweinerei ins Gedächtnis, die er in achtzehn Monaten auf der Straße gelernt hatte. Eric beachtete es nicht. Er hob Drew aus dem Rollstuhl und schmiß ihn auf den Rücksitz des Wagens, wo ihn ein Leibwächter im Empfang nahm, der ihn gerade aufrichtete, ihm tief in die Augen sah und sagte: »Vergiß es.«

Eric glitt hinter das Lenkrad. Das war etwas Neues bei den Machern: selbst zu fahren. Drew ignorierte den Leibwächter und hob die aneinandergefesselten Hände über den Kopf, um sie mit aller Kraft auf Erics Nacken sausen zu lassen. Der Leibwächter fing Drews Arme mitten im Schwung ab und fügte seiner Schulter etwas so undefinierbar Qualvolles zu, daß Drew blind vor Schmerz in sich zusammenfiel und zu schluchzen begann. Eric drehte sich nicht einmal um.

Sie fuhren ihn zu einem Nutzer-Motel von der Sorte, in der man sich für Brainie- oder Sexparties einmietete, wobei die Kosten von der Wohlfahrt getragen wurden. Eric und der Leibwächter zogen ihm die Kleider vom Leib und ließen ihn in die billige Viermann-Badewanne fallen. Drew ging augenblicklich unter und schluckte Wasser, bis er sich selbst nach oben kämpfen konnte. Keiner der beiden dachte daran, ihm zu helfen. Eric goß eine halbe Flasche GenMod-Waschmittel ins Wasser; der Leibwächter zog sich aus, stieg zu Drew in die Wanne und begann, ihn abzuschrubben.

Später, auf dem Bett, wurde er mit Gurten festgeschnallt.

Unbeweglich und hilflos ohne seinen Rollstuhl lag Drew seine Tränen verwünschend da, während Eric auf ihn hinabsah und der Leibwächter einen Spaziergang machte.

»Ich weiß nicht, warum sie sich so bemüht um dich, Arlen. Ich weiß nur, warum *ich* hier bin. Erstens, weil andernfalls sie hätte kommen müssen. Zweitens, weil du andernfalls auf deinen zwei Beinen stündest und ich dich prügeln könnte, wie du es verdienen würdest. Alle Möglichkeiten standen dir offen, man hat dir jede Rücksichtnahme entgegengebracht, und du hast alles verspielt. Du bist dumm und undiszipliniert, und mit neunzehn Jahren verfügst du nicht über jenes Minimum an Gewissen, um dich nach deinem Freund zu erkundigen, der durch deinen sinnlosen Zerstörungstrieb fast verbrannte. Als menschliches Wesen bist du eine einzige Katastrophe, sogar als menschliches Wesen, das ein Nutzer ist. Aber ich gebe dir noch eine Chance. Ich möchte betonen: Nichts, was mit dir geschehen wird, ist Leishas Idee. Sie weiß nicht einmal davon. Es ist mein Geschenk an dich.«

Drew spuckte in seine Richtung, aber nicht weit genug, und die Spucke landete auf dem Schaumsteinboden. Eric verzog nicht einmal das Gesicht, ehe er sich abwandte.

Sie ließen ihn die ganze Nacht so festgebunden in seinem Bett liegen.

Am nächsten Morgen fütterte der Leibwächter Drew wie ein Baby. Drew spuckte ihm das Essen ins Gesicht, und der Leibwächter verpaßte ihm eine aufs Kinn – rechts von der Stelle, die Eric getroffen hatte – ehe er den Rest des Frühstücks in den Müllschlucker kippte. Er warf Drew eine saubere Jacke von der billigsten

Sorte, die man auf Wohlfahrt beziehen konnte, aufs Bett und dazu eine Zugbandhose und ein loses Hemd, alles in ungefärbtem, biologisch abbaubarem Schmutziggrau. Drew beeilte sich nur deshalb, die Hose überzustreifen, weil er annahm, daß ihn die beiden sonst nackt in den Wagen schmeißen würden. Das Hemd schaffte er mit den Handschellen nicht. Er preßte es an die Brust, als ihn der Leibwächter hinaustrug.

Sie fuhren vier oder fünf Stunden mit nur einer Unterbrechung, vor der Drew vom Leibwächter eine Augenbinde angelegt wurde. Er spitzte die Ohren, als Eric ausstieg, aber alles, was er hörte, war leises Gemurmel, möglicherweise auf Spanisch. Der Wagen setzte sich wieder in Bewegung, und nach einer Weile nahm der Leibwächter Drew die Augenbinde wieder ab; die flache Wüstenlandschaft war die gleiche wie vorher. Drews Blase fing bereits an zu schmerzen, und schließlich blieb ihm nichts anderes übrig, als sich im Wagen Erleichterung zu verschaffen. Keiner der beiden anderen äußerte sich dazu. Die Kunststoffhosen hielten die Pisse ohnedies an seine Haut gepreßt.

Beim nächstenmal hielten sie vor einem sehr großen, niedrigen fensterlosen Gebäude, das aussah wie ein Flugzeughangar. Drew hatte keine Ahnung, an welchem Ort sie sich befanden, in welchem Staat. Eric hatte den ganzen Vormittag kein Wort gesprochen.

»Hier gehe ich nicht rein!« stellte Drew fest.

»Zieh ihm erst mal diese nassen Hosen aus, Pat«, sagte Eric angeekelt.

Der Leibwächter packte die Hosenbeine am Saum und riß daran. Drew wollte sich wehren, aber er stellte sein fruchtloses Strampeln unwillkürlich ein, als ein Erdkuckuck ohne Eile sein Gesichtsfeld durchkreuzte. Aus seinem Schnabel hing eine halbgefressene Schlange; sie hatte grüne Haut, auf der in orangen Buchstaben ›*puta*‹ geschrieben stand.

Sie befanden sich an einem Ort, wo illegale gentechnische Spielereien unter den Augen der Bullen möglich waren!

Das Innere des Gebäudes war ein Gewirr von endlosen grauen Korridoren, alle von Y-Feldern blockiert. Bei jeder Kontrollstelle trat Eric zum Netzhaut-Scanner, und die Y-Schranke hob sich, ohne daß Eric ein Wort gesagt hätte. Was auch immer das alles zu bedeuten hatte, es war bis ins kleinste vorbereitet.

Die Angst in Drews Innerm war eine graue, zäh fließende, formlose Brühe, und diese Formlosigkeit war es, die sie so furchtbar machte.

Schließlich ein kleiner Raum mit einer sauberen weißen Liege. Pat ließ ihn auf die Liege fallen; Drew rollte auf der anderen Seite wieder hinunter und klatschte mit ungebremster Wucht auf dem Boden auf. Trotzdem versuchte er sich, nackt, wie er war, zur Tür zu schleppen, aber Pat klaubte ihn mühelos auf – gentechnisch verstärkte Muskelkraft –, schwang ihn auf die Liege und schnallte ihn fest. Jemand, den Drew nicht sehen konnte, berührte seine Stirn mit einer Elektrode.

Drew schrie auf. Der Raum wurde orange und dann rot mit hellen, heißen Flecken – jeder davon ein Stück verbranntes Fleisch. Doch das war alles bloß in seinem Kopf, denn noch hatte ihn nichts anderes berührt als kaltes Metall. Aber das würde sich bald ändern, sie würden seinen Geist ausglühen …

»Drew«, sagte Eric leise und sehr nahe an Drews Ohr, »hör mir zu. Das ist keine elektronische Lobotomie. Das ist ein neues GenMod-Verfahren. Sie werden dein Gehirn mit einem gentechnisch veränderten Virus infizieren, das es dir nicht mehr möglich machen wird, den Fluß von Bildern vom limbischen System – das ist der ältere, primitivere Teil des Gehirns – zur Großhirnrinde zu blockieren. Mittels Biofeedback werden deine Gehirnwellen solange angeglichen, bis die

Großhirnrinde lernt, über welche Bahnen die Bilder in Theta-Aktivität umzusetzen sind. Verstehst du das?«

Drew verstand überhaupt nichts. Die Angst schluckte den Rest seines Verstandes, die graue, brodelnde Brühe war jetzt mit heißen roten Brandwunden übersät, und als jemand brüllte, schwappte eine Woge der Scham über ihn, weil er merkte, daß er selbst es gewesen war. Dann wurde ein Apparat angestellt, und der Raum verschwand.

Sechs Tage verbrachte er auf der Liege. Eine Infusion tröpfelte Nährlösung in seine Armvene, ein Katheter leitete den Harn ab. Drew war sich weder des einen noch des anderen bewußt, denn sechs Tage lang wurden feine elektrochemische Bahnen in seinem Gehirn verstärkt, verbreitert wie eine Straße von einem Bautrupp, der entschlossen zupackt, ohne zu wissen, was später über die Straße ziehen wird. Ungehindert von chemischen Hemmstoffen flossen die Bilder aus Drews Unterbewußtsein, aus seiner stammesgeschichtlichen Erinnerung, von den älteren reptilischen Teilen des Gehirns zur neueren, umfeldangepaßten Großhirnrinde, dem Cortex, dem sie üblicherweise ungefiltert über Träume und Symbole zugingen, und der ohne das starke Gerüst der GenMod-Medikamente, das ihn jetzt stützte, in hysterischer Verwirrung zusammengebrochen wäre.

Er hockte zusammengekrümmt auf einem Felsen in der Sonne und er hatte Klauen, Reißzähne, Federn, Schuppen und Fell. Seine Kiefer senkten sich in das hilflos jaulende Ding und rissen daran, und das Blut spritzte ihm ins Gesicht, über die Schnauze, über den Schädel. Der Blutgeruch erregte ihn, und das wortlose Rauschen in seinen Ohren dröhnte: »Mein! Mein! Mein! Mein! ...«

Er stellte sich auf die Hinterbeine, die so stark waren wie Baumstämme, und schlug dem anderen noch einmal mit dem Stein auf den Kopf. Sein Vater, der sich im Erbrochenen seines letzten Rausches wälzte, streckte ihm die gefalte-

ten Hände entgegen und flehte um Gnade. Der Stein landete mit voller Wucht, und aus dem Augenwinkel sah Drew seine Mutter in einem Winkel der Höhle kauern; ihr Fell glitzerte von all den Brainies, und sie wartete auf den Penis, der prall war von tödlicher Verderbnis …

Sie jagten ihn, alle – Leisha und sein Vater und die heulenden Dinger, die ihm an die Kehle wollten, und er rannte und rannte und rannte durch eine Landschaft, die sich ohne Unterlaß veränderte: die Bäume wollten nicht stillstehen, die Büsche rissen ihre Rachen auf und schnappten nach ihm, die Flüsse versuchten, ihn hinabzusaugen in nachtschwarze Finsternis … Doch dann wurde aus der Landschaft das Anwesen in der Wüste, und Leisha war auch dort und nannte ihn schreiend einen Versager, der es verdiente zu sterben, weil er nie etwas richtig machen konnte, ja nicht einmal wachbleiben konnte wie wahre Menschen! Da packte er Leisha und warf sie zu Boden, und diese Handlung brachte soviel erstaunliche Freiheit mit sich, soviel überschwengliche Manneskraft, daß er laut auflachte, und dann waren Leisha und er nackt, und sie war festgebunden, und er sah sich in ihrem Arbeitszimmer um und rief verzückt: »Alles das ist mein, mein, mein …!«

»Er hat keine Schmerzen«, sagte der Arzt. »Das Zucken ist nicht mehr als ein gesteigerter Muskelreflex, eine Reaktion auf die medikamentöse Bombardierung des Cortex. Vergleichbar dem Zustand des Träumens.«

»Träumen«, wiederholte Eric und starrte auf Drews sich krümmenden Körper. »*Träumen* …«

Der Doktor hob die Schultern – keine Geste der Gleichgültigkeit, sondern der ungeheuren nervlichen Anspannung. Dies war erst das fünfte Mal, daß dieses noch im experimentellen Stadium steckende psychiatrische Verfahren angewandt wurde, und die anderen vier Leute hatten keine so mächtigen Verwandten – oder wie immer Bevington-Watrous zu diesem Mister Smithson stand – gehabt; doch das war dem Doktor auch völlig egal. Sie befanden sich außerhalb der Grenzen der Vereinigten Staaten, und in Mexiko funktionierten die GenMod-Vorschriften über kostspielige Genehmigungen. Der Doktor besaß eine Genehmigung. Natürlich nicht für das, was er soeben tat – aber wer hatte denn schon so eine Genehmigung? Er hob wieder die Schultern.

»Das geht jetzt schon seit drei Tagen«, sagte Eric. »Wann hört denn diese Phase auf?«

»Wir beginnen heute nachmittag mit der künstlichen Verstärkung. Wir ... ja, Schwester, was gibt's?«

»ComLink für Mister Bevington-Watrous.« Die junge mexikanische Krankenschwester klang ängstlich. »Es ist Miss Leisha Camden.«

Eric wandte sich langsam um. »Wie hat sie uns gefunden?«

»Ich weiß es nicht, Sir. Wollen Sie ... wollen Sie zum Terminal kommen?«

»Nein«, sagte Eric.

Neunzig Sekunden später war die Schwester wieder da. »Sir, Miss Camden sagt, wenn Sie nicht mit ihr sprechen, wird sie in zwei Stunden hier sein.«

»Ich werde nicht mit ihr reden«, erklärte Eric halsstarrig, aber die Pupillen seiner Augen weiteten sich, und das ließ ihn plötzlich viel jünger aussehen. »Herr Doktor, was geschieht, wenn die Behandlung jetzt unterbrochen wird?«

»Sie kann nicht mehr unterbrochen werden. Wir wissen nicht genau, wie der ... Aber es würde gewiß zu schwerwiegenden geistigen Konsequenzen kommen. Ganz gewiß.«

Eric fuhr fort, Drew anzustarren.

Die Bilder wurden zu Formen. Indem sie das taten, verloren sie nicht an Identität, sondern verstärkten sie: Die Formen waren Bilder plus mehr. Die Formen waren die Quintessenz der Bilder, und es waren Drews Bilder und zugleich auch nicht die seinen: sowohl seine persönlichen Engel, Dä-

monen, Ängste, Sehnsüchte, Triebe, wie auch die eines jeden anderen. Niemand sah sie außer ihm, niemand hatte sie je gesehen, aber sie waren seine persönliche Auslegung der Allgemeinbegriffe, das wußte er. Selbst durch die ungewohnten Medikamente, die Elektroden und das Stadium halber Trance hindurch nahm er das mit einem Teil seines Bewußtseins wahr. Dieser Teil erkannte die Bilder, und Drew wußte, er würde sie nie wieder vergessen; er wußte auch, daß es nicht damit getan war, sie zu entwerfen.

»Wir gehen jetzt zu Theta-Aktivität über«, sagte der Doktor. »Wir zwingen seinen Cortex elektronisch zu Gehirnwellen, die für langsamwelligen Schlaf charakteristisch sind.«

Eric sagte nichts. Eine Uhr an der Wand signalisierte die Zeit, und er schien unfähig, die Augen davon abzuwenden.

»Mister Bevington-Watrous, Sie haben selbstverständlich mit Ihrer Unterschrift auf die Abgeltung aller eventuellen Schäden verzichtet, die sich aus der Behandlung von Mister Smithson ergeben könnten, und Sie haben uns darüber hinaus versichert, daß Ihre Position es für den Fall, daß die Sache sich zu einem Auslieferungsbegehren weiten könnte, erlauben würde ...«

»Nicht alle Schlaflosen sind gleich einflußreich, Doktor. Mein Einflußbereich schließt zum Beispiel die Auslieferungsbehörden mit ein, aber ich bin nicht so einflußreich wie Miss Camden, meine Tante. Dieses Faktum können Sie ebensogut gleich akzeptieren. Denn sie wird alles daransetzen, daß wir beide es akzeptieren.«

Drew schlief. Und doch war es kein Schlaf. Die Bilder zogen vom limbischen System über die verbreiterten Straßen zu seinem erreichbaren Verstand, und er sah sie und erkannte sie. Doch nun bewegte er sich mitten unter ihnen. Drew, ein Schlafwandler mit dem Vorzug der doppelten Natur des Schlafwandlers: schlafend und doch in Kontrolle seiner Muskulatur. Er bewegte sich unter den Formen und veränderte sie, machte sie neu und formte sie durch lichte Träume.

»Das EEG zeigt Deltaaktivität, weil er jetzt zutiefst im langsamwelligen Schlaf steckt«, erklärte der Doktor. Es kam nicht klar heraus, ob er zu Eric oder zu sich selbst sprach. »Die meisten Träume finden während des REM-Schlafes statt, aber einige Phasen existieren auch im langsamwelligen, und das ist sehr wichtig. Dieses ganze Verfahren basiert auf dem Umstand, daß verminderter langsamwelliger Schlaf für gewöhnlich mit Schizophrenie in Zusammenhang gebracht wird, mit einem gewalttätigen Hintergrund oder mit einer ganz allgemein schlechten Schlafregulierung. Indem wir künstliche Bahnen zwischen unbewußten Impulsen und dem Stadium des langsamwelligen Schlafes herstellen, zwingen wir das Gehirn, jenen Impulsen, die gestörtes Verhalten verursachen, entgegenzutreten und sie zu unterdrücken. Die Theorie besagt, daß es dadurch zu einem Zustand erhöhter seelischer Ausgeglichenheit kommt, einer Ausgeglichenheit ohne die bekannten dämpfenden Nebenwirkungen üblicher Antidepressiva – genaugenommen eine *wahre* Ausgeglichenheit, basierend auf den neuen Verbindungen des Gehirns zwischen seinen miteinander in Widerstreit liegenden … Niemand kann das Y-Sicherheitsfeld dieses Gebäudes überwinden, Mister Bevington-Watrous!«

»Wer hat die Sicherheitseinrichtungen entworfen?«

»Kevin Baker. Über eine unserer verdeckten Tochtergesellschaften, natürlich.«

Eric lächelte.

Drew atmete gleichmäßig und tief; seine Augen waren geschlossen, sein kräftiger Oberkörper und die unbrauchbaren Beine lagen still.

Er war Herr des Kosmos. Alles darin bewegte sich durch seinen Geist, er formte es durch seine lichten Träume, und alles gehörte ihm. Er, der nichts besessen hatte, nichts gewesen war, war Herr über alles.

Durch seine Träume hindurch vernahm Drew den ersten schrillen Warnton.

Vier Tage hatte es gedauert, bis Leisha sie gefunden hatte. Und das war ihr nur deshalb gelungen, weil sie sich schließlich doch entschlossen hatte, Kevin anzurufen. Und ihn um Hilfe zu bitten.

Als sie Drew anstarrte, der hilflos an den zahlreichen Geräten hing, und dann Eric, der mit verschränkten Armen dastand wie ein trotziger Schuljunge, dachte Leisha: *Jetzt gibt es kein Zurück mehr für uns.* Der Gedanke kam klar, kalt und wohlerwogen, und es kümmerte sie nicht, daß er theatralisch und nebelhaft wirkte. Alices Enkel stand über dem Schläfer, den er benutzt hatte wie eine Laborratte oder ein defektes Chromosom – genau so, als wäre Eric einer der Hasser, die ein dreiviertel Jahrhundert lang die Schlaflosen als Experimente oder Abnormitäten betrachtet hatten. Als wäre Eric Calvin Hawke oder Dave Hannaway oder Adam Walcott. Oder Jennifer Sharifi.

Alices Enkel. Ein Schlafloser.

Drew war nackt. Der Schlaf hatte den bitteren Zug um seinen Mund geglättet, und er sah jünger aus als neunzehn – fast so wie das Kind, das erfüllt von großspuriger Zuversicht zu ihr in die Wüste gekommen war. »*Ich werd'* Sanctuary *besitzen!*« Die nutzlosen Beine schienen nicht zu dem muskulösen Erwachsenentorso zu gehören. Ein vernarbter Messerstich war auf seiner Brust zu sehen, eine frische Brandwunde an seiner rechten Schulter, aufgeschlagene Stellen an seinem Kinn. Leisha wußte, daß sie und die Ihren für all das die Verantwortung trugen. Es wäre besser gewesen, dachte sie, Drew vor neun Jahren abzuweisen, nicht an ihn zu rühren und nicht etwas aus ihm machen zu wollen, was er nie sein konnte. »*Papa, wenn ich groß bin, werde ich so besonders sein, daß ich einen Weg finden werde, auch Alice zu etwas Besonderem zu machen!*«

Und du hast nie aufgehört, es zu versuchen, nicht wahr, Leisha? All diese Alices, all die Habenichtse, all die Bettler, sie wären besser dran gewesen, hättest du sie mit deiner überheblichen Besonderheit verschont!

Tony, du hattest recht. Sie sind zu verschieden von uns.

Tony …

Mit eisiger Stimme wandte sie sich an Eric: »Und jetzt sag mir ganz genau, was du mit ihm gemacht hast. Und warum.«

Der kleine Doktor mischte sich eilfertig ein: »Miss Camden, dies ist ein Experim …«

»Du«, befahl sie Eric, »du sagst es mir.« Leibwächter traten zwischen Leisha und den Arzt und verstellten ihm die Sicht. Der Raum platzte fast vor Leibwächtern.

»Ich war es ihm schuldig«, antwortete Eric kurz angebunden.

»*Das hier?*«

»Eine letzte Chance, zu einem Menschen zu werden.«

»Er war ein Mensch! Wie kannst du mit Experimenten einverstanden …«

»*Wir* sind das Ergebnis von Experimenten, und es hat doch geklappt mit uns«, erklärte Eric mit einem Vertrauen auf die Logik der Vereinfachung, das Leisha den Atem raubte. War sie selbst je so jung gewesen?

»Du erwartest immer das Schlechteste, Leisha«, fuhr Eric fort. »Ich bin ein Risiko eingegangen, das stimmt, aber vier andere Versuchspatienten haben einen Nutzen gezogen aus …«

»Ein Risiko! Bei einem Leben, das nicht dein eigenes ist! Das hier ist nicht einmal eine behördlich anerkannte medizinische Einrichtung!«

»*Entschuldigen* Sie«, empörte sich der Doktor, »ich habe eine Genehmigung, die …«

»Wie viele gibt es denn schon, die eine behördliche Genehmigung haben und noch Experimente wagen?« fragte Eric. »Die Macher erlauben es nicht, sie unterbinden alle GenMod-Forschungen, damit daraus nicht eine noch effektivere Waffe erwächst, die ihren Status quo hinwegfegen könnte ... Leisha, den anderen vier Patienten, die sich diesem Eingriff unterzogen haben, geht es gut! Sie sind ruhiger, sie scheinen ihre Emotionen besser unter Kontrolle zu haben, was ...«

»Eric, *diese Entscheidung lag nicht bei dir!* Hörst du mich? Drew hat sich das nicht ausgesucht!«

Einen Moment lang sah Eric wieder aus wie das mürrische, jähzornige Kind, das er einmal gewesen war. »Ich habe mir auch nicht ausgesucht, so zu sein, wie ich bin. Papa hat das für mich entschieden, als er eine Schlaflose zur Frau nahm. Wer kann sich schon irgend etwas aussuchen im Leben?«

Leisha starrte ihn wortlos an. Er sah den Unterschied nicht, er sah ihn wirklich nicht. Alices Enkel, sein ganzes Leben lang einerseits privilegiert, andererseits ausgestoßen von der Gesellschaft, der meinte, daß diese Kriterien automatisch Weisheit mit sich brachten.

Aber hatten sie das nicht alle gedacht? Von Tony angefangen?

Drews Lippen bewegten sich weich im tiefen Schlaf und saugten an einer nicht vorhandenen Brust.

Langsam wurde es heller im Raum. Erst graue Schatten, dann perlmuttweißer Nebel, durch den undeutliche Gestalten wanderten, und dann Licht, klar und hell. Drew versuchte, den Kopf zu drehen. Er spürte, wie ihm Speichel aus dem Mund rann.

Etwas bewegte sich in seinem Kopf – viele Etwas, alle von allerhöchster Wichtigkeit. Drew untersuchte sie nicht näher; er konnte sich das leisten, denn er wußte mit absoluter Sicherheit, daß dieses neue Ding in seinem Kopf nicht verschwinden würde, ehe er es nicht einer näheren Prüfung unterzogen hatte. Es würde überhaupt nicht mehr verschwinden. Er hatte es; *es war er.* Was er nicht hatte, war irgendeine Erinnerung an diesen Raum. An das, was sich darin zugetragen hatte. An diejenigen, die hier waren. Und warum.

Jemand in Weiß sagte: »Er ist wach.«

Gesichter öffneten sich wie Blüten über seinen Augen, eine amorphe Masse, die nur langsam Konturen annahm. Es waren die Gesichter von Krankenschwestern, die einander bedeutsame Blicke zuwarfen. Ein kleiner olivenhäutiger Doktor, dessen linkes Auge wild zuckte. Das Zucken griff auf Drew über, und er sah die Nervosität des Mannes, seine Angst, als gezackte rote Linie, die plötzlich wuchs und eine dreidimensionale Form annahm; in diesem Moment bewegte sich dieses neue Ding in Drews Kopf anmutig voran, um die rote Zackenform zu empfangen. Zugleich empfing es auch die Furcht und das Schuldbewußtsein aus den Winkeln seines eigenen Hirns, die beide losgelöst von seiner Person schienen und dennoch die seinen waren. Die Angst des Doktors und die seine – *Eric, die Molotow-Cocktails, Karl im Feuer* – vereinigten sich, und als Drew die beiden ineinander verschmolzenen Formen betrachtete und fühlte, wußte er, daß er diesen Mann kannte. Diesen Doktor, der sich sein Leben lang am Rand der Angst bewegte, indem er Risiken auf sich nahm – nicht um des Vermögens willen, das als Lohn für diese Risiken winkte, sondern um der Leere in seinem Innern zu entfliehen. Diesen Mann, für den Erfolg niemals genug war – könnte ich es nicht vielleicht besser gemacht haben? Wird jemand anderer es besser machen können? –, und für den Versagen totale Vernichtung bedeutete. Drew sah die Formen für eine nicht bestandene Prüfung auf der medizinischen Hochschule, für eine Ernennung, die statt an ihn an jemand anderen ging und für eine Sperre dieser Anlage hier und jetzt. Die ersten beiden waren die niedergeschlagenen, buckligen Formen des Versagens; die dritte war brennende Schadenfreude an einem Versagen, das nicht er verschuldet hatte, sondern das ihm von der Außenwelt aufgezwungen worden war. Und so wurde es zu einer Art Triumph, für den Drew ebenfalls die Formen sah, Formen ohne Worte, die sich nicht in sein Herz senkten – er spürte kein besonderes Mitgefühl –, sondern in die Schichten seines Geistes, wie eine Pflanze, die ihre Wurzeln in die Tiefe schickt. Ein Baum mit festem Stamm. Der Baum des Wissens, so wortlos, wie alle Bäume unter dem stillen Himmel sind.

Drew blinzelte. Es hatte nur eine Sekunde lang gedauert. Und er würde es für alle Zeiten wissen.

»Heben Sie den Kopf«, sagte der Doktor schroff, als wäre Drew derjenige, der ihn verletzt hatte, und nicht umgekehrt. Und Drew sah auch die Formen für diese Schroffheit. Formen tief aus seinem Innern trieben denen des Doktors entgegen und verschmolzen mit ihnen. Drew beobachtete sie dabei. Die Formen waren zwar er, aber er war mehr als das, etwas Abgetrenntes, etwas, das beobachtete und verstand.

Er hob den Kopf. Ein Monitor zu seiner Rechten begann leise und atonal zu piepsen. Der Doktor verfolgte konzentriert die Vorgänge auf dem Bildschirm.

Leisha stürzte ins Zimmer.

Bei ihrem Anblick explodierten so viele Formen in Drews Kopf, daß er kein Wort hervorbrachte. Sie beugte sich über ihn, warf einen Blick auf den Monitor und legte ihm eine kühle Hand auf die Stirn. »Drew ...«

»Hallo, Leisha.«

»Wie ... wie fühlst du dich denn?«

Er lächelte, weil die Frage unmöglich zu beantworten war.

Sie sagte gepreßt: »Du wirst bald wieder wohlauf sein, aber es gibt eine Menge, was du erfahren sollst. Du hast ein Recht, es zu wissen«, und Drew sah, wie klar und deutlich die Worte Leishas Gestalt annahmen, ihre Form: *ein Recht, es zu wissen.* Er sah die Form, das fein ausgewogene Gleichgewicht all der Fragen um Rechte und Vorrechte, mit denen sie sich ihr Leben lang herumgeschlagen und die sie schließlich *zu* ihrem Leben gemacht hatte. Er sah die fest umrissene, im Grunde strenge Form von Leisha selbst im Kampf mit den zerfledderten übrigen Formen, die Triebe und Pseudopoden aussandten und sich nicht, wie sie es unermüdlich anstrebte, in Grundsätze und Gesetze fesseln ließen. Sogar der Kampf selbst hatte eine Form, und Drew tastete nach einem Wort dafür, aber Worte standen ihm nicht zur Verfügung. Doch Worte hatten ihm selten zur Verfügung gestanden. Das Wort, das am nächsten an das herankam, was er ausdrücken wollte, war ein altmodisches – *Ritter* –, aber es paßte nicht, es war zu blaß für die Leidenschaftlichkeit von Leishas Kampf um die Codifizierung einer gesetzlosen Welt. Das Wort paßte nicht zur Form. Er runzelte die Stirn.

Leisha sagte: »Oh, weine doch nicht, Drew, Liebes!«

Er dachte nicht im entferntesten daran, zu weinen! Sie verstand nicht. Wie konnte sie auch? Er verstand selbst nicht, was ihm widerfahren war oder was man ihm zugefügt hatte – was auch immer. Eric hatte ihm weh tun wollen, aber das hier tat nicht weh, das machte Drew nur verstärkt zu dem, was er bereits gewesen war; es ging ihm wie einem Mann, der früher dreitausend Meter lief und jetzt zehntausend schaffte. Er war immer noch er selbst – seine Muskeln, seine Knochen, sein Herz –, aber er war es verstärkt, und diese Verstärkung rückte ihn vom Gewöhnlichen zu … etwas anderen. Zu etwas Außergewöhnlichem. Er wirkte auf sich selbst außergewöhnlich.

Leisha rief: »Doktor, er kann nicht sprechen!«

»Er kann«, entgegnete der Arzt kurz angebunden, und seine Formen kehrten flüchtig zurück: Drew sah die hysterisch übersteigerte Erregung, die eigentlich Angst war, und den Triumph, sie nicht zu zeigen. »Die Scannerbilder des Gehirns zeigen keine Schädigung der Sprachzentren.«

»Sag etwas, Drew!« bettelte Leisha.

»Du bist so schön.«

Nie zuvor war es ihm aufgefallen; wie konnte er das nur übersehen haben? Leisha beugte sich über ihn, das Haar so goldblond wie das eines jungen Mädchens, ihr Gesicht geprägt von der Entscheidungsfähigkeit einer Frau in der Blüte ihrer Jahre. Drew sah die Formen, die diese Fähigkeit herangebildet hatten: es waren die Formen der Intelligenz und des Duldens. Wie konnte ihm das früher entgangen sein? Ihre Brüste wölbten sich leicht unter dem dünnen Gewebe ihrer Bluse; ihr Hals erhob sich wie eine warm schimmernde Säule aus dem Kragen – weiß, mit zart bläulichen Vertiefungen. Und er hatte es nie zuvor gesehen. Niemals. Wie schön Leisha war.

Sie richtete sich etwas auf und zog die Stirn in Falten. »Drew, welches Jahr haben wir? In welcher Stadt wurdest du festgenommen?«

Er lachte. Das Lachen schmerzte in seiner Brust, und er bemerkte zum erstenmal, daß Streifen aus Heftpflaster über seine Rippen liefen und daß seine Arme immer noch festgeschnallt waren. Eric trat ins Zimmer und blieb am Fuß von Drews Liege stehen, und beim Anblick von Erics starrem Gesicht drängten sich weitere Formen in Drews Kopf. Er sah, weshalb Eric getan hatte, was er getan hatte, und zwar alles davon, von dem Tag an, als zwei Jungen unter einer Pappel miteinander bis zum Tod gekämpft hätten, wären sie nur stark und ausdauernd genug gewesen. Unmittelbar darauf folgten die Formen von Drews tobendem Vater, der im Rausch seine Kinder verprügelte, und die von Karl, durchbohrt und verbrannt von den Splittern der Bombe, die er nicht hoch genug geworfen hatte. Dessen schmorender Plasti-Overall sich durch die Haut schmolz und mit den Rippen verbuk. Eigentlich handelte es sich bei allen um die gleiche Form, die so häßlich war, daß Drew zum erstenmal spürte, wie sein anderes, losgelöstes Ich – das Ich, das die Formen beobachtete – davon in Mitleidenschaft gezogen wurde. Er schloß die Augen.

»Er ist bewußtlos!« sagte Leisha, und der Doktor schnauzte sie an: »Nein, ist er nicht!«

Doch selbst mit geschlossenen Augen sah Drew die Formen, die er und Eric hervorgerufen hatten, also war es sinnlos, die Augen geschlossen zu halten. Er öffnete sie wieder. Jetzt wußte er, wo der Sinn lag. Liegen mußte.

»Leisha ...« Seine Stimme überraschte ihn, denn sie klang schwach und sehr leise, obwohl er sich absolut nicht schwach fühlte. Er versuchte es noch mal. »Leisha, ich brauche ...«

»Ja? Was? Alles, was du willst, Drew, alles!«

Der andere Tag kam ihm ins Gedächtnis zurück, der Tag, an dem er zum Krüppel geworden war. Er hatte auf dem Bett gelegen, genau wie jetzt, und Erics Vater hatte sich über ihn gebeugt und gesagt: »Wir werden alles für dich tun, was wir können ... alles.« Und er selbst hatte gedacht: *»Jetzt hab ich sie beim Wickel!«* Die gleichen Formen. Immerzu, während des ganzen Lebens eines Menschen, bekundeten Formen, die sich tief unten in seinem Gedächtnis rührten, mit den Kiemen flatterten und mit den Flossen schlugen, mehr als dieses sein Leben.

»*Was,* Drew? Was brauchst du?«

»Einen programmierbaren Staunton-Carey-Hologramm-Projektor.«

»Einen ...?«

»Ja«, flüsterte Drew mit letzter Kraft. »Jetzt. Ich brauche ihn sofort.«

21

Miri war dreizehn. Seit einem Jahr verfolgte sie die Schläfer-Sendungen von der Erde, sowohl auf den Nutzer-, als auch auf den Macherkanälen. Während der ersten Monate hatten die Programme sie fasziniert, weil sie so viele Fragen aufwarfen: Warum waren Rollerrennen so interessant? Warum wechselten die schönen jungen Männer und Frauen in *Gutenachtgeschichten* so oft die Sexpartner, wenn sie doch von denen, die sie gerade hatten, so begeistert waren? Warum hatten die Frauen so riesige Brüste und die Männer so große Penisse? Warum hielt eine Kongressabgeordnete aus Iowa einen geharnischten Vortrag über die hohen Ausgaben eines Kongressabgeordneten aus Texas, wenn sie, wie es schien, ebensoviel Geld verschwendete wie er und sie beide nicht einmal derselben Gemeinschaft angehörten? Zumindest schienen sie einander nicht als Angehörige derselben Gemeinschaft zu betrachten. Warum wurde in allen aktuellen Sendungen die Nutzerklasse in den höchsten Tönen für ihr Nichtstun gelobt – ›kreative Muße‹ nannte man es – und nie ein Wort über jene Leute verloren, die arbeiteten, damit das alles funktionierte, noch dazu, wo sich herauskristallisierte, daß die Leute, die für die Arbeit zuständig waren, auch für die Sendekanäle zuständig waren?

Früher oder später entdeckte Miri die Antworten auf diese Fragen, entweder über die Datenbanken oder durch Gespräche mit ihrem Vater oder der Großmutter. Enttäuschend fand sie, daß die Antworten nicht besonders interessant schienen. Rollerrennen waren wichtig, weil die Nutzer sie für wichtig hielten – war das alles? Gab es keinen anderen Standard als das, was im Moment Vergnügen bereitete?

Aus dieser Frage erzeugte ihr Geist lange Fäden, an denen das Heisenbergprinzip, Epikur, eine vergessene Philosophie namens Existentialismus, die Rahvoli-Konstanten für neurale Funktionsstärkung, der Mystizismus, die epileptischen Stürme in den sogenannten ›visionären‹ Zentren des Gehirns, die Sozialdemokratie, die Vorteile staatenbildender Organismen und Äsops Fabeln hingen. Es war ein gut gelungenes Fadengebilde, aber der Teil, den die Sendungen von der Erde lieferten, blieb im Prinzip uninteressant.

Das gleiche galt für die Antworten auf den Rest von Miris Fragen. Politische Organisationen und die Verteilung der vorhandenen Ressourcen hingen von einem sensiblen Gleichgewicht zwischen den Wählerstimmen der Nutzer und den Machtbefugnissen der Macher ab; dieses Gleichgewicht schien jedoch nicht das Ergebnis von Planung oder Grundsätzen zu sein, sondern das einer rein zufälligen sozialen Evolution. In den Vereinigten Staaten war alles so, wie es war, weil es so war. Falls sich dahinter etwas Tiefergehendes verbarg, dann verrieten es die Programme von der Erde nicht.

Miri kam zu dem Schluß, daß dies alles nur für die Vereinigten Staaten zutraf, die verhätschelt waren von billiger Y-Energie, reich aus den Lizenzeinnahmen der zugehörigen Patente, und genauso dekadent, wie Großmutter immer behauptete. Also lernte Miri Russisch, Französisch und Japanisch und verbrachte ein paar Monate damit, die Sendungen in diesen Sprachen zu verfolgen. Die Antworten waren verschieden von den vorangegangenen, aber um nichts interessanter. Dinge geschahen, weil sie eben geschahen; sie standen so, wie sie standen, weil sie nun einmal an diesem Punkt angelangt waren. Kleinere Grenzscharmützel wurden ausgefochten oder auch nicht. Handelsübereinkommen wurden unterzeichnet oder auch nicht. Prominente Schläfer starben, oder sie hatten Operationen und erholten sich wieder. Ein französischer Sprecher, einer der bekanntesten, schloß seine Nachrichtensendung immer mit den gleichen Worten: *Ça va toujours.*

Nirgendwo in den aktuellen Berichten kam eine Erwähnung von wissenschaftlichen Forschungen oder Erfolgen vor, die nicht durchsichtige Sensationsmache war, von aufregenden politischen Ideen, von ernster Musik wie Bach oder Mozart oder O'Neill, von Gedankengängen, die so komplex waren wie diejenigen, die sie und Tony tagtäglich diskutierten.

Nach weiteren sechs Monaten hörte sie auf, die Fernsehprogramme anzusehen.

Immerhin, eines hatte sich geändert: Großmutter war oft beschäftigt und verbrachte immer mehr Zeit in den Sharifi-Labors, also ging Miri mit allen Fragen zu ihrem Vater. Er wußte nicht immer die Antworten, und diejenigen, die er wußte, bildeten nur kurze, einseitige Fadenkonstruktionen in ihrem Kopf. Er hatte mit zehn Jahren die Erde verlassen, sagte er, und obwohl er manchmal geschäftlich dorthin zurückkehrte, verbrachte er nur selten seine Zeit mit Schläfern. Normalerweise wickelte er seine Geschäfte über einen Mittelsmann ab, einen Schlaflosen, der nichtsdestoweniger auf der Erde lebte, einen Mann namens Kevin Baker.

Baker war für Miri kein Unbekannter; er wurde in den Datenbanken ziemlich häufig erwähnt, aber er interessierte sie nicht sehr. Wenn sie an ihn dachte, dann mit leiser Verachtung: ein Mann, der allein unter den Bettlern lebte, von ihnen profitierte und diese Profite – die anscheinend enorm waren – den Bindungen in der Gemeinschaft vorzog. Aber sie hörte zu, wenn ihr Vater sprach, denn die Sendungen von der Erde hatten ihr Interesse an ihrem Vater geweckt. Im Gegensatz zu ihrer Mutter konnte er Miris zuckendes Gesicht, ihre fahrigen Bewegungen und ihren übergroßen Kopf ansehen, ohne die Augen abzuwenden. Und er hörte auch geduldig ihrem Stottern zu. Er saß ruhig da, ein dunkelhaariger Mann mit niedriger Stirn, legte die Hände auf die Knie und hörte ihr verständnisvoll zu; doch in seinen Augen war etwas, das Miri nicht beim Namen nennen konnte, in wie viele Fäden sie es auch immer einzuspinnen versuchte. Alle Fäden begannen mit Schmerz.

»P-P-Papa, w-w-w-wo w-w-warst du?«

»Sharifi Labors. Mit Jennifer.« Anders als Tante Najla nannte Papa seine Mutter beim Vornamen. Miri wußte nicht genau, wann er damit begonnen hatte.

Sie sah ihn an. Leichter Schweiß stand auf seiner Stirn, obwohl Miri fand, es war kühl in ihrem Labor. Er wirkte erschüttert. Miris Fäden fingen seismische Erschütterungen ein, Adrenalineffekte, die Verdichtung von Gasen, die die Geburt von Sternen bewirkte. Sie sagte: »W-W-Woran a-a-arb-b-eiten d-d-die Lab-b-bors g-g-gerade?«

Ricky Keller schüttelte den Kopf. Er sagte zusammenhanglos: »Wann kommst du in den Hohen Rat?«

»M-M-Mit s-s-sechzehn. Z-Z-Zwei J-J-Jahre und z-z-zwei M-M-Monate no-noch.«

Er lächelte, und das Lächeln brachte einen Faden in Gang, der sich verblüffenderweise zu einer Schläfersendung spann, die Miri vor Monaten gesehen und an die sie seither nicht mehr gedacht hatte: es war eine – offenbar fiktive – Geschichte aus einem mystischen Buch, das etlichen Schläferreligionen zugrundelag. Es war die Geschichte eines Mannes namens Hiob, den man nach und nach all seiner Besitztümer beraubt hatte, ohne daß er sich dagegen gewehrt oder nach Wegen gesucht hätte, sie wiederzuerlangen oder zu ersetzen. Miri hatte Hiob für rückgratlos gehalten oder für dumm – oder für beides – und das Interesse an der Geschichte verloren, noch ehe die Sendung beendet war. Aber das Lächeln ihres Vaters erinnerte sie nun an die resignierten Gesichtszüge des Schauspielers. Doch Vater wollte nicht mehr sagen als: »Gut. Wir brauchen dich in der Versammlung.«

»W-W-W-Warum?« fragte Miri umgehend und ärgerte sich, daß es so lange dauerte, bis das Wort heraus war, obwohl ihr warm ums Herz wurde, weil Papa sie für unentbehrlich hielt.

Aber er antwortete nicht.

Will Sandaleros sagte: »Jetzt.«

Jennifer beugte sich vor und starrte auf den dreidimensionalen holographischen Ballon. Anderthalbtausend Kilometer weit weg im Weltraum blies sich das Original mit Standard-Druckluft auf und entließ die Mäuse aus ihrem pseudo-hypothermischen Zustand. Die winzigen, medikamentengetränkten Pflästerchen an der Innenseite ihrer Halsbänder ließen ihre Körperfunktionen in kürzester Zeit wieder normal ablaufen. Innerhalb von Minuten zeigten die Biometer an den Halsbändern an, daß sie sich über das ganze Innere des Ballons verteilt hatten, dessen komplexe, mathematisch errechnete Topographie mit der von Washington, D.C. übereinstimmte.

»Alles bereit«. sagte Doktor Toliveri. »Sechs, fünf, vier, drei, zwei eins, los!«

Die GenMod-Viren wurden entlassen. Ein Luftzug, der einer Windströmung von acht Stundenkilometern aus Südwesten entsprach, strich durch den klimatisierten Ballon. Jennifer wandte ihre Aufmerksamkeit den Biometerwerten auf dem Bildschirm an der gegenüberliegenden Wand zu. Innerhalb von drei Minuten zeigte er keinerlei Aktivität mehr an.

»Ja«, sagte Will. Er lächelte nicht, aber er griff nach ihrer Hand. »Ja.«

Jennifer nickte. Zu Toliveri, Blure und den drei Technikern sagte sie: »Hervorragende Arbeit.« Sie drehte sich um zu Will, und ihre schöne, ruhige dunkle Stimme war sehr leise: »Wir sind bereit für die nächste Stufe.«

»Ja«, sagte er wieder.

»Bring die Kaufverhandlungen für die Kagura-Orbitalstation in Gang. Nicht über Kevin Baker. Verdeckt.«

Will Sandaleros sah so aus, als würde es ihm nichts ausmachen, daß man ihm etwas auftrug, das seit Jahren bereits zwischen ihnen beiden abgesprochen war. Er sah so aus, als hätte er Verständnis für den Hang seiner Frau, Befehle auszugeben. Er warf noch einen Blick auf die Biometerwerte, und seine Augen glänzten.

Miri öffnete die Tür zu Tonys Labor. Er hatte seit sechs Monaten seine eigenen Arbeitsräume in der Forschungskuppel zwei, denn der Platz hatte für beide Projekte nicht mehr gereicht. Jedes Mal, wenn Miris Blick auf seine Hälfte des doppelten Arbeitstisches fiel, wurde sie traurig, obwohl sie ahnte, daß ein Teil dieser Traurigkeit auf das mangelnde Vorankommen ihres Projektes zurückzuführen war. In zwei Jahren hatte sie jede nur vorstellbare genetische Modifikation modelliert, ohne auf irgendeine zu stoßen, die das Stottern und die fahrigen, zuckenden Bewegungen, die durch die stets auf Hochtouren laufenden elektrochemischen Prozesse im Gehirn der SuperS zustandekamen, hätte eliminieren können. Die Arbeit ödete sie inzwischen an und erinnerte Miri immerzu an die unbekannte fehlende Komponente der Fäden selbst zu erinnern. Trügerisch, öde und unproduktiv. Und der heutige Tag hatte ihr einen neuen Fehlschlag beschert. Sie war in fürchterlicher Stimmung – in einer fürchterlichen, unbeständigen, öden Stimmung mit chaotischen Fäden. Sie wollte bei Tony Trost und Ermutigung finden. Sie brauchte Tony.

Seine Labortür war versperrt, aber ihr Netzhautbild war in der Liste der befugten Personen gespeichert, und das Schild ACHTUNG! STERILES LABOR leuchtete nicht auf. Also blickte sie mit dem rechten Auge in den Scanner und öffnete die Tür.

Tony lag auf dem Boden, zuckte und bebte, und unter seinem wild auf und ab wogenden Körper lag Christina Demetrios. Miri sah, wie Christys Augen sich weiteten und leicht trübten. »Oh!« sagte sie. Tony sagte nichts. Vermutlich hatte er Miri nicht gehört, vermutlich nicht einmal Christina. Die kräftigen Muskeln seines nackten Hinterns waren sichtbar angespannt, und sein ganzer Körper bebte unter den krampfartigen Schwingungen des Orgasmus. Miri zog sich augenblicklich zurück, schloß die Tür und rannte in ihr eigenes Labor.

Sie saß mit gesenktem Kopf am Tisch und legte die verschränkten, heftig zuckenden Hände auf die Platte. Tony hatte ihr nichts davon erzählt – nun, warum sollte er auch? Es war seine Sache, nicht die ihre; sie war bloß seine Schwester. Nicht seine Geliebte – seine Schwester. Fäden bildeten sich in ihrem Kopf und ordneten sich neu: Zum erstenmal bekamen etliche alte, obskure Geschichten, an die sie sich nur deshalb erinnerte, weil sie sich an alles erinnerte, irgendeinen Sinn. Hera und Io. Othello und Desdemona. Sie kannte selbstverständlich die ganze Physiologie des Geschlechtsaktes – hormongesteuerte Sekretionen, Blutstau in den Gefäßen, Pheromonauslöser. Sie wußte alles. Sie wußte nichts.

Eifersucht. Eine der im Hinblick auf die Gemeinschaft schädlichsten Emotionen, die es gab. Eine *Bettler*-Emotion.

Miri stand auf und lief aufgewühlt im Raum herum. Nein. Sie würde einem entwürdigenden Gefühl wie Eifersucht nicht nachgeben. Sie stand über solchen Dingen. Und auch Tony verdiente, daß seine Schwester über solchen Dingen stand. Idealismus (Stoizismus, Epikureanismus – »Wir werden geformt und gestaltet von dem, was wir lieben« –, Tony, der seinen Penis selbstvergessen in Christina hineinstieß...) Sie würde das Problem auf ihre Art lösen (Dunkelheit, Fülle, das pochende Lechzen, der Gravitationsdruck, welcher Gase zu thermonuklearen Reaktionen veranlaßt, die Cepheiden-Variablen...)

Miri wusch sich Hände und Gesicht. Sie zog frische weiße Shorts an und band sich eine rote Schleife ins dunkle Haar. Trotz ihrer unentwegten Zuckungen hielt sie die Lippen fest aufeinandergepreßt. Sie brauchte nicht nachzudenken, wer dafür in Frage kam. Sie wußte es bereits und wußte auch, daß sie es wußte, und kannte alle Implikationen des Bereits-Wissens (Dunkelheit, Fülle, mit den Händen zwischen den Beinen auf dem Bauch liegen – unter den GenMod-Sojapflanzen, die miteinander ein bogenförmiges Versteck bildeten, oder auf dem Boden des Labors).

Sein Name war David Aronson. Er war drei Jahre älter als sie, ein NormalSchlafloser, aber ziemlich intelligent, der inbrünstig an den Schwur von *Sanctuary* und an die Führerschaft von Miris Großmutter glaubte. Er hatte lockiges Haar, genauso dunkel wie das von Miri, aber sehr hellgraue Augen mit schwarzen Wimpern, und außerdem lange Beine; mit achtzehn waren seine Schultern so breit und kräftig wie die eines erwachsenen Mannes. In ihrer vollen, beweglichen Festigkeit wirkten seine Lippen wie modelliert. Miri hatte die letzten sechs Monate damit verbracht, diesen Mund anzusehen.

Sie fand ihn dort, wo sie ihn erwartet hatte: bei den Anlegedocks für den Pendelverkehr zur Erde, wo er auf den Bildschirmen mit Hilfe des Computers entworfene Konstruktionspläne studierte. In zwei Monaten würde er zum erstenmal die Orbitalstation verlassen, um in Stanford sein Technikstudium abzuschließen.

»Hallo, Miri.« Er hatte eine tiefe, etwas rauhe

Stimme. Das Rauhe daran gefiel Miri sehr. Sie konnte keinen wie immer gearteten Grund dafür entdecken.

»D-D-David, ich m-m-möchte d-d-dich etwas f-f-fragen.«

Er wandte die Augen in ihre Richtung, aber sein Blick blieb auf dem Hologramm seiner Konstruktionspläne hängen, ehe er Miri erreichte. »Und was?«

Sie hatte keine Probleme damit, ohne Umschweife zu reden; ihre Kommunikationsprobleme steckten einzig und allein in den – verglichen mit ihrer unendlich komplizierten Gedankenwelt – primitiven Ausdrucksmöglichkeiten einer noch dazu nur mit Mühe einsetzbaren Sprache. Sie war daran gewöhnt, die Dinge für die Normalen soweit wie möglich zu vereinfachen. Und das hier war an sich schon eine einfache Angelegenheit; Miri fand, es paßte ganz ausgezeichnet – und wie kaum sonst etwas – in die engen Grenzen der Sprache.

»M-M-Möchtest d-du S-S-Sex m-m-mit m-m-mir?«

David richtete sich kerzengerade auf. Farbe stieg ihm in die Wangen. Er fuhr fort, haarscharf an ihr vorbeizusehen. »Tut mir leid, Miri, aber das geht nicht.«

»W-W-Weshalb?«

»Ich habe schon eine Geliebte.«

»W-W-Wen?«

»Findest du nicht, daß das nur mich etwas angeht?«

Er klang abweisend und kühl. Miri hatte keine Ahnung, warum. Nichtkommerzielle Informationen standen doch der Gemeinschaft zur Verfügung, und was für eine Information konnte harmloser sein als diese? Sie war daran gewöhnt, daß Fragen beantwortet wurden. Und wenn nicht, dann war sie daran gewöhnt, den Grund dafür herauszufinden. »W-W-Warum w-w-willst d-d-u m-mir n-nicht s-s-sagen, w-w-wer es ist?«

David rückte ostentativ näher an den Bildschirm

heran. Sein schöner Mund wurde hart. »Ich meine, dieses Gespräch ist damit beendet, Miri.«

»W-W-Warum?«

Er antwortete nicht. Die Fäden ihrer Gedanken verhedderten sich plötzlich und zogen sich zu wie eine Schlinge. »W-W-Weil ich h-h-häßlich b-bin? W-W-Weil ich z-z-z-zucke?«

»Ich sagte, das Gespräch ist zu Ende!«

Frustration, Verlegenheit und Ärger siegten über die Höflichkeit, und er bedachte Miri schließlich mit einem direkten Blick, ehe er davonstakste. Miri kannte den Blick; sie kannte ihn vom Gesicht ihrer Mutter, unmittelbar bevor Hermione sich abwandte, um sich an einem Bildschirm, einer Tasse Kaffee oder einem anderen Gegenstand, der ihr gerade gelegen kam, zu schaffen zu machen. Es war Miri auch bewußt, daß sie selbst die Ursache für diese Frustration, für die Verlegenheit und den Ärger war, und daß sie in David gerade so viel davon hatte entstehen lassen, um seine Unhöflichkeit zu rechtfertigen. Er wollte sie nicht, und sie war nicht berechtigt, ihn zu drängen – aber das einzige, was sie gewollt hatte, waren Antworten! Indem sie ihn drängte, hatte sie sich nur selbst erniedrigt. Er wollte sie nicht. Sie zuckte, ihr Kopf war zu groß, sie stotterte, sie war nicht hübsch wie Joan. Kein Normaler würde sie je wollen.

So vorsichtig, als wäre sie eine chemische Substanz, die auf Erschütterung empfindlich reagiert, ging sie zurück zu ihrem Laboratorium. Wiederum saß sie an ihrem Arbeitstisch, die verschränkten, zuckenden Hände vor sich, und versuchte sich zu beruhigen. Nachzudenken. Geordnete, ausgewogene Gedankennetze zu konstruieren, die alles enthielten, was der Problemlösung förderlich war, alles Relevante – intellektuell, emotional, biochemisch – alles, was produktiv war. Nach zwanzig Minuten stand sie wieder auf und verließ das Labor.

Auf Nikos Demetrios, Christinas Zwillingsbruder, übte Geld eine außerordentliche Faszination aus. Der internationale Geldfluß, die Fluktuationen, Verwendungszwecke, Wechselkurse und Symbole waren, wie er einmal Miri erklärt hatte, komplizierter als alle natürlichen Gäamuster auf der Erde und für das biologische Weiterbestehen ebenso nützlich, aber viel interessanter. Schon mit vierzehn hatte er den erwachsenen NormalSchlaflosen an der Börse von *Sanctuary* Tips für internationale Geschäfte gegeben, und sie kauften, was er an günstigen Investitionen vorschlug, rund um den Globus auf: eine neue Technik zur Ermittlung des Winddrucks aus Seoul, die sich noch im Entwicklungsstadium befand, ein katalytisches Antikörper-Arzneimittel, das in Paris auf den Markt gekommen war, die gesamte aufkeimende marokkanische Luft- und Raumfahrtindustrie. Miri fand ihn, umringt von Terminals, in seinem winzigen Büro im zentralen Kommunikationsgebäude.

»N-N-Nikos ...«

»H-H-Hallo, M-M–M-Miri.«

»M-M-Möchtest d-d-du S-S-Sex m-mit m-mir h-h-haben?«

Nikos starrte sie unverwandt an. Rote Flecken krochen von seinem Hals hinauf zur Stirn. Miri sah, daß Nikos genauso verlegen war wie David Aronson, aber im Gegensatz zu David schien es nicht die Unverblümtheit der Frage zu sein, die ihn verlegen machte. Miri wußte nur einen einzigen Grund, weshalb er sonst verlegen sein könnte. Sie drehte sich um und stolperte aus dem Büro.

»W-W-Warte d-d-doch, Mi-Mi-Mi-Miri!« rief Nikos ihr nach. Seine Stimme klang ehrlich bekümmert. Sie waren schließlich ihr ganzes Leben lang Spielkameraden gewesen. Er konnte seine Bewegungen noch weniger koordinieren als sie; sie rannte ihm mit Leichtigkeit davon.

Wieder in ihrem Labor, versperrte Miri die Tür und aktivierte die Abdichtung für die sterilen Laborbedingungen. Dann setzte sie sich hin und zwang sich mit allen Kräften, nicht zu weinen. Großmutter hatte recht gehabt: Es galt, unumgänglichen Notwendigkeiten ins Gesicht zu sehen. Man weinte nicht.

Künftig benahm sie sich Nikos gegenüber höflich und distanziert. Er schien nicht sicher zu sein, was er davon halten sollte. Und eines Tages sah sie ihn mit einer Normalen, einer hübschen Vierzehnjährigen namens Patricia, die offenbar völlig gefangengenommen war von Nikos' Finanztalenten. Schon früher hatte Miri wenig mit Christina gesprochen, und jetzt wurde es noch weniger. David bekam sie nicht mehr zu Gesicht. Mit Tony war es so wie immer: er war ihr Arbeitskollege, Freund, zärtlich geliebter Vertrauter. Ihr Bruder. Jetzt gab es eben diesen einen Bereich, auf den sich die Vertrautheit nicht erstreckte, das war alles. Es hatte keine Bedeutung. Sie gestand ihm keine Bedeutung zu. Unumgängliche Notwendigkeit.

Zwei Wochen später fing Miri wieder an, die Stationen von der Erde zu empfangen, verfolgte aber nur die Sendungen der Sexkanäle. Es gab rauhe Mengen davon. Sie fand einen, der ihr zusagte, löschte alle Netzhautbilder außer ihrem eigenen von der Türprogrammierung des Labors und lernte, wirksam zu masturbieren. Das tat sie zweimal täglich, denn ihre neurochemischen Reaktionen liefen auf diesem Gebiet ebenso hochtourig ab wie auf jedem anderen. Sie ließ es nie zu, daß sie während dieses Vorgangs an Tony dachte, und Tony fragte sie nie, weshalb er nicht mehr unangemeldet ihr Labor betreten durfte. Es war nicht notwendig. Er wußte es. Er war ihr Bruder.

Als sie sich in dem Sessel niederließ, auf den Drew wies, kam Leisha ein komischer Gedanke: *Ich wünschte, ich würde rauchen.* Sie erinnerte sich an ihren Vater, wie er ein Ritual daraus gemacht hatte, sein goldenes Zigarettenetui mit dem Monogramm hervorzuholen, eine Zigarette zu entnehmen und sie anzuzünden. Seine Augen schlossen sich dabei halb, und seine Wangen wurden beim ersten Zug etwas hohl. Roger hatte stets behauptet, es würde ihn entspannen. Schon damals hatte Leisha gewußt, daß er log: Es belebte ihn.

Und was davon wollte sie jetzt? Beruhigung oder Belebung? Sie fürchtete, sie würde beides benötigen, und das, was Drew anzubieten hatte, würde ihr keins von beidem bringen.

Er hatte darauf bestanden, daß sie die erste sein sollte – und zwar allein. »Eine neue Kunstform, Leisha«, hatte er ihr mit dieser seltsamen Gefühlsbetontheit erklärt, die ihn seit Erics illegal vorgenommenem Experiment kennzeichnete. Drew war immer schon gefühlsbetont gewesen, aber das war nun etwas völlig anderes. Er sah sie unter diesen dichten, dunklen Wimpern hervor an, und sie hatte Angst um ihn. So also fühlt man sich als Mutter, dachte sie, diese Angst, daß dein Kind unfähig sein würde, das zu erreichen, wonach sein Herz strebte. Daß es versagen würde und dir das mehr weh tun könnte als jeder deiner eigenen Fehlschläge. Wie hatte Alice das nur ausgehalten? Und Stella?

Aber nicht Roger. Er war von Anfang an überzeugt gewesen, daß sein Kind nicht versagen würde. *Überraschung, Papa! Schau mich jetzt an!* Zwanzig Jahre lang untätig in der Wüste herumzulungern, ein Achill, dessen dumme Kriege von jemand anderem ausgetragen wurden, während Leisha einen Sohn aufzog, dessen größtes Talent Bagatelldelikte waren und der nicht einmal ihr eigener war.

Nicht allzu freundlich sagte sie zu Drew: »Ich muß dich darauf aufmerksam machen, daß ich mir noch nie viel aus Kunst gemacht habe, in keiner Form. Vielleicht sollte besser jemand anderer …«

»Ich weiß, daß du nichts davon verstehst. Deshalb wollte ich dich dabeihaben.«

Sie setzte sich bequemer hin. »Na gut. Fangen wir an.« Es klang resignierter als geplant.

»Lichter aus«, sagte Drew. Es wurde dunkel.

Während der vergangenen sieben Monate war der Raum in dem Anwesen in New Mexico mit Bühneneinrichtungen im Wert von einer halben Million Dollar ausgestattet worden. Leisha hörte, wie Drews Rollstuhl sich über den Boden bewegte. Als der Hologrammprojektor an der Decke sich einschaltete, saß Drew direkt darunter, die Bedienungskonsole auf dem Schoß. Rund um ihn war nichts: weder Boden noch Wände noch Decke – nichts als Drew in der samtigen Schwärze einer ziemlich alltäglichen Nullprojektion.

Er begann mit leiser Stimme zu sprechen. Einen Moment lang hörte Leisha nichts als nur die Stimme selbst, ruhig und wohltönend. Sie hatte nie wahrgenommen, daß Drew eine so schöne Stimme besaß. In normaler Umgebung fiel es einem wohl nicht auf. Dann erst drangen die Worte zu ihr durch. Ein Gedicht. Drew – *Drew* – rezitierte ein altes Gedicht, etwas von goldenen Hainen, die sich entblätterten … Leisha wußte, daß sie es schon gehört hatte, konnte sich aber nicht entsinnen, von wem es stammte. Drews wegen fühlte sie sich ein wenig peinlich berührt; seine Stimme klang zwar schön und beruhigend, aber zu holographischen Illustrationen Gedichte vorzutragen, war so ziemlich das Letzte an halbwüchsig-affektierter Pseudokunst. Leishas Herz krampfte sich zusammen; wieder ein falscher Schritt, wieder ein Reinfall …

Aus der Finsternis schwammen Formen auf sie zu.

Sie waren nicht ganz zu identifizieren, und doch kannte Leisha sie. Sie strichen über Drew hinweg, hinter ihm vorbei, vor ihm, ja sogar durch ihn hindurch, während er das Gedicht beendete und von neuem begann. Dasselbe Gedicht. Zumindest hielt Leisha es für dasselbe; sie war nicht sicher, weil es ihr so schwerfiel, sich auf die Worte zu konzentrieren. Poetische Dichtungen hatte sie nie besonders gemocht, aber es wäre ihr in jedem Fall schwergefallen, sich darauf zu konzentrieren. Sie konnte ihre Aufmerksamkeit nicht von den Formen abwenden. Sie glitten hinter Drew, und Leisha versuchte, ihnen mit den Augen zu folgen, versuchte, durch ihn hindurchzublicken, um sie zu sehen, aber es ging nicht. Die Anstrengung war ermüdend. Als die flackernden Formen wieder hinter Drew hervorkamen, hatten sie sich verändert. Leisha beugte sich vor, um sie besser auszumachen ... sie erkannte sie wieder ...

Drew begann zum drittenmal mit dem Gedicht. »O Margaret, weshalb die Trauer um goldner Haine Blätterschauer ...«

Sie trauerte, aber nicht um Blätter. Die Formen schlüpften in ihre Gedanken und wieder hinaus, und plötzlich war Drew verschwunden ... Er mußte gut sein, um so etwas zu programmieren ... und die Woge der Trauer erfüllte sie. Endlich erkannte sie eine der Formen wieder: Es war ihr Vater. *Roger*. Er stand in dem alten Gewächshaus am Michigansee, in dem Haus, das vor sechsundzwanzig Jahren abgerissen worden war. Er hielt eine tropische Blüte mit dicken, milchweißen Blütenblättern und einem leuchtendrosa Herz in der Hand. Leisha schrie auf, und er sagte mit klarer Stimme: »Du hast nicht versagt, Leisha. Nicht bei *Sanctuary,* nicht bei Alice, aus der du etwas Besonderes machen wolltest, nicht bei Richard, nicht bei deiner Einstellung zu Recht und Gesetz. Der einzige Fehler, den wir begehen können, wäre, unsere persönlichen Talente nicht zu nutzen, doch du hast das getan. Dein ganzes Leben lang. Du hast dich stets bemüht, es zu tun.«

Leisha stieß einen kurzen Schrei aus und erhob sich aus dem Sessel. Sie ging auf ihren Vater zu, und er verschwand nicht, nicht einmal, als sie direkt unter dem Holoprojektor vor ihm stand. Nur die Blüte in seiner Hand verschwand, und er ergriff Leishas Hände, ehe er leise sagte: »Du warst das einzige Ziel meines persönlichen Strebens«, und Leisha schüttelte heftig den Kopf. Sie hatte eine blaue Schleife im Haar; sie war wieder ein Kind. Die Hauslehrerin kam mit Alice herein, und Alice sagte: »Du hast mir nie unrecht getan. Leisha. Nie. Es gibt nichts zu verzeihen.« Dann verschwanden sowohl Alice als auch Roger, und Leisha rannte durch einen Wald, der voller Sonnenschein war – grün-goldene schräge Strahlen, die zwischen den Bäumen einfielen. Sie lachte, als sie im Licht die Wärme spürte, die von den lebenden Pflanzen ausging, und den Duft des Frühlings und den Geschmack des Verzeihens. Nie zuvor hatte Leisha sich so frei und froh gefühlt, als würde sie genau das tun, wofür sie geschaffen war. Sie lachte wieder und lief schneller, denn am Ende des sonnendurchfluteten, blumenbestandenen Pfades wartete ihre Mutter mit ausgebreiteten Armen und lachendem Gesicht, aus dem die Liebe leuchtete.

Tränen waren auf ihren Wangen. Sie saß in einem Sessel in dem weißgekalkten Raum, und die Lichter brannten wieder. Augenblicklich wurde sie von Übelkeit befallen.

»Was hast du gesehen?« fragte Drew begierig.

Leisha krümmte sich zusammen und kämpfte gegen den Krampf in ihrem Magen an. Schließlich keuchte sie. »Was ... hast du gemacht?«

»Sag mir, was du gesehen hast!« Er war unerbittlich – ein junger Künstler.

»Nein!«

»Dann war es also intensiv.« Lächelnd lehnte er sich zurück.

Leisha richtete sich langsam auf und griff nach der Rückenlehne des Sessels, um sich daran festzuhalten.

Drews Gesichtszüge spiegelten seinen Triumph. Etwas ruhiger sagte Leisha: »Was hast du gemacht?«

»Ich ließ dich träumen.«

Träumen. Sechs Teenager im Wäldchen, und eine Phiole Interleukin-1 … aber das hier hatte nichts mit damals gemein. Nichts.

Das hier war wie jene Nacht während Jennifers Prozeß gewesen, in der Alice in dem Hotelzimmer in Conewango aufgetaucht war. Die Nacht, in der Leisha ihren Glauben an die Fähigkeit des Gesetzes, eine Gemeinschaft zu schaffen, verloren hatte; damals stand sie zitternd am Rand …

Finsternis …

Die Leere …

Aber dieser Traum, den Drew ihr vermittelt hatte, war *Licht* gewesen, nicht Finsternis. Und doch war er das gleiche, davon war Leisha überzeugt. Der Rand von etwas Riesigem, Gesetzlosem, etwas, das den dürftigen, sorgfältig gehüteten Lichtstrahl ihrer Vernunft verschlucken konnte … Und dann war Alice über dieses riesige Unbekannte zu ihr gekommen. Alice hatte Leisha gehört – auf irgendeine geheimnisvolle Weise, die nichts mit dem Lichtstrahl zu tun gehabt hatte. *Ich wußte es,* hatte Alice geflüstert. Und gegen jede vernunftmäßige Erklärung war sie direkt zu Leisha geeilt.

Und nun hatte Drew gegen jede vernunftmäßige Erklärung einen unbekannten Teil ihres Gehirns manipuliert …

»Es beginnt mit einer Art von Hypnose«, erklärte Drew bereitwillig, »die die Hirnrinde umgeht und allgemeine … Formen hervorruft. Ich nenne sie Formen, aber sie sind mehr als das, nur habe ich nicht die rechten Worte dafür – du weißt, Leisha, die hatte ich noch nie. Ich weiß nur, daß sie in mir und in jedem anderen Menschen sind. Ich bringe sie an die Oberfläche, *rufe* sie heraus, so daß sie ihre eigenen Gestalten im Traum der jeweiligen Person annehmen können. Es ist eine Art von Wachtraum, halbgesteuert, aber es ist mehr als das. Etwas ganz Neues.« Er holte tief Atem. »Es ist von mir.«

Logische Fragen beruhigten sie immer: »Halbgesteuert? Du meinst, du hast festgelegt, was ich ... träumen würde?« Aber sie hielt den sachlichen Tonfall nicht durch. Sie hatte zu viele verschiedene Emotionen, und nicht nur positive. »Drew – das ist es wohl, was es heißt zu träumen, oder? Das machen die Schläfer?«

Er schüttelte den Kopf. »Nein. Nicht oft. Ich nehme an ... Ich weiß eigentlich noch nicht, was geschehen ist. Du bist doch die erste, Leisha!«

»Ich ... *träumte* von meinem Vater. Und von meiner Mutter.«

Seine Augen glänzten. »Gut, gut! Ich habe mit den Vorlagen meiner Eltern gearbeitet.« Sein junges Gesicht verfinsterte sich mit einemmal, verloren in irgendeiner persönlichen Erinnerung, die Leisha plötzlich gar nicht kennen wollte. Träumen ... Aber das hier lag viel zu offen zutage. Es war zu irrational. Es hatte zu viel von einem Loslassen an sich, zu viel von einer Hingabe – doch wenn man sich dem Sonnenschein hingab, der sanften Süße ... Nein. Es stellte nicht die Realität dar. Träume waren eine Art Flucht, das hatte sie immer gewußt, sie, die nie träumte. Träume waren ebensosehr eine Umgehung der realen Welt wie die Pseudowissenschaftlichkeit von Alices Studiengruppe für Zwillingsphänomene. Doch was sie mit Drews Hilfe soeben erlebt hatte ...

»Ich bin zu alt, um mir meine Welt nach außen drehen zu lassen wie einen Socken!«

Drew grinste plötzlich, und sein Lächeln strahlte einen so reinen, von jeglicher Frustration oder Arroganz freien Triumph aus, daß Leisha ganz hingerissen davon war. Aber sie hielt sich mit aller Kraft an ihrer Vernunft fest und sagte: »Drew, bei den anderen vier

Patienten, die diesen Eingriff in der mexikanischen Klinik machen ließen – bei denen zeigte sich nachher keine Spur eines solchen Effekts, keinerlei Veränderung, nichts ...« Das Wort fehlte ihr.

»Aber das waren keine Künstler«, sagte er mit der festen Überzeugung eines wiedergeborenen Jungen. »Und ich bin einer.«

»Aber ...«, begann Leisha, doch sie kam nicht weiter, weil Drew sich immer noch lächelnd, immer noch triumphierend, in seinem Rollstuhl weit vorbeugte und sie vehement auf den Mund küßte.

Leisha rührte sich nicht. Sie spürte, wie ihr Körper reagierte, zum erstenmal seit ... wie lange? Seit Jahren. Ihre Brustwarzen wurden hart, ihre Bauchmuskeln spannten sich an ... er roch nach Mann, nach männlicher Haut, männlichem Haar. Ohne es zu wollen, öffnete sie die Lippen. Dann zuckte sie jäh zurück.

»Nein, Drew!«

»O ja!«

Es widerstrebte ihr, seinen Triumph zu verderben, das beängstigende Werk, das er vollbracht hatte – sie hatte *geträumt!* Doch was das hier betraf, gab es keine Zweifel. »Nein.«

»Warum nicht?« Er war blaß geworden, aber ruhig geblieben. Seine Pupillen waren riesig.

»Weil ich achtundsiebzig Jahre alt bin und du zwanzig. Ich weiß, daß es für dich nicht so aussieht, aber in meinem Herzen – in meinem *Herzen,* Drew – bist du ein Kind. Und so wird es immer bleiben für mich.«

»Weil ich ein Schläfer bin?«

»Nein. Weil ich achtundfünfzig Jahre länger gelebt habe als du.«

»Glaubst du nicht, daß ich das weiß?« fragte Drew hitzig.

»Nein, das glaube ich nicht. Du hast keine Ahnung, was das bedeutet.« Sie bedeckte seine Hand mit der ihren. »Du bist wie ein Sohn für mich, Drew. Wie ein Sohn. Nicht wie ein Liebhaber.«

Er sah ihr unverwandt in die Augen. »Und was hat dir dein Traum über Mütter und Väter und Kinder verraten, das so furchterregend war?«

Eine Sekunde lang spürte sie den Traum wieder, und da tauchte eine schwache Ahnung hinter dem Traum auf, eine Kehrseite des sonnendurchfluteten Pfades, des lächelnden Roger mit seinen Händen voll exotischer Blüten, der liebevollen Elizabeth, wie sie nie gewesen war – zumindest nicht Leisha gegenüber. Leisha konnte diese Kehrseite nicht wirklich sehen, aber sie war da, sie existierte tief in ihrem Innern – es war eine Art, die Welt zu ordnen, die nichts zu tun hatte mit Recht und Gesetz oder wirtschaftlichen Zusammenhängen oder politischer Integration oder mit all den anderen Dingen, denen sie sich in ihrem Leben gewidmet hatte – nicht unbedingt eine schlechtere Art oder eine bessere, sondern nur eine andere, eine *fremde*... Die schwache Ahnung glitt davon.

Mit allem Mitgefühl, dessen sie fähig war, sagte sie: »Es tut mir wirklich leid, Drew.«

Als sie sich anschickte, den Raum zu verlassen, sagte er leise hinter ihr her: »Ich werde diese Kunst immer besser beherrschen, Leisha. Ich werde mehr aus deinem Unterbewußtsein herausholen, ich werde dir Dinge zeigen, von denen du nicht einmal wußtest, daß... Leisha!«

Sie konnte ihm nicht antworten. Es hätte alles noch schlimmer gemacht. Sie ging aus dem Zimmer und schloß die Tür hinter sich.

Am Abend, als sie sich überlegt hatte, wie sie die Sache mit ihm besprechen und was sie sagen sollte, um der ganzen Episode eine rationale Perspektive zu verleihen, berichtete Stella, daß Drew gepackt hatte und abgereist war.

Miri nahm ihren Sitz im Tagungshaus ein. Es war ein neuer Stuhl; man hatte ihn an ihrem sechzehnten Geburtstag den anderen vierzehn, die um den matt glänzenden Metalltisch standen, hinzugefügt und am Boden festgeschraubt. Von nun an würden sieben Stimmen den Anteil von einundfünfzig Prozent am Vermögen von *Sanctuary,* der der Familie Sharifi gehörte, repräsentieren; und nächstes Jahr, wenn Tony seinen Sitz einnahm, würden es acht sein. Der Stuhl knarrte leise, als Miri sich setzte.

»Der Hohe Rat von *Sanctuary* freut sich, Miranda Serena Sharifi als stimmberechtigtes Mitglied willkommen heißen zu dürfen«, sagte Jennifer formell. Die Ratsmitglieder applaudierten. Miri lächelte. Großmutter hatte einen Moment lang die Anspannung gelockert, die so greifbar war, daß ihre Strömungskurven auf einer Heller-Matrix aufgeschienen wären. Unter ihrer gesenkten Stirn hervor ließ Miri den Blick um den Tisch wandern; sie hatte es sich zur Gewohnheit gemacht, den Kopf möglichst gesenkt zu halten, da dies, wie sich im Spiegel zeigte, das Zucken auf ein Mindestmaß zu reduzieren schien. Ihre Mutter applaudierte, ohne Miri anzusehen. Vater lächelte mit dieser resignierten Melancholie in den Augen, die jetzt kaum mehr wegzudenken war. Nur die schöne Tante Najla, die bereits mit dem nächsten Super schwanger ging, starrte Miri mit entschlossener Unerschrockenheit an.

Die nicht ständigen Ratsmitglieder lächelten auch, aber Miri kannte sie nicht gut genug, um zu wissen, was ihr Lächeln jeweils zu bedeuten hatte. Sie fragte sich, ob sie ihr ihre plötzliche Macht neideten. Aus der Bibliothek wußte sie, daß die Satzungen von *Sanctuary* weitaus großzügiger mit den Familienmitgliedern umgingen als bei jedem Familienunternehmen auf der Erde. Und in den ›Schicksalsdramen‹, die auf den Sendekanälen der Erde liefen, schien es eine übliche Vorgangsweise zu sein, wenn die jungen Männer ihre

Väter, die über Wirtschaftsimperien oder Großgrundbesitz oder Orbitalstationen verfügten, einfach umbrachten, um an die Macht zu kommen. Worauf sie sich gern mit den dritten Frauen ihrer toten Väter verheirateten. Doch das war ein so barbarisches und abstoßendes System, daß Miri zu dem Schluß gekommen war, es handelte sich hiebei wohl nicht um die Norm für die Art und Weise, wie die Bettler ihre Angelegenheiten regelten. Sie liebten es offenbar, wenn ihre ›Schicksalsdramen‹ Situationen erkundeten, die keinen Bezug zur Realität hatten. Und das war eine so dumme Vorstellung, daß Miri sich zum zweitenmal angeekelt vom Normalprogramm abwandte und zu den Sexkanälen zurückkehrte.

»Wir haben eine volle Tagesordnung«, sagte Jennifer mit ihrer wohltönenden Stimme. »Ratsmitglied Drexler, würden Sie bitte mit dem Bericht des Leiters der Finanzabteilung beginnen?«

Der Bericht des Kassenwarts, eine Routinesache und wie gewohnt positiv, trug nichts dazu bei, um die Spannung zu lösen. Nun, da sie nicht mehr das Zentrum der Aufmerksamkeit darstellte, konnte Miri unter ihrer gesenkten Stirn hervor ein Gesicht nach dem anderen studieren. Irgend etwas stimmte nicht. Aber was?

Die Ratsmitglieder, die für Rechtsfragen, Medizin und Landwirtschaft zuständig waren, erstatteten Bericht. Hermione wand eine Strähne ihres honigfarbenen Haars – wann hatte Miri zum letztenmal das Haar ihrer Mutter berührt? Vor Jahren … – um einen Finger, legte die Locke auf einen anderen Finger und wand sie um den nächsten, wieder und wieder. Najla strich mit der Hand über ihren angeschwollenen Bauch. Ratsmitglied Devore, ein dünner junger Mann mit großen, sanften Augen, sah aus, als würde er auf heißen Kohlen sitzen.

Schließlich sagte Jennifer: »Noch einen Nachtrag

zum medizinischen Bericht, den ich Ratsmitglied Devore gebeten habe, zur allgemeinen Diskussion zu stellen. Wie die meisten von euch schon wissen, hat es einen Unfall gegeben.« Jennifer senkte abrupt den Kopf, und Miri sah mit großem Erstaunen, daß sie eine Sekunde brauchte, um fortfahren zu können. Nie hätte Miri daran gezweifelt, daß Großmutter gefeit war gegen sichtbare Gemütsbewegungen.

»Tabitha Selenski von Kenyon International ist bei der Reparatur einer Energieumwandlungseinheit im Verwaltungsgebäude drei in einen Stromkreis geraten, was ... Im großen und ganzen ist ihr Gewebe im Begriff sich zu regenerieren, wenngleich sehr langsam. Aber Teile ihres Nervensystems sind so zerstört, daß es nichts mehr zu regenerieren gibt. Sie wird nie wieder bei klarem Bewußtsein sein, sondern mehr oder weniger auf der Bewußtseinsstufe eines Tieres bleiben ... Sie wird dauernde Pflege benötigen, einschließlich so grundlegender Dinge wie Fütterung, Windelwechsel und ständige Überwachung. Dazu kommt selbstverständlich, daß sie nie wieder ein produktives Mitglied der Gemeinschaft sein wird.«

Jennifer ließ den Blick von einem Ratsmitglied zum nächsten wandern. Miris Fäden knoteten sich zu gräßlichen Netzen. Hilflos zu sein, in allem und jedem von anderen abhängig, die Zeit und das Geld von anderen in Anspruch zu nehmen, ohne etwas dafür zu geben ...

Ein Bettler.

Sie erkannte, worum es ging, und ihr Magen geriet ins Schlingern.

»Als Kind kannte ich einst eine Frau auf der Erde«, fuhr Jennifer fort, »sie war die Mutter einer meiner Freundinnen. Nach meiner Freundin bekam sie noch ein zweites Kind, das mit schweren Störungen des Nervensystems zur Welt kam. Als Teil der sogenannten Behandlung wurde von der Mutter verlangt, die Arme und Beine des Kindes in einem gewissen Krabbelrhythmus zu bewegen, um dem Gehirn dieses Verhaltensmuster einzuprägen und auf diese Weise die Entwicklung des Gehirns zu stimulieren. Die Mutter mußte das sechsmal täglich, jeweils eine Stunde lang, tun. Dazwischen fütterte sie das Kind, wusch es anschließend, sorgte für die Absaugung der Ausscheidungen aus dem Dickdarm, spielte vorgeschriebene Bandaufnahmen ab, um seine Sinne anzuregen, badete es und sprach dreimal täglich eine halbe Stunde lang ohne Unterbrechung zu ihm. Diese Frau hatte einst den Beruf einer Pianistin ausgeübt; nun rührte sie das Klavier nicht mehr an. Als das Kind vier Jahre alt war, kamen weitere Behandlungen dazu; viermal täglich mußte die Mutter das Kind genau fünfzehn Minuten lang im Wagen durch den Garten schieben, wobei dieselben Objekte in stets gleicher Aufeinanderfolge, aber bei unterschiedlichen Wetterbedingungen passiert werden mußten, wieder zum Zweck der Prägung gewisser Reaktionsmuster im Gehirn. Meine Freundin half ihrer Mutter bei alldem, aber nach einigen Jahren haßte sie es, auch nur nach Hause zu gehen. Genau wie der Ehemann und Vater, der schließlich überhaupt nicht mehr nach Hause kam. Sie waren beide nicht daheim, als eines Tages die Mutter ihr Kind und sich selbst erschoß.«

Jennifer schwieg kurz. Dann griff sie nach einem Blatt Papier. »Der Hohe Rat hat über ein Ersuchen des Ehemannes von Tabitha Selenski zu befinden, in dem um eine Beendigung ihrer Leiden gebeten wird. Wir müssen jetzt eine Entscheidung treffen.«

Ratsmitglied Letty Rubin, eine junge Frau mit eckigen Gesichtszügen, die wie aus Stein gemeißelt wirkten, sagte impulsiv: »Tabitha kann immer noch lächeln, immer noch ein wenig reagieren! Ich habe sie besucht, und sie versuchte, beim Klang meiner Stimme zu lächeln! Sie hat ein Anrecht auf ihr Leben, wie immer es jetzt auch aussieht!«

Jennifer sagte: »Das Geschwisterchen meiner Freundin damals konnte auch lächeln. Die Frage ist, ob wir das Recht haben, das Leben eines anderen Menschen der künftigen Pflege des ihren zu opfern.«

»Es wäre nicht ein ganzes Leben, das wir opfern würden! Wenn wir uns die Pflege teilen, zum Beispiel in Zweistundenschichten, dann wäre diese Last unter so vielen aufgeteilt, daß niemand wirklich ein Opfer bringen müßte!«

»Das Prinzip wäre aber ein für allemal vorhanden«, meinte Will Sandaleros. »Ein Anspruch gegenüber den Starken seitens der Schwachen, der sich auf nichts anderes als ebendiese Schwäche gründet. Eine Bettleranmaßung, die besagt, daß die Früchte der Arbeit eines Menschen denjenigen zu gehören haben, die selbst keine eigenen derartigen Früchte hervorbringen können oder wollen. Wir weigern uns zu akzeptieren, daß Untauglichkeit Grund für einen moralischen Anspruch gegenüber der Tauglichkeit sein kann.«

Ratsmitglied Jamison, ein Techniker, der fast so alt war wie Miris Großmutter und dessen einzige Genveränderung in der Schlaflosigkeit bestand, schüttelte den Kopf. Er hatte ein langes Gesicht mit einem eckigen, knorrigen Kinn. »Es handelt sich um menschliches Leben, Ratsmitglied Sandaleros. Ein Mitglied unserer Gemeinschaft. Schuldet die Gemeinschaft ihren Mitgliedern nicht vollste Unterstützung?«

»Aber was macht denn ein Mitglied einer Gemeinschaft aus?« gab Will ihm zu bedenken. »Ist es eine automatische Angelegenheit – einmal beigetreten, ist man für alle Zeiten Mitglied? Das birgt langfristig die Gefahr von Passivität in sich. Oder heißt, Mitglied einer Gemeinschaft zu sein, daß man dieser Gemeinschaft mit aller Kraft dient und seinen aktiven Beitrag zu ihrem Fortbestand leistet? Würde etwa Ihre Versicherungsgesellschaft, Ratsmitglied Jamison, einen Klienten weiterhin in der Liste der Versicherten führen, wenn er aufhört, seine Prämien zu zahlen?«

Jamison schwieg.

Letty Rubin rief: »Aber eine Gemeinschaft ist doch keine Geschäftsvereinbarung! Eine Gemeinschaft muß mehr bedeuten als das!«

Jennifers Stimme hackte scharf in ihre letzten Worte: »Es *sollte* bedeuten, daß Tabitha Selenski sich wünscht, nicht zur Last für ihre Gemeinschaft zu werden! Ihre Grundsätze und ihre Würde sollten ihr verbieten, ab nun das Pseudoleben eines Bettlers führen zu wollen, was heißt, daß sich in ihrem Testament die Standardklausel zum Abbruch der Lebensfunktionen finden sollte. In meinem steht sie, in dem von Will und auch in *deinem,* Letty. Tabitha hat sie unterlassen; damit ist sie unseren Grundsätzen untreu geworden und hat sich außerhalb dieser Gemeinschaft gestellt.«

»Selbsterhaltung ist ein angeborener Trieb, Mutter«, sagte Ricky Sharifi.

»Es ist möglich, unsere angeborenen Triebe zum Wohl zivilisierten Miteinanderlebens zu steuern und zu unterdrücken. Es geschieht andauernd. Sexuelle Treue, staatliche Gesetze zur Schlichtung von Streitfällen, Inzesttabus – was ist das anderes als die willentliche Unterordnung unserer Triebe unter das Gemeinwohl? Angeboren wäre uns wohl der Trieb, uns aus Zorn und Rachsucht den Schädel einzuschlagen oder bis zur Gehirnerweichung zu ficken, wann immer uns der Drang dazu überkommt!«

Miri starrte ihre Großmutter an. Nie, noch nie zuvor hatte Jennifer solche Wendungen in den Mund genommen! Großmutters Sprechweise war sonst stets förmlich, ja beinahe pedantisch. Doch im nächsten Moment sah Miri, daß es sich um ein bewußtes dramaturgisches Element gehandelt hatte, und sie spürte leichten Abscheu, gefolgt vom Gefühl heftiger Drehbewegungen ihres Magens. Großmutter verließ sich nicht auf ihre Argumentation allein, um den Hohen Rat davon zu überzeugen, daß Tabitha Selenski getötet werden mußte.

Getötet.

Fäden wirbelten durch ihren Kopf.

»Was sind denn die Schlaflosen anderes als die personifizierte Unterdrückung eines angeborenen Triebes?« warf Jean-Michel Devore nervös ein.

Jennifer bedankte sich mit einem Lächeln.

Najla Sharifi sagte: »Der Schlüssel zu alldem ist unsere Definition einer Gemeinschaft. Ich denke, da sind wir alle einer Meinung. Unsere Definition postuliert gewisse Grundzüge – wie Schlaflosigkeit –, gewisse Fähigkeiten, gewisse Prinzipien. Was davon ist Bedingung? Was davon ist freigestellt?«

»Ein guter Ausgangspunkt«, konzedierte Will Sandaleros und nickte.

»Ein Mitglied unserer Gemeinschaft muß über alle drei verfügen«, sagte Jennifer. »Über Schlaflosigkeit, über die Fähigkeit, die Gemeinschaft zu stärken, statt von ihr zu zehren, und über die Fähigkeit, das Gemeinschaftswohl über die eigenen unmittelbaren Wünsche zu stellen. Jeder, der nicht über all das verfügt, ist nicht nur zu verschieden von uns anderen sondern in echter Gefahr.« Sie beugte sich vor, die Handflächen auf den Tisch gelegt. »Glaubt mir, ich *weiß* es.«

In das darauffolgende Schweigen sagte Hermione mit leiser Stimme: »Jeder, der zu verschieden von uns denkt, ist kein wahres Mitglied unserer Gemeinschaft.«

Miris Kopf zuckte hoch. Sie starrte ihre Mutter an, die beharrlich den Blick abwandte. Alle Fäden in Miris Kopf drehten sich und kehrten – langsam – ihre Innenseite nach außen. Eine Sekunde lang blieb Miri der Atem weg.

Doch ihre Mutter hatte gemeint, wer zu verschieden dachte, was die *Prinzipien* betraf …

Worte aus zwei Dutzend Sprachen webten sich in Miris Fäden: *Haridschan. Proskrit. Bui doi. Inquisición. Kristallnacht. Gulag.*

»Eine G-G-Gemeinsch-schaft, d-d-d-d ...« In ihrer Aufregung konnte sie die verdammten Wörter noch weniger hervorbringen als sonst, »d-d-die in g-g-grundl-l-legend-d-den D-D-Dingen e-e-entz-z-zweit ist, z-z-zerst-t-tört s-s-sich s-s-selbst.«

»Und deshalb dürfen wir uns nicht entzweien in Leistungsfähige und Schmarotzer«, fügte Jennifer rasch hinzu.

»D-D-Das h-h-habe ich n-n-n-nicht gem-m-meint!«

Sie diskutierten fünf Stunden lang. Nur Najla, die als Folge ihrer fortgeschrittenen Schwangerschaft Rückenschmerzen bekam, verließ vorzeitig die Versammlung, nachdem sie ihren Ehemann bevollmächtigt hatte, an ihrer Stelle abzustimmen. Und schließlich lautete das Stimmenverhältnis neun zu sechs: Tabitha Selenski mußte die Gemeinschaft verlassen. Falls ihr Ehemann es wünschte, würde sie zu den Bettlern auf die Erde geschickt werden.

Miri hatte mit der Minderheit gestimmt – genau wie, überraschenderweise, ihr Vater. Der Mehrheitsbeschluß bestürzte sie, obwohl sie sich selbstverständlich daran halten würde. Sie schuldete *Sanctuary* Treue und Ergebenheit. Aber sie war verwirrt und wollte das alles mit Tony durchdiskutieren, so, wie nur sie beide dazu imstande waren – mit der ganzen Breite und Tiefe aller Querverbindungen, Assoziationen dritten Grades und Sinnkopplungen. Tonys Computerprogramm war ein voller Erfolg geworden; die SuperS benutzten es jetzt routinemäßig für die Kommunikation untereinander, denn es erlaubte ihnen, umfangreiche programmierte Sinngefüge ohne die ermüdenden Barrikaden der Sprache auszutauschen. Sie wollte so schnell wie möglich zu Tony.

Aber vor dem Tagungshaus hielt ihr Vater sie

zurück. Ricky Keller hatte Ringe unter den Augen. Plötzlich kam Miri der Gedanke, daß jemand, der ihn und seine Mutter im Ratssaal Seite an Seite sitzen sah, gewiß Jennifer für die jüngere von beiden gehalten hätte. Mit jedem Jahr wurde Ricky sanftmütiger. Und jetzt legte er eine Hand auf Miris Schulter: »Ich wünschte, du hättest meinen Vater gekannt, Miri.«

»D-D-Deinen V-Vater?« Niemand sprach je von Richard Keller. Miri wußte alles von dem Prozeß gegen Jennifer; was er ihr, seiner Frau, angetan hatte, war ungeheuerlich.

»Ich glaube, du gleichst ihm in vielerlei Hinsicht, obwohl du eine Super bist. Vererbung funktioniert komplizierter als wir ahnen, auch wenn wir noch so selbstgefällig darüber denken. Nicht alles hängt von bestimmbaren Genen ab.«

Er ging davon. Miri wußte nicht, ob sie erfreut oder gekränkt sein sollte. Richard Keller, der Verräter an *Sanctuary*. Üblicherweise meinten die Leute, sie käme nach ihrer Großmutter – ›einer willensstarken Frau‹. Aber in den Augen ihres Vaters hatte außer der üblichen Melancholie Wärme gelegen. Miri starrte der gebeugten Gestalt nach, die sich von ihr entfernte.

Am nächsten Tag starb Tabitha Selenski durch eine tödliche Spritze. Einem hartnäckigen Gerücht zufolge hatte sie sich die Injektion selbst verabreicht, aber das glaubte Miri nicht. Wäre Tabitha dazu fähig gewesen, hätte die Ratsversammlung nicht so entschieden, wie sie entschieden hatte. Tabitha hatte nur noch dahinvegetiert. Das war die Wahrheit. Großmutter hatte es gesagt.

Buch IV

BETTLER

2091

»Kein Mensch ist gut genug, um einen anderen Menschen ohne dessen Einverständnis zu beherrschen.«

Abraham Lincoln, Peoria
16. Oktober 1854

22

Der einhundertzweiundfünfzigste Kongress der Vereinigten Staaten stand vor einem jährlichen Handelsbilanzdefizit, das im Laufe der vergangenen zehn Jahre um sechshundert Prozent angewachsen war, einer Staatsschuld, die sich mehr als verdreifacht hatte, und einer Fiskalschuld von sechsundzwanzig Prozent. Fast ein Jahrhundert lang waren die Y-Energie-Patente von Kenzo Yagais Erben seinem exzentrischen Letzten Willen entsprechend exklusiv an amerikanische Firmen vergeben worden. Dieser Umstand hatte den längsten wirtschaftlichen Aufschwung in der Geschichte des Landes zur Folge gehabt. Mit Hilfe der Y-Energie hatten sich die Vereinigten Staaten um die Jahrtausendwende aus einer gefährlichen internationalen Wirtschaftskrise und einem noch gefährlicheren internen Konjunkturtief gerettet. Es waren Amerikaner, die alle bekannten Geräte für eine praktische Anwendung von Y-Energie entwickelten und herstellten, und jedermann brauchte die Y-Energie. Von Amerikanern entworfene und von amerikanischer Energie angetriebene Orbitalstationen umkreisten die Erde; von Amerikanern gebaute Flugzeuge durchquerten die Lüfte; in Amerika erzeugte Waffen wurden auf dem Schwarzmarkt jedes größeren Landes der Welt gehandelt. Y-Generatoren sicherten das Überleben der Kolonien auf Mars und Mond. Und auf der Erde säuberte die Anwendungstechnik für Y-Energie die Luft, führte die Wiederverwertung von Abfällen durch, wärmte die Städte, betrieb die Maschinen der Fabriken, ließ die gentechnisch hochgezüchtete Nahrung wachsen, hielt die Institution der allgemeinen Wohlfahrt in Schwung – ebenso wie den kostspieligen Informationsfluß an die Großunternehmen, die mit jedem Jahr reicher, kurzsichtiger und geldgieriger wurden wie die aufgedunsenen Aristokraten eines längst vergangenen Zeitalters, denen die Knöpfe von den Wämsern sprangen, wenn sie beim Bakkarat oder beim Roulette ein halbes Vermögen aufs Spiel setzten.

Im Jahr zweitausendundachtzig lief die Schutzfrist für die Patente ab.

Die Internationale Handelskommission gab weltweit den Zugang zu den Y-Energie-Patenten frei. Die Länder, die bis dahin an den Krümeln amerikanischen Wohlstandes geknabbert hatten, indem sie die Maschinengehäuse bauten, die Konzessionen für weniger profitable Geschäftszweige übernehmen durften und als Vermittler und Makler überlebten, standen bereit. Sie standen schon seit Jahren bereit; die Fabriken waren gebaut, die Techniker an den großen amerikanischen Macher-Universitäten ausgebildet und die Entwürfe fertig. Zehn Jahre später hatten die Vereinigten Staaten sechzig Prozent des weltweiten Y-Energie-Marktes eingebüßt. Das Defizit kletterte in die Höhe wie ein Sherpa.

Die Nutzer zerbrachen sich nicht den Kopf deswegen. Dafür hatten sie ja ihre Kongressleute gewählt: daß die sich den Kopf zerbrachen und sich ihrer Machernatur entsprechend abzappelten, um Lösungen zu finden. Sich des Problems umgehend annahmen, falls es ein Problem gab. Die Bürgerschaft – zumindest jener Teil davon, der noch die Augen offen hielt – sah jedoch nirgendwo ein Problem. Es klappte mit den öffentlichen Rollerrennen, mit der Versorgung über die Wohlfahrt, mit den Unterhaltungssendungen und mit den Massenversammlungen, bei denen es aus den Kassen der Politiker bezahlte Unmengen von Bier und Eßbarem gab; die Bautätigkeit in den Distrikten, sowie die Energiezuteilungen nahmen weiterhin zu. Und in Distrikten, in denen nichts weiterging, wurden die Politiker einfach nicht wiedergewählt. Stimmen mußten schließlich verdient werden. Auf diesem Standpunkt hatte Amerika immer schon gestanden.

Das Defizit des Staatshaushalts erreichte eine kritische Marke.

Der Kongress erhöhte die Unternehmenssteuern. Noch einmal im Jahr zweitausendsiebenundachtzig und ein weiteres Mal zweitausendundneunzig. Die Macherfirmen, die Väter, Töchter und Vettern in den Kongress schickten, protestierten heftig. Im Jahr zweitausendeinundneunzig konnte die Angelegenheit nicht länger ignoriert werden. Die Debatte, bei welcher die Kunst der Verschleppungstaktik ihre Auferstehung feierte, dauerte sechs Tage und Nächte und wurde auf etlichen Sendekanälen übertragen. Doch außer den Machern verfolgte sie kaum jemand. Eine von den wenigen, die es doch taten, war Leisha Camden.

Ein weiterer war Will Sandaleros.

Am Ende des sechsten Tages verabschiedete der Kongress ein umfangreiches Steuerpaket. Die Unternehmen der Vereinigten Staaten unterlagen ab nun der steilsten Steuerprogression der ganzen Welt. An der Spitze der Progression stand als Beitrag für die Verwaltung von Amerika eine Unternehmensbesteuerung von zweiundneunzig Prozent des Bruttogewinns, wobei strengste Grenzen bei der Anerkennung von Ausgaben gezogen werden sollten. Auf der nächsten Stufe folgte eine Besteuerung von achtundsiebzig Prozent. Von da an reduzierten sich die Steuersätze rapide.

Von den Unternehmen, deren Gewinne mit achtundsiebzig Prozent versteuert werden sollten, hatten vierundfünfzig Prozent ihren Sitz auf der Orbitalstation *Sanctuary*. Nur auf ein einziges Unternehmen trafen die Kriterien für eine Besteuerung von zweiundneunzig Prozent zu: auf *Sanctuary* selbst.

Der Kongress beschloß das Gesetz im Oktober.

Leisha verfolgte die aktuelle Meldung in New Mexico; unwillkürlich warf sie einen Blick aus dem Fenster zum Himmel. Er war blau und absolut wolkenlos.

Will Sandaleros erstattete Jennifer Sharifi ausführlich Bericht; sie war soeben erst von der Kagura-Orbitalstation, wo sie sich zu Vorbereitungsarbeiten von allerhöchster Wichtigkeit aufgehalten hatte, nach *Sanctuary* zurückgekehrt. Jennifer hörte ruhig und aufmerksam zu; die Falten ihrer weißen Abajeh fielen ihr anmutig über die Füße, und ihre dunklen Augen funkelten.

»Jetzt ist es soweit, Jenny«, sagte Will. »Wir beginnen am ersten Januar.«

Jennifer nickte. Ihr Blick wanderte zu dem Holoporträt von Tony Indivino an der Wand. Nach einigen Sekunden kehrte er zurück zu ihrem Ehemann, aber Will stand über die Computerausdrucke der für *Sanctuary* zu erwartenden Steuersummen gebeugt und bemerkte es nicht.

Miri schaffte es einfach nicht, Tabitha Selenskis Tod aus der vordersten Front ihrer Gedanken zu verdrängen. Egal, woran sie dachte und womit sie sich beschäftigte – mit ihren neurochemischen Forschungen, mit Tony und seinen Scherzen, mit dem Haarewaschen –, Tabitha Selenski, der Miri nie begegnet war, verhedderte sich in ihren Gedankenfäden und wurde von ihnen erstickt.

Erstickt. Miri hatte die Substanz in der Spritze, an der Tabitha gestorben war, untersucht und herausgefunden, daß ihr Herz augenblicklich stillgestanden haben mußte. Ohne die Pumparbeit des Herzens konnten die Lungenflügel keine Luft bekommen. Tabitha war an ihrer eigenen, bereits verbrauchten Luft erstickt, doch ohne es zu bemerken, weil der Inhalt der Injektion ebenso augenblicklich alles lahmgelegt hatte, was von ihrem Gehirn übrig war.

Miri saß allein im Spielplatzballon im Herzen von *Sanctuary* und dachte an Tabitha Selenski. Eigentlich war sie schon zu alt für den Spielplatz, aber sie besuchte ihn gern, wenn er leer war; dann konnte sie sich langsam von einem Haltegriff zum nächsten gleiten lassen, und mangels Schwerkraft und Beobachter war ihre Schwerfälligkeit plötzlich verschwunden. Und heute schienen ihre Gedankenfäden so einsam und verlassen wie der Spielplatz.

Nein, nicht einsam. Fünf weitere Personen, einschließlich ihres Vaters, hatten zusammen mit ihr dafür gestimmt, Tabitha auch als Bettlerin in *Sanctuary* weiterleben zu lassen. Aber die Motive dafür waren unterschiedlich – die Gründe, die Argumente für das Erbarmen, dem sie ihre Stimme gaben. Miri fühlte den Unterschied, aber sie konnte den Finger nicht darauflegen, weder in Worten, noch in Form von Fäden, und das war enorm frustrierend. Es war das alte Problem: Etwas fehlte in ihren Gedanken, irgendeine unbekannte Art von Assoziation oder Zusammenhang. Warum konnte sie nicht einen Sondierungsfaden über den Unterschied zwischen ihrer Stimme und der der anderen spinnen und so erfahren, worin dieser Unterschied bestand? Ihn erklären, prüfen, ihn in das ethische System eingliedern, an dem Tabitha Selenskis Unfall ebenso gekratzt hatte wie an Miris Seele. Es fehlte etwas, irgend etwas, das für Miri wichtig war; dort, wo eine Erklärung sein sollte, befand sich ein Loch.

Sie blickte auf die Felder und Kuppeln und Wege hinab. *Sanctuary* sah hübsch aus in dem weichen, UV-gefilterten Sonnenlicht. Wolken zogen an einem Ende auf; das Betreuungsteam plante wohl Regen. Sie mußte im Wetterkalender nachsehen.

Sanctuary. (Sanctuarium ➛ Zufluchtsstätte ➛ Kirchen ➛ Recht ➛ Schutz von Menschen und Eigentum ➛ das Abwägen der Rechte des Individuums gegen jene der Gesellschaft ➛ Locke ➛ Paine ➛ Rebellion ➛

Gandhi ➛ der einsame Kreuzzug auf einer höheren moralischen Ebene ...) Für die Schlaflosen beinhaltete *Sanctuary* all das. Es war auch ihre, Miris, Gemeinschaft. Und warum hatte sie dann das Gefühl, als hätte Tabithas Tod sie an einen Ort gestoßen, wo die Heiligkeit der Zufluchtsstätte entweiht worden war (Becket in der Kathedrale, Blut auf den Steinplatten ...)? An einen Ort, wo es letzten Endes auch keine Sicherheit gab?

Langsam kletterte Miri aus dem Spielplatzballon und machte sich auf die Suche nach Tony, der zwar auch keine Antworten auf all das haben würde, der aber wenigstens die Fragen verstand. Jedenfalls so weit, wie sie selbst sie verstand, was plötzlich nicht mehr allzu weit aussah. Etwas absolut Wesentliches fehlte.

Was?

Ende Oktober erlitt Alice einen Herzanfall. Sie war dreiundachtzig Jahre alt. In der Folge lag sie still da, die Schmerzen von Medikamenten betäubt. Leisha saß Tag und Nacht an ihrem Bett; sie wußte, es konnte nicht mehr lange dauern. Alice schlief zumeist, und kaum erwachte sie, glitt sie umgehend wieder zurück in ihre Träume, und manchmal erschien dabei ein leichtes Lächeln auf ihrem verhutzelten Gesicht. Leisha hielt ihre Hand, ohne die leiseste Idee, wohin die Gedanken ihrer Schwester wanderten, bis eines Nachts Alices Augen klar wurden, sich auf Leishas Gesicht konzentrierten, und ein so warmes, inniges Lächeln in ihren Zügen erschien, daß Leisha den Atem anhielt und sich über sie beugte. »Ja, Alice? Ja?«

»Papa g-gießt die Blumen!« flüsterte Alice.

In Leishas Augen begann es zu kribbeln. »Ja, Alice. Ja, er gießt die Blumen.«

»Er hat mir eine geschenkt!«

Leisha nickte. Alice glitt zurück in den Schlaf und

lächelte – an einem Ort, wo ein kleines Mädchen die Liebe ihres Vaters hatte.

Ein paar Stunden später erwachte sie wieder und drückte Leishas Hand mit unerwarteter Kraft. Ihre Augen blickten aufgeregt. Sie versuchte sich aufzusetzen und keuchte: »Ich hab's geschafft! Ich hab's geschafft! Ich bin immer noch da! Ich bin nicht gestorben!« Dann fiel sie wieder zurück auf die Kissen.

Jordan, der neben Leisha am Bett seiner Mutter stand, wandte sich ab.

Das letztemal, als Alice aufwachte, war sie bei klarem Verstand. Sie sah Jordan liebevoll an, aber Leisha merkte, daß sie nichts zu ihm sagen würde, denn Worte waren nicht notwendig. Alice hatte ihrem Sohn alles gegeben, was sie hatte, alles, was er brauchte, und er war in Sicherheit. Zu Leisha gewandt flüsterte sie: »Gib ... acht ... auf Drew.«

Auf Drew. Nicht auf Jordan oder auf Eric oder ihre anderen Enkel. Irgendwie erkannte Alice, wo etwas am dringendsten benötigt wurde. Aber hatte sie das nicht immer schon gewußt?

»Ja, das werde ich tun. Alice ...«

Aber Alice hatte bereits die Augen geschlossen, und das Lächeln lag wieder auf den Lippen, die in ihrer privaten Traumwelt zuckten.

Als alles vorbei war und Stella und ihre Tochter Alices schütteres graues Haar aufsteckten und bei der staatlichen Behörde um die Sonderbewilligung für ein Privatbegräbnis ansuchten, ging Leisha in ihr eigenes Zimmer. Sie zog sich nackt aus und trat vor den Spiegel. Ihre Haut war klar und rosig, ihre Brüste gaben nach Jahrzehnten von Schwerkrafteinwirkung zwar etwas nach, waren jedoch immer noch voll und glatt, und die Muskeln ihrer langen Beine spannten sich sichtbar, wenn sie den Fuß streckte. Ihr Haar, immer noch so hellblond, wie Roger Camden es bestellt hatte, fiel ihr in weichen Wellen um die Wangen. Sie dachte flüchtig daran, nach der Schere zu greifen und in ihrem Haar zu wüten, bis es in zerfledderten Strähnen nach allen Seiten stand, aber sie fühlte sich zu alt dazu, zu müde für theatralische Gesten. Ihre Zwillingsschwester war an Altersschwäche gestorben. Sie schlief für alle Zeiten.

Leisha zog die Kleider wieder an, ohne noch einen Blick in den Spiegel zu werfen, und ging dann hinunter, um Stella und Alicia zur Hand zu gehen, wenn sie Alice zurechtmachten.

Richard, Ada und ihr Sohn kamen zum Begräbnis nach New Mexico. Sean war jetzt neun Jahre alt und ein Einzelkind geblieben – fürchtete Richard, daß ein nächstes Kind zu einem Schlaflosen werden könnte? Richard sah zufrieden aus und so seßhaft und beständig, wie sein und Adas Wanderleben es zuließ. Älter sah er nicht aus. Gegenwärtig beschäftigte er sich mit der Kartierung von Meeresströmungen in einem landwirtschaftlich intensiv genutzten Teil des Indischen Ozeans, unmittelbar vor dem Festlandsockel. Die Arbeit schritt flott voran. Er legte die Arme um Leisha und sagte, wie sehr es ihm leid täte wegen Alice, und Leisha wußte, daß es aus dem Herzen kam. Doch durch ihre Trauer hindurch drang aus einem Winkel ihres Bewußtseins der Gedanke, daß dies seit ihrer Jugend der wichtigste Mann in ihrem Leben war, und daß sie gar nichts fühlte, wenn er sie so an sich gedrückt hielt. Er war ein Fremder, den nur die Biologie elterlicher Auswahlkriterien und eine Vergangenheit aus sehr begrenzten Träumen mit ihr verband.

Auch Drew kam zum Begräbnis nach Hause.

Leisha hatte ihn vier Jahre lang nicht gesehen, nur seine imposante Karriere in den Medien verfolgt. Sie empfing ihn in dem mit Steinen ausgelegten Garten, in dem die künstlich zu dauernder Blüte gebrachten Kakteen leuchteten und tropische Pflanzen unter transparenten Y-Schirmen mit hoher Luftfeuchtigkeit gediehen. Ohne das geringste Zaudern fuhr er mit dem Rollstuhl auf Leisha zu. »Tag, Leisha!«

»Willkommen zu Hause, Drew.« Er hatte immer noch dieselben intensiv grünen Augen, obwohl er sich in jeder anderen Hinsicht wieder einmal völlig verändert hatte. Leisha dachte an den schmutzigen, dürren Zehnjährigen, an den schlaksigen Teenager, der sich so sehr bemüht hatte, ein Macher zu sein – mit Jacke, Schlips und abgekupferten Manieren –, an den Oberschüler mit dem Hauptfach Schauspiel und mit perfektem Haarschnitt und Spitzenbesatz an den Manschetten seiner topschicken altertümlichen Retro-Kleider, und schließlich an den bärtigen Gammler mit dumpfem Blick und einem kraftlosen, gefährlichen Groll gegen alles. Jetzt trug Drew dezente, teure Kleider und dazu nur eine einzige verräterisch protzige, diamantenbesetzte Armspange. Sein Körper war voller und reifer geworden; er war zweifellos, bemerkte Leisha ohne Begehrlichkeit, ein gutaussehender Mann. Und was immer er sonst noch war, hatte er gelernt zu verbergen.

»Wie schade um Alice«, sagte er, »sie war die großmütigste Seele, die mir je begegnet ist.«

»Das wußtest du? Aber du hast recht. Und es war ausschließlich ihr eigenes Verdienst, denn von denjenigen, die ihr hätten helfen sollen, bekam sie nur wenig Unterstützung.«

Er fragte nicht, was Leisha damit meinte; Worte waren noch nie Drews Kommunikationsmittel gewesen.

Statt dessen sagte er: »Sie wird mir fürchterlich fehlen. Ich weiß, ich bin seit Jahren nicht hier gewesen.« Er sprach ohne jeden Anflug von Verlegenheit. Drew hatte sich offenbar mit der letzten unangenehmen Szene zwischen ihm und Leisha versöhnt. Doch wenn das stimmte, weshalb war er dann vier Jahre lang weggeblieben? Leisha hatte ihm genug Botschaften geschickt, in denen sie ihn einlud, wieder nach Hause zu kommen. »Aber Alice und ich sprachen jeden Sonntag über ComLink miteinander. Manchmal stundenlang.«

Das hatte Leisha nicht gewußt. Sie verspürte ein Aufflammen von Eifersucht; aber auf wen war sie eifersüchtig? Auf Alice oder auf Drew?

»Sie hat dich geliebt, Drew«, sagte Leisha. »Du warst ein sehr wichtiger Mensch für sie. Und sie hat dich in ihrem Testament bedacht, aber das kann alles warten bis nach dem Begräbnis.«

»Ja«, sagte Drew, sichtlich ohne besonderes Interesse an seiner Erbschaft. Leisha wurde es warm ums Herz. Das Kind Drew war immer noch da; es verbarg sich unter der glitzernden Armspange und der sonderbaren Karriere, die keiner von beiden erwähnte. Und doch sollte sie sie erwähnen, oder etwa nicht? Sie war doch Drews Werk, seine Errungenschaft, seine individuelle überragende Leistung.

»Ich habe deine Karriere in den Medien verfolgt«, sagte Leisha. »Du hattest viel Erfolg, und wir sind alle sehr stolz auf dich.«

Ein Funkeln erschien in seinen Augen. »Du hast einen meiner Auftritte gesehen?«

»Nein, keinen Auftritt. Nur die Kritiken, das überschwengliche Lob …«

Das Funkeln erlosch. Aber sein Lächeln war immer noch herzlich. »Schon gut, Leisha, ich weiß, du konntest nicht zusehen.«

»Ich *wollte* nicht …«, korrigierte sie ihn, bevor sie sich zurückhalten konnte.

Er lächelte breiter. »Nein, du *konntest* nicht. Laß nur. Aber selbst wenn du dich nie mehr von mir in lichte Träume versetzen läßt, bleibst du der Mensch, der meine Arbeit am meisten beeinflußt hat oder je beeinflussen wird.«

Leisha wollte den Mund öffnen, um zu antworten –

auf die Emotionen, auf den Stachel unter den Emotionen, auf die eigensinnige Ambivalenz unter beidem –, aber noch ehe sie dazukam, fügte Drew hinzu: »Ich habe jemanden zu Alices Begräbnis mitgebracht.«

»Wen?«

»Kevin Baker.«

Leishas Verlegenheit war wie weggeblasen. Drew war immer noch imstande, sie zu verwirren – Drew, dieser Sohn, den sie nie geboren hatte und der zu etwas geworden war, das sie weder erfühlte noch verstand –, Kevin hingegen war eine bekannte Größe. Sie kannte ihn seit sechzig Jahren – seit einer Zeit, in der Drews Vater noch nicht geboren war.

»Weshalb ist er gekommen?«

»Warum fragst du ihn nicht selbst?« meinte Drew kurz angebunden, und da wußte Leisha, daß Drew von Kevin oder aus den Datennetzen oder von irgendwo sonst alles über sie und Kevin erfahren hatte. Alles, was in sechzig Jahren zusammengekommen war. Die Zeit lagert sich in immer dickeren Schichten ab, dachte Leisha. Wie Staub.

»Und wo ist Kevin jetzt?«

»Im nördlichen Innenhof.« Als Leisha sich anschickte davonzugehen, rief Drew hinter ihr her: »Leisha, noch etwas. Es hat sich nichts verändert. Im Hinblick auf das, was ich will.«

»Ich weiß nicht, was du meinst«, sagte sie; sie wußte es sehr genau und schalt sich einen Feigling.

Er machte eine ungeduldige Handbewegung – wie alt war er jetzt eigentlich? Fünfundzwanzig. »Das glaube ich dir nicht, Leisha. Ich will das, was ich immer schon wollte. Dich und *Sanctuary*.«

Das kam unerwartet – zumindest eine Hälfte davon. *Sanctuary*. Es war zehn Jahre her, daß Drew es ihr gegenüber auch nur erwähnt hatte, und Leisha hätte gedacht, daß der kindische Traum von Rache oder gerechter Strafe oder Eroberung längst ausgeträumt war.

Doch hier saß Drew in seinem Rollstuhl, ein kraftvoller Mann trotz seiner nutzlosen Beine, und sein Blick hielt dem ihren stand, als ihre Augen sich trafen. *Sanctuary*.

Er war immer noch ein Kind.

Sie ging zum nördlichen Innenhof. Kevin stand allein dort und betrachtete einen Stein, den der Wüstenwind in eine längliche, spitz zulaufende Form geschliffen hatte, die aussah wie eine Sandsteinträne. Bei seinem Anblick wurde Leisha klar, daß sie nicht mehr für ihn fühlte als für Richard. Bei Alice hatte das Alter den Körper getötet; es schien, daß es sich bei Leisha mit dem Herz zufriedengab.

»Hallo, Kevin!«

Er drehte sich rasch um. »Leisha! Danke für die Einladung.«

Also hatte Drew ihn angelogen. Aber es erschien ihr bedeutungslos. »Gern geschehen.«

»Ich wollte Alice zum letztenmal meine Aufwartung machen.« Er sah verlegen drein, und schließlich sagte er mit einem kläglichen Lächeln: »Wir Schlaflosen können nicht so recht damit umgehen, nicht wahr? Ich meine, mit dem Tod. Wir denken einfach nie dran.«

»Ich ja«, sagte Leisha. »Möchtest du Alice noch einmal sehen?«

»Später. Zuerst möchte ich dir etwas sagen, und ich weiß nicht, ob ich dazu noch die Möglichkeit haben werde. Das Begräbnis ist in einer Stunde, nicht wahr?«

»Kevin, hör zu. Ich will keine Entschuldigungen oder Erklärungen oder Rekonstruktionen von Geschehnissen, die vierzig Jahre alt sind. Nicht jetzt. Ich will einfach nichts davon hören, ja?«

»Ich wollte mich nicht entschuldigen«, erklärte er ein wenig steif, und sie erinnerte sich daran, wie sie auf dem Dach eben dieses Hauses zu Susan gesagt hatte: »Kevin sieht keinen Grund für irgendeine Entschuldigung.«

»Es geht um etwas völlig anderes«, fuhr er fort. »Tut

mir leid, wenn ich es gerade jetzt, vor dem Begräbnis, zur Sprache bringen muß, aber, wie gesagt, möglicherweise reicht die Zeit sonst nicht. Hat Drew dir erzählt, welche Aufträge ich für ihn erledige?«

»Ich wußte nichts von einer Geschäftsverbindung zwischen euch beiden!«

»Eigentlich erledige ich alles für ihn, mit Ausnahme seiner Tourneen. Dafür beschäftigt er eine Agentur. Aber ich kümmere mich um seine Wertpapieranlagen, die Versicherungen, und so weiter. Er ...«

»Ich hätte gedacht, die Summen, um die es bei Drews Geschäften geht, wären, verglichen mit deinen anderen Klienten, eher gering.«

»Das ist richtig«, erwiderte Kevin unbefangen und nickte. »Aber ich tue es für dich. Indirekt. Und dazu wollte ich dir sagen, daß Drew darauf besteht, sein Kapital ausschließlich in Wertpapieren anzulegen, die an der Börse von *Sanctuary* notieren.«

»Und?«

»Ich tätige einen Großteil meiner Geschäfte ohnedies mit *Sanctuary*, aber zu den von dort vorgegebenen Bedingungen. Ich vertrete sie auf der Erde, wenn sie ihre eigenen Leute nicht herunterschicken wollen, und kümmere mich im besonderen um die Sicherheitsmaßnahmen bei ihren Transaktionen auf der Erde. Es gibt immer noch eine Menge Leute da draußen, die Schlaflose hassen, auch wenn die tolerante Atmosphäre in den Medien es nicht vermuten ließe. Du wärst überrascht, wie viele es sind, die uns hassen.«

»Nein, wäre ich nicht«, entgegnete Leisha. »Und was wolltest du mir sonst noch sagen?«

»Folgendes: Irgend etwas tut sich in *Sanctuary*. Ich weiß nicht, was, aber ich bin in der einzigartigen Lage, Einblick zu haben in die äußersten Randzonen ihrer Vorbereitungen auf was auch immer sie im Schilde führen – im besonderen durch Drews winzigkleine Beteiligungen, denn er möchte sie so dicht wie möglich am Herzschlag von *Sanctuary* haben. Was, nebenbei gesagt, nie sehr dicht war, denn das haben die Leute da oben nicht gestattet, und jetzt achten sie auf noch mehr Distanz. Momentan werfen sie auf den Markt, was sie nur können, wandeln Beteiligungen nicht in Guthaben oder Bargeld um sondern in Sachvermögen wie Gold, Software, ja sogar Kunstgüter. Das ist es, was bei meinem Überwachungsprogramm zu allererst alle Warnlichter zum Blinken brachte: Es existiert kein Schlafloser, der ein echter Kunstsammler wäre. Kunst interessiert uns einfach zu wenig.«

Allerdings. Leisha zog die Stirn in Falten.

»Also habe ich ein wenig tiefer gegraben«, fuhr Kevin fort, »auch auf Gebieten, mit denen ich sonst nichts zu tun habe. Die Sicherheitssysteme sind noch schwerer zu knacken als sonst; sie müssen da oben ein paar wirklich fähige jüngere Zauberkünstler sitzen haben, auch wenn nirgendwo etwas Offizielles darüber aufscheint. Während des ganzen vergangenen Jahres hat *Sanctuary* alle Investitionen, die nicht zu Bargeld gemacht wurden, in Beteiligungen außerhalb der Vereinigten Staaten transferiert. Will Sandaleros hat Kagura gekauft, eine sehr alte japanische Orbitalstation, deren Inneres bereits reichlich defekt sein soll; sie wurde in erster Linie für experimentelle Züchtungen von gentechnisch verändertem Fleischvieh für die Raumstationen benutzt. Sandaleros hat die Station im Namen von Sharifi Enterprises und nicht von *Sanctuary* gekauft. Es ist merkwürdig: Sie haben alle Bewohner zum Verlassen der Station gezwungen, aber es gibt keinen Hinweis darauf, daß man die Tiere weggebracht hätte. Nicht eine einzige krankheitsresistente ZiegRind. Vermutlich haben sie jetzt ihr eigenes Personal auf der Station, das für die Tiere sorgt, aber an diese Informationen komme ich nicht heran. Und nun haben sie begonnen, alle ihre Leute von der Erde nach *Sanctuary* zurückzuholen. Die Kinder in den höheren

Schulen, die Ärzte, die ihr Klinikjahr auf der Erde verbringen, die Verbindungsleute zu den Geschäftspartnern, ja sogar den einen oder anderen Exzentriker, der sich hier unten in den Slums herumtreibt. Sie kehren alle nach *Sanctuary* zurück, allein oder zu zweit, um kein Aufsehen zu erregen. Aber sie kehren zurück.«

Mit gerunzelter Stirn fragte Leisha: »Und was meinst du, hat das zu bedeuten?«

»Keine Ahnung.« Kevin legte den vom Wind glattgemeißelten Stein weg. »Ich dachte, du wärst besser geeignet, um darüber Hypothesen anzustellen. Du kennst Jennifer besser als alle anderen, die hier unten geblieben sind.«

»Kevin, ich glaube, ich kannte in meinem ganzen Leben nie jemanden wirklich.« Es rutschte ihr einfach heraus; sie hatte nicht vorgehabt, etwas so Persönliches preiszugeben. Kevin lächelte dünn.

Drew tauchte auf; er fuhr seinen Rollstuhl nahe an die beiden heran und sagte: »Leisha, Stella braucht dich.« Seine Augen waren gerötet.

Sie ging rasch davon, den Kopf voll: mit der rätselhaften Betriebsamkeit *Sanctuarys,* mit dem Tod ihrer Schwester, mit dem schamlos ausbeuterischen Steuerpaket des Kongresses, mit Drews Kapitalanlage in *Sanctuary,* mit Kevins Sorge, mit ihrer eigenen irrationalen Angst vor Drews Kunst – sie war irrational, das wußte Leisha. Aber sie hatte offenbar nicht mehr die Kraft, rational zu bleiben, wie damals, als sie noch jünger war. Und es gab keine Möglichkeit, über so viele Dinge gleichzeitig nachzudenken, dazu waren sie zu unterschiedlich. Der menschliche Geist schaffte es nicht, sie alle in sich zu vereinen, dazu wäre eine andere Art zu denken vonnöten gewesen. *Papa, es ist dir nicht gelungen; du hättest bei den genetischen Manipulationen auch dafür sorgen sollen. Nicht bloß für bessere Gedanken, sondern für einen besseren Weg des Zusammenwirkens von Gedanken.*

Ein freudloses Lächeln umspielte ihre Lippen. Armer Roger. Sie gab ihm die Schuld für alles, was sie war, was sie nicht war und was Alice nicht war. In gewisser Weise fand sie das komisch. Doch einzig und allein auf jene humorlose Art, auf die sie in letzter Zeit alles komisch fand. In weiteren achtzig Jahren würde sie es vielleicht zum Schießen lustig finden. Alles, was es dazu brauchte, war Zeit, die sich Schicht um Schicht ablagerte wie Staub.

»Asche zu Asche, Staub zu Staub ...«

Jordan hatte die schönen, schmerzlichen, sentimentalen Worte ausgewählt, davon war Drew überzeugt. Er hatte noch nie zuvor einen Trauergottesdienst miterlebt und verstand nicht so recht, was all die altertümlichen Phrasen bedeuten sollten, aber wenn er in die Gesichter blickte, die rund um Alice Camden Watrous' Grab versammelt waren, wußte er, daß Jordan die Worte ausgewählt hatte, daß Leisha sie nicht mochte und daß Stella ungeduldig auf ihr Ende wartete. Und Alice? Ihr hätten sie gefallen, das wußte Drew, einfach weil ihr Sohn sie ausgewählt hatte. Für Alice hätte das gereicht. Und so reichte es auch für Drew.

Formen glitten leise in sein Bewußtsein und wieder davon.

»Denn Er erkennet unsre sterbliche Hülle; Er denket daran, daß wir Staub sind. Denn des Menschen Tage sind wie die Halme des Grases; wie die Blume des Feldes erblühet er. Und sie vergehet, wenn der Wind darüber streicht, und nichts weiset hin auf den Platz, an dem sie wuchs.«

Es war Eric, der die Worte las – Alices Enkelsohn, Drews alter Feind. Drew blickte ihn an, blickte auf den gutaussehenden, ernsten Mann, zu dem Eric geworden war, und die Formen in seinem Kopf wurden klarer und glitten schneller dahin. Nein, er wollte keine Formen, diesmal wollte er das Wort. Er war entschlossen, das Wort für Eric zu finden, der wohl auch Staub sein mochte, aber immerhin qualitativ hochstehender, echtlederner, durch und durch platinener Staub, über den nichts hinwegstrich, um ihn der Vergänglichkeit anheimfallen zu lassen, denn Eric war ein Schlafloser, dem Talente und Macht in die Wiege gelegt worden waren, ganz egal, wieviel jugendliche Rebellion er einst ausgelebt hatte. Drew wollte das Wort für Richard, der mit gesenkten Augen neben seiner Schläfer-Frau und seinem kleinen Jungen stand und so tat, als wäre er wie sie. Das Wort für Jordan, Alices Sohn, der sein Leben lang hin und her gerissen wurde zwischen seiner Schläfer-Mutter und seiner brillanten Schlaflosen-Tante, und dem nur seine eigene Fairness dabei zur Seite stand. Das Wort für Leisha, die – wenn das stimmte, was Kevin Baker Drew verraten hatte – in ihrem Leben Schläfer weitaus mehr geliebt hatte als jeden Schlaflosen: ihren Vater, Alice, Drew.

Er konnte das rechte Wort nicht finden.

Jordan las nun aus einem anderen alten Buch (sie kannten alle so viele alte Bücher!): »Schlaf nach des langen Tages Mühe, Hafen nach der sturmgepeitschten See, Seelenfrieden nach dem Kriege, Tod nach dem Leben …«

Leisha hob den Blick vom Sarg. Ihr Gesicht war starr, hart. Das Licht des Wüstenhimmels legte sich auf ihre faltenlosen Wangen, die blassen, zusammengepreßten Lippen. Sie sah nicht Drew an, sondern die windgeglätteten Steine links und rechts von Alices Grabstelle – BECKER EDWARD WATROUS und SUSAN CATHERINE MELLING – und dann geradeaus ins Leere. Doch auch ohne einen Blick mit ihr zu wechseln wurde Drew mit einemmal aus den fließenden Formen in seinem Kopf und aus Leishas unbeugsamer Gestalt vor seinen Augen klar, daß er niemals mit ihr schlafen würde. Sie würde ihn nie anders lieben denn als Sohn, weil sie in ihm zuallererst einen Sohn gesehen hatte und weil sie ihre wichtigsten Formen nie änderte. Sie konnte es nicht. Sie blieb das, was sie war. Das traf für die meisten Leute zu, aber für Leisha in besonderem Maße. Sie bog sich nicht, sie beugte sich nicht. Das war etwas, das in ihr steckte, etwas, das von der Schlaflosigkeit herrührte – nein, es war etwas, das eben *nicht* in ihr steckte, weil es durch das Vorhandensein der Schlaflosigkeit verhindert wurde. Es ließ sich einfach nicht definieren. Aber es fand sich in allen Schlaflosen – diese Inflexibilität, die Unfähigkeit, Kategorien zu ändern –, und deshalb würde Leisha ihn nie so lieben, wie er sie liebte. Nie.

Schmerz durchfuhr ihn, so heftig, daß er einen Moment lang Alices Sarg unten in der Erde nicht mehr sehen konnte. Alice, deren Liebe Drew in seinem Heranwachsen geleitet hatte, wie es Leishas Liebe nie gekonnt hätte. Sein Blick wurde wieder klar, und er ließ dem Schmerz freien Lauf, bis er zu einer weiteren Form in seinem Kopf wurde, zu einer rauhen, groben, zerrissenen Form – jedoch rauher, grober und zerrissener als der Schmerz und er selbst und daher erträglich.

Er konnte Leisha nicht haben. Nie.

Dann blieb ihm nur noch *Sanctuary*.

Wiederum blickte er in die Runde. Stella verbarg das Gesicht an der Schulter ihres Mannes. Die Tochter der beiden, Alicia, hatte die Hände auf die Schultern ihrer kleinen Töchter gelegt. Richard hielt die Augen immer noch gesenkt, und Drew konnte sie nicht sehen. Leisha stand etwas abseits; das gleißende Wüstenlicht offenbarte ihre jugendliche Haut, die faltenlosen Augenwinkel, die hart aufeinandergepreßten Lippen.

Das Wort war da – das Wort, dem Drew nachgejagt war, das, was ihnen allen fehlte, all jenen Schlaflosen, die um den liebsten Menschen trauerten, der nicht einer von ihnen gewesen und gerade deshalb der liebste war:

Das Wort lautete ›Bedauern‹.

Wütend beugte Miri sich über ihr Terminal. Sowohl der Bildschirm als auch die Werte der Meßgeräte sagten dasselbe: Das Modell dieses synthetischen Neurotransmitters leistete noch weniger als das letzte. Oder die letzten beiden. Oder die letzten zehn. Die Laborratten, deren Gehirne von dem, was die Antwort auf Miris Problem sein sollte, völlig durcheinandergebracht waren, standen unschlüssig in ihren Scannerkäfigen. Das kleinste der drei Tiere gab auf; es legte sich hin und schlief ein.

»W-W-Wunderb-b-bar!« murmelte Miri. Wie, um alles in der Welt, hatte sie je gemeint, für biochemische Forschungen talentiert zu sein? »Super« – ja, klar. Super-inkompetent.

Fäden aus genetischen Codes, Phänotypen, Enzymen und Rezeptoren bildeten sich immerzu in ihrem Kopf. Nichts davon war brauchbar. Müll, alles Müll. Sie schleuderte ein Eichinstrument quer durch das Labor, was sicherstellte, daß es selbst neu geeicht werden mußte.

»Miri!«

Joan Lucas stand in der Tür, ihr hübsches Gesicht völlig verzerrt. Seit Jahren hatten sie und Miri kein Wort mehr miteinander gewechselt.

»W-W-Was ist d-d-denn, J-J-Joan?«

»Tony. Komm mit, sofort. Er …« Ihre Gesichtszüge verzerrten sich noch mehr. Miri spürte, wie ihr das Blut in den Adern gefror.

»W-W-Was … W-W-Was …?«

»Er ist abgestürzt. Vom Spielplatz. O Miri, bitte komm schon …!«

Vom Spielplatz. Von der Achse der Orbitalstation … nein, das konnte nicht sein, der Spielplatz war völlig geschlossen! Und bei einem Sturz aus dieser Höhe würde nichts mehr vorhanden sein ...

»Vom Lift, meine ich. Von der Außenseite. Du weißt, wie die Jungen immer miteinander wetteifern, wer sich getraut, an der Außenseite des Lifts, auf den Querverstrebungen, mitzufahren und dann in die Wartungsluke zu springen ...«

Davon hatte Miri nichts gewußt. Tony hatte ihr nie etwas davon erzählt. Sie war wie gelähmt, konnte keinen Gedanken fassen; sie konnte nur die weinende Joan anstarren. Hinter Miri ließ eine der GenMod-Ratten ein leises Quieken hören.

»Komm schon!« schluchzte Joan. »Er lebt noch!«

Gerade noch. Das Notarztteam war schon eingetroffen. Grimmig entschlossen beschäftigte es sich mit den zerschmetterten Beinen und der gebrochenen Schulter, ehe es ihn ins Krankenhaus transportierte. Tony hatte die Augen geschlossen; eine Seite seines Kopfes war blutüberstömt.

Auf dem kurzen Weg in die Klinik blieb Miri bei Tony im Rettungsgleiter, dann brachten die Ärzte ihn blitzschnell weg. Miri saß reglos und blind da und blickte erst auf, als ihre Mutter eintraf.

»Wo ist er?« rief Hermione, und in einem verborgenen Winkel von Miris Gehirn tauchte die grausame Frage auf, ob Hermione wenigstens jetzt den Blick auf ihren ältesten Sohn richten würde, jetzt, da alles dahin war, was es anzusehen lohnte. Tonys Lächeln, der Ausdruck in seinen Augen, sein Mund, wenn er die Worte hervorstammelte. Tonys Worte.

Der Scanner zeigte massive Gehirnverletzungen an, aber wunderbarerweise fiel Tony nicht ins Koma. Die Medikamente, die seine Schmerzen dämpften, dämpften auch alles, was ihn zu Tony machte, aber Miri wußte, er war immer noch da, irgendwo da drinnen. Sie saß an seiner Seite und hielt Stunde um Stunde seine schlaffe Hand in der ihren. Leute kamen und kreisten um das Bett, aber sie sprach mit keinem und sah keinen an.

Schließlich zog der Arzt einen Stuhl an den ihren heran und legte ihr eine Hand auf die Schulter. »Miranda.«

Diesmal flatterten Tonys Lider stärker, sie wandte ihnen ihre ganze Aufmerksamkeit zu ...

»Miranda. Hör mir zu.« Der Arzt griff sanft nach ihrem Kinn und drehte ihr Gesicht dem seinen zu. »Die Schäden am Nervensystem sind zu umfangreich für eine Regeneration. Es könnte sein ... Wir wissen einfach nicht, was wir da vor uns haben. Mit so tiefgreifenden Schäden hatten wir es bisher noch nie zu tun.«

»N-N-Nicht einm-m-mal b-bei T-T-Tabitha S-Selenski?« fragte sie mit bitterem Tonfall.

»Nein. Das war etwas völlig anderes. Tonys Mallory-Scans zeigen eine höchst anomale Hirnaktivität. Dein Bruder lebt zwar, aber sein Hirnstamm hat irreparable Schädigungen davongetragen, einschließlich der Raphe-Nuklei und der verwandten Strukturen. Du weißt, was das bedeutet, Miranda, du arbeitest auf diesem Gebiet. Ich habe hier die Werte für dich ...«

»Ich w-w-will s-s-sie n-n-nicht s-s-sehen!«

»O doch«, sagte der Doktor. »Du willst sie sehen. Sharifi, reden Sie mit ihr.«

Miris Vater beugte sich über sie. Sie hatte seine Anwesenheit gar nicht wahrgenommen. »Miri ...«

»N-N-Nicht, P-Papa! M-M-Mach es n-n-nicht! N-N-Nicht m-m-mit T-Tony!«

Ricky Keller versuchte gar nicht, so zu tun, als würde er sie nicht verstehen. Und er versuchte auch nicht, so zu tun, als verfügte er über eine Kraft, von der Miri unter all den entsetzlich chaotischen Fäden in ihrem Kopf wußte, daß er sie nicht besaß. Ricky warf einen Blick auf seinen zerschmetterten Sohn, einen weiteren auf Miri und ging mit gebeugtem Rücken aus dem Zimmer.

»R-R-Raus!« schrie Miri dem Arzt zu, den Schwestern und ihrer Mutter, die direkt neben der Tür stand. Hermione machte eine schwache Handbewegung, und sie ließen Miri allein. Mit Tony.

»N-N-Nein!« flüsterte sie Tony zu. Ihre Hand krampfte sich um die seine. »Ich w-w-w-werde es n-n-nicht …« Die Worte wollten nicht kommen. Nur Gedanken. Und auch die Gedanken nicht in komplexen Fadengebilden. Nur in der geradlinigen, engen Bahn der Angst.

Ich werde es nicht zulassen. Ich werde mich mit aller Kraft zur Wehr setzen. Ich bin ebenso stark wie sie und dazu klüger, wir sind SuperS, ich werde kämpfen um dich! Ich erlaube es nicht! Sie können mich nicht davon abhalten, dich zu beschützen. Niemand kann mich aufhalten …!

Jennifer Sharifi stand in der Tür.

»Miranda.«

Miri trat um das Fußende des Bettes herum, bis sie zwischen ihrer Großmutter und Tony stand. Sie bewegte sich langsam und zielstrebig und wandte keine Sekunde lang den Blick von Jennifers Gesicht.

»Miranda. Er leidet.«

»L-L-Leben ist L-L-Leiden«, sagte Miri und erkannte ihre eigene Stimme nicht. »U-U-Unumg-gängliche N-N-Notwendigk-keit. H-H-Hast d-du s-selbst g-g-gesagt!«

»Er wird nie wieder gesund.«

»D-D-Das k-k-kannst d-d-du d-d-doch n-n-nicht w-wissen! N-N-Noch nicht!«

»Wir sind ganz sicher.« Jennifer trat mit raschen Schritten ins Zimmer. Miri hatte noch nie gesehen, daß sich ihre Großmutter so rasch bewegt hätte. »Glaubst du nicht, daß ich ebenso fühle wie du? Er ist doch mein Enkelsohn! Und ein Super dazu, einer der wenigen kostbaren SuperS, die wir haben und die in ein paar Jahrzehnten unendlich wichtig sein werden für uns, dann, wenn wir es wirklich nötig haben werden, weil wir immer weniger Nachschub von der Erde bekommen und uns Quellen erschließen müssen, von denen wir jetzt noch nicht träumen! Wir werden die finanziellen Mittel und die GenMod-Technik und ihre Anwendungen brauchen, um dieses Sonnensystem zu verlassen und uns anderswo niederlassen zu können, wo wir schließlich in Sicherheit sein werden. Dafür brauchten wir Tony, für die Sterne… Wir brauchen jeden einzelnen von euch! Glaubst du nicht, daß es mir ebenso nahe geht wie dir, ihn verlieren zu müssen?«

»W-W-Wenn ihr T-T-Tony umb-b-b…« Sie konnte die Worte nicht herausbringen. Die wichtigsten Worte, die sie jemals sagen wollte, und sie *konnte sie nicht herausbringen!*

Mit gequälter Stimme sagte Jennifer: »Niemand hat das Recht, Ansprüche an die Starken und Produktiven zu stellen, weil er schwach und nutzlos ist. Der Schwäche einen höheren Wert zuzugestehen als der Leistungsfähigkeit ist moralisch verwerflich.«

Miri stürzte sich auf ihre Großmutter. Sie zielte auf die Augen, als sie ihre Finger zu Krallen krümmte, und hob das Knie, um es mit aller Kraft in Jennifers Magen zu stoßen. Jennifer schrie auf und fiel zu Boden. Miri ließ sich auf sie fallen und versuchte, ihre zitternden, zuckenden Hände der Großmutter um den Hals zu legen. Doch andere Hände packten sie, rissen sie zurück und klammerten sich um sie. Miri wehrte sich kreischend – sie mußte laut kreischen, damit Tony es hörte und merkte, was vorging. Damit Tony aufwachte…

Alles wurde schwarz.

Drei Tage lang wurde Miri im Tiefschlaf gehalten. Als sie schließlich erwachte, saß ihr Vater an ihrer Liege, die Schultern gekrümmt und die Hände schlaff zwischen den Knien. Er berichtete, daß Tony an seinen Verletzungen gestorben war. Miri starrte ihn an und sagte kein Wort, ehe sie sich mit dem Gesicht zur Wand drehte. Die Schaumsteinwand war alt und übersät mit schwarzen Pünktchen, die Schmutz sein konnten, Schimmel oder die Negative winziger Sterne in einer flachen, zweidimensionalen, toten Galaxie.

Miri weigerte sich, ihr Labor zu verlassen. Sie sperrte sich ein und aß zwei Tage lang nichts. Die Erwachsenen konnten die Sicherheitsverriegelung der Labortür, die Tony entworfen hatte, nicht außer Betrieb setzen und versuchten es auch gar nicht. Zumindest hatte Miri den Eindruck, als würde es niemand versuchen; eigentlich war es ihr völlig egal.

Ihre Mutter suchte ein einziges Mal über ComLink den Kontakt zu ihr, aber Miri löschte das Bild vom Schirm, und es gab keinen weiteren Anlauf. Vater probierte es öfter. Miri hörte sich mit steinerner Miene an, was er zu sagen hatte, blieb aber nur auf Empfang geschaltet, so daß er sie weder sehen noch hören konnte. Es gab ohnedies nichts, was sie interessierte. Sie antwortete nicht. Großmutter versuchte nicht, sie anzurufen.

Sie saß in einer Ecke des Labors auf der Erde, und ihre dünnen, zuckenden Arme umfaßten die angezogenen Knie. Innerlich bebte sie vor Zorn. Zornesstürme fegten alle Fäden hinweg, alle Gedanken; alle geordneten komplexen Gefüge wurden von Wogen primitiver Wut hinweggespült, die ihr keinerlei Ängstlichkeit verursachte. Es gab einfach keinen Platz für Ängstlichkeit. Der Zorn vereinnahmte jeden Winkel ihres Gemüts und ließ nur Raum für einen einzigen Gedanken, der am Rande dessen existierte, was einst ihr Ich gewesen war: *Die Hypermodifikationen betreffen Emotionen ebenso stark wie Prozesse im Cortex.* Der Gedanke war uninteressant. Nichts schien von Interesse außer Miris Zorn über Tonys Tod.

Über Tonys Ermordung.

Am dritten Tag erweckte eine Notüberbrückung aller Sperren jeden Bildschirm in Miris Labor zum Leben, selbst jene Monitore, die für den lokalen Empfang nicht vorgesehen waren. Miri blickte auf und ballte die Fäuste. Die Erwachsenen waren besser, als sie gedacht hatte, wenn sie Tonys Programm umgehen konnten … Aber das war nicht möglich, niemand hatte die Computersysteme so beherrscht wie Tony, niemand … *Tony* …

»M-M-Miri«, sagte Christina Demetrios' Gesicht, »l-l-aß uns r-r-rein! B-B-Bitte!« Und als Miri nicht reagierte, fügte sie hinzu: »I-I-Ich h-h-hab' ihn auch g-g-geliebt!«

Miri kroch zur Tür, die Tony mit einem komplizierten Sperrmechanismus aus manuell zu aktivierenden und Y-Feld-Komponenten versehen hatte. Sie verlor fast das Bewußtsein durch die Anstrengung des Kriechens; sie hatte nicht bemerkt, daß ihr Körper so geschwächt war. Ein immerzu auf Hochtouren laufender Metabolismus wie der ihre verbrauchte normalerweise riesige Mengen von Nahrung.

Sie öffnete die Tür. Christina kam herein, eine große Schüssel SojErbs in den Händen. Es folgten ihr Nikos Demetrios und Allen Sheffield, Sara Cerelli und Jonathan Markowitz, Mark Meyer und Diane Clarke und zwanzig weitere; jeder Super von *Sanctuary,* der über zehn Jahre alt war, drängte sich zuckend und ruckend in Miris Labor, die breitflächigen Gesichter unter den großen, leicht mißgebildeten Schädeln tränennaß oder wutverzerrt oder heftig arbeitend unter rasend schnellen Denkprozessen.

Nikos sagte: »S-S-Sie h-haben es g-g-getan, w-w-weil er einer v-v-von uns w-w-war!«

Miri wandte langsam den Kopf und sah ihn an.

»T-T-T-T-Tony w-w-w-w-w- …« Das Wort wollte nicht heraus. Nikos schoß hinüber zu Miris Terminal und rief das Programm auf, das Tony entworfen hatte, um das Fadengebilde zu konstruieren, das Nikos' Gedankenmustern entsprach, sowie das Umwandlungsprogramm zu Miris Mustern. Er tippte die Stichworte ein, studierte das Resultat, änderte Schlüsselstellen, studierte das Vorhandene erneut und änderte es wieder ab. Christy hielt Miri wortlos die Schüssel mit Soj-Erbs hin. Miri stieß sie weg, warf einen Blick auf Christys Gesicht und aß doch einen Löffel voll. Nikos drückte die Taste, um sein Gedankengebäude in Miris Konstruktion umzuwandeln, und sie versenkte sich hinein.

Es war alles da: Die dokumentierte Überzeugung der SuperS, daß Tonys Tod keine Ähnlichkeit mit jenem von Tabitha Selenski hatte. Die medizinischen Unterschiede waren da: Tabithas Großhirnrinde war zerstört gewesen, hingegen zeigten die Scannerresultate von Tonys Gehirn und der Autopsiebericht einen ungewissen Grad von Beeinträchtigung; die Ablesungen ließen keinen Schluß zu auf das, was von seiner Persönlichkeit noch vorhanden geblieben war. Keinen Zweifel ließen sie jedoch, was die Zerstörung gewisser Hirnstammstrukturen betraf, welche die Produktion von GenMod-Enzymen regulierten. Tony wäre vielleicht noch Tony gewesen – vielleicht auch nicht; er hätte vielleicht noch seine kompletten geistigen Fähigkeiten besessen, vielleicht aber auch nicht; um darüber Gewißheit zu erlangen, war zu wenig Zeit geblieben. In jedem Fall jedoch hätte er einen mehr oder weniger großen Teil des Tages schlafend zugebracht.

Die medizinischen Unterlagen, die sich die SuperS aus den Klinikaufzeichnungen geholt hatten – selbstverständlich ohne den geringsten Hinweis zu hinterlassen, daß jemand in die Datenbänke eingedrungen war –, standen nicht allein unter Miris Hologerät. Sie waren eingeknüpft in Fäden und Querfäden aus analytischen Betrachtungen über Gemeinschaftskonzepte, über die Eigendynamik einer anhaltenden Isolation von Gemeinwesen, über Xenophobie, über Zwischenfälle, die auch Miri zwischen Normalen und SuperS in der Schule, in den Labors und auf dem Spielplatz miterlebt hatte und an die sie nun erinnert wurde. Faktoren der sozialen Eigendynamik und der psychologischen Abwehrmechanismen gegen Minderwertigkeitsgefühle wurden verknüpft mit historischen Verhaltensmustern auf der Erde: Assimilation. Religiöser Eifer gegen Ketzer. Klassenkampf. Leibeigenschaft und Sklaverei. Karl Marx, John Knox, Lord Acton.

Es war das komplizierteste Fadengebäude, das Miri je gesehen hatte. Sie wußte, ohne danach zu fragen, daß Nikos nach Tonys Autopsie einen ganzen Tag gebraucht hatte, um es zu durchdenken, daß es auch die Beiträge und Ideen der anderen SuperS repräsentierte und daß es die bedeutsamste Fadenkonstruktion war, mit der sie sich in ihrem ganzen Leben beschäftigt hatte, sowohl in Gedanken, als auch in Gefühlen.

Und daß etwas – immer noch, *wie immer!* – daran fehlte.

Nikos sagte: »T-T-T-Tony h-h-hat m-mir's b-b-beigeb-b-bracht.«

Miri antwortete nicht. Sie merkte, daß Nikos das, was ohnedies alle wußten, nur gesagt hatte, um nicht etwas anderes auszusprechen, das, was jedes Element in dem komplexen Aufbau seiner Fäden besagte: *Die NormS halten uns SuperS für so verschieden, daß sie uns als getrennte Gemeinschaft betrachten, von ihnen geschaffen, um der ihren dienlich zu sein. Sie wissen nicht, daß sie so denken, sie würden es gewiß in Abrede stellen – aber sie tun es dennoch.*

Sie blickte in die Runde der anderen Kinder; sie verstanden es alle. Es waren keine Kinder mehr, nicht einmal die Elfjährigen – nicht in dem Sinn, in dem Miri mit elf ein Kind gewesen war. Jede neue Genmodifikation hatte das Potential für neue Denkbahnen im Gehirn geöffnet. Jede weitere genetische Veränderung hatte die Nutzungsbereiche jener Strukturen der Großhirnrinde ausgedehnt, die einst nur in Zeiten übermäßigen Stresses oder stark angespannter Sinne zur Verfügung standen. Jede neue Modifikation hatte die Unterschiede zu den normal Schlaflosen, die sie vorgenommen hatten, verstärkt. Und diese SuperS, ganz besonders die jüngsten, waren nur noch im weitesten biologischen Sinn Kinder der Normalen.

Und sie, Miri selbst – inwieweit war sie das Kind von Hermione Wells Keller, die es nicht ertrug, sie auch nur anzusehen? Miri, die Tochter von Richard Anthony Keller, dessen Intelligenz bei weitem nicht an jene seiner Mutter heranreichte? Die Enkeltochter von Jennifer Fatima Sharifi, die Tony einer Gesellschaft geopfert hatte, deren Definition nur Jennifers eigenem Dafürhalten unterlag?

»M-M-M-Miri, iß«, drängte Christina leise.

Nikos sagte: »W-W-W-Wir d-d-dürfen n-n-nicht z-zulassen, d-d-daß s-s-sie es n-n-noch mal t-t-tun!«

»W-W-Wir k-k-k-k-k- ...« Allen zuckte frustriert die Achseln. Er hatte es mit dem Sprechen immer schon schwerer gehabt als die anderen; manchmal sagte er tagelang kein Wort. Er stieß Miri von der Konsole weg, rief sein eigenes Fadenprogramm auf, ließ die Finger rasch über die Tastatur gleiten und übertrug das Resultat in Miris Programm. Als er damit fertig war, erkannte sie aus der perfekten Anordnung und Zusammensetzung der Fäden, daß die SuperS sich durch eine Pauschalbeurteilung der NormS moralisch ebenso ins Unrecht setzen würden wie der Hohe Rat von *Sanctuary*. Daß jeder Mensch, Super- oder NormalSchlafloser, als Individuum beurteilt werden müßte, und daß dieser Prozeß sorgfältig mit der Notwendigkeit geheimen Vorgehens in Einklang gebracht werden sollte. Sie konnten bereits eine komplette verdeckte Kontrolle über sämtliche Computersysteme in *Sanctuary* sicherstellen, wenn diese Kontrolle zu ihrem Selbstschutz nötig sein sollte, aber sie konnten keine vollständige Kontrolle über die Normalen sicherstellen, die sie in ihre Schutzmaßnahmen eingeschlossen hatten – Schutzmaßnahmen, die verhindern sollten, daß je wieder ein Super vom Hohen Rat getötet wurde. Es war ein Risiko, das sich die Waage halten sollte mit dem moralischen Dilemma, zu dem zu werden, was sie am Hohen Rat verurteilten. Die moralischen Facetten zogen sich funkelnd durch Allens Fadengebilde; bei Nikos gab es nichts in Frage Gestelltes.

Miri studierte die Projektion, und die Fäden in ihrem eigenen Kopf formten und verknoteten sich rascher als je zuvor in ihrem Leben. Sie fühlte sich nicht moralisch gefestigt; sie fühlte nichts als Haß auf alle, die für Tonys Tod verantwortlich waren. Und doch sah sie ein, daß Allen recht hatte. Sie durften sich nicht einfach gegen ihre eigenen Eltern stellen, gegen ihre Großeltern, gegen die anderen Schlaflosen – gegen ihre Gemeinschaft. Sie durften einfach nicht. Allen hatte recht.

Miri nickte.

»Sch-Sch-Sch-Schutz. U-U-U-Unser Sch-Sch ...«, stammelte Allen.

»U-U-Und v-v-von N-N-NormS, d-d-die in ... O-O-Ordnung s-s-sind«, sagte Diane Clarke, und die anderen erkannten intuitiv, welche Fäden sie mit dem Wort ›Ordnung‹ meinte.

Jonathan Markowitz sagte: »S-S-S-Sam S-S-S-Smith.«

»J-J-Joan L-L-Lucas«, fügte Sarah Cerelli hinzu. »I-Ihr u-u-ungeb-b-borener B-B-Bruder.« Miri sah sich und Joan am Ge-dächtnistag hinter die Versorgungskuppel geduckt, hörte wieder ihre eigene hartherzige Beurteilung von Joans Trauer über die bevorstehende Abtreibung ihres Schläfer-Brüderchens. Miri verzog das Gesicht. Wie konnte sie Joan gegenüber nur so gefühllos sein? Wie konnte sie sich nur weigern zu *verstehen ...*?

Weil es damals ihr selbst noch nicht widerfahren war.

»W-W-Wir b-b-b-brauchen einen N-N-Namen«, stellte Diane fest. Sie nahm Allens Platz vor der Konsole ein und rief ihr eigenes Fadenprogramm auf. Als sie beiseitetrat, um Miri Gelegenheit zu geben, das Resultat zu betrachten, sah Miri ein kompliziertes Gedankengebäude über die Kraft von Namen zur Eigenidentifizierung, über die Identifizierung mit der Gemeinschaft, über die Stellung der SuperS in der Gemeinschaft von *Sanctuary,* wenn sich keine Notwendigkeit des Selbstschutzes ergeben sollte – was durchaus der Fall sein konnte. Es konnte sein, daß keinem von ihnen je wieder von den Normalen Gefahr drohte, und daß die beiden Gemeinschaften jahrzehntelang nebeneinander existierten – wobei nur eine von beiden wußte, daß es zwei gab. Die Kraft eines Namens.

Miris Lippen zuckten. »Einen N-N-Namen«, sagte sie.

»J-Ja. Einen N-N-Namen«, sagte Diane und nickte.

Miri sah von einem zum anderen. Dianes Fäden drehten sich in der holographischen Projektion und ließen sowohl ihre Eigenständigkeit als auch die komplexen Grenzen ihrer körperlichen und emotionalen Abhängigkeiten in allen Details erkennen. Einen Namen.

»D-D-Die B-B-B-Bettler«, sagte Miri.

»Ich hatte keine Wahl!« rief Jennifer. »Ich hatte keine andere Wahl!«

»Nein«, sagte Will, »aber sie ist einfach zu jung für einen Sitz in der Ratsversammlung, Jenny. Miri hat noch nicht gelernt, sich unter Kontrolle zu halten oder ihre Begabungen zu ihrem eigenen Besten einzusetzen. Sie wird es lernen. In ein paar Jahren kannst du ihr ihren Sitz zurückgeben. Es war einfach ein Beurteilungsfehler, Liebes, und sonst nichts.«

»Aber sie will nicht einmal mit mir reden!« schluchzte Jennifer. Eine Sekunde später hatte sie ihre Beherrschung wiedergefunden. Sie glättete die Falten ihrer schwarzen Abajeh und streckte die Hand nach der Teekanne aus, um sich und Will nachzugießen. Ihre langen schlanken Finger hielten die kostbare alte Kanne mit sicherem Griff, und der duftende Strahl des Einblatt-Tees, einer in *Sanctuary* entwickelten Genmodifikation, fiel ohne zu schwanken in die hübschen Metalltassen, die Najla zum sechzigsten Geburtstag ihrer Mutter gegossen hatte. Dennoch zogen sich harte Linien von Jennifers Nase zu ihren Mundwinkeln. Beim Anblick seiner Frau wurde Will klar, daß Schmerz aussehen konnte wie Alter.

»Jenny«, sagte er mit sanfter Stimme, »laß ihr Zeit. Sie hat einen furchtbaren Schock erlitten, und sie ist immer noch ein Kind. Erinnerst du dich nicht, wie du mit sechzehn warst?«

Jennifer sah ihn durchdringend an. »Miri ist nicht wie wir!«

»Nein, aber ...«

»Es ist nicht nur Miri. Auch Ricky weigert sich, mit mir zu reden.«

Will stellte seine Tasse hin. »Für einen Schlaflosen war Ricky immer schon ein wenig labil. Ein wenig schwach. Wie sein Vater.« Seine Worte hatten den maßvollen Tonfall einer Erklärung vor Gericht.

Jennifer sagte, als wäre es eine Antwort: »Ricky und Miri werden einsehen müssen, was Richard nie einsah: Die oberste Pflicht einer Gemeinschaft ist es, ihre Gesetze und ihre Kultur zu schützen. Ohne den Willen, das zu tun, ohne diese patriotische Gesinnung hat man nichts als eine Ansammlung von Menschen, die zufällig am gleichen Ort leben. *Sanctuary* muß sich selbst schützen.« Nach einer Sekunde fügte sie hinzu: »Ganz besonders jetzt.«

»Ganz besonders jetzt«, bestätigte Will mit einem

Nicken. »Laß ihr Zeit, Jenny. Sie ist schließlich deine Enkeltochter.«

»Und Ricky ist mein Sohn.« Jennifer stand auf und griff nach dem Tablett. Sie vermied es, ihren Mann anzusehen. »Will?«

»Ja?«

»Laß Rickys Büro und Mirandas Labor überwachen.«

»Das können wir nicht. Jedenfalls nicht bei Miri. Die SuperS experimentieren seit langem schon mit den Sicherheitsvorkehrungen. Und was Tony entworfen hat, ist nicht zu knacken. Jedenfalls nicht von uns, ohne sichtbare Spuren zu hinterlassen.«

Als Will Tony erwähnte, stieg erneut Trauer in Jennifers Augen. Will erhob sich und nahm sie in die Arme, ungeachtet des Tabletts, das sie in den Händen hielt.

Aber ihre Stimme klang gefaßt. »Dann weise Miri ein neues Labor zu, in einem anderen Gebäude. Wo eine Überwachung durchführbar ist.«

»Ja, Liebes. Wird noch heute erledigt. Aber, Jenny – es ist sicher nur kindlicher Kummer und Schock. Sie ist ein außergewöhnliches Mädchen. Sie wird wieder auf den richtigen Weg zurückfinden und das Unvermeidliche akzeptieren.«

»Ganz gewiß wird sie das«, sagte Jennifer. »Sie soll noch heute in ein neues Labor übersiedeln.«

23

Eine Woche nach Tonys Tod machte Miri sich auf die Suche nach ihrem Vater. Die Verwaltung der Orbitalanlagen hatte sie aus ihrem alten Labor geworfen – aus ihrem und Tonys Labor, wo er einst zusammen mit Miri gearbeitet, gelacht und geplaudert hatte – und ihr ein neues in Forschungskuppel vier zugewiesen. Am selben Nachmittag noch hatte Terry Mwakambe sich dort eingefunden.

Von allen SuperS war Terry der brillanteste, wenn es um Systemkontrolle ging – sogar besser als Tony. Doch er und Tony hatten nur selten zusammengearbeitet, weil Terrys Gedankenfäden die Kommunikation mit ihm äußerst schwierig machten. Seine radikalen Zusatzmodifikationen, deren neurochemische Konsequenzen noch nicht ganz erforscht waren, ließen ihn selbst in den Augen der anderen SuperS sonderbar und fremd erscheinen. Die meisten seiner Fadengebilde bestanden aus mathematischen Formeln, die auf der Chaostheorie und auf den neueren Disharmonie-Phänomenen basierten. Er war zwölf Jahre alt.

Terry verbrachte Stunden vor Miris Terminals und den großen Bildschirmen an der Wand; seine Augen zwinkerten heftig, und sein kindlicher Mund verzerrte sich zu einer dünnen, zuckenden Linie. Er sprach kein Wort zu Miri, und schließlich merkte sie, daß sein Schweigen Zorn war – bebender Zorn, ebenso gewaltig wie der ihre. Terry liebte seine Eltern, Normal-Schlaflose, denen er die Veränderung seiner Gene und damit seine unheimliche, außergewöhnliche Intelligenz verdankte: jene Super-Fähigkeiten, die nun von den gleichen Normalen unter Aufsicht gestellt wurden, als wäre Miri – eine, die so war wie er – irgendein diebischer Bettler. Terrys Gefühl, hintergangen, verraten worden zu sein, erfüllte den Raum wie Gluthitze.

Als er fertig war, funktionierten die Überwachungseinrichtungen des Hohen Rates perfekt. Sie zeigten Miri am Terminal, wo sie endlose Schachpartien gegen den Computer austrug. Als Ablenkung von ihrem Schmerz. Ein Spiel um Macht von einer, die entdecken mußte, daß sie machtlos war gegen den Tod. Der Infrarot-Scanner verfolgte jede Bewegung von Miris Körper, der sich zumeist reglos über das holographische Schachbrett beugte, denn sie nahm sich viel Zeit für jeden Zug. Systemüberwachungsprogramme machten es möglich, jeden einzelnen Zug aus jedem einzelnen Spiel abzurufen. Miri gewann jedesmal, obwohl ihr etliche Flüchtigkeitsfehler bei der Verteidigung unterliefen.

»S-S-S-So!« sagte Terry, als er die Labortür hinter sich zuknallte. Es war das einzige Wort, das er gesprochen hatte.

Miri entdeckte ihren Vater im Park an jener Stelle, über der der Spielplatz geschwebt war. Sein und Hermiones zweites normales Kind saß zappelnd auf seinem Schoß. Das Kleine war fast zwei Jahre alt, ein hübscher Junge namens Giles mit braunen GenMod-Locken und großen dunklen Augen. Ricky hielt ihn fest, als könnte er unter seinem Griff zerbrechen, und Giles wollte sich daraus hervorwinden, um auf den Boden zu gelangen.

»Er redet noch nicht«, war das erste, was Ricky zu Miri sagte. Sie ging die Implikationen dieser Bemerkung durch.

»W-W-Wird er b-b-bald. N-N-NormS h-h-heben es s-s-sich m-m-manchm-mal auf und r-r-reden d-dann g-g-gleich in g-ganzen S-S-Sätzen.«

Ricky drückte den unruhigen Kleinen fester an sich. »Wieso weißt du das, Miri? Du bist doch keine Mutter! Du bist selbst noch ein Kind. Wieso weißt du das eigentlich?«

Sie konnte ihm nicht antworten. Ohne Fäden und Gedankengebäude wäre die Antwort auf seine wirkliche Frage – *wie denkst du eigentlich, Miri?* – so unvollständig ausgefallen, daß sie keinerlei Wert gehabt hätte. Aber ihr Vater konnte nicht verstehen, wie Fäden funktionierten. Er würde es nie verstehen.

Statt dessen sagte sie: »*D-Du* h-hast T-T-Tony g-g-geliebt.«

Über den Kopf des Kleinen hinweg sah er sie an. »Natürlich habe ich ihn geliebt, er war mein Sohn!« Und dann fügte er hinzu: »Aber du hast recht. Deine Mutter hat ihn nicht geliebt.«

»Und m-m-mich auch n-n-nicht.«

»Sie wollte es so gern.« Giles fing an zu greinen. Ricky lockerte seinen Griff etwas, ließ Giles aber nicht los. »Miri, deine Großmutter hat dich aus dem Hohen Rat entfernen lassen. Sie brachte einen Antrag ein, das Mindestalter für Familienmitglieder dem für die Ratsmitglieder mit befristeter Amtszeit anzupassen und somit auf einundzwanzig zu erhöhen. Der Antrag wurde angenommen.«

Miri nickte. Sie war nicht überrascht. Natürlich wollte Großmutter sie jetzt nicht mehr im Rat haben, und natürlich stimmten alle Ratsmitglieder zu. Es hatte immer welche gegeben, denen die zweierlei Stimmrechtskriterien für Mitglieder der Familie Sharifi einerseits und für die Allgemeinheit andererseits ein Dorn im Auge gewesen waren – obwohl es eigentlich nur Sache der Familie Sharifi war, wem sie ihre Stimmrechte zuteilte. Aber vielleicht stammte der Unmut über ihren Sitz im Hohen Rat aus derselben Quelle wie die Rechtfertigung dafür: Sie war eine Super.

Giles fing an, gewaltige Tritte mit seinen festen Beinchen auszuteilen, und begann zu kreischen. Jetzt endlich stellte Ricky ihn auf den Boden und lächelte matt. »Ich dachte wohl, wenn ich ihn lang genug festhalte, würde er einen ganzen Satz von sich geben. Wie etwa: ›Vater, bitte laß mich hinunter, ich möchte auf Entdeckungsreise gehen.‹ Mit zwei Jahren konnte man das von dir erwarten.«

Miri strich Giles über den Kopf, während er glücklich das GenMod-Gras inspizierte; dank der perfekt arbeitenden Ionenpumpe benötigte das Gras nur minimale Nährstoffmengen. Giles' Haar fühlte sich weich und seidig an. »E-E-Er ist n-n-nicht ich.«

»Nein. Daran muß ich in Zukunft denken. Miri, was hast du denn gestern nacht zusammen mit den anderen SuperS in Allens Labor getrieben?«

Sie erschrak. Wenn Ricky es bemerkt und darüber Spekulationen angestellt hatte, traf das dann auch für andere Erwachsene zu? Konnten Spekulationen allein den Bettlern schon schaden? Terry und Nikos sagten zwar, niemand könne die Sicherheitsmaßnahmen durchbrechen, die sie getroffen hatten, aber selbstverständlich konnte jeder sich fragen, weshalb so tiefgreifende Sicherheitsvorkehrungen überhaupt existierten. Würden Fragen ausreichen, um Vergeltungsaktionen auszulösen? Was wußte Miri – oder irgendein anderer Super – schon davon, wie die NormS wirklich dachten?

»Ich nehme an«, sagte Ricky behutsam, »ihr habt alle getrauert, in völliger Zurückgezogenheit und auf eure eigene Weise. Ich denke, falls ihr euch wieder trefft und falls nachher irgendwelche NormS fragen, was ihr gemacht habt, werdet ihr ihnen das erzählen.«

Miri nahm die Hand von Giles' Haar und ließ sie in die ihres Vaters gleiten. Ihre Finger, dank Miris Super-Stoffwechsel vom Blut heiß und rasendschnell durchflossen, wanden sich mit zuckenden Muskeln um seine kalten.

»J-Ja, P-P-Papa«, sagte sie. »D-Das w-w-werden w-wir.«

Sie brauchten anderthalb Monate für die Programmierung von geheimen Zugriffen auf *Sanctuarys* Hauptcomputersysteme: Lebenserhaltung, Verteidigung, Sicherheit, Kommunikation, Wartung und Datenspeicher. Terry Mwakambe, Nikos Demetrios und Diane Clarke erledigten den Großteil der Arbeit. Sie stießen auf einige Sicherheitssperren in den Programmen, die sie nicht knacken konnten, in erster Linie bei der Verteidigung nach außen hin. Terry arbeitete verbissen dreiundzwanzig Stunden täglich, getarnt von einem Programm, das die Überwachung austrickste und das er selbst entwickelt hatte. Miri hätte gern gewußt, bei welcher Tätigkeit ihn das Programm zeigte, fragte ihn aber nicht. Terrys wortlose Frustration angesichts seines Unvermögens, die letzten paar Sicherheitssysteme zu knacken, war geradezu körperlich spürbar, wie ein Luftstoß. Miri hingegen war überrascht, wie rasch es den Bettlern gelungen war, die Orbitalstation mehr oder weniger zu übernehmen, obwohl sie bislang eigentlich noch nichts geändert hatten. Vielleicht würden sie nie etwas ändern. Vielleicht würde sich keine Notwendigkeit dafür ergeben.

Zu Beginn des zweiten Monats durchbrach Terry eine wesentliche Programmsperre. Er und Nikos riefen zu einer Besprechung in Nikos' Arbeitszimmer. Beide Jungen waren bleich wie Wachs. Ein Netz aus roten Kapillargefäßen pulsierte auf Terrys Stirn über der Maske. Vor etwa vier Wochen hatte ein Dutzend SuperS angefangen, diese Masken aus modelliertem Plaspier zu tragen, die die untere Gesichtshälfte vom Kinn bis zu den Augen verdeckten und nur ein Loch zum Atmen offen ließen. Einige der Mädchen bemalten die Masken sogar. Doch Miri hatte bemerkt, daß die Kinder, die ihren normalschlaflosen Eltern besonders nahestanden, keine Masken trugen. Sie wußte auch nicht, ob man denjenigen, die sie trugen, je deswegen

Fragen gestellt oder das Auftauchen der Masken mit Tony Sharifis Tod im Zusammenhang gebracht hatte.

»Sh-Sh-Sh-Sharifi-L-L-L-L-L-...« Terry ließ die Handkante durch die Luft sausen, eine Geste, die, grob gesagt, »leck mich!« bedeutete. Während des letzten Monats war die nichtverbale Zeichensprache, immer schon ein wichtiger Teil der Kommunikation der SuperS untereinander, zusehends unzivilisierter geworden.

Nikos versuchte es. »Sh-Sh-Sharifi-L-Labors v-v-verf-f-fügen ü-ü-über einen t-t-t...« Aber auch er war zu aufgeregt. Terry rief die entsprechenden Fäden über sein Terminal ab, aber wie die meisten seiner Fäden konnten auch diese außer von ihm selbst nur von Terry verstanden werden. Also erzeugte Nikos in seinem Programm ein Fadengebilde und übertrug es in Miris Programm, das für die Gruppe als Ganzes immer noch das am besten verständliche Datenformat war. Siebenundzwanzig Kinder drängten näher.

Sharifi-Labors hatten einen augenblicklich tödlich wirkenden, äußerst leicht übertragbaren GenMod-Organismus künstlich hergestellt, der aus dem Code eines Virus entwickelt worden war, der jedoch in wichtigen Eigenschaften deutliche Unterschiede zu einem Virus aufwies. Sorgfältig ausgewählte Schlaflose, die kurz vor Beendigung ihres Universitätsstudiums auf der Erde standen, hatten bereits an verschiedenen Orten in den Vereinigten Staaten kleine Mengen der tiefgefrorenen biologischen Waffe hinterlegt, die per Fernsteuerung von *Sanctuary* aus aufgetaut und verteilt werden konnten. Solche versteckten Depots, die mit konventionellen Methoden nicht aufzuspüren waren, befanden sich in New York, Washington, Chicago, Los Angeles und auf der Kagura-Orbitalstation, die nun im Eigentum der Sharifi-Gruppe stand. Und ehe sein kurzes Leben endete – also innerhalb von etwa zweiundsiebzig Stunden – war das Virus in der Lage, jeden sauerstoffabhängigen Organismus zu töten, der hoch genug entwickelt war, um ein Nervensystem zu besitzen. Doch im Gegensatz zu jedem anderen Virus konnte sich dieses hier nicht unbegrenzt vermehren: zweiundsiebzig Stunden nach dem Auftauvorgang zerstörten sich alle Exemplare selbst. Ein Meisterstück genialer Gentechnik.

Niemand sagte ein Wort.

Schließlich stammelte Allen: »N-N-N-Nur z-zu V-V-V-Vert-t-teidigungsz-z-zwecken! Eins-s-s-satz n-nur, w-w-wenn *S-S-S-Sanctuary* z-z-zuerst angeg-g-griffen w-w-wird! N-N-Nicht als P-P-P-Präventiv ...«

»J-J-Ja!« fiel Diane bereitwillig ein. »N-N-N-Nur z-z-zur V-V-Vert-t-teidig-g-gung! S-So m-m-muß es s-s-sein! W-W-Wir w-w-würden d-d-doch n-n-nie ...«

Verzweifelt meinte Christy: »N-N-Nur s-s-so, w-w-wie w-w-wir! W-W-Wie es d-d-die B-B-Bettler m-m-machen!«

Stimmen erhoben sich zu einem Durcheinander von Stammeln und Stottern und Geschrei. Sie wollten alle so gern glauben, daß *Sanctuary* nichts anderes machte als sie selbst, nämlich für das Vorhandensein von geheimen Verteidigungsmechanismen zu sorgen, von denen man hoffte, daß sie nie wirklich zum Einsatz kommen mußten. Die Virusorganismen existierten nur, um im Ernstfall eine Basis für Verhandlungen zu haben, um wohlfundierte Drohungen aussprechen zu können, und das war schließlich das einzige, was Schläfer verstanden! Das wußten alle! Die Schlaflosen hatten ein Recht auf Selbstverteidigung, sollte *Sanctuary* direkt angegriffen werden. Schlaflose waren keine Mörder! Die Schläfer waren die Mörder! Auch das wußten alle.

Miri sah zuerst Terry ins Gesicht, dann Nikos, dann Christy, dann Allen. Und dann blickte sie wieder auf die biologische Geheimwaffe ihrer Großmutter, die selbst vor dem Hohen Rat von *Sanctuary* geheimgehalten wurde und nur jener Handvoll Mitarbeiter von Sharifi-Labors bekannt war, die sie entwickelt, hergestellt und in Städten deponiert hatte, die voll waren von anderen Kindern.

Wußte ihr Vater davon?

Plötzlich kam Miri der völlig zusammenhanglose Gedanke, daß sie sich auch eine Plaspiermaske formen würde.

Nach Stunden aufgeregter Diskussionen unternahmen die Bettler nichts wegen der biologischen Waffe. Es gab nichts, was sie hätten tun können. Wenn die SuperS der Ratsversammlung verrieten, was sie alles in Erfahrung gebracht hatten, dann würde der Rat sofort über das Ausmaß ihrer Fähigkeiten Bescheid wissen. Und auch wenn sie die Fernsteuerungsmechanismen außer Betrieb setzten, würden die Erwachsenen ahnen, wer dahinter steckte. In diesem Fall würden die Bettler die Chance verlieren, für sich und ihresgleichen heimliche Schutzvorkehrungen zu treffen, und so machtlos sein wie damals, als sie keine Möglichkeit gehabt hatten, Tony zu schützen. Und außerdem – wenn das Virus nur zum Zweck des Selbstschutzes und in der inständigen Hoffnung geschaffen worden war, es nie einsetzen zu müssen, was machte dann das, was Sharifi-Labors taten, so verschieden von dem, was die Bettler selbst taten?

Der Gruppe wollte außer der Installation von passiven Wächterprogrammen zwecks Außerkraftsetzung von Einsatzbefehlen nichts einfallen, also wurde überhaupt nichts unternommen.

Langsam ging Miri zurück in ihr eigenes Labor, und Terrys Täuschungsprogramm startete, um der Überwachung vorzuspiegeln, wie sie Partie auf Partie eines nichtexistierenden Schachspiels gewann.

Noch tagelang war Miri von der Entdeckung der Bettler aufgewühlt. Sie versuchte, ihre neurologischen Forschungen zur Unterdrückung des Stotterns wiederaufzunehmen, zerbrach einen empfindlichen Bioscanner, versprach sich bei der Eingabe eines maßgeblichen Codeabschnitts in das Arbeitsterminal und schleuderte einen Becher gegen die Wand. Sie traf sich weiterhin regelmäßig mit ihrem Vater und Giles, der auf seinen Knien ritt. Ricky liebte sie. Er liebte sie genug, um zwar den Verdacht zu hegen, daß die SuperS sich in ihre eigene Gemeinschaft zurückzogen, aber dennoch nichts zu ... was? Was konnte er denn schon unternehmen? Was wollte er überhaupt unternehmen?

Fäden schossen durch ihr Hirn wie Dampfstrahlen, die aus Wartungsdüsen entwichen: Loyalität. Verrat. Selbsterhaltungstrieb. Solidarität. Eltern und Kinder.

Das ComLink klingelte. Trotz ihrer nervösen Erregung wurde Miri so ruhig wie möglich, als Joan Lucas' Gesicht auf dem Schirm erschien.

»Miri! Wenn du da bist, würdest du bitte auf Gegenbetrieb schalten?«

Miri regte sich nicht. Joan hatte ihr die Nachricht von Tonys Unfall überbracht und selbst dabei geweint. Joan war eine von den NormS. War Joan ihre alte Freundin? Ihre neue Feindin? Zuordnungen in Kategorien stimmten nicht mehr ...

»Entweder bist du nicht da oder du willst nicht mit mir sprechen«, sagte Joan. Im letzten Jahr war sie noch hübscher geworden, eine siebzehnjährige GenMod-Schönheit mit klarem Kinn und riesigen violetten Augen. »Es macht nichts, ich weiß, du grämst dich immer noch ... wegen Tony. Aber falls du da bist, dann würde ich dir empfehlen, Kanal zweiundzwanzig der Vereinigten Staaten einzuschalten. Jetzt gleich. Es ist ein Künstler zu sehen, dessen Sendung ich sehr gern habe. Er hat mir bei gewissen ... Denkproblemen geholfen, die ich hatte. Vielleicht hilft es dir auch, ihm zuzusehen. Ist nur eine Idee.« Joan senkte den Blick, als würde sie ihre Worte sorgfältig abwägen und nicht wollen, daß Miri dabei den Ausdruck in ihren Augen sah. »Wenn du einschaltest, dann sieh zu, daß es nicht im Hauptbetriebsbuch aufscheint. Ich bin sicher, ihr SuperS wißt alle, wie man das bewerkstelligt.«

Jetzt erst bemerkte Miri, daß Joan über eine abhörsichere Datenleitung sprach. Unschlüssig stand sie vor dem ComLink und kaute an einer ungepflegten Haarsträhne – eine Unart, die sie sich nach Tonys Tod angewöhnt hatte. Wie konnte es Joan bei ihren ›Denkproblemen‹ helfen, wenn sie einem ›Künstler‹ von der Erde bei seinen Aktivitäten zusah? Und welche Probleme konnte jemand, der so perfekt an die Gemeinschaft angepaßt war wie Joan, schon haben?

Jedenfalls keine, die es mit Miris Problemen aufnehmen konnten.

Sie hob den Becher, den sie gegen die Wand geschmissen hatte, vom Boden auf, und wusch und desinfizierte ihn, ehe sie zurückkehrte zum DNA-Code für einen synthetischen Neurotransmitter, dessen Modell sie auf ihrem Arbeitsterminal entworfen hatte; es wartete die langwierige Aufgabe, vom Computer winzige hypothetische Abweichungen von dieser Formel – die möglicherweise nicht einmal der richtige Ausgangspunkt war – durchtesten zu lassen, um zu einer exakten Bestimmung zu gelangen. Doch das Programm wollte nicht laufen, irgendwo war ein Knacks drin. Miri schlug mit der Faust gegen die Seite des Terminals. »Sch-Sch-Scheiße!«

Nikos und Terry hätten sofort gewußt, wo der Hund begraben lag! Oder Tony.

Miri ließ sich auf einen Stuhl fallen; Wogen der Trauer durchfluteten sie. Als das Schlimmste vorüber war, wandte sie sich wieder dem Terminal zu, doch auch mit dem Diagnoseprogramm konnte sie den Fehler nicht finden.

Sie drehte sich zum ComLink und wählte US-Kanal zweiundzwanzig an.

Alles tiefschwarz. Noch ein Defekt? Miri war bereits aufgesprungen, um ihre Faust in die holographische Miniaturbühne zu stoßen und auf ihren Boden zu trommeln, als das Zentrum der Bühne sich plötzlich erhellte. Ein Mann in einem Sessel, zwanzig Zentimeter groß, begann zu sprechen.

»›Glückselig diese frühen Tage/ der ersten Engelkinderzeit!/ Noch eh' ich diesen Ort verstand …‹«

Das? Ein Mann in einem Sessel, der irgendwelche Bettlerdichtungen vortrug? Joan brach ein jahrelanges Schweigen, um Miri *das hier* ans Herz zu legen?

Während der Mann sprach, begann die Schwärze hinter ihm Form anzunehmen. Nein – Formen traten daraus hervor, die sich wiederholten, aber dennoch leichte Unterschiede aufwiesen; es waren merkwürdig faszinierende Formen. In Miris Kopf fügten sich Fäden zu Gebilden, und ihr wurde bewußt, daß auch diese Gebilde – obwohl durchaus alltägliche Gedankengänge darstellend – leichte Unterschiede zu ihren gewohnten Strukturen aufwiesen und daß ihre Formen im großen und ganzen jenen ähnelten, die hinter dem Mann in dem Sessel vorbeiglitten. Vielleicht sollte Diane das sehen; aufbauend auf Tonys Erkenntnissen beschäftigte sie sich mit der Ausarbeitung von Gleichungen, um die Formierung von Gedankenfäden zu beschreiben.

»›Doch durch das ganze fleischlich' Kleid/ sproßt strahlend hell Unendlichkeit‹«, sagte der Mann soeben. Plötzlich bemerkte Miri, daß sein Sessel mit raffinierter Technik ausgestattet war. Der Mann mußte krank oder mißgebildet sein. Jedenfalls nicht normal.

Die Fäden in ihrem Kopf wurden ruhiger; auch die Formen im Hologerät hatten sich verändert. Miri hörte die Worte des Mannes und hörte sie auch nicht; die Worte waren nicht das wirklich Wichtige. Und stimmte das etwa nicht? Worte waren nie wichtig gewesen, nur Fäden, und die Fäden bildeten Formen wie – oder auch nicht wie – diejenigen hinter dem Mann. Und nun war der Mann verschwunden, aber das war in Ordnung, denn sie, Miri, Miranda Serena Sharifi, verschwand auch, schlitterte einen langen steilen Schacht hinab, und mit jedem Meter, den sie zurücklegte, wurde sie kleiner und kleiner, bis sie nicht mehr vorhanden und unsichtbar war, ein transparenter schwereloser Geist, der weder zuckte noch stotterte und in der Ecke eines Raumes hockte, den sie noch nie gesehen hatte.

Unter ihr befanden sich weitere Räume, das wußte sie, denn es war ein tiefes Gebäude – tief, nicht hoch –, und jeder Raum war wie dieser, erfüllt von einem Licht, so spürbar, daß es fast lebendig schien. Eigentlich *war* es lebendig, denn es wurde plötzlich zu einer Bestie mit fünfzehn Köpfen, und Miri hielt ein Schwert in der Hand. »Nein!« sagte sie laut, »ich bin durchsichtig, ich kann kein Schwert führen!«, aber das war offenbar egal, denn die Bestie stürzte sich brüllend auf sie, und Miri führte einen Hieb gegen einen der Köpfe. Er fiel herab, und erst da sah sie, daß es der Kopf ihrer Großmutter war. Jennifers Kopf lag auf dem Boden, und während Miri ihn noch entsetzt ansah, öffnete sich darunter ein Loch, und der Kopf fiel lächelnd hinein. Miri wußte, er fiel in den nächsttieferen Raum – dieses ganze Gebäude bestand nur aus Räumen unter Räumen, die sich einer nach dem anderen öffneten – doch der Kopf würde nie ganz verschwinden. Nichts verschwand je zur Gänze. Die Bestie griff Miri erneut an, und sie schlug ihr einen zweiten Kopf ab, der mit ebenso heiterer Miene in dem Loch im Boden verschwand wie der erste. Es war der ihres Vaters.

Rasende Wut überkam sie. Immer wieder schwang sie ihr Schwert. Manche der Köpfe, die in den Tiefen des Gebäudes versanken, kannte sie, andere nicht. Der letzte gehörte Tony, doch statt zu verschwinden, wuchs ihm ein Körper – nicht jener von Tony, sondern

David Aronsons GenMod-perfekter Körper, der Körper, den sie drei Jahre zuvor zu verführen versucht hatte und von dem sie zurückgewiesen worden war. Tony/David begann, Miri zu entkleiden, und sie war augenblicklich erregt. »Ich wollte dich immer schon haben«, sagte sie. »Ich weiß«, erwiderte er, »aber ich mußte erst aufhören zu zucken.« Er drang in sie ein, und die Welt über ihren Köpfen explodierte zu Myriaden Gedankenfäden.

»Nein, warte einen Moment«, sagte Miri zu Tony. »Das sind nicht die richtigen Fäden.« Sie blickte auf, konzentrierte sich und tauschte die Fäden an gewissen Stellen gegen andere aus. Tony wartete mit einem Lächeln auf seinem schönen Mund. Als Miri mit dem Austauschen der Fäden fertig war, streckte er wieder die Arme nach ihr aus, und sie wurde von einer solchen Zärtlichkeit, einem solchen Seelenfrieden durchströmt, daß sie glücklich rief: »Es ist ganz unwichtig, wie Mutter zu uns steht!«

»War es immer schon«, sagte Tony, und sie lachte und streichelte ihn und …

Wachte auf.

Erschrocken fuhr Miri hoch. Das Labor schwankte und nahm Gestalt an; es war *weg* gewesen, ersetzt von …

Sie hatte geschlafen. Sie hatte geträumt.

»N-N-Nein!« stöhnte sie. Wie konnte sie geschlafen haben? *Sie!* Träume waren etwas, das Schläfer hatten, Träume waren Gedankenkonstruktionen, beschrieben in theoretischen Abhandlungen über das menschliche Gehirn … Das Holoterminal war wieder dunkel. Langsam tauchte der Mann aus der Schwärze auf.

Die Formen. Seine Geräte hatten Formen projiziert und in Miris Kopf entsprechende Formen hervorgerufen. Wie die Gebäude aus Gedankenfäden – aber doch nicht so. Vielleicht aus einem anderen, nichtkortikalen Teil ihres Gehirns? Aber das Gefühl des Friedens, der

Freude, des unendlichen Einsseins mit Tony – das konnte nur aus dem Cortex stammen! Sie hatte es geträumt. Der Mann hatte sie – sie holte das Erdenwort hervor – ›hypnotisiert‹ mit seinen Gedankenformen, seinem Gedicht über das Alleinsein, und dann hatten die Formen im Hologramm Miris eigene Traumformen hervorgelockt …

Doch das war nicht alles gewesen. Miri hatte den Traum verändert. Sie hatte sich auf die Fäden über ihrem und Tonys Kopf konzentriert und sie bewußt *verändert*. Und nun, in der Erinnerung, konnte sie beide Versionen sehen.

Miri saß ganz still, so still, wie sie im Traum gewesen war.

»Drew Arlen«, sagte eine allzu begeisterte Stimme über dem Holo des Mannes im Sessel, »der ›Lichte Träumer‹. Die neue Kunstform hat das Land im Sturm genommen! Diese Sendung ist nicht zur Aufzeichnung geeignet. Also, ihr Nutzer da draußen im Holo-Land, es bleibt euch nichts anderes übrig, als euch um euer Geld rechtzeitig einen von Drews sechs verschiedenen ›Lichten Träumen‹ zu sichern …«

Miri drückte Tonys Code für die Aufzeichnung. Der Mann im Sessel erstarrte.

Immer noch benommen ließ sie den Kopf auf die Knie sinken. Sie hatte geträumt. Sie, Miranda Sharifi, schlaflos und superklug. Sie konnte immer noch Tony vor sich sehen, seine Arme um sich spüren, die Tiefe des Gebäudes und seine endlosen Räume unter sich fühlen. Sie konnte die Gedankenfäden, die sie berührt und verändert hatte, vor sich sehen, so greifbar wie Materie.

Miri hob den Kopf und trat an ihr Arbeitsterminal heran. Sie eliminierte den Programmfehler; es war ganz leicht, sie mußte dazu nur den Gedankenfäden folgen, die sie im Traum gesehen hatte – und zwar den geänderten. Dann tippte sie den exakten DNA-Code ein, dem sie drei Jahre lang nachgejagt und an den sie nicht herangekommen war. Das Programm verglich ihn mit den von ihr vorgegebenen Parametern, Wahrscheinlichkeitstabellen und neurochemischen Wechselwirkungen. Die Vergleiche und der Modellentwurf würden eine Weile dauern, aber Miri wußte bereits jetzt, daß die GenMods die richtigen waren. Es waren diejenigen, nach denen sie gesucht und an die sie sich herangetastet hatte, ohne sie zu sehen, bis ein Teil ihres träumenden Hirns die Fakten in ihren Gedankenfäden aus einem anderen Winkel betrachtet und hinzugefügt hatte, was fehlte.

Ganz recht, ihr Hirn hatte hinzugefügt, was fehlte, was immerzu, ihr ganzes Leben lang, gefehlt hatte. Die Impulse – nicht linear, nicht als Fäden aneinandergeknüpft, nicht auf erkennbare Weise zusammenhängend – aus dem fehlenden Teil ihres Gehirns. Aus dem träumenden Teil. Nein – aus dem *licht träumenden* Teil, der in ein Universum hinabreichte, das tiefer als nur ein Geschoß war, und von dort Dinge herausholte, deren Existenz sie nie geahnt hatte und die doch ohne jeden Zweifel zu ihr gehörten. Dinge, die sie, die wache Miri, in der Traumwelt teilweise manipulieren konnte.

Miri betrachtete das erstarrte Holo des Künstlers im Sessel. Er lächelte leicht; unsichtbare Lichtstrahlen reflektierten von seinem glänzenden Haar. Er hatte strahlend grüne Augen. Wiederum fühlte Miri ihren Traumorgasmus mit Tony, und jede Faser ihrer leidenschaftlichen, jungen, zielstrebigen Persönlichkeit schlang sich um die Gestalt von Drew Arlen, dem sie dieses Geschenk, diese Erlösung verdankte.

Das lichte Träumen.

Miri erhob sich. Sie hatte vor, ihr neurologisches Präparat herzustellen, zu testen und zu verwenden. Sie wußte, es würde wirken. Es würde das Stottern und Stammeln und Zucken der SuperS unterbinden, ohne ihre Super-Fähigkeiten zu beeinträchtigen. Es würde sie sie selbst sein lassen, nur mit einer neu hinzugefügten Dimension.

Dem lichten Träumen. Man bleibt man selbst – nur intensiver.

Aber da war zuvor noch etwas anderes zu erledigen. Sie rief das Bibliotheksprogramm auf und stellte die umfangreichsten Suchkriterien ein, die möglich waren: für alle Daten in den *Sanctuary*-Datenspeichern, in den offiziellen Datenbanken der Erde, für die *Sanctuary* hohe Gebühren zahlte, und in den inoffiziellen, für die *Sanctuary* noch höhere zahlte. Sie fügte die Suchprogramme hinzu, die Tony entwickelt und mit deren Benutzung er Miri vertraut gemacht hatte: diejenigen, die in Datenbanken einbrechen konnten, die ihre Eigentümer für völlig sicher hielten. Miri fügte alles hinzu, was ihrer Meinung nach in Frage kam. Sie wollte alles wissen, was es über Drew Arlen zu wissen gab. Alles.

Und dann würde sie sich überlegen, wie sie ihn kontaktieren konnte.

Die Bettler drängten sich in Raouls Labor, saßen auf Bänken, auf Tischen, auf dem Boden. Sie sprachen, wie immer untereinander, leise und langsam, so daß die Worte Zeit hatten, sich zu formen. Sie sahen einander kaum direkt an, denn fast alle trugen jetzt Masken, etliche davon kunstvoll bemalt.

Miris Maske war nicht verziert. Sie würde sie nicht lange tragen.

»N-N-Nukleop-p-proteine ...«

»... und ein n-n-neues Em-m-missionss-s-sp-p-pektrum gefunden ...«

»... n-n-neunh-h-hundert G-G-Gramm sch-schwerer ...«

»M-M-Meine n-n-neue Sch-Sch-Schwester ...«

»K-K-K-K-K-K-K-K- ...« Das erste Terminal wurde hervorgeholt, um ein Fadenprogramm aufzurufen.

»Wartet einen Moment, bevor ihr zur Faden-Kommunikation übergeht«, sagte Miri. »Ich muß euch etwas zeigen.«

Eisiges Schweigen legte sich über den Raum. Miri nahm die Maske ab und schob sich die langen Fransen aus der Stirn, die ihre Augen verdeckten. Dann blickte sie mit heiterer, gelassener Miene in die Runde; ohne zu zucken, ohne zu zittern, ohne das Gesicht zu verzerren.

»OOOuuun-n-n«, sagte jemand, als hätte er einen Hieb in den Magen bekommen.

»Ich habe den exakten Code gefunden«, erklärte Miri. »Das Enzym ist leicht synthetisch herzustellen und hat keine vorhersehbaren Nebenwirkungen; ich habe bisher auch keine festgestellt. Es kann in Form eines subkutanen Depots verabreicht werden.« Sie schob den Ärmel hoch, um ihnen die kleine Wunde an ihrem linken Oberarm zu zeigen, die bereits im Abheilen begriffen war.

»D-D-Die F-F-F-F-Formel!« stieß Raoul, der zweite Bioforscher in der Gruppe, gierig hervor.

Miri rief das Fadengebäude aus ihrem Arbeitsterminal auf. Raoul klebte augenblicklich vor dem Schirm.

»W-W-Wann?« fragte Christy.

»Vor drei Tagen habe ich mir das Depot eingesetzt. Seither habe ich das Labor nicht verlassen. Außer euch weiß niemand davon.«

Nikos sagte: »M-M-M-Mach's m-m-mir auch!«

Miri hatte siebenundzwanzig Streifen vorbereitet. Die Bettler bildeten eine Schlange, und Susan begann mit der Desinfektion der Oberarme. Raoul führte den Einschnitt durch, Miri setzte die Streifen ein, und Diane klebte straff gespanntes Heftpflaster darüber. Nähte waren überflüssig, die Hautschnitte würden umgehend heilen.

»Es dauert einige Stunden, bis die Wirkung eintritt«, erklärte Miri. »Das Enzym muß erst die Bildung einer ausreichenden Menge von Neurotransmittern in Gang setzen.«

Mit glänzenden Augen sahen die SuperS Miri an. Sie beugte sich vor. »Hört zu, es gibt noch etwas zu besprechen.

Ihr wißt, ich suche seit bald vier Jahren nach dieser Genmodifizierung. Nun ja, anfangs, in den ersten beiden Jahren, habe ich mich eigentlich nur mit der eingehenden Sondierung des Problems beschäftigt. Egal. Ich wäre aber wohl nie auf die Lösung gestoßen, hätte ich nicht etwas gelernt. Es heißt lichtes Träumen.«

Sie hatte die ungeteilte Aufmerksamkeit der Gruppe.

»Es hört sich zwar an wie etwas, das Schläfer tun, und es war auch ein Schläfer, der mich darauf gebracht hat. Dank Joan Lucas. Aber auch wir können diese lichten Träume haben, und obwohl ich noch keine Scannerdaten des Gehirns habe, glaube ich, daß unsere Träume sich möglicherweise von denen der Schläfer unterscheiden. Oder von denen der NormS.« Miri erzählte von Joans Anruf, von Drew Arlen, von ihren eigenen Forschungsfäden, die sie in dem lichten Traum gesehen und von denen sie einige ausgetauscht hatte.

»Es kommt mir so vor, als wären Fäden eine Form des Denkens, eine, die assoziative und lineare Gedanken wirksam verbindet, und lichtes Träumen wäre eine andere. Es benutzt … *Geschichten,* die es wohl aus dem Unterbewußtsein hervorholt, so wie die Träume der Schläfer es üblicherweise tun. Aber Schläfer haben keine Fadengebilde, die sie mit Hilfe der Geschichten konstruieren können. Sie sind nicht in der Lage – ich weiß es nicht, aber vermutlich sind sie nicht in der Lage, das lichte Träumen so gut zu gestalten, weil sie von vornherein über keine so logisch zusammenhängenden Formen verfügen, mit denen sie arbeiten könnten. Oder vielleicht können sie den Traum gestalten, aber ohne die optische Vorstellung kompliziert verflochtener Fadengebilde beschränkt sich das Gestalten auf eine emotionale Ebene.« Miri hob die Schultern. Wer konnte schon sagen, wie Schläferhirne funktionierten?

»Jedenfalls ist das lichte Träumen so … als wäre man wiedergeboren. In eine Welt mit mehr Dimensionen als diese. Und ich möchte, daß ihr alle es probiert.«

Aus der Tasche ihrer Shorts zog Miri die Programmkapsel mit ihrer Lieblingsvorführung von Drew; das Aufnehmen der kompletten Serie aller sechs Sendungen war für Tonys Programm keine Herausforderung gewesen, egal, was die Kommentatoren behaupteten.

Vor Beginn der Besprechung hatte Terry Mwakambe eine seiner undurchdringlichen Abschirmungen um Raouls Labor gelegt, und nun steckte Miri die Kapsel in Raouls Holoterminal. Sie selbst drehte der Miniaturbühne den Rücken zu; sie wollte nicht einschlafen, diesmal nicht. Sie wollte die anderen beobachten.

Einer nach dem anderen bekamen sie glasige Augen, obwohl sie sie nicht schlossen. Drew Arlens musikalische Stimme strich über ihre Lider, rezitierte Gedichtzeilen, rief Einfälle hervor. Die SuperS träumten.

Als es vorbei war, erwachten sie beinahe gleichzeitig. Sie lachten, sie weinten und berichteten aufgeregt von ihren Träumen – alle außer Terry, demjenigen von ihnen, der über die meisten genetischen Abänderungen verfügte und über die meisten Unterschiede zu den NormS. Er saß zusammengesunken in einer Ecke, den Kopf so tief vorgebeugt, daß Miri nur sein Haar sehen konnte.

Irgendwann inmitten des Gelächters und Geschreis stimulierte Miris synthetisches Enzym die ausreichende Produktion dreier verschiedener, ineinandergreifender chemischer Überträgerstoffe und veränderte damit die genetisch codierte Zusammensetzung der zerebrospinalen Flüssigkeit.

Terry stand auf. Sein dürrer Körper und der große Kopf hielten ganz still. Aus Augen, die weder blinzelten noch zuckten, sah er die anderen an und sagte: »Ich weiß, wie man die letzten Programmsperren der Sharifi-Labors entfernen kann. Und ich weiß auch, was sich dahinter verbirgt.«

24

Am Neujahrsmorgen spazierte Leisha unter den Pappeln das Flüßchen entlang. Ein Hauch von Schnee glitzerte auf dem Wüstenboden. Sie sah auf, als ihr Jordan in Hemdsärmeln entgegengekeucht kam, die Falten und Fältchen in seinem Gesicht – er war siebenundsechzig – starr wie Draht.

»Leisha! *Sanctuary* hat sich von den Vereinigten Staaten losgesagt!«

»Ach«, sagte Leisha, nicht im mindesten überrascht.

Kurz nach Alices Begräbnis war sie zu dem Schluß gelangt, daß Jennifer nichts anderes im Sinn haben konnte. Es paßte so gut zu ihr. Und nun kam ihr der Gedanke, daß sie und Kevin Baker wohl die einzigen Menschen im gesamten Land waren, die von dieser Nachricht nicht überrascht wurden. Aber vielleicht überraschte sie Kevin doch; sie hatte seit dem Begräbnis nicht mehr mit ihm gesprochen.

Leisha bückte sich nach einem Stein, einem nahezu perfekten Oval, glattgeschliffen von geduldigem Wind und ewigem Wasser. Unter ihren Fingern fühlte sich der Stein eiskalt an. »Ja«, sagte sie zu Jordan, »ich weiß.«

»Nun, kommst du nicht rein und siehst dir die Nachrichten an?«

»Tun wir das nicht immer?« sagte Leisha in einem Tonfall, daß Jordan sie verblüfft anstarrte.

Am ersten Januar zweitausendzweiundneunzig um acht Uhr morgens gab *Sanctuary* eine Erklärung ab. Sie wurde den fünf wichtigsten Sendern des Landes gleichzeitig zugestellt, dazu dem Präsidenten und dem Kongress der Vereinigten Staaten, von denen zu dieser frühen Stunde am ersten Tag des neuen Jahres keiner die Dienstpflichten seines Amtes in vollem Umfang wahrnahm. Die Erklärung war als endgültig zu betrachten und jeder Versuch, über ihren Inhalt zu verhandeln, zwecklos:

Wenn sich im Laufe der Geschichte für ein Volk die Notwendigkeit ergibt, die politischen Bande zu lösen, die es bislang an ein anderes geknüpft haben, und unter den Mächten der Erde jene eigenständige und gleichberechtigte Stellung einzunehmen, die ihm nach den Gesetzen Gottes und der Natur gebührt, so verlangt es die ihm wohlanstehende Achtung vor der Meinung der Menschheit, daß es die Gründe darlegt, die es zu dieser Loslösung zwingen.

Wir halten es für eine selbstverständliche Wahrheit, daß alle Menschen *nicht* gleich geschaffen wurden. Daß alle ein Recht haben auf Leben, Freiheit und das Streben nach Glück, daß jedoch niemandem all dies auf Kosten eines anderen und dessen Freiheit, Arbeit und Strebens nach Glück garantiert werden darf. Daß die Regierungen, welche von Menschen eingesetzt werden, um diese Rechte zu sichern, ihre rechtmäßige Regierungsgewalt vom Einverständnis der Regierten ableiten. Daß eine Regierung, die es verabsäumt, sowohl die Rechte des Volkes zu schützen, als auch sein Einverständnis zu erlangen, in ihren Zielen gescheitert ist, und es somit das Recht dieses Volkes ist, sie abzuberufen und eine neue Regierung einzusetzen, deren Grundsätze und Ausrichtung der Machtausübung dem Volk für seine Sicherheit und sein Glück besser geeignet scheinen.

Dies sollte nicht leichtfertig und aus trivialen Gründen erfolgen, doch wenn eine lange Kette von grobem Mißbrauch und widerrechtlicher Enteignung auf ein planmäßiges Vorgehen schließen läßt, um ein Volk all dessen zu berauben, was ihm rechtmäßig zusteht, ist es Recht und Pflicht dieses Volkes, sich einer solchen Regierung zu entledigen. Die Geschichte der gegenwärtigen Regierung der Vereinigten Staaten ist eine solche Geschichte wiederholter Ungerechtigkeiten und Enteignungen. Um dies zu beweisen, wollen wir einer unvoreingenommenen Welt die Fakten darlegen.

Die Vereinigten Staaten haben bisher infolge des unter den Schläfern weitverbreiteten und sinnlosen Hasses auf die Schlaflosen *Sanctuary* die Vertretung in jeder gesetzgebenden Körperschaft verweigert.

Die Vereinigten Staaten haben *Sanctuary* jedoch mit ruinösen Steuern belegt und hiemit sowohl *de facto* eine Besteuerung ohne Repräsentanz bewirkt als auch die Bürger von *Sanctuary* unter Androhung von Gewalt um die Früchte ihrer Arbeit gebracht.

Seitens der Vereinigten Staaten gab es keinerlei Gegenleistung für die Abführung dieser Steuern: es wurde weder für den Schutz von *Sanctuary* noch für Sozialleistungen noch für gesetzliche Vertretung noch für Handelserleichterungen Sorge getragen. Kein Bürger von *Sanctuary* nimmt Bundes- oder Landstraßen, Schulen, Büchereien, Krankenhäuser, Ämter, Polizeischutz, Feuerschutz, Unterstützungen durch das Wohlfahrtsystem, öffentliche Veranstaltungen zum Zweck der Wahlhilfe oder irgendeinen anderen öffentlichen Dienst in Anspruch. Jene Bürger von *Sanctuary*, die Institutionen für höhere Studien in den Vereinigten Staaten besuchen, zahlen voll für alle Gebühren und Nebenkosten und verzichten auf staatliche Almosen.

Die Vereinigten Staaten haben gegen *Sanctuary* Wirtschaftsbarrieren in Form von Handelsquoten und höherer Besteuerung errichtet und damit *Sanctuary* gezwungen, seine Geschäfte entweder mit dem Ausland zu tätigen oder Geschäftsbedingungen zu akzeptieren, die unser Volk beunruhigen und an seiner Substanz zehren.

Die Vereinigten Staaten haben unserem Volk die Rechtsprechung verweigert, indem sie die Schaffung von gesetzlichen Voraussetzungen verhinderten, welche Basis für die Justizgewalt auf *Sanctuary* selbst gewesen wären;

somit wird uns das grundlegende Recht auf ein Gerichtsverfahren durch Ebenbürtige vorenthalten.

Und schließlich haben die Vereinigten Staaten *Sanctuary* mit dem Einsatz militärischer Kräfte gedroht, sollten all diese ungerechten und unmoralischen Bestimmungen nicht eingehalten werden; dadurch haben die Vereinigten Staaten praktisch auf die Regierungsgewalt über *Sanctuary* verzichtet und uns den Krieg erklärt.

Indem wir den Allerhöchsten Richter zum Zeugen für die Redlichkeit unserer Absichten anrufen, erklären wir, die im Hohen Rat versammelten Repräsentanten von *Sanctuary,* im Namen und im Auftrag des Volkes von *Sanctuary* diese Orbitalkolonie aus obgenannten Gründen ab sofort formell für einen freien und unabhängigen Staat; des weiteren erklären wir uns als entbunden von jeglicher Loyalität gegenüber den Vereinigten Staaten von Amerika und als losgelöst von jeglicher politischen Bindung an die Vereinigten Staaten. Als ein freier und unabhängiger Staat verfügt *Sanctuary* über das Recht, Kriege zu führen, Frieden zu schließen, politische und kommerzielle Bindungen einzugehen und über das Recht zu allen sonstigen Handlungen, die einem souveränen Staat zukommen. Wir, die Bürger von *Sanctuary,* erklären darüber hinaus, daß wir als erste Handlung in unserer Eigenschaft als unabhängiger Staat das Joch der Tributzahlung an das Ausland in Form der ruinösen und überhöhten vierteljährlichen Veranlagung zur Unternehmenssteuer abwerfen, die uns zum fünfzehnten Januar dieses Jahres zweitausendzweiundneunzig auferlegt wurde; das gleiche gilt für alle ähnlichen Steuern, welche die Vereinigten Staaten zum fünfzehnten April dieses Jahres versuchen werden uns vorzuschreiben, mit dem Ziel, uns auszubeuten und zugrundezurichten.

Zur Bekräftigung dieser Erklärung bieten wir, die rechtmäßig gewählten Repräsentanten von *Sanctuary,* einander unser Leben, unsere Zukunft und unsere heilige Ehre zum Unterpfand.

Das Faksimile auf dem Bildschirm trug vierzehn Unterschriften, angeführt von einem groß hingekritzelten *Jennifer Fatima Sharifi.* Jennifers normale Handschrift, erinnerte sich Leisha, war klein und präzise.

Stella sagte: »Sie haben es getan. Sie haben es wirklich getan.«

»Leisha, wie geht das weiter?« fragte Jordan.

»Die Steuerbehörde wird den fünfzehnten Januar und die Nichtzahlung zu diesem Termin abwarten. Danach ergeht ein Pfändungsbescheid zur Sicherstellung der Ansprüche an *Sanctuary*. Das heißt, die Behörde hat das Recht, alle materiellen Vermögensteile solange zu beschlagnahmen, bis sie ihr Geld hat.«

»Eine Beschlagnahme von ganz *Sanctuary?* Ohne irgendeine Verhandlung oder Anhörung?«

»Der Pfändungsbescheid legt zuerst die Beschlagnahme und dann erst die Verhandlung fest. Wahrscheinlich war das der Grund für Jennifers Vorgangsweise. Alle müssen sehr schnell reagieren. Und der halbe Kongress ist in den Ferien.« Leisha merkte, wie leidenschaftslos sie klang, wie ruhig. Erstaunlich.

»Aber *Sanctuary* beschlagnahmen?« wunderte sich Stella. »Wie, Leisha? Mit Hilfe der Armee? Durch einen militärischen Überfall?«

»Mit einer einzigen Truth-Rakete könnte man *Sanctuary* vom Himmel pusten«, sagte Jordan.

»Das werden sie aber nicht tun«, meinte Stella, »denn damit würde man das Vermögen zerstören, das die Finanzbehörden beschlagnahmen möchten. Es müßte schon eine Invasion stattfinden. Aber das wäre genauso schlimm für *Sanctuary* – Orbitalstationen sind fragile Ökosysteme. Leisha, was, zum Geier, hat Jennifer eigentlich vor?«

»Keine Ahnung«, sagte Leisha. »Seht euch einmal die Unterschriften an. Richard Anthony Keller Sharifi. Najla Sharifi Johnson. Hermione Wells Keller – Richards Kinder sind verheiratet. Ich glaube nicht, daß Richard das weiß.«

Stella und Jordan sahen einander an. »Leisha«, sagte Stella in ihrer säuerlichen Art, »bedeutet denn diese Angelegenheit nicht etwas mehr für dich als nur eine Familiengeschichte? Das ist ein Bürgerkrieg! Es ist Jennifer schließlich gelungen, praktisch alle Schlaflosen vom Rest des Landes abzuschneiden, vom wesentlichen Teil der amerikanischen Gesellschaft ...«

»Und willst du mir nun im Ernst sagen«, fragte Leisha mit einem traurigen Lächeln, »daß wir zwölf hier in diesem vergessenen Anwesen mitten in der Wüste nicht ganz genau das gleiche getan haben?«

Keiner der beiden antwortete darauf.

»Glaubst du«, fragte Stella schließlich, »daß *Sanctuary* es mit den ganzen Vereinigten Staaten aufnehmen kann?«

»Das weiß ich nicht«, sagte Leisha, und Stella und Jordan starrten einander entsetzt an. »Aber frag nicht mich. Ich habe kein einziges Mal in meinem Leben recht behalten, was Jennifer Sharifi betraf.«

»Aber, Leisha ...«

»Ich gehe am Bach spazieren«, sagte Leisha. »Ruft mich, wenn wir Krieg haben.«

Sie verließ Stella und Jordan, die einander wieder bestürzt und wütend über Leisha ansahen, weil sie unfähig waren, den Unterschied zwischen krimineller Gleichgültigkeit und – was für Leisha noch schlimmer war – krimineller Zwecklosigkeit wahrzunehmen.

Vom ersten Moment an nahm der Kongress der Vereinigten Staaten die Abspaltungsdrohungen *Sanctuarys* ernst. Man hatte es schließlich mit *Schlaflosen* zu tun. Senatoren und Kongressleute, die für die Winterferien in ihre Wahlbezirke ausgeschwärmt waren, versammelten sich hastig wieder in Washington. Präsident Calvin John Meyerhoff, ein Mann von mächtiger Gestalt und langsamen Bewegungen, den die Medien ›Cal der Schweigsame II.‹ nannten, verfügte nichtsdestoweniger über einen scharfen Verstand, der alle Zwischentöne in der Außenpolitik beherrschte. Aber falls es Meyerhoff ironisch fand, daß die schwerste außenpolitische Krise seiner zu Ende gehenden ersten Amtszeit ausgerechnet ein Gebiet der Vereinigten Staaten betraf, das theoretisch Teil von Cattaraugus County im Staat New York war, dann sickerte die Ironie jedenfalls nicht in die Pressemitteilungen aus dem Präsidentenbüro ein.

Die Fernsehkanäle für die Nutzer hingegen betrachteten *Sanctuarys* Drohung als etwas maßlos Lustiges und somit als Rohmaterial für komische Zweiminutensketches, die beliebteste Form der Unterhaltung. Es gab nur wenige Nutzer, denen Schlaflose persönlich bekannt waren; manche hatten noch nicht einmal von ihnen gehört und niemand pflegte gesellschaftlichen Umgang mit ihnen. Wenn Schlaflose mit Schläfern zu tun hatten, dann nur mit der Klasse der Macher, denn sie hielten die Betriebe in Gang, welche das Land in Gang hielten. Ein Nutzerkanal verstieg sich voll glücklicher Häme zu der Ankündigung: »Oregon spaltet sich als nächstes ab! Informationen aus erster Hand!« Der Sketch wurde von Holodarstellern gespielt, die mit weit hochgezogenen und festgeklebten Lidern im Zentrum von Portland standen und schwadronierten, daß es für das Volk von Oregon höchste Zeit sei, »die politischen Bande zu lösen, die es an ein anderes Volk fesselte«. FREIHEIT FÜR OREGON stand auf den Fahnen, die plötzlich bei Rollerrennen auftauchten, bei Brainie-Parties, vor den Tanzlokalen, in denen alles gratis war. Eine Rennfahrerin namens Kimberley Sands gewann das Winterrennen von Belmont mit einem Roller, auf dem die Fahne der Vereinigten Staaten teilweise mit jener von Oregon übermalt war.

Am dritten Januar gab das Weiße Haus die Mitteilung heraus, daß *Sanctuary* in einer Erklärung sowohl seine Abspaltung, als auch seine terroristischen Absichten bekundet hatte, indem es auf sein »Recht, Kriege zu führen« hinweist, während es als Teil des Staates New York plant, die Regierung der Vereinigten Staaten zu stürzen. Weder Terrorismus noch Abspaltung konnte in einer freien Demokratie geduldet werden. Die Nationalgarde wurde in Alarmbereitschaft versetzt. An *Sanctuary* erging die Mitteilung, welche auch der Presse zur Verfügung gestellt wurde, daß am zehnten Januar eine Delegation aus Mitgliedern des Außenministeriums und der Finanzbehörde – eine in der amerikanischen Diplomatie noch selten gesehene Kombination – auf *Sanctuary* eintreffen würde, »um die Situation zu diskutieren«.

Sanctuary erwiderte, man würde augenblicklich das Feuer eröffnen, falls sich ein wie immer geartetes Raumfahrzeug der Orbitalstation näherte.

Der Kongress trat zu einer Krisensitzung zusammen. Die Finanzbehörde erließ einen Pfändungsbescheid gegen das Vermögen von *Sanctuary, Incorporated* und gegen die Hauptaktionäre, die Familie Sharifi. Die Unterhaltungsmedien, die eher an heiterem Klamauk als an steuerrechtlichen Verfahrensbestimmungen interessiert waren, brachten Leben ins Geschehen, indem sie spöttelten, daß die Finanz *Sanctuary* versteigern lassen würde, um zu ihren Steuern und dem Bußgeld zu kommen: »Will irgendwer eine gebrauchte Raumfähre kaufen? Eine leicht beschädigte Orbitalstation? Oder vielleicht Oregon?« WBTN, der ›Brainie-Kanal‹, hielt eine Scheinauktion ab, bei der Oregon von einem Ehepaar aus Monterey, Kalifornien, ersteigert wurde, das prompt ankündigte, daß der Nationalpark Crater Lake sich von Oregon abspalten wolle.

Am achten Januar, zwei Tage bevor die Delegation aus den USA auf *Sanctuary* eintreffen sollte, wurde auf dem Fernsehkanal der *New York Times*, sowie in der dazugehörigen altehrwürdigen Macherzeitung ein Leitartikel mit dem Titel ›Warum Oregon nicht ziehen lassen?‹ veröffentlicht. Die Fernsehversion wurde in allen sechs täglichen Nachrichtensendungen vom Chefkommentator verlesen; die gedruckte Version befand sich allein in der Mitte der Titelseite.

WARUM OREGON NICHT ZIEHEN LASSEN?

Vor einer Woche erging die ernstgemeinte Drohung an unser Land, *Sanctuary,* Hochburg der amerikanischen Schlaflosen, würde sich von den Vereinigten Staaten abspalten; seither liefern die sogenannten Boulevardmedien eine Art Begleitspektakel zu den Geschehnissen. Spektakel können, je nach Geschmack, amüsant sein, vulgär, herabwürdigend oder trivial. Dieses jedoch, das sich in erster Linie um das übermütige Schlagwort ›Freiheit für Oregon‹ dreht, ist insofern von Nutzen, als es uns hilft, das Wesen von *Sanctuarys* Drohung zu verstehen.

Nehmen wir an, es wäre tatsächlich Oregon, das den Versuch machte, sich von der Union abzuspalten. Nehmen wir weiters an, daß ein objektiver Mensch, der zu ernsthaftem Nachdenken bereit ist – vorausgesetzt, es gibt diese raren Exemplare noch in der allgemeinen Jahrmarktatmosphäre –, auf die Suche geht nach echten, stichhaltigen Einwänden gegen das Recht Oregons, diesen Weg zu gehen. Welche Einwände würden sich anbieten?

Vorausgeschickt sei, daß die Argumentation hier von einem Vergleich mit der amerikanischen Unabhängigkeitserklärung ausgehen muß – nicht mit dem Bürgerkrieg, als elf konföderierte Staaten versuchten, die Union zu verlassen. Und in der Tat, bei all dem komödienhaften Stil, mit der verantwortungslose Sender diese ganze Angelegenheit behandeln, gab es dennoch keinerlei Anspielung auf Fort Sumter oder Jefferson Davis. Der beabsichtigte Vergleich mit der amerikanischen Unabhängigkeitserklärung geht aus dem entlehnten Sprachstil hervor, in dem *Sanc-*

tuarys sogenannte Unabhängigkeitserklärung verfaßt ist. Offenbar betrachtet sich *Sanctuary* ebenso als unterdrückte Kolonie, wie es die ursprünglichen dreizehn Kolonien auf dem heutigen Staatsgebiet der USA empfanden, und eine wohlfundierte Entkräftung des *Sanctuary*-Dokuments muß mit einer genaueren Prüfung dieses Vergleichs beginnen.

Und da sehen wir, daß der Vergleich hinkt. Der erste Einwand gegen eine Abspaltung von Oregon – oder *Sanctuary* – gründet sich auf die unzutreffende Argumentation seitens *Sanctuarys,* der es darüber hinaus an seriöser Beweiskraft mangelt. Die Parallelen zwischen 1776 und 2092 sind keineswegs augenscheinlich. Den damaligen Kolonien war eine fremde Regierung aufgezwungen worden, ohne ihnen ein Mitspracherecht zu gewähren; fremde Soldaten lagen auf ihren Gebieten in Garnison; die Stellung der Kolonien war in jeder Hinsicht zweitklassiger Natur, während das Mutterland die erste Klasse darstellte. Auf *Sanctuary* hingegen hat seit der offiziellen Inspektion vor 36 Jahren kein Bundesbeamter auch nur den Fuß gesetzt. *Sanctuary* ist in der Legislatur des Staates New York vertreten, im Bundeskongress und in der Person des Präsidenten – all dies durch die Möglichkeit der Briefwahl, für die auf *Sanctuary* wohnende Bürger selbstverständlich vor jeder Wahl Stimmzettel erhalten, welche jedoch, wie aus verläßlicher Quelle verlautet, niemals zurückgesandt werden.

Es entspricht der Wahrheit, daß nach dem neuen Steuerpaket, welches der Kongress im Oktober verabschiedet hat, *Sanctuary* sehr hohe Abgaben zu leisten hat; progressive Steuersätze sind üblich und gerechtfertigt. Ebenso wahr ist jedoch, daß *Sanctuary* als reichste Rechtspersönlichkeit nicht nur der Vereinigten Staaten, sondern der ganzen Welt gilt. Und im Gegensatz zu den ehemaligen Kolonien nimmt *Sanctuary* keine zweitklassige Stellung durch wirtschaftliche Ausbeutung ein; bestünde die Möglichkeit, aus den Börsenunterlagen der ganzen Welt die vollkommene Wahrheit über den wirtschaftlichen Status der Orbitalstation wie ein Puzzlespiel zusammenzusetzen, könnte man leicht den Eindruck erhalten, daß die Vermögenslage von *Sanctuary* im internationalen Wirtschaftsleben höher bewertet wird als jene der Vereinigten Staaten; ganz gewiß bewegen sich die internationalen Kurse seiner Wertpapiere auf höherem Niveau. Außerdem könnte man den Eindruck erhalten, daß *Sanctuary* in Wahrheit eher in der Lage wäre auszubeuten, als ausgebeutet zu werden. Und das jährliche Defizit von *Sanctuary* – falls überhaupt eines existiert – ist zweifellos geringer als jenes der Regierung der Vereinigten Staaten. Es ist so, als würde Oregon aus dem Umstand, daß es die Dienste des Bundes weniger in Anspruch nimmt als, sagen wir, Texas, und auch seine Steuerleistungen geringer ausfallen, das Recht ableiten, sich von der Union abzuspalten. Eine irrige Annahme.

Nein, nach den Kriterien der historischen Unabhängigkeitserklärung der Vereinigten Staaten müssen sowohl Oregon als auch *Sanctuary* in der Union verbleiben.

Ein weiteres Argument, um Oregon zu behalten, wäre die negative Vorbildwirkung. Wenn Oregon sich abspaltet, warum dann nicht auch Kalifornien? Warum nicht auch Florida? Warum nicht Harrisburg, Pennsylvania? Die Balkanisierung der Union wurde mit der Beendigung jenes anderen Konflikts vor 225 Jahren verhindert, dessen Erwähnung *Sanctuary* in seinem Lossagungsdokument so sorgfältig vermeidet.

Zum dritten darf Oregon eine Abspaltung nicht gestattet werden, weil dies einer Verletzung der rechtsverbindlichen Wechselbeziehung gleichkäme. Nur mit der wirtschaftlichen Unterstützung der übrigen Vereinigten Staaten – welche letzten Endes durch die vorangegangenen Arbeitsleistungen ihrer Bürger ermöglicht wurde – war es möglich, den Staat Oregon zu besiedeln und ihm zu wirtschaftlichem Wachstum zu verhelfen, ihn im neunzehnten Jahrhundert zum Zentrum des Pelzhandels zu machen und im einundzwanzigsten zum Zentrum der E-Klasse-ComLinkproduktion. Oregon muß diese Wechselbeziehung respektieren, selbst wenn es ihrer überdrüssig ist, denn auch ein Kind, dem von seinen Eltern der Besuch der Universität ermöglicht wurde, muß nach dem Gesetzesbeschluß von 2048 seine alten Eltern mit jener Summe unterstützen, die notwendig ist, um ihnen den gleichen Lebensstandard zu sichern, der dem Kind während der Ausbildung gegönnt war. Es kann sich seiner Eltern nicht einfach entledigen, weil es jetzt erfolgreicher ist als sie und sie nicht mehr braucht. Es kann sich nicht aus jener Wechselbeziehung davonstehlen, die ihm seine jetzige beneidenswerte Situation erst ermöglicht hat.

Und Oregon kann das auch nicht.

Schließlich darf Oregon sich deshalb nicht abspalten, weil es schlicht und einfach ungesetzlich ist. Mißachtung der Souveränität der Vereinigten Staaten, Abgabenverweigerung, Androhung von Aggression zur Aufrechterhaltung des eigenen Unabhängigkeitsanspruches – all das sind nach den Gesetzen der Vereinigten Staaten kriminelle Handlungen. Wenn Oregon den Versuch macht, sich von der Union abzuspalten, so ist dies eine kriminelle Handlung; wenn man Oregon gestattet, Erfolg darin zu haben, wäre das ein Schlag ins Gesicht jedes gesetzestreuen Bürgers, jedes Bundesstaates und jeder Körperschaft dieses Landes.

Warum Oregon nicht ziehen lassen? Wegen der nicht stichhaltigen Argumentation, wegen der negativen Vorbildwirkung, wegen der Verletzung der Wechselbeziehung, wegen der Gesetze.

Und was für Oregon gilt, gilt auch für *Sanctuary*.

Gleichgültig, wer dort lebt.

Am Abend des sechsten Januar traf Drew in dem Anwesen in New Mexico ein. Es war ein ungewöhnlich kalter Tag gewesen; er hatte einen roten Schal um den Hals gewunden und eine passende Decke über seine Beine gelegt. Beides aus feinster irischer Wolle, wie Leisha bei sich anmerkte. Er fuhr den Rollstuhl in das riesige offene Wohnzimmer, das als Versammlungsort für fünfundsiebzig Personen konzipiert war und nun nie mehr als zehn oder zwölf beherbergte. Alices Tochter Alicia war mit ihrer Familie nach Kalifornien zurückgekehrt, Eric war in Südamerika, Seth und seine Frau in Chicago. Drew, merkte Leisha außerdem bei sich an, hatte sich erneut verändert.

Die schrille Zurschaustellung des neuerworbenen Luxus durch den ein wenig zu selbstbewußten erfolgreichen Künstler hatte sich gelegt. Das machte die internationale Anerkennung. Er blickte hoch, als er Leisha begrüßte, und sein Gesichtsausdruck wirkte offen und zufrieden; er wollte nichts – nicht einmal Beifall. Er war jetzt seiner selbst sicher, auch ohne Leishas Bestätigung. Dennoch ordnete sein Blick sie nicht automatisch jenen zu, die weniger interessant waren als er selbst, was so vielen Berühmtheiten eigen ist. Drew betrachtete die Welt immer noch mit dem Willen, sich dafür zu interessieren – mit einer leise lächelnden Einschränkung, die besagte, daß anhaltendes Interesse verdient werden mußte.

Es war, wie Leisha sich stets erinnern würde, der Blick ihres Vaters.

»Ich dachte, ich sollte nach Hause kommen«, erklärte Drew, »für den Fall, daß diese politische Situation wirklich brenzlig wird.«

»Du hast noch Zweifel daran?« erwiderte Leisha ironisch. »Da kennst du Jennifer Sharifi nicht.«

»Nein, ich kenne sie nicht. Aber du. Leisha, sag mir, was wird mit *Sanctuary* passieren?«

Aus Drews Tonfall bei dem Wort *Sanctuary* hörte sie das alte zwanghafte Verlangen heraus. Wie stand er jetzt, bei seinem sonderbaren, sehr erwachsenen Beruf, zu dieser kindlichen Besessenheit? War *Sanctuary*, umgesetzt in die Formen des Verlangens, der Antrieb für seine lichten Träume?

»Die Armee wird *Sanctuary* nicht aus seiner Umlaufbahn schießen, falls du das meinst«, sagte Leisha. »Die da oben sind Zivilisten, wenngleich terroristische Zivilisten. Und ein Viertel von ihnen sind Kinder. Die Waffen, die sie haben, sind möglicherweise tödliche Bedrohungen für uns, aber Jennifer verfügte immer schon über zuviel politischen Scharfsinn, um die Grenze zu überschreiten und einen gefährlichen Gegenschlag zu provozieren.«

»Die Menschen ändern sich«, meinte Drew.

»Vielleicht. Aber selbst wenn der Fanatismus Jennifers Urteilsvermögen ausgehöhlt hat, so gibt es andere dort oben, die ihr Einhalt gebieten können. Ein äußerst kluger Anwalt namens Will Sandaleros und Cassie Blumenthal und natürlich ihre Kinder, die jetzt schon über vierzig sein müssen ...«

Plötzlich erinnerte sie sich daran, wie Richard vor vierzig Jahren gesagt hatte: *Man wird ein anderer, wenn man jahrzehntelang isoliert und ausschließlich mit Schlaflosen lebt ...*

Drew sah sie an und sagte: »Richard ist auch hier.«

»Richard?«

»Zusammen mit Ada und dem Jungen. Stella wieselte gerade um die drei herum, als ich ankam. Sean hat offenbar eine Erkältung. Du scheinst überrascht, daß Richard hier ist, Leisha.«

»Bin ich auch.« Sie grinste. »Du hast recht, Drew, die Menschen ändern sich. Findest du das nicht irgendwie lustig?«

»Ich war noch nie der Meinung, daß du viel Sinn für Humor hast, Leisha. Trotz all deiner anderen wunderbaren Fähigkeiten habe ich dir Humor nie zugetraut.«

»Versuch mich nicht zu ködern, Drew!« entgegnete sie scharf.

»Tu ich doch gar nicht«, sagte er, und aus seinem kleinen Lächeln sah sie, daß er nichts anderes gemeint hatte: Er war noch nie der Meinung gewesen, daß sie viel Sinn für Humor hatte. Nun, möglicherweise deckten sich ihre Vorstellungen von Humor nicht ganz. Wie so vieles andere auch.

Richard trat ein; er war allein. »Hallo, Leisha. Drew.« Es klang zerfahren. »Hoffe, der unangekündigte Besuch macht dir nichts aus. Ich dachte ...«

Sie führte den Gedanken für ihn zu Ende: »Daß Najla oder Ricky, falls sie dir etwas mitteilen wollten, es über mich machen würden? Ach, Richard ... Ich glaube, Kevin wäre der wahrscheinlichere Ansprechpartner. *Sanctuary* steht in Geschäftsverbindung mit ihm ...«

»Nein. Kevin würden sie nicht nehmen«, sagte Richard, und Leisha fragte nicht, woher er das wußte. »Leisha, was wird mit *Sanctuary* passieren?«

Alle fragten sie das. Offenbar galt sie hier als Expertin in politischen Fragen. Sie, die seit dreißig Jahren in der Wüste saß – ›schmollte‹ hatte Susan Melling es genannt. Was ging in den Gehirnen der Menschen vor, selbst jener, die so waren wie sie? »Keine Ahnung, Richard. Was, denkst *du*, wird Jennifer tun?«

Richard sah sie nicht an. »Ich denke, sie würde die Welt in die Luft jagen, wenn sie der Meinung wäre, sie könnte sich dadurch endlich sicher fühlen.«

»Du behauptest ... weißt du eigentlich, was du da sagst, Richard? Daß sich die ganze politische Philosophie von *Sanctuary* immer noch auf die persönlichen Bedürfnisse einer einzigen Person reduzieren läßt! Glaubst du das wirklich?«

»Ich glaube es von allen politischen Philosophien«, sagte Richard.

»Nein«, protestierte Leisha. »Nicht von allen.«

»O doch«, und es war nicht Richard, der ihr widersprach, sondern Drew.

»Nicht von der Verfassung«, beharrte Leisha und überraschte sich damit selbst.

»Wir werden ja sehen«, sagte Drew und glättete die

feine, teure irische Wolle über seinen unbrauchbaren Beinen.

In seiner Existenz ohne Tag und Nacht und ohne Jahreszeiten hatte *Sanctuary* sich stets an die östliche Standardzeit gehalten. Dieser Umstand, der Jennifer so vertraut war wie das Pulsieren ihres Blutes in den Adern, erschien ihr mit einemmal als grotesk. *Sanctuary,* das Refugium und Heimatland der Schlaflosen, der Pionier auf der nächsten Evolutionsstufe der Menschheit, hatte sich all diese Jahre mit dem elementarsten aller vom Menschen geschaffenen Zwänge an die ausgelaugten Vereinigten Staaten gekettet: mit der Zeit. Und nun, um sechs Uhr abends – östliche Standardzeit – stand Jennifer am Kopfende des Verhandlungstisches im Tagungshaus und beschloß, diese Fesseln abzustreifen, sobald diese Krise vorbei war. *Sanctuary* würde sein eigenes System zur Zeitmessung entwickeln, das frei sein mußte von der erdgebundenen Vorstellung von Tag und Nacht, frei von dem erniedrigenden, hypnotisierenden Rhythmus, der Schläfer in seinem Bann hielt. *Sanctuary* würde die Zeit bezwingen.

»Also!« rief Will Sandaleros. »Los!«

Kein Ratsmitglied war sitzengeblieben; sie standen alle gespannt da, die Handflächen auf die Metallplatte des Tisches gestützt oder die geballten Fäuste an die Schenkel gepreßt, und starrten auf die Sichtschirme an der Stirnwand des Raumes. Jennifer ließ den Blick von einem Gesicht zum anderen wandern: aufgeregt, entschlossen oder gequält. Doch selbst aus den wenigen gequälten Gesichtern sprach Standhaftigkeit; man akzeptierte die Notwendigkeit einer schmerzhaften Operation. Jennifer hatte das Lotteriesystem durch allgemeine Wahlen ersetzt – diese Umstellung allein dauerte ein Jahrzehnt. Dann hatte sie lange Zeit an dieser ganz besonderen Zusammensetzung der Ratsversammlung gearbeitet, indem sie Leute dazu überredete, ihre Kandidatur aufzuschieben, manchmal um Jahrzehnte. Sie hatte hier unauffällig gefördert, dort ebenso unauffällig Hindernisse in den Weg gelegt. Sie hatte argumentiert, gehandelt, vorgefühlt, abgewartet und Aufschübe und Unentschlossenheit in Kauf genommen. Doch nun verfügte Jennifer über eine Ratsversammlung, auf die sie – mit Ausnahme eines Mitglieds – zählen konnte in diesem entscheidenden Moment für die Schlaflosen überall und für alle Zeit – einer Zeit von jener Sorte, wie sie diesem schäbigen Land geläufig war, das aufgehört hatte, für die Evolution der Menschheit von Belang zu sein.

Robert Dey, fünfundsiebzig Jahr alt, der respektierte Patriarch einer großen und reichen Familie von *Sanctuary,* der seit Jahrzehnten nicht müde wurde, von all den Schlaflosen zu berichten, die in den Vereinigten Staaten seiner Kindheit gehaßt und verhöhnt wurden.

Caroline Renleigh, achtundzwanzig, eine hochintelligente Kommunikationstechnikerin mit einer fanatischen Überzeugung von der darwinischen Überlegenheit der Schlaflosen.

Cassie Blumenthal, seit den frühesten Tagen von *Sanctuary* an Jennifers Seite und unschuldig Beteiligte an den Vorfällen, die zu Jennifers Prozeß führten – Vorfälle, die man auf *Sanctuary* als graue Vergangenheit betrachtete, die aber in Cassies verläßlicher Erinnerung immer noch sehr real waren.

Paul Aleone, einundvierzig, Mathematiker und Volkswirtschaftler, der nicht nur den Zusammenbruch der Y-energieabhängigen amerikanischen Wirtschaft als Folge des Erlöschens der internationalen Patentrechte vorausgesehen hatte, sondern dem auch die Entwicklung eines Computerprogramms zu verdanken war, das exakt das Resultat aller Torheiten und Taschenspielertricks der letzten zehn Jahre berechnete, und zwar zu einem Zeitpunkt, als die Vereinigten

Staaten immer noch bestritten, daß ihre Seifenblase aus illusorischer Hochkonjunktur längst geplatzt war. Aleone hatte auch die wirtschaftliche Zukunft *Sanctuarys* als souveräner Staat veranschlagt, der mit anderen souveränen Staaten Handel trieb, die besonnener waren als die USA.

John Wong, fünfundvierzig, ein Rechtsanwalt, der auch als Berufungsrichter am selten benutzten Gerichtshof von *Sanctuary* wirkte und der stolz war auf die Tatsache, daß die Schlaflosen das Gerichtssystem mit Ausnahme routinemäßiger Interpretationsfragen bei Vertragsklauseln so selten in Anspruch nahmen. Auf *Sanctuary* gab es wenig Gewalttaten, wenig Vandalismus, kaum Diebstähle. Aber Wong, ein geschichtsbewußter Mann, war sich der Macht der Justizgewalt bei gesetzestreuen Menschen zu Zeiten umstrittener Veränderungen bewußt, und er glaubte an die Notwendigkeit von Veränderungen.

Charles Stauffer, dreiundfünfzig, oberster Verantwortlicher für die Abwehr. Wie alle guten Soldaten war er stets auf einen Angriff vorbereitet, stets darauf gefaßt, seine Vorbereitungen gerechtfertigt zu sehen. Es war gar kein so großer Schritt, fand Jennifer, von der Vorbereitung zum Einsatz – von der Bereitschaft zur Bereitwilligkeit.

Barbara Barcheski, dreiundsechzig, schweigsame, nachdenkliche Leiterin einer Firma für Unternehmensberatung. Lange Zeit war Jennifer sich wegen Barcheski unschlüssig gewesen. Barbara interessierte sich für politische Systeme und war nach Jahrzehnten des Studiums zu dem Schluß gekommen, daß unbeschränkter technischer Fortschritt und Gemeinschaftsloyalität von Grund auf inkompatibel waren, eine Theorie, die sie durch eingehende Studien von Gesellschaften im Wandel – von Venedig in der Renaissance über die industrielle Revolution bis zu den Utopias auf den frühen Orbitalstationen – erhärtete. Jennifer war sich durchaus im klaren, daß die Untersuchung eines Paradoxons beinahe unvermeidlich zu einer Bewertung führen mußte – aber nicht unbedingt zu einer negativen. Sie wartete ab. Und schließlich kam Barbara Barcheski zu einem Abschluß ihrer methodischen Betrachtungen: Wenn eine Gesellschaft wählen muß, dann bot Gemeinschaftsloyalität langfristig bessere Voraussetzungen für das Überleben als technologischer Fortschritt. Barbara Barcheski liebte *Sanctuary.* Sie unterstützte Jennifer.

Doktor Raymond Toliveri, einundsechzig, der brillante Chefwissenschaftler von Sharifi Labors. Jennifer hatte seine Unterstützung dieses Projekts nie in Frage gestellt: er war sein Schöpfer. Die Schwierigkeit hatte darin bestanden, Toliveri, dessen lückenloser Arbeitsplan ihn zu einem wahren Einsiedler machte, in den Hohen Rat wählen zu lassen. Es hatte lange gedauert, bis Jennifer das gelungen war.

Dazu Will Sandaleros, Najla und ihr Ehemann Lars Johnson und Hermione Sharifi. Alle standen angespannt und stolz vor ihr; sie wußten um die Konsequenzen dessen, was sie vorhatten, und akzeptierten diese Konsequenzen rückhaltlos, ohne Schwäche, ohne Ausflüchte.

Nur Ricky lehnte gebeugt an einer Wand des Saales, die Augen gesenkt, die Arme über der Brust verschränkt. Hermione vermied den Anblick ihres Mannes; sie hatten wohl einen Streit wegen dieser Angelegenheit gehabt, vermutete Jennifer. Und es war Hermione – Jennifers Schwiegertochter, nicht ihr leiblicher Sohn –, die sich der Sache der Gerechtigkeit angeschlossen hatte. Ein komplexes Gefühl erwachte in Jennifer – Zorn und Schmerz und quälendes mütterliches Schuldbewußtsein –, aber sie schob es weit von sich. Es war nicht mehr die Zeit für Rickys Versäumnisse; dies war *Sanctuarys* Zeit.

»Also los!« sagte Will und aktivierte das Kommunikationsnetz, das ganz *Sanctuary* überzog: mit Com-Link-Bildschirmen und Holobühnen im Innern der Gebäude und mit Lautsprechern im Freien. Jennifer glättete die Falten ihrer weißen Abajeh und trat einen Schritt vor.

»Bürger von *Sanctuary!* Hier spricht Jennifer Sharifi aus dem Tagungshaus, wo die Ratsversammlung zu einer dringenden Krisensitzung zusammengetreten ist. Die Vereinigten Staaten haben auf unsere Unabhängigkeitserklärung reagiert wie erwartet, nämlich mit der Ankündigung einer Schläferinvasion für morgen. *Das dürfen wir nicht zulassen!* Wenn wir dieser Delegation gestatten, auf *Sanctuary* anzudocken, signalisieren wir eine Bereitschaft zu Verhandlungen, wo es keine Verhandlungen geben kann, signalisieren wir Unentschlossenheit, wo wir fest entschlossen sind, signalisieren wir die Denkbarkeit einer wirtschaftlichen und gesetzlichen Bestrafung, wo wir moralisch und evolutionär im Recht sind. Diese Delegation darf auf *Sanctuary* nicht andocken.

Aber der Versuch, den Bettlern gewaltsam Einhalt zu gebieten, könnte sie gefährden oder ihnen Schaden zufügen. Auch das würde den Vereinigten Staaten ein falsches Signal geben, denn Schlaflose greifen nicht an, wenn nicht zuvor sie selbst angegriffen wurden. Wir akzeptieren die Notwendigkeit der Selbstverteidigung, aber wir wollen keinen Krieg. Wir wollen in Frieden gelassen werden, um unser Leben auf unsere Weise zu führen, und durch unsere Leistungen nach Freiheit und Glück zu streben; das alles war uns bisher verwehrt.

Nein, um den Bettlern Einhalt zu gebieten, können wir nicht mehr tun, als ihnen eine Waffe vor Augen zu führen, die wir nicht zum Einsatz bringen wollen, wenn wir nicht zu unserer eigenen Verteidigung dazu gezwungen werden. Zu diesem Zweck wird die folgende, von allen Mitgliedern des Hohen Rates von

Sanctuary autorisierte Demonstration simultan über die wichtigsten Sendestationen der Vereinigten Staaten ausgestrahlt, indem sie die laufenden Sendungen überlagert.«

Caroline Renleigh tippte Codes in ihre Konsole ein. Will Sandaleros sprach über eine geheime ComLink-Leitung mit dem Team für innere Sicherheit, einer Gruppe, die so selten in Erscheinung trat, daß die meisten Leute vergessen hatten, daß sie überhaupt existierte – was Will freie Hand bei ihrer Ausweitung gelassen hatte. Auf jedem ComLink in *Sanctuary* und auf jedem ComLink der Erde, auf dem einer der fünf seriösen Machersender lief, erschien das Bild des verlotterten Kagura-Orbitals, das *Sanctuary* von den Japanern gekauft hatte und dessen Name ›Gottesmusik‹ bedeutete.

Zu dem Bild von Kagura war Jennifers Stimme zu hören. »Hier spricht der Hohe Rat von *Sanctuary*. Die Regierung der Vereinigten Staaten hat für morgen früh eine Invasion der Orbitalstation *Sanctuary* in Form einer sogenannten Friedensdelegation angekündigt. Doch es kann keinen wahren Frieden geben, solange physischer und wirtschaftlicher Zwang herrscht. Wir haben uns nicht damit einverstanden erklärt, diese Delegation zu empfangen. Wir sind ein friedliebendes Volk, das jedoch in Ruhe gelassen werden will. Wenn die Vereinigten Staaten diesem Wunsch nicht nachkommen, würden sie es sein, die damit effektiv den Erstschlag führen wollen. Doch wir werden nicht zulassen, daß *Sanctuary* angegriffen wird.

Um diesen Angriff zu verhindern und um zu veranschaulichen, wie weit wir gehen würden, um unsere Heimat zu verteidigen, bietet *Sanctuary* die folgende Demonstration an. In den Medien der Vereinigten Staaten werden seit langem Spekulationen darüber angestellt, welche Waffen *Sanctuary* allenfalls zu seiner Verteidigung einsetzen könnte. Wir wollen jedoch nicht, daß diese Frage Thema von Spekulationen wird. Wir wollen nicht, daß unsere Abspaltung von den Vereinigten Staaten von der Unterstellung besudelt wird, wir würden elementare Informationen zurückhalten. Was wir hingegen wollen, ist die Vermeidung von Krieg mit Hilfe einer Demonstration, wie schrecklich ein solcher Krieg ausfallen könnte.

Sie sehen auf dem Bildschirm das Kagura-Orbital, das sich jetzt im Eigentum von *Sanctuary* befindet. Es leben keine Menschen mehr auf der Station, nur noch Tiere: Nutztiere, Insekten zur Bestäubung von Pflanzen, Vögel und Reptilien zur Aufrechterhaltung des ökologischen Gleichgewichts und verschiedene Nagetiere.«

Jede Holobühne und jeder Bildschirm zeigte das Innere von Kagura, erst in einem Rundumschwenk der Kamera und dann in Nahaufnahmen von weidenden ZiegRindern und BisoRindern. Die Japaner hatten weniger Hemmungen beim Einsatz der Gentechnik als die Vereinigten Staaten; das Fleischvieh wirkte überernährt, langsam, saftig, zufrieden und dumm. Die Robotkameras folgten dem Flug eines Vogels und dem Krabbeln eines Insekts auf einem Blatt.

»Auf dieser Orbitalstation befindet sich ein Depot eines durch die Luft verbreitbaren Organismus, den Gentechniker auf *Sanctuary* entwickelt haben. Der genetische Code dieses Organismus enthält einen Selbstzerstörungsmechanismus, der zweiundsiebzig Stunden nach seiner Freisetzung automatisch ausgelöst wird. Das Depot wird jetzt mittels Fernsteuerung von *Sanctuary* aus aktiviert.«

Das Bild von Kagura ließ keine Veränderung erkennen, was Geräusche und Licht betraf. Eine von der Wartungsstelle ausgeschickte sanfte Brise bewegte ein paar Blätter. Das Tier, das hörbar daran herumkaute, eine BisoKuh, verdrehte die Augen, gab einen einzigen, angstvollen Schmerzlaut von sich und sank auf der Stelle in sich zusammen.

Vögel fielen vom Himmel. Das Summen der Insekten verstummte. Innerhalb von zwei Minuten bewegte sich nichts mehr außer den Blättern der Bäume, die im leichten, tödlichen Wind raschelten.

Gelassen fuhr Jennifer fort: »Die Orbitalstation Kagura steht jeder wissenschaftlichen Expedition offen, die den Wunsch hat, das soeben erfolgte Geschehen nachzuprüfen. Bei einer Ankunft vor dem Ende der Zweiundsiebzigstundenfrist müssen vollständige Schutzanzüge getragen und äußerste Vorsicht angewandt werden. Wir raten jedoch zu einem Abwarten dieser Frist.

Ähnliche Geheimdepots befinden sich in kleinere Einzeldosen aufgeteilt in den Städten New York, Washington, Chicago und Los Angeles.

Wir warnen vor jedem Versuch, auf *Sanctuary* anzudocken oder die Orbitalstation in irgendeiner Weise anzugreifen. Falls das geschieht, betrachten wir einen Vergeltungsschlag als gerechtfertigt. Der Vergeltungsschlag wird in jener Form stattfinden, deren Zeuge Sie soeben geworden sind.

Wir in *Sanctuary* verlassen Sie nun mit einem Gedanken eines Ihrer größten Staatsmänner, Thomas Paine: ›Wir kämpfen nicht, um zu versklaven, sondern um ein Land zu befreien und Raum zu schaffen für aufrechte Menschen.‹«

Caroline Renleigh beendete die Übertragung.

Unmittelbar darauf füllten sich die Bildschirme im Sitzungssaal mit Szenen aus dem Innern von *Sanctuary*. Die Menschen strömten in den zentralen Park, in dem am Gedächtnistag die Reden abgehalten wurden. Die Grünpflanzen waren nicht mit Gittern geschützt, und Jennifer, die die Vorgänge dort aufmerksam verfolgte, hielt es für ein gutes Zeichen, daß keine Pflanze zertrampelt wurde. Die Leute waren aufgebracht, aber nicht destruktiv. Sie betrachtete die Gesichter, eines nach dem anderen, und vermerkte den Grad ihrer Empörung.

Mit Ausnahme der Ratsmitglieder, die dafür gestimmt hatten, der sorgfältig ausgewählten Studenten höheren Semesters, die für die Anlegung der Depots zuständig gewesen waren, und Will Sandaleros' ebenso sorgfältig ausgewählter Sicherheitstruppe hatte niemand in *Sanctuary* von der bevorstehenden Kagura-Demonstration gewußt. Die Durchsetzung der Geheimhaltung war ein harter Kampf für Jennifer gewesen. Die gewählten Ratsmitglieder, die sich der Gemeinschaft zutiefst verpflichtet fühlten, waren der Meinung, die Waffe mit ihren Wählerschaften diskutieren zu müssen. Daraufhin hatte Jennifer an ihren eigenen Prozeß erinnert, als jemand innerhalb des alten *Sanctuary* in Cattaraugus County, jemand, dessen Identität nie bekannt wurde, den Eid auf *Sanctuary* Leisha Camden zugespielt hatte, noch ehe der Hohe Rat auf seine Veröffentlichung vorbereitet war. Das gleiche konnte wieder passieren. Und Richard Keller – Najla starrte mit grimmigem Blick aus dem Fenster, Ricky auf seine Füße – hatte derselben Leisha Camden Informationen über *Sanctuarys* Aktivitäten geliefert, wodurch er sie alle in Gefahr gebracht hatte. Das gleiche konnte wieder passieren! Und so war der Hohe Rat schließlich, wenn auch widerwillig, mit der Geheimhaltung einverstanden gewesen.

»*Sanctuary* ist keine Kriegsmaschine!« schrie jetzt ein Gesicht ins ComLink. Es war Douglas Wagner, einst einer der allerersten Siedler auf der Orbitalstation und in seiner Jugend Friedensaktivist. Er besaß hervorragende Organisationstalente; er konnte sich als ein mächtiger Gegner erweisen.

Will sagte: »Ich lasse ihn herausholen und rede später persönlich mit ihm.«

»Aber unauffällig«, sagte Jennifer so leise, daß nur

Will es hörte. »Nicht, daß es deswegen zu einem Massenauflauf kommt!« Sie bemühte sich, alle Bildschirme zugleich im Auge zu behalten.

»Man hätte uns informieren müssen!« schrie eine Frau. »Wo gibt es denn noch einen Unterschied zwischen *Sanctuary* und der Bettlergesellschaft, wenn Entscheidungen, die uns alle angehen, plötzlich über unseren Kopf hinweg von einigen wenigen getroffen werden, ohne unser Wissen, ohne unsere Zustimmung? Wir sind keine Untertanen und wir sind keine Mörder! Davon war bei dem Unabhängigkeitsprojekt nicht die Rede, über das man uns informiert hat!« Eine kleine Gruppe Zuhörer versammelte sich um die Frau.

»Ich kenne sie«, sagte Ratsmitglied Barcheski. »Will, laß sie hierherbringen, ich rede in einem Besprechungsraum mit ihr.«

Ein Gesicht erschien auf Wills Sicherheits-ComLink und sagte: »Alles ruhig in Abschnitt B, Will. Die Leute scheinen einzusehen, daß die Demonstration zwar abstoßend aber notwendig war.«

»Gut«, sagte Will.

»Da kommen sie!« rief Ratsmitglied Dey aus.

Eine Gruppe von Bürgern schritt entschlossen auf das Tagungshaus zu, das abgedunkelt worden war. Auf dem Bild, das die Überwachungskameras lieferten, konnte man verfolgen, wie die Bürger das Tor öffnen wollten, es noch einmal versuchten und erkannten, daß das Tagungshaus versperrt war. Eine sanfte, melodiöse Computerstimme erklärte ihnen: »Der Hohe Rat ist höchst interessiert an Ihrer Meinung zu der umstrittenen Demonstration von *Sanctuarys* Stärke, doch im Moment müssen wir uns auf die Reaktionen von der Erde konzentrieren. Bitte kommen Sie später wieder.« Die Schlaflosen sahen einander an: Empörung. Resignation. Wut. Angst. Jennifer las es aus ihren Mienen.

Nach zehn Minuten lautstarker Proteste gingen sie davon.

Die Sendungen von der Erde begannen einzutreffen.

»... unerhörte terroristische Drohung aus einer Richtung, die seit langem verdächtigt wird, nicht nur unzuverlässig und fahnenflüchtig, sondern auch gefährlich zu sein ...«

»... plötzliche Krise in der wachsenden Entfremdung zwischen der Orbitalstation und der Regierung der Vereinigten Staaten, von denen *Sanctuary* sich lossagen will ...«

»... ernste Panikreaktionen in den vier Städten, die angeblich von tödlichen Viren bedroht sind, obwohl aus offizieller Quelle verlautet ...«

»... ein Fehler anzunehmen, daß derjenige, der eine Drohung ausspricht, auch in der Lage sein muß, diese Drohung wahrzumachen. Der amerikanische Gen-Mod-Experte Doktor Stanley Kassenbaum ist zu uns gekommen, um ...«

»Meine Damen und Herren! Der Präsident der Vereinigten Staaten von Amerika!«

Die Stationen der Macher waren flott, das mußte Jennifer ihnen zugestehen. Sie fragte sich, ob die anderen Sender weiter ihre geistlosen Scherzchen über Oregon machen würden.

Präsident Meyerhoff sprach in seiner üblichen langsamen, volltönenden, beruhigenden Redeweise, die zum Teil wohl deshalb beruhigend wirkte, weil sie so selten vernommen wurde und deshalb den Charakter eines raren Luxusgutes angenommen hatte, vergleichbar einem Dreikaräter aus natürlichem Vorkommen.

»Meine amerikanischen Mitbürger! Wie die meisten von Ihnen bereits wissen, ist den Vereinigten Staaten von der Orbitalstation *Sanctuary* eine Drohung terroristischer Natur zugegangen. Man behauptet dort, in der Lage zu sein, durch den Einsatz verbotener genetisch modifizierter Viren vier großen amerikanischen Städten ernstlichen Schaden zufügen zu können, und kündigt an, diese Viren freizusetzen, falls die Delegation der Bundesregierung morgen, wie geplant, auf *Sanctuary* anzudocken versucht. Eine unerträgliche Situation. Seit langer Zeit ist es bewährte Politik der Vereinigten Staaten, sich niemals und unter keinen Umständen auf eine Verhandlungsebene mit Terroristen zu begeben. Zugleich muß es unser oberstes Gebot sein, die Sicherheit und das Wohlbefinden unserer Bürger zu garantieren. Dieses Gebot dürfen wir nie aus den Augen lassen.

Den Bürgern von New York und Chicago, von Washington und Los Angeles sage ich dies: Bitte bewahren Sie die Ruhe! Verlassen Sie Ihre Häuser nicht! Die Regierung wird keine Aktionen dulden, die Ihre Sicherheit gefährden. In diesem Augenblick, während ich zu Ihnen spreche, sind bereits Spezialistenteams für biologische Kriegsführung dabei, für die Sicherheit Ihrer Städte zu sorgen. Während ich zu Ihnen spreche, wird dieser unerträglichen und feigen Drohung höchste Aufmerksamkeit zuteil. Doch ich wiederhole: das beste für Sie alle ist es, im Haus zu bleiben …«

Die Sender fuhren fort, Menschenmassen zu zeigen, die darum kämpften, Washington, Chicago, New York und Los Angeles zu verlassen. Luftwagen strichen über die Häuser, die Waggons der Superschienenbahn waren überfüllt und Bodenfahrzeuge verstopften die Straßen.

Mit keinem Wort beantwortete das Weiße Haus die Frage: Würde die Delegation versuchen, am nächsten Morgen auf *Sanctuary* anzudocken?

»Sie wollen sich ihre Optionen offenhalten«, bemerkte Ratsmitglied Dey mit grimmiger Miene. »Ein Fehler.«

»Es sind eben Schläfer«, stieß Ratsmitglied Aleone verächtlich hervor, aber sein Atem ging schneller als sonst.

Eine Stunde nach der Demonstration auf Kagura erhielt *Sanctuary* über Richtantenne eine direkte Botschaft aus dem Weißen Haus, in dem die Orbitalstation aufgefordert wurde, alle verbotenen Waffen einschließlich der angeblich vorhandenen biologischen Kampfmittel zu übergeben. *Sanctuary* antwortete mit einem Zitat von Patrick Henry, welches selbst einigen Nutzern bekannt sein mußte: »Gebt mir Freiheit oder…«

Zwei Stunden nach der Demonstration speiste *Sanctuary* eine weitere Mitteilung in alle amerikanischen Sender ein, diesmal nur als Audio zu empfangen. Sie besagte, daß die tödlichen GenMod-Viren nicht in Washington, New York, Los Angeles und Chicago deponiert waren, sondern in Washington, Dallas, New Orleans und St. Louis.

Die Menschen begannen aus St. Louis zu strömen, und in New Orleans kam es zu Tumulten. Der Auszug aus Chicago, New York und Los Angeles hielt unvermindert an.

Eine hysterische Frau aus Atlanta verkündete, daß alle Tauben auf ihrer Terrasse plötzlich verendet wären, und die Menschen begannen, auch Atlanta zu verlassen, während sich ein Team der Seuchenbekämpfung in Schutzanzügen umgehend auf dem Schauplatz des Vogeltodes einfand. Es stellte sich heraus, daß die Tauben Rattengift gefressen hatten, doch zu diesem Zeitpunkt hatten die aktuellen Sendungen den Bericht bereits durch die Nachricht von einem Rindersterben bei Fort Worth ersetzt.

Jennifer trat näher an den Schirm heran. »Sie können nicht planen. Nicht koordinieren. Nicht *denken!*«

Die Proteste innerhalb von *Sanctuary* hatten ihren Höhepunkt überschritten und klangen ab. Alle führend an den Protesten Beteiligten waren entweder in logische Argumentationen mit Ratsmitgliedern verstrickt oder in einem Gebäude, das Sandaleros' Sicherheitstruppe unauffällig vorbereitet hatte, ›abgesondert‹ worden, oder sie hatten alle Hände voll mit dem Sammeln von Unterschriften auf den offiziellen Ablehnungsanträgen zu tun, mit denen man üblicherweise in *Sanctuary* seine abweichende Meinung ausdrückte. Das hatte sich bisher stets als ausreichend erwiesen.

»Die Bettler sind nicht fähig zu irgendeinem planmäßigen Vorgehen!« wiederholte Jennifer. »Nicht einmal dann, wenn es zu ihrem Besten wäre!«

Will Sandaleros lächelte ihr zu.

»Leisha«, sagte Stella schüchtern, »meinst du, wir sollten etwas zu … unserer Sicherheit tun?«

Leisha antwortete nicht. Sie saß vor drei ComLinks, auf denen drei verschiedene Sendekanäle eingestellt waren. Sie saß entspannt da, aber so in sich gekehrt, daß nicht einmal Stellas Schüchternheit – Stella! schüchtern! – zu ihr durchdrang.

»Ich hätte daran denken sollen!« sagte Jordan. »Ich hätte nicht … also, es ist schon so lange her, seit die Schlaflosen von Haß verfolgt wurden … Stella, wer ist diese Woche hier? Vielleicht könnten wir abwechselnd Wachen übernehmen, für den Ernstfall, also, was ich meine …«

»Rund um das Anwesen liegt ein Y-Feld, Klasse sechs«, sagte Drew, »das von drei bewaffneten Wachtposten patrouilliert wird.«

Stella und Jordan starrten ihn an. Drew fuhr fort: »Seit heute früh. Bitte um Entschuldigung, daß ich es euch nicht gesagt habe. Aber ich hatte gehofft, ich würde mich irren und *Sanctuary* würde das nicht tun.«

»Wie konntest du überhaupt *ahnen,* daß sie etwas derartiges vorhatten?« fuhr Stella ihn an; ihre Bissigkeit war wieder da.

»Es war Kevin Baker, nicht ich. Er hat es geahnt.«

»Na klar, wer sonst«, schniefte Stella.

Jordan sagte: »Vielen Dank, Drew«, und Stella hatte den Anstand, ein wenig beschämt zu wirken.

Nur Leisha sagte nichts; sie saß absolut reglos da.

»Wir haben keine andere Wahl«, sagte Miri zu Nikos. Sie hockten in Raouls Labor zusammen, acht SuperS, die es bis hierher geschafft hatten, als die Ankündigung der Kagura-Demonstration wie ein Meteor auf *Sanctuary* eingeschlagen hatte. Einige von den anderen hatten sich zwischen Protestierenden und uniformierten Sicherheitskräften – seit wann gab es auf *Sanctuary* Uniformen? – den Weg zu Miris Labor gebahnt, und einige waren zu Nikos gerannt. Über alle Lautsprecher war der offizielle Befehl gekommen, die Gebäude nicht zu verlassen – seit wann gab es auf *Sanctuary* offizielle Befehle? Die jungen Leute aktivierten die ComLinks zwischen den drei Gebäuden.

Alle normalen Leitungen auf *Sanctuary* waren tot.

Miri sah Terry Mwakambe an, und in der nächsten Sekunde brach eine Wortkaskade aus Terry hervor, die Miri nicht für möglich gehalten hätte. Ein entfernter Winkel ihres Hirns, einer, der nicht erfüllt war von chaotisch durcheinanderwirbelnden Fäden, stellte fest, daß die Herstellung komplizierter Fluch- und Schimpfkanonaden eine enge Verwandtschaft mit mathematischen Reihen haben mußte, wenn Terry sie so mühelos beherrschte.

Er aktivierte augenblicklich das geheime Kommunikationsnetz, dessen Programmierung mit jeder auf *Sanctuary* existierenden Funktion die SuperS zwei Monate gekostet hatte. Doch nun stellte es eine zweite Führungsebene der Orbitalstation dar, so gut verborgen, daß sie von der ersten nicht entdeckt werden konnte.

»Nikos? Bist du da? Wer ist bei dir?«

Nikos' Gesicht erschien auf dem Bildschirm. »Diane, Christy, Allen, James, Toshio.«

»Wo ist Jonathan?«

»Bei mir«, sagte Mark und schaltete sich in die Verbindung ein. »Miri, es ist passiert. Sie haben es wirklich getan.«

»Und was wollen wir unternehmen?« fragte Christy. Sie hatte den Arm fest um Ludie gelegt, eine der Elfjährigen, die weinte.

»Wir können gar nichts unternehmen«, sagte Nikos. »Das fällt nicht unter unsere Vereinbarung. Sie haben ja nicht vor, den SuperS etwas Schlimmes anzutun, sie versuchen nur, *Sanctuary* für uns alle freizubekommen.«

»Sie werden uns damit alle umbringen!« rief Raoul. »Oder sie werden in unserem Namen Hunderttausende andere Menschen umbringen! So oder so, sie tun uns in jedem Fall etwas Schlimmes an!«

»Es geht hier einzig und allein um Verteidigung nach außen hin«, beharrte Nikos. »Und nicht um uns Bettler.«

»Es geht um einen Vertrauensbruch«, stellte Allen kalt fest. »Und zwar nicht nur uns gegenüber. Uniformierte Wachen, der Befehl, die Gebäude nicht zu verlassen, das Kappen der Kommunikationsmöglichkeiten – mein Gott, sie *verhaften die Leute* da draußen! Ich habe gesehen, wie eine Wache Douglas Wagner in ein Gebäude zerrte! Weil er das Verbrechen begangen hat, anders zu denken! Wo ist noch ein Unterschied zum Mord an Tony, weil er anders wurde? Der Rat hat das Vertrauen der Bürger von *Sanctuary* mißbraucht, uns eingeschlossen. Die anderen können nichts dagegen unternehmen, wir schon!«

»Es sind unsere *Eltern* …«, wandte Diane gequält ein, und alle Fäden waren aus ihrer Stimme herauszuhören.

Miri sagte, so resolut es ging: »Jedenfalls müssen wir als erstes mit allen Bettlern in Verbindung treten, wo immer sie sind. Ich sehe Peter nicht – weiß irgend jemand, wo er steckt? Terry, sieh zu, daß du ihn aufspürst, und stell eine Verbindung mit ihm her, aber natürlich nur, wenn er nicht mit NormS zusammen ist. Und dann werden wir die Sache durchdiskutieren. Eingehend. Wir wollen alle Meinungen bekommen. Erst dann werden wir eine gemeinsame Entscheidung treffen.«

Zu *unserem* Besten, fügte sie bei sich hinzu. Aber nicht laut.

Drei Stunden nach der Kagura-Demonstration sandte *Sanctuary* eine Mitteilung an die Vereinigten Staaten, daß die Fernsteuerungsmechanismen zur Freisetzung und Verteilung des GenMod-Virus in amerikanischen Großstädten auch in der Lage waren, die Virendepots komplett zu vernichten. *Sanctuary* wäre gern bereit, das zu veranlassen, wenn der Kongress einer Verfügung des Präsidenten seine Zustimmung gab, daß *Sanctuary, Incorporated,* was Regierungsgewalt, Besteuerung und Staatsangehörigkeit seiner Bürger betraf, nicht mehr länger Teil der Vereinigten Staaten war und über den gleichen Status verfügen würde wie alle anderen unabhängigen Nationen.

Diese anderen Nationen nahmen unterschiedliche Haltungen ein. Jene, die am engsten mit den Vereinigten Staaten verbündet waren, gaben offizielle Stellungnahmen heraus, in denen sie zwar die »Rebellen« ihrer terroristischen Handlungen wegen verurteilten, sich aber weigerten, Handelsembargos gegen *Sanctuary* auszusprechen. Das Weiße Haus drängte auch nicht darauf. Ausländische Kommentatoren wiesen mit einem unterschiedlichen Grad von Unverblümtheit darauf hin, daß bei einem Drängen des Weißen Hauses Richtung Embargo sehr leicht ans Licht kommen könnte, wie stark die amerikanischen Verbündeten von der allgegenwärtigen internationalen Finanzierungstätigkeit und der GenMod-Forschung *Sanctuarys* abhängig waren.

Jene Länder, die im Moment nicht als Verbündete der Vereinigten Staaten galten, verurteilten in ihren Stellungnahmen beide Seiten als moralische Barbaren, denen jeglicher Respekt vor den eigenen Gesetzen und Mitbürgern fehlte – ein so abgedroschenes, wenig überraschendes Lied, daß es kaum Aufmerksamkeit erweckte. Nur Italien, wieder einmal sozialistisch geworden mit all der chaotischen, fatalistisch schillernden Farbenpracht, die seit jeher den italienischen Sozialismus geprägt hatte, brachte einen wahrhaft originellen Standpunkt zum Ausdruck. Rom erklärte, daß die Schlaflosen führend an der modernen Befreiung der von der amerikanischen Medienherrschaft unterdrückten Werktätigen beteiligt waren, und daß *Sanctuary* die Welt in ein neues Zeitalter geleiten würde, in dem sich die Berichterstattung auf verantwortungsvolle Weise in den Dienst der Arbeiterschaft stellte. Diese rätselhafte Erklärung blieb – außer in Italien – großteils unbeachtet.

Eine Raumfähre mit einer internationalen Wissenschaftergruppe startete Richtung Kagura. Augenblicklich fanden Demonstrationen statt, die lautstark dafür plädierten, eine Rückkehr der Fähre zur Erde zu verhindern.

Ein allein in New York lebender Schlafloser, ein friedfertiger kleiner Mann, der seit fünfzig Jahren jedem anderen Schlaflosen aus dem Weg ging, wurde aus seiner Wohnung gezerrt und auf offener Straße erschlagen.

Sanctuary richtete eine weitere Botschaft an die Vereinigten Staaten: »Kein Mensch ist gut genug, um einen anderen Menschen ohne dessen Einverständnis zu beherrschen. – A. Lincoln.«

»Das hat dir gegolten!« rief Stella ärgerlich. »Das Lincoln-Zitat – es stammt aus der falschen Ära! Sie schlachten doch die Unabhängigkeit aus und nicht den Bürgerkrieg! Jennifer hat Lincoln nur deshalb eingeschoben, weil du eine Lincoln-Sachverständige bist!«

Leisha antwortete nicht.

»Wenn wir die Orbitalstation übernehmen«, sagte Nikos, »wenn wir sie einfach ohne jede Vorwarnung übernehmen, dann wäre das ebenso verwerflich, als würde *Sanctuary* das Virus auf der Erde ohne Vorwarnung freisetzen.« Er schickte sein Fadenprogramm zu den anderen drei Gebäuden, in denen sich SuperS versammelt hatten. Für Nikos war es überraschend, dieses Fadengebilde, denn Nikos dachte üblicherweise in klaren Fäden, mit starken, deutlichen Querverweisen. Dieses Gebilde hingegen war fein gegliedert, Elemente wie Ethik, Geschichte und Gemeinschaftssolidarität waren sorgfältig ausgewogen und einander gegenüberstehende Werte von so nahezu gleichem Gewicht, daß seine Form unter innerer Spannung zu stehen schien und zerbrechlich wirkte. Das Fadengebilde wäre charakteristischer für Allen gewesen. Miri studierte es eingehend; seine komprimierte Zerbrechlichkeit gefiel ihr.

Sie bedeutete, daß Nikos nicht allzu entschlossen war, sich Miri entgegenzustellen.

Christy sagte: »Und was wäre, wenn wir ihnen eine Warnung zukommen ließen?«

Der Gedanke war vor mehr als einer Stunde aufgetaucht. Aber Christys Fadenkonstruktion verfügte über neue Elemente, die aus der Rechtfertigung militärischer Einsätze stammten: Präventivschlag kontra klar umrissene Alternativen; die Last der Verantwortung bei Kriegsgerichten, abzuwägen mit der Ausschöpfung aller Optionen für einen Frieden; der Druck moralischer Bedenken auf ein gewisses festgestelltes Maß an zulässiger Gewaltanwendung: Pearl Harbor. Israel, aus der Geschichte erwachsenes Stammland der

Juden. Hiroshima. General William Tecumseh Sherman und seine Politik der verbrannten Erde. Der Chaco-Krieg Paraguay gegen Bolivien. Die Fäden der SuperS erstreckten sich kaum je auf Militärgeschichte; Miri hatte nicht gewußt, daß Christys Gedächtnis diese Episoden ausreichend dokumentiert hatte, um Fäden damit zu bilden.

»JJJaa!« murmelte Nikos langsam. »JJJaa ...«

Ludie, erst elf, sagte: »Ich kann nicht meine *Mutter* bedrohen! Nicht einmal indirekt.«

Ich schon, dachte Miri und sah von Nikos zu Christy und Allen und zu Terry, dem Unberechenbaren.

»JJJaa!« sagte Nikos. »Und wenn ...«

Fäden aus Wahrscheinlichkeiten begannen sich zu schlingen und zu verknoten und zu drehen.

»Will, die nächste Gruppe von Bürgern verlangt Einlaß ins Tagungshaus«, sagte Ratsmitglied Renleigh.

Sandaleros fuhr herum. »Wie sind sie überhaupt so weit gekommen? Der Befehl, die Häuser nicht zu verlassen, ist noch aufrecht!«

»Wie sie soweit gekommen sind?« brauste Ratsmitglied Barcheski einigermaßen angewidert auf. »Sie sind *gegangen*. Wie viele Wachen, denkst du, hast du denn da draußen? Und wie sehr, denkst du, fürchten sich unsere Bürger vor den wenigen, die du hast?«

»Niemand möchte, daß unsere Bürger sich fürchten«, warf Jennifer mit ruhiger Stimme ein.

»Das tun sie ja auch nicht«, sagte Barbara Barcheski. »Deshalb sind sie ja da und möchten mit euch reden.«

»Nein«, entschied Sandaleros. »Erst wenn das alles vorbei ist, wenn wir die Unabhängigkeit von der Erde haben, dann werden wir reden.«

»Wenn sich keiner mehr einen Deut darum schert, was ihr angestellt habt, um sie zu bekommen«, sagte Ricky Sharifi. Es war das erstemal in drei Stunden, daß er das Wort ergriffen hatte.

Caroline Renleigh sagte: »Sie haben Hank Kimball dabei. Ich habe mit ihm an Computeranlagen gearbeitet. Könnte sein, daß der Sicherheitsschild um das Tagungshaus nicht ausreichend codiert ist.«

Cassie Blumenthal sah von ihrem Terminal auf. Ihre gelblichen Zähne glitzerten. »Er ist ausreichend codiert.«

Nach einer Weile gingen die Protestierer davon.

»Jennifer«, sagte John Wong, »Kanal vier propagiert nachdrücklich einen einzigen präzisen Atomschlag, der *Sanctuary* vernichten und damit unsere Möglichkeit zur Aktivierung der Depots verhindern soll.«

»Das werden sie nicht tun«, meinte Jennifer. »Nicht die Vereinigten Staaten.«

Ricky Sharifi sagte: »Du verläßt dich also auf die Anständigkeit der Bettler und benutzt sie als Waffe, um deinen Krieg zu gewinnen.«

»Ich glaube, Ricky«, sagte Jennifer beherrscht, »du erinnerst dich nicht an die Vorkommnisse, an die Will und ich uns erinnern, sonst würdest du nicht von einer Anständigkeit der Bettler sprechen. Und ich glaube auch, daß du deine künftigen Kommentare bei dir behalten solltest.«

Wenn ihre Stimme leicht klirrend klang, so war es nur ein klein wenig, und niemand vernahm es außer Ricky und Jennifer selbst. Zumindest ließ nichts darauf schließen, daß jemand sonst es vernommen hatte.

Richard Keller hatte den Holoraum so leise betreten, daß niemand gleich bemerkte, daß er da war. Er stand hinter Stella und Jordan an die Wand gelehnt, und seine dunklen Augen über dem dichten Bart lagen tief in dunklen Höhlen. Drew bemerkte ihn als erster. Drew hatte Richard nie besonders gemocht, der auf ihn den Eindruck machte, als hätte er aufgegeben und sich zurückgezogen, obwohl Drew nicht sagen konnte, wovon, denn immerhin hatte Richard noch einmal geheiratet, ein weiteres Kind gezeugt, hatte die ganze Welt bereist, Erfahrungen gesammelt und gearbeitet. Leisha hingegen hatte nichts davon getan. Und doch schien es Drew, als hätte Leisha, vergraben in ihren vier Wänden mitten in der Wüste nicht aufgegeben und Richard schon.

Das ergab keinen Sinn. Drew schlug sich noch ein Weilchen mit den Abstraktionen herum und ließ dann den Versuch sein, das Ganze in Worten zu durchdenken. Statt dessen ließ er kühle Schatten, die Richard und Leisha waren und auch wieder nicht, durch sein Bewußtsein ziehen.

Richard klebte zusammengesunken an der Wand und lauschte den schrillen Nachrichtenkommentatoren, deren hysterisches Gekreisch den Tod jener Kinder forderte, die er seit vierzig Jahren nicht gesehen hatte.

Wenn die Regierung sich wirklich dazu entschloß, *Sanctuary* zu sprengen, dachte Drew plötzlich, würde Richard immer noch Ada und Sean haben. Und wenn Sean starb, bei irgendeinem Unfall etwa – Drews Erfahrungen nach starben Kinder häufig bei Unfällen –, würde Richard dann noch ein Kind haben, mit Ada oder einer anderen Frau? Ja. Und falls auch dieses Kind starb, würde Richard es durch ein weiteres Kind ersetzen. Ganz sicher. Und dann durch noch eines …

Drew begann zu erkennen, was es war, das Richard aufgegeben hatte und Leisha nicht.

»Hier spricht der Präsident der Vereinigten Staaten von Amerika. Ich wende mich mit einer Botschaft an *Sanctuary, Incorporated.*« Meyerhoffs Gesicht erfüllte fast überlebensgroß den Bildschirm. Typisch Schläfer, dachte Jennifer, sie vergrößern das Bild und denken, das vergrößert die Realität. Jeder im Tagungshaus, der nicht mit wirklich wichtiger Überwachungstätigkeit beschäftigt war, eilte zum Bildschirm. Najla biß sich auf die Unterlippe und rückte einen Schritt näher an ihre Mutter heran. Paul Aleone verschränkte die Finger beider Hände.

Die Leitung war auf Gegenempfang geschaltet. »Hier spricht Jennifer Sharifi, geschäftsführende Direktorin von *Sanctuary, Incorporated* und Vorsitzende des Hohen Rates der Orbitalstation *Sanctuary*. Wir hören, Mister President.«

»Miss Sharifi, Sie handeln in grober Mißachtung der Gesetze der Vereinigten Staaten. Das ist Ihnen doch bewußt?«

»Wir sind nicht mehr Bürger der Vereinigten Staaten, Mister President.«

»Ihr Vorgehen stellt darüber hinaus eine Verletzung der Übereinkunft der Vereinten Nationen aus dem Jahr zweitausendzweiundvierzig, sowie eine Verletzung der Genfer Konvention dar.«

Jennifer schwieg; sie wartete ab, daß dem Präsidenten dämmerte, daß er *Sanctuary* soeben den Status eines souveränen Staates eingeräumt hatte. Und die Sekunde, als es ihm klar wurde, entging ihr nicht, obwohl er es schaffte, das Eingeständnis der Panne auf diese eine Sekunde zu beschränken. Sie sagte: »Legen Sie dem Kongress eine Resolution mit dem Inhalt vor, daß *Sanctuary* ein von den Vereinigten Staaten unabhängiges Gebilde ist, und wir beide werden aufhören können, die Situation zu diskutieren, in der wir uns befinden.«

»Das werden die Vereinigten Staaten nicht tun, Miss Sharifi. Ebensowenig werden wir mit Terroristen verhandeln. Hingegen werden wir den Hohen Rat von *Sanctuary*, jedes einzelne seiner Mitglieder, wegen Landesverrat vor Gericht stellen und die ganze Härte des Gesetzes spüren lassen.«

»Es ist nicht Landesverrat, das Joch der Tyrannei abwerfen und Unabhängigkeit suchen zu wollen. Mister President, falls Sie nichts Neues zu sagen haben, sehe ich keinen Grund für eine Fortsetzung dieses Gespräches.«

»Ich habe folgendes zu sagen, Miss Sharifi.« Die Stimme des Präsidenten bekam Ecken und Kanten. »Morgen früh werden die Vereinigten Staaten *Sanctuary* mit allen zur Verfügung stehenden Mitteln angreifen, wenn Sie nicht bis Mitternacht dem Außenminister alle Verstecke jener biologischen Waffen mitteilen, die *Sanctuary* angeblich in den Vereinigten Staaten deponiert hat.«

»Das werden wir nicht tun, Mister President. Die konventionellen Suchmöglichkeiten, über die Sie verfügen und über deren Arbeitsweise wir informiert sind, würden überdies nicht in der Lage sein, diese Depots aufzuspüren, selbst wenn Ihnen die Örtlichkeiten bekannt wären. Sie bestehen aus Materialien, die in den Vereinigten Staaten nicht erhältlich sind. Mister President, ich sehe ...«

Draußen vor dem Tagungshaus schrillten die Alarmanlagen. Cassie Blumenthal blickte ungläubig auf. Der Sicherheitsschild aus Y-Energie war durchbrochen. Will Sandaleros machte einen Satz auf die Schalter zu, um den Fenstern wieder Transparenz zu verleihen. Doch noch ehe es soweit war, flog die Tür auf, und Miranda Sharifi kam an der Spitze einer Reihe von SuperS in den Sitzungssaal.

»... daß wir zu diesem Zeitpunkt nichts mehr zu besprechen haben«, endete Jennifer; sie hatte bemerkt, daß der Präsident bei dem deutlich hörbaren Alarmsignal sehr aufmerksam geworden war und unterbrach rasch die Verbindung. Cassie Blumenthal schaltete eilig alle Sende- und Empfangsanlagen zur und von der Erde ab.

Die SuperS drängten sich weiter zur Tür herein, siebenundzwanzig junge Leute.

»Was habt ihr hier zu suchen?« rief Will Sandaleros grob. »Geht nach Hause!«

»Nein«, sagte Miri. Einige der Erwachsenen warfen einander seltsame Blicke zu. Sie waren alle noch nicht an das Ausbleiben jeglichen Stotterns und Zuckens gewöhnt; es machte die Kinder nicht vertrauter, sondern noch fremdartiger.

»Miranda, geh nach Hause!« donnerte Hermione.

Miri würdigte ihre Mutter keines Blickes. Jennifer ging augenblicklich daran, die Situation in die Hand zu nehmen; sie durfte nicht außer Kontrolle geraten. Sie durfte einfach nicht!

»Miranda, was tut ihr hier? Es muß euch doch bewußt sein, daß euer Herkommen ungehörig und gefährlich ist!«

»Du bist diejenige, die uns alle in Gefahr bringt!« sagte Miri.

Jennifer war entsetzt über den Ausdruck in Miris Augen, aber sie ließ sich ihre Bestürzung nicht anmerken. »Miri, ihr habt zwei Möglichkeiten. Ihr könnt alle gehen, und zwar sofort, oder die Wachen werden euch mit Gewalt wegbringen. Was ihr der Ratsversammlung auch zu sagen habt, es kann warten, bis diese Krise beendet ist.«

»Nein, kann es nicht«, sagte Miri. »Es betrifft die Krise. Du hast die Vereinigten Staaten ohne die Zustimmung des Restes von *Sanctuary* bedroht. Du hast die anderen Ratsmitglieder überredet oder eingeschüchtert oder bestochen ...«

»Laß die Kinder wegschaffen«, sagte Jennifer zu Will. Die Wachen in ihren ungewohnten Uniformen hatten sich bereits in den überfüllten Sitzungssaal gedrängt. Eine Frau packte Miri am Arm, und Nikos sagte sehr laut: »Laßt das! Wir SuperS verfügen über die komplette Kontrolle aller Systeme auf *Sanctuary* – Lebenserhaltung, Kommunikation, Abwehr, alles. Es gibt geheime Programme, die ihr nicht im entferntesten begreifen könnt.«

»Ebensowenig, wie die Schläfer eure GenMod-Viren begreifen könnten«, sagte Miri.

Die Frau, die Miri am Arm festhielt, sah verwirrt drein. Doktor Toliveri rief erbost: »Das ist unmöglich!«

»Nicht für uns«, sagte Nikos.

Jennifer überflog die Gruppe der jungen Leute; ihr Verstand arbeitete auf Hochtouren. »Wo ist Terry Mwakambe?«

»Nicht hier«, antwortete Nikos und sagte in sein am Kragen befestigtes ComLink: »Terry, übernimm Cassie Blumenthals Terminal. Verbinde es mit Charles Stauffers Abwehrzentrale.«

Vor ihrem Terminal gab Cassie Blumenthal einen kurzen, erstickten Ton von sich. Sie sprach mit raschen Befehlen zu ihrer Konsole, ging dann zu manuellen Kommandos über und ließ die Finger rasend schnell über die Tasten fliegen. Ihre Augen weiteten sich.

Charles Stauffer machte einen Satz nach vorn. Er tippte etwas ein, bei dem es sich, wie Jennifer leicht benommen annahm, um Codes zur direkten Kommandoübernahme handelte. Sie zwang sich, ruhig zu sprechen. »Ratsmitglied Stauffer?«

»Wir haben die Kontrolle verloren. Aber die Waffenschächte öffnen sich ... Und jetzt schließen sie sich wieder.«

Miranda sagte: »Teilt den Vereinigten Staaten mit, daß ihr im Austausch gegen die Zusicherung von Straflosigkeit für alle Bewohner von *Sanctuary* mit Ausnahme des Hohen Rates die Virendepots auf der Erde vernichten werdet. Teilt ihnen mit, ihr werdet die Organismen zerstören, die Verstecke verraten und *Sanctuary* für eine Inspektion seitens der Bundesbehörden öffnen. Und wenn ihr dazu nicht bereit seid, dann ... werden wir SuperS es tun.«

Robert Dey schnappte nach Luft. »Das könnt ihr nicht.«

Mit einer Festigkeit, die keinen Zweifel an seinen

Worten ließ, sagte Allen: »O doch. Wir können. Bitte glaubt es.«

»Ihr seid doch nur Kinder!« rief eine harsche Stimme; Jennifer benötigte einen Moment, um sie überhaupt zu identifizieren. Hermione.

»Wir sind das, wozu ihr uns gemacht habt«, stellte Miri fest.

Jennifer sah ihre Enkeltochter an. Dieses … Kind, dieses Mädchen, das nie erlebt hatte, daß man es anspuckte, nur weil es schlaflos war … das nie in ein Zimmer gesperrt wurde von einer Mutter, die eifersüchtig war auf die unvergängliche Schönheit der Tochter, während ihre eigene unabwendbar dahinschwand … das nie, von den eigenen Kindern getrennt, in eine Zelle gesperrt worden war … das nie von einem Ehemann verraten worden war, der seine eigene Schlaflosigkeit haßte … dieses verwöhnte, gehätschelte Kind, dem man alles nur Erdenkliche in die Wiege gelegt hatte, versuchte jetzt, sich gegen sie zu stellen – gegen Jennifer Sharifi, deren eisernem Willen die Entstehung *Sanctuarys* überhaupt zu verdanken war! Dieses unbedeutende Kind würde alles zerstören, wofür Jennifer gearbeitet und gelitten hatte, wofür sie ihr ganzes Leben geopfert und dem Wohlergehen und der Unabhängigkeit der Schlaflosen gewidmet hatte … Nein. Kein kleines Mädchen, das im Innersten verderbt und selbstsüchtig war, würde ihrem Volk die Zukunft nehmen, die Zukunft, für die Jennifer gekämpft hatte. Die sie entworfen hatte. Deren Existenz sie *erzwungen* hatte, indem sie nur durch die Kraft ihres Geistes eine hoffnungslose Leere überbrückte. Nein!

»Ergreift sie alle!« sagte sie zu den Wachen. »Bringt sie in die Arrestkuppel und verwahrt sie in einem gesicherten Raum. Nehmt ihnen vorher alle technischen Spielereien ab, auch das winzigste Stückchen.« Sie zögerte, aber nur eine Sekunde lang. »Führt Leibesvisitationen durch und achtet auf versteckte technische Geräte; laßt ihnen keine Kleider, auch wenn sie noch so unverfänglich wirken. Nichts.«

»Jennifer ... das kannst du doch nicht machen!« protestierte Robert Dey. »Es sind doch unsere ... deine ... unsere Kinder!«

»Also entscheidet euch«, sagte Miranda. »Oder ist das alles?«

Es war Jahre her, seit Jennifer sich das letzte Mal gestattet hatte, Haß zu spüren. Und nun flutete die Woge schwarz und heimtückisch zurück aus all jenen Winkeln ihrer Seele, zu denen sie sich keinen Zutritt erlaubte. Eine Sekunde lang war sie so entsetzt, daß sie nichts sehen konnte. Doch dann hob sich der Nebel vor ihrem Blick, und sie vermochte fortzufahren. »Sucht Terry Mwakambe. Sofort. Steckt ihn zu den anderen. Kontrolliert ihn besonders sorgfältig; er darf nichts mehr am Leibe haben, nicht den kleinsten, harmlosesten Stoffetzen.«

»Jennifer!« rief John Wong.

»Du weißt es, nicht wahr?« sagte Miri, direkt an Jennifer gewandt. »Du weißt, was Terry ist. Daß er noch mehr ist als ich oder Nikos oder Diane ... du *glaubst* zumindest, es zu wissen. Du glaubst uns zu verstehen, wie die Schläfer immer glaubten, euch zu verstehen. Sie haben euch nie ein Mindestmaß an Menschlichkeit zugestanden, nicht wahr? Ihr wart anders, also wart ihr nicht Teil ihrer Gemeinschaft. Ihr wart von Grund auf böse, hinterhältig, kalt – und viel, viel besser als sie. Und ihr habt euch auch als besser betrachtet, deshalb nanntet ihr sie Bettler. Aber *wir* sind besser als ihr, und so habt ihr einen von uns umgebracht, weil ihr keine Kontrolle mehr über ihn hattet, nicht wahr? Und jetzt verfügen wir über Fähigkeiten, von denen ihr nicht einmal träumen könnt. Welche von uns sind da jetzt die Bettler, Großmutter?«

Mit einer Stimme, die sie selbst nicht wiedererkannte – aber ruhig, *ruhig* – sagte Jennifer: »Durchsucht sie noch hier; achtet auf alles, was nach technischem Gerät aussieht, auch wenn ihr nicht wißt, was es ist. Und ... und nehmt auch meinen Sohn fest. Zusammen mit den anderen.«

Ricky Sharifi lächelte nur.

Miri begann, ihre Kleider abzulegen. Nach einer Schrecksekunde und einem kurzen Befehl von Nikos – einem Befehl, den Jennifer nicht verstand: Hatten sie sogar ihre eigene *Sprache?* – begannen auch die anderen jungen Leute, sich auszuziehen. Allen Sheffield riß sich das ComLink vom Kragen und warf es auf die metallene Tischplatte; es klapperte laut in der lähmenden Stille, und Allen grinste. Nicht einmal die jüngsten SuperS weinten.

Miri zog sich das Hemd über den Kopf. »Du hast dein ganzes Leben für die Gemeinschaft gegeben. Aber wir SuperS gehören jetzt nicht mehr zu dieser Gemeinschaft, richtig? Und du hast den einen unter uns umbringen lassen, der eine Brücke hätte bilden können zwischen eurer Gemeinschaft und unserer, den besten und talentiertesten von uns allen. Du hast ihn umbringen lassen, weil er nicht mehr in deine Definition einer Gemeinschaft paßte. Und nun passen wir auch nicht mehr hinein. Weil wir beispielsweise imstande sind, Träume zu haben. Hast du das gewußt, *Jennifer?* Lichte Träume. Ein Schläfer hat uns das beigebracht.« Miri schleuderte ihre Sandalen von den Füßen.

»Ich bekomme die Kontrolle über das Kommunikationssystem nicht mehr zurück!« rief Cassie Blumenthal, Panik in der Stimme.

»Schluß damit!« sagte Charles Stauffer. »Kinder, zieht euch wieder an.«

»Nein«, entschied Miri. »Denn dann würden wir aussehen wie Angehörige eurer Gemeinschaft, nicht wahr, Jennifer? Und das sind wir nicht. Das können wir nie wieder sein.«

»Wir haben Terry Mwakambe«, meldete ein Com-Link. »Er widersetzt sich der Festnahme nicht.«

»Und nicht einmal deine eigene Gemeinschaft bedeutet dir etwas«, fuhr Miri fort. »Sonst wärst du auf den Vorschlag eingegangen, der von uns kam. Auf diese Weise hättest nur du dich wegen Landesverrats verantworten müssen. Dem Rest des Hohen Rates hätten die Bettler da unten sicher strafrechtliche Immunität zugesichert. Und nun werden sie alle der Verschwörung zum Landesverrat angeklagt. Du hättest sie davor bewahren können, aber das wolltest du nicht, weil du damit die Entscheidungsgewalt, wer zu deiner Gemeinschaft gehört und wer nicht, verloren hättest. Nun, das hast du ohnedies. An dem Tag, als du Tony umgebracht hast.« Miri riß an den Shorts und stand nackt da, wie die anderen SuperS hinter ihr. Einige der Mädchen bedeckten sich die kaum knospenden Brüste mit gekreuzten Armen, einige der Jungen hielten die Hände vor ihre Genitalien. Aber keines der Kinder weinte. Sie starrten Jennifer mit harten, unkindlichen Augen an, als hätten sie soeben eine Bestätigung von ihr erhalten, als dächten sie ... als dächten sie unaussprechliche Dinge ...

Miri stand nackt vor ihr, die kleinen Brüste vorgereckt, das dunkle Schamhaar so dicht wie Jennifers eigenes, und hielt lächelnd den großen, unförmigen Kopf hoch.

Ricky trat neben sie, sein Hemd in der Hand. Er legte es um Miris Schultern und zog es vorne zusammen. Zum erstenmal wandte Miri den Blick von Jennifer ab und sah jemand anderen an. Schmerzliche Röte stieg ihr ins Gesicht, und sie flüsterte: »Danke, Papa.«

»Eine voraufgezeichnete Botschaft ist soeben timergesteuert ans Weiße Haus abgegangen«, stellte Cassie Blumenthal müde fest. »Ich habe eine Kopie hier. Die Botschaft enthält genaue Angaben über alle Stellen, an der wir die Virendepots angebracht haben, und dazu die minutiöse Vorgangsweise zu ihrer gefahrlosen Vernichtung.«

»Sämtliche Verteidigungsanlagen von *Sanctuary* sind außer Funktion«, sagte Charles Stauffer.

»Notaggregate für die Sicherheitsbarrieren um die Arrestkuppel außer Betrieb«, sagte Caroline Renleigh. »Überbrückung der Sperren wirkungslos ...«

Cassie Blumenthal sagte: »Zweite voraufgezeichnete Botschaft, gerichtet auf ... auf ... *New Mexico!*«

Nur Miranda sagte nichts. Sie schluchzte, ein zu Tode erschöpftes sechzehnjähriges Mädchen, an der Schulter ihres Vaters.

25

Leisha verfolgte die Holoberichte über den Aufruhr in Atlanta wegen toter Tauben, den Aufruhr in New York wegen des immer wieder zum Erliegen kommenden erdgebundenen Verkehrs aus der Stadt, den Aufruhr in Washington über den Aufruhr. Die alten Spruchbänder kamen zu neuen Ehren: ATOMISIERT DIE SCHLAFLOSEN! Lagerten die Leute diese Dinger in irgendeinem staubigen Kellerloch dreißig oder vierzig Jahre lang ein, um sie bei Bedarf wieder hervorzuholen? Das ganze alte Vokabular war plötzlich wieder da, die alte Geisteshaltung, ja sogar die alten Witze bei den übelsten Nutzer-Sendern. »Was kommt raus, wenn man einen Schlaflosen mit einem Pitbull kreuzt? Ein Gebiß, das *wirklich* nicht mehr losläßt!« Den hatte Leisha gehört, als sie in Harvard war. Vor siebenundsechzig Jahren.

Laut sagte sie: »Und ich blickte mich um und sah, daß es nichts Neues gab unter der Sonne, und das Rennen gehörte nicht dem Schnellen, und der Kampf nicht dem Starken, und die Stunde nicht dem Tüchtigen ...«

Jordan und Stella sahen Leisha besorgt an, und es war wirklich nicht fair, die beiden mit melodramatischen Zitaten in Unruhe zu versetzen. Ganz besonders nicht nach stundenlangem Schweigen. Sie sollte besser mit ihnen reden, ihnen erklären, was sie fühlte ...

Sie fühlte sich so müde.

Mehr als siebzig Jahre lang hatte sie immer wieder die gleichen Dinge gesehen, und angefangen hatte es mit Tony Indivino. »Du gehst also diese Straße in Spanien entlang, und hundert Bettler wollen jeder einen Dollar von dir haben, und du sagst nein, dann stürzen sie sich wütend auf dich ...« *Sanctuary*. Das Gesetz, dieser trügerische Schöpfer aller Gemeinsamkeit. Calvin Hawke. Wieder *Sanctuary*. Und über allem die Vereinigten Staaten: reich, blühend, kurzsichtig, großartig bei Gesamtkonzepten und kleinlich bei den Details und zutiefst abgeneigt, dem Geistigen den Respekt der Massen zu verschaffen. Dem Glück ja, dem Erfolg, der Schönheit, dem Individualismus, dem Glauben an Gott, dem Patriotismus, dem Draufgängertum, der Tapferkeit, dem Rückgrat, der Beharrlichkeit – aber niemals komplexer Intelligenz und komplexem Denken. Nicht die Schlaflosigkeit war es, die zu all den Tumulten geführt hatte; es war das Denken und seine beiden natürlichen Konsequenzen: Wandel und Herausforderung.

Verhielt es sich in anderen Ländern, anderen Kulturen auch so? Leisha wußte es nicht. In dreiundachtzig Jahren hatte sie kein einziges Mal die Vereinigten Staaten länger als für ein Wochenende verlassen und auch keinen sonderlichen Wunsch danach verspürt. Gewiß war das ein Einzelfall bei diesen globalen Wirtschaftsbeziehungen …

»Ich habe dieses Land immer geliebt«, sagte Leisha wieder laut und erkannte augenblicklich, wie merkwürdig diese zusammenhanglose Liebeserklärung klingen mußte.

»Leisha, Liebes, möchtest du einen Schluck Brandy? Oder eine Tasse Tee?« fragte Stella.

Unwillkürlich mußte Leisha lächeln. »Jetzt hast du geradeso geklungen wie Alice.«

»Also?« drängte Stella.

»Leisha«, sagte Drew, »Ich glaube, es wäre gut, wenn du jetzt …«

»Leisha Camden!« tönte es von der Holobühne.

Stella schnappte nach Luft.

Die aktuellen Berichte aus dem Weißen Haus, die Bilder von den Unruhen in New York und die Satellitenaufnahmen von *Sanctuary* waren verschwunden, und ein junges Mädchen mit großen dunklen Augen und einem ausladenden, leicht unförmigen Kopf stand steif auf der Holobühne, umgeben von einem ungewohnt ausgestatteten Forschungslabor. Es trug eine dünne Bluse, Shorts und einfache Sandalen, und sein wirres dunkles Haar war mit einer roten Schleife zurückgebunden. Richard, dessen Anwesenheit im Zimmer Leisha völlig entfallen war, gab einen erstickten Laut von sich.

Das Mädchen sagte: »Hier spricht Miranda Serena Sharifi in *Sanctuary*. Ich bin die Enkelin von Jennifer Sharifi und Richard Keller. Ich sende diese Botschaft direkt an Ihre Empfangsanlage in New Mexico. Zugleich werden sämtliche Kommunikationsnetze von *Sanctuary* unwirksam. Die Botschaft wurde dem Hohen Rat nicht vorgelegt und wird somit ohne seine Autorisierung gesendet.«

Das Mädchen machte eine kurze Pause, und ein leichtes Zaudern war in dem ernsten jungen Gesicht wahrzunehmen. So ernst – dieses Kind sah aus, als würde es nie lächeln. Wie alt war es? Vierzehn? Sechzehn? Es sprach mit einem leichten Akzent, so als hätte sich die Sprechweise auf *Sanctuary* über die Jahre hinweg ein wenig verändert; es klang präziser, förmlicher – beides ein Gegensatz zur üblichen Entwicklung von Sprachen. Dieser Unterschied verlieh seinen Worten zusätzliche Ernsthaftigkeit. Leisha trat unwillkürlich einen Schritt näher an die Holobühne heran.

»Wir sind eine Gruppe von Schlaflosen, die jedoch etwas mehr sind als nur normale Schlaflose. Eine GenMod-Konstruktion. Sie nennen uns die SuperSchlaflosen. Ich bin die älteste von den achtundzwanzig, die über zehn Jahre alt sind. Wir … unterscheiden uns von den Erwachsenen, und man behandelt uns auch anders. Wir haben *Sanctuary* übernommen, Ihrem Präsidenten alle Informationen über die biologischen Waffendepots bekanntgegeben, die Verteidigungssysteme

Sanctuarys deaktiviert und den Kampf um Unabhängigkeit beendet.«

»O mein Gott!« sagte Jordan. »*Kinder!*«

»Falls Sie diese Botschaft erhalten, bedeutet das, daß wir SuperSchlaflosen von meiner Großmutter und dem Hohen Rat gefangen gehalten werden; wir glauben jedoch nicht, daß es für lange sein wird. Wie auch immer, wir werden nicht hier auf *Sanctuary* bleiben können. Aber es gibt keinen anderen Ort, wo wir hingehen könnten. Ich habe alles über Sie in Erfahrung gebracht, Leisha Camden, und auch alles über Ihren Schützling Drew Arlen. Den lichten Träumer. Wir SuperS sind alle lichte Träumer, es ist zu einer maßgeblichen Komponente unserer Art zu denken geworden.«

Leisha blickte Drew von der Seite an. Er starrte unverwandt auf Miranda Sharifi, und als sie den Ausdruck in seinen grünen Augen bemerkte, wandte Leisha sich ab.

»Ich weiß nicht, was als nächstes geschieht und wann«, fuhr Miranda fort. »Vielleicht wird *Sanctuary* uns eine Raumfähre zur Verfügung stellen. Vielleicht läßt uns Ihre Regierung holen, oder ein kommerzielles Unternehmen, dem Sie vertrauen, kann das übernehmen. Möglicherweise werden einige der SuperSchlaflosen hierbleiben, die jüngeren vermutlich. Aber viele von uns werden *Sanctuary* demnächst verlassen müssen, weil wir die Verhaftung des gesamten Hohen Rates wegen Verschwörung zum Landesverrat in die Wege geleitet haben. Wir brauchen einen gut gesicherten Ort mit annehmbaren elektronischen Einrichtungen, die wir unseren Bedürfnissen entsprechend modifizieren können, und jemanden, der uns hilft, uns in Ihrem Rechts- und Wirtschaftssystem zurechtzufinden. Sie waren doch Rechtsanwältin, Miss Camden. Können wir zu Ihnen kommen?«

Miranda machte eine kleine Pause. Leisha spürte ein Kribbeln in den Augen.

»Ich nehme an«, fuhr Miranda fort, »daß einige von den normalen Schlaflosen mit uns kommen werden. Einer davon wird fast sicher mein Vater Richard Sharifi sein. Ich glaube nicht, daß Sie mich direkt kontaktieren können, um diese Botschaft zu beantworten, obwohl ich natürlich nicht weiß, über welche Möglichkeiten Sie verfügen.«

»Sicher über weniger als ihr da oben«, murmelte Stella; es klang verstört. Drew warf ihr einen amüsierten Seitenblick zu.

»Vielen Dank für Ihre Aufmerksamkeit«, schloß Miranda ihre Botschaft; verlegen stellte sie einen Fuß auf den anderen und wirkte plötzlich noch viel jünger. »Falls ... falls Drew Arlen sich bei Ihnen aufhält, wenn Sie diese Nachricht erhalten, und falls Sie uns erlauben, zu Ihnen zu kommen, dann ersuchen Sie ihn bitte dazubleiben. Ich ... ich würde ihn gern kennenlernen.«

Plötzlich lächelte Miranda – ein Lächeln so voller Zynismus, daß Leisha zurückzuckte. Das war kein kleines Mädchen! »Sie sehen«, sagte Miranda, »wir kommen als Bettler zu Ihnen. Wir haben nichts anzubieten, nichts, was wir geben könnten. Wir bringen nur unsere Notlage mit.« Sie verschwand, und eine dreidimensionale Graphik erschien auf der Bühne, eine komplexe Kugel aus Wortketten, die ineinander verschlungen waren und einander kreuzten, wobei jedes Wort und jeder Satz einen Gedanken darstellte, der zum nächsten führte; das Ganze war mit einem Farbcode versehen, der die Hauptakzente und Bedeutungsänderungen und Gegenüberstellungen von Konzepten hervorhob, die einander widersprachen, verstärkten oder modifizierten. Die Kugel rotierte langsam und machte keine Anstalten zu verschwinden.

»Was, um Himmels willen, ist denn *das?*« fragte Stella.

Leisha stand auf und ging um die Kugel herum – etwas rascher, als sie rotierte. Sie betrachtete sie eingehend, und ihre Knie wurden weich. »Ich glaube ... Ich glaube, es ist eine philosophische Erörterung.«

»Ahaaaaaa«, sagte Drew.

Leisha fuhr fort, die Kugel zu betrachten. Ihr Auge blieb an einer Sequenz in Grün in einer der Außenschichten hängen: *ein Haus, das in sich entzweit ist: Lincoln.* Abrupt setzte sie sich auf den Boden.

Stella flüchtete sich in einen Wirbel häuslicher Aktivität. »Wenn sie achtundzwanzig sind und zu zweit einquartiert werden, dann können wir den Westflügel nehmen. Richard und Ada verlegen wir ...«

»Ich werde nicht mehr da sein«, warf Richard mit ruhiger Stimme ein.

»Aber, Richard! Dein Sohn ...« Stella verstummte.

»Das war in einem anderen Leben.«

»Aber, *Richard* ...!« Stella wurde rot vor Verlegenheit.

Richard ging schweigend aus dem Zimmer. Der einzige, den er dabei ansah, war Drew, der unverwandt zurückstarrte.

Leisha merkte nichts von alldem. Sie saß mit gekreuzten Beinen auf dem Boden und studierte Mirandas Fadenkugel, bis die Übertragung endete und das Hologramm verschwand. Dann hob sie den Blick und sah die drei an, die noch da waren: Stella, Jordan und Drew.

Stella schnappte nach Luft. »Leisha, was ist los ...? Dein *Gesicht* ...!«

»Die Dinge ändern sich«, erwiderte Leisha strahlend. »Es gibt zweite und dritte Chancen. Und vierte und fünfte.«

»Aber selbstverständlich«, sagte Stella verwirrt. »Leisha, bitte steh auf!«

»Die Dinge ändern sich«, wiederholte Leisha wie ein kleines Mädchen. »Nicht nur dem Grad nach, sondern ihrer Beschaffenheit nach. Sogar für uns. Endlich. Endlich. Endlich!«

Es waren schließlich sechsunddreißig Personen, die das Regierungsflugzeug aus Washington brachte; die ganze Angelegenheit hatte weitaus mehr Zeit in Anspruch genommen, als alle außer Leisha, der Ex-Anwältin, erwartet hatten. Siebenundzwanzig Super-Schlaflose: Miri, Nikos, Allen, Terry, Diane, Christy, Jonathan, Mark, Ludie, Joanna, Toshio, Peter, Sara, James, Raoul, Victoria, Anne, Marty, Bill, Audrey, Alex, Miguel, Brian, Rebecca, Cathy, Victor und Jane. So durchschnittliche Namen für so überdurchschnittliche Menschen. Zusammen mit ihnen kamen vier ›normale‹ Schlaflosenkinder – Joan, Sam, Hako und Androula – und fünf Eltern, die größtenteils nervöser wirkten als ihre Kinder. Unter ihnen befand sich auch Ricky Sharifi.

Aus seinen dunklen Augen sprach geduldig ertragener Schmerz, und er bewegte sich zögernd vorwärts, als plagten ihn Zweifel, ob er überhaupt das Recht hatte, über die Erde zu wandeln. Als Leisha bewußt wurde, wieso ihr das nicht ungewöhnlich vorkam, verzog sie das Gesicht. Richard, der jetzt jünger wirkte als sein Sohn, hatte in den Monaten nach Jennifers Prozeß ganz genauso ausgesehen.

Nach Jennifers erstem Prozeß. Die Mitglieder des Hohen Rates von *Sanctuary* befanden sich alle in Washington im Gefängnis.

»Ist mein Vater hier?« fragte Ricky Leisha am Nachmittag nach seiner Ankunft.

»Nein. Er … er ist abgereist, Ricky.«

Ricky nickte, ohne im geringsten überrascht zu wirken. Offenbar hatte er keine andere Antwort erwartet.

Miranda Sharifi – ›Miri‹ – übernahm von Anfang an die Führerrolle. Nachdem sich der Tumult um die Ankunft, um Reisegepäck und Sicherheitsvorkehrungen und Stellas ausgefeilte Unterbringungsarrangements gelegt hatte, kam Miri zusammen mit ihrem Vater in Leishas Arbeitszimmer. »Wir möchten Ihnen danken,

Miss Camden, daß Sie uns erlaubt haben herzukommen. Wir wollen eine entsprechende Mietenzahlung mit Ihnen vereinbaren, sobald unser Vermögen von Ihrer Regierung freigegeben wird.«

»Sag einfach Leisha zu mir. Und es ist auch eure Regierung. Aber Miete braucht ihr nicht zu bezahlen, wir freuen uns doch, daß ihr da seid.«

Miris dunkle Augen sahen sie aufmerksam an. Es waren seltsame Augen, fand Leisha, nicht ihrer äußeren Attribute wegen, sondern weil sie Dinge zu sehen schienen, die niemand sonst sah. Es erschreckte sie ein wenig, daß Miris Augen ihr ein Gefühl des Unbehagens verursachten, obwohl sie dem Mädchen die größte Bewunderung entgegenbrachte. Wieviel von ihr sah dieser unverwandte Blick? Wieviel verstand dieses Gehirn – weiterentwickelt, verändert, *besser* – von Leishas Seele?

Miri lächelte. Das Lächeln veränderte ihr ganzes Gesicht, es ging auf und leuchtete von innen heraus. »Danke, Leisha. Das ist sehr großzügig von Ihnen. Mehr als das – ich glaube, Sie betrachten uns als zu Ihrer Gemeinschaft gehörend, und das ist es, wofür wir Ihnen im besonderen danken. Das Gemeinschaftskonzept ist etwas sehr Wichtiges für uns. Aber wir würden es alle vorziehen, für unseren Aufenthalt zu bezahlen. Wir sind Yagaiisten, wissen Sie.«

»Ich weiß«, sagte Leisha und fragte sich, ob unter das, was Miris besseres Gehirn besser verstehen konnte, auch Ironie fiel. Sie war immerhin erst sechzehn.

»Ist ... ist Drew Arlen noch hier? Oder ist er schon wieder auf Tournee?«

»Er ist noch hier. Er hat auf euch gewartet.«

Miri errötete.

Oh! dachte Leisha. *Oh ...!* Sie sandte nach Drew.

Er blickte aus seinem Rollstuhl hoch, das hübsche Gesicht voll Interesse, und streckte die Hand aus. »Hallo, Miranda!«

»Ich möchte später mit Ihnen über das lichte Träumen sprechen«, sagte Miranda ohne Umschweife und errötete stärker. »Über die neurochemischen Effekte auf das Gehirn. Ich habe mich mit der Materie eingehend beschäftigt, möglicherweise finden Sie die Ergebnisse interessant, es wäre eine Chance, Ihre Kunst von der wissenschaftlichen Seite aus zu betrachten ...«

Leisha merkte, worum es sich bei dem eifrigen Geplapper des Mädchens handelte: um ein Geschenk. Sie bot Drew an, was sie für den besten Teil ihrer Person hielt – ihre Arbeit.

»Sehr gern«, sagte Drew mit Nachdruck, und seine Augen funkelten. »Vielen Dank.«

Leisha war erstaunt über sich selbst. Sie hatte sich gefragt, ob sie einen kurzen Stich von Eifersucht verspüren würde, wenn Drew ihr die Treue aufkündigte und zu Miri überlief – kein Zweifel, daß er zu einem Überlaufen längst bereit war –, aber was sie tatsächlich fühlte, war nicht kurz und kein Stich. Es war auch keine Eifersucht. Es war Beschützerinstinkt, der in ihr aufflackerte wie Buschfeuer. Wenn Drew dieses außergewöhnliche Kind dazu benutzen wollte, um sich Eintritt zu verschaffen nach *Sanctuary,* dann würde sie ihn in der Luft zerreißen. Komplett. Miri verdiente es besser, hatte etwas Besseres bitter nötig, war zu gut dafür ...

Erstaunt über sich selbst, schwieg Leisha.

Miri lächelte wieder. Ihre Hand lag immer noch in der von Drew. »Sie haben unser Leben verändert, Mister Arlen. Ich werde Ihnen später erzählen, inwiefern.«

»Tun Sie das bitte. Und nennen Sie mich Drew.«

Leisha sah einen schmutzigen Zehnjährigen mit verwegenen grünen Augen und entsetzlichen Manieren vor sich: *Ich will, daß Sanctuary mir gehört!* Sie betrachtete Miranda, ihr dunkles Haar, das ihr über das gerötete Gesicht fiel, den unförmigen Kopf. Das Buschfeuer wütete. Miranda entzog Drew ihre Hand.

»Ich denke«, sagte Ricky Sharifi, »daß Miri bald etwas zu essen braucht. Ihr Stoffwechsel arbeitet rascher als unserer, Leisha, der Inhalt eurer Vorratskammer wird rasend schnell dahinschwinden. Laßt uns zahlen für alles. Ihr habt ja noch keine Ahnung, was Terry und Nikos und Diane mit euren Kommunikationseinrichtungen anstellen werden!«

Auch Ricky hatte die Szene zwischen Miranda und Drew verfolgt. Jetzt sah er Leisha an und lächelte wehmütig; sie erkannte, daß die Fähigkeiten seiner Tochter Ricky ebenso ängstigten, wie Drews lichtes Träumen sie einst geängstigt hatte. Und daß er insgeheim stolz darauf war – wie sie.

»Ich wünschte, du hättest meine Schwester Alice gekannt«, sagte Leisha zu Ricky. »Sie ist letztes Jahr gestorben.«

Er schien aus dieser simplen Feststellung all das herauszuhören, was sie hineingelegt hatte. »Das würde ich mir auch wünschen.«

Miri kehrte zur Frage der Bezahlung zurück und wandte sich an Leisha. »Sobald Ihre – unsere – Regierung zufriedengestellt ist und unser restliches Vermögen freigibt, werden wir nach euren Standards alle ziemlich wohlhabend sein. Und da wollten wir Sie fragen, ob Sie interessiert daran wären, uns in rechtlicher Hinsicht beizustehen bei Firmengründungen hier in New Mexico. Die meisten von uns haben schon praktische Geschäftserfahrung oder zumindest kommerzielle Studien durchgeführt, aber hier gelten wir als minderjährig. Wir benötigen Rechtskonstruktionen, die es uns erlauben, unsere Geschäfte als Teilzeitmitarbeiter von Unternehmen fortzuführen, die dem Namen nach Erwachsenen unterstehen.«

»Das war eigentlich nie mein Tätigkeitsbereich«, sagte Leisha behutsam. »Aber ich kann jemanden vorschlagen, der es machen könnte. Kevin Baker.«

»Nein. Er hat als Verbindungsmann für *Sanctuary* fungiert.«

»War er nicht immer ehrlich und korrekt?« fragte Leisha.

»Doch, aber ...«

»Dann wäre er es auch euch gegenüber.« Und willig wäre er auch, dachte Leisha; Kevin war immer willens, Geschäfte zu machen.

»Ich werde es mit den anderen besprechen«, sagte Miri.

Leisha hatte sie schon beobachtet, wenn sie und die anderen SuperS Blicke austauschten – Blicke, die Bände sprachen, von denen sie, Leisha, nie erfahren würde, was darin geschrieben stand. Und wieviel, dessen Bedeutung sie ebensowenig erfahren würde, steckte in den Fadenkugeln, die sie füreinander konstruierten, oder in den Fadenkonstruktionen in ihren exotischen Gehirnen?

Diese Fadengebilde, die in ihr die unbehagliche Erinnerung an Drews lichte Träume heraufbeschworen.

»Aber auch wenn wir Kevin Baker nehmen«, fuhr Miri fort, »brauchen wir einen Rechtsanwalt. Werden Sie uns vertreten?«

»Es tut mir leid, das kann ich nicht«, sagte Leisha. Weshalb, sagte sie nicht – das mußte noch etwas warten. »Aber ich kann euch ein paar gute Anwälte empfehlen. Justine Sutter zum Beispiel. Sie ist die Tochter eines sehr alten Freundes.«

»Eine *Schläferin?*«

»Sie ist äußerst tüchtig«, betonte Leisha. »Und das ist es doch, was zählt, oder?«

»Gewiß«, sagte Miri. Und dann: »Eine Schläferin.«

»Das wird wohl auch das beste sein«, meinte Ricky. »Eure Anwälte müssen sich schließlich mit dem Sachrecht der Vereinigten Staaten herumschlagen. Ein Bettler ist da gerade der richtige.«

»Wenn du in Hinkunft hier wohnen willst, Ricky«,

sagte Leisha, »dann wirst du dieses Wort unterlassen müssen. Zumindest in diesem Tonfall.«

Nach einer Sekunde sagte Ricky: »Ja. Du hast recht.«

So einfach war das. Jennifer Sharifis Sohn, aufgewachsen in *Sanctuary*. Und die Menschen dachten, sie verstünden etwas von genetischer Manipulation!

Unvermittelt sagte Drew zu Miri: »Werden Sie eines Tages *Sanctuary* erben?«

Miranda blickte ihn lange an. Leisha hatte keine Ahnung, was in dem Mädchen vorging. Schließlich sagte Miri nachdenklich: »Ja, das ist richtig. Aber das dauert noch eine ganze Weile. Vielleicht hundert Jahre oder länger. Aber eines Tages, ja, werde ich es erben.«

Drew antwortete nicht. *Hundert Jahre oder länger,* dachte Leisha.

Miri und Drew wechselten einen Blick, den Leisha nicht zu interpretieren vermochte. Sie konnte sich nicht vorstellen, was es zu bedeuten hatte, als Drew schließlich lächelte.

»Auch nicht schlecht«, sagte er.

Miri lächelte auch.

26

Leisha saß auf ihrem Lieblingsstein, einem flachgeschliffenen Felsen, im Schatten einer Pappel. Der Bach zu ihren Füßen war vollständig ausgetrocknet. Ein paar hundert Meter weiter unten am Bachbett bewegte sich einer der SuperS mit gesenktem Kopf langsam voran; es war wohl Joanna. Sie war fasziniert von den Fossilien und gerade dabei, ein dreidimensionales Gedankengeflecht über den Zusammenhang zwischen Koprolithen und Orbitalstationen zu konstruieren, das Leisha nicht verstand. Es war ein Gedicht, sagte Miri und fügte hinzu, daß niemand von ihnen Gedichte gebaut hatte, bevor sie mit dem lichten Träumen anfingen. Das war der Ausdruck, den sie gebrauchte: ›Gedichte gebaut‹.

Ein paar Schritt entfernt wühlte sich eine Känguruhratte in einen Haufen trockenen Erdreichs. Leisha sah ihr zu, wie sie ihre kurzen Vorderbeine als flinke Schaufeln einsetzte und dann das aufgehäufte Erdreich mit den langen Hinterbeinen wegkickte. Plötzlich drehte sich die Ratte um und sah Leisha an: runde, vorstehende, glänzend schwarze Augen und runde kleine Ohren. Sie hatte eine merkwürdige Beule auf dem Oberkopf – ein Tumor im Frühstadium, vermutete Leisha. Das Tierchen machte sich wieder an die Arbeit, belüftete als Nebeneffekt den Boden und düngte ihn mit dem Stickstoff seiner Ausscheidungen. Außerhalb des Schattens der Pappeln schimmerte die Wüste in einer Gluthitze, die sich schon jetzt, Anfang Juni, über das Land legte.

Leisha wußte, wenn sie sich umwandte, würde sie eine andere Art von Schimmern erblicken. Zwölf Meter über dem Anwesen verformten sich Luftmoleküle in einem neuartigen Energiefeld, mit dem Terry experimentierte. Es würde den nächsten Durchbruch in angewandter Physik darstellen, sagte Terry. Kevin Baker verhandelte bereits über die Lizenzvergabe mit Samsung, IBM und Konig-Rottsler.

Leisha zog sich Schuhe und Socken aus. Das war nicht ganz ungefährlich, denn sie befand sich außerhalb des Gebietes, das dauernd elektronisch von Skorpionen geräumt wurde. Doch der selbst hier im Schatten heiße Stein fühlte sich angenehm rauh unter ihren nackten Füßen an. Plötzlich entsann sie sich, wie sie am Morgen ihres siebenundsechzigsten Geburtstags ihre Füße betrachtet hatte. Seltsam – wie konnte man nur so etwas im Gedächtnis behalten! Doch die Erinnerung machte ihr Freude; sie hatte gerade angefangen zu erkennen, wie viel selbst ein Schlafloser in dreiundachtzig Jahren vergessen konnte.

Die SuperS hingegen erinnerten sich an alles. Ausnahmslos.

Leisha wartete darauf, daß Miri aus dem Haus stürzte, um ihr Vorwürfe zu machen. Die Explosion war bereits überfällig; Miri mußte länger als gewöhnlich in ihrem Labor festgesessen haben. Oder vielleicht war sie mit Drew zusammen, der erst vor kurzem seine Frühjahrstournee beendet hatte und seit ein paar Tagen wieder zu Hause war. Wenn ja, dann würden die beiden wohl in Drews Zimmer sein; das von Miri hatte kein Bett.

Die Känguruhratte verschwand in ihrem Erdhügel.

»Leisha!«

Sie drehte sich um. Eine Gestalt in grünen Shorts rannte ungestüm aus dem Tor des Anwesens und kam mit heftig arbeitenden Armen und Beinen auf Leisha zu.

Acht, sieben, sechs, fünf, vier, drei …

»Leisha, *warum?*«

Leisha seufzte; die SuperS waren immer früher

dran, als man erwartete. »Weil ich mich dazu entschlossen habe, Miri. Weil ich es will.«

»Du willst? Du willst meine Großmutter gegen die Anklage des Landesverrats verteidigen? *Du,* Leisha, die das Standardwerk über Abraham Lincoln geschrieben hat?«

Leisha wußte, das war keine zusammenhanglose Folgerung. In den vergangenen drei Monaten hatte sie begonnen, die Denkweise der SuperS ein wenig besser zu verstehen. Nicht bis zu dem Ausmaß, daß sie einem kompletten Gedankengebäude hätte folgen können, das aus Assoziationen, Schlußfolgerungen und Kopplungen gewoben war, zwischen denen Bündel aus lichten Träumen blitzten. Und selbstverständlich nicht bis zu dem Ausmaß, um selbst eines konstruieren zu können. Doch das wollte Leisha auch nicht. Diese Fähigkeit gehörte nicht zu dem, was sie war. Doch immerhin hatte sie bereits gelernt, die weggelassenen Kettenglieder einzufügen, wenn dieses Mädchen, das seit Alice zum wichtigsten Menschen für sie geworden war, zu ihr sprach. Zumindest konnte Leisha sie einfügen, wenn Miri nicht zu viele Glieder weggelassen hatte. So wie diesmal.

»Setz dich, Miri. Ich möchte dir erklären, warum ich Jennifers Verteidigung übernommen habe. Ich warte schon eine ganze Weile hier draußen, daß du kommst und mich danach fragst.«

»Ich bleibe stehen!«

»Setz dich!« sagte Leisha, und nach einer Sekunde setzte sich Miri. Sie schubste sich das dunkle Haar aus der Stirn, auf der bereits nach diesem kurzen Lauf die Schweißperlen standen, und ließ sich wütend auf Leishas Felsen fallen, ohne sich auch nur mit einem flüchtigen Blick nach Skorpionen umzusehen.

Es gab noch so viele Dinge auf Erden, von denen Miri nicht wußte, daß man davor auf der Hut sein mußte.

Leisha hatte sich ihre Worte sorgfältig überlegt. »Miri, deine Großmutter und ich gehören beide derselben Generation an, der ersten Generation von Schlaflosen. Unsere Generation hat noch gewisse Dinge gemein mit der vorangegangenen, derjenigen, die uns geschaffen hat. Beide Generationen fanden heraus, daß es nicht möglich ist, sowohl eine Gleichheit aller Menschen zu haben – was nur ein anderer Name für das ist, was du Gemeinschaftssolidarität nennst –, als auch geistige Überlegenheit des Individuums. Wenn man den Menschen die freie Entscheidung überläßt, aus sich zu machen, was sie wollen, dann werden einige von ihnen zu Genies und andere werden zu mißgünstigen Bettlern. Manche werden zu einem Gewinn für sich und ihre Gemeinschaft, und andere schmarotzen und plündern, wo sie können. Die Gleichheit verschwindet. Man kann nicht beides haben, die Gleichheit aller und die Freiheit des Individuums, nach Erstklassigkeit zu streben.

Also wählten zwei Generationen die Ungleichheit. Mein Vater wählte sie für mich. Kenzo Yagai wählte sie für die amerikanische Wirtschaft. Ein Mann namens Calvin Hawke, von dem du nichts weißt …«

»O doch«, sagte Miri.

Leisha lächelte. »Natürlich. Dumme Bemerkung. Nun, Hawke stellte sich an die Seite der ungleich Geborenen, um die Sache ein wenig auszugleichen, und zum Teufel mit der Erstklassigkeit. Von uns allen haben nur Tony Indivino und deine Großmutter versucht, eine Gemeinschaft zu schaffen, die der eigenen Solidarität – der ›Gleichheit‹ derer, die in die Gemeinschaft aufgenommen wurden – genausoviel Gewicht beimaß, wie den individuellen Höchstleistungen der Mitglieder. Jennifer hat Schiffbruch erlitten, weil das nicht erreicht werden kann. Und je mehr Jennifer scheiterte, desto fanatischer wurde sie in ihren Bestrebungen und desto eifriger gab sie Menschen, die außerhalb der Gemeinschaft standen, die Schuld für den Mißerfolg. Desto engere Fesseln legte sie ihrer Definition einer Gemeinschaft an. Desto weiter entfernte sie sich von jeglicher Ausgewogenheit. Aber ich nehme an, du weißt darüber mehr als ich.«

Leisha wartete, aber Miri sagte nichts.

»Doch obwohl Jennifer sich weiter und weiter von ihrem Traum einer Gemeinschaft entfernte, blieb der Traum – *Tonys Traum* – wunderbar. Wenngleich unerfüllbar. Es war der idealistische Traum, zwei große menschliche Bedürfnisse zu vereinen, zwei große menschliche Sehnsüchte. Kannst du deiner Großmutter denn nicht im Hinblick auf diesen ursprünglichen Traum vergeben?«

»Nein«, sagte Miri mit starrem Gesicht, und Leisha fiel wieder ein, wie jung sie noch war. Die Jungen vergeben nicht. Hatte Leisha denn je ihrer eigenen Mutter vergeben?

Miri sagte: »Das ist also der Grund, warum du sie verteidigen willst? Wegen dieses ursprünglichen Traums, als den du es siehst?«

»Ja.«

Miri stand auf. Unter dem Rand der Shorts hatte der Stein sichtbare Spuren an ihren Schenkeln hinterlassen. Ihre dunklen Augen bohrten sich in Leishas Blick. »Indem sie ihrer Definition einer Gemeinschaft engere Fesseln anlegte, hat Großmutter meinen Bruder Tony getötet.« Sie ging davon.

Nach einer Schrecksekunde rappelte Leisha sich auf und rannte barfuß hinter ihr her. »Miri! Warte!«

Miri blieb folgsam stehen und drehte sich um. Sie weinte nicht.

Leisha landete auf einem spitzen Stein und hoppelte schmerzerfüllt weiter. Miri half ihr zurück auf den Felsen, auf dem Leishas Schuhe und Socken schlaff in der Hitze warteten.

»Sieh nach, ob kein Skorpion drin ist, ehe du sie anziehst«, forderte Miri Leisha auf, »sonst ... Warum lächelst du?«

»Ach, nichts. Ich bin mir nur nie im klaren, was du weißt und was nicht. Miri – würdest du mich aus der Kategorie von Menschen ausschließen, denen du die Möglichkeit zugestehst, sich zu verteidigen? Oder Drew? Oder deinen Vater?«

»Nein!«

»Aber wir alle haben über die Jahrzehnte hinweg unsere Einstellung, was akzeptabel oder richtig, ja sogar erstrebenswert ist, geändert. Das ist der springende Punkt, Mädchen. Das ist der Grund, warum ich deine Großmutter verteidige.«

»*Was* ist der springende Punkt?« fuhr Miri sie barsch an.

»Wandel. Veränderung. Die unvorhersehbare Art und Weise, wie Geschehnisse Menschen verändern können. Und, Miri, die Schlaflosen leben lange. Es ist viel Zeit für viele Geschehnisse ...« – *die Zeit schichtet sich auf wie Staub* –, »und das bedeutet eine Menge Veränderungen. Sogar Schläfer können sich verändern. Als Drew zu mir kam, war er ein Bettler. Und inzwischen hat er einen wichtigen Beitrag zum Lauf der Welt geleistet, indem er die Denkweise von euch SuperS verändert hat. Das ist die Antwort, Miri. Du kannst nicht jemandem das Recht auf Verteidigung nehmen, weil Dinge sich ändern. Selbst deine Großmutter könnte sich ändern. Vielleicht ganz besonders deine Großmutter. Miri? Verstehst du, was ich meine?«

»Ich werde darüber nachdenken«, grollte Miri.

Leisha seufzte. Miris Nachdenken würde so komplex verlaufen, daß Leisha vermutlich ihre eigenen Argumente nicht wiedererkannte, wenn sie sie im Hologramm eines Fadengebildes vor Augen hatte.

Doch als Miri zurück zum Haus gegangen war und Leisha Socken und Schuhe angezogen hatte, blieb sie auf dem flachen Felsen sitzen und starrte hinaus in die Wüste, die Arme um die Knie gelegt.

Die Menschen ändern sich. Aus Bettlern werden Künstler. Erfolgreiche Anwälte können zu hoffnungslosen Faulpelzen werden und sich wie Achill in sein Zelt zurückziehen und jahrzehntelang schmollen – ein Weltklasseschmollwinkel – und dann wieder die Zulassung erlangen und zu Strafverteidigern werden. Meeresspezialisten können zu Vagabunden werden. Schlafforscherinnen können zu enttäuschenden Ehefrauen werden und sich dann wieder zu brillanten Forscherinnen zurückverwandeln. Schläfer können zwar nicht zu Schlaflosen werden... Oder doch? Nur weil Adam Walcott vierzig Jahre zuvor einen Fehlschlag erlitten hatte, nur weil Susan Melling behauptet hatte, daß es unmöglich sei, hieß das denn, daß es für immer unmöglich bleiben mußte? Susan hatte nie einen SuperSchlaflosen zu Gesicht bekommen...

Tony, sagte Leisha bei sich, *es gibt keine ewigen Bettler in Spanien. Oder sonstwo. Der Bettler, dem du heute einen Dollar gibst, könnte morgen die Welt verändern. Oder der Vater des Mannes werden, der es tut. Oder Großvater, oder Urgroßvater. Es gibt keine gleichbleibende Ökologie des Tausches, wie ich einst dachte, als ich sehr jung war. Es gibt überhaupt nichts Gleichbleibendes und nichts Stagnierendes, wenn man ihm genug Zeit zugesteht. Und es gibt auch nichts Unproduktives. Bettler sind bloß zeitweilige Genverbindungen zwischen Gemeinschaften.*

Die Känguruhratte kam wieder aus ihrem Bau und schnüffelte an einer Schlüsselblume. Leisha konnte den Auswuchs an ihrem Kopf jetzt deutlicher erkennen; er war nicht natürlichen Ursprungs. Das Fell darüber war anders gefärbt als die Umgebung und bestand aus längeren Haaren. Der Auswuchs war zu perfekt gerundet. Die Känguruhratte neigte ihn vor, berührte mit dem Haarbüschel die Schlüsselblume und wartete. Der Auswuchs war eine Art Sensor! Ein

GenMod-Tier, entgegen aller Wahrscheinlichkeit und Erwartung, hier am Ende der Welt.

Leisha band sich die Schnürsenkel und stand auf. Mit einemmal fühlte sie sich wunderbar und genauso mädchenhaft, wie ihr Körper immer noch aussah. Voller Energie. Voller Licht.

Es war so viel zu tun.

Sie wandte sich zurück zum Anwesen und begann zu laufen.